国家社会科学基金重大招标项目
「十三五」国家重点图书出版规划项目

国家出版基金项目
NATIONAL PUBLICATION FOUNDATION

外国文学经典生成与传播研究

第七卷 当代卷 上

吴笛 总主编
殷企平 主编

北京大学出版社
PEKING UNIVERSITY PRESS

图书在版编目（CIP）数据

外国文学经典生成与传播研究.第七卷，当代卷（上）/ 吴笛总主编；殷企平主编.
——北京：北京大学出版社，2019.4
ISBN 978-7-301-30335-1

Ⅰ.①外… Ⅱ.①吴… ②殷… Ⅲ.①外国文学–现代文学–文学研究 Ⅳ.①I106

中国版本图书馆CIP数据核字(2019)第033521号

书　　　名	外国文学经典生成与传播研究（第七卷）当代卷（上） WAIGUO WENXUE JINGDIAN SHENGCHENG YU CHUANBO YANJIU（DI-QI JUAN）DANGDAI JUAN（SHANG）
著作责任者	吴　笛　总主编　殷企平　主编
组稿编辑	张　冰
责任编辑	兰　婷
标准书号	ISBN 978-7-301-30335-1
出版发行	北京大学出版社
地　　　址	北京市海淀区成府路205号　100871
网　　　址	http://www.pup.cn　新浪微博：@北京大学出版社
电子信箱	zpup@pup.cn
电　　　话	邮购部 010-62752015　发行部 010-62750672　编辑部 010-62759634
印　刷　者	北京虎彩文化传播有限公司
经　销　者	新华书店
	720毫米×1020毫米　16开本　20.25印张　360千字 2019年4月第1版　2019年4月第1次印刷
定　　　价	82.00元

未经许可，不得以任何方式复制或抄袭本书之部分或全部内容。
版权所有，侵权必究
举报电话：010-62752024　电子信箱：fd@pup.pku.edu.cn
图书如有印装质量问题，请与出版部联系，电话：010-62756370

编委会

学术顾问：吴元迈　飞　白

总 主 编：吴　笛

编　　委（以姓氏拼音为序）：

　　　　范捷平　傅守祥　蒋承勇　彭少健　吴　笛　殷企平

　　　　张　冰　张德明

目 录

总　序 …………………………………………………………………………… 1
绪　论　超越历史的文本共同体 …………………………………………… 1

第一章　外国当代文学经典生成与传播综论 ……………………………… 12
　第一节　经典化与经典性 ……………………………………………… 13
　第二节　第二次世界大战的反思与当代文学经典的生成 ………… 23
　第三节　影视媒体的出现与文学经典传播途径的革新 …………… 31

第二章　外国当代诗歌的生成与传播 ……………………………………… 38
　第一节　经典即"摆渡"：当代西方诗歌的精神渊源 ……………… 38
　第二节　"摆渡性"与经典生成 ……………………………………… 51

第三章　当代英国文学经典的生成与传播 ………………………………… 64
　第一节　经典的内在特质和建构氛围 ……………………………… 65
　第二节　《午夜的孩子》的生成与传播 ……………………………… 75

第四章　当代爱尔兰文学经典的生成与传播 ……………………………… 99
　第一节　从无名到盛名：《等待戈多》的经典化与传播 …………… 100
　第二节　价值语境下的认知与情感：
　　　　　谢默斯·希尼诗歌的经典性 …………………………………… 119

第五章　垮掉派诗歌经典的生成与传播 … 132
第一节　"垮掉的一代"诗歌经典的生成与回归自然 … 133
第二节　对异质文化的推崇与"垮掉派"诗歌经典的生成 … 149
第三节　"垮掉派"诗歌的传播方式 … 163

第六章　自白派诗歌经典的生成与传播 … 172
第一节　自白派诗歌的源起及其对宗教忏悔意识的扬弃 … 172
第二节　自白派对意象派的继承与发展 … 179
第三节　诗歌形式的拓展与创新 … 183

第七章　当代美国小说经典的生成与传播 … 187
第一节　《麦田里的守望者》在中国的传播与变形 … 187
第二节　《看不见的人》的经典化与经典性 … 202

第八章　当代日本文学经典的生成与传播 … 223
第一节　当代日本文学生成语境 … 224
第二节　大江健三郎《饲育》:"政治与性"主题的起点 … 229
第三节　村上春树《舞·舞·舞》:
"时·空·物"织网中的孤独舞蹈 … 234

第九章　当代非洲文学经典的生成与传播 … 241
第一节　民族解放运动与非洲文学经典的生成 … 241
第二节　阿契贝在非洲文学中的经典地位 … 253
第三节　"白色写作"的困境:库切与经典重写 … 263

第十章　当代拉美文学经典的生成与传播 … 277
第一节　当代拉美文学的兴起与传播 … 278
第二节　当代拉美文学的生成探析 … 281
第三节　当代拉美文学在中国的译介和传播 … 286

参考文献 … 290
索　引 … 299
后　记 … 303

总　序

文学经典的价值是一个不断被发现的过程，也是一个不断演变和深化的过程。自从将"经典"一词视为一个重要的价值尺度而对文学作品开始进行审视时，学界为经典的意义以及衡量经典的标准进行过艰难的探索，其探索过程又反过来促使了经典的生成与传播。

一、外国文学经典生成缘由

文学尽管是非功利的，但是无疑具有功利的取向；文学尽管不是以提供信息为己任，但是依然是我们认知人类社会的一个非常重要的参照。所以，尽管文学经典通常所传播的并不是我们一般所认为的有用的信息，但是却有着追求真理、陶冶情操、审视时代、认知社会的特定价值。外国文学经典的生成缘由应该是多方面的，但是其基本缘由是满足人们的精神需求，适应各个不同时代人类生存和发展的需要。

首先，文学经典的生成缘由与远古时代原始状态的宗教信仰密切相关。古埃及人的世界观"万物有灵论"（Animism）促使了诗集《亡灵书》（*The Book of the Dead*）的生成，这部诗集从而被认为是人类最古老的书面文学。与原始宗教相关的还有"巫术说"。不过，虽然从"巫术说"中也可以发现人类早期诗歌（如《吠陀》等）与巫术之间有一定的联系，但巫术作为人类早期重要的社会活动，对诗歌的发展所起到的也只是"中介"作用。更何况"经典"（canon）一词最直接与宗教发生关联。杰勒米·霍桑

(Jeremy Hawthorn)[①]就坚持认为"经典"起源于基督教会内部关于希伯来圣经和新约全书书籍的本真性(authenticity)的争论。他写道:"在教会中认定具有神圣权威而接受的,就被称作经典,而那些没有权威或者权威可疑的,就被说成是伪经。"[②]从中也不难看出文学经典以及经典研究与宗教的关系。

其次,经典的生成缘由与情感传达以及审美需求密切相关。主张"摹仿说"的,其实也包含着情感传达的成分。"摹仿说"始于古希腊哲学家德谟克利特和亚里士多德等人。德谟克利特认为诗歌起源于人对自然界声音的摹仿,亚里士多德也曾提到:"一般说来,诗的起源仿佛有两个原因,都是出于人的天性。"[③]他接着解释说,这两个原因是摹仿的本能和对摹仿的作品总是产生快感。他甚至指出:比较严肃的人摹仿高尚的行动,所以写出的是颂神诗和赞美诗,而比较轻浮的人则摹仿下劣的人的行动,所以写的是讽刺诗。"情感说"认为诗歌起源于情感的表现和交流思想的需要。这种观点揭示了诗歌创作与情感表现之间的一些本质的联系,但并不能说明诗歌产生的源泉,而只是说明了诗歌创作的某些动机。世界文学的发展历程也证明,最早出现的文学作品是劳动歌谣。劳动歌谣是沿袭劳动号子的样式而出现的。所谓劳动号子,是指从事集体劳动的人们伴随着劳动动作节奏而发出的有节奏的呐喊。这种呐喊既有协调动作,也有情绪交流、消除疲劳、愉悦心情的作用。这样,劳动也就决定了诗歌的形式特征以及诗歌的功能意义,使诗歌与节奏、韵律等联系在一起。由于伴随着劳动号子的,还有工具的挥动和身姿的扭动,所以,原始诗歌一个重要特征便是诗歌、音乐、舞蹈这三者的合一(三位一体)。朱光潜先生就曾指出中西都认为诗的起源以人类天性为基础,认为诗歌、音乐、舞蹈原是三位一体的混合艺术,其共同命脉是节奏。"后来三种艺术分化,每种均仍保存节奏,但于节奏之外,音乐尽量向'和谐'方面发展,舞蹈尽量向姿态方面发展,诗歌尽量向文字方面发展,于是彼此距离遂日渐其远。"[④]这也从一个方面说明,文学的产生是情感交流和愉悦的需要。"单

[①] 为方便读者理解,本书中涉及的外国人名均采用其被国内读者熟知的中文名称,未全部使用其中文译名的全称。

[②] Jeremy Hawthorn, *A Glossary of Contemporary Literary Theory*, London: Arnold, 2000, p. 34. 此处转引自阎景娟:《文学经典论争在美国》,北京:社会科学文献出版社,2010年版,第27页。

[③] 亚理斯多德、贺拉斯:《诗学·诗艺》,北京:人民文学出版社,1962年版,第11页。

[④] 朱光潜:《诗论》,北京:生活·读书·新知三联书店,1984年版,第11页。

纯的审美本质主义很难解释经典包括文学经典的本质。"①

再者,经典的生成缘由与伦理教诲以及伦理需求有关。所谓文学经典,必定是受到广泛尊崇的具有典范意义的作品。这里的"典范",就已经具有价值判断的成分。实际上,经过时间的考验流传下来的经典艺术作品,并不仅仅依靠其文字魅力或者审美情趣而获得推崇,伦理价值在其中起着极其重要的作用。正是伦理选择,使得人们企盼从文学经典中获得答案和教益,从而使文学经典具有经久不衰的价值和魅力。文学作品中的伦理价值与审美价值并不相悖,但是,无论如何,审美阅读不是研读文学经典的唯一选择,正如西方评论家所言,在顺利阅读的过程中,我们允许各种其他兴趣从属于阅读的整体经验。② 在这一方面,哈罗德·布鲁姆关于审美创造性的观念过于偏颇,他过于强调审美创造性在西方文学经典生成中的作用,反对新历史主义等流派所作的道德哲学和意识形态批评。审美标准固然重要,然而,如果将文学经典的审美功能看成是唯一的功能,显然削弱了文学经典存在的理由;而且,文学的政治和道德价值也不是布鲁姆先生所认为的是"审美和认知标准的最大敌人"③,而是相辅相成的。聂珍钊在其专著《文学伦理学批评导论》中,既有关于文学经典伦理价值的理论阐述,也有文学伦理学批评在小说、戏剧、诗歌等文学类型中的实践运用。在审美价值和伦理价值的关系上,聂珍钊坚持认为:"文学经典的价值在于其伦理价值,其艺术审美只是其伦理价值的一种延伸,或是实现其伦理价值的形式和途径。因此,文学是否成为经典是由其伦理价值所决定的。"④

可见,没有伦理,也就没有审美;没有伦理选择,审美选择更是无从谈起。追寻斯芬克斯因子的理想平衡,发现文学经典的伦理价值,培养读者的伦理意识,从文学经典中得到教诲,无疑也是文学经典得以存在的一个重要方面。正是意识到文学经典的教诲功能,美国著名思想家布斯认为,一个教师在从事文学教学时,"如果从伦理上教授故事,那么他们比起最好的拉丁语、微积分或历史教师来说,对社会更为重要"⑤。文学经典的一个重要使命是对读者的伦理教诲功能,特别是对读者伦理意识的引导。

---

① 阎景娟:《文学经典论争在美国》,北京:社会科学文献出版社,2010年版,第1页。
② 克林斯·布鲁克斯:《精致的瓮》,郭乙瑶等译,上海:上海人民出版社,2008年版,第232页。
③ 哈罗德·布鲁姆:《西方正典:伟大作家和不朽作品》,江宁康译,南京:译林出版社,2005年版,第28页。
④ 聂珍钊:《文学伦理学批评导论》,北京:北京大学出版社,2014年版,第142页。
⑤ 韦恩·C.布斯:《修辞的复兴:韦恩·布斯精粹》,穆雷等译,南京:译林出版社,2009年版,第230页。

其实,在作者与读者的关系上,18 世纪英国著名批评家塞缪尔·约翰逊就坚持认为,作者具有伦理责任:"创作的唯一终极目标就是能够让读者更好地享受生活,或者更好地忍受生活。"① 20 世纪的法国著名哲学家伊曼纽尔·勒维纳斯构建了一种"为他人"(to do something for the Other)的伦理哲学观,认为:"与'他者'的伦理关系可以在论述中建构,并且作为'反应和责任'来体验。"② 当今加拿大学者珀茨瑟更是强调文学伦理学批评的实践,以及对读者的教诲作用,认为:"作为批评家,我们的聚焦既是分裂的,同时又有可能是平衡的。一方面,我们被邀以文学文本的形式来审视各式各样的、多层次的、缠在一起的伦理事件,坚守一些根深蒂固的观念;另一方面,考虑到文学文本对'个体读者'的影响,也应该为那些作为'我思故我在'的读者做些事情。"③ 可见,文学经典的使命之一是伦理责任和教诲功能。文学经典的生成与伦理选择以及伦理教诲的关联不仅可以从《俄狄浦斯王》等经典戏剧中深深地领悟,而且可以从古希腊的《伊索寓言》以及中世纪的《列那狐传奇》等动物史诗中具体地感知。文学经典的教诲功能在古代外国文学中,显得特别突出,甚至很多文学形式的产生,也都是源自于教诲功能。埃及早期的自传作品中,就有强烈的教诲意图。如《梅腾自传》《大臣乌尼传》《霍尔胡夫自传》等,大多陈述帝王大臣的高尚德行,或者炫耀如何为帝王效劳,并且灌输古埃及人心中的道德规范。"这种乐善好施美德的自我表白,充斥于当时的许多自传铭文之中,对后世的传记文学亦有一定的影响。"④ 相比自传作品,古埃及的教谕文学更是直接体现了文学所具有的伦理教诲功能。无论是古埃及最早的教谕文学《王子哈尔德夫之教谕》(*The Instruction of Prince Hardjedef*)还是古埃及迄今保存最完整的教谕文学作品《普塔荷太普教谕》(*The Instruction of Ptahhotep*),内容都涉及社会伦理内容的方方面面。

最后,经典的生成缘由与人类对自然的认知有关。文学经典在一定意义上是人类对自然认知的记录。尤其是古代的一些文学作品,甚至是

---

① Samuel Johnson, "Review of a Free Inquiry into the Nature and Origin of Evil", *The Oxford Authors: Samuel Johnson*, Donald Greene ed., London: Oxford University Press, 1990, p. 536.
② Emmanuel Levinas, *Ethics and Infinity*, Trans. Richard A. Cohen, Pittsburgh: Duquesne University Press, 1985, p. 88.
③ Markus Poetzsch, "Towards an Ethical Literary Criticism: the Lessons of Levinas", *Antigonish Review*, Issue 158, Summer 2009, p. 134.
④ 令狐若明:《埃及学研究——辉煌的古埃及文明》,长春:吉林大学出版社,2008 年版,第 286 页。

古代自然哲学的诠释。几乎每个民族都有自己的神话体系，而这些神话，有相当一部分是解释对自然的认知。无论是希腊罗马神话，还是东方神话，无不体现着人对自然力的理解，以及对人与自然关系的探索。在文艺复兴之前的古代社会，由于人类的自然科学知识贫乏以及思维方式的限定，人们只能被动地接受自然力的控制，继而产生对自然力的恐惧和听天由命的思想，甚至出于对自然力的恐惧而对其进行神化。如龙王爷的传说以及相关的各种祭祀活动等，正是出于对于自然力的恐惧和神化。而在语言中，人们甚至认定"天"与"上帝"是同一个概念，都充当着最高力量的角色，无论是中文的"上苍"还是英文的"heaven"，都是人类将自然力神化的典型。

二、外国文学经典传播途径的演变

在漫长的岁月中，外国文学经典经历了多种传播途径，以象形文字、楔形文字、拼音文字等多种书写形式，历经了从纸草、泥板、竹木、陶器、青铜直到活字印刷，以及从平面媒体到跨媒体等多种传播媒介的变换和发展，每一种传播手段都伴随着科学技术的进步以及人类文明的发展进程。

文学经典的生成与传播，概括起来，经历了七个重要的传播阶段或传播形式，大致包括口头传播、表演传播、文字传播、印刷传播、组织传播、影像传播、网络传播等类型。

文学经典的最初生成与传播是口头的生成与传播，它以语言的产生为特征。外国古代文学经典中，有不少著作经历了漫长的口头传播的阶段，如古希腊的《伊利昂纪》（又译《伊利亚特》）等荷马史诗，或《伊索寓言》，都经历了漫长的口头传播，直到文字产生之后，才由一些文人整理记录下来，形成固定的文本。这一演变和发展过程，其实就是脑文本转化为物质文本的具体过程。"脑文本就是口头文学的文本，但只能以口耳相传的方式进行复制而不能遗传。因此，除了少量的脑文本后来借助物质文本被保存下来之外，大量的具有文学性质的脑文本都随其所有者的死亡而永远消失湮灭了。"[①]可见，作为口头文学的脑文本，只有借助于声音或文字等形式转变为物质文本或当代的电子文本之后，才会获得固定的形态，才有可能得以保存和传播。

第二个阶段是表演传播，其中以剧场等空间传播为要。在外国古代

---

① 聂珍钊：《文学伦理学批评：口头文学与脑文本》，《外国文学研究》，2013年第6期，第8页。

文学经典的传播过程中，尤其是古希腊时期，剧场发挥了极其重要的作用。古希腊埃斯库罗斯、索福克勒斯、欧里庇得斯等悲剧作家的作品，当时都是靠剧场来进行传播的。当时的剧场大多是露天剧场，如雅典的狄奥尼索斯剧场，规模庞大，足以容纳 30000 名观众。

除了剧场对于戏剧作品的传播之外，为了传播一些诗歌作品，也采用吟咏和演唱传播的形式。古代希腊的很多抒情诗，就是伴着笛歌和琴歌，通过吟咏而得以传播的。在古代波斯，诗人的作品则是靠"传诗人"进行传播。传诗人便是通过吟咏和演唱的方式来传播诗歌作品的人。

第三个阶段是文字形式的生成与传播。这是继口头传播之后的又一个重要的发展阶段，也是文学经典得以生成的一个关键阶段。文字产生于奴隶社会初期，大约在公元前三四千年，中国、埃及、印度和两河流域，分别出现了早期的象形文字。英国历史学家巴勒克拉夫在《泰晤士报世界历史地图集》中指出："公元前 3000 年文字发明，是文明发展中的根本性的重大事件。它使人们能够把行政文字和消息传递到遥远的地方，也就使中央政府能够把大量的人力组织起来，它还提供了记载知识并使之世代相传的手段。"[①]从巴勒克拉夫的这段话中可以看出，文字媒介对于人类文明的重要意义。因为文字媒介克服了声音语言转瞬即逝的弱点，能够把文学信息符号长久地、精确地保存下来，从此，文学成果的储存不再单纯依赖人脑的有限记忆，并且突破了文学经典的口头传播在空间和时间的限制，从而极大地改善和促进了文学经典的传播。

第四个阶段是活字印刷的批量传播。仅仅有了文字，而没有文字得以依附的载体，经典依然是不能传播的，而早期的文字载体，对于文学经典的传播所产生的作用又是十分有限的。文字形式只能记录在纸草、竹片等植物上，或是刻在泥板、石板等有限的物体上。只是随着活字印刷术的产生，文学经典才真正形成了得以广泛传播的条件。

第五个阶段是组织传播。科学技术的发展，尤其是印刷术的发明，使得"团体"的概念更为明晰。这一团体，既包括扩大的受众，也包括作家自身的团体。有了印刷方面的便利，文学社团、文学流派、文学刊物、文学出版机构等，便应运而生。文学经典在各个时期的传播，离不开特定的媒介。不同的传播媒介，体现了不同的时代精神和科技进步。我们所说的"媒介"一词，本身也具有多义性，在不同的情境、条件下，具有不同的意义

---

① 转引自文言主编：《文学传播学引论》，沈阳：辽宁人民出版社，2006 年版，第 55 页。

属性。"文学传播媒介大致包含两种含义:一方面,它是文学信息符号的载体、渠道、中介物、工具和技术手段,例如'小说文本''戏剧脚本''史诗传说''文字网页'等;另一方面,它也可能指从事信息的采集、符号的加工制作和传播的社会组织……这两种内涵层面所指示的对象和领域不尽相同,但无论作为哪种含义层面上的'媒介',都是社会信息系统不可或缺的重要环节。"①

第六个阶段是影像传播。20世纪初,电影开始产生。文学经典以电影改编形式获得关注,成为影像改编的重要资源,经典从此又有了新的生命形态。20世纪中期,随着电视的产生和普及,文学经典的影像传播更是成为一个重要的传播途径。

最后,在20世纪后期经历的一个特别的传播形式是网络传播。网络传播以计算机通信网络为平台,利用图像扫描和文字识别等信息处理技术,将纸质文学经典电子化,以方便储存,同时也便于读者阅读、携带、交流和传播。外国文学经典是网络传播的重要资源,正是网络传播,使得很多本来仅限于学界研究的文学经典得以普及和推广,赢得更多的受众,也使得原来仅在少数图书馆储存的珍稀图书得以以电子版本的形式为更多的读者和研究者所使用。

从纸草、泥板到网络,文学经典的传播途径与人类的进步以及科学技术的发展是同步而行的,传播途径的变化不仅促进了文学经典的流传和普及,也在一定意义上折射出人类文明的历史进程。

三、外国文学经典的翻译及历史使命

外国文学经典得以代代流传,是与文学作品的翻译活动和翻译实践密不可分的。可以说,没有文学翻译,就没有外国文学经典在中国的传播。文学经典正是从不断的翻译过程中获得再生,得到流传。譬如,古代罗马文学就是从翻译开始的,正是有了对古希腊文学的翻译,古罗马文学才有了对古代希腊文学的承袭。同样,古希腊文学经典通过拉丁语的翻译,获得新的生命,以新的形式渗透在其他的文学经典中,并且得以流传下来。而古罗马文学,如果没有后来其他语种的不断翻译,也就必然随着拉丁语成为死的语言而失去自己的生命。

所以,翻译所承担的使命就是真正意义上的文化传承。要正确认识

---

① 文言主编:《文学传播学引论》,沈阳:辽宁人民出版社,2006年版,第52页。

文学翻译的历史使命,我们必须重新认知和感悟文学翻译的特定性质和基本定义。

在国外,英美学者关于翻译是艺术和科学的一些观点具有一定的代表性。美国学者托尔曼在其《翻译艺术》一书中认为,"翻译是一种艺术。翻译家应是艺术家,就像雕塑家、画家和设计师一样。翻译的艺术,贯穿于整个翻译过程之中,即理解和表达的过程之中"。①

英国学者纽马克将翻译定义为:"把一种语言中某一语言单位或片断,即文本或文本的一部分的意义用另一种语言表达出来的行为。"②

而苏联翻译理论家费达罗夫认为:"翻译是用一种语言把另一种语言在内容和形式不可分割的统一中业已表达出来的东西准确而完全地表达出来。"苏联著名翻译家巴尔胡达罗夫在他的著作《语言与翻译》中声称:"翻译是把一种语言的语言产物在保持内容也就是意义不变的情况下改变为另外一种语言的言语产物的过程。"③

在我国学界,一些工具书对"翻译"这一词语的解释往往是比较笼统的。《辞源》对翻译的解释是:"用一种语文表达他种语文的意思。"《中国大百科全书·语言文字卷》对翻译下的定义是:"把已说出或写出的话的意思用另一种语言表达出来的活动。"实际上,对翻译的定义在我国也由来已久。唐朝《义疏》中提到:"译即易,谓换易言语使相解也。"④这句话清楚表明:翻译就是把一种语言文字换易成另一种语言文字,以达到彼此沟通、相互了解的目的。

所有这些定义所陈述的是翻译的文字转换作用,或是一般意义上的信息的传达作用,或"介绍"作用,即"媒婆"功能,而忽略了文化传承功能。实际上,翻译是源语文本获得再生的重要途径,纵观世界文学史的杰作,都是在翻译中获得再生的。从古埃及、古巴比伦、古希腊罗马等一系列文学经典来看,没有翻译就没有经典。如果说源语创作是文学文本的今生,那么今生的生命是极为短暂的,是受到限定的;正是翻译,使得文学文本获得今生之后的"来生"。文学经典在不断被翻译的过程中获得"新生"和强大的生命力。因此,文学翻译不只是一种语言文字符号的转换,而且是一种以另一种生命形态存在的文学创作,是本雅明所认为的原文

---

① 郭建中编著:《当代美国翻译理论》,武汉:湖北教育出版社,2000年版,第4页。
② P. Newmark, *About Translation*, Clevedon: Multilingual Matters Ltd., 1991, p. 27.
③ 转引自黄忠廉:《变译理论》,北京:中国对外翻译出版公司,2002年版,第21页。
④ 罗新璋编:《翻译论集》,北京:商务印书馆,1984年版,第1页。

作品的"再生"(afterlife on their originals)。

　　文学翻译既是一门艺术,也是一门科学。作为一门艺术,译者充当着作家的角色,因为他需要用同样的形式、同样的语言来表现原文的内容和信息。文学翻译不是逐字逐句的机械的语言转换,而是需要译者的才情,需要译者根据原作的内涵,通过自己的创造性劳动,用另一种语言再现出原作的精神和风采。翻译,说到底是翻译艺术生成的最终体现,是译者翻译思想、文学修养和审美追求的艺术结晶,是文学经典生命形态的最终促成。

　　因此,翻译家的使命无疑是极为重要、崇高的,译者不是一般意义上的"媒婆",而是生命创造者。实际上,翻译过程就是不断创造生命的过程。翻译是文学的一种生命运动,翻译作品是原著新的生命形态的体现。这样,译者不是"背叛者",而是文学生命的"传送者"。源自拉丁语的谚语说:Translator is a traitor.(译者是背叛者。)但是我们要说:Translator is a transmitter.(译者是传送者。)尤其是在谈到诗的不可译性时,美国诗人罗伯特·弗罗斯特断言:"诗是翻译中所丧失的东西。"然而,世界文学的许多实例表明:诗歌是值得翻译的,杰出的作品正是在翻译中获得新生,并且生存于永恒的转化和永恒的翻译状态,正如任何物体一样,当一首诗作只能存在于静止状态,没有运动的空间时,其生命在某种意义上来说也就停滞或者死亡了。

　　认识到翻译所承载的历史使命,那么,我们的研究视野也应相应发生转向,即由文学翻译研究朝翻译文学研究转向。

　　文学翻译研究朝翻译文学研究的这一转向,使得"外国文学"不再是"外国的文学",而是我国民族文化的一个有机的组成部分,并将外国文学从文学翻译研究的词语对应中解放出来,从而审视与系统反思外国文学经典生成与传播中的精神基因、生命体验与文化传承。中世纪波斯诗歌在19世纪英国的译介就是一个典型的例子。菲茨杰拉德的英译本《鲁拜集》之所以成为英国民族文学的经典,就是因为菲氏认识到了翻译文本与民族文学文本之间的辩证关系,认识到了一个译者的历史使命以及为实现这一使命所应该采取的翻译主张。所以,我们关注外国文学经典在中国的传播,目的是探究"外国的文学"怎样成为我国民族文学构成的重要组成部分以及对文化中国形象重塑方面所发挥的重要作用。因此,既要宏观地描述外国文学经典在原生地的生成和在中国传播的"路线图",又要研究和分析具体的文本个案;在分析文本个案时,既要分析某一特定的经典在其原生地被经典化的生成原因,更要分析它在传播过程中,在次生地的重生和再经典化的过程和原因,以及它所产生的变异和影响。

因此,外国文学经典研究,应结合中华民族的现代化进程、中华民族文化的振兴与发展,以及我国的外国文学研究的整体发展及其对我国民族文化的贡献这一视野来考察经典的译介与传播。我们应着眼于外国文学经典在原生地的生成和变异,汲取为我国的文学及文化事业所积累的经验,为祖国文化事业服务。我们还应着眼于外国文学经典在中国的译介和其他艺术形式的传播,树立我国文学经典译介和研究的学术思想的民族立场;通过文学经典的中国传播,以及面向世界的学术环境和行之有效的中外文化交流,重塑文化中国的宏大形象,将外国文学译介与传播看成是中华民族思想解放和发展历程的折射。

其实,"文学翻译"和"翻译文学"是两种不同的视角。文学翻译的着眼点是文本,即原文向译文的转换,强调的是准确性;文学翻译也是媒介学范畴上的概念,是世界各个民族、各个国家之间进行交流和沟通思想感情的重要途径、重要媒介。翻译文学的着眼点是读者对象和翻译结果,即所翻译的文本在译入国的意义和价值,强调的是接受与影响。与文学翻译相比较,不只是词语位置的调换,也是研究视角的变换。

翻译文学是文学翻译的目的和使命,也是衡量翻译得失的一个重要标准,它属于"世界文学—民族文学"这一范畴的概念。翻译文学的核心意义在于不再将"外国文学"看成"外国的文学",而是将其看成民族文学的一个组成部分,是民族文化建设的有机的整体,将所翻译的文学作品看成是我国民族文化事业的一个重要的组成部分。可以说,文学翻译的目的,就是建构翻译文学。

正是因为有了这一转向,我们应该重新审视文学翻译的定义以及相关翻译理论的合理性。我们尤其应注意翻译研究的文化转向,在翻译研究领域发现新的命题。

四、外国文学的影像文本与新媒介流传

外国文学经典无愧为人类的文化遗产和精神财富,20世纪,当影视传媒开始相继涌现,并且在人们的日常生活中占据重要位置的时候,外国文学经典也相应地成为影视改编以及其他新媒体传播的重要素材,对于新时代的文化建设以及人们的文化生活,依然起着极其重要的作用。

外国文学经典是影视动漫改编的重要渊源,为许许多多的改编者提供了灵感和创作的源泉。自从1900年文学经典《灰姑娘》被搬上银幕之后,影视创作就开始积极地从文学中汲取灵感。据美国学者林达·赛格统计,85%的奥斯卡最佳影片改编自文学作品。① 从根据古希腊荷马史诗改编的《特洛伊》等影片,到根据中世纪《神曲》改编的《但丁的地狱》等动画电影;从根据文艺复兴时期《哈姆雷特》而改编的《王子复仇记》《狮子王》,到根据18世纪《少年维特的烦恼》而改编的同名电影;从根据19世纪狄更斯作品改编的《雾都孤儿》《孤星血泪》,直到帕斯捷尔纳克的《日瓦戈医生》等20世纪经典的影视改编;从外国根据中国文学经典改编的《花木兰》,到中国根据外国文学经典改编的《钢铁是怎样炼成的》……文学经典不仅为影视动画的改编提供了丰富的素材,也通过这些新媒体使得文学经典得以传承,获得普及,从而获得新的生命。

考虑到作为文学作品的语言艺术与作为电影的视觉艺术有着各自不同的特点,在论及文学经典的影视传播时,我们不能以影片是否忠实于原著为评判成功与否的绝对标准,我们实际上也难以指望被改编的影视作品能够完全"忠实"于原著,全面展现文学经典所表现的内容。但是,将纸上的语言符号转换成银幕上的视觉符号,不是一般意义上的转换,而是从一种艺术形式到另一种艺术形式的"翻译"。既然是"媒介学"意义上的翻译,那么,忠实原著,尤其是忠实原著的思想内涵,是"译本"的一个不可忽略的重要目标,也是衡量"译本"得失的一个重要方面。

对于文学作品改编成电影应该持有什么样的原则,国内外的一些学者存在着不尽一致的观点。我们认为夏衍所持的基本原则具有一定的科学性。夏衍先生认为:"假如要改编的原著是经典著作,如托尔斯泰、高尔基、鲁迅这些巨匠大师们的著作,那么我想,改编者无论如何总得力求忠实于原著,即使是细节的增删改作,也不该越出以致损伤原作的主题思想和他们的独特风格,但,假如要改编的原作是神话、民间传说和所谓'稗官野史',那么我想,改编者在这方面就可以有更大的增删和改作的自由。"② 可见,夏衍先生对文学改编所持的基本原则是应该按原作的性质而有所不同。而在处理文学文本与电影作品之间的关系时,夏衍的态度

---

① 转引自陈林侠:《从小说到电影——影视改编的综合研究》,北京:中国社会科学出版社,2011年版,第1页。
② 夏衍:《杂谈改编》,《中国电影理论文选》(上册),罗艺军主编,北京:文化艺术出版社,1992年版,第498页。

是:"文学文本在改编成电影时能保留多少原来的面貌,要视文学文本自身的审美价值和文学史价值而定。"①

文学作品和电影毕竟属于不同的艺术范畴,作为语言艺术形式的小说和作为视觉艺术形式的电影有着各自特定的表现技艺和艺术特性,如果一部影片不加任何取舍,完全模拟原小说所提供的情节,这样的"译文"充其量不过是"硬译"或"死译"。从一种文字形式向另一种文字形式的转换被认为是一种"再创作",那么,从艺术的一种表现形式朝另一种表现形式的转换无疑更是一种艺术的"再创作",但这种"再创作"无疑又受到"原文"的限制,理应将原作品所揭示的道德的、心理的和思想的内涵通过新的视觉表现手段来传达给电影观众。

总之,根据外国文学经典改编的许多影片,正是由于文学文本的魅力所在,也同样感染了许多观众,而且激发了观众阅读文学原著的热忱,在新的层面为经典的普及和文化的传承作出了应有的贡献,同时,也为其他时代的文学经典的影视改编和新媒体传播提供了借鉴。

在长达数千年的历史长河中,对后世产生影响的文学经典浩如烟海。《外国文学经典生成与传播研究》涉及面广,时间跨度大,在有限的篇幅中,难以面面俱到,逐一论述,我们只能选择最具代表性的经典作品或经典文学形态进行研究,所以有时难免挂一漏万。在撰写过程中,我们紧扣"生成"和"传播"两个关键词,力图从源语社会文化语境以及在跨媒介传播等方面再现文学经典的文化功能和艺术魅力。

---

① 颜纯钧主编:《文化的交响:中国电影比较研究》,北京:中国电影出版社,2000年版,第329页。

绪 论
超越历史的文本共同体

要研究当代外国文学经典的生成与传播,首先就得回答两个问题:(1)经典是什么?(2)外国文学经典的生成与传播在当代有什么特点?

曾几何时,经典成了问题。不仅给经典下定义成了问题,而且经典这一名称的魅力也成了问题。在这问题的背后,是一股十分强大的世界性潮流,即将所有的经典作品政治化,去经典化,去审美化。更具体地说,大约从20世纪70年代开始,打着"女性主义""西方马克思主义""后殖民主义""文化研究"和"新历史主义"等旗号的许多学术流派都加入了一场针对文学经典的"颠覆性狂欢"。在这潮流的背后,有一个颇能蛊惑人心的理由:"经典作家的声誉并非来自他/她作品内在的优点,而是来自复杂的外部环境。在环境复合体的作用下,一些文本得以进入人们的视野,进而维持自己的优越地位。"[①]从这一理由派生出来的观点可谓五花八门,可是万变不离其宗,其基本立场都可以归结为"权力""利益"和"意识形态"这几个关键词。按照这些关键词的逻辑推理,经典之所以是经典,无非是外部利益集团使然,是意识形态使然,是把持话语权的学术界权威、评奖机构、出版商和新闻媒体使然。这种逻辑发展到极致,就使经典"都被当作了父权社会、精英统治,或者殖民帝国中的那些压迫人的意识形态的代表"[②]。事实果真如此吗?

诚然,一部文学作品的经典化过程多少带有意识形态的因素,往往受到性别、种族和阶级等考量的影响。然而,如奥尔特所说,"由性别、种族

[①] Jane Tompkins, *Sensational Designs: The Cultural Work of American Fiction 1790—1860*, Oxford: Oxford University Press, 1985, p.39.

[②] Zhang Longxi, "Valeurs, Défense, Crise et Avenir des Sciences Humaines", *Diogène*, Vol. 229—230, (janvier—juin 2010), p.15.

或社会阶级造成的排斥（笔者按：即把一些文学作品排斥在经典殿堂之外）绝不像人们经常声称的那样持续而强烈"①。事实上，凡是优秀的文学作品，由于其内在特质（即思想深度与艺术品格），不管外部因素如何复杂，最终都会脱颖而出，成为经典。"青山遮不住，毕竟东流去"这一诗句恰好用来说明其中的道理。美国作家艾里森的小说《看不见的人》（*Invisible Man*）就是一个典型的例子。虽然该书问世不久就声名大振，但是它同时遭受了许多种族主义者的抵制；然而，它最终冲破了种族的藩篱和国界，成为举世瞩目的经典。更重要的是，它的经典价值远远超越了种族层面——世界各国人民对它的喜爱，固然含有对它反对种族主义这一内涵的肯定，但是更多地源于它的审美价值。从这部小说发表以来，已经过去半个多世纪了，可是它在世界范围内仍然拥有广泛的读者。假如仅仅从种族、政治和身份等方面去解释其魅力常新的原因，势必会事倍功半——这部小说的社会、政治和历史背景，以及它所关注的种族身份等问题，对如今的美国来说，可谓时过境迁了。它历久弥新的原因，显然来自超越时空的内在力量，即来自作品自身的艺术价值。艾里森自己的一句名言可以作为该书魅力的脚注："艺术品是因为其自身而有价值，艺术品自身就是一种社会行为。"②这一观点跟布鲁姆的观点不无契合之处，后者曾经给所有的经典作品下过一个定义，即"使美感增加陌生性（strangeness）"③。在其名著《西方正典》（*The Western Canon*）中，布鲁姆拒绝把经典视为意识形态强制性作用之下的产物，而把经典的入选尺度形容为一种"神秘和离奇的力量"，即"让读者感到陌生的熟悉（the ability to make you feel strange at home），或者说能让读者在户外、在异乡感到在家中一般的亲切（making us at home out of doors, foreign, abroad）"④。尽管布鲁姆对经典的界定并非万灵药，但是他把人们的思考重新引向了正确的轨道，即本应居于文学研究中心地位的美学价值。诚然，优秀的文学作品不乏对社会、经济和政治的强烈关注，但是这种关注

---

① Robert Alter, *Canon and Creativity: Modern Writing and the Authority of Scripture*, New Haven and London: Yale University Press, 2000, p.2.

② John F. Callahan, ed., *Ralph Ellison's Invisible Man: A Case Book*, Oxford: Oxford University Press, 2004, p.49.

③ 哈罗德·布鲁姆：《西方正典：伟大作家和不朽作品》，江宁康译，南京：译林出版社，2005年版，第2页。

④ 笔者此处借用了刘意青教授对布鲁姆有关观点的概括。详见《经典》，《西方文论关键词》，赵一凡等主编，北京：外语教学与研究出版社，2006年版，第287页。

并不意味着对审美关注的否定。事实上,审美维度和政治/社会/历史维度在经典文学作品中往往联袂而至,水乳交融。

也就是说,离开了审美维度,文学经典就不可思议。更确切地说,在文学经典的诸多维度之中,审美维度是首要的维度。弗兰克·克莫德(Frank Kermode)在20世纪初指出:"对于经典有着虽不明言却必不可少的要求,就是它必须能够提供愉悦。"①从文学批评的角度看,任何有关经典标准的讨论,审美的愉悦必须是先决条件。这本来是一个简单的道理,可是在"去经典化"风潮的影响下,简单的道理变得复杂了,因此需要重新加以强调。关于这一点,张隆溪已经说得很明白:"道理本来很简单:如果你在文学中找不到愉悦,就不要假装是文学评论家——但是在如今的特殊时期,对审美愉悦的强调显得尤其重要,因为现在文学作品经常被当做社会、历史,或政治的文档使用,借以批判某些话题,或达到某些目的。"②同理,对当代——即在如今的特殊时期所产生的——外国文学经典的评价,也尤其要强调审美愉悦。

不过,人类社会进入当代以后,文学作品要产生审美愉悦,比以往任何历史时期都更加困难了。由于第二次世界大战的杀戮,及其造成的一系列全球性灾难,一切有良知的文学家都不得不直面战争的阴影,都会受到战争创伤的煎熬。一颗受煎熬的心能否产生审美愉悦?这确实成了很大的问题。阿多诺的名言——"奥斯威辛之后写诗是野蛮的"③——就是对这一问题的浓缩性概括。虽然持阿多诺这一观点的人不在少数,但是更多的人仍然坚持写诗,仍然从事文学创作,仍然向往文学经典的持续产生。纵观第二次世界大战以后的世界文学史,写诗(从事文学创作)的人不是少了,而是比以前多了,这是一个有目共睹的事实。

那么,当代外国文学经典又有什么特点呢?其生成与传播是否也伴随着审美愉悦?抑或有所不同?

应该说,当代外国文学经典与以往的经典既有所同,又有所不同。就审美愉悦作为先决条件而言,二者自然相同。就审美愉悦产生的方式而

---

① Frank Kermode, *Pleasure and Change: The Aesthetics of Canon*, Oxford: Oxford University Press, 2004, p. 20.

② Zhang Longxi, "Valeurs, Défense, Crise et Avenir des Sciences Humaines", *Diogène*, Vol. 229—230, (janvier—juin 2010), p. 17.

③ 转引自孟明:《译者弁言》,《保罗·策兰诗选》,孟明译,上海:华东师范大学出版社,2010年版,第8页。

言,或就审美愉悦的成分而言,外国文学经典在当代有了新的特点:审美愉悦犹在,却多了一层艰辛,多了一层疼痛。面临人类生存状况的江河日下(如阴魂不散的战争威胁和急剧恶化的生态环境),文学家们要收获经典,文学爱好者们要传播经典,这都变得空前困难了。然而,经典的演绎仍在继续,这恰恰说明了当代经典作家空前的勇气。当然,光有勇气是不够的,还要有新的视野、方法和策略。本书各篇章所展示的经典作家及其作品,都具有非凡的视野、超群的方法,以及独特的写作策略。这种新视野、新方法和新策略的意义不仅在于它们有别于过去,更在于它们改变了整个文学世界的格局——不仅为后来者开创了传统,而且"创造"了当代文学之前的传统。这一悖论曾由利维斯做出精辟的阐释。在其名著《伟大的传统》中,利维斯强调简·奥斯丁"不仅为后来者开创了传统,而且……创造了一直延续到她以前的传统。就像所有伟大而富有创造性的作家的作品一样,她的作品赋予过去以意义"①。这一观点其实是对艾略特相关思想的继承和发展。后者曾经把文学经典界定为"各不相同、却又互为关联的作品的集合体",并且强调其动态特性,即随着每一部新作的引进,"整个现存的模式必然产生变化……每部艺术品跟总体之间的关系、所占的比例和价值都会被重新调整"②。顺着这一思路,我们不妨说当代外国文学经典为整个世界文学经典宝库增添了一种新的审美愉悦,一种艰辛而疼痛的愉悦。

  须指出,先前的文学经典也不乏艰辛和疼痛的成分,只是这份艰辛和疼痛在当代变得空前强烈了。换言之,进入当代之后,世界文学经典在异常的艰辛和疼痛中延续着,或者说生成并传播着。不过,既然是经典,就要超越时空。上述利维斯和艾略特的观点都蕴含着这层意思。当代学者奥尔特(Robert Alter)在他俩观点的基础上(尽管他并未引用利维斯和艾略特的相关论述),对文学经典的超越性——或者说连接过去、现在和未来的"摆渡性"——作了更加深入的探讨。奥尔特以卡夫卡(Franz Kafka,1883—1924)、比亚利克(Hayim Nahman Bialik,1873—1934)和乔伊斯(James Joyce,1882—1941)这三位经典作家为例,论证了他提出的一个有关经典的独特定义:"经典是超越历史的文本共同体。有关已被

---

① F. R. Leavis, *The Great Tradition*, New York: Doubleday & Company, 1955, p.14.
② T. S. Eliot, "Tradition and the Individual Talent", in Robert Con Davis and Ronald Schleifer eds., *Literary Criticism: Literary and Cultural Studies*, New York: Addison Wesley Longman, Inc., 1998, p.35.

接受的文本的知识,以及这些文本的动用,构成了这一共同体……文本共同体的意义范围不断扩大,现代作家只是把这一过程往前推进了一步而已……"①现代作家如此,当代作家也是如此。本书的宗旨,就是要展示这文本共同体在当代是如何扩展的。

本书共分十章。

第一章是对当代外国文学经典生成与传播的综论,并对经典化与经典性等命题进行审视。

第二章第一节从策兰诗中的"摆渡人"这一隐喻出发,提出了"摆渡性"这一西方诗歌经典的核心要素,论证了当代诗人坚守诗意精神的两大使命,即"命名当下的现实和体验"以及"连接过去、现在与未来",并藉此勾勒出经典生成之路。优秀的诗歌作品,往往包含好几个时空,既有当下的乐章,又有远古的回音,还有未来的召唤,而诗人则在这些不同的时空中穿梭摆渡。在优秀诗人的笔下,几乎任何文字(任何字、词、句)都具有"摆渡性",其触角总是既伸向过去,又展向未来。本章第二节既是对第一节的呼应,又是一种商榷、质疑和补充。除了进一步挖掘"摆渡人"的内涵之外,这一节的内容可以概括为三大追问:在原创性的求索道路上,为命名而痛苦是否必然?为残酷现实而忧伤是否已成为当代诗人的唯一选择呢?再者,在诗歌语言的"陌生化"过程中,诗人除了"连接时空"之外,是否还为其他维度和层面间的沟通作出了努力?贯穿着三大追问的是如下观点:音乐、绘画、雕塑、影像、舞蹈等各门类抽象艺术语言,即经过另一种摆渡/翻译的语言,都可以被纳入"源始语言"范畴,不仅成为诗歌的素材,更能形成一种对话,让摆渡变成一种持续的常态,连接更多的点和面。换言之,诗人不仅能创造文字的经典,为其他艺术创作提供灵感来源,也能将其他艺术经典摆渡/翻译为诗意语言;并通过诗歌独特的表达方式,为人"去蔽"。本章第三节以奥登为例证,展示当代西方诗歌的精神渊源。奥登的诗艺博大精深,既体现了对"诗"与"真"的执着追求,又演绎了一种"艾瑞儿和普洛斯派罗之间的竞争关系",这里面也不乏"摆渡性"。正是这种"摆渡性"——即作品的内在经典性——让奥登跨越了时间和空间的界线,直抵每一位读者的内心,包括远在太平洋此岸的中国读者。对奥登的个案研究还试图证明:文学经典并不会因为作者本人或少数批评家的

---

① Robert Alter, *Canon and Creativity: Modern Writing and the Authority of Scripture*, New Haven and London: Yale University Press, 2000, pp. 5−6.

观念而变质,它们在历史沉浮中是客观性的存在。

第三章的讨论对象是当代英国文学经典。鉴于小说在当代英国文坛是最受关注的文学样式,本章聚焦于小说经典的生成与传播,探索当代英国经典诗歌的状况。当代英国小说因其多元化的创作视角、积极革新的叙事技巧以及对文学传统的批判继承而受到了赞誉和认可。此外,一些优秀作品在其出版和发行的过程中离不开各类商业机构的运作。无论是布克奖的选举,还是各类优秀图书或作家的评选活动,都是当代英国小说经典建构中的中坚力量,而在评奖之后,影像媒体的介入则进一步扩大了作品的受众范围,在经典的建构中起着推波助澜的作用。英国历史元小说在当代世界经典之林中占有重要的地位,这跟小说家们对第二次世界大战的深刻反思有关。战后无论是英国本土,还是整个西方社会,都在经历着前所未有的变动;六七十年代的哲学家们比以往更积极地质疑"理性""进步""主体"等启蒙时期以来被奉若圭臬的概念,小说家们也以叙事的方式在作品中表达了相同的思考。斯威夫特、巴恩斯和麦克尤恩等人的作品都质疑了"进步"话语和主体的确定性,并在叙事中打破了传统的线性叙事,抛弃了情节的完整,以叙事的革新回应了阿多诺关于"奥斯维辛之后没有诗歌"的论断。拉什迪的小说《午夜的孩子》特别值得一提。它在世界文坛上的地位,既得益于叙事上的创新,也得益于对东西方经典叙事的继承。任何国家在重塑民族身份的紧要关头,都需要优秀文艺作品的参与,而《午夜的孩子》显然积极参与了独立后印度民族身份的建构,并以其独特的艺术魅力吸引众多读者参与这种建构,这恐怕是该小说成为经典的主要原因之一,或者说是它的经典性要素之一。跟《午夜的孩子》一样,休斯的诗歌成为经典,其中固然掺杂着种种复杂的外在因素,然而最为重要的是决定经典存在的本质性特征,即经典性。

第四章以贝克特和希尼为例,探寻当代爱尔兰文学经典的生成和传播轨迹。本章第一节的关注焦点是贝克特戏剧《等待戈多》的经典化,但是字里行间隐含着对它的经典性的关注。这一节围绕以下几个关键问题而展开:贝克特怎么会在40年代后期开始写起戏剧来?他又怎么会不时地用法语进行各种文类的写作?他对职业写作生涯的选择又如何受到了文学市场的影响?贝克特早期小说的"失败"为他后来的成功铺平了道路,那么他所旅居的法国对他的接受与评价又是如何的呢?在他的家乡爱尔兰呢?贝克特曾经痴迷于中国,而他在中国又受到了怎样的待遇?除了对以上问题的解答之外,这一节还剖析了《等待戈多》背后多家哲学思想的渊源，如黑格尔、笛卡尔、康德、叔本华和海德格尔等人的影响。本章第二节重点分析希尼诗作的经典性，不过仍然涉及经典化话题。我们把这两节安排在一起，除了要突出它们各自的显性内容之外，还有一个暗示，即经典化和经典性虽是两个话题，却你中有我，我中有你。这一情形实在复杂，却饶有趣味，是一种历久弥新的美学现象。本章还十分注意跟前后各章的呼应，尤其是跟第一章、第二章的呼应，这突出地表现为对"去经典化"思潮的直接回应。"去经典化"的呼声可能永远不会平息，但是本章对贝克特和希尼的分析意在表明：对于伟大的经典文学作品，"去经典化"永远如同阳光投射后产生的阴影。

在第五章中，我们把目光投向了美国"垮掉的一代"诗歌经典的生成与传播。垮掉派诗人们的作品良莠不齐，其中一些呈现出去深度化、平面化甚至粗鄙化的特点，但是作为一个流派，垮掉派诗歌的正能量远远超过了它的负面影响。垮掉派诗人们打破了众多框架和界限：人与自然的界限、伦理禁忌的界限、国境线、文化和宗教上的界限、作品与生活之间的界限、作者与读者的界限、文学与其他媒介之间的界限。这其实是对日渐专门化的文学的一种解放，是让诗歌重新行走于大地的努力。垮掉派诗歌的一大特点是"回归自然"，这一诉求可以看作对美国社会现实的批判——第二次世界大战以后，美国社会呈现出三大特征，即政治上的高压、文化上的保守和社会的全面异化。垮掉派追求人和社会的天真状态，反抗越来越多的清规戒律、越来越模式化的思想、越来越令人压抑的社会氛围。一个有趣的现象是，虽然垮掉派从一开始就以反抗现存社会的姿态出现，但是后来却得到了官方的接纳和欢迎。这并不是因为垮掉派被政府收编了，而是社会和政府后知后觉的环境意识跟上了垮掉派的节奏，从而为垮掉派诗歌的经典化提供了契机。值得一提的是，垮掉派不仅在其作品内容和主题上，还在文学形式和诗歌的生产方式上提倡"回归自然"，它主要表现为"自发式写作"。热爱自然、追求自由、倡导自发式写作是垮掉派"回归自然"这一主张的一体三面，它们从不同角度表达了同样的渴望，即用诗歌去疗救西方文化的"神经官能症"——主客体之间的二元对立。垮掉派诗歌能作为经典在世界上传播，在很大程度上得益于这一体三面的"回归自然"主张。当然，经典生成的因素往往是复杂的。垮掉派诗歌还得益于从异质文化中汲取养料，如回到印第安文化中去寻根，或到东方文化中去寻找信仰。垮掉派的东方情怀也跟第三世界的崛起相关。第二次世界大战以后，随着中华人民共和国的成立和众多前殖民地国家获得独立,西方世界不得不以新的眼光来看待东方文明。在世界历史和美国国内政治的转型时刻,垮掉派诗人努力介绍东方文化,使之与美国主流文化形成抗衡,这对美国文化的健康发展是有益的,而东方元素恰恰是垮掉派诗歌得以成为经典的一个重要原因。

第六章着重讨论自白派诗歌的生成与传播。从某种意义上来说,它的发展历程是对当代美国文学经典流传与演变过程的一个投射。20世纪40年代的诗歌理念是一种狭隘的传统权威规范,直接导致了现代主义诗歌道路几近枯竭的命运,这是催生自白派诗歌诞生的内部原因。其外部原因则来自后工业社会以及后现代美国社会。同时,弗洛伊德精神分析的兴起和存在主义的流行,在一定程度上推动了自白派的崛起。自白派诗歌将个人的私密情感和体验推向诗歌神坛,以极端自主的姿态开拓出新的诗歌审美范式。自白派诗人相信自己的坦率方式正适合当时的社会需求,而且自白诗的创作能够起到"自我治疗"的作用。他们抛弃了保守封闭型的艺术形式,超越了"为艺术而艺术"的学院派诗学理念,主张建立富有弹性的开放型艺术形式。学界流行着一种看法,即自白派诗歌的出现是对意象派诗歌体系的背弃。针对这一观点,本章从诗歌形式和诗歌意象两个方面入手,以大量例子证明了自白派诗歌对意象派诗歌的继承和发展。意象派诗歌的节奏性十分强烈,而弱化了格律诗的平仄与韵律之感。正是在这方面,自白派诗歌与意象派诗歌一脉相承。这种承袭和发展还体现为对"意象"内涵的不断发掘。在很大程度上,自白派诗歌的经典性在于它对英语诗歌形式的拓展与创新,主要体现在三个方面。其一,传统诗学认为那些非艺术性、不可表述的东西,在自白派诗中正大光明地坦然出现;其二,自白派诗歌揭开了遮蔽在美丽面纱下的女性作为第二性的生存状况和生命体验,质疑并反叛传统诗歌中男权文化霸权中的一些传统价值理念和价值判断,增添了英语诗歌世界的审美范式和性别视角;其三,自白派诗歌一方面大力肯定自白派诗歌中着力展现的自我,另一方面又赋予这种自我以多重性,让自我与社会对话。此外,自白派诗歌的经典化过程,折射了美国第二次世界大战后社会价值观和文化风潮的趋向,得益于历史潮流与其他姐妹艺术的共同推进。

第七章聚焦转向了当代美国小说经典的生成与传播。本章第一节审视《麦田里的守望者》在中国的传播与变形。塞林格的这部名著在中国的经典化进程是追求个性解放的现代启蒙运动在20世纪后半叶中国语境中的一个缩影。要探讨这一经典化过程,还得从小说主人公霍尔顿入手:

自20世纪70年代以来,模仿创作、文学评论、文化市场、教育机制等多种因素共同将霍尔顿打造成一个青春叛逆的经典形象,而《麦田里的守望者》则成为可以随时服务于"我不相信"和"特立独行"这类价值观的文化资源。然而,这一经典化进程丢失了原作中包含的"自我怀疑"精神,未能给中国文化输入一种不比"自由"低价的"成长"素质。正是针对这一问题,本章通过文本细读来证明霍尔顿不仅有特立独行、骂得生猛的一面,而且还有不断成熟、越来越善于反省的一面,并揭示了这"成长"正能量与该小说在中国的经典地位之间本来应有的关系。本章第二节的研究对象是艾里森的《看不见的人》。该书的经典化浪潮背后有着各种各样的推手,如大牌刊物、高端评论家、书商、出版社、评奖机构和教育/学术机构,等等。它的经典地位还得益于文学研究学者们的不断阐释,以及阐释角度、形式和方法的不断变换。虽然这些因素都很重要,但是并非最主要的。最主要的因素是它的经典性,即作品内在的艺术品格。艾里森主张把思想和情感转化为艺术,强调黑人文学的艺术性,并努力把自己民族的语言锻造成一种更好的文学语言。跟先前的黑人"抗议小说"相比,《看不见的人》同样面对美国的现实,却得出了更为复杂、深刻、恒久的结论,其根本原因是艾里森巧用了审美判断,而这也是他的小说得以登堂入室,跻身于经典之林的根本原因。美国当代小说,还对当代人类生存状况、工业化进程的影响这一经典命题通过诗性语言得以表现,呈现出独特的审美价值。在娓娓道来的故事情节中,蕴含了丰富的哲学思想。在诗意的叙述中,揭示了现代化进程中的社会疾病,以独特的方式对工业化和"进步"话语进行了回应。

第八章探讨日本文学的经典之路。本章第一节探讨了当代日本文学的生成语境,从战后十年、经济高度增长期、"团块世代"等三个时期的社会与文化语境入手,探讨其对经典生成所产生的影响,并对川端康成以及"战后派"等作家的作品进行论证。本章第二节和第三节选取两位享誉全球的日本当代作家大江健三郎和村上春树,分别从各自具有代表性的作品入手,探讨其生成与传播,借以管窥当代日本文学多元的艺术风貌和审美取向。日本当代文学呈现了极为纷繁复杂的景观。作家们不仅注重承续日本古典文学传统和东方美学,更有意识地将目光投向外部,学习与借鉴外国文学的技巧与风格,汲取世界文学资源的营养。尤其是川端康成、安部公房、大江健三郎、村上春树等优秀作家,因为与世界文学的交流与对话,极大地丰富了当代日本文学的艺术性和审美层次,同时也极大地拓展了日本文学在世界范围内的传播。

　　第九章讨论当代非洲文学经典的生成与传播。非洲文学经典有一些共同的特点,其中最主要的是跟民族解放运动的联系。民族解放运动改变了英语在非洲的性质,使非洲文学从口语时期进入书面时期,并且生成了经典文本。除白人作家之外,非洲文学的经典作品大都具备了如下共同点:第一,有清理历史和面对现实两方面的主题诉求;第二,把本国和非洲置于中心,而不是置于边缘;第三,把同胞当作主体,而不是客体;第四,作品的语言和风格都具有强烈的民族特色。换言之,要探究当代非洲文学的经典性,就得关注文学家们在清理历史和直面现实两方面的主题追求,以及带有强烈民族特色的语言风格。若论最高的成就,当首推阿契贝。他切实地清理了历史的垃圾,抓住了社会生活的主要问题,实事求是地选择了文学语言,灵活机动地运用了英语,从而为尼日利亚和非洲文学开辟了现实主义的道路,同时也确立了自己的经典地位。他用简单的英语叙事,严格控制词汇量和句型变化,尽量避免描写景物,努力缩小现代小说叙事与传统讲述的距离,在现实和历史之间构建了一座桥梁。尤其值得称道的是,他对人物语言的处理颇有独到之处,如特有名词概念的音译、喻体的本土化,以及故事和歌谣的插接,等等。从总体拼图来看,非洲文学经典还有一个不容忽视的板块,即以库切为代表的后殖民时期的非洲白人作家留下的文学遗产。这些作家中的大部分以英语、法语等欧洲语言为母语/写作语言,不但依赖欧洲帝国中心的语言表述与认知体系,同时也无法摆脱在殖民历史中的共谋身份所产生的罪恶感,因而与非洲本土作家有着本质的区别。然而,他们的一些作品从独特的角度对非洲殖民历史进行了反思,并已经在世界文坛中确立了经典地位。若把这一拼版从非洲文学经典总体拼图中排除出去,那不但有失情理,而且有悖于事实。正因为如此,本章以库切为例,揭示了后殖民时期非洲白人作家群体的"白色写作"困境:一方面,他们对于这块广袤土地的热爱并不亚于任何土著非洲人;另一方面,他们不可避免地依赖于作为殖民中心的欧洲文学传统和话语体系,永远都无法逃脱与其殖民者先辈的共谋关系。他们对于非洲的爱,注定只能是一种充满矛盾的"失败的爱"。然而,这种爱跟经典话题紧紧地联系在一起,跟经典文学该使用什么样的语言这一话题联系在一起,因而值得我们专辟一节予以探讨。

　　第十章透视当代拉美文学经典及其生成与传播的根基。本章审视拉美文学整体的兴起与传播。经典文学作品为什么在当代拉美层出不穷?

这已经成了学术界的热点话题。本章的分析表明,当代拉美文学经典得益于该地区整体文学的繁荣,而后者则缘于拉美的现代化诉求。更具体地说,当代拉美作家勇于打破传统地域主义和土著主义的刻板标准,进行社会文化和审美原则的大胆革新,积极吸收外来思想和异国文化,主动融入文学的现代化潮流,这一切都铸就了相关作品的经典性。此外,许多拉美作家在跨国多元文化的转换过程中进行自我重构,不仅寻找标志民族独立和团结的"拉丁美洲意识",而且寻找具有深刻反思精神的"美洲视角",使文学摆脱狭隘的乡土性,真正走向了世界舞台。当然,摆脱乡土并不意味着抛弃乡土,强调民族性也并不意味着把"落后"当作自身特色加以兜售。拉美当代文学的变革与发展,与其说是在重拾"越是民族的就越是世界的"这一老调,不如说体现了跨国多元文化的转换和自我重构的必要性,是文化反省和精神启蒙的结果,是自我变革和自我表征的结果,这为全球化时代的文学发展提供了新的创作模式和动力,因而造成了广泛而深刻的世界性影响。所有这些都可以看作拉美经典在当代频频涌现的根本原因。《百年孤独》是这方面的一个经典例子:作为当代的重大文化事件,它的生成不仅标志着某一个流派或创作手法(魔幻现实主义)的成熟与确立,而且标志着跨国多元文化转换和生成的新空间。它的经典之路还表明,文化的传播和接受既是一个按照时序渐进的现象,也是一个跨越空间距离的播散和互动现象;文化传播和生成过程是允许出现某种不平衡的,也就是允许出现某种"滞后"或"加速"的状况,甚至出现"滞后"与"加速"并存的杂糅性。讨论拉美经典,博尔赫斯是一个绕不过去的人物,因此本章还从"宇宙主义"和电影艺术两个方面重温了博尔赫斯作品的经典之路,以及它跟"世界性写作"之间的关系。博尔赫斯的文学历程,见证了艺术形式的日益多样化,国与国疆界的日益模糊化,以及各民族文化既融合又误解的复杂景象,同时为后人的文学创作提供了经典性的启示。

由于本卷选题的性质,我们从一开始就面临一个难题:应该选择哪些作家和作品来作为当代外国文学经典的代表?事实上,每个章节中的取舍都让我们左右为难,惶恐不安。这种惶恐是可想而知的——当代外国文学经典浩如烟海,任何以本卷篇幅来加以处理的尝试,都注定会挂一漏万。选择,还是不选择?这一直是个问题,好在这问题可以激发更多的思考,引发更有意义的讨论。

第一章
外国当代文学经典生成与传播综论

外国文学经典的生成与传播,在当代呈现出比先前更为复杂的景象。这里面有文学内部的原因,也有外部的原因。就内部原因而言,文学思潮空前繁多,彼此间的碰撞空前激烈,创作手法翻新的频率加快,新老样式交替、交融的现象扑朔迷离。就外部原因而言,空前动荡的人类社会,尤其是第二次世界大战的冲击,以及商品文化的侵袭,都给文学作品的生成和传播带来了考验。仿佛这一切还不够迷乱,20世纪下半叶兴起的"去经典化"让越来越多的人感到困惑,甚至谈"经典"色变。当然,有利于文学经典生成与传播的新因素也同时涌现,如文学与电影的互融共生成了常态,文学艺术和影视艺术互相借鉴、互相交融的现象越来越普遍,文学经典作品经由影视媒体传播的形式空前多样化、艺术化,等等。鉴于这一错综复杂的局面,本章拟从经典化与经典性的关系、世界战争带来的反思,以及影视媒体的革新这三个角度切入,勾勒外国文学经典在当代生成与传播的轨迹,分析其背后的原因。

要讨论当代外国文学经典的生成与传播,还得从"去经典化"浪潮说起。不清除"去经典化"所造成的困惑,就失去了本书论题的立足点,即经典是存在的,是有价值的,是以其内在思想深度与艺术品格为前提的,而且在当代仍然有其生成与传播的土壤、途径和价值。

在过去几十年中,国内外学术界都流行着一股"去经典化"的浪潮,即抹杀文学经典作品跟非文学作品之间的区别,无视文学作品中审美维度的特殊作用。一个常见的例子,就是把莎士比亚的名剧与香烟广告等量齐观。这一现象标志着一场深刻的、全球性规模的人文学科的危机,就像张隆溪所指出的那样:"这一被称作人文学科危机的潮流并非仅仅是时运不济和环境不佳的结果,而且还出自文学领域的内部——一些专治文学和文化理论的学者从内部质疑了文化传统的价值与合理性。"①这种"来自内部的质疑"被张隆溪视为对经典的最大威胁:"按照传统的观念,经典是道德、社会和精神价值的载体,是圣伯夫早先所说的'趣味的殿堂',然而如今却备受攻击,被视为压迫者意识形态的化身,代表着父权、居统治地位的精英或殖民主义帝国的利益。"②面对这股"去经典化"潮流,也有不少学者发出了反击的声音,但是往往不能击中要害。依笔者之见,要捍卫经典,就必须从驳斥"去经典化"学说的主要依据入手,否则就无法釜底抽薪,而要做到这一点,又必须从经典化与经典性的关系入手。

第一节 经典化与经典性

20世纪中叶以来,世界文坛经典作品层出不穷的现象有目共睹,但是人们在探究其原因时,往往混淆经典化和经典性这两个概念,因而"去经典化"浪潮乘虚而入,把经典的生成和传播统统归在"经典化"的名下。

换言之,"去经典化"是针对经典化——仅仅是针对经典化——而形成的概念。至于"去经典化"的理由,简·汤普金斯的如下说法可以作为一个典型:"经典作家的声誉并非来自他/她作品内在的优点,而是来自复杂的外部环境。在环境复合体的作用下,一些文本得以进入人们的视野,进而维持自己的优越地位。"③言下之意,是因为外部利益集团(如把持话语权或所谓"文化资本"的学术界权威、评奖机构、出版商、新闻媒体等)及其意识形态,才使某些文学作品进入了经典的殿堂。

情形果真如此吗?须知持上述观点者,大都是从社会学的角度切入文学艺术评论问题的,其中的代表人物除汤普金斯以外,还有菲德勒(Leslie Fiedler)、劳特(Paul Lauter)、吉约里(John Guillory)和布厄迪(Pierre Bourdieu)等。美国学者科尔巴斯曾经把他们都归类在"文学社会学"(Literary Sociology)的旗号下,并指出了他们的一个共同问题,即

---

① Zhang Longxi, "Valeurs, Défense, Crise et Avenir des Sciences Humaines", Diogène, Vol. 229—230, (janvier—juin 2010), p. 11.

② Ibid., p. 12.

③ Jane Tompkins, Sensational Designs: The Cultural Work of American Fiction 1790—1860, Oxford: Oxford University Press, 1985, p. 39.

未能区分经典化（canonization）和经典性（canonicity）这两个概念——前者指"与社会现状沆瀣一气的机构化过程"，而后者则指"对一部作品的认知内容的审美判断"。① 科尔巴斯的这一诊断可谓切中肯綮。假如上述两个概念从一开始就得以区分，"去经典化"浪潮就很难得逞。后者之所以盛行，是因为它把经典化和经典性混为一谈——倘若"去经典化"还有蛊惑人心的资本，那就是它的确能从文学作品的经典化过程中找到一些毛病；然而，它所有的诟病其实都避开了文学作品的经典性。正因为如此，我们有必要从区分经典化和经典性这两个概念入手，对"经典化"一说的功与过，以及经典性的构成原因，试作分析和评价，从而为当代外国文学经典的讨论提供较为坚实的基础。

（一）"经典化"一说的功与过

如上文所示，从社会学的角度来剖析文学经典的产生条件、前提和形成过程，已经变成了一种热潮。这一热潮本身无可厚非，甚至有功。其最大的功劳就在于促使人们对以下问题做深入的思考：什么是经典？经典是怎样形成的？经典赖以立足的理由是什么？经典的标准是什么？在对经典化的研究兴起以前，人类对这些问题的认识和回答大致是模糊的。例如，克雷默当年曾为文学艺术一辩，其理由沿袭了数百年来的老生常谈：艺术是"精神和思想启蒙的源泉……是愉悦的形式、道德升华的形式……是对人类的抱负最高层次上的激励"②。这类理由的问题是未能说明为什么艺术/文学经典是精神和思想启蒙的源泉，为什么能比其他文献资料更能带来愉悦，更能激励人类的理想和抱负。换言之，这些理由无法回答经典生成和传播的条件这一问题，也就是回避了经典化的问题。

不可否认，经典作家/作品的声誉有着种种外在因素。任何一部蜚声文坛的作品，都可能得益于经典化过程中的诸多环节和机缘。同样不可否认的是，这一经典化过程往往十分复杂，而且多多少少地掺杂了意识形态和权力话语等因素。因此，对每一部列入经典的作品，我们都可以问这样一个问题：它真的是经典吗？它是否得益于某个外部利益集团的操控或炒作？如果我们的疑问到此为止，那只会有益无弊，其最大的益处是对

---

① E. Dean Kolbas, *Critical Theory and the Literary Canon*, Boulder: Westview Press, 2001, pp.106－111.

② Kramer, Hilton, and Roger Kimball, eds., *Against the Grain: The New Criterion on Art and Intellect at the End of the Twentieth Century*, Chicago: Ivan R. Dee, 1955, pp.x－77.

套有"经典"光环的伪经典保持应有的警惕,甚至对真经典的瑕疵也保持敏感性——即便是真正的经典,也有可能因经典化而受到过度的赞誉或不恰当的评价;例如,把相关作品中的缺点也视为优点,或者因意识形态等因素而曲解作品的意思。也就是说,假如热衷于经典化的研究只停留在上述疑问的层面,那本来会对文学批评有百利而无一害。

然而,曾几何时,对经典化的研究犹如脱缰的野马,酿成了一股横扫一切的"去经典化"浪潮。说它横扫一切,指的是它颠覆一切经典、颠覆一切标准的倾向。以菲德勒的《文学是什么?——高雅文化与大众社会》为例。该书分为上下篇,下篇的标题是"开放经典",而上篇的标题则干脆是"颠覆标准"。不过,即便要颠覆标准,也得有一个依据,或者说需要一个用来颠覆标准的标准,这在《文学是什么?——高雅文化与大众社会》的开篇处有所透露:"……我们高谈阔论的诗歌和小说,都只是在很小的受众圈子里被视若至宝,反之那许许多多的作品,则但凡目堪识丁,妇孺皆是爱不释手,尤其是它们一旦被译介为后印刷时代的媒体,受众就更是铺天盖地。"[1]言下之意,受众的多少,应该作为评判书籍的标准。事实上,大多数提倡"去经典化"的人都持类似的观点,都打着"大众"和"正义"的旗号,就像布鲁姆在《西方正典》中所说的那样:"我们正在以社会正义的名义摧毁着人文学科和社会科学中的所有思想标准和审美标准。"[2]这种摧毁一切标准的做法,最普遍的结果是把文学经典与非文学文献等量齐观。这在新历史主义和文化研究的思潮中最为明显。就像赵国新总结的那样,文化唯物论(笔者按:应该是文化研究——虽然威廉斯被奉为文化研究的祖师爷,但是他的文化唯物论跟后来文化研究领域里的一些主流观点其实是有很大区别的)和新历史主义"都很倚重非文学文献,并把它们抬高到可以同经典分庭抗礼的地位"。[3] 类似的例子还有许多,如吴治平就曾经强调"威廉斯考察'文学'一词的目的在于使我们意识到……'文

---

[1] 莱斯利·菲德勒:《文学是什么?——高雅文化与大众社会》,陆扬译,南京:译林出版社,2011年版,第3页。

[2] Harold Bloom, *The Western Canon: The Books and School of the Ages*, New York: Harcourt Brace & Company, 1994, p.18.

[3] 赵国新:《新左派的文化政治:雷蒙·威廉斯的文化理论》,北京:外语教学与研究出版社,2009年版,第151页。需要在此指出的是,把威廉斯(文化唯物论的创始人)跟"去经典化"运动相提并论的观点值得商榷,就如陆建德所说的那样:"威廉斯……反对狭隘地理解'文学'一词,但如果文化研究彻底脱离文学遗产并以此为荣,作为祖师的威廉斯或许会剥夺某些信徒的文化财富继承权。"——详见陆建德《词语的政治学》,《读书》,2005年03期,第33页。

学'并没有内在的固定本质",并用赞许的口吻附和了霍尔(Stuart Hall)的一个观点,即威廉斯"开启文学就是'写作形式'的概念"。① 虽然我们不认为威廉斯否认了"文学"具有内在本质(见本页脚注),但是必须承认,上述观点的影响是很普遍的。

否认文学具有独特的内在本质,把它等同于一般的"写作形式"或任何非文学文献,这一观点有一个十分诱人——或者说极具煽动性——的理由,即"平等"和"民主",也就是前文所说的"大众"和"正义"。用新历史主义代表人物格林布拉特的话说,"社会能量的循环"(the circulation of social energy)给了所有的文本"平等的认知潜能"(equal cognitive potential)。② 素有"文学社会学旗手"之称的米尔纳说得更为直露:要人们相信某些作品比另一些作品更"牢固地拥有'根本的审美价值',已经变得不可能了",因此人们"应该完全地放弃经典这一概念"。③跟许多热衷于文化研究的学者一样,米尔纳认为传统的文学研究有悖于上文所说的"平等"原则,"经常在政治上表现为保守的文化精英主义",而文化研究则"主张用更有趣的方法来探讨经典的'文学'文本,而不是对后者顶礼膜拜"。④在当今这个一打"民主"旗号就能沾光的世界,以上主张和理由似乎总是代表着正义,因而总能吸引一大批拥护者。

然而,"去经典化"运动真的是奔民主和正义而去的吗?

科尔巴斯对此有过深刻的剖析。在《批评理论与文学经典》一书中,科尔巴斯尖锐地指出,新历史主义和文学社会学的真正旨归是"交易"(exchange):

> 新历史主义强加给经典的,或许是对审美自主性最有害的原则,即为了交易而抹杀所有的差异、个性和特殊性,使之崩溃式地同化。与社会学一样,新历史主义剥离了艺术作品的批判潜能,使得后者无法批判现存的社会经济关系,以及维护这种关系的、倚重算计能力的实用理性。它无视历史的演变,把有关交易的现代观念视为放之四海而皆准的理念,使之成为"概莫能外"的历史性建构,进而把社会现

---

① 吴冶平:《雷蒙德·威廉斯的文化理论研究》,兰州:甘肃人民出版社,2006年版,第163—165页。此处仍须强调:威廉斯其实酷爱文学,他的思想观点与"去经典化"运动不可同日而语。

② Stephen Greenblatt, "Martial Law in the Land of Cockaigne", in *Shakespearean Negotiations: The Circulation of Social Energy in Renaissance in England*, Berkeley: University of California Press, 1988, pp. 129—163.

③ Andrew Milner, *Literature, Culture and Society*, London: UCLA Press, 1996, p. 178.

④ Ibid., pp. 11—25.

状的维护提升为统驭一切的原则,并以此作为审美价值的最终裁决——现在如此,永远如此。简而言之,新历史主义声称自己是关于技术官僚社会和商品化社会的历史"记忆",到头来却服从了那个社会的逻辑,使艺术品受制于交易原则和商品化原则,而艺术品本来最能体现对这些原则的批判。①

科尔巴斯在此处点明了新历史主义的实质及其要害:原来"去经典化"要民主是假,要交易是真——把文学作品和非文学文献不分青红皂白地"平等"处理,刚好遵循了资本主义社会把一切事物商品化的交易原则。同样,热衷于用文化研究取代文学研究的思潮也遵循了商品交易的原则。对此科尔巴斯也有过犀利的评述:"作为一门学科,文化研究似乎是傲慢的市场社会的机构化表现;市场社会消解了不同事物的真实个性,使它们就范于对等原则,以便从事交易。文化研究也加快了这种交易的进程。无论是处理孤立的题材,还是商业广告和娱乐产业的成品,或是经官方认可的、带有神圣性的艺术作品,文化研究所到之处,总要找出相同对等的品质。"②也就是说,文化研究所遵循的逻辑,与资本主义的交易逻辑如出一辙;更确切地说,是为后者服务的。

就具体阅读策略而言,上述对等原则具体表现为对所谓"文本性"(textuality)的倚重,同时对作品审美维度的消解。一旦审美维度被忽略不计,那么所有的书写文本都可以统一在文本性的基础上,也就实现了上文所说的平等或对等。这方面最典型的例子是格林布拉特解读莎士比亚戏剧的策略。例如,他在解读《暴风雨》时,无视该剧的审美维度,一味地强调该剧的档案功能或"记忆"功能,即帮助后世记住"在伊丽莎白一世时代和詹姆士一世时代的英国社会,处于经济生活和意识形态中心的是……劳动者和统治者之间的区别"③。针对格林布拉特的阅读策略,科尔巴斯曾经有过如下批评:"把《暴风雨》这样的经典文艺作品的内容简化为纯粹的文本性,无异于把人类的痛苦也仅仅当作往昔的文本现象,好像这些作品除了档案价值之外,对现今人类社会再无意义可言。这样做不仅是违背良心的,而且危害了文学艺术描述愿景的功能——文学艺术能

---

① E. Dean Kolbas, *Critical Theory and the Literary Canon*, Boulder: Westview Press, 2001, p. 118.
② Ibid., p. 122.
③ Stephen Greenblatt, *Shakespearean Negotiations: The Circulation of Social Energy in Renaissance in England*, Berkeley: University of California Press, 1988, p. 149.

展望脱离了不公和残酷现象的未来社会,而这样的愿景非依靠想象力不可。"①这一批评可谓一针见血。

对经典化的研究,之所以会走向"去经典化"的极端,是因为忽略了经典性的存在,忽略了文学作品审美维度的重要性。经典之所以为经典,经典化固然是一个原因,但是更重要的原因在于相关作品的经典性。正因为如此,本节第二部分将探讨经典性的标志和构成原因。

(二) 经典性的构成

一部文学作品要成为经典,首先要不同于非文学文献,其次要表现出不同于一般文学作品的优越性。当代文学作品自然也是如此。换言之,这两方面的特殊性构成了经典性的要素。

问题也就来了:究竟特殊在什么地方呢?

本节第一部分中提到,根据科尔巴斯的观点,经典性概念意味着对一部作品的认知内容的审美判断。也就是说,一部文学作品是否能成为经典,取决于对它的认知内容的审美判断,取决于它是否能在审美维度上胜出,即具有比非文学文献和一般文学作品优越的审美特殊性。用科尔巴斯的话说,"文学作品独特的认知价值,以及它们的客观真理,都镶嵌在它们的形式审美特征里了。"②确实,离开了作品的形式审美特征,经典性就无从谈起。不过,科尔巴斯对形式审美特征的强调,只停留在理论阐述的层面,未能用足够的具体例子来说明他自己的观点。有鉴于此,我们不妨以当代外国文学为例,审视一下经典作品是如何以形式审美特征取胜的。

要回答上述问题,首先得走出学术界一个常见的误区,即把文学作品的思想/认知维度和审美维度分而治之。事实上,所有的经典作品,其思想深度不仅见诸作者的观点本身,而且体现于他们所创造的艺术形式,体现于他们的文字、比喻、象征手法、叙事结构、故事情节、人物塑造和题材的选择,等等。就以当代美国作家厄普代克(John Updike,1932—2009)为例,他曾两度获得普利策奖,但是至于获奖原因,却仁者见仁,智者见智。他还常常成为攻讦的对象。值得注意的是,无论是赞扬他的人,还是批评他的人,往往专注于某个思想主题,而置审美维度于不顾。例如,对

---

① E. Dean Kolbas, *Critical Theory and the Literary Canon*, Boulder: Westview Press, 2001, p. 115.
② Ibid., p. 114.

他的抨击主要集中在他对"性"主题的关注上,而对他的褒奖则往往立足于他对社会历史的记载——他的"兔子四部曲"展示了第二次世界大战以后40多年的历史画卷,获得了"美国断代史"的美称。然而,即便厄普代克所选的都是重大思想主题,他也离不开审美维度,否则他产出的至多是优秀的历史社会文献,而不是文学经典。厄普代克至今仍然为人们津津乐道,是因为他的作品有着超越时空的审美维度。更具体地说,他的作品往往以顿悟(epiphany)取胜,往往能超越个体经验和局部人生,进而上升到对整个人生真谛的领悟,而这种顿悟又离不开情节、人物、比喻、象征和叙事结构的妙用,离不开时间和场景中的细节,如姿态、声响和色彩,等等。仅以他的《兔子,跑吧》(Rabbit Run,1960)为例。小说主人公哈利(绰号为"兔子")离家出走,牧师埃克里斯借邀他打高尔夫球的机会,劝他回到妻子身边,遭到了他的拒绝。埃克里斯不依不饶,连珠炮似地追问原因,并极尽挖苦之能事,逼得哈利十分尴尬,无言以答,于是就干脆憋足气,使劲儿抡起了高尔夫球棒——想趁早收场脱身,不料就在击球后的一刹那,他竟然找到了答案:

> 他十分利索地把球棒挥过肩膀,然后朝球打下去。撞击的声音空洞、单调。他还从来没听到过这样的声音。由于他双臂用力较猛,头也顺势抬得很高。只见那只球悬在老远的地方,其宛若月光的银灰色背后衬着一片片美丽的雨云,蓝幽幽的。那是他外祖父的颜色,浓浓地抹在东方的天际。球沿着一条笔直的线渐渐远去。一下打去,这球恰如流星赶月,眨眼间变成一个小白点儿。球迟疑了一下,"兔子"以为它要消失了,但是他上了当。那一迟疑只是一种依托,球在此基础上又作了最后一跳。就在它落下消失之前,那球分明是带着啜泣最后咬了太空一口。"就是这个!"他大叫起来,然后喜笑颜开地转过身来,对埃里克斯重复了一句:"就是这个。"①

这是一段诗意的描写。打高尔夫球原本是一桩很普通的事情,但是就在那平平常常的一挥、一击、一看之间,哈利经历了一次顿悟:他生活中所缺少的正是那种流星赶月般的激情和壮美。读者也随之感悟到了小说的基本含义:"兔子"之所以要跑,要离家出走,是因为他想逃离人世间的平庸。高尔夫球虽小,但是它运行的姿态、声响、色彩以及它与太空融为

---

① 约翰·厄普代克:《兔子,跑吧》,李力等译,重庆:重庆出版社,1987年版,第186—187页。

一体的情景却蔚为壮观。此时,哈利的心灵已经得到了升华——他的胸襟气韵分明已经贯注于天地万物之间。也就是说,此时此刻的哈利暂时超越了个体生命,而读者亦可对这一境界的观照而忘却小我,进入人和万物一体同仁的状态,形成物我的回响交流。

上述顿悟的产生,以及诗意的构成,离不开喻象的巧用。一个普通的高尔夫球,竟然带有"宛若月光的银灰色",而且"如流星赶月",甚至"带着啜泣最后咬了太空一口"。此处的比喻,尤其是通感①(也是一种比喻),分明是一种诗性语言。在上引文字中,不光是那个小小的高尔夫球,而且整个打高尔夫球的场景原本都很寻常,但是经由厄普代克的妙笔生花,顿时焕发出永恒之美的光辉,或如当年乔伊斯笔下的斯提芬所说,"最寻常的事物似乎辐射出了灵光。"②这种情形在那些毫无审美情趣的文献资料里,是根本不可能发生的,而在厄普代克的笔下却频频发生。熟悉《兔子,跑吧》的读者,首先会被它的文字魅力所吸引,被它那跌宕起伏的情节、鲜活的人物形象和生动的喻象所吸引,被它幽默的语言风格所打动,并因此而产生审美愉悦,这就应了克莫德关于经典的前提一说:"经典的必要前提是它能给人愉悦,尽管这一前提不那么明显。"③正是因为有了这种审美愉悦,《兔子,跑吧》的读者才能顺势寻找故事背后重大的意义:"兔子"哈利的奔跑不仅隐含对美国彼时彼地的社会关切,而且隐喻对生命意义的追问,跟赶月的流星、宛若月球并融入太空的高尔夫球形成了交响,实现了时空的穿越,至今仍在对人类——不仅仅是美国人——言说着。

换言之,经典的文学作品,其思想维度和审美维度往往你中有我,我中有你。更确切地说,伟大的文学思想是要通过特殊的文字和比喻来体悟的。早在19世纪,英国文学巨匠卡莱尔就曾经对此有过精彩论断:"世人谓文字乃思想之外衣,不知文字为思想之皮肉,比喻则其筋络。"④无独有偶,法国作家福楼拜也曾说过,"思想与形式分开,全无意义。譬如物体,去其颜色形模,所余不过一场空。思想之为思想,端赖文笔耳……文

---

① "带着啜泣最后咬了太空一口"那一句的英文原文是"with a kind of visible sob takes a last bite of space"。"visible sob"显然是一种通感或联觉(synaesthesia);"啜泣"(sob)原本诉诸听觉,此处却诉诸视觉。

② 详见殷企平:《小说艺术管窥》,天津:百花文艺出版社,1995年版,第90—104页。

③ Frank Kermode, *Pleasure and Change: The Aesthetics of Canon*, Oxford: Oxford University Press, 2004, p.20.

④ 译文摘自钱锺书:《中国固有的文学批评的一个特点》,《钱锺书散文》,杭州:浙江文艺出版社,1997年版,第396页。原文见《拼凑的裁缝》(*Sartor Resartus*)第1卷第11章。

章不特为思想之生命,抑为思想之血液。"①这一论断正好在厄普代克的作品里得到了应验。他的思想观点固然重要,但是一旦落实到承载相关思想的具体作品,由于其思想维度跟审美维度水乳交融,构成了一种特殊的品质,因此更重要的是这种品质。凡是经典作家,都不可能没有这种品质,都必须倚重使"思想之为思想"的文笔。

当代作家要进入经典的殿堂,也端赖上述文笔。厄普代克如此,其他当代作家也是如此。我们不妨另举两例,以资证明。先说英国作家多丽丝·莱辛(Doris Lessing,1919—2013)的《金色笔记》(*The Golden Notebook*,1962)。该小说的叙事结构非常独特——叙事结构也是一种文笔。全书宛如五个大"声部",每一个声部分别代表女主人公安娜在生活中的不同角色,即作为女人的安娜、作为小说家的安娜、作为母亲的安娜、作为情人的安娜,以及作为共产主义者的安娜。这五种不同的身份意味着不同的生活目的和思想立场,它们各自以不同的话语形式进入了安娜的内心世界——莱辛别出心裁地把全书分成五个笔记本,每一本笔记围绕安娜的一种身份展开,而且每一本都用明显不同的语言风格写成。虽然代表安娜五种身份的五种话语分处于五个笔记本,但是这些话语同处于安娜的内心意识之中。它们相互渗透,相互呼应,相互交锋,形成了一种平等的对话关系。这样的结构形式可谓别开生面,不无审美维度,但是莱辛显然不是为形式而形式。莱辛自己就曾谈到过该书形式背后的意图:"我的主要目的是为本书找到自我言说的形式。形式无言,却能表述:通过小说构形的方式来说话。"②这种无言的形式其实是一种审美层面的言说,它并不摒斥内容,而是融内容于形式,就像刘雪岚在分析《金色笔记》时所说的那样:"分裂的笔记象征着安娜分裂的内心世界,最后合四为一的'金色笔记'又代表了她走向完整的精神状态,在此,内容与形式达到了高度的契合统一,从而深刻地揭示了生活的本质就是分裂无序,而生存的意义也许就在于在混乱中探索、寻找秩序与意义。"③刘雪岚此处其实已经点出了《金色笔记》的经典性所在,即内容与形式的高度统一,也就是思想维度跟审美维度的水乳交融。

---

① 转引自钱锺书:《中国固有的文学批评的一个特点》,《钱锺书散文》,杭州:浙江文艺出版社,1997年版,第396—397页。
② Doris Lessing, "Preface", *The Golden Notebook*, London: Harper Perennial, 2007, p.13.
③ 刘雪岚:《多丽丝·莱辛和她的〈金色笔记〉》,《现代主义之后:写实与实验》,陆建德主编,北京:中国社会科学出版社,1997年版,第143页。

再说威廉·戈尔丁（William Golding，1911—1993）的《蝇王》（*Lord of the Flies*，1954）。这部小说的叙事结构本身也是一种象征，一种言说。全书结构有三条平行延伸的脉络。第一条脉络呈现为六次"集会"和六次"上山"。书中（一群降落在孤岛上的）孩子们通过集会举行民主选举，并商议如何向过路船只呼救等事宜，因此集会可以看作理性的象征，而"上山"则相反：荒山野岭是野兽出没的地方，杰克等人杀害皮基并纵火的行径都发生在那里，因而可以视为野蛮的象征。雷德帕斯（Philip Redpath）曾经分析过这些集会和上山之行在书中出现的先后次序，并用下列符号来加以表示：A-M A-M / M-A M-A M-A M-A。① 此处，"A"表示集会（Assemblies），"M"表示上山之行（Trips to the Mountains）。雷德帕斯不无道理地指出，前两次集会发生在上山之行之前，因为那时理性还占着上风；而后面四次集会却发生在上山之行之后，这表明理性已经处于劣势。换言之，当人性还没有堕落之前，小说的叙事结构表现为"A-M（集会—上山）"的形式；当人性开始堕落以后，小说的叙事结构则表现为"M-A（上山—集会）"的形式。

《蝇王》叙事结构的第二条脉络跟"扔石头"有关。书中共有四次"扔石头"。第一次发生在故事开始以后不久：拉尔夫、杰克和西蒙为了全体孩子的安全而上山侦察地形，半路上有"一块小汽车般大小的岩石"挡道，于是三人合力掀掉了石头，"上山的路从此就畅通无阻了"。② 第二次是罗杰为了开玩笑向小亨利扔石头。（第62页）第三次则不再是开玩笑，而是为了杀人："罗杰疯狂地用全力扑在杠杆上……岩石猛击皮基……顿时，他的脑浆迸裂。"（第180—181页）第四次和第三次一样：杰克等人为了杀死拉尔夫而不断地向他投掷石头，"红色的岩石像弹幕一样从悬崖顶上飞落下来……"（第193页）这四次扔石头，第一次是为了公众利益，第二次纯粹是开玩笑，第三次和第四次则是无辜杀人。所以，整个过程反映了从人性到兽性的蜕变。

第三条脉络和"杀猪"有关。杰克等人开始打猎（杀野猪）时是为了解决遇救前的生存问题，随后（第7章中）"杀猪"是一场游戏，然而此后不久的另一次"杀猪"的游戏却酿成了悲剧：在第9章《目击死亡》里，正当孩子

---

① Philip Redpath and William Golding, *A Structural Reading of His Fiction*, New York: Vision and Barnes and Noble, 1986, p.81.

② William Golding, *Lord of the Flies*, New York: Perigee Books, 1954, p.28. 此后该小说引文页码置于文中括弧内。

们高唱着"杀死野兽"这一曲调而跳舞狂欢时,西蒙突然冲进他们围成的圈子里(他的本意是向小伙伴们报告一个好消息),结果被当成野猪而活活地打死。(第151—154页)由此可见,"杀猪"序列跟"扔石头"序列一样,都奏出了这样一个"三部曲":为大众——开玩笑——杀人。这一模式连同上述"集会——上山/上山——集会"模式一起,共同指向了小说的深刻主题:理性的丧失和人性的堕落。

以上分析的三大事件序列和五大"声部",分别是《蝇王》和《金色笔记》的结构性象征,它们标志着一种审美判断,是作品内在思想的生命和血液,也就是这两部小说的经典性所在。

综上所述,文学的经典性扎根于审美判断,律动于诗性语言,镶嵌于作品的形式审美特征,而经典化则有赖于作品外部的条件和环境。两者有着质的区别,不可同日而语。自古以来皆是如此,当代外国文学也不能例外。

第二节　第二次世界大战的反思与当代文学经典的生成

任何关于当代外国文学经典的讨论,都绕不开第二次世界大战这一话题。文学批评界流行着这样一种说法:"第二次世界大战的开始,标志着现代主义时代的终结。"[1]这当然是指文学思潮/流派而言。不过,第二次世界大战给文学带来的变化远远超出了思潮和流派的范畴。即便仅就文学思潮/流派而言,上述说法也值得商榷。陆建德在回顾第二次世界大战以后英国小说时曾经强调,"现代主义"这一名字造成了很多混乱,而"从英国小说创作来说,第二次世界大战的结束没有带来任何根本的转变,活跃于所谓'现代主义'浪潮下的英国小说家如约·波·普利斯特利、伊丽莎白·波温、莱·波·哈特利、爱维·康普顿-伯内特、伊夫林·沃、吉恩·瑞斯、亨利·格林、安东尼·坡威尔和格雷厄姆·格林等笔力仍健,他们在年轻的时候就不想高攀'现代主义',第二次世界大战后依然我行我素"[2]。不仅如此,不少小说家还发展了所谓的"现代主义"传统。例

---

[1] Kevin Dettmar and Jennifer, "The Twentieth Century", in David Damrosch ed., *The Longman Anthology of British Literature*, Vol. 2C, New York: Longman, 1999, p.2003.

[2] 陆建德:《第二次世界大战后英国小说回顾(代序)》,《现代主义之后:写实与实验》,陆建德主编,北京:中国社会科学出版社,1997年版,第2页。

如,战后最出色的英国小说家之一拉什迪就是这方面的典型代表。按照德特马和威克的说法,"拉什迪的小说是英国现代主义文学中最出色的部分"[1]。战后英国小说是如此,战后英国诗歌、戏剧等其他文学样式又何尝不是如此? 其他许多国家的战后文学也何尝不是如此?

无论在欧美,还是在拉美,或是在非洲,战后经典文学作品大都带有人们通常所说的"现代主义"的特征,尽管大部分相关作家都不喜欢沿用"现代主义"这一标签。事实上,第二次世界大战以后,世界文学越来越呈现出多种思潮/流派交汇、交融的格局。阿根廷的博尔赫斯、哥伦比亚的加西亚·马尔克斯、智利的聂鲁达、墨西哥的帕斯、秘鲁的巴尔加斯·略萨、古巴的阿莱霍·卡彭铁尔、墨西哥的卡洛斯·富恩特斯、俄罗斯的帕斯捷尔纳克、捷克的米兰·昆德拉、爱尔兰的谢默斯·希尼,还有美国的塞林格、艾里森和索尔·贝娄,以及非洲的阿契贝、恩古吉、阿尔马、法拉赫和库切,乃至那个国籍不明的保罗·策兰[2],都是兼收并蓄的高手。在他们的笔下,先前的"浪漫主义""现实主义"和"现代主义"等犹如涓涓细流,最终汇成了大海。换言之,不管用不用某种"主义"的标签,战后各国的经典作家都在不同程度上同时吸收了许多前人的创作手法,其中也包括"现代主义"手法,不过他们都能承先启后,推陈出新。当然,他们中间有不少人又被贴上了新的标签,如"魔幻现实主义"和"后现代主义"等,但是任何优秀的文学作品(尤其是小说)都担当着展现社会现实图景的天职,因此不管它们是否带有上述标签,或是带有什么样的标签,它们在本质上都应该是现实主义的,只是这现实主义的含义会随着时代的变化而变化,其创作模式和手法因社会现实的不同而不同。就当代世界文学而言,第二次世界大战给人类社会带来的巨大变化是绕不开的现实,而这新现实的一大特点是它所造成的困惑。关于这一点,布洛克-罗斯(Christine Brooke-Rose,1926—2012)曾经有过精辟的说明。在她看来,第二次世界大战以后的人类社会已经变得难以辨认、难以阐释、难以捕捉了,或者说变得荒诞、离奇和虚幻了,因此需要文学作品(尤其是小说)来"模仿世界的不可阐释性",而从事这类工作的小说往往被贴上"后现代主义"的标签,但是这所谓的"后现代主义"其实是一种"现实主义的再现":

---

[1] Kevin Dettmar and Jennifer, "The Twentieth Century", in David Damrosch ed., *The Longman Anthology of British Literature*, Vol. 2C, New York: Longman, 1999, p. 2010.

[2] 策兰的故乡布科维纳(Bukovina)在1918年以前是奥匈帝国治下的公国属地,第一次世界大战以后归属罗马尼亚,第二次世界大战期间则先后被苏联和纳粹德国占领,战后部分并入了乌克兰。

"许多'后现代主义'小说……展现的是令人难以置信的图景,但是它们(在技巧层面上)用现实主义的手段再现了当代人类的状况。"①布洛克-罗斯的下面这段话说得更加清楚:"归根结底,任何小说都是现实主义的,不管它是模仿某种反映神话理念的英雄事迹,还是模仿某种反映进步理念的社会,或是模仿人的内在心理,甚至是像现在那样模仿世界的不可阐释性——这种不可阐释性正是当今人类的现实,就像世界的阐释性曾经是人类的现实一样(而且我们还可能重新回到一个可以被阐释的世界)。"②不光是小说,整个文学都面临着类似的情形。如果说布洛克-罗斯所说的"世界的不可阐释性"略嫌绝对化,那么第二次世界大战给人类带来的巨大困惑则是现实,而优秀的文学作品都会或多或少地反映/折射这一现实。

这种困惑的程度,跟战争的规模和残酷程度有着直接的关系。"第二次世界大战是迄今为止人类社会规模最大、伤亡最惨重、破坏性最大的全球性战争。全世界的独立国家几乎无一幸免,战火席卷了61个国家20亿以上人口,战争硝烟遍及欧洲、亚洲、美洲、非洲及大洋洲,以及大西洋、太平洋、印度洋及北冰洋等四大洋。战争夺取了约5500万人的生命,军民伤亡总数超过9000万……战争造成的经济损失超过了4万亿美元。此外,在第二次世界大战中,许多城市被彻底摧毁,大量房屋、工厂、农庄、铁路和桥梁被破坏,损失难以估计。"③更让人困惑的是,即便在第二次世界大战结束以后,世界也仍然不太平,大大小小的局部战争连绵不断,"仅在第二次世界大战后的37年中,世界上就爆发了470余起局部战争。在世界范围内,无任何战争的日子只有26天。战争的手段也……发展到飞机、坦克、舰艇,甚至灭绝性的核武器、生化武器、集束炸弹、中子弹、生物弹等等,应有尽有。战争的出现给人类、人类社会与人类的生存环境——地球及其生态系统造成了巨大的灾难。据瑞典与印度学者统计,世界上先后共有36.4亿人因战争丧生。损失的财富折合成黄金可以铺一条宽150公里、厚10米环绕地球一周的金带。"④比这更惨的是战争所造成的精神上的严重后果。可以说,在第二次世界大战以后,人类首次意识到自

---

① Christine Brooke-Rose, *A Rhetoric of the Unreal*, Cambridge: Cambridge University Press, 1981, p.364.
② Ibid., p.388.
③ 李公昭:《美国战争小说史论》,北京:北京大学出版社,2012年版,第273页。
④ 同上书,第2页。

已进入了"全球性灾难时代"。① 这灾难的阴影,始终未曾消散过。

怎样摆脱这全球性的阴影?这是摆在全世界文学家们面前的课题。至少在西方,第二次世界大战以后的文学一直都致力于摆脱这种阴影,或者说带有战争阴影的焦虑。如果说第二次世界大战以前的文学展现了西方人对人性异化的恐惧,以及失去精神家园的焦虑,那么第二次世界大战以后的文学则更多致力于摆脱因战争的创伤而引发的焦虑。德特玛和维克曾经指出,第二次世界大战以后一直存在着种种"异样的声音",尤其是"战争的虚华辞藻",这"使如今的诗歌身陷重围"。② 事实上,深陷重围的何止诗歌?所有的文学样式都可谓深陷重围,然而不无悖论的是,这种"四面楚歌"的形势反而激发了优秀文学家们"沙漠行舟"的斗志(详见本书第二章第一节)。他们左冲右突,从创作旨趣到行文方式,都做出了艰辛的努力。更具体地说,在文学经典的生成和演变方面,当代经典发生了深刻的变化。就小说创作而言,主要的演变体现在叙事策略、技巧和主题的探索方面,而就诗歌创作而言,主要的变化表现为诗体的革新和诗学思想的演进。

先说当代小说经典的变化。索尔·贝娄在1963年美国国会图书馆的一次演说中提到,当代伟大文学作品中有着"一种痛苦的基调",这不仅跟法西斯集中营的噩梦和广岛原子弹造成的恐慌有关,而且跟"工业化都市社会的野蛮入侵"有关。③ 确实,这种痛苦的基调在战后许多国家的小说里都可以找到,并弥散于相关作品的主题和创作手法。例如,贝娄的小说《更多的人死于心碎》以"核辐射"为中心意象,其寓意远远超出了核战争所带来的灾难;小说主人公贝恩的一句话可谓画龙点睛:"缺乏爱就像核辐射一样可怕,更多的人因心碎而死,然而,没有任何人组织大家与之进行斗争。"④这实际上是当代"文明"语境下人类生存状况的写照:核辐

---

① 参见"Nature's Refrain in American Poetry", in Jay Parini and Brett C. Miller eds., *The Columbia History of American Poetry*, Beijing: Foreign Language Teaching and Research Press, 2005, p. 726.

② Kevin Dettmar and Jennifer Wicke, "W. H. Auden", in David Damrosch ed., *The Longman Anthology of British Literature*, Vol. 2C, New York: Longman, 1999, p. 2657.

③ John Jacob Clayton, *Saul Bellow: In Defense of Man*, Bloomington & London: Indiana University Press, 1979, p. 10.

④ 索尔·贝娄:《更多的人死于心碎》,姚暨荣译,宋兆霖主编:《索尔·贝娄全集》(十四卷),石家庄:河北教育出版社,2002年版,第272页。

射是一场灾难,但是更具有毁灭性的灾难莫过于人心的冷漠和麻木。在美国,类似的小说层出不穷,其中有许多直接以战争为主题,并且成了经典,如格兰·希尔的《死亡制造者》(*The Deathmakers*,1960)、欧文·肖的《幼狮》(*The Young Lions*,1948)、库尔特·冯内古特的《五号屠场》(*Slaughterhouse Five*,1969)、诺曼·梅勒的《裸者与死者》(*The Naked and the Dead*,1948)和托马斯·品钦的《万有引力之虹》(*The Gravity's Rainbow*,1976),等等。这些作品的"表现重心从战场转移到战争本质与战争后果等方面,表现了对战争的反思与批判","其思想主题辐散到政治、社会、经济、文化、种族等多个范畴","构成了广泛的社会批评"。[①] 除了主题,这些作品的叙事模式乃至文类也有了新的变化。例如,《五号屠场》采用了元小说的模式。作者在第一章中描写了第二次世界大战末期德国德累斯顿地区遭受的毁灭性轰炸,之后随即对自己的描述做了这样的评论:"这段描述太短,太乱,太刺耳……这是因为不可能用理智的方法去谈论一场屠杀。"[②]此处作者采用了"创作"和"批评"并举的方式,即在进行艺术创造的同时又对创造本身评头论足,从而打破了文艺创作和文艺批评之间的传统界限,而这样的形式本身彰显了作者之痛、题材之痛。

更难能可贵的是,上述作品的主要批判对象并非当时的法西斯轴心国,"而是将批判的矛头对准美国、美国军队、美国文化和美国人",因而"具有一种'自省'(self-reflexive)和寓言的性质"。[③]不仅仅在美国,在其他国家也是如此。例如,英国在战后出现了"编史元小说"(historiographic metafiction),如萨尔曼·拉什迪的《午夜的孩子》(*Midnight's Children*,1981)、格雷厄姆·斯威夫特的《洼地》(*Waterland*,1983)、朱利安·巴恩斯的《福楼拜的鹦鹉》(*Flaubert's Parrot*,1984)和麦克尤恩的《赎罪》(*Atonement*,2000)。这些作家出生于战后,并没有经历过战争的残酷与暴力,但是第二次世界大战及其造成的创伤"是他们作品中经常出现的主题"[④]。他们的关注对象还包括发生在柬埔寨、卢旺达、克罗地亚、波斯尼亚、科索沃和苏丹的种族屠杀事件。他们清醒地意识到,这些事件跟当年纳粹的屠犹暴行如出一辙,其根源都可

---

① 李公昭:《美国战争小说史论》,北京:北京大学出版社,2012年版,第277页。
② Kurt Vonnegut, *Slaughterhouse Five*, New York: Dell Publishing, 1991, p.19.
③ 李公昭:《美国战争小说史论》,北京:北京大学出版社,2012年版,第286—288页。
④ A. S. Byatt, *On Histories and Stories*, Massachusetts: Harvard University Press, 2002, p.12.

以追溯到西方启蒙现代性。这就跟20世纪六七十年代西方学界的哲学思潮形成了互动：当时的哲学家们以空前的规模对"理性""进步""主体"等启蒙时期以来被奉为圭臬的概念进行了质疑。跟这些哲学家们一样，上述"编史元小说"作家们也质疑了线性"进步"学说和主体的确定性，并在叙事中打破了传统的线性叙事，抛弃了情节的完整。这种叙事形式本身就是一种言说，是对人类社会重大问题的探讨。

如果说"编史元小说"是小说的一种变体，那么当代小说还有另一种变体，即"非虚构小说"（non-iction novel）。诺曼·梅勒的《夜幕下的大军》（*Armies of the Night*, 1968）是这方面的典型。该书熔小说与新闻报道于一炉，再现了1964年4月在纽约爆发的反越战示威游行。如果说第二次世界大战引发了前文所说的"全球性灾难时代"，那么越南战争则加剧了全球性灾难感，而《夜幕下的大军》是对此的经典回应。这部作品中描写的场景都有名有实，但是它们的组合以及相互之间的过渡总是显示出一个艺术家的匠心独运。如任绍曾教授指出的那样，该书"三部分的标题体现了作者按时间顺序记述这次反战示威事件，可是他又不拘泥于历史的叙述，而是从一个场景跳到另一个场景地记述事件的发展。三个部分的每一节都集中于一个场景，从梅勒的陋室、自由派的家宴、恩巴萨德影剧院、司法部门前的抗议、教堂前的集会，进而写林肯纪念堂的群众场面，五角大楼前的斗争，最后以对监狱和法庭的记述结束……"[①]这种场景的剪裁和组合的明显效果是摆脱了普通新闻报道平铺直叙的手法，从而使读者不知不觉地进入"小说阅读状态"，即产生阅读小说时的那种期待效应。除了场景的剪辑之外，《夜幕下的大军》在喻象的使用上也别出心裁，如下面这段描写："你仔细看一下那个代表我们意志的国家吧。她就是美国。昔日，她曾美貌无双。如今，她却长满了天花。她怀着身孕——无人知道她是否偷了汉子。她深陷地牢，四周是无形的墙。只见她不断地憔悴下去。现在，可怕的分娩期到了；她开始了第一阵痉挛——这痉挛还会持续下去；知道它会持续多久的医生还没有出世……"[②]把一个真实的美国形容成长满天花、身怀六甲并深陷地牢的女子，这样的比喻用在非虚构小说里，比用在虚构小说里要有效得多，它能让读者直面战后美国社会的现状，同时又不乏艺术感染力。

---

① 任绍曾：《独特的风格、细致的分析（译序）》，《夜幕下的大军》，长沙：湖南文艺出版社，1990年版，第6—7页。
② 诺曼·梅勒：《夜幕下的大军》，任绍曾译，长沙：湖南文艺出版社，1990年版，第333页。

当代小说经典的变化还体现为第三世界小说的茁壮成长,而后者又跟第二次世界大战后亚非拉民族、民主解放运动的空前高涨有关。例如,民族解放运动改变了英语在非洲的性质,使非洲文学从口语时期进入书面时期,并且生成了诸多小说经典文本。以阿契贝、恩古吉、阿尔马和法拉赫为代表的经典作家至少有三大共同特点:(1)他们的小说同时具有清理历史和面对现实两方面的诉求;(2)把本国和非洲置于中心,而不是置于边缘,这实际上是改变了整个世界小说文库的格局;(3)小说的语言和风格都有强烈的民族特色,如喻体的本土化倾向(详见本书第9章)。类似的情形在拉丁美洲更为明显。空前觉醒的民族意识,在拉美各国酿成了一个蔚为壮观的"寻找民族特性"运动,引发了震撼世界的文学"爆炸"(the Boom)现象,其杰出代表是加西亚·马尔克斯的《百年孤独》和波拉尼奥的《2666》。这些小说在题材、情节、手法和风格等方面独树一帜,不但对亚非地区的第三世界文学创作产生了巨大影响,而且还引领了北美和欧洲的文学风潮。

再说当代诗歌经典的变化。几乎所有优秀的当代诗人都身陷一个窘境:一方面第二次世界大战的阴影时时像梦魇一样出现在他们的记忆中,那些离自己不远的、有史以来最暴力、最残酷的场面给诗歌语言本身造成了伤害,另一方面他们又必须创造出优美的诗歌。最受这一窘境困扰,又最出色地走出困境的,恐怕要数经历过纳粹苦役营的伟大诗人保罗·策兰了。关于这一点,孟明已经有过评论:"作为一个德语裔犹太人,策兰深深意识到,奥斯维辛之后某种宿命已经落到他的母语身上,成为一种语言内伤,他称之为'刽子手的语言',而命运注定他必须用这种带伤的语言写作。"[①]至于他怎样用"带伤的语言"创造出诗歌艺术,孟明的评论也相当到位:"母语的内伤,迫使诗人试图去改变自荷尔德林以来德语诗歌中对神性事物的弘扬,这也牵涉到他对海德格尔本人及其诗学哲学的一些态度。在一种历史性语言的精神内核中动手术割除一些东西,或改变一些东西,这本身就带来了语言的变化……那些短促的句式和结构,那些经常被他分割开的动词和名词,那些空白和括弧,仿佛是诗人借来透气的空隙:呼唤和换气……在这种完全陌生的诗歌艺术中,诗人的秘诀是'变换钥匙变换词'。隐喻和变化……给我们提供了打开他诗歌的办法,一把

---

① 孟明:《译者弁言》,《保罗·策兰诗选》,孟明译,上海:华东师范大学出版社,2010年版,第13页。

'可变的钥匙'。"①此处所说的词语、句式、结构和隐喻等方面的变化其实都意味着诗体和诗学思想的变化。

"策兰现象"并不局限于德语世界。在诗学观念上寻求突破的当代诗人很多,其中比较典型的是英国诗人特德·休斯。学界的一个热门话题是休斯笔下的动物寓言。他的独特之处不是把动物作为诗歌意象,而是把动物寓言融入自己对诗歌的理解,用动物寓言构筑他自己的诗学观念;与此相关的另一个热门话题是休斯诗歌中的"暴力"现象(详见本书第3章)。关于休斯编织动物寓言以及"好用暴力"的动机,可谓仁者见仁,智者见智,不过笔者认为德雷珀的如下评论比较中肯:休斯作品中的"悲剧维度使这些诗歌跟当代世界有了深刻的关联性"②。至于这种关联性的具体含义和表现,德雷珀语焉不详,但是我们应该意识到,休斯笔下的"动物暴力"(animal violence)跟第二次世界大战以来人类世界中的暴力有着千丝万缕的关系。

同样在诗学观念上有所突破的还有美国的自白派诗人和垮掉派诗人。这两个诗歌群体都十分注重口语节奏的作用,并发展了各自的独特风格,而在其背后都有走出战争阴影的诉求,都有反战思想的底色。例如,自白派刻意追求长短不一的诗行、不规则的音步,以及押韵随便的自然诗风,以凸显强烈的自我意识,大胆地暴露个人私密性的空间和生活经验内的领域,向人们展示疯狂、恐惧、死亡和精神疾病的折磨,其背后分明有治疗战争创伤的诉求。这在自白派诗歌代表人物罗伯特·洛威尔的作品里尤其明显:他的《威利勋爵的城堡》和《楠塔基特的贵格会教徒墓地》等诗歌直接抒发了对战争的深恶痛绝,并对第二次世界大战中遇难者以及有相似命运的人表达了悲悯(详见第6章)。垮掉派诗人亦是如此。金斯堡、凯鲁亚克和巴勒斯等人在追求口语节奏方面走得更远,他们为展现内心语言的跳跃、纷繁乃至凌乱无序的自然过程,做了各种各样的实验,但是万变不离其宗:他们的作品中弥漫着第二次世界大战带来的不安全感,表达了对第二次世界大战以后的美苏军备竞赛、1950年的朝鲜战争、1962年的古巴导弹危机和1964年的越南战争的深切焦虑(详见第5章)。所有这一切都有鲜明的时代印记,因而也从一个侧面反映了当代诗

---

① 孟明:《译者弁言》,《保罗·策兰诗选》,孟明译,上海:华东师范大学出版社,2010年版,第14—15页。

② R. P. Draper, *An Introduction to Twentieth-Century Poetry in English*, Palgrave: Macmillan, 1999, p.136.

歌经典生成的特点。

总之,当代外国文学经典作为一个整体,是在第二次世界大战这一背景下生成的。第二次世界大战给人类社会带来的巨大困惑是所有经典作家都须面对的现实,然而不无悖论的是,这一艰难时世反而激发了文学家们前所未有的勇气,催生出一批经典中的经典。

第三节　影视媒体的出现与文学经典传播途径的革新

20 世纪下半叶,文学经典作品经由影视媒体传播的速度达到了历史新高,具体的传播——影视改编——形式也空前多样化、艺术化。文学艺术和影视艺术互相借鉴、互相交融的现象也越来越普遍。文学家积极参与电影创作,积极与导演合作的情况也时有发生;文学与电影的互融共生成为常态。同时,影视媒体作为文学经典传播途径的革新,在当代越来越受到了学界的关注。要把握这革新之路的来龙去脉,我们还得从它的源头——20 世纪上半叶乃至 19 世纪末——说起。

爱弥儿·左拉(Émile Zola,1840—1902)曾经说:"每个世纪的递嬗变化必然会体现于某种特定的文学形式,如果说 17 世纪是戏剧的世纪,那么 19 世纪将是小说的时代。"[①]而我们则可以说,20 世纪是影视兴盛并与文学共同成为主导叙事样式的世纪,多部文学经典的跨媒介文本传译呈现了各种艺术形式既相互竞争又互动交融的新文化景观。[②]

然而,二者的互动一开始是不平衡、不和谐的。文学具有悠久的历史,名家辈出,经典众多,而影视则是一种年轻的艺术。"从语言到文字,几万年;从文字到印刷,几千年;从印刷到电影和广播,四百年;从第一次试验电视到从月球传回实况电视,五十年。"[③]1895 年 12 月 28 日,法国的卢米埃尔在巴黎卡普辛路 14 号"大咖啡馆"的地下室里第一次售票放电影,这标志着电影产业的诞生。1936 年 11 月 2 日,英国广播公司在伦敦

---

① 爱弥儿·左拉:《自然主义与戏剧舞台》,转引自徐岱:《小说叙事学》,北京:中国社会科学出版社,1992 年版,第 1 页。
② 三点说明:1.笔者此处采取大文学的概念,将戏剧、小说都归为文学;2.相对于文学来说,影视的共同点要多于差异点,本文主要取其共同点;3."传译"是一个比"改编"含义更为宽泛的概念,除了"改编",还含有动态的"传播"之意。
③ 威尔伯·施拉姆、威廉·波特:《传播学概论》,陈亮等译,北京:新华出版社,1984 年版,第 19 页。

市郊的亚历山大宫正式开办了世界上第一座电视台,则标志着电视产业的诞生。

影视媒介的诞生,与报纸媒介的诞生,对文学的影响有一个很大的不同,即报纸虽然产生了新闻报道等独具特色的专属文本类型,但与传统文学文本类型并未发生真正的交集,因而不像影视文本那样,会对文学形成很大的冲击。报纸报道文学轶事,发表诗歌散文,甚至连载小说,但是从文本角度来看,报纸文体类型与文学文体类型界限分明,它们各自保持自己的独立性:文学仍旧是文学,文学信息借报纸得以更广泛地传播,二者得以和谐相处;而影视则不同,它不仅仅作为一种传播媒介,还藉此诞生了影视剧这种新的、独特的叙事文本类型,后者很快占据了20世纪重要的叙事份额,说它与小说分庭抗礼也不为过。因此,影视叙事文本的问世立即引起了传统文学拥护者的不理解、不屑,直至恐慌。

电影诞生的第二个年头,美国戏剧界最重要的演出人之一查尔斯·弗洛曼目睹了爱迪生的维太放映机为一批百老汇话剧观众放映影片的实况,随后发表意见说:"布景完蛋了。画出来的一动不动的树木、高达数尺就停在那里的浪涛,我们在舞台上以假充真的一切布景都将完蛋。如今艺术能使我们相信我们看到的是真实的活生生的自然,舞台上的死东西必须让位。"[①]不过,也有跟这相反的意见:1915年,英国的教育家阿尔弗莱德·M.希区柯克在《影戏和文学的关系》一文中认为,电影只顾把一大堆五花八门、鸡零狗碎的信息塞进年轻人的头脑里,不足以同小说一争高低,并愤怒地主张让电影"见鬼去"[②]。站在传统文学的立场对电影的不理解、不屑和恐慌,由此可见一斑。

与此相对照的是,新生的电影对传统文学的主动嫁接与吸纳,从它诞生的那一刻开始,就未停止过。电影及后来的电视介入文学传播,形成了良性的双向互动:一方面,文学为影视提供了丰富的养料;另一方面,影视剧改编极大地促进了文学作品的传播。

先说文学给影视提供的养料。文学不仅给后者提供了丰富的艺术营养,帮助电影度过最初的危机,更是促进了整个20世纪影视艺术的长期繁荣。

在电影诞生的最初几年里,观众对于简单复制生活即景的卢米埃尔式纪录影片很快由兴奋好奇转向厌倦,于是电影遭遇了第一次危机。电

[①] 转引自爱德华·茂莱:《电影化的想象——作家和电影》,邵牧君译,北京:中国电影出版社,1989年版,第1页。

[②] 同上书,第4页。

影史学家乔治·萨杜尔（Georges Sadoul,1904—1967）指出："在20世纪开始时,乔治·梅里爱以他发明的导演技术挽救了电影的命运,因为那时除了英国以外,电影这一新的娱乐到处都处于濒危的境地,资产阶级已离开了电影,而一般平民则还没有光顾影院。"①挽救电影的,不仅仅是当时的魔术师梅里爱发明的电影特技,而且有文学的功劳。拿梅里爱全盛时代的标志影片《月球旅行记》(Le Voyage dans la Lune,1902)来说,它就取材于有"现代科学幻想小说之父"之称的儒勒·加布里埃尔·凡尔纳（Jules Gabriel Verne,1828—1905）的小说《从地球到月球》和赫伯特·乔治·威尔斯（Herbert George Wells,1866—1946）的小说《第一个到达月球的人》。梅里爱的影片取材于《灰姑娘》《小红帽》《浮士德》（歌剧）、《鲁滨逊漂流记》《海底两万里》等大量戏剧与小说作品,创造了一种"戏剧式电影"。受益于梅里爱发明的电影特技及文学提供的丰富题材,电影走上了虚构叙事的康庄大道,此后一发不可收拾。以雷电华、派拉蒙、环球三家公司1934—1935年度出品的影片为例,将近三分之一的长故事片是根据小说改编的（取材于短篇小说的影片还不计算在内）。

而在1955年海斯法典局审查的305部影片中,只有51.8％是根据电影剧本拍摄的。也就是说,其余的都是根据改编剧本拍摄而成的。特别值得注意的一点是,在高成本的影片中,取材于小说的百分比,较之在低成本的影片中要大得多。② 第二次世界大战以后,将文学经典改编成电影的热情依然不减,具体表现在两大方面：

其一,以前的经典文学作品被一再翻拍。例如,小说《伊豆的舞女》第二次世界大战后又拍摄了5个版本（1954、1960、1963、1967、1974）,《悲惨世界》也出现了1958、1978、1982、1998、2012等多个国别、多位导演的多个电影版本。

其二,第二次世界大战后许多新出现的小说很快被改编成电影,并且小说本身迅速跻身文学经典之列。例如,帕斯捷尔纳克于1957年出版的小说《日瓦戈医生》于1965年就被改编成电影,其后2002年再次被改编成电影,并且在2006年还被改编成了电视连续剧；1955年出版的小说《洛丽塔》在1962年即被搬上银幕,而1997年被再次翻拍；1984年面世的小说《生命中不能承受之轻》问世后短短4年,即被改编成电影。

---

① 乔治·萨杜尔：《世界电影史》,徐昭、胡承伟译,北京：中国电影出版社,1995年版,第35页。
② 转引自乔治·布鲁斯东：《从小说到电影》,高骏千译,北京：中国电影出版社,1981年版,第3页。

第二次世界大战结束以后,随着电视机在美国等发达国家陆续普及,各种类型的电视剧同电影相类似,依然把文学作为自己重要的素材来源,同时它以低成本、高效率、收看便捷等"客厅艺术"的综合优势,令好莱坞电影一度遭遇重大危机,使之不得不在危机中调整生存策略。时至今日,影视向文学借力的趋势未曾改变,奥斯卡最佳影片中的大部分都改编自文学作品,尤其是经典文学作品。

除了题材上受益于传统文学之外,电影创作者们还善于发现并吸收戏剧、小说的表现手法。例如,戏剧富有吸引力的情节结构方式与冲突手法就被叙事电影加以吸收,这成为商业电影吸引观众的重要因素。小说的情况也不例外。美国电影导演大卫·格里菲斯(D. W. Griffith, 1875—1948)曾宣称他从狄更斯那里学到了交叉剪接技巧;苏联著名导演、蒙太奇电影美学理论代表人物 С. М. 爱森斯坦(Сергей Михайлович Эйзенштейн,1898—1948)在《狄更斯、格里菲斯和今日电影》一文中争辩说,维多利亚时代小说家的作品中含有特写、蒙太奇和镜头构图的对等物;按照爱森斯坦的说法,福楼拜、哈代和康拉德的小说部分地预示了"电影的文法"①。再说影视剧对文学的反哺:影视剧改编极大地促进了文学作品的传播,甚至对文学作品的内在创作规律产生了深刻影响,促使一部分当代经典作品生发了明确的"影视化"特征。查尔斯·韦伯(Charles Webb)于 1963 年出版的小说《毕业生》(The Graduate)便是一个突出的例子。据统计,在影片问世之前,它只售出精装本 500 册,即便平装本也不到 20 万册;改编影片大获成功后,平装本的销售量突破了 150 万册。获得 1961 年普利策文学奖的小说《杀死一只知更鸟》(To Kill a Mockingbird)于 1962 年被拍成电影,当影片于 1968 年在电视上播出时,出版商立即又印制了 15 万册平装本同名小说。②

数字上的统计是一回事,文学创作上的深刻变化又是另一回事。随着影视在 20 世纪变成最流行的艺术,其实在 19 世纪的许多小说里就已经初露端倪——这些小说已经表现出十分明显的偏重视觉效果的倾向。当然,这一倾向在当代小说里更明显、更强烈了。蒙太奇、平行剪辑、快速剪辑、快速场景变化、声音过渡、特写、化、叠印,这一切都开始被小说家在纸面上进行模仿。③ 有的甚至在小说中带着明确的电影化意识进行创

---

① 爱德华·茂莱:《电影化的想象——作家和电影》,邵牧君译,北京:中国电影出版社,1989 年版,第 3—4 页。
② 同上书,第 306 页。
③ 同上书,第 4 页。

作。仅以纳博科夫为例：他在小说《洛丽塔》中不时拿电影打比方，如"像好莱坞电影里教导的那样闭上眼睛""一个梦幻一般缓慢的特写镜头"，以及"如果你想把我的书摄制成一部影片，那就把其中的一张脸在我注视着的时候渐渐化作我自己的脸"，等等。① 很多文学评论家常常为电影对小说的这种影响感到悲哀，似乎只有与影视绝缘才能保持小说的纯洁性。然而，这种观点不是一成不变的，也不代表所有的小说家。就像爱德华·茂莱（Edward Murray）指出的那样，"在詹姆斯·乔伊斯的指引下，一代新成长起来的小说作家很快就试图去找出霍桑的艺术在多大程度上能够既吸收进电影的技巧而又不牺牲它自己的独特力量。1922 年以后的小说史，即《尤利西斯》问世后的小说史，在很大程度上是电影化的想象在小说家头脑里发展的历史。"② 进入当代的小说史更是如此。

仅以法国新小说与新浪潮电影的互相影响为例。许多新小说家也积极参与电影创作，成为新浪潮电影的代表人物。其中较有代表性的当属阿兰·罗伯-格里耶（Alain Robb-Grillet）和玛格丽特·杜拉斯（Marguerite Duras）。这两位作家都和导演阿伦·雷乃（Alain Resnais）合作：杜拉斯担任同名电影《广岛之恋》（*Hiroshima Mon Amour*）的编剧，格里耶担任同名电影《去年在马里昂巴德》（*L'année dernière à Marienbad*）的编剧。影片被提名并获得多项国际电影大奖，这无疑进一步扩大了小说和小说家的影响力。杜拉斯后来导演了不下 15 部电影，既有短片也有长片，格里耶则拍摄了 9 部长片，以至于二人被称为"地道的电影艺术家"③。在这种情况下，文学与电影的门户之争已经彻底消失了，互融共生成为常态。

尽管影视反过来对文学产生了积极的影响，但有关文学与影视的论争并没有结束，而是以更为精细化、专业化的方式继续着，其中以文学与影视最大的交集——文学作品的影视改编——为典型代表。

根据对文学原作的忠实程度，影视改编一般可以分为"忠实的改编"和"自由的改编"。前者往往站在文学中心论的立场，担心文学在改编过程中会受到影视剧的大众文化娱乐本性的侵害，造成文学精神价值的流

---

① 弗拉基米尔·纳博科夫：《洛丽塔：电影剧本》，叶尊译，上海：上海译文出版社，2010 年版，第 74、75、353 页。
② 转引自爱德华·茂莱：《电影化的想象——作家和电影》，邵牧君译，北京：中国电影出版社，1989 年版，第 1 页。
③ 克洛德·托马塞：《新小说·新电影》，李华译，天津：天津人民出版社，2003 年版，第 47 页。

失,因此改编必须坚持文学的纯洁性、深刻性与高雅品格,忠于原著就是最高原则。对于经典文学作品的改编来说,类似的要求更为苛刻。后者往往站在影视生产的立场,更多地从娱乐性角度出发,重视观众的收看效果,视票房与收视率为最高原则。

上述两种方法本身并无高低之分。"忠实的改编"其实需要编导发挥创造性作用,而"自由的改编"也需要有个限度,否则改编影视剧就会变得与文学原著毫无关系,也就失去了改编的意义。正如小说《这里的黎明静悄悄》的作者鲍里斯·利沃维奇·瓦西里耶夫(Борис Львович Васильев,1924—2013)所言,改编电影作品是对原作的一种阐释,而阐释的方法多种多样,但不同的改编方法都有可能变成不负责任的阐释,因为"创造性的改编方法往往被不求甚解、随心所欲的态度所替代,某些独创性换成了自满自足、自我炫耀,而忠实于原作的创作态度则变成了逐字逐句地照搬"[①]。也就是说,"自由的改编"有可能导致与原作无关或亵渎经典,而"忠实的改编"则容易导致艺术上的懒惰。

任何一种改编,一方面受制于文学与影视商业化程度差异等社会外部因素,另一方面也受制于文学创作与影视制作的媒介差异、生产过程差异等内部因素。从外部因素来看,虽然在当代生活中,文学同其他艺术一样,不可能置身于商业体系之外,但相对于影视来说,毕竟文学生产的经济成本相对较小,创作过程受经济因素的干扰也就相对少一些,独立性也就相对强一些。从内部因素来看,文学作品的影视改编跨越了原有的媒介样式(文学是以语言文字为主要表现媒介的,而影视则以声画语言为表现手段),因而有时候难免会产生"水土不服",跟影视媒介的表现规律和表现手段发生龃龉。另外,文学文本自身的影视化程度,即是否更适合影视改编,也是影响改编效果的一个重要内在因素。

在过去一个多世纪里,尤其是在第二次世界大战以后,随着有声电影、彩色电影技术的成熟以及电视机由发达国家到欠发达国家的逐渐普及,影视媒介对文学资源的需求在扩大,对文学经典传播的深度与广度都进一步加大。事实上,文学与影视的关系几乎转了一个180度的大弯:前者由最初的怀疑、不屑、担忧,转而习惯与影视互动共存,主动吸纳影视化的手法,最后与影视互动共赢,实现了良性循环。影视诞生以来的历史表明,文学并没有因此衰落或消失,而是在与影视的互相参照中,更加明确

---

① Б.瓦西里耶夫:《作家和电影》,芊岸译,《世界电影》,1983年第3期,第48页。

了自身在艺术表现上的长处与短处,以全新的方式出现在读者以及观众的阅读视野中。换言之,在经典文学的传播过程中,影视媒介功不可没。影视媒介利用自身通俗易懂的表现形式、快速简洁的接受模式与现代媒介的传播优势,将大量的影视观众转化为小说读者,提升了作家的知名度。最后还须一提:影视改编不但促进了文学经典作品的传播,而且影视文本自身也可以看作一种全新形式的文学批评,是对文学经典的再阐释。

第二章
外国当代诗歌的生成与传播

外国当代诗歌的生成与传播,这本身是一个庞大的话题。限于篇幅,本章仅聚焦于当代西方诗歌,以期管中窥豹,或为今后的研究提供一块基石。

把"摆渡性"看作当代西方诗歌经典的核心要素,并由此出发,探寻当代西方诗歌的精神渊源,是本章的核心观点和主旨。事实上,"摆渡性"也是一个很大的话题,为此本章专辟两节,从不同的角度加以探讨。更确切地说,第二节既是对第一节的呼应,又是一种商榷、质疑和补充。二者宛若赋格,形成了复调和对话,意在暗示话题的开放性,既呼唤视角的变换,又邀请读者的多方参与。

本章第三节的重心是奥登(Auden)。他的诗艺博大精深,既体现了对"诗"与"真"执着的追求,又演绎了一种"艾瑞儿(Ariel)和普洛斯派罗(Prospero)之间的竞争关系",这里面也不乏"摆渡性"。正是这种"摆渡性"——即作品的内在经典性——让奥登跨越了时间和空间的界线,直抵每一位读者的内心,包括远在太平洋此岸的中国读者。以奥登为例证,展示当代西方诗歌的精神渊源,不失为一种有意义的尝试。

第一节 经典即"摆渡":当代西方诗歌的精神渊源

当代德语诗歌代表人物保罗·策兰(Paul Celan,1920—1970)曾经在其名篇《从黑暗到黑暗》中把诗人描述成"摆渡人":

你睁开眼睛——我看见我的黑暗活着。

我看清了它的根底：
那也是我的，还在生活。

这东西也能摆渡？也能苏醒过来？
谁的光芒在步步紧跟我，
莫非是给自己找个摆渡人？①

　　把诗人比作摆渡人，这是一个绝妙的比喻。除了诸多丰富的联想以外，它还透露出一个信息：当代西方诗人仍然坚守着千百年来的诗意精神，执行着一个古老而神圣的任务，即"运送……无法言说的源始语言，跨过……沉默的海湾，到达……诗性的语言"②。这一比喻还隐含着一个恒久的话题：经典是什么？这话题不但恒久，而且难得出奇。对于这一难题，哈罗德·布鲁姆（Harold Bloom）和伊塔洛·卡尔维诺（Italo Calvino）有过不同的说法，但是他们似乎是殊途同归：布鲁姆曾经断言"没有一个权威可以告诉我们西方经典是什么"③，而卡尔维诺则曾经一口气给出了十四个关于经典的定义。④ 其实他们只不过从相反的角度说明了同一个事实，即不存在简单明了的经典定义。然而，用"摆渡"这一形象来形容真正的、优秀的、有可能成为经典的诗歌及其创作，似乎是十分贴切的，对于当代西方诗歌尤其如此。有鉴于此，我们以下将对当代西方经典诗作的"摆渡性"作一探讨。

（一）"摆渡"即命名：在疼痛中收获

　　把无法言说的源始语言，摆渡到诗性语言，这实际上是一个命名过程。海德格尔说得好："……诗歌是对存在的首次命名，是对万物本质的首次命名。并非任何言语都可以充当诗歌，而只有一种特殊的言语才可以成为诗歌——凡是我们用日常语言来讨论并处理的事物，最初都要用

---

① 此处基本引用了孟明的译文，但是最后一行部分使用了李春的译文。分别参照《保罗·策兰诗选》，孟明译，上海：华东师范大学出版社，2010年版，第88页；詹姆斯·K.林恩：《策兰与海德格尔》，李春译，北京：北京大学出版社，2010年版，第41页。"林恩"（James K. Lyon）应该译为"莱昂"，本节沿用了原译者的译法。
② 詹姆斯·K.林恩：《策兰与海德格尔》，李春译，北京：北京大学出版社，2010年版，第42页。
③ 哈罗德·布鲁姆：《西方正典：伟大作家和不朽作品》，江宁康译，南京：译林出版社，2005年版，第27页。
④ 伊塔洛·卡尔维诺：《为什么读经典》，黄灿然、李桂密译，南京：译林出版社，2006年版，第1—9页。

一种特殊的言语来揭示,这种言语就是诗歌。"①也就是说,诗歌的经典意义在于命名,在于用特殊的言语,破天荒地把新事物、新体验敞露于世人面前。

在一定程度上,人类历史就是一部命名史。地球每天都有新事物,人类每天都有新体验,因此每天都需要命名,至少每个发展时期都需要命名,都会伴随着一种诗意,一种激情,一种喜悦,或是一种疼痛,一种艰辛的愉悦。命名本不容易,需要摆渡般的努力。每段历史都是如此。然而,进入当代②以后,摆渡/命名变得空前困难了——无论是困难的维度,还是困难的程度,都是前所未有的。

更具体地说,人类首次进入了"全球性灾难时代"③。第二次世界大战不仅让整整一代人承受了空前的痛苦,而且让人类从此永远生活在原子弹的阴影之中。人类不仅难以摆脱大屠杀和集中营的噩梦,而且深陷各类冷战和"热战"之中(从朝鲜战争、越南战争、阿富汗战争一直到伊拉克战争),一次次旧疼未除,又添新痛。著名美国诗人金斯堡在1956年的发问和怒吼如今仍然有效:"美利坚,我们何时才会终止对人类的争战?/滚你的蛋,滚你的原子弹。"④另一层空前的惨痛源自生态的恶化,就如埃尔德所说,人类进入了"环境大灾难时代","生物圈受伤了,而侵害它的是我们自己"。⑤或如摩温(William S. Merwin, 1927—)在《濒临灭绝》("For a Coming Extinction")一诗中所说,人类正在把灰鲸"送上生命的归程"⑥,其实是在把自己送上绝路。

除了痛苦,还有焦虑。伟大的诗人奥登(W. H. Auden, 1907—1973)曾经干脆以《焦虑的时代》(*The Age of Anxiety*)为题目,写下了著

---

① Martin Heidegger, "Hölderlin and the Essence of Poetry", in David H. Richter ed., *The Critical Tradition: Classic Texts and Contemporary Trends*, Boston: Bedford/St. Martin's, 2007, p. 619.

② 我们姑且把第二次世界大战以后的历史时期称作"当代"。

③ 该说法的英文原文是"an age of global catastrophe",John Elder 语,详见"Nature's Refrain in American Poetry", in Jay Parini and Brett C. Miller eds., *The Columbia History of American Poetry*, Beijing: Foreign Language Teaching and Research Press, 2005, p. 726.

④ Allen Ginsberg, "America", in George McMichael ed., *Anthology of American Literature*, Vol. II, New York: Macmillan, 1980, p. 1643.

⑤ John Elder, "Nature's Refrain in American Poetry", in Jay Parini and Brett C. Miller eds., *The Columbia History of American Poetry*, Beijing: Foreign Language Teaching and Research Press, 2005, p. 726.

⑥ 摩温:《濒临灭绝》,《当代国际诗坛5》,唐晓渡、西川主编,北京:作家出版社,2011年版,第273页。

名长诗,其中表达了因"经济萧条、纳粹的崛起、极权主义、第二次世界大战、大屠杀、原子弹和冷战"而引发的焦虑,因此有人干脆称"焦虑就是奥登的缪斯"。① 事实上,焦虑何止是奥登的缪斯! 在当代的优秀诗作中,几乎全都弥漫着焦虑。

跟焦虑形影相伴的,还有极度的困惑。诚然,人类的历史就是一部困惑史,但是当代人面临的困惑空前地加重了。除了战争和生态恶化之外,社会转型和科技发展的速度之快,也构成了人们困惑的原因。德特玛和维克在描述一战之前的情形时就注意到了社会呈加速度发展的趋势:"作家们大都……看到自己时代的标记是社会和科技的加速发展……在1900年和1914年之间,这种加速度现象达到了最厉害的程度。"②一战之前就如此,第二次世界大战之后自不消说——当代人无不处于高速发展的漩涡之中,不困惑已成怪事,难怪布洛克-罗斯曾把这种困惑描述成"不可阐释性":"不可阐释性正是当今人类的现实"。③ 至少在当代西方人的眼中,世界已经变得难以辨认,难以捕捉,难以阐释了。也就是难以命名了。

更为困难的是,人们赖以命名事物的语言本身出了大问题。海德格尔有一个著名的观点,即"人类居住在语言的房屋中",而"居住在其中的人类,与'存在的真相'是最接近的"。④ 然而,由于上述种种原因,当代西方人发现,他们的语言之屋凋敝了,破败了。奥威尔(George Orwell, 1903—1950)就发出过这样的哀叹:"我们的文明堕落了,因而我们的语言……不可避免地会随之而崩溃……因为我们的思想愚蠢,所以英语语言变得丑陋和邋遢,而邋遢的语言让我们更容易思想愚蠢。"⑤不光是一般人如此,诗人也面临着同样的困难乃至危险,就如奥登所说,"现代社会的语言不断地贬值,言语变得不像言语,因而诗人经常处于听觉污染的危

---

① Kevin Dettmar and Jennifer Wicke, "W. H. Auden", in David Damrosch ed., *The Longman Anthology of British Literature*, Vol. 2C, New York: Longman, 1999, p. 2657.
② Ibid., p. 1991.
③ Christine Brook-Rose, *A Rhetoric of the Unreal*, Cambridge: Cambridge University Press, 1981, p. 388.
④ 詹姆斯·K. 林恩:《策兰与海德格尔》,李春译,北京:北京大学出版社,2010年版,第38页。
⑤ George Orwell, "Politics and the English Language", in David Damrosch ed., *The Longman Anthology of British Literature*, Vol. 2C, New York: Longman, 1999, p. 2708.

险之中"①。这种感受直接在拉金(Philip Larkin,1922—1985)的诗歌中得到了表现:"更难的是找到 / 既真又善的文字,/ 或者不假不恶的文字。"②

在这重重困难面前,诗人是否就放弃了摆渡呢?

曾经有人主张放弃。阿多诺就曾经断言:"奥斯威辛之后写诗是野蛮的。"③不过,代表着更多人意愿的保罗·策兰则针锋相对地指出,"苦难并不是拒绝诗歌的理由",并且设想与阿多诺对话,其中的文字既优美动人,又发人深思:"石头沉默了,但这沉默绝不是沉默,没有一言一语停下来,只不过是一个间歇,一道词语缺口,一个空格,你看见所有的音节站在四周;……"④也就是说,策兰笔下的石头也会发声,只是发声的方式不一般罢了,这是因为他肩负的使命不一般——他要"让大屠杀的牺牲者那些未能发出的声音由沉默转向言说",并"通过一种类似摆渡人的运送行为",来拯救被世界"挤压""围堵"乃至"诅咒"的词语⑤,就像他在小诗《密林》中描绘的那样:

> 你拖着它,沿着林中小路
> 它在树木的光亮深处,渴望着飞雪,
> 你将它拖向了词语
> 在那里,它指的是你所见的白色之物。⑥

在极端的痛苦中坚守词语,就是一种摆渡,一种命名。当代最伟大的瑞典诗人特兰斯特罗默(Thomas Transtromer,1931—)跟策兰一样,历经了第二次世界大战的磨难和战后的种种迷乱,因而在坐车时都会有如下(形而上的)困惑:"我是谁? 我是某种在后座里醒来的东西,惊恐地四处扭动,像一只麻袋中的猫。谁?"不过,由于坚持,他同时又经历了命名的喜悦:"我的生命终于归来。我的名字像一个天使而来……这是我!

---

① W. H. Auden, "Writing", in David Damrosch ed., *The Longman Anthology of British Literature*, Vol. 2C, New York: Longman, 1999, pp. 2674—2675.
② Philip Larkin, "Talking in Bed", in David Damrosch ed., *The Longman Anthology of British Literature*, Vol. 2C, New York: Longman, 1999, p. 2834.
③ 转引自孟明:《译者弁言》,《保罗·策兰诗选》,上海:华东师范大学出版社,2010年版,第8页。
④ 同上书,第8—9页。
⑤ 詹姆斯·K.林恩:《策兰与海德格尔》,上海:华东师范大学出版社,2010年版,第42—43页。
⑥ 同上书,第43页。

这是我!"①他的诗歌《快板》更能说明他的坚守和收获:

> 我在一个黑色日子后弹奏海顿。
> 感到手上有一阵淡淡的温暖。
>
> ……
>
> 我升起海顿旗帜——它表明:
> "我们不屈服。但要和平。"
>
> 音乐是山坡上的一幢玻璃房子
> 石头在那里翻飞,石头在那里滚动。
>
> 石头恰好穿过玻璃
> 但每块玻璃都丝毫无损。②

在这首诗里,我们分明看到了另一位策兰,另一位摆渡人——这回是在音乐里摆渡。摆渡人身处"黑色日子",但是他以音乐为舟,以石头和玻璃为桨,把"不屈服"的意志摆渡到了诗意的彼岸,可谓在疼痛中获得了丰收。值得一提的是,特兰斯特罗默的石头也跟策兰的石头一样,既不甘寂寞,又不甘沉默,这难道是一种巧合?

在疼痛中收获的,远不止策兰和特兰斯特罗默。在英语国家里,类似的情况随处可见。例如,爱尔兰著名诗人希尼(Seamus Heaney, 1939—)"经历了数十年痛苦而复杂的社会动荡、身份追求和艺术探索",数十年笔耕不辍,"终于找到了内心的平静和自信",甚至收获了"一种自由后的快乐"③。在一次演讲中,他曾经多次直接使用"命名"一词,坦言自己的诗歌"是为了命名一种体验",而且"因命名带来的兴奋给了我一种逍遥感,一种自信心"④。需要强调的是,此处的"命名"意味着坚守、寻求或拯救诗性语言,意味着让文学语言绝处逢生。上文提到的奥登也有着同样的诉求。如德特玛和维克所说,"奥登的一个话题是文学语言的生存。从大众文化的喧嚣,到战争的虚华辞藻,异样的声音不一而足,使

---

① 特兰斯特罗默:《特兰斯特罗默诗选》,董继平译,石家庄:河北教育出版社,2003年版,第153页。
② 同上书,第100—101页。
③ 戴从容:《"什么是我的民族"——谢默斯·希尼诗歌中的爱尔兰身份》,《外国文学评论》,2011年第2期,第81—83页。
④ Seamus Heaney, "Feeling into Words", in David Damrosch ed., *The Longman Anthology of British Literature*, Vol. 2C, New York: Longman, 1999, pp. 2844–2848.

如今的诗歌身陷重围。后者该怎样突破重围,显示自己的价值？奥登对此尤其关注。"①让诗歌突破噪音的重围,这本身是一种摆渡,是一种对新体验的命名。当然,这样的摆渡是极其艰辛的——由于上文所说的极端痛苦和困惑,因此许多人的心灵已经沦为沙漠。在沙漠里摆渡,谈何容易？不过,奥登硬是在沙漠里行舟,写下了两行著名诗句：

> 在心灵的沙漠
> 让康复之泉喷涌蓬勃。②

康复之泉一旦喷涌,摆渡也就告一段落了,对新现实和新体验的命名也就完成了。

有志于沙漠行舟的还有许多优秀诗人。帕里尼（Jay Parini,1948—　）在评论莉琪（Adrienne Rich,1929—　）、莱文（Philip Levine,1928—　）和赖特（Charles Wright,1935—　）等当代美国诗人时就把后者视为"命名者"（the Namer）,并赞扬他们"奋力去命名世界","满怀激情地求索救赎语言"。③ 此处的"救赎语言",就是我们前面所说的诗性语言和文学语言,是需要摆渡人/命名者来锻造的,因此帕里尼借用爱默生（Ralph Waldo Emerson,1803—1882）的一段话,点出了"诗人""命名者"和"语言锻造者"之间的内在联系："诗人就是命名者,就是语言锻造者。诗人在命名事物时,或根据表象,或根据本质,赋予各事物独特的名字,以区别于其他事物。此时,诗人的智力从中获得愉悦,因为智力本来就超然物外,并喜好划定事物的边界。"④跟爱默生时代不同的是,当代人若想通过命名带来愉悦,已经变得格外艰辛,甚至变得格外疼痛。这种疼痛的愉悦代表了一种坚忍不拔的精神,而这种精神正是经典的意义所在。布鲁姆曾经在卡夫卡的作品中看到了一种"经典性忍耐"和"不可摧毁性",即"一种当你不能坚持时仍会坚持的状态"⑤。这种说法同样适用于当代西方的优秀诗歌作品。

---

① Kevin Dettmar and Jennifer Wicke, "W. H. Auden", in David Damrosch ed., *The Longman Anthology of British Literature*, Vol. 2C, New York: Longman, 1999, p.2657.
② W. H. Auden, "In Memory of W. B. Yeats", in David Damrosch ed., *The Longman Anthology of British Literature*, Vol. 2C, New York: Longman, 1999, p.2660.
③ Jay Parini, "Introduction", in Jay Parini and Brett C. Miller eds., *The Columbia History of American Poetry*, Beijing: Foreign Language Teaching and Research Press, 2005, p.xxix.
④ Ibid.
⑤ 哈罗德·布鲁姆：《西方正典：伟大作家和不朽作品》,江宁康译,南京：译林出版社,2005年版,第353—365页。

(二)"摆渡"即连接:过去未来共斟酌

除了命名当下的现实和体验之外,诗人/摆渡人还负有另一层使命:连接过去、现在与未来。

优秀的诗歌作品,往往包含好几个时空,既有当下的乐章,又有远古的回音,还有未来的召唤,而诗人则在这些不同的时空中穿梭摆渡。在优秀诗人的笔下,几乎任何文字(任何字、词、句)都具有"摆渡性",其触角总是既伸向过去,又展向未来。希尼曾经发表过这样的感触:"文字本身是一扇扇门;在某种程度上,看护它们的是双面门神[1],后者既回顾着犬牙交错的根须,又期盼着意思含义的澄清。"[2]这里,"意思含义的澄清"显然是一个与未来读者不断沟通、永无止境的过程。博尔赫斯也发表过类似的看法。他一方面强调"诗歌把文字带回了最初始的起源",另一方面又以古代挪威人的挽歌为例,说明经典诗歌会穿越好几个世纪,亲切地跟未来人沟通:"孤独而有骨气的挪威人会经由他们的挽歌传达出他们的孤独、他们的勇气、他们的忠诚,以及对大海与战争萧瑟凄凉的感受。这些写下挽歌的人好像是穿越了好几个世纪的隔阂,跟我们是如此的亲近……"[3]对当代西方诗人来说,这种连接过去与未来的任务变得更加急迫,更加艰巨——由于前一小节中所说的各种灾难,人的精神和语言备受摧残,人的异化急遽加速,人类文化的传承纽带严重断裂。所幸的是,以摆渡为己任的诗人们从不泄气,反而热情更加高涨了。

先说与过去的连接。仅以美国为例:即便那些最激进的当代诗人也往往要从传统中去汲取养料,寻求灵感,而且他们的沟通对象往往是一些著名的传统诗人,如惠特曼。例如,美国"垮掉派"诗人金斯堡(Allen Ginsberg,1926—1997)的长诗《嚎叫》(*Howl*)通常以"反传统"著称,但是作者明显地"采用了惠特曼那喜剧式的、咒语式的节奏来撰写长句式无韵诗,以此愤怒地谴责战后美国疯狂追逐金钱、炫耀核武器的可怕生活方

---

[1] 原文为 Janus,通常译为"杰纳斯",即传说中的"天门神",其头部前后各有一张面孔。
[2] Seamus Heaney, "Feeling into Words", in David Damrosch ed., *The Longman Anthology of British Literature*, Vol. 2C, New York: Longman, 1999, pp. 2851–2852.
[3] 豪尔赫·路易斯·博尔赫斯:《博尔赫斯谈诗论艺》,陈重仁译,上海:上海译文出版社,2008年,第83—84页。

式"。① 另一位"垮掉派"诗人凯鲁亚克(Jack Kerouac,1922—1969)也喜爱借鉴惠特曼,并曾公开"承认惠特曼是一位重要的引路人"。② 与此类似的还有莱文——不少美国人干脆把他称为"我们工业心脏地带的惠特曼"。③ 这些诗人不光向本国的先哲们讨教,而且还从外国诗人那里吸收营养。后自白派诗人奥尔(Gregory Orr,1954—)就曾强调,无论是自白派诗歌,还是后自白派诗歌,都深深地扎根于以华兹华斯和济慈为代表的英国浪漫主义抒情诗传统,"这一传统要求诗歌具备应变的愿望和能力,以吸收新的题材——表述先前未经表述的混乱情形,即理出它的头绪,恢复它的可言说状态,恢复人对言说意思的理解"④。奥尔的这段话具有双重意义:其一,他所说的"表述"和"恢复……可言说状态"跟海德格尔等人所说的"命名"可谓异曲同工;其二,他说明了一个道理,即对新现实和新体验的命名,往往需要传统的力量——现在离不开过去。

再说与未来的沟通。寻求过去,是为了沟通未来。上文所说的奥尔和莱文等人都深受济慈诗风的浸染。更确切地说,他们的诗风主动靠拢济慈,其最主要的目的是为了向后人传递一种信念。如赫希所说,莱文的诗歌"越来越强烈地表达出济慈式的信念,即相信人生的可能性是无边无际的"。⑤他的一首诗歌就叫《信念》,其中写道,诗人的呼吸可以传递给"任何人,只要他能 / 相信生命会回归 / 一而再地回归,永无止境 / 总带着相同的面庞"⑥。另一位美国诗人沃伦(Robert Penn Warren,1905—1989)以"记忆式诗人"(poet of memory)和"历史感"(historical sense)著称,不过正如瓦利斯所说:"在沃伦的作品里,回忆加强并加深了现在,而且向未来开放。"⑦事实上,沃伦还写过直接面向未来的诗歌,如诗集《希

---

① Diane Wood Middlebrook, "What Was Confessional Poetry?", in Jay Parini and Brett C. Miller eds., *The Columbia History of American Poetry*, Beijing:Foreign Language Teaching and Research Press, 2005, p.635.

② Ann Charters, "Beat Poetry and the San Francisco Poetry Renaissance", in *The Columbia History of American Poetry*, Beijing:Foreign Language Teaching and Research Press, 2005, p.595.

③ Edward Hirsch, "Visionary Poetics of Levine and Wright", in *The Columbia History of American Poetry*, Beijing:Foreign Language Teaching and Research Press, 2005, p.779.

④ Gregory Orr, "The Postconfessional Lyric", in *The Columbia History of American Poetry*, Beijing:Foreign Language Teaching and Research Press, 2005, p.654.

⑤ Edward Hirsch, "Visionary Poetics of Levine and Wright", *The Columbia History of American Poetry*, Beijing:Foreign Language Teaching and Research Press, 2005, p.779.

⑥ Ibid., p.787.

⑦ Patricia Wallace, "Warren, with Ransom and Tate", in *The Columbia History of American Poetry*, Beijing:Foreign Language Teaching and Research Press, 2005, p.502.

望》(Promises,1957),其中一首组诗题为"献给一位城堡废墟中的一岁小姑娘"("To a Little Girl, One Year Old, in a Ruined Fortress"),包含了这样两句诗行:"你在灿烂金光中蹦跳。/ 你在明亮空气中鱼跃。"①熟悉沃伦的人都知道,他的诗歌大都充满了历史的沉重感,如对血泪斑斑的奴隶史的追忆等,然而此处出现了极其明快的诗句,这是因为他从儿童的生命力中看到了希望,看到了未来。须特别一提的是,此处轻快的诗句离不开沉重历史感的衬托——苍凉的"城堡废墟"和在灿烂金光中鱼跃的小女孩儿之间形成了张力,形成了上文所说的摆渡关系,其间的深意令人回味。

在命名当下的同时,沟通过去与未来,其实就是追求永恒。关于"永恒"的含义,策兰的译者孟明在谈论《本是天使的材料》一诗时有过十分精彩的点评。先让我们来看一下相关的诗行:

> 从东方流落,被带进西方,还是一样,永恒——,
>
> 字迹在这里燃烧,在
> 三又四分之一死亡之后,在
> 翻滚的
> 残魂面前,它
> 扭曲了,因王冠的恐惧,
> 由始以来。②

孟明对"还是一样,永恒"这一诗句作了这样的解释:"它跟我们有关,跟生活有关,也跟诗有关。策兰告诉我们这是一种信念,关于在生活中选择什么,坚持什么,以及如何坚持。"③永恒意味着选择和坚持,以及选择和坚持的方式,这话说得多好!在当代,这种选择和坚持往往意味着上一小节中讨论的"不能坚持时仍会坚持的状态",或者说是"经典性忍耐"和"不可摧毁性"。在上引诗节里,我们看到了"死亡"和"残魂",这显然是往昔的灾难和痛苦使然,然而我们又看到字迹在"永恒"中燃烧,这分明是一

---

① Robert Penn Warren, "To a Little Girl, One Year Old, in a Ruined Fortress", in John Burt ed., *Selected Poems of Robert Penn Warren*, Baton Rouge: Louisiana State University Press, 2001, p. 69.
② 保罗·策兰:《保罗·策兰诗选》,孟明译,上海:华东师范大学出版社,2010年版,第341—342页。
③ 孟明:《译者弁言》,《保罗·策兰诗选》,孟明译,上海:华东师范大学出版社,2010年版,第4页。

种忍耐、坚守和承担,而且隐含着对未来的信念。在该诗节的上文,"还是一样,永恒"已经出现过一次,与之相伴的是"直立的脑浆""头颅""皮"和"精血爆裂的骨头"等意象,夹裹着血腥的历史,以及极度的痛苦,不过这一切又被"一道闪电 / 及时缝合了"①。在那道"闪电"里,"经典性忍耐"和永恒精神得到了升华;此处的"缝合"一词也意味深长:它缝合了过去、现在与未来,实现了命名,完成了摆渡。在闪电中摆渡,还有比这更壮美的吗?

　　支撑上述美感的,是当代人类的尊严。前文提到,第二次世界大战以来的人类社会历经苦难,程度空前,因而在可供诗人选择的题材中,挫折多于成功,失败多于胜利。不过,恰如博尔赫斯所说,"在失败中总有一种特有的尊严,而这种尊严却鲜少在胜利者身上找得到"。② 应该说,当代诗歌中最美的,莫过于这种尊严。这一情形可以在古今两位大诗人——华兹华斯和拉金——的对比中得到印证。假如华兹华斯当年还可以从记忆中的水仙花中汲取慰藉和力量,来抵御工业化/城市化漩涡中的喧嚣浮华,那么拉金的记忆中只剩下了满目凄凉的景象。在一次采访会谈中,拉金留下了一句名言:"丧失之于我,犹如水仙花之于华兹华斯(Deprivation is for me what daffodils were for Wordsworth)。"③华兹华斯也遭受了丧失之痛,但是他还有水仙花,而拉金只能直面丧失亲人、丧失清洁环境、丧失家园(尤其是精神家园)后的废墟,所以他的丧失之痛远甚于华兹华斯。不过,在体现尊严及其美感方面,拉金并不亚于华兹华斯。小诗《广播》("Broadcast",1962)可作一例。该诗描写"我"在广播里收听音乐会现场直播,并想象现场女友的情景:

> 天很快就黑下来了。我失却了
> 一切,除了这宁静的外形,还有枯萎了的
> 半空的树上的叶子。后面
> 这调高的波段,狂怒的弓弦的暴风雨
> 更加无耻地远远地
> 克制着我的心灵,他们被切断的呼喊
> 让我绝望地去分辨

---

① 保罗·策兰:《保罗·策兰诗选》,孟明译,上海:华东师范大学出版社,2010年版,第341页。
② 豪尔赫·路易斯·博尔赫斯:《博尔赫斯谈诗论艺》,陈重仁译,上海:上海译文出版社,2008年,第50页。
③ 转引自 Kevin Dettmar and Jennifer Wicke, "Philip Larkin", in David Damrosch ed., *The Longman Anthology of British Literature*, Vol. 2C, New York: Longman, 1999, p. 2832。

你的手,在那些空气中微弱地,鼓着掌。①

　　这里,黑下来的天、枯萎的叶子和狂怒的暴风雨其实都暗指西方文明的衰败(就像很多学者已经指出的那样,"拉金善于描写英国后工业社会的荒凉"以及"中产阶级生活的荒凉"②),而饱尝丧失之痛的"我"("我失却了一切")虽然没有水仙花的抚慰,却凭借音乐声苦苦地支撑着,守望着自己的理想——"绝望地去分辨你的手"一句让人感动:虽然"绝望",但是他没有停止"分辨";我们不知道他和远方的女友能否终成眷属,却知道他会坚守爱情,维护尊严。"在那些空气中微弱地,鼓着掌"的手虽然微不足道,但是很美,很尊严,并且它不仅仅是"我"女友的手,而是每一个奋力摆渡者的手。

　　布鲁姆曾经给所有经典作品下过一个定义,即"使美感增加陌生性(strangeness)"③。我国学者陈众议也曾经论述过"陌生化"——依笔者之见,布鲁姆所说的"陌生性"跟"陌生化"并无二致——跟经典文学的必然关系。④ 确实,当代西方的优秀诗歌也未能例外。我们前面论及的诗歌,每一首都堪称美的巡礼,同时又凸显出陌生性,或者说都经过陌生化处理,在跨越不同时空时尤其如此。我们不妨再以西印度群岛诗人沃尔科特(Derek Walcott,1930—)的名诗《欧洲的森林》为例,其中不乏过去与未来的连接,而连接的方式又美又陌生:

诗歌啊,假如不像食盐般可贵,
不是人赖以为生的词语,那它何来青春?
多少个世纪过后,多少个体系已经腐朽,
诗歌仍是面包,人类仍靠它生存。⑤

　　把诗歌比作食盐和面包,并以此隐喻远近时空的延续和跨越,可谓陌生到了极致,然而这比喻又是那么贴切!沃尔科特于1992年获得诺贝尔文学奖,授奖词里这样写道:"维系他那伟大而美妙诗作的,是一种对历史

---

① 拉金:《广播》,桑克译,《现代诗100首》,蔡天新主编,北京:生活·读书·新知三联书店,2005年版,第162—163页。
② 详见黄灿然为拉金诗作《下午》所写的旁白,《现代诗100首》,蔡天新主编,北京:生活·读书·新知三联书店,2005年版,第165页。
③ 哈罗德·布鲁姆:《西方正典:伟大作家和不朽作品》,江宁康译,南京:译林出版社,2005年版,第2页。
④ 详见陈众议:《"陌生化"与经典之路》,《中国比较文学》,2006年第4期。
⑤ 转引自 Kevin Dettmar and Jennifer Wicke, "Derek Walcott", in David Damrosch ed., *The Longman Anthology of British Literature*, Vol. 2C, New York: Longman, 1999, p.2888。

的洞察……"①他毕生致力于"加勒比主题"(Caribbean themes),但是由于他出生于英属殖民地,文化身份不确定(这也是一种痛苦),因此不得不从欧洲文学传统中去寻找为上述主题服务的养料。他在自传性组诗《仲夏》("Midsummer")中这样提到他的父亲:"他名叫沃里克·沃尔科特。我有时相信/他的父亲出于爱或苦涩的祝福,/以沃里克郡为他命名。真是一种讽刺啊!/可这又让人感动……"②沃里克郡是莎士比亚的故乡,沃尔科特的爷爷以它来为儿子命名,显然是望子成龙,同时也带有对一代诗圣莎士比亚的崇敬,然而后者毕竟代表了压迫殖民地人民的宗主国,因而不无讽刺意味,所以有了"苦涩的祝福"(bitter benediction)一说。对本书来说,重要的意义在于《仲夏》一诗与莎士比亚诗作之间的互文关系:沃尔科特的诗舟显然摆向了莎士比亚所代表的诗歌传统;除了诗中直接提到莎翁故乡之外,诗名《仲夏》跟莎剧《仲夏夜之梦》(A Midsummer Night's Dream)一呼一应,这半明半暗的互文关系隐含着一种跨越式冲动——跨越不同的时空,超越不同的文化身份,因而也是一种摆渡。

由此可见,跨越时空的"摆渡性"和陌生性常常交织在一起。董继平曾经称赞特兰斯特罗默"把往昔的记忆中的风景转化成现在和未来,把非常寻常的事情扩展得非常深远"③,这其实是讲了同一个道理。用更通俗的话说,陌生化是"经典之路"(陈众议语),而"经典的形成是为了维持往昔与后世之间的延续性"④。当代西方的优秀诗人们,正努力地维护着这种延续性。

摆渡性是当代西方诗歌经典的核心要素。经典宛若一叶小舟,承载着"命名"的使命,以及衔接时空的精神诉求。这种使命和诉求,在当代变得异常困难,然而诗人们仍然在奋力摆渡。小舟固然轻微,却不惧惊涛骇浪;备受摧残,却不可摧毁。只要有摆渡人,就会有永恒,就会有经典,就会有博尔赫斯所说的"诗艺",这诗艺"将时光流逝所酿成的摧残视为/一种音乐、一种声音和一种象征"。⑤

---

① 转引自 Kevin Dettmar and Jennifer Wicke, "Derek Walcott", in David Damrosch ed., *The Longman Anthology of British Literature*, Vol. 2C, New York: Longman, 1999, p.2889.
② Derek Walcott, "Midsummer", in David Damrosch ed., *The Longman Anthology of British Literature*, Vol. 2C, New York: Longman, 1999, p.2895.
③ 董继平:《梦与醒之间的探索者》,《特兰斯特罗默诗选》,石家庄:河北教育出版社,2003年版,第3页。
④ Trevor Ross, "The Canon", in David Scott Kastan ed., *The Oxford Encyclopedia of British Literature*, Vol. I, 上海:上海外语教育出版社,2009年版,第370页。
⑤ 豪·路·博尔赫斯:《诗艺》,《博尔赫斯全集》诗歌卷(上),林之木、王永年译,杭州:浙江文艺出版社,2006年版,第1页。

第二节 "摆渡性"与经典生成

本章第一节从策兰诗中的"摆渡人"这一隐喻出发,提出了"摆渡性"这一西方诗歌经典的核心要素,论证了诗人(尤其是当代诗人)坚守诗意精神的两大使命:"命名当下的现实和体验"和"连接过去、现在与未来",并藉此勾勒出经典生成之路。那么,我们可否追问:作为"摆渡人/命名人"的诗人,对自己的身份或使命是否有如此的认知和自律呢?贝特(W. J. Bate)曾经说过,现代诗人必然是那些想要摆脱传统影响羁绊的"某种忧郁的继承者"。① 若如此,在原创性的求索道路上,为命名而痛苦是否必然?为残酷现实而忧伤是否已成为当代诗人的唯一选择呢?再者,在诗歌语言的"陌生化"过程中,诗人除了"连接时空"之外,是否还为其他维度和层面间的沟通作出了努力?下面将针对这些问题,对当代西方诗歌的"摆渡性"及其对经典生成的意义作进一步的探讨。

(一) 诗人与译者的自觉:从策兰到贝哲曼

首先,让我们重读一番策兰写于1954年12月5日的德语短诗"从黑暗到黑暗"(Von Dunkel zu Dunkel):

> 你睁开双眼——我看见我的黑暗活着。
> 我望穿它到尽头:
> 那端也是我的黑暗,同样活着。
>
> 它能否摆渡过去?并在途中醒来?
> 是谁的光芒追随我的脚步,
> 直到寻得那摆渡之人?②

这首诗用词简洁,然而语义的含混使内涵变得丰富,也同时增加了翻

---

① 全句为:"现代诗人是某种忧郁的继承者,而这种忧郁全因怀疑从古代先贤及文艺复兴大师们身上获得的双重想象力遗产而产生。"见 Harold Bloom, *The Anxiety of Influence: A Theory of Poetry*, New York: Oxford University Press, 1997, p.8.

② 该处中文为笔者译自德文原文,但为尽量还原词句含的多重涵义,第二行和末行参考了 Michael Hamburger 的英译版本(Paul Celan, trans. Michael Hamburger, *Poems of Paul Celan: A Bilingual German / English Edition*, New York: Persea Books, 2002, p.84.)。本节内诗歌译文除非注明,均为笔者所译。

译和阐释的难度。其中,"黑暗"和"摆渡"这两个意象格外引人注目。在西方语境中,"黑暗中的摆渡人"所产生的最直接联想便是希腊神话中负责将死者渡过冥河的船夫卡戎(Charon)[①],而当诗人反其道地将"黑暗"(Dunkel)与"生"(leben)并置一处时,则形成了一种"悖论"。[②] 这貌似在讲述某种绝处逢生的生命体验或写作经验,然而事实并非如此简单。假如我们细读原文,会发现下阕首行中的"摆渡"一词 übersetzen 还可以解释为"翻译"。如果"摆渡"是逾越物理障碍(江河湖海)"运送"(transport)人和物件,那么"翻译"则是跨过无形鸿沟(语言文化)"传递"(transfer)彼岸的思想,两者均为沟通,异源同形[③],摆渡之人亦是译者(Übersetzer),这是德语中天然的一语双关。

策兰同时身为诗人和翻译家,把诗人比作"摆渡人/译者",也许是他的经验之谈。然而有证据表明,策兰此处的神来之笔受到了海德格尔(Martin Heidegger)的启发。莱昂(James K. Lyon)等学者均在论著中提到两个事实。其一,策兰于1953年8月阅读海德格尔的《林中路》(Holzwege)时,注意到含有这一双关的两段文字并着重划下这一句:"西方会(将此)翻译成何种语言?(In welche Sprache setzt das Abend-Land über?)"这里的 Abend-Land(西方/日暮之国)和 übersetzen(翻译/摆渡)两个双关或在之后成为策兰诗中"黑暗中的摆渡人"的来源。其二,1954年5月,策兰在翻译毕加索剧本的过程中,曾致信瑞士出版社,信中如此自述译者作为"摆渡人"的职责:"目前完成了初稿。才第一稿,因为毕加索的文字不仅仅希望被翻译,而更希望——若允许我妄借海德格尔的说法——被传递。您瞧,有时候这对我来说就是履行摆渡人的职责。那么您在考虑我的报酬时,是否不光看我译了几行文字,还应该数数我划了几次船桨?"[④]

---

① 西方文学史中,卡戎这一神话人物见于维吉尔、但丁、柏拉图和奥维德等人的诗歌中。
② Ruven Karr, *Kommunikative Dunkelheit-Untersuchungen zur Poetik von Paul Celan*, Norderstedt: GRIN Verlag, 2009, p. 19.
③ 动词 übersetzen 作"翻译"解时,不可拆分,重音在第三音节;而作"摆渡"解时,可以拆分并用连字符号(über-setzen),重音在第一音节。
④ Anna Glazova, *Counter-Quotation: The Defiance of Poetic Tradition in Paul Celan and Osip Mandelstam*, Evanston: Northwestern University Press, 2008, pp. 132–134; Ruven Karr, *Kommunikative Dunkelheit-Untersuchungen zur Poetik von Paul Celan*, Norderstedt: GRIN Verlag, 2009, pp. 15–22; James K. Lyon, *Paul Celan and Martin Heidegger: An Unresolved Conversation, 1951—1970*, Baltimore: The Johns Hopkins University Press, 2006, pp. 34–41.

海德格尔的一番"无声之河"论①，由策兰引申（莱昂称之为"直译"）为诗人的"摆渡人/译者"使命之论，即"作为摆渡人的诗人是跨越沉默的峡湾，将无法言说的源始语言传递到诗意语言的极少数人"②，呈现在诗中便是最后一行。此处耐人寻味的歧义在于，"da sich ein Ferge fand"既可以理解为"替他自己找到摆渡人"（对读者大众而言），也可以理解为"发现他自己是个摆渡人"（对诗人自身而言）。如果我们能体会策兰这番苦心，便不难理解他为何要冒险重复别人说过的话——不仅暂时摆脱了布鲁姆（Harold Bloom）所谓诗人的"影响的焦虑"③，而且还在以后的诗作中几度搬用"诗人/摆渡人"这一比喻，并数次将海德格尔的其他哲学表述翻译为诗句——因为他想要向读者宣明并反复强调诗人作为"摆渡人/译者"的重大责任，即诗人对自我身份的自觉、自省和自律。即使是否认诗歌社会功能的艾略特（T. S. Eliot），也不得不承认诗人"最直接的职责就是首先呵护其语言，然后延伸之并增益之"④，而诗性语言的"延伸"和"增益"非借助"摆渡/翻译"不可。艾略特本人就曾经被评论家阿瓦雷兹（Al Alvarez）誉为"生活经验的最高超的译者"⑤，其间的道理是一样的。

　　这里所说的"翻译"与上节提到的"命名"在本质上并无二致，即"用一种特殊的语言来揭示"⑥或"表达人们熟悉或不熟悉的经验和感受，并使人加深这种意识和共鸣……从而引导人们了解自我"⑦。因而在文学语境中，诗人所"翻译"的"源始语言"的外延得到扩展：包括但不限于语言学意义上的语言（langue）和言语（parole），也指涉难以名状的感觉认知（即新事物）和不可言说的内心感悟（即新体验），还有多元文化背景下"解域

---

① 海德格尔在收录于《在通向语言的途中》（*Unterwegs zur Sprache*）的一篇文章中以"无声的河流"（der Strom der Stille）比拟语言间的隔阂，策兰曾细读该文。

② James K. Lyon, *Paul Celan and Martin Heidegger: An Unresolved Conversation, 1951—1970*, Baltimore: The Johns Hopkins University Press, 2006, p.37. 着重号为本文作者所加。

③ 实际上，作为诗人的策兰非常在意作品的原创性和读者对此的认可，他遭受剽窃法国诗人哥尔的无端诋毁，在某种程度上导致其自杀。

④ T. S. Eliot, *On Poetry and Poets*, London: Faber and Faber, 1951, p.20.

⑤ Al Alvarez, *The Shaping Spirit: Studies in Modern English and American Poets*, London: Chatto & Windus, 1967, p.10.

⑥ Martin Heidegger, "Hölderlin and the Essence of Poetry", in David H. Richter ed, *The Critical Tradition: Classic Texts and Contemporary Trends*, Boston: Bedford/St. Martin's, 2007, p.619.

⑦ T. S. Eliot, *On Poetry and Poets*, London: Faber and Faber, 1951, p.20.

了的语言"(deterritorialized language)。① 这种翻译/摆渡的过程有时只是单一层面的情感沟通和信息传递,但更多时候的情形则是多个层面的语言杂糅在同一条船里,极大地挑战了诗人/摆渡人的创造力和掌控力,所以用"翻译"来描述诗歌的诞生过程,或许能更好地展现语言传递的双向性和多面性。策兰这首诗就是诗歌语言形成之复杂性的最好佐证,因此在多重解读"摆渡"意象之后,莱昂索性引用评论家斯坦纳(George Steiner)的话作为结论:"策兰自己的诗就是'翻译'成德语的"②。也许正是因为诗人的这种自觉,俄罗斯诗人曼德尔施塔姆(Osip Mandelstam)曾用与策兰类似的语言表达了与此相同的观点——"诗歌的传统即翻译,将某种意图传导为语言"③;"我想再次将诗歌比拟作一艘埃及古船,船上装满了生活必需的一切,没有任何遗漏。"④然而,一旦启航,摆渡之旅又是如此艰险,两岸皆是一片黑暗,以至于策兰也不敢确定"能否摆渡过去"。翻译是"从黑暗到黑暗"——这首诗的标题就向读者暗示了源始语言和诗性语言的难以捕捉,但诗人/译者仍坚持不懈,甚至乐此不疲,因为"黑暗"在阻隔语言的同时也促使摆渡人努力划桨缩短这种距离——这便是诗人/译者的使命所在,也是优秀诗歌的生成规律。

诗歌摆渡的艰难使身负重任的诗人内心有一种苦楚,甚至疼痛,这一情状在当代尤甚。诚然,苦尽甘来方觉甜,"在疼痛中收获"的命名更显得珍贵,但我们不应有这样一种误解:经典一定产生于黑暗和痛苦;伟大的作品必然主题宏大而沉重。换言之,致力并专注于描写似乎无关人文宏旨的市井琐碎,是否就是回避现实呢?那些择小径而行的诗人,是否就是没有社会责任感的诗人呢?"何为经典?"这一问题值得我们反复探索和讨论。中国现当代文学批评史经历了相似的争论和修正,比如"具有创造经典的自觉意识"的沈从文笔下的湘西(反映在以《边城》为代表的作品中),曾被简单地贴上"乡土"的标签而游离于主流文学之外,其后"在不断

---

① Gilles Deleuze and Félix Guattari, trans. Dana Polan, *Kafka: Toward a Minor Literature*, Minneapolis: Minnesota University Press, 1986, p.16. 按照德勒兹的观点,以德语写作的犹太人策兰是继卡夫卡之后又一例"少数文学(minor literature)"作者。

② James K. Lyon, *Paul Celan and Martin Heidegger: An Unresolved Conversation, 1951—1970*, Baltimore: The Johns Hopkins University Press, 2006, p.37.

③ Anna Glazova, Counter-Quotation: *The Defiance of Poetic Tradition in Paul Celan and Osip Mandelstam*, Evanston: Northwestern University Press, 2008, pp.134—135.

④ Osip Mandelstam, *The Collected Critical Prose and Letters*, London: Harvill Press, 1991, p.259.

变化的评价中终于构筑起经典地位"。① 纵观西方文学史，各个历史时期都有其代表性作家作品被补充进经典名单，尽管经典的评判标准因阐释者和历史语境的差异而林林总总，具有较大的主观局限性，但有一条共通并被普遍认可，即看它是否处于其相应时代的社会文化语境中并与之同呼吸，亦即是否和我们的生活深切相关（relevance）。针对20世纪初"文化领地更多地被小说散文占领"的现象，威尔逊（Edmund Wilson）于1934年发表论文"诗歌是否已濒临死亡？"（"Is Verse a Dying Technique?"）。由于当代诗歌事实上的小众化趋向，这一似是而非的质疑至今仍频频被评论家用于攻击当代诗歌，称其"与时代毫不相干"。"而具有讽刺意味的是，恰恰在威尔逊的言论发表之后，弗罗斯特、史蒂文斯、艾略特、庞德、卡明斯、奥登……等众多诗人写出了他们最优秀的作品，这些诗歌触及历史、政治、经济、宗教、哲学，都是英语史上与文化最相关的文字……而新的一代如拉金等人则正破茧而出。"② 可见，诗篇能否流传为经典，最重要的是检视其能否引起时代的共鸣。正如艾略特判断何为"真正的诗人"时所说，"古怪癫狂的写作者和真正的诗人的区别在于：前者所具有的独特感受不能为人分享，因此毫无用处；而后者所发现的情感的新形态则能被他人感悟和接受。"③ 也就是说，前者永远无法将渡船摆到对岸，而经典的创造者就是成功抵达彼岸的摆渡人/译者，是有担当的思想者和命名者。那么，在"全球性灾难"的当下，人类的情感是否就只剩下烦躁、焦虑、痛苦、悲哀和绝望呢？而诗人是否只能书写这样的情感体验，或高声呐喊怒吼，或低吟抚慰救赎？显然，世界不是扁平单一的。"对诗人角色具有高度自觉"④的美国诗人史蒂文斯（Wallace Stevens）在"名言集"（"Adagia"）一文中提出："诗歌的目的就是为人类增添快乐。"⑤ 他进而写道："（我们）每天都需要把世界搞清楚，而诗歌是对此作出的回应"

---

① 蔡颖华：《沈从文〈边城〉的经典化》，《福州大学学报》（哲学社会科学版），2011年第3期，第86页。
② Dana Gioia, *Can Poetry Matter? Essays on Poetry and American Culture*, Minneapolis: Graywolf Press, 2002, pp. 18—19.
③ T. S. Eliot, *On Poetry and Poets*, London: Faber and Faber, 1951, p. 20.
④ Gyorgyi Voros, *Notations of the Wild: Ecology in the Poetry of Wallace Stevens*, Iowa City: Iowa University Press, 1997, p. 14.
⑤ Wallace Stevens, *Opus Posthumous: Poems, Plays, Prose*, New York: Vintage Books, 1990, p. 194.

"对每一位忠实的诗人来说,每首忠实的诗歌都是自觉行为。"① 所以,快乐和其他情感同样在诗人摆渡/翻译的职责范围之内。正如不同的水手熟悉不同的水域,每个诗人都有自己敏感和擅长的体验领域,能意识到这一点并付诸创作实践,正是诗人主体意识的一部分。英国桂冠诗人贝哲曼(John Betjeman,1906—1984)就是这样一位为人们传递脉脉温情的摆渡者。

贝哲曼与下节将详述的奥登属于同一时代,却没有像主流诗人那样"向前、向外、向上"地看待这个世界,而是选择了"向后、向内、向下"的"类似于反对工业化的莫里斯和罗斯金"的视角,他的写作"完全无视诗歌现代主义变革",充满了"岛国小民的怀旧情调"。② 由于对维多利亚时期建筑的痴迷与热爱③,老街旧巷中的所闻所见成为他讴歌的主要题材。对这个选择,贝哲曼自己的解释是:"并非我有意要与世隔绝,而是一个社区里有如此之多我想要了解的东西——它的历史、社会等级特征,以及与之相关的文学传统,当我看着这些建筑,我会因自己的无知而抓狂。"④ "因为建筑并非意味着单单一所房子、一幢楼抑或一座教堂,而是意味着你周遭的一切;不是一城一街,而是我们庞大人口所依附的整个英伦岛屿。"⑤ 拉金对此的解读是:"贝哲曼最基本的兴趣,就是人类生活,或者说是社会中的人类生活,而建筑之所以在人类生活中如此重要,是因为良好的社会基于良好的环境而存在……贝哲曼是托马斯·哈代的真正继承者,在他眼中,云雾山峦'要是像没有磨损痕迹的门槛,就什么都不是'。"⑥ 他的诗歌看似描写"门槛",实质是关注踏过门槛的足迹——人,多么精妙的比喻! 这一跨步就仿佛跨过语言鸿沟的摆渡,诗人通过对最普通也最易为人忽略的居住环境的细致入微的观察和体验,向世人传递了对历史人文的关切态度。2006 年,在贝哲曼的百年诞辰纪念日,他的一首"城市"

---

① Wallace Stevens, *Opus Posthumous*: *Poems*, *Plays*, *Prose*, New York: Vintage Books, 1990, p. 201, p. 253.
② Philip Larkin, "Introduction", in John Betjeman ed., *Collected Poems*, Boston: Houghton Mifflin Co., 1971, pp. xxiii—xxx.
③ 贝哲曼是英国维多利亚建筑协会的发起人之一。
④ John Betjeman, *The English Town in the Last Hundred Years*, Cambridge: Cambridge University Press, 1956, pp. 4—5.
⑤ John Betjeman, *Antiquarian Prejudice*, London: The Hogarth Press, 1939, p. 5.
⑥ Philip Larkin, "Introduction", in John Betjeman ed., *Collected Poems*, Boston: Houghton Mifflin Co., 1971, pp. xxiii—xxx.

("City")与莎士比亚、惠特曼等人的诗作一同出现在伦敦地铁车厢中。且让我们试着通过这首诗窥探一下他的那方"小世界"：

> 当大钟
> 在石瓮上空嗡嗡作响，
> 从镂雕的柏木里
> 升起焚香的气味，
> 在主教门外圣博托尔夫教堂墓园
> 我坐下
> 并等待我祖父的灵魂
> 从巴比肯街蹒跚而来①

这不是一次个人的扫墓之行，而更像是诗人带领读者来到伦敦的某个我们熟悉或不熟悉的角落，进行一次历史的检阅和重温。之所以以"城市"为题，是因为此中蕴含了丰富的城市文化记忆遗产：有地理意义的视觉记忆（墓园），也有历史意义的文化记忆（石瓮）；还有声音的记忆（钟声），甚至有嗅觉的记忆（焚香）；最后两行，贝哲曼以其典型的诙谐风格又唤起了我们对英国式幽默的记忆。难怪拉金感叹道："我有时想，要是我从军远离英国，我肯定要把贝哲曼的诗集带在身上——我想象不出还有哪位诗人的诗中保存了这么多我想要记忆的东西。"②拉金还指出，尽管贝哲曼的诗含有那么多也许只有本地人知道的地名和文化符号（如上面这首诗中的"主教门外圣博托尔夫教堂""巴比肯街"），但这不意味着他的读者群必然狭隘。相反，"他的诗代表了一种值得任何国家读者阅读"的写作，他描绘的伦敦有和"乔伊斯笔下的都柏林"一样的"普世意义"。③正因为如此，不光是拉金一人将视如珍宝的"贝哲曼与哈代、劳伦斯并列，单独放在特别的书架上"④，英国大众都深爱这位将现代诗歌"重新拉回到普通读者身边"⑤的诗人。他的雕像树立在伦敦国际火车站（St. Pancras），这便是他深受爱戴的明证。

---

① John Betjeman, *Collected Poems*, Boston: Houghton Mifflin Co., 1971, p.37.
② Philip Larkin, "Introduction", in John Betjeman ed., *Collected Poems*, Boston: Houghton Mifflin Co., 1971, p. xxxiv.
③ Ibid., pp. xxxv—xxxvi.
④ 见 Hugo Williams, "The Last Laugh", *The Guardian*, 2006-2-25。
⑤ Philip Larkin, "Introduction", *Collected Poems*, Boston: Houghton Mifflin Co., 1971, p. xxxviii.

贝哲曼"是一位有所坚持的诗人,他的诗直接来自他对真实生活的真实感受,而他带回到诗中的是生活中那些业已被丢失的东西",因此,他的诗歌摆渡理念,作为另一种坚守,代表着在平凡中寻找美和愉悦的"正能量"[1],堪与"在痛苦中收获"的诗人比肩,共同构成当代诗歌的经典。布鲁姆在其著作《西方正典》(The Western Canon)中,把跟贝哲曼类似的城市漫步者(flaneur)、葡萄牙诗人佩索亚(Fernando Pessoa)列为20世纪西方诗歌经典两大诗人之一[2],正是对这种求索的肯定。无独有偶,"敏于观察,自日常生活汲取喜悦"[3]的波兰女诗人辛波斯卡(Wislawa Szymborska,1923—2012),因其诗歌始终别具一格的题材("微小的生物、常人忽视的物品、边缘人物、日常习惯、被遗忘的感觉")和隽永深刻的思想而获1996年诺贝尔文学奖,更是这一类快乐声音在国际范围得到认可的标志。

(二)"摆渡"即对话:跨越文化与疆域

同样,对于上节提出的诗人/摆渡人的另一使命——"连接过去、现在和未来",我们也不应简单地解读为单纯的历史时空的纵向绵延,而忽略了诗歌摆渡的其他层面。上文提及的诗人贝哲曼其实已经以其建筑美学家的身份,向我们透露了这样一个信息:饱含人文历史的建筑语言亦可摆渡/翻译为诗(其逆向翻译也同样行之有效,比如西班牙建筑大师高迪那些富有诗意的作品)。[4] 以此类推,我们可以设想,音乐、绘画、雕塑、影像、舞蹈等各门类抽象艺术语言(或说是经过另一种摆渡/翻译的语言)都可以被纳入前面所阐述的"源始语言"范畴,不仅成为诗歌的素材,更形成一种对话,让摆渡变成一种持续的常态,连接更多的点和面。

雪莱(P. B. Shelley)在为驳斥皮考克而作的"诗辩"("A Defence of Poetry")一文中将人类一切创造性活动都归为诗人的创作,把诗歌上升

---

[1] 威尔逊曾评论"奥登、托马斯、贝哲曼为艾略特之后最杰出的英国诗人",拉金在书评中对此回应:"应该补充的是,贝哲曼是这三人中唯一的诗歌正能量。"见 Philip Larkin, "Poetry Beyond a Joke: A Review of Collected Poems by John Betjeman", *The Guardian*, 1959-11-18。

[2] 如果说贝哲曼是"翻译"伦敦的诗人,佩索亚则是"翻译"里斯本的诗人。布鲁姆所提的另一位20世纪西方经典诗人是智利的聂鲁达(Pablo Neruda)。

[3] 陈黎、张芬龄:《种种荒谬与欢笑的可能:阅读辛波斯卡》,《万物静默如谜:辛波斯卡诗选》,辛波斯卡著,陈黎、张芬龄译,长沙:湖南文艺出版社,2012年版,第184—185页。

[4] 参见 Esther Raventos-Pons, "Gaudi's Architecture: A Poetic Form", *Mosaic*, 2002, 4。

到最高地位,"雕塑、绘画、音乐等创造都成为其最好的注解"。① 在艺术形式多样化、领域交叉化的今天看来,这虽然有矫枉过正的嫌疑,但是也给了我们以下启示:诗人不仅能创造文字的经典,为其他艺术创作提供灵感来源,也能将其他艺术经典摆渡/翻译为诗意语言;并通过诗歌独特的表达方式,为人"去蔽"(aletheia),"将人们因重复印象而趋于麻木的心灵重新唤醒"。② 这一去除重复印象、重塑经典形象的过程,实质上就是亚里士多德所谓诗歌语言的"奇妙"(strange and wonderful)、俄罗斯形式主义中的"陌生化"(defamiliarization/making strange)以及布鲁姆所提的"陌生性"(strangeness)。为此目的,现当代诗人不仅穿越历史,"从传统中去汲取养料",也向同时代的其他艺术杰作致敬。1937 年 4 月,德国空军对西班牙北部小镇格尔尼卡进行了人类历史上第一次惨无人道的地毯式轰炸,致数千无辜平民丧生。为强烈谴责这一法西斯暴行,毕加索(Pablo Picasso)迅速创作了后来成为其代表作的巨幅立体主义油画《格尔尼卡》("Guernica")。与所有观看过这幅画的人一样,其时以外交官身份驻西班牙的智利诗人聂鲁达(Pablo Neruda,1904—1973)深深地被毕加索灰暗但强烈的画面叙事风格所感染,为之悲怆和愤慨;但与普通观者不同的是,聂鲁达凭借其诗人独有的感触,拿起笔进行了从视觉语言到诗意语言的转化,写下了著名的长诗《我来说说一些事儿》("Explico algunas cosas")。这首诗被广泛赞誉为"诗歌版《格尔尼卡》",与毕加索的《格尔尼卡》及《和平鸽》一起成为人类反对战争、呼唤和平的恒久的艺术经典。因此,英国剧作家和诗人品特(Harold Pinter)在 2005 年的诺贝尔文学奖获奖致辞中,引用该诗片段来抨击英美等国同样野蛮的入侵伊拉克的"强盗行径",是再恰当不过的。这首诗中的火与血,既能使没有看过毕加索原画的人也会立即产生悲凉的末日感,也能使看过画作的读者产生各种新的感受——诗中"平静地流淌着"的"孩子们的血"与《格尔尼卡》中人体和动物的大幅度扭曲变形,显然能引起不一样的情感冲击。我们不能用孰优孰劣来评判二者,而应将这种摆渡/翻译行为视作艺术间的对话。对话能加深并拓展我们对某一经典的理解,亦能激发新的情感体验,也就是前面所说的"唤醒灵魂"。

如果说聂鲁达的诗歌摆渡可能是部分受到视觉印象的影响,那么美

---

① Percy Bysshe Shelley,"A Defence of Poetry", in Vincent B. Leitch, et al., eds., *The Norton Anthology of Theory and Criticism*, New York: Norton, 2001, p.699.
② Ibid., p.715.

国意象派诗人威廉斯（William Carlos Williams,1883—1963）则有意识地以诗歌语言直译了大量绘画作品——譬如他生后荣获普利策奖的诗集《布吕赫尔的画及其他诗》（*Pictures from Brueghel and Other Poems*, 1962）就包含了十首分别描述16世纪法兰德斯地区画家老彼得·勃鲁盖尔（Pieter Bruegel de Oude）不同画作的诗。就像我们耳熟能详的穆索尔斯基的音乐作品《图画展览会》一样，诗人以非视觉的语言，生动地为读者重现了经典画面。如这首"雪中的猎人"（"The Hunters in the Snow"）翻译的就是画家的同名作品：

  整个画面是冬天
  冰封的群山
  背景中晚归的人
  ……
  山丘是溜冰者的线条
  画家布吕赫尔
  细细斟酌每一处选择
  一簇在严冬中凋零的树丛在他的
  前景中
  完成了画面[①]

  在这首诗中，诗人/摆渡人付出的努力不仅在于贯通不同感官（从听觉到视觉），还在于不同历史文化（文艺复兴时期的欧洲和20世纪60年代的美国）之间的沟通。值得一提的是，同一幅画曾经引发英美诗人至少6个版本的翻译[②]，可见不同的诗人/摆渡人亦会选择不同的路径，俨然一派群舟竞渡、百舸争流的景象。
  作为摆渡的两端，奥地利诗人里尔克（Rainer Maria Rilke,1875—1926）和法国雕塑家罗丹（Auguste Rodin）则有过更为直接的联系。在里尔克为撰写罗丹传记而与这位艺术大师相处的日子里，他眼中所见的很多完成或未完成的罗丹作品，都自然而然地化为诗行："我可以随心所欲

---

  ① William Carlos Williams, *Pictures from Brueghel and Other Poems*, New York: New Directions Books, 1962, p.5.
  ② 除威廉斯外，英国诗人Walter de la Mare、美国诗人John Berryman、Joseph Langland、Anne Stevenson、Norbert Krapf均以此画为主题作过诗。

地变出你来/折断我的双臂,那我也能抓住你/用我的心抓住你,就像用手一样"①——这是他对一尊断臂雕像的解读。不过,他也表达了与策兰一样的对"不可译性"的感慨。面对罗丹的铜雕群像《加莱义民》(Les Bourgeois de Calais),他不得不承认"罗丹使群像中的每个个体复活在他最后凝固的那一生命瞬间"②,观者从每个视角都能产生不同的体验,无法以三言两语道清整体印象。里尔克的这一感悟,恰恰说明了诗歌与其他艺术语言可以形成互补:如果说一种抽象语言将人的体验凝练在一个层面,那么多种语言(艺术形式)之间的对话则为人们提供了更为丰富和动态的感知集合。

诗人在不同艺术领域间往返摆渡,不仅能催生"陌生感",从而为经典的形成提供可能性,也在同一过程中推进了诗歌本身的发展。在20世纪20年代的诗歌现代主义运动中,庞德、艾略特、卡明斯等诗人开始反思诗歌的传统韵律风格,而同一时期蓬勃发展的黑人爵士音乐使一部分诗人如兰斯顿·休斯(Langston Hughes)获得灵感,受爵士乐文化背景、韵律节奏和语汇影响的"爵士诗"(jazz poetry)随即应运而生。而在后现代主义运动中,诗歌的口述传统得以复活,诗与表演相结合而形成"表演诗"(performance poetry)。如果我们从这个角度重新审视上节提到的美国"垮掉派"代表诗作《嚎叫》的传播过程,就会发现该诗第一次出现在公众面前时,不仅仅是书面的文字,而是和标题一样的"嚎叫"——1955年10月,金斯堡在旧金山一家画廊内朗读这首诗(即著名的"the Six Gallery reading"),立即感染了在场的每位听众。与他一起参加朗诵的诗人麦克洛(Michael McClure)认为诗人以这种形式"打破了一种障碍,用力将人的声音和身体投掷到残酷的美国墙(the wall of America)上"③。这种描述激发了我们的另一层想象:除渡船外,诗人/摆渡人有时还可以借助其他手段,如大声表演朗诵;后者就好比溜滑索,嗖地一下便将人带到对岸。的确,自20世纪后半叶起,诗的定义逐渐变得宽泛,"任何借助语言的基本的创造性行为"④都可以被称为诗。同时,诗歌因与其他艺术形式交

---

① R. M. Rilke, *Poems from the Book of Hours*, trans. B. Deutsch, New York: New Directions, 1941, p.48.

② R. M. Rilke, *Rodin*, trans. J. Lemont and H. Trausil, New York: The Fine Editions Press, 1945, p.34.

③ Edward de Grazia, *Censorship Landmarks*, New Providence: Bowker, 1969, pp.330—331. 关于金斯堡,详见本书第5章。

④ James Longenbach, *Modern Poetry After Modernism*, Oxford: Oxford University Press, 1997, p.9.

融，而使对话逐渐演进为复调（polyphony）。更有甚者，我们还在其他艺术领域越来越多地观察到诗歌的影响，如俄罗斯导演塔可夫斯基（Andrei Tarkovski）的诗化的电影（poetic cinema）等，这说明诗歌也为其他艺术经典的产生作出了贡献。由此可见，文学艺术经典的形成不能割裂开来看待，好比不少博学多艺者（polymath），我们往往无法简单地以"诗人"冠之。

此外，具有摆渡性的诗歌也为文化间的对话提供了有效途径。其实，前面所举各例中都或多或少地包含了这一层面，因为不同的艺术形态往往与不同的文化疆域交织在一起。这种摆渡有的是在同一个大的文化圈内的历史纵贯，如西方诗歌经典中奥维德（Ovid）的《变形记》（Metamorphoses），其许多片段曾由莎士比亚、弥尔顿、济慈、艾略特、特德·休斯（Ted Hughes）等不同历史时代背景的诗人演绎为新的经典。[①] 有的则横跨多个地域的文化。例如，庞德（Ezra Pound）的《诗章》（The Cantos）取材自世界各地多达15种语言的诗歌素材，是为伟大文明的"圆桌会议"所作的雄心勃勃的努力。对于后者，有西方学者认为当代越来越多的诗歌"融合了来自其他文化的诗歌形式和语汇，因而使西方经典的界定和分类变得越来越困难"[②]。笔者以为，文化间的对话正体现了西方诗歌"摆渡性"的要求。判定当代诗歌是否经典，也许尚需时间的检验，但不可否认的是，这种摆渡/对话非但没有断送西方经典的前途，反而为更多经典诗歌的诞生创造了机会。

因此，越是优秀的诗人/摆渡人，越能自如地穿梭于不同时代、文化和艺术领域。荷兰当代著名诗人和画家露彻贝尔特（Lucebert，1924—1994）在观赏了中国宋代大画家马远的《寒江独钓图》之后，产生了如济慈见希腊古瓮而作颂歌一般的顿悟和感动，于是一首"马远渔翁图"（"Visser van Ma Yuan"）在语言文化、艺术形式、时空交错的火花碰撞中横空出世：

　　云下鸟儿翱游
　　浪里鱼儿翻飞

[①] 见 Sarah Annes Brown, *The Metamorphosis of Ovid: From Chaucer to Ted Hughes*, London: Gerald Duckworth, 1999。

[②] Steven Connor, *Postmodernist Culture: An Introduction to Theories of the Contemporary*, London: Blackwell, 1997, pp. 123—128.

而天地之间,渔翁在休憩

浪花升腾成高云
云朵幻化为巨浪
而与此同时,渔翁在休憩①

在我们熟知的马远画卷中,画家以其标志性的留白技法,营造出空阔辽远的诗一般的意境,这是中国绘画的独特美学。露彻贝尔特敏锐地捕捉到了遥远而具有陌生感的东方禅意,并将这种亘古久远的宁静化作诗句,为深陷于嘈杂社会生活的西方读者提供慰藉心灵的精神食粮——一如沃尔科特笔下的"面包"。也许露氏不了解的是,马远的创作灵感其实来源于更古老的诗行——唐代柳宗元的名句"孤舟蓑笠翁,独钓寒江雪"。这一叶扁舟跨越千年,畅游万里,于诗画间将一个经典推向另一个经典,这就是诗歌的"摆渡性"带给世界文学的惊喜。

---

① Peter van de Kamp, ed., *Turning Tides: Modern Dutch and Flemish Verses, A Bilingual Anthology of Poetry*, Brownsville: Story Line Press, 1994, pp. 158—159.

第三章
当代英国文学经典的生成与传播

关于当代英国文学年代的划分,学术界一直存在着争议。传统的划分方式,是将1945年第二次世界大战结束后的英国文学认定为当代文学。然而,进入21世纪以后,很多学者对上述见解提出了异议,并对"当代英国文学"作出了新界定,即从20世纪70年代中晚期至今的英国文学。这一新界定的重要依据之一,是1975年撒切尔夫人入住唐宁街及其随后开展的一系列政治经济改革,以及这些改革对英国社会产生的巨大而深远的影响。这样的划分不无道理,就如菲利普·特伊所说:"20世纪70年代中期以后的英国显然与其之前的战后25年有着很大不同,这就像20年代与维多利亚时代晚期之间的差异巨大一样;在20年代,摩登女郎充斥了社会,经济繁荣和萧条的周期更迭导致了全球性危机,而维多利亚时代没有这种情况。"[①]

自20世纪70年代中后期伊始,英国文学的创作也发生了质的飞跃,由此积淀了当代英国文学中的经典作品。与诗歌、戏剧等文学样式相比,小说在当代英国文坛无疑是最受关注的文学样式。《格兰塔》(Granta)杂志的编辑比尔·布福特在1979年的创刊号中曾指出:"五六十年代,甚至大部分70年代的英国小说总是不厌其烦地表现为单调冗长、追求务实的独白。它缺少激情,没有动力,提供安慰而不提出挑战。"[②]然而,就在该篇文章发表后一年,布福特欣喜地发现了英国文坛上的风云变化。英国

---

① Philip Tew, *The Contemporary British Novel*, London and New York: Continuum, 2004, quoted in Nick Bentley, ed., *British Fiction of the 1990s*, London and New York: Routledge, 2005, p. 2.

② Bill Buford, "Introduction", *Granta*, 1979,1:3.

文学"从中产阶级的自白中解放了出来,正在进行真正意义上的实验,探索传统而不被传统所累。"①由此,80年代及其后诞生的一系列英国小说被认为构成了"英国小说的复兴"②。它"重新确立了英国小说作为杰出文学形式的地位"③。"一些作家也逐渐取得了经典作家的地位,……他们包括马丁·艾米斯、扎迪·史密斯、萨尔曼·拉什迪、安吉拉·卡特、珍妮特·温特森、格雷厄姆·斯威夫特、A. S. 拜厄特、哈尼夫·库雷西和朱利安·巴恩斯。"④据此,一些学者指出,"20世纪80年代以来形成了建构经典的大氛围。"⑤新作品诞生后,不仅仅是在学术界内被评论推荐,各类机构都积极地参与了经典的建构。于是,蜂拥而出的是形形色色的佳作排名,各类文学大奖也应运而生,其中最具影响力的是一年一度的英国小说"布克奖"和《格兰特》杂志于1983年、1993年和2003年分别遴选出的"英国最佳青年小说家"。

话虽如此,诗歌仍然是当代英国文坛不可或缺的一部分。优秀的当代诗人,如休斯、拉金、奥登、托马斯和贝哲曼,不仅为英国,而且为全世界谱下了不少经典诗行。

有鉴于此,本章前两节聚焦于当代小说英国小说经典的生成与传播,第三节则以休斯及其作品为例,探索当代英国经典诗歌的状况。

第一节 经典的内在特质和建构氛围

(一)内在特质

当代英国小说经典的形成,首先离不开其内在特质,即作品自身优秀的艺术价值。当代英国小说家在文学创作上锐意进取,力图在小说的语言、形式和主题上革新突破,同时在继承自身传统的基础上走向国际化。

---

① Bill Buford, "Introduction", *Granta*, 1980, 3:16.
② Peter Childs, *Contemporary Novelists: British Fiction since 1970*, New York: Palgrave Macmillan, 2005, p. 9.
③ Jago Morrison, *Contemporary Fiction*, London and New York: Routledge, 2003, p. 4.
④ Nick Bentley, *Contemporary British Fiction*, Edinburgh: Edinburgh University Press, 2008, p. 194.
⑤ Richard Todd, *Consuming Fiction: The Booker Prize and Fiction in Britain Today*, London: Bloomsbury Publishing Plc., 1996, p. 9.

第二次世界大战之后,当代英国社会经历剧烈的历史变迁和社会改革。一方面英国人经历了前殖民地的陆续独立、帝国的衰落、英国国际地位的下滑和撒切尔夫人的铁腕政治;另一方面这些出生于战后的小说家们大都经历过60年代兴起的理论热潮,这股热浪也曾席卷了欧美大陆。面对社会发展的日新月异和新的社会文化形态的形成,欧美学者们纷纷为他们所处的当代社会贴上各种标签,如"后福特主义""后工业主义"或"后现代主义",等等。因此,英国在第二次世界大战后的历史动荡和整个西方社会的文化转型是当代英国小说创作的土壤。小说家们把文学创作置于这一宏大的历史情境中,不再只聚焦于英格兰岛的某一阶层,而是透过本土的目光,放眼于现代性发展已备受质疑的西方社会,在他们笔下英国是整个世界的缩影。这些作家清楚地意识到自己的创作和他们前辈之间的差别,而五六十年代的创作手法在他们看来早已过时,因而不能尽述当今社会。80年代涌现的这些作品,无论在叙事技巧上,还是在主题探索中,都不再因袭传统的话语,为当时的文学界吹来一股新风,以致有评论家认为"这些小说超越了我们新近对当代小说的划分"[①]。作家伊恩·麦克尤恩曾表示60年代末期的英国创作"常常视野狭小,仅限于自娱自乐,或者只是冷嘲热讽而无暇表达敬畏与沉默"[②]。当代英国作家将视线投向了欧美的同行们,索尔·贝娄和菲利普·罗斯等成为他们效仿的对象。当代英国小说作品也因此都蕴含着"非英国"的元素,体现出更宽广的视野。

在当代英国经典文学中,新的历史小说的兴起尤其值得关注。布拉德伯里(Malcolm Bradbury)在《现代英国小说》(*The Modern British Novel*,1993)中介绍20世纪80年代以来的英国文学时指出,对历史的关注是这一时期小说创作的特点之一,"很多英国小说家再次转向了历史,回顾性质的作品一时蔚然成风。"[③]与此同时,这一时期的历史小说"在市

[①] 评论家洛奇(David Lodge)把20世纪的小说创作共分为三类:一是现代主义文学,它认为艺术是自为的活动;二是反现代主义的现实主义文学,它坚持意义优于语言;三是后现代主义文学,它打破了先前小说呈现的意义模式。参见Del Ivan Janik, "No End of History: Evidence from the Contemporary English Novel", *Twentieth Century Literature*, 1995, 41(2): 160—189, p. 161。詹尼克在文中认为,80年代涌现的这些青年作家在创作中较好地综合了各类文学模式,在创作上各有其特点,体现了他们在文学创作上成熟的一面。

[②] Holly Brubach, "Ian McEwan's War Zone", *Vanity Fair*, April 2005, p. 181.

[③] Malcolm Bradbury, *The Modern British Novel*, Beijing: Foreign Language Teaching and Research Press, 2005, p. 451.

场上极受欢迎,拥有忠实的阅读群体"[1]。但是,这一时期的历史小说与传统的历史叙事截然不同。理查德·莱恩(Richard Lane)和菲利普·特伊(Philip Tew)认为1979年后"历史小说进入了新的时期"[2]。这一时期的很多作品都不再是传统意义上的历史小说。史蒂芬·科纳(Steven Connor)将历史小说划分为"历史小说"(historical fiction)和"历史化小说"(historicized fiction),前者"呈现的是可知的连续的历史,而后者"暗示了一个不连续的,或者是存在着多种互相矛盾的历史"[3]。当代英国作家在小说创作中大都倾向于后一种手法。加拿大学者哈钦(Linda Hutcheon)在她的《后现代主义诗学》(A Poetics of Postmodernism: History, Theory, Fiction, 1988)及其后出版的《后现代主义政治学》(The Politics of Postmodernism, 1989)中把当代一些关注历史的小说创作归为一类,并称之为"编史元小说"(historiographic metafiction),其中深入讨论了格雷厄姆·斯威夫特、朱利安·巴恩斯、萨尔曼·拉什迪等当代英国作家的作品。在哈钦看来,这些小说在叙事上的显著特点是历史文本与小说文本都被视为"语言的建构",作家们在运用传统的历史叙事之时又质疑了此种叙事的可信性和权威性,"使有关历史的知识变得问题化"。[4]作家彼得·艾克罗伊德说:"我并不致力于创作历史小说,我更想要写的是历史的本质是什么样子的。"[5]与此相同,斯威夫特《洼地》的主人公汤姆·克里克也曾经戏剧性地在他的历史课堂上宣称:"我告诉你们:历史是虚构的、非线性的、是遮掩现实的戏剧。"[6]随着哈钦等后现代学者的讨论,当代英国小说吸引了本土之外的众多学者和文学评论家的关注,一些作家业已跻身于世界文坛。

在告别传统叙事的同时,当代历史元小说深受当代社会、历史和哲学理论的影响,既与理论相呼应,又对理论作出反思。20世纪60年代兴起

---

[1] Suzanne Keen, "The Historical Turn in British Fiction", in James F. English ed., *A Concise Companion to Contemporary British Fiction*, London: Blackwell Publish, 2006, p.167.

[2] Richard J. Lane, Rod Mengham and Philip Tew eds., *Contemporary British Fiction*, Cambridge: Polity, 2003, p.11.

[3] Steven Connor, *The English Novel in History 1950—1995*, London and New York: Routledge, 1996, p.142.

[4] Linda Hutcheon, *A Poetics of Postmodernism: History, Theory, Fiction*. London: Routledge, 1988, p.218.

[5] Peter Ackroyd, "Interview", *Contemporary Authors*, 1989, 127: 3—5, p.3.

[6] Graham Swift, *Waterland (1983)*, New York: Vintage, 1992, p.40.

的后结构主义思潮改变了人们对语言、历史、主体等问题的认识。这一时期活跃于西方社会的学者利奥塔、德里达、福柯、罗蒂、海登·怀特、罗兰·巴特尔等都影响了当代英国小说家们的文学创作。安吉拉·卡特熟读过罗兰·巴特的作品,拜厄特曾是大学的文学教授,写过很多评论德里达、维特根斯坦、海登·怀特、乔治·巴塔耶和保罗·利科的文章。一些作家有意识地在这些理论视角中创作,并通过创作实践与相关理论展开对话。① 在拜厄特看来,"当代英国历史小说的兴起是与思想理论界对历史书写的反思分不开的"②。与此同时,小说家们在作品中对历史的思考是多元复杂的,所关注的主题一般有:历史是否已经或即将终结?人们与过去的联系是否依然坚固?完整地再现历史是否可能?历史对现实能有什么意义?人们需要什么样的历史?正是历史小说中这些严肃的、哲学意义上的思考,使它们被称为"新历史小说",并使它们"迈向了世界文学经典的道路"。③

英国历史元小说的产生也是第二次世界大战后英国经历的历史创伤的映照。斯蒂芬·科纳说:"在战后,英国不再坚定地相信它是它自己历史的主体。"④对于这批战后出生在英国的小说家们而言,他们虽然没有经历过战争的残酷与暴力,但是仍不遗余力地书写了第二次世界大战的创伤历史及其在西方社会挥之不散的阴影。如拜厄特所言,七八十年代崛起的男性英国小说家们,如巴恩斯、麦克尤恩、斯威夫特和石黑一雄等,第二次世界大战作为"他们父辈的战争,是他们作品中经常出现的主题"⑤。第二次世界大战,尤其是战时发生的屠犹事件已被视为西方启蒙现代性发展中前所未有的危机。在纳粹的屠犹暴行阴云未散之时,发生在柬埔寨、卢旺达、克罗地亚、波斯尼亚、科索沃和苏丹的种族屠杀事件一次又一次地震动了人们心灵。因此,战后无论是英国本土还是整个西方

---

① Dominic Head, *The Cambridge Introduction to Modern British Fiction*, London: Cambridge University Press, 2002, p. 4.

② A. S. Byatt, *On Histories and Stories*, Massachusetts: Harvard University Press, 2002, p. 9.

③ James F. English, "Introduction", in James F. English ed., *A Concise Companion to Contemporary British Fiction*, London: Blackwell Publish, 2006, p. 5.

④ Steven Connor, *The English Novel in History* 1950—1995, London and New York: Routledge, 1996, p. 3.

⑤ A. S. Byatt, *On Histories and Stories*, Massachusetts: Harvard University Press, 2002, p. 12.

社会都在经历着前所未有的变动,六七十年代的哲学家们开始质疑理性、进步、主体等启蒙时期以来被奉若珍宝的概念,小说家们也以叙事的方式在作品中表达了相同的思考。斯威夫特的《洼地》、巴恩斯《101/2 卷的人类史》(1989)、麦克尤恩的《赎罪》(2000)等作品都质疑了历史的进步性和主体的确定性,并在叙事中打破了传统的线性叙事,抛弃了情节的完整,以叙事的革新回应了阿多诺关于"奥斯维辛之后没有诗歌"的论断。他们对当代西方社会诸多问题的思考与欧美的作家学者形成了良好的对话,在欧美学界引发了广泛的关注。

除了优秀的历史小说,其他文类在讨论当代英国本土的社会问题时,视野也更加广阔,作家们已不再局限于前辈们对英国阶级关系的描述,民族身份、种族问题和两性问题等都成为作家笔下书写的对象。80 年代撒切尔夫人的社会政治改革引发了各界不同的声音。小说家大都在作品中批评谴责了撒切尔夫人的政策。在拉什迪看来,撒切尔夫人的执政是场"灾难"。[①] 伊恩·麦克尤恩认为"撒切尔夫人执政下的英国留下的都是低级的品味"[②]。马丁·艾米斯在作品中描写了"撒切尔统治下英格兰的精致的贫民窟(即东南部)"[③]。撒切尔政府所宣扬的维多利亚时期的价值观及其对帝国荣耀的推崇,与英国不可挽回的衰落和英国社会问题的激增形成了鲜明的反差。人们在社会巨变中的焦虑无助也是作家们经常涉猎的主题。20 世纪 60 年代以来,来自亚洲和加勒比地区的移民纷纷涌入英国,来自英国前殖民地国家和少数族裔的作家为英国文坛输入了新鲜的血液,同时引发了人们对"英国特性"的探寻。与此同时,80 年代兴起的后殖民运动和其间后殖民理论的发展引导着英国作家重新审视英国的殖民历史,并激发了英国少数族裔作家的创作。除了荣膺诺贝尔奖的奈保尔,拉什迪、扎迪·史密斯、哈尼夫·库雷西等都是当代文坛上炙手可热的作家。20 世纪六七十年代女性主义进入新的发展阶段,1977 年芭芭拉·史密斯(Barbara Smith)发表《走向黑人女性主义批评》("Toward a Black Feminist Criticism"),伊里加蕾(Lucy Irigaray)出版法语版的《非"一"之性》(*This Sex Which is Not One*),肖瓦尔特(Elaine

---

① James Fenton, "Keeping Up with Salman Rushdie", *New York Review of Books*, 1991-3-28(29).

② John Haffenden, *Novelists in Interview*, London and New York: Methuen, 1985, p.187.

③ Martin Amis, *The War Against Cliché: Essays and Reviews 1971—2000*, New York: Vintage, 2001, p.19.

Showalter)的《她们自己的文学》(A Literature of Their Own)也于当年问世。随后,吉尔伯特和古芭(Sandra Gilbert and Susan Gubar)于1979年出版了《阁楼上的疯女人》(The Madwoman in the Attic)。到了八九十年代,性别研究又有了进一步的发展。女性主义理论的逐步成熟也丰富了当代英国女性作家的创作,她们的作品不同于其前辈对女性边缘地位的关注和女性权力的抗争,而是更冷静成熟地反思了女性主义、性别研究的思想,大胆地质疑了女性主义的政治立场及其合理性。

(二) 氛围的建构

"经典的演变不能单单根据文本内在的特质去解释,还必须同社会和文化历史等相当复杂的因素联系起来",因为"阅读的愉悦不纯粹是美学的,也不纯粹是文本形式特征的结果,它经常被作品里表达的价值所影响。"[①]当代英国文学经典的形成,也不能脱离其所处的时代。第二次世界大战结束之后,英国社会经历了"福利国家"政策的改革,经济曾一度复苏;直到1961年,英国经济实力始终位居西欧之首。[②] 然而,整个20世纪60年代,英国经济出现了滞涨现象,经济增长缓慢,不断滑坡。与此同时,欧洲大陆则蒸蒸日上,经济繁荣,社会稳定,英国与欧洲各国之间的差距不断拉大。在政治上,20世纪的两次世界大战使得大英帝国从世界霸主沦为一个二流国家。尤其在第二次世界大战以后,英国的殖民体系瓦解,在国际上的地位和作用进一步削弱。与此同时,国际社会在六七十年代都经历了女权主义和民权运动的高涨。无论是英国本土作家,还是移民英国的少数族裔作家,都从这段动荡的历史中获取了创作的源泉。因此,探讨女性生活经历和探讨殖民地历史身份的作品成为商业界和学术界注目的焦点,多丽丝·莱辛、安吉拉·卡特、维·苏·奈保尔、萨尔曼·拉什迪等英国作家一时间在世界文坛名声大噪。

当代英国文学经典的形成,除了作品自身的革新与突破之外,各种幕后推手(包括出版社、零售商和评奖机构在内)的作用也是彰明较著的。大卫·洛奇在1990年谈到20世纪80年代以来的英国小说时指出:

> 很显然,严肃小说在20世纪80年代取得了新的商业价值,与此

---

① 弗兰克·克默德等:《愉悦与变革:经典的美学》,张广奎译,南京:译林出版社,2009年版,第12页。

② 陈乐民主编:《战后英国外交史》,北京:世界知识出版社,1994年版,第13页。

相应出现的是人们致力于公司文化、金融巨头的国际化和对金融巨头放松管制等各项活动。……著名作家就像商品市场里的名牌一样变成了有价值的资产,他们的价值远远大于他们实际获得的收入……"文学畅销书"这个对利维斯(F. R. & Q. D. Leavis)夫妇来说原本自相矛盾的概念就此诞生了。①

当代文坛的名人效应和严肃文学的商业化已逐渐成为讨论当代英国文学经典作品时不可或缺的考虑因素。作品从诞生之日起,它的成功与否已经与各种商业运作息息相关。然而,当代英国文学与商业文化之间的关系却极其复杂微妙。对此,英格利希和弗劳有过说明:

> 英国小说像文化活动中的任何领域或亚领域一样,并不仅仅是艺术与金钱之间的战争,而是由各种中间力量和参与者共同构成的复杂体系。其中包括了作家、评论家和新闻记者;同时还有管理者、赞助商和评判者;其次包括图书管理员、教师、学校领导、书商、图书俱乐部的组织者、电台和电视节目制作人员;甚至还有形形色色的购书者、借书者和读者的作用。所有这些看似与小说创作无关的人或机构,各自在小说经典的构成中发挥着些许影响,但没有一方能够完全取代另一方的地位。②

评论者关于经典建构与商业文化之间关系的诸多论述中,评奖机构、出版销售链和影像媒体的作用尤为突出。③

文学奖项一般既是对文学作品价值的肯定,也是大众读者阅读选择的指引,它无疑扮演着建构经典的角色。然而,当代英国文坛的各类奖项在形塑经典的同时,越来越使经典的生成沾染了浓重的商业气息。在论及20世纪70年代后期以来英国文坛的巨变时,一些学者特别指出了文学评奖文化的改变。首先是各类文学奖数目的激增。"最为显著的是以'布克奖'为代表的各类文学奖项在70年代遍地开花,人们因此开玩笑地说:如今的文学奖比作家还多。"④时至90年代,"作家们往往在理论上可

---

① David Lodge, *The Practice of Writing*, Harmondsworth: Penguin, 1996, p.12.
② James F. English and John Frow, "Literary Authorship and Celebrity Culture", *A Concise Companion to Contemporary British Fiction*, London: Blackwell, 2006, p.45.
③ John Sutherland 自1978年出版 *Fiction and the Fiction Industry*(Athlone Press, 1978)之后陆续出版了一系列与此相关的专著、文章等。
④ James F. English and John Frow, "Literary Authorship and Celebrity Culture", *A Concise Companion to Contemporary British Fiction*, London: Blackwell, 2006, p.47.

参加四五十个奖项的评选,而且大多数奖一年评一次。"①而且,与以往各类文学奖相比,60年代后期产生的"布克奖"(Booker Prize)和其他各种奖项不仅被业界所认可,而且更多地为大众所熟知,并由此推动了获奖者作品的销售。② 其中"布克奖"的学术和商业价值最为突出:"布克奖的提名名单一直都是人们购书的指南。"③布克奖设立于1968年,每年面向英联邦国家及爱尔兰和津巴布韦以英语写作出版的长篇小说,旨在奖励该年度"最优秀的英语小说",奖项以大赞助商——食品供应公司布克集团(Booker McConnell)而命名(2002年曼财团Man Group成为该奖项的赞助商,而奖项名称亦更改为Man Booker Prize)。

布克奖在出版销售业产生的"布克效应"④揭示了当代英国文学经典的生成与出版商之间的密切联系。第二次世界大战后英国出版业的改革,使得一些独立的小型出版机构纷纷破产或被收购,大型出版集团垄断了出版市场,作家在自主选择出版商上的话语权越来越微弱。如今,有声望的小说家不再将手稿直接付梓出版,而是要先同出版经纪人和出版商谈判。名著常常被拿来拍卖。然而,同意出版只是万里长征的第一步,紧接着还有一系列战役要打,这包括图书销售、市场推广、装帧设计、书店宣传、采访访谈、制定出版进度,以及根据图书获奖情况而收取电影改编版权费,等等。⑤

也就是说,作品的出版与否、出版数量的多少,以及最终销售情况,都越来越依赖出版商的决策。不仅如此,而且作品能否参与"布克奖"的评选也需要出版商的提名。起初,每家出版商可以提名三部作品参选,1996年布克奖的改革进一步扩大了出版商的权力,至此每家出版商可以最多提名五部作品。因此,出版商实际上也扮演了大奖评委的角色。⑥

出版商在当代英国文坛的作用,助长了小说家讨好读者的风气。如

---

① Richard Todd, *Consuming Fiction: The Booker Prize and Fiction in Britain Today*, London: Bloomsbury Publishing Plc., 1996, p. 57.
② Ibid., p. 55.
③ Ibid., p. 71.
④ Richard Todd, "Literary Fiction and the Book Trade", in James F. English ed., *A Concise Companion to Contemporary British Fiction*, London: Blackwell, 2006, p. 29.
⑤ David Lodge, *The Practice of Writing*, Harmondsworth: Penguin, 1996, p. 14.
⑥ Richard Todd, *Consuming Fiction: The Booker Prize and Fiction in Britain Today*, London: Bloomsbury Publishing Plc., 1996, p. 72.

蔡尔兹所说,当代英国小说"即使是先锋实验派的,也是要讨好读者的"①。每年布克奖的评选过程大都见证了大众评委的影响力。虽然布克奖每年都由不同的五位评审专家评定产生,他们由专门委员会指定,分别为书评家、学者、小说家、文学编辑和文化名人等,而且评审专家的选定尽可能体现评奖的公正性,但是人们常常质疑评审专家的评审资格。事实上,评审专家们自己的一些公开言论,就足以让人们产生怀疑。例如,1984年的评委会主席为历史学家理查德·科博(Richard Cobb),他在当选时就公开表示自己"从未读过普鲁斯特或乔伊斯的作品"。② 而同年另一位评审专家——工党议员特德·罗兰兹(Ted Rowlands)则表示自己更倾向于作品的"可读性"和"传统价值观",而不喜欢"那些描写中年人的琐碎生活的英国中产阶级小说"。③ 虽然有时布克奖的评选由外行人来评定,因而在文学界引来质疑,但是也有学者对此表示乐观:

> 时而有些学术界评论者抗议,认为尽管布克奖是英语小说世界中的最高奖项,但是所有这些奖项都使艺术变得商业化。我觉得这简直是胡说八道。与此相反,我认为今天艺术的最大敌人是追求时尚与自命不凡……谈及好的小说,我觉得布克奖评委们不应对小说的体裁高下做出划分。就我个人而言,我会很乐意把奖颁给一部优秀的悬疑小说,或科幻小说,甚至是关于烹饪、圣象、宇航员或网球选手的故事——只要作品能表现真正的罕见的天赋,而不仅仅是用来炫耀的时髦废品。④

作为确立当代英国文学经典的布克奖,其在评审过程中表现出来的对"可读性"的青睐,恰恰被认为表达了普通读者的期待。⑤ 换言之,普通读者的评论,即作品的"口碑"(word of mouth),在当代英国文学经典的

---

① Peter Childs, *Contemporary Novelists: British Fiction since 1970*, New York: Palgrave Macmillan, 2005, p.18.
② Richard Todd, *Consuming Fiction: The Booker Prize and Fiction in Britain Today*, London: Bloomsbury Publishing Plc., 1996, p.70.
③ Ibid., p.70.
④ 1994年布克奖评委会主席 John Bayle 语, excerpted from one of the 1994 Booker press release distributed by Colman Getty PR. Quoted in Richard Todd, *Consuming Fiction: The Booker Prize and Fiction in Britain Today*, London: Bloomsbury Publishing Plc., 1996, p.70。
⑤ Richard Todd, *Consuming Fiction: The Booker Prize and Fiction in Britain Today*, London: Bloomsbury Publishing Plc., 1996, p.71.

建构中起着越来越重要的作用①,因为他们不仅是读者,也是书本的购买者,是整个图书商业链中至关重要的一环。如《每日电讯报》中约翰·歌德斯特里姆(John Coldstream)的一篇文章所言,每年的提名都是"以一概全","像一幅漫画","是妥协的精髓"。② 更确切地说,评委会的每个决定都是有争议的,因为它需要在大众的良好愿望与文学评论的严肃品格之间取得平衡。当然,也有学者指出,恰恰是这种持续不断的争议保持了布克奖持久深远的影响力。"别去管情节,享受争论吧","正是争论让布克奖一直存在"。③ 伴随着布克奖的这种争议或妥协,一些作家从中获利,得以脱颖而出,其作品也顺利跻身当代经典文学的行列。例如,1993年布克奖得主罗迪·道伊尔、1980年的威廉·戈尔丁、1986年的金斯利·艾米斯、1988年的彼得·凯瑞、1989年的石黑一雄和1990年的A. S. 拜厄特都在大众口碑和学界评述中一致获得了好评,因此轻而易举地在经典殿堂里占有了一席之地。由此可以看出,当代英国小说中的一些作品在获得广泛阅读的同时,其经典化过程已经被打上了深深的商业烙印。

还须一提的是,与电视媒体的联姻也使布克奖脱颖而出,树立了权威文学奖的地位,同时又为获奖(包括提名奖)作家扩大了知名度,从而衍生出名人效应。布克奖是英国迄今为止唯一通过电视转播颁奖礼的文学奖项,这使得布克奖在大众中引起的关注度超过了其他文学奖。无论是被提名者,还是获奖者,都在大奖颁布前后成为大众的焦点。传统作家和文学评论家对此往往颇多微词。他们把当代文学明星的诞生与"作家之死"联系在一起,认为"虽然有作家对此不屑一顾,但是鲜有人能够完全逃离"④。然而,"名人效应与英国文学经典的建构之间的同谋关系古已有之,18世界的约翰逊、斯特恩和伯尼;19世纪的拜伦、狄更斯和王尔德等

---

① Richard Todd, "Literary Fiction and the Book Trade", in James F. English ed. , *A Concise Companion to Contemporary British Fiction*, London: Blackwell, 2006, p. 34.

② John Coldstream, *Daily Telegraph*, 6 September, 1994. Quoted in Richard Todd, *Consuming Fiction: The Booker Prize and Fiction in Britain Today*, London: Bloomsbury Publishing Plc. , 1996, p. 64.

③ Mark Lawson, "Never Mind the Plot, Enjoy the Argument", *Independent*, 6 September 1994. http://www. independent. co. uk/voices/never-mind-the-plot-enjoy-the-agument-1447061. html,访问日期:2014年2月12日。

④ David Lodge, *The Practice of Writing*, Harmondsworth: Penguin, 1996, p. 14.

都是很好的例证"①。这种名人效应最直接的影响是扩大了作家作品的受众范围，不仅是获奖作品，同一作家的其他作品也因此备受关注，与之俱来的电视电影改编则进一步巩固了其经典的地位和影响。据学者统计，1980年至2004年间有8部布克奖获奖作品被改编为电影，另有6部布克奖提名作品和12部其他奖项作品被改编。②

总体而言，当代英国小说因其多元化的创作视角、积极革新的叙事技巧和对英国文学传统的批判继承而诞生了若干优秀的小说作品，既受到了西方学界的赞誉和认可，也在西方世界赢得了广泛的阅读人群。与此同时，当代英国小说中的优秀作品在其出版和发行的过程中都离不开各类商业机构的运作。无论是布克奖的选举，还是各类优秀图书或作家的评选活动，都是当代英国小说经典建构中的中坚力量，而在评奖之后，影像媒体的介入则进一步扩大了作品的受众范围，巩固了作品的经典地位，在经典的建构中起着推波助澜的作用。由此可见，当代英国文学经典的形成不再仅仅局限于文学价值评判，而成为一种文化现象，是多种文化力量共同作用的结果。然而，由于无法规避的客观条件限制，当代英国文学经典在中国并未得到充分的传播，当代英国文学经典之作的受众在我国国内仍然局限于外国文学研究者，它们在中国的经典形成之路仍然有待于时间的检验。

第二节 《午夜的孩子》的生成与传播

《午夜的孩子》（*Midnight's Children*）③是当代印裔英国小说家萨尔曼·拉什迪于1981年出版的长篇小说。作品荣获当年英国小说布克奖，并于1993年9月锦上添花，荣获为纪念布克奖设置25周年而颁发的"特别布克奖"；2008年，它再获殊荣，被选为布克奖设置40年来最好的作品（The Best Booker Prize）。由此，《午夜的孩子》成为当代英国文坛唯一一部三次荣登"布克奖"殿堂的小说，不仅受到专业学术人士的认可，也为广

---

① James F. English and John Frow, "Literary Authorship and Celebrity Culture", *A Concise Companion to Contemporary British Fiction*, London: Blackwell, 2006, p. 40.

② Andrew Higson, "Fiction and the Film Industry", *A Concise Companion to Contemporary British Fiction*, London: Blackwell, 2006, p. 62.

③ 又译"午夜之子"。本文从国内节选首译贵州人民出版社1999年版《午夜的孩子》的译法。

大读者所推崇。有学者指出,"《午夜的孩子》出版之后的近十年来,拉什迪成了同辈英国作家里的领军人物,并获得了评论家、评奖委员以及其他知名作家们的赞誉。这部作品被广泛地阅读,成为各类学术期刊、会议论文和博士论文的研究焦点。"①"《午夜的孩子》现已成为英语文学中后殖民研究的核心文本,不仅吸引了广大学者和评论家的关注,而且吸引了普通文学专业学生的目光。"②

得益于拉什迪,印度题材的小说在英语文学界繁荣起来:"《午夜的孩子》宣告了印裔英语小说的复兴,这一发展显著地体现于拉什迪所编纂的《1947年之后的印度英语文学选集》"。③小说的出版在英国也催生了理查德·阿腾伯勒(Richard Attenborough)的电影《甘地传》(*Gandhi*,1982)和大卫·里恩的电影《印度之行》(1984),以及热播电视剧《远处亭阁》(*The Far Pavilions*,1984)和《皇冠上的宝石》(*Jewel in the Crown*,1984)的诞生。然而,《午夜的孩子》的成功绝非偶然。当拉什迪创作它的时候,"印度在西方世界并不是一个热门话题"④。当时的一位出版商曾说:"那时候人们都知道印度题材的书不好卖,有关印度的大部头作品更是难以出售;当一位口碑不佳的作者再次拿出一部有关印度的大部头作品时,其销量之差是可以预见的。"⑤拉什迪本人也曾谈及自己的相似境遇:"在《午夜的孩子》之前,我曾有一本小说被出版商拒绝,有两部作品放弃了付梓发行,只有一部小说《格林姆斯》得以出版;出版后的结果,含蓄地说,是被炮轰一通。"⑥事实上,《午夜的孩子》的出版商——乔纳森·凯普(Jonathan Cape)出版公司——为了避免太大的经济损失,起初只印刷了1750本;然而,作品一经问世便好评如潮。《纽约书评》(*The New York Review of Books*)高度赞颂该作品"是这个时代英语世界里产生的

---

① James F. English and John Frow, "Literary Authorship and Celebrity Culture", *A Concise Companion to Contemporary British Fiction*, London: Blackwell, 2006, p. 53.

② Abdulrazak Gurnah, "Themes and Structures in Midnight's Children", in Gurnah ed. , *The Cambridge Companion to Salman Rushide*, London: Cambridge University Press, 2007, p. 91.

③ Eric Strand, "Gandhian Communalism and the Midnight's Children's Conference", *ELH*, 2005, 72(4): 975—1016, p. 976. 1997年拉什迪与伊丽莎白·韦斯特(Elizabeth West)合作编著了 *The Vintage Book of Indian Writing*, 1947—1997.

④ D. C. R. A. Goonetilleke, *Salman Rushdie*, London: Palgrave Macmillan, 2010, p. 20.

⑤ Bryan Appleyard, "Portrait of the Novelist as a Hot Property", in *The Sunday Times Magazine*, 1988-9-11, p. 31.

⑥ Salman Rushdie, "Introduction", *Imaginary Homelands*, London: Granta, 1991, p. 1.

最重要的作品之一"①。从文本内部来看,《午夜的孩子》融历史、神话、幻想、传奇、纪实、新闻、广告等体裁于一炉,内容浩瀚,场面恢宏,情节曲折,具有很强的可读性。从文本生产和接受的外部语境来看,20世纪80年代初正是后殖民主义、后现代主义、新历史主义等批评话语形成气候的时期,赛义德的《东方主义》(1978)、利奥塔的《后现代主义状况:关于知识的报告》(1979)等理论力作相继问世,国际文艺批评理论界迎来了第二次世界大战后的又一个高潮。《午夜的孩子》作为一部兼收并蓄的作品,既包含后殖民主义的思想方法、视角和立场,又呈现了万花筒似的后现代主义叙事技巧,因此无论在美学价值上,还是在文化内涵上,都迎合了西方社会的审美标准。它成为当代文学中的经典之作,既是在意料之外,也是在情理之中。

(一) 传承东西方文学中的经典叙事

《午夜的孩子》以第一人称叙述者萨利姆·西奈的自述展开叙事。叙述者作为1947年8月15日印度独立当日凌晨诞生的孩子,在叙述中将自己及其家族的历史与印度国家的历史融合在了一起。小说共有三个部分。

第一部分由八章构成,讲述了1917—1947年间萨利姆家族和印度独立前的历史。

第二部分由十五章构成,跨越了1947—1965年间的历史,讲述了萨利姆的诞生和印度的独立。

第三部分由七章构成,涵盖了1970—1978年间发生在萨利姆家族和印度次大陆中的故事。

作家通过讲述萨利姆家族历史,折射了印度独立前后近半个世纪的民族运动。传统印度历史叙事中的重要事件,如1919年4月的阿姆利则惨案(英军对手无寸铁的印度人的大屠杀,死伤一千五百余人)、印度独立前的宗教冲突、印巴分治、中印边界冲突、巴基斯坦政变、孟加拉战争、英迪拉·甘地的"紧急状态令"等,都在书中以巧妙的方式与叙述者的家族历史融合在了一起。无论是该作品叙述历史的方式,还是作者看待历史的态度,都带有常人所说的"后现代小说"

---

① Ian Hamilton, "The First Life of Salman Rushdie", in *New Yorker*, 1995-12-25/1996-1-1, pp.102-103.

的特征。然而,拉什迪的创新手法其实深深地根植于东西方经典文学传统之中。传统与现代的融合赋予了《午夜的孩子》独有的艺术魅力。作品的叙事方法既汲取了印度民间叙事文学的传统,又时时透露着西方经典作品的影子,却又不时表达出对传统历史叙事的反讽和戏谑。作者驾驭故事的高超技巧,也是评论界关注的焦点之一。

琳达·哈钦(Linda Hutcheon)在《后现代主义诗学》和《后现代主义政治学》中都视《午夜的孩子》为"历史元小说"的代表。作品"打破了线性发展历史观,重新思考历史,以致小说中的一切事物都无法保持稳固的状态,连人的身体也未能幸免。用米歇尔·福柯的话说,作品揭示了萨利姆·西奈的身体'完全被打上了历史的烙印,铭刻着历史毁灭身体的过程'"①。哈钦的讨论带动并影响了许多学者的研究视角。随着后现代话语与理论的高涨,拉什迪的小说也受到学界的热捧。然而,《午夜的孩子》所体现出的后现代技巧确是深植于印度民间文学的传统。碎片化、非连续性、自我指涉、不确定性,这些常见的后现代叙事手法到了拉什迪的笔下,巧妙地与印度的民间叙事融合在了一起。

拉什迪在《午夜的孩子》中采用的是印度史诗中讲述故事的传统方式,如在《摩诃婆罗多》和《罗摩衍那》中那样,但是作者赋予了它现代小说的特性。叙述者萨利姆以第一人称出现,而受述者是一名未受过任何教育的本土印度女子帕德玛。叙述开篇处,萨利姆把自己比作《一千零一夜》的叙述者谢赫拉莎德(Sheherazade):"不过,这会儿,时间(已经不再需要我了)快要完了。我很快就要三十一岁了。也许是吧,只要我的身体能撑得住,尽管它疲惫得快散架了。但我并没有挽救自己生命的希望,我也不指望再有一千零一夜。要是我想最终留下一点什么有意义——是的,有意义——的东西的话,我必须加紧工作,要比谢赫拉莎德更快。"②虽然叙述者萨利姆强调了自己叙述的紧迫性,但是他的故事并未紧锣密鼓地展开。他原本打算向帕德玛讲述自己的人生,然而他却从外公阿达姆年

---

① Linda Hutcheon, *A Poetics of Postmodernism: History, Theory, Fiction*, London: Routledge, 1988, p. 118. 哈钦文中引用的福柯原文载于 Michel Foucault, *Language, Counter-Memory, Practice: Selected Essays and Interviews*, trans. Donald F. Bouchard and Sherry Simon, New York: Cornell University, 1977。

② Salman Rushdie, *Midnight's Children* (1981), London: Vintage, 2006, pp. 3-4(此处引用的文本参考了网络流传的刘凯芳的译文(http://ishare.iask.sina.com.cn/f/21220442.html,访问日期:2013年7月30日)。本书引用该小说的原文页码均来自 Vintage 2006年出版的该部小说,在括号中以夹注形式出现。)

轻时的经历讲起,对于外公早年与外婆的相遇、结婚以及他们的新婚旅行,无不讲述得细致入微,以致帕德玛不再耐烦,频频埋怨道:"照这样的速度,你得花整整两百年才能把你出生的事情讲完。""你最好快一点,要不然你写到老也还没有说到生出来的事呢。"(第44页)不仅如此,他在叙述中还经常突发奇想,插入与故事主体无关的内容。例如,在讲述外公的故事时,突然插入对自己嗅觉的评论。他还在讲述途中常常利用预言、卜卦等方式提示故事中人物未来的命运,使时空突然跳跃至多年以后,然后又突然回到先前讲述的时代。譬如,在讲述外公与外婆婚礼时,突然插入自己九岁时发生的故事:"这会儿我要扮演鬼魂的角色。我九岁了……"(第28页)

萨利姆还时常利用句法手段来打破线性的时空,如"当此事正在发生的时候,……也在发生着……";以及"如今,我,萨利姆·西奈,一时想要赋予那时候的我以后见之明;在打破优秀作品的统一性与传统之后,我让他明白往后会发生什么事……"(第236页)鉴于小说叙事中显现的这些特点,以哈钦为代表的后现代理论家认为,《午夜的孩子》以其颠覆传统的历史叙事方式表现了"历史编写与叙事化、小说化之间关系的根本性问题,从而提出了历史知识的认知地位问题"。[①] 小说采用的"多角度或公开掌控一切的叙事者"恰恰是历史元小说特别注重的叙事方式。[②] 萨利姆将历史简化为自传,将印度简化为他自己的意识,将个人体验变为公众历史的源泉,"以此颠覆了传统上对男人主体性的确立,以及传统的历史观(即历史是没有矛盾的连续体)"。[③]

针对后现代学者的讨论,拉什迪却声称自己的叙事手法来源于印度的民间文学,尤其是民间口述文学的传统。

> 口头叙事——创作《午夜的孩子》前我特别关注过——的奇特之处在于,你会发现一种有着千年历史的样式涵盖了现代小说的所有技巧。因为,当有人为你从早到晚地讲故事时,故事足有一部小说那么长。在讲述过程中,你自然会允许讲述者走进他的故事中,并对其品头论足——讨论故事情节,受故事中某一点触动而跑题,接着再回到故事讲述中。这些当然是口头叙事文学的次要特征,但在文本叙事中却成为奇特的现代创造。对我而言,当你关注古老的叙事并在

---

① 琳达·哈琴:《后现代主义诗学:历史·理论·小说》,李杨、李锋译,南京:南京大学出版社,2009年,第127页。
② 同上书,第158页。
③ 同上书,第219页。

小说创作中使用它时,恰如我试图做的那样,那么你在成为传统作家的同时也成了现代作家。一回到悠久的传统,你所做的就变得奇特而现代。①

《午夜的孩子》正是践行了拉什迪所信奉的上述叙事技巧。除了哈钦等学者指出的非连续性、自我指涉、放弃宏大历史并转向个人传奇故事等手法之外,小说特别设置的听众帕德玛也扮演着赋予传统以现代色彩的作用。帕德玛在小说开篇就已露面,并不时发表对萨利姆故事的评论,改变他叙事的顺序。为了满足帕德玛的要求,萨利姆会无奈地使用多重情节,放弃原本线性与连续的故事,让同一情节在不同段落里交替出现,甚至干脆置入括号内。有时候,萨利姆会被帕德玛逼得大喊:"打断了,全被打断了!我的生活可真有点复杂,哪个部分都不肯整整齐齐地待在自己的圈子里,就因为犟得要命,毫无道理可言。"(第187页)尽管如此,他仍然经常声称自己的创作需要帕德玛的支持。显然,没有帕德玛这位听众,他就会失去创作的动力。有评论指出:"帕德玛不仅仅是听众,而且还是小说的合作者","她的名字来源于印度神话中的莲花女神——萨拉斯瓦蒂(Saraswathi)即艺术之神",萨利姆与帕德玛的关系"既体现了后现代的创作理念,也体现了印度9世纪文学家欢增(Anandavardhana)在其著作《韵光》(Dhvanyaloka)中的美学思想"②。确实,帕德玛与莲花女神的关系赋予了小说叙事东方神话的色彩。另外,她在萨利姆叙述中不时地插话,使小说摆脱了传统叙事的线性结构,而和许多后现代小说一样呈现出碎片化、非线性的叙事结构。需要强调的是,拉什迪充分运用了口述叙事的特点,即"口述叙事不是从开始到高潮,然后结尾的故事。它总是大起大落、盘旋上升或者在转圈圈。它经常讲着讲着又扯到先前的内容,以提示观众,然后再接着讲。……它还经常因为讲故事者的突发奇想而偏离原来的故事,而引出很多题外话,随后又突然回入正题"③。作者由此展现了传统口头叙事的现代性。

《午夜的孩子》不仅根植于印度民间文学的传统,而且还继承了西方

---

① David Brooks, "Salman Rushdie: An Interview Conducted by David Brooks, 6/3/1984", quoted in Goonetilleke, *Salman Rushdie*, London: Palgrave Macmillan, 2010, p. 17.
② 萨拉斯瓦蒂有4只手,右手有念珠,拿着维纳琴(veena);她总是坐在莲花之上,又被称为莲花女神,她的交通工具是孔雀。D. C. R. A. Goonetilleke, *Salman Rushdie*, London: Palgrave Macmillan, 2000, p.41.
③ Salman Rushdie, "Midnight's Children and Shame", *Kunapipi*, 1985,7(1): 1—19, p.7.

经典文学的叙事手法。"在某种程度上,他(拉什迪)把自己置于西方小说的另一个传统中(非现实主义的小说)——塞万提斯、拉伯雷、斯特恩、斯威夫特、麦尔维尔、果戈理、格朗特·格拉斯、博尔赫斯和加西亚·马尔克斯。"①小说所采用的传记体叙事方式,以及民间叙事传统所赋予的幽默诙谐色彩,使评论者从拉什迪一直追溯至18世纪的英国小说。拉什迪在一次采访中说道:"《午夜的孩子》是一部喜剧小说。在我看来,书写印度最合适的形式是喜剧史诗(comic epic)。"②就如一些学者已经指出的那样,拉什迪此处所提的"喜剧史诗"一说正是由亨利·菲尔丁在《约瑟夫·安德鲁斯》的前言中首次杜撰的,后来又充分展现在小说《汤姆·琼斯》之中。拉什迪本人其实承认过18世纪英国小说对自己的影响:

> 我认为18世纪是英国文学史上的伟大时代,很显然我的创作深受《项狄传》和《汤姆·琼斯》的影响,因为它们正是亨利·詹姆斯所称的那种"松松垮垮的怪兽"(loose baggy monsters)——当然,我不认为它们松松垮垮。……昆德拉在一篇文章中曾指出小说的两位双亲,一位是理查森和克拉丽莎·哈洛,另一位是斯特恩和项狄;而且,他认为——对此我颇为认同——从广义上讲,克拉丽莎·哈洛的孩子们构成了这个地球上的主要人口,项狄家的后裔却人丁不那么兴旺。③

彼得·莫雷曾据此详述拉什迪与英国文学传统之间的关系。④他认同《午夜的孩子》与《汤姆·琼斯》之间的类比关系,把前者视为"流浪汉小说(picaresque)的后现代版本"。确实,《午夜的孩子》与《汤姆·琼斯》一样,有一条"流浪迁徙"的主线:故事场景随着主人公家族的迁徙,从克什米尔依次转移到了阿姆利则和阿格拉,再到德里、孟买、拉合尔(现属巴基斯坦)和达卡,最后又回到克什米尔。莫雷还特别分析了《午夜的孩子》与《项狄传》之间一脉相承的关系。他指出,"《午夜的孩子》借用了《项狄传》

---

① D. C. R. A. Goonetilleke, *Salman Rushdie*, London: Palgrave Macmillan, 2000, p.17.
② Quoted in Goonetilleke, *Salman Rushdie*, London: Palgrave Macmillan, 2000, p.21.
③ "Salman Rushdie Talks to Alastair Niven", *Wasafiri*, 1997,13(26):52—57, p.55; reprinted in Pradyumna ed., S. Chauhan, *Salman Rushdie Interviews*, Connecticut: Greenwood Press, 2001, pp.231—242.
④ Peter Morey, "Salman Rushdie and the English Tradition", in Abdulrazak Gurnah ed., *The Cambridge Companion to Salman Rushdie*, London: Cambridge University Press, pp.29—43.

中的许多技巧和主题"①。确实，两部小说都在开篇处大量描述了主人公出生前的历史，都打破了传统的线性叙事，在叙事中插入了貌似无关的话题。它们的作者还都表达了相似的观点：斯特恩声称"没有什么触动我的东西在本质上是微不足道的"；而拉什迪则强调"要了解一个人的一生，你必须吞下整个世界"②。类似的例子还有许多。限于篇幅，恕不赘言。

《午夜的孩子》与其他经典文学之间也显示出明显的互文关系，如与加西亚·马尔克斯的《百年孤独》以及格拉斯的《铁皮鼓》之间的互文关系。③拉什迪曾经坦言："我确信格拉斯就隐藏在作品的某个地方。虽然我在写《午夜的孩子》时已多年未读过《铁皮鼓》，但它仍是我最喜欢的小说之一。"④学术界也认为《铁皮鼓》为拉什迪塑造了"一个身体残疾，道德不佳，却身怀魔法的典型形象"⑤。至于《百年孤独》对《午夜的孩子》的影响，则已成为老生常谈。里昂·维塞尔提亚就曾感叹："当《午夜的孩子》问世时，萨尔曼·拉什迪似乎注定要与加西亚·马尔克斯作类比。……魔幻现实主义是它最新的标签。"⑥

简而言之，《午夜的孩子》在世界文坛上的地位，得益于拉什迪在叙事模式上的创新，得益于他对东西方经典叙事技巧的继承。

---

① Peter Morey, "Salman Rushdie and the English Tradition", in Abdulrazak Gurnah ed., *The Cambridge Companion to Salman Rushdie*, London: Cambridge University Press, p. 34.

② Ibid., pp. 34—35. 学者 Abdulrazak Gurnah 也简略分析过《项狄传》与《午夜的孩子》之间的互文关系，特别指出两部小说主人公对"鼻子"所具有的象征意义的讨论。详见 "Themes and Structures in Midnight's Children", in Abdulrazak Gurnah ed., *The Cambridge Companion to Salman Rushdie*, London: Cambridge University Press, 2007, pp. 98—99.

③ 琳达·哈琴：《后现代主义诗学：历史·理论·小说》，李杨、李锋译，南京：南京大学出版社，2009年，第173—174页。

④ Quoted in Goonetilleke, *Salman Rushdie*, London: Palgrave Macmillan, 2000, p. 114.

⑤ Timothy Brennan, *Salman Rushdie and the Third Wolrd: Myths of the Nation*, London: Macmillan, 1989, p. 66. 此外，Abdulrazak Gurnah 也分析过《铁皮鼓》与《午夜的孩子》之间的互文关系，特别指出两部小说中叙述者之间的相似之处。参见 Abdulrazak Gurnah ed., *The Cambridge Companion to Salman Rushdie*, London: Cambridge University Press, 2007.

⑥ Leon, Wieseltier, "Midnight's Other Children", *The New Republic*, 1983—11—5: 32—34, p. 32. 其他将《午夜的孩子》与马尔克斯的魔幻现实主义相比较的文章有：Bill Buford, "Swallowing the Whole World", *The New Republic*, 1981—5—1: 21—22. 布福德在文中指出："拉什迪是位喋喋不休的说书者，他单枪匹马地返回到英语语言传统中的魔幻现实主义；这一光辉传统可以从塞万提斯追溯到斯特恩，再到昆德拉和马尔克斯。"（第22页）另有一些早期书评中都提及了类似关系。布莱南的论著则指出，马尔克斯对拉什迪的影响在于前者为后者探讨殖民主义的幻象（fantasy）提供了理论支持。详见 Timothy Brennan, *Salman Rushdie and the Third World: Myths of the Nation*, New York: St. Martin's Press, 1989.

(二) 与后殖民话语的碰撞

在讨论当代文学经典的形成因素时,很多学者和文学批评家都援引了法国社会学家布迪厄关于"文化场"的讨论,并大致达成了以下共识:经典的形成是文化场中各要素相互作用的结果。《午夜的孩子》之所以成为经典,除自身的艺术价值以及传承东西方文学经典的功能之外,其清晰的文化指涉与同时期西方主流文化话语的交相辉映是主要原因。

阿默德在讨论拉什迪的经典地位时曾经指出:

> 任何经典的形成——即使它一开始是作为反经典而出现的——都遵循这样一个公认的现象:推崇经典的机构会选取一些作家、文本、体裁作分类评判标准,并据此界定某个时期,或建构某种理想的文学类型,而舍弃那些不符合遴选原则的其他作品,尽管后者产生于同一时期和同一空间。也就是说,某种作品在文坛称雄,实际上是外在力量争斗的结果;一旦争得地位,就被称为精华的或主流的。[1]

《午夜的孩子》诞生于一个恰当的历史时期:20 世纪七八十年代后殖民运动的蓬勃发展,以及后殖民理论和后殖民批评话语的兴起,都促进了小说的传播和推广。作品一经出版,即在西方世界受到追捧。如布克所说,拉什迪的作品因其对文化杂糅性的讨论,尤其受到后殖民学者的关注。[2]事实上,《午夜的孩子》几乎囊括了一切后殖民小说的特点。[3]不仅如此,它几乎与后殖民理论同时产生,并且在一定程度上促进了后者的形成与发展:

> 值得注意的是,1981 年《午夜的孩子》出版之时,那些著名学者帕沙·查特吉(Partha Chatterjee)、埃里克·霍布斯鲍姆(Eric Hobsbawm)、本尼迪克·安德森(Benedict Anderson)、艾杰兹·阿默德和欧内斯特·盖尔纳尚未发表他们关于民族主义、殖民主义和国家政权方面的论著。弗雷德里克·詹姆逊和艾杰兹·阿默德关于第三世界的小说能否视为国家寓言的著名争论也尚未开战,而霍米

---

[1] Aijaz Ahmad, *In Theory: Class, Nations, Literatures*, London: Verso, 1992, p.123.
[2] M. Keith Booker, "Introduction", in M. Keith Booker ed., *Critical Essays on Salman Rushdie*, New York: G. K. Hall, 1999, pp.2-3.
[3] Rudiger Kunow, "Architect of the Cosmopolitan Dream: Salman Rushdie", *American Studies*, 2006, 51(3): 369-385, p.372.

巴巴在《国家与叙述》中提出的"dissemiNation"也仍未被人们所熟知。①

由此可见，《午夜的孩子》在一定程度上源于它与当代后殖民理论之间共生共谋的关系。② 它对印度民族身份建构和民族历史书写的探讨，使其成为后殖民理论和少数族裔文学研究者关注的焦点。

拉什迪的流散作家身份，与其深厚的英国教育背景，使他自然地结下了后殖民文学之缘。他诞生于1947年6月，距离印度的独立仅隔两个月。父亲为德里的商人，且曾获剑桥大学法学学位，母亲是一名教师。全家虽信奉穆斯林教，但在思想上比较欧化，推崇世俗政治管理。拉什迪13岁时，被送到英国著名公学拉格比中学就读。然而，校园内的种族歧视，让他的中学生涯蒙上了灰色的记忆："在学校里我没有任何朋友，……我离开学校时，曾下定决心再也不见那些人，……我把他们都抹去了。我当时就决定要比他们都出色——而这并不难——拉格比也没什么优秀的老师。"③ 1964年，即拉什迪中学毕业前一年，全家因为父生意失败，又因穆斯林人在印度所受的迫害日益加深，生活每况愈下，只好离开孟买，移居巴基斯坦的卡拉奇。1965年，中学毕业后，拉什迪进入剑桥大学国王学院修读历史，由此对伊斯兰教和印度的历史有了更深入的理解。大学毕业后，他任职于卡拉奇电视台，但因无法忍受严苛的新闻审查制度而重返英国，在一家小广告公司从事文案工作，并开始了文学创作生涯。他早年的生活经历，全都融入了日后的文学创作之中。

除个人身世外，英国在20世纪70年代后期日益突出的种族冲突，也为《午夜的孩子》提供了社会土壤。英国的种族问题虽然不似美国那样突出，但是其严重性仍不容小觑，恰如考特尔所言：

> 英国鲜有关于种族问题的讨论，日常生活话语对此极力规避。一些人说英国没有种族问题，而另一些则说它在英国是小问题，微不

---

① Josna E. Rege, "Victim into Protagonist? Midnight's Children and the Post-Rushdie National Narratives of the Eighties", in Harold Bloom ed., *Bloom's Modern Critical Views: Salman Rushdie*, Philadelphia: Chelsea House, 2003, pp. 147—148.

② 多位学者都指出了作家作品与后殖民文学或理论之间的关系，如当代后殖民理论力作 The Empire Writes Back(1989)的题目就是引自拉什迪的原话。(详见 Gail Low and Marion Wynee-Davies eds., *A Black British Canon*, London: Palgrave Macmillan, 2006, p. 49, note 37)。

③ John Haffenden, "Salmen Rushdie", in Michael R. Reader ed., *Conversations with Salman Rushdie*, Brighton: Roundhouse Publishing Ltd., 2009, pp. 30—56.

足道,极易解决,或称之太夸大,或谓之太微妙。这些全都是胡说八道。不管是谁,只要与居住在英国的西印度人、巴基斯坦人和毛里求斯人聊上两句,就不会说他们的困境是小问题,或是被夸大的问题,或是微妙的问题。①

考特尔所描述的英国种族问题,也正是旅居英国多年的拉什迪所亲历的。1976年,他在伦敦的居所从富勒姆(Fulham)迁至肯特镇(Kentish Town)。那里的生活使他深感少数族裔人群所受到的不公待遇。这一切都在《午夜的孩子》里得到了反映。当评论者们纷纷聚焦于该书的形式和主题时,批评家萨德强调了书中的种族问题:

> 不要忘记1981年的伦敦。对于一个移民者来说,那是地狱般的年代。那时笼罩在撒切尔夫人"覆没"演讲("swamping" speech)②的不祥乌云之下,移民者面对的是……愈加恶劣的居住条件,愈加糟糕的工作——当然首先是要有工作,机场的贞操检查,还有不绝于耳的"巴基佬、黑鬼、印度佬滚回家"(Parkis-Darkis-Wogs-Go-Home)的呼声。正是在这如鬼魅般的阴影下,拉什迪出版了这部著名的布克奖中的布克奖——《午夜的孩子》。评论者们赞誉它为"一个大陆找到了自己的声音",但是我要说它是一个移民者的重大事件。③

基于萨德的讨论,学者普罗科特认为《午夜的孩子》不仅是对印度民族运动的书写,而且是对拉什迪所居住的伦敦政治生活的影射,这在拉什迪自己的回忆录中得到了印证:"在北部伦敦著书时,望着窗外与我纸上创作的完全不同的城市,我被这个问题所困扰,直到我不得不在文本中面对它。"④小说出版后,逐渐成为文学中的经典之作,多半是因为它隐含了

---

① Arthur Marwick, *British Society Since 1945*, London: Penguin Books, 1990, p.216.
② 撒切尔夫人当政后,对移民采取了更严苛的管理手段。1978年2月,她通过电视广播陈述了对移民潮的看法:"移民的数量之大,令人震惊!……人们确实担心这个国家会因那些来自不同文化的移民而覆没……将会对那些涌入的人群产生敌意。"这篇演讲因此而被称为"覆没"演讲。详见 Robin Cohen, Migration and Its Enemies: *Global Capital, Migrant Labour and the Nation-state*, Burlington: Ashgate Publishing Company, 2006, p.80.
③ Syed Manzurul Islam, "Writing the Postcolonial Event: Salman Rushdie's August 15th, 1947", *Textual Practice*, 1999,13(1):119—135, p.119.
④ Salman Rushdie, *Imaginary Homelands: Essays and Criticism, 1981—1991*, London: Granta Books, 1992, p.10, quoted in James Procter, "'The Ghost of Other Stories': Salman Rushdie and the Question of Canonicity", in Gail Low and Marion Wynne-Davies eds, *The Black British Canon*, New York: Palgrave Macmillan, 2006, p.37.

对当时英国种族政策的批判。撒切尔政府在大众文化中掀起的帝国怀旧之风,加剧了英国本土的种族冲突。《午夜的孩子》除了再现印度的民族冲突,同时也帮助我们管窥英国的窘境;我们完全可以视它为"80年代早期罹患健忘症的大英帝国的完美寓言","在小说中,因帝国主义的怀旧而带来的冰冷慰藉和些许安慰——福克兰冲突和帝国统治的翻拍——都被萨利姆残缺记忆中的不确定性和自相矛盾代替了"。①

在叙事策略上,《午夜的孩子》将整个印度民族运动的历史融入主人公萨利姆的家族史中。通过反复强调自己的人生与印度历史之间的关系,叙述者讲述的一个个家族故事也成了印度的民族寓言。萨利姆出生的故事就是一例。不过,小说并没有从萨利姆的出生之日讲起,而是从1915年的克什米尔(他的外祖父生长的地方)开始。作为印度和巴基斯坦的分界线,克什米尔对独立后的印度人来说,是难以释怀的伤痛。拉什迪描写了发生于1919年4月13日的阿姆利则惨案。萨利姆的外祖父阿达姆·阿齐兹亲历了这场浩劫,并侥幸逃脱,随后便致力于印度的民族运动,加入了"自由伊斯兰协会"。"我本来只是个克什米尔人,算不上真正的穆斯林。可那天我胸口上挨了这么一下,它使我变成了印度人。"(第40页)这类例子在书中举不胜举,其用意只有一个,即个人、家族的命运始终跟民族的命运交织在一起。《午夜的孩子》最终能进入经典的殿堂,跟它承载的这一寓意有很大关系。

在《午夜的孩子》的叙述中,独立前夕的印度既不同于英帝国记录的殖民地历史,也不同于传统印度历史的编纂。例如,在缅甸战场立下赫赫战功的英国将军奥德·温盖特、1947年初英帝国与印度殖民地之间的政权交替,都只是一笔带过,未有详述。不仅如此,作家笔下的政权交接并不像英国的殖民地历史记述中那样有序,并未实现平稳过渡,整个社会充斥着仇恨、斗争和动荡,以及对未来的迷茫不安。萨利姆告诉读者,1947年1月"他们有关政权转换的计划失败了";"这时候艾德礼先生太忙了,他只顾同昂山先生决定缅甸的未来";"这期间立宪会议没能制定出一部宪法来,只能自动休会"。(第75页)作为穆斯林中产阶级的代表,萨利姆的父亲阿赫默德·西奈也抱怨"如今世道真是乱透了,太乱了"。(第78页)作者此处用凸显个人体验的方法来折射印度独立前的民族运动,借此

---

① Gail Low and Marion Wynne-Davies eds, *The Black British Canon*, New York: Palgrave Macmillan, 2006, p.39.

引导读者摆脱宏大历史叙事造成的认识误区,从而对殖民历史进行重新思考。换言之,《午夜的孩子》用别开生面的叙事方式,介入了后殖民话语的建构。我们不妨由此推断:假如上述介入对后殖民话语的建构产生了重大影响,那么拉什迪成为经典作家,就在情理之中了。

事实上,拉什迪的独特笔法大大丰富了后殖民研究领域有关历史书写的讨论。普拉喀什就曾强调,"第三世界的作家如何书写后-东方主义(后殖民)的历史"是《午夜的孩子》的核心[1],这其实承认了后者在书写后-东方主义(后殖民)历史方面的引领作用。此外,拉什迪在作品中对印度国家身份的思考,以及他对民族文化多样性的关注,也成为后殖民学者讨论的焦点。布克(M. Keith Booker)就曾写道:拉什迪作品"尤其为后殖民学者所青睐","因为对后殖民评论者来说,文化杂糅性是个关键的话题"[2]。要理解此处所说的文化杂糅性,还须结合拉什迪对国家概念的界定,而后者与安德森在《想象的共同体》中的观点相契合。如弗兰克在讨论《午夜的孩子》时所说,"小说中的许多章节与安德森的'想象的共同体'这一概念相呼应"[3]。小说中萨利姆反复使用了"幻想""虚构""梦幻""寓言""神话"等词来描述印度的独立,如下面这段描述:

> 在孟买,8月份本来节日就多,既有黑天大神的生日,又有椰子节。今年呢——还有十四个小时,十三个,十二个——在日历上又多了个节日,一个新的神话让你来庆祝,因为一个以前从来没有存在过的国家将要赢得自由,将我们弹射到一个新的世界中,尽管它已经有五千年的历史,尽管它发明了象棋,并且和中王国时期的埃及开始贸易,但它却在很大程度上仅仅存在于想象之中;要不是非同寻常的集体意志努力奋斗,这个神奇的土地,这个国家是不可能诞生的——除非只在大家一致同意的幻梦之中。孟加拉人和旁遮普人、马德拉斯人和贾特人都在不同程度上带有这一群众性的狂热,这一幻象会不时地需要得到净化和更新,这种净化和更新只能通过流血的仪式才得以完成。印度,这个新神话——一个集体虚构出来的产物,在它里面似乎没有做不到的事情。只有两大幻象能与这个传奇相媲美,那就是金钱与上帝。(第112页)

---

[1] Gyan Prakash, "Writing Post-Orientalist Histories of the Third World: Perspectives from Indian Historiography", *Comparative Studies in Society and History*, 1990, 32(2): 383—408, p. 383.

[2] M. Keith Booker, "Introduction: Salman Rushdie: The Development of A Literary Reputation", *Critical Essays on Salman Rushdie*, 1—15, New York: G. K. Hall, 1999, pp. 2—3.

[3] Soren Frank, *Migration and Literature*, New York: Palgrave Macmillan, 2008, p. 159.

上述描述与安德森有关国家（即想象的共同体）的描述不无相通之处。安德森强调"国家"是由一些非物质元素形成的话语现象，是人们在情感的基础上由语言建构的神话，但是这并没有否认国家的真实存在，而意在指出国家的形成依赖于人民的意志与他们集体想象的能力，而非某种天然具有的内核。拉什迪在小说中反复强调国家的形成具有偶然性、主观性和虚构性的特点，突出国家概念所具有的历史性和流动性，从而表达了他对印度的理解，并在作品中强调印度的过去——包括那段殖民地的历史——都是独立后印度必然继承的遗产。下面这段描述堪称经典：

> 我们带着多少事情多少人多少观念来到这个世界上，有多少的可能性以及对可能性的种种限制！——因为所有这一切都是那个午夜出生的孩子的父母，每一个午夜的孩子都有同样多的父母。……我可以肯定地告诉你，要想理解一条生命，你必须吞下整个世界。（第145页）

这段描述的经典性，在于它不仅饱含有关国家、历史和文化杂糅性的睿智，而且用通俗、生动、形象的语言加以传达。不少旨在表达同样道理的后殖民研究著述，往往依赖时髦的术语、连篇累牍的论证，然而与《午夜的孩子》相比，就显得格外空泛。

在萨利姆的叙述中，印度独立之夜出生的孩子所继承的遗产，既包括印度和穆斯林的传统，也包括英国的殖民统治。小说以比喻的方式呈现了萨利姆的出身。一方面，小说的情节揭示萨利姆虽然出生于穆斯林中产之家，却是前英国殖民者梅斯沃德与江湖艺人的妻子偷情的产物。另一方面，作为印度独立的象征，萨利姆继承了印度发展中经历的一切。

拉什迪对印度的理解获得了后殖民学者斯皮瓦克的认同。后者认为"后殖民性——存在于世界其他地区的帝国主义遗产——是一种消解性的案例。……在已非殖民化的地区，那些迫切的政治要求，如国家地位、宪法性、公民权利和义务、民主、社会主义、甚至文化主义，无一不被默认是帝国主义遗产本身所固有的"[①]。

鉴于独立后新印度的形成是各种力量融合的结果，拉什迪在叙述中肯定了印度民族身份多元化的意义，否定了统一的、一元的印度。有学者

[①] 转引自艾贾兹·阿赫默德《文学后殖民性的政治》中作者对斯皮瓦克《在教学机器之外》作品的引用。摘自罗钢、刘象愚主编：《后殖民主义文化理论》，北京：中国社会科学出版社，1999年版，第255页。

指出:"《午夜的孩子》主要关注的问题之一就是关于印度民族特性的想象。尤为突出的是,拉什迪试图揭示有关现代民族的完整想象是如何处理在政治、种族、宗教上的多样性问题的。"[1]即使在独立之后,作者仍在叙述中描写了印度各教派、种姓和城邦之间的争斗。小说中塑造了两种国家模式:一种是集权制国家,另一种是多元化的民主国家。这两种模式在小说中化身为两位同时出生于印度独立之夜的儿子——萨利姆与湿婆。湿婆一出生就具有巨大而有力的膝盖,它可以使所有反对者臣服于膝下;而萨利姆则拥有一个大鼻子,它具有无线电传输功能。作者通过"午夜孩子大会",集中展现了两种截然相对的政治观。萨利姆召集大会的目的是建立"一个彼此平等的、松散的联盟,人人都可以自由地发表自己的观点"(第305页),而湿婆却是集权专制统治的拥护者,他"只有一条规矩,就是人人都得听我的命令,要不然我就用膝盖把他们的屎都压出来!"(第305页)所有这些描述,都旨在引导读者对印度民族身份的再思考。任何国家在重塑民族身份的紧要关头,都需要优秀文艺作品的参与,而《午夜的孩子》显然积极参与了独立后印度民族身份的建构,并以其独特的艺术魅力吸引众多读者参与了这种建构,这应该是该小说成为经典的主要原因之一,或者说是它的经典性要素之一。

当然,上述经典性跟小说的政治、社会与文化语境形成了良性互动。自萨义德的《东方主义》出版之后,后殖民理论在西方社会如火如荼地发展起来,引发了诸多学者对后殖民问题的广泛思考。《午夜的孩子》正是出版于这场理论运动的发展初期,它意味着一位来自前殖民地国家的作家以英语重新书写了印度的民族运动史。作者的流散身份、他对后殖民问题的关注,以及他对民族主义运动的模棱两可的态度,都使其作品受到了学术界的广泛关注。1989年,阿什克罗夫特、格里菲斯和蒂芬合著的《逆写帝国》,是应教学需要编写的第一部系统介绍后殖民文学理论的导论性著作,其题目恰恰引自拉什迪的原话。我们不妨据此推断:《午夜的孩子》之所以成为经典,在很大程度上有赖于培育它的文化土壤。

(三) 折射当代英国社会对印度的消费

我们在肯定《午夜的孩子》的经典性的同时,也应看清它的经典化过

---

[1] Patrick Colm Hogan, "Midnight's Children: Kashmir and the Politics of Identity", *Twentieth Century Literature*, 2001,47(4):510—544, p.512.

程,而这一过程跟商品文化纠结在一起,尤其跟西方的阅读/消费期待纠结在一起。

曾几何时,后殖民主义文学,以及它所持有的反抗姿态,业已成为可供人们消费的商品。《午夜的孩子》也在很大程度上成了一种"消费品"。在当代西方社会,商业在文学生产和传播中的作用日益凸显。托德曾经撰文,细述了当代英国社会出版业的剧变及其对文学生产的影响。① 阿赫默德更是一针见血地批评"英语创作的第三世界文学是商品拜物教的载体,是西方都市生产出的欲望对象"。② 作为一位流散作家,拉什迪有意识地将自己的创作置于西方主流话语之中(当然,同时也保持了一定的距离),因而满足了西方读者对第三世界文学的期待。欧美的评论者们或推崇作品中显著的东方元素③,或称赞作者对当代印度历史宏大叙事的反驳,以及他对那些带有东方主义色彩的作品中刻板形象的批判。④《午夜的孩子》一出版,便赢得了《纽约时报》的如下赞誉:"一个大陆发现了自己的声音。"⑤这一赞誉后来成为皮卡得公司(Picador)出版此书时护封上的推荐语。图书的推介,折射了出版商对欧美读者消费欲望的捕捉,也折射出西方对东方长久以来的猎奇心理,以及英国社会在80年代流行的帝国怀旧风。霍根在《后殖民的异国情调:边缘文化的营销》一书中强调:包括《午夜的孩子》在内的第三世界文学在英国社会的成功,离不开作家对异域性的有意识的营销。霍根还提到了小说中极具印度风情的事物和人物,但是他并没有细致地解析拉什迪的创作与英国大众文化对印度的消费之间的微妙关系。《午夜的孩子》从叙事手法到人物描摹,都有意识地迎合了西方的阅读期待。虽然拉什迪的小说以民族寓言的形式再现了印度独立前后的历史变迁,揭示了印度民族运动及其是非成败的原因,但是小说中所呈现的印度仍然在作品的传播过程中成为西方读者的消费对象。

---

① Richard Todd, "Literary Fiction and the Book Trade", in James F. English ed., *A Concise Companion to Contemporary British Fiction*, London: Blackwell Publish, 2006, pp.19—38.

② Graham Huggan, *Postcolonial Exotic: Marketing the Margins*, London: Routledge, 2001, p.65. 阿赫默德的讨论参见 Aijaz Ahmad, *In Theory: Class, Nations, Literatures*, London: Verso, 1992, Chapter 7.

③ Joseph Swann, "'East is East and West is West'? Salman Rushdie's Midnight's Children as an Indian Novel", *World Literature Written in English*, 1986,26(2):353—362.

④ Tariq Ali, "Midnight's Children", *New Left Review*, 1982,136:87—95.

⑤ Clark Blaise, "A Novel of India's Coming of Age", The *New York Times Book Review*, 1981—4—19, p.23.

《午夜的孩子》作为20世纪80年代以来众多以英语写作的印度文学之一，其"'印度特性'不仅被视为后独立时代的精神特质，而且更多地被视为可以无限并普遍使用的市场工具"。① "印度特性"与同时期英国社会致力于探讨的"英国特性"相对，它包含了一切与英国特质所不同的异质性和他者性，并在某种程度上成为后殖民话语所批判的"异国情调"（exotic）的代名词。印度是英国人眼中所熟悉的东方的代表，其神秘性和异域性一直是大众文化的营销商们极力推销的卖点。各类旅行指南、畅销小说一直致力于描摹印度的异域风情，"以迎合西方的资本市场"；②严肃文学也难以洁身自好，不过碍于后殖民话语的批判，大都在"多元文化"的外衣掩盖下凸显"异域性"。这一点在"布克奖"的颁布情况方面也得到了体现。如伊肯所言，尽管秉持着多元文化的准则，"布克奖"与其说推动了"非西方"或后殖民文学的发展，"毋宁说取悦了西方文学市场，鼓励了猎奇者的商品消费欲望"。③尽管后殖民运动在20世纪80年代的英国如火如荼，然而"西方学界仍然参与了一种他异性话语的炮制，以取代人们所熟悉的异域情调"。④对此，作家拉什迪也承认，西方的出版商和评论者"对于来自印度的声音越来越着迷；至少在英国，作家们常因作品缺乏印度格调而遭受评论者的苛责。这看起来好像是东方在影响着西方，而非相反的情形。"⑤

　　《午夜的孩子》恰恰因其浓郁的印度风情而饱受出版商和读者的青睐，尽管拉什迪所声称的创作初衷并非如此。就像伊肯所指出的那样，当拉什迪的作品被欧美主流社会所接受时，它的抵抗力量（反帝国主义的力量）势必会削弱；作为当代的"异国风情小说"（exotic novel），它即使有所创新，也仍然是人们所熟悉的"神秘东方"的组成部分。⑥ 当然，拉什迪本

---

①　Graham Huggan, *Postcolonial Exotic*: *Marketing the Margins*, London: Routledge, 2001, p. 66.

②　Ibid., p. 68。

③　Hugh Eakin, "Literary Prizes in the Age of Multiculturalism", unpublished paper, Harvard University, 1995, quoted in Graham Huggan, *Postcolonial Exotic*: *Marketing the Margins*, London: Routledge, 2001, p. 71.

④　Sara Suleri, *The Rhetoric of English India*, Chicago: University of Chicago Press, 1992, p. 12.

⑤　Salman Rushdie and Elizabeth West, *The Vintage of Book of Indian Writing*, 1947—1997, New York: Vintage, 1997, p. xiv.

⑥　Hugh Eakin, "Literary Prizes in the Age of Multiculturalism", unpublished paper, Harvard University, 1995, quoted in Graham Huggan, *Postcolonial Exotic*: *Marketing the Margins*, London: Routledge, 2001, p. 5.

人对此持不同意见：

> 小说的成功——获得"布克奖"等——开始使小说的阅读偏离了原有的方向。许多读者希望这是一部历史，甚至是指南，这绝不是这部小说的本意。其他人批评它的不完整，并指出我没有在小说中提及乌尔都诗歌的辉煌，没有描写印度贫民或贱民的艰辛，也没有涉及一些人视之为新殖民主义的南印度印地语。这些各式各样的、失望的读者并没有把这本书看作小说，而是把它看成了某部不完整的参考书或百科全书。①

即便这些都是拉什迪的肺腑之言，《午夜的孩子》也仍然无法逃脱它的"宿命"，即在普通读者的阅读过程中，被视为旅行指南或百科全书的替代品。如霍根所说，"虽然这部作品批评把具有东方特质的印度商品化的做法，但是它恰恰从那些具有商业效应的东方主义神话中获利颇多。"②

拉什迪小说中所呈现的"印度特性"或印度的异国情调并不是对西方读者完全陌生的他异性，而是迎合了西方社会的阅读期待。根据霍根对异域性的分析，"异国情调并不像人们平时所认为的那样，是某人、某些特别的东西或某些具体地方所具有的本质特征；异域性事实上指的是某种独特的审美观念——它使那些人、物和地方显得奇怪陌生，即使它们已被同化；而且这种审美观念能有效地生产出他者性，即使它同时宣称自己被其固有的神秘性而折服"。③ 霍根特别指出，所谓异国情调不是本质上的差异，而是在全球化消费语境中被建构的话语。拉什迪笔下的印度，因融入了宗教故事、神话传说、预言、征兆、特异功能等离奇的内容而蒙上了印度传统文化中常见的神秘色彩；更重要的是，作者援引的印度传统对于西方读者而言并不陌生。无论是小说在叙事上对《一千零一夜》的模仿，还是书中面纱后的印度妇女，都满足了大众市场的消费欲望。

《午夜的孩子》杰出的叙事技巧也成了彰显印度异域性、供大众文化市场消费的对象。小说问世伊始，评论界就把它的叙事手法与魔幻现实主义等量齐观。一时间，拉什迪成了西方人眼中的加西亚·马尔克斯，但

---

① Salman Rushdie, "'Errata': or, Unreliable Narration in Midnight's Children", *Imaginary Homelands: Essays and Criticism 1981—1991*, London: Granta, 1991, p. 25.
② Graham Huggan, *Postcolonial Exotic: Marketing the Margins*, London: Routledge, 2001, p. 115.
③ Ibid., p. 13.

这未能使小说摆脱"向西方人推销印度"的沉疴。魔幻现实主义作为一种叙事手法兴起于20世纪后半叶,随着后殖民运动的发展,学者们逐渐倾向于把它视为后殖民文学的有效文体。拉什迪小说中的魔幻叙事"反抗了已有的秩序,魔幻的使用最终强化了小说中叙述的历史暴行"。[①]然而,魔幻现实主义叙事因其将第三世界(东方和拉美)的传统神话融入民族历史的书写之中,在一定程度上又迎合了西方对东方的神秘幻想,西方读者在这种阅读体验中难免会加固其已有的类型化东方形象。

拉什迪的魔幻现实主义叙事根植于印度的叙事传统,然而他所继承的印度传统并没有超越西方人的期待视野,而是重复印证了西方对印度异域性的固有理解。小说叙述开篇,就通过夸张隐喻的手法,将作品与西方人所熟悉的东方民间故事《一千零一夜》联系在一起。如前文所述,叙述者萨利姆把自己比作《一千零一夜》中的叙述者谢赫拉莎德。这种显在的关联性,或作者所言称的继承性,其实掩盖了一个重要事实,即萨利姆和谢赫拉莎德并没有太多的相似性。萨利姆强调自身叙事的紧迫性,他所有的故事都要尽快地讲完,而谢赫拉莎德则恰恰相反,她需要故事无限制地延宕;萨利姆需要在生命终止前讲完所有的故事,而谢赫拉莎德则要利用一个又一个没有完成的故事来延续自己的生命。因此,拉什迪小说的吊诡之处,恰恰在于作者将叙述者萨利姆与谢赫拉莎德相比,却并未在两者之间建立可靠的可比性。一部旨在叙述印度独立前后历史的小说,在开篇处援引了阿拉伯中古时代的民间传说,其效果无疑把现代印度的历史书写拉入中古的民间传说中,既抹去了现代印度文明的印迹,为其再次穿上了神秘的、异域的外衣,也迎合了西方认为东方社会"古老、静止、一成不变"的刻板想法。

与此同时,《午夜的孩子》在人物刻画——尤其是女性人物刻画——方面也没有跳出西方社会的成见。小说叙述者萨利姆的外祖母纳西姆是传统印度妇女的代表,她迎合了英国殖民历史书写中业已形成的印度女性形象。19世纪的詹姆斯·米尔在《英印历史》中提出了衡量文明的尺度:"在野蛮民族中,妇女总是受到羞辱,而在文明的民族当中,她们总是

[①] Wendy B. Faris, Ordinary Enchantments: *Magical Realism and the Remystification of Narrative*, London: Eurospan, 2004, p.140.

高贵的。"①米尔根据自己提出的尺度,断定印度社会最野蛮,因为"再也没有任何民族能够超越印度人对于女人的蔑视了,……她们受到了无以复加的羞辱。"②换言之,帮助印度妇女解放的"文明使命"是英国殖民统治合法化的说辞,而这恰恰在《午夜的孩子》里得到了折射。在小说中,纳西姆成了在殖民地上"野蛮文明"中成长的女性。她在出嫁前被父亲深锁于闺阁之中;自己的婚姻听由父亲安排;她是虔诚的穆斯林,本能地抗拒着德国留学归来的丈夫所持有的无神论思想;她迷信而无知,拒绝接受新的事物,认为照相是摄魂,并且极力抗拒丈夫为女儿教授新的知识;在结婚之前,她和丈夫阿达姆·阿齐兹的会面总是隔着巨大的白色床单——如同穆斯林妇女的面纱,束缚了女性在社会中的自由与权力。不仅如此,小说中的纳西姆还成了印度国家的比喻。小说开始时,阿达姆作为医生为纳西姆看病,但是他们中间隔着巨大的床单,他只能从床单的开口处观察纳西姆病痛的地方。阿达姆由此通过一块块暴露出的碎片,想象着纳西姆的形象。作者借此暗示:历史悠久的印度,人们对它的理解也只能是片断式的;印度作为一个国家整体的概念,只是人们在各自片断的基础上想象出来的。作家多次在叙述中将纳西姆与印度联系起来,如"纳西姆代表了 Bharat-Mata(印度母亲)——她只能以碎片的形式被看到,被理解。"③还需一提的是,她那被黑痣扭曲的面孔象征着分裂后的印度大陆。这一切都未能超越西方读者的期待视野。

此外,《午夜的孩子》清晰地捕捉到了英国大众文化中的帝国怀旧风尚。对于英国大众来说,印度承载着大英帝国最辉煌的历史。在20世纪80年代,随着撒切尔夫人的上台,英国社会弥散的怀旧之风愈演愈烈。拉什迪对这种帝国怀旧颇有微词:"最近几个月,人们只要打开电视、去电影院或去书店都会发现,沉寂了30多年的英帝国统治(British Raj)在某种程度上又一次卷土重来了。"④作者是在1984年谈及此事的,当时理查德·阿腾伯勒(Richard Attenborough)的电影《甘地传》(Gandhi, 1982)

---

① James Mill, *The History of British India*(1826), New York: Chelsea House, 1968, p. 309, quoted in Nicole Weickgenannt Thiara, *Salman Rushdie and Indian Historiography*: *Writing the Nation into Being*, London: Palgrave Macmillan, 2009, p. 201.

② James Mill, p. 310, quoted in Nicole Weickgenannt Thiara, *Salman Rushdie and Indian Historiography*: *Writing the Nation into Being*, London: Palgrave Macmillan, 2009, p. 58.

③ D. C. R. A. Goonetilleke, *Salman Rushdie*, London: Palgrave Macmillan, 2000, p. 22.

④ Salman Rushdie, "Out of the Whale", *Imaginary Homelands*: *Essays and Criticism, 1981—1991*, London: Granta, pp. 87—101, p. 91.

和大卫·里恩的电影《印度之行》(1984)、保罗·司各特的畅销小说《英统四重奏》(*Raj Quartet*)以及电视剧《远处亭阁》(*The Far Pavilions*, 1984)和《皇冠上的宝石》(*Jewel in the Crown*, 1984),都受到人们的追捧。在《午夜的孩子》之前,布克奖已经三次于70年代颁给以印度为背景的作品,即《克里希纳普围城记》(J. G. Farrell, *The Siege of Krishnapur*, 1973)、《热与尘》(Ruth Prawer Jhabvala, *Heat & Dust*, 1975)和《继续停留》(Paul Scott, *Staying On*, 1977)。① 虽然拉什迪曾撰文极力反对大众文化与文学创作中日益彰显的"帝国复辟"(raj revivalism)情怀,尤其是关于英国殖民时期印度历史描写的偏颇,但是不少读者在阅读《午夜的孩子》时,总是在字里行间探寻帝国怀旧的影子,小说中的印度仍无法摆脱被消费的命运。

《午夜的孩子》同时鸣响了国家独立的欢歌与殖民帝国衰落的挽歌。它一方面呈现了印度人民对独立后印度的乐观憧憬,另一方面又对末代总督在其宅邸——英国人威廉·梅斯沃德的庄园——中的告别时光进行聚焦。帝国的衰落被浓缩于梅斯沃德的山庄,后者被描述为帝国怀旧的场所。梅斯沃德背负着祖辈的遗愿——"梦想孟买成为英国的属地,建造城堡"(第86页),于是"精心建造了他的豪华宫殿"(第125页)。在叙述者萨利姆的眼中,山庄的建筑与其居住者的身份十分契合:"征服者的房子!罗马式豪宅,在两层楼高的奥林匹斯山上建造的三层楼的天神住所,是个小小的吉罗娑!"(第125页)此外,山庄中每一栋住宅都被主人赋予了气派不凡的名字,如凡尔赛别墅、白金汉别墅、埃斯科里亚尔别墅和逍遥别墅,等等。大英帝国的殖民情结,由此可见一斑。

透过梅斯沃德的华丽山庄,可以瞥见80年代英国社会盛行的怀旧风尚。"庄园和它所承载的那一时期的英国历史文化都被重新发掘和膜拜。由于庄园作为被膜拜物(fetish),它随即变成了文化工艺品、建筑空间的恢宏巨制,人们膜拜它不在于其本身的价值,而在于它满足了人们内心的渴望。"② 也就是说,帝国文化赋予了庄园原本所不具有的价值——帝国的象征。关于山庄与帝国之间的关系,书中有一个细节耐人寻味:梅斯沃德将山庄的出售和移交过程比喻成了印度政权的移交。他将山庄以低廉的价格出售给了印度人,不过又附带了两个条件:1)这几幢房子必须连同

---

① 霍根(Huggan)等学者都曾撰文细述布克奖的设立与后殖民/后帝国文学之间的关系。
② Ian Baucom, "Mournful Histories: Narratives of Postimperial Melancholy", *Modern Fiction Studies*, 1996, 42(2):259—288.

里面的所有东西一起买下,新房主必须将内部的一切原封不动地保留下来;2)实际移交时间为8月15日午夜,即印度独立之时。此处的帝国怀旧情绪不言自喻。我们不妨借用萨义德对《曼斯菲尔德庄园》的解读来解读《午夜的孩子》:庄园的意义已超越了它的地域空间,"它同时代表着英国特性与帝国,是殖民资本和殖民统治在空间上的外在表现。"①

总之,《午夜的孩子》中隐藏的东方主义视角对于西方读者并不陌生。恰如萨义德在《东方主义》所揭示的那样,西方读者群里对东方有着刻板的偏见。虽然拉什迪已竭力避免落入东方主义的窠臼,但是他的作品至少在客观上使西方读者确认他们对东方的已有成见,也勾起了他们对帝国的怀旧之情,这无形中促进了《午夜的孩子》的流传。我们在研究它的经典化过程中,对这方面的因素不可不察。

(四)在第三世界国家的传播和影响

《午夜的孩子》不仅被视为当代英国文学的经典,而且对第三世界文学——尤其是印度文学——的发展产生了深远的影响。瑞格曾经撰文,细述该作品对印度英语文学的影响②,他认为"《午夜的孩子》的出版是独立后印度英语小说发展的分水岭,以致其后十年被称为"后拉什迪"时代,其间出版的小说都明显受到了它的影响"。③

在拉什迪之前,印度文学深受英迪拉·甘地政府的钳制,无论在创作主题上,还是在创作手法上,都被打上了同时期意识形态的烙印,沦为政治服务的工具。因此,20世纪七八十年代的印度英语文学只能用"平庸和俗艳"来形容。④《午夜的孩子》为印度文坛吹来了一股清风。据记载,拉什迪在1983年荣归故里时,大批的印度人蜂拥而至。在德里的英国文化委员会曾经为《午夜的孩子》主办阅读会,原来只计划300多人参加,但是实际参加者超过了700人,主办方只好在室外的草坪上安置扩音器。印度的《星期日》周报于1988年报道:"当正版书在印度出版之前,盗版

---

① Ian Baucom, "Mournful Histories: Narratives of Postimperial Melancholy", *Modern Fiction Studies*, 1996, 42(2): 259—288.

② Josna E. Rege, "Victim into Protagonist? Midnight's Children and the Post-Rushdie National Narratives of the Eighties", in Harold Bloom ed., *Bloom's Modern Critical Views: Salman Rushdie*, Philadelphia: Chelsea House, 2003, pp.145—183.

③ Ibid., p.145.

④ Ibid., p.153.

《午夜的孩子》已经流遍街头巷尾。"①即使把盗版忽略不计,"根据出版商的数字,小说的精装版在印度售出 4000 册,平装售出 45000 册。这个数字在印度英语小说的出版史上是史无前例的。"②

如前文所述,拉什迪在小说中以批判的眼光审视了印度的民族主义运动,以犀利的笔触抨击了英迪拉·甘地政府的专制统治。因此,"80 年代印度的英语写作作家发现拉什迪的创作模式使他们在形式和内容上都得到了解放"。③拉什迪在小说叙事上的实验,包括历史元小说和魔幻现实主义等,都为印度作家开辟了重新探讨印度民族历史与小说创作之间关系的道路。在文体、语言和结构上,《午夜的孩子》也对 80 年代的印度英语小说产生了深刻的影响。④ 有评论者干脆认为"《午夜的孩子》开启了印度英语小说的复兴,其发展在拉什迪自己编纂的 1947 年之后的印度英语小说集中即可见一斑。"⑤瑞格曾经总结后拉什迪时代印度英语小说所承接的诸多特点。其一,在内容上仿照《午夜的孩子》,选取家庭历史为核心,在家族历史的叙事中融入对民族历史的思考;其二,在叙事手法上抛弃传统社会现实主义叙事,广泛应用夸张的寓言叙事和魔幻现实主义;其三,英语语言书写更加流畅,并更加自信地使用各种印度英语;其四,结构松散凌乱,文体充满幽默;其五,综合使用神话、民间传说和各种历史

---

① Mukund Padmanabhan, et. al., "The Empire Writes Back", in *Sunday*, 4-10 December, 1988, quoted in Josna Rege's "Victim into Protagonist? Midnight's Children and the Post-Rushdie National Narratives of the Eighties", in Harold Bloom ed., *Bloom's Modern Critical Views*: *Salman Rushdie*, Philadelphia: Chelsea House, 2003, p. 146.

② Josna E. Rege, "Victim into Protagonist? Midnight's Children and the Post-Rushdie National Narratives of the Eighties", in Harold Bloom ed., *Bloom's Modern Critical Views*: *Salman Rushdie*, Philadelphia: Chelsea House, 2003, p. 146.

③ Ibid., p. 170.

④ 这些作品包括 Namita Gokhale (*Paro*, *Dreams of Passion*), Amitav Ghosh (*The Circle of Reason and The Shadow Lines*), Upamanyu Chatterjee (*English*, *August and The Last Burden*), I. Allan Sealy (*The Trotter-Nama and Hero*), Boman Desai (*The Memory of Elephants*), Shashi Tharoor (*The Great Indian Novel and Show Business*), and Nina Sibal (*Yatra*). 参见 Josna E. Rege, "Victim into Protagonist? Midnight's Children and the Post-Rushdie National Narratives of the Eighties", in Harold Bloom ed., *Bloom's Modern Critical Views*: *Salman Rushdie*, Philadelphia: Chelsea House, 2003, p. 171.

⑤ Eric Strand, "Gandhian Communalsim and the Midnight Children's Conference", *ELH*, 2005,72(4): 975-1016, p. 975. 拉什迪在 1997 年编纂了印度英语小说集,*Salman Rushdie and Elizabeth West*, *The Vintage Book of India Writing 1947—1997*, London: Vintage, 1997.

观;最后,对传统上备受敬畏的民族主义和宗教采取戏谑的态度。① 所有这些特点都可以看作《午夜的孩子》的传播轨迹。

《午夜的孩子》在中国也赢得了广泛的阅读群。虽然完整的中译本迟迟未与读者见面,但是部分译文已较早地刊载于《世界文学》杂志并流传于各大电子资料库中。《午夜的孩子》在中国不仅为广大读者所熟知,而且已列入高校英语专业必读书目。近年来,国内的文学研究者对《午夜的孩子》的研究兴趣有增无减。一言以蔽之,《午夜的孩子》在印度和中国都得到了广泛的传播,不过传播的特点却有所不同,如印度对它的接受更偏重寓言叙事和魔幻现实主义,而中国的读者更全面地关注它的创作艺术。不管是何种情形,它在第三世界国家的传播还远远没有结束,其最主要的原因不外乎两个:一是它的内在品质,二是它的传播土壤,即相关国家的国情。

1981年英国小说"布克奖"第一次借助电视平台向全体观众直播,获奖者拉什迪和他的《午夜的孩子》由此一夜爆红,成为严肃文学和大众文化共同追逐的宠儿。在经历了布克奖十周年、二十五周年的多次筛选之后,英国大众仍然对《午夜的孩子》情有独钟,使该作品成为当代英国文学的经典之作。诚然,跟不少其他同时代作品一样,《午夜的孩子》从诞生之日起,就已无法摆脱商业文化的影子。然而,拉什迪的小说仍然能以机智的语言、深刻的思想和文学的创新实验赢得学界的好评。与此同时,作品敏锐地捕捉到第三世界的作家和学者在当代西方社会遭遇的困境,并成为后殖民学者们争相讨论的对象,顺应了后殖民理论的发展。不可否认,作品中对印度民族主义运动模棱两可的态度使作者饱受质疑,而且还有迎合帝国怀旧之风的嫌疑,可是瑕不掩瑜,其经典性不应该因其经典化过程中的复杂因素而受到质疑。总体而言,《午夜的孩子》成为经典,既是时代的选择,也是作品自身艺术价值的彰显。

---

① Josna E. Rege, "Victim into Protagonist? Midnight's Children and the Post-Rushdie National Narratives of the Eighties", in Harold Bloom ed., *Bloom's Modern Critical Views: Salman Rushdie*, Philadelphia: Chelsea House, 2003, p.171.

第四章
当代爱尔兰文学经典的生成与传播

爱尔兰是个小国,但是其文学可以跟任何国家的文学媲美。继乔伊斯和叶芝等人之后,爱尔兰文坛一直名家辈出,进入当代以后仍然如此。从塞缪尔·贝克特(Samuel Beckett,1906—1989)到谢默斯·希尼(Seamus Heaney,1939—),值得一提的经典作家还有奥弗莱厄蒂(Liam O'Flaberty,1897—1984)、伊丽莎白·鲍温(Elizabeth Bowen,1900—1973)、弗兰克·奥康纳(Frank O'Conner,1903—1966)、肖恩·奥费朗(Sean O'Faolain,1900—1991)、玛丽·拉文(Mary Lavin,1912—)、路易斯·麦克尼斯(Louis McNeice,1907—1963)、布莱恩·弗里尔(Brian Friel,1929—)、托马斯·墨菲(Thomas Murphy,1935—)、托马斯·基尔罗伊(Thomas Kilroy,1934—)和勃兰登·比恩(Brenden Behan,1923—1964)等等。本章仅以贝克特和希尼为例,以期管中窥豹,探寻当代爱尔兰文学经典的生成和传播轨迹。第一节主要讨论贝克特戏剧《等待戈多》的经典化,但是不忽略它的经典性。第二节重点分析希尼诗作的经典性,不过仍然涉及经典化话题。我们把这两节安排在一起,除了要突出它们各自的显性内容之外,还有一个暗示,即经典化和经典性虽是两个话题,却你中有我,我中有你。这一情形实在复杂,却饶有趣味,是一种历久弥新的美学现象。

在上述话题中,还交织着"去经典化"话题。"去经典化"的呼声可能永远不会平息,但是本章对贝克特和希尼的分析意在表明:对于伟大的经典文学作品,"去经典化"永远如同阳光投射后产生的阴影。

第一节 从无名到盛名:《等待戈多》的经典化与传播

爱尔兰作家塞缪尔·贝克特在中国声名远扬,主要是靠着《等待戈多》,因为在很大程度上,正是这部戏让他荣获1969年的诺贝尔文学奖。然而,贝克特的写作生涯其实是从小说起步的,而且他的小说也早已成为西方经典——知道这个的中国读者却不多。究其原因,多半跟迄今尚无他英文小说的中译本有关,尽管他的一些法文作品已经译成了中文。由于贝克特作为小说家和剧作家都成就卓著,我们有必要首先考虑如下问题:是什么让他半路出家,基本放弃小说去搞戏剧?为什么他的早期小说并未使他出名?事实上,要理解他的戏剧成就,关键还在于理解他的小说与戏剧的关系。《等待戈多》写于1948年10月到1949年1月之间。当时贝克特并不知道自己的写作生涯将就此改变,也不知道自己马上将成为一颗新星,闪耀在他生活了半辈子的法国、祖国爱尔兰乃至整个欧洲文学界的上空。虽然该剧在法国和爱尔兰一炮打响,它在1965年译介到中国时却境遇迥异,很快就被当作了资产阶级颓废文学的代表作,成了万炮齐轰的对象。好在时过境迁,当下中国对于《等待戈多》的评论环境,已经比较客观了。

与所有经典作品一样,《等待戈多》的创作也受到了方方面面的影响。批评家和文学史学者就此已发表了许多评论,其中涉及存在主义思潮、心理分析批判、作者的生平、作者自身的强烈创作欲和意识,以及他人作品的影响,等等。然而,有两个重要因素却很少受到重视。其一,贝克特想要在小说创作上胜过乔伊斯;其二,贝克特早期的英文小说在文学市场上不受欢迎。因为想要超过乔伊斯,贝克特大胆创新,写了《梦幻中的美女与庸妇》(*Dream of Fair to Middling Women*,以下称《梦》)这样的后现代小说,但是在整个30年代未能为一家出版社所接受。因为他的英文小说在文学市场上遭受冷遇,所以他不得不做出有违本意的变化,部分转向了法语写作。我们认为,要在一个全球的大语境中讨论《等待戈多》的生成、经典化和传播过程,必须从小说家贝克特的"失败"或"无名"开始,这是因为没有当时的无名,就没有后来的盛名。这两个因素之间的相互联系一旦被揭示,以下问题就迎刃而解了:贝克特怎么会在40年代后期开始写起戏剧来?他又怎么会不时用法语进行各种文类的写作?他对职业写作生涯的选择又如何受到了文学市场的影响?

(一)超越乔伊斯的梦想与文学市场的影响

贝克特一直就想当一个伟大的剧作家吗?从他的各种传记来看,实际上可能并非如此。那么贝克特想过要当伟大的小说家吗?答案很肯定。回头看来,1928年秋天,当贝克特在遇到乔伊斯时,他就注定当不成杰出的小说家了,因为他一方面对乔伊斯崇拜得五体投地,另一方面又决心超过他的导师,可是这又谈何容易? 当时,乔伊斯已经发表了《都柏林人》《一个年轻艺术家的肖像》和《尤利西斯》。少年得志的贝克特在1932年致普特南(Samuel Putnam)的一封信中说:"我发誓要在有生之年盖过J.J.。"[①]少年壮志的结果,就是他的小说处女作《梦》。在这部小说中,他使用了两个乔伊斯的技巧:"笔记借用法"(note-snatching)和语言嬉戏。更重要的是,为了显示自己比乔伊斯高明,贝克特大刀阔斧地在小说结构上进行了实验,写出了一部文体上具有元小说(meta-fiction)特征,伦理上具有玄幻小说(mystic novel)特征的后现代作品。乔伊斯常常用西方读者熟悉的神话来当叙事框架,而贝克特则不同。他异想天开地采用充满异域风情的中国音乐,来塑造他的小说结构。假如他当初就如愿以偿,能将《梦》付梓出版,也许他会觉得自己实现了打败乔伊斯的目标。当年出版《尤利西斯》的,只是巴黎一家小出版社,可是《梦》的境遇更糟:没有任何一家出版社愿意把赌注押在这部实验性太强、太过另类的小说。无奈之下,贝克特做了大幅度调整,把小说改写成一个短篇集,采用了常规叙事模式,又删去了中国音乐的典故,其结果就是1934年出版的《多刺少踢》(More Pricks Than Kicks)。遗憾的是,该书的销量很糟。下一部小说《墨菲》(Murphy)尽管采用了一个常规叙事形式,依

[①] James Knowlson, *Damned to Fame: The Life of Samuel Beckett*, New York: Simon and Schuster, 2006, p.156. 引文中的"J.J."为詹姆斯·乔伊斯姓名的首写字母。

然被42家出版社拒绝,直到劳德里奇出版社(Routledge)答应出版。①

乔伊斯通过英美书商出书,向来没有太大的麻烦。相比之下,贝克特与文学市场的周旋要远为逊色。这里面有两个突出的原因。首先是贝克特的设计太过超前。《梦》不但彰显后现代笔法,而且以中国音乐为叙事框架,这在20世纪30年代早期,不可谓不前卫。再者,贝克特早期小说中的主人公形象都显得懒散好闲,如《梦》中的贝拉卡和《墨菲》中的墨菲,这在崇尚行动的西方文化中显得很异类。虽然贝克特向文学市场做出了重大让步,如在《墨菲》中采用了规规矩矩的叙事形式,但是他依然饱受出版业的折磨,被迫中途收笔,直到1951年才重新开始写小说,而且用的是法语。以上两个事实说明文学市场对贝克特的小说写作有着很大影响。换言之,市场的阻力彻底粉碎了他超越乔伊斯的梦想。到了50年代,贝克特显然已经达到了世事洞明的境界,因而采取了两个明智的举动:一是改用法语写小说,并通过法国书商出版;二是用法语写剧本,同样通过法国书商出版。然后他将自己的法语小说和剧本译成了英语。同时,他还继续用英语写作。法语写作肯定是一步妙棋,因为正是法国午夜出版社(Les Editions de Minuit)出版的《莫洛伊》(*Molloy*)(法语小说《三部曲》的第一部)让他一举成名,从此不再默默无闻。在此之前,贝克特在法国"即便有点名气的话,也是为他人做译者的名气"②。更重要的是,由同一家法国出版商出版,用法语写成的《等待戈多》使贝克特跻身"卡夫卡、福克纳、萨特、加缪、尤内斯库和阿达莫夫等主要现代作家的行列"③。在诺贝尔颁奖词中,贝克特被称为20世纪最伟大的戏剧家和小说家之一。但是他心满意足了吗?也许没有,因为他勉为其难地说,诺贝尔奖应该发给乔伊斯才是。他甚至没有去领奖。如果贝克特认为自己最终未能作为一个小说家而超越乔伊斯,那么实际情况又如何呢?在我们看来,他超越了

---

① 关于贝克特英文小说的论文,见 Lidan Lin, "Chinese Music as a Narrative Model: The Aesthetics of Liu Liu and Metafiction in Samuel Beckett's Dream of Fair to Middling Women", *English Studies: A Journal of English Language and Literature*, 2010, 91(3): 289−302; Lidan Lin, "From Quigley the Writer to Murphy the Job Seeker: Beckett's Evolving Vision of Characters and Plots in Murphy", *English Studies: A Journal of English Language and Literature*, 2006, 87(3): 319−326; Lidan Lin, "Labor, Alienation and the Status of Being: The Rhetoric of Indolence in Beckett's Murphy", *Philosophical Quarterly*, 2000, 79: 249−271。

② Shane Weller, "Beckett's Reception in France", in Mar Nixon and Matthew Feldman eds., *The International Reception of Samuel Beckett*, New York: Continuum, 2009, p. 24.

③ Ibid.

乔伊斯,不过这与此书无关。如果贝克特早期小说的"失败"为他后来的成功铺平了道路,那么他所旅居的法国对他的接受与评价又是如何的呢?在他的家乡爱尔兰呢?贝克特曾经非常痴迷中国,而他在中国又受到了怎样的待遇?下文将对这些问题做出解答。

(二)《等待戈多》在法国

《等待戈多》最初的法文版本是贝克特在 1948 年 10 月到 1949 年 1 月间写成的。该剧夸张地表现了一个没有任何神性的世界,人类在其中等待、期盼着某个东西给他们的生活带来意义,将他们从终结一切的死亡所产生的荒诞感中解救出来。然而,他们的等待似乎是虚空的,于是他们的生活似乎和死亡一样毫无意义。这里有一个大的悖论:个体生命的存在是绵长的,但与宇宙时间相比,不过是短短一瞬间而已。对这个悖论的意识非常重要,是人赖以感知自身存在的基础,但是这种意识却时刻面临着威胁——心脏的停止和精神的崩溃随时都会构成威胁。人的意识最多不过幽禁于时间的囚廊中,在这里一切有进无退,而人们通过向某个终极目标的前进来欺骗自己。在《等待戈多》中,这个终极目标变成了可以帮人承受自身存在的任何东西。贝克特的这出戏基本不谈这些目标到底是什么,因为他相信"艺术无关明白,不涉清晰,不加澄清"[①]。作者所能做的只是感受并体验生命的苦难,并努力用文字提炼自己的直觉、感受和体验,尽管后者多有欠缺,并非一套完整和系统的信念。这种思想在贝克特的主角们身上都有反映;他们都相信,即便在毫无意义的环境中,生命也一定要有意义。弗拉季米尔和爱斯特拉冈仿佛永恒地等待着神秘的戈多,这就是一个很好的例子。这些思想对第二次世界大战后的世界很有吸引力,因此在法国、爱尔兰和世界各地都为贝克特赢得了声誉。

为了筹集资金将《等待戈多》搬上舞台,贝克特着实费了很多力气。最终,在 1952 年 2 月 17 日,该剧的简本在实验无线电俱乐部(the Club d'Essai de la Radio)录音棚里演出,并进行了电台广播。该剧的全本于 1953 年 1 月 5 日在巴黎的一家小剧场"巴比伦剧院"(the Théâtre de Babylone)上演,导演罗杰·布林(Roger Blin)也在剧中扮演了波卓这个角色。同年 10 月,法国出版商杰洛米·林顿(Jerome Lindon)同意由午夜出版社出版

[①] John Pilling, *The Cambridge Companion to Beckett*, Cambridge: Cambridge University Press, 1994, p.44.

《等待戈多》。1952年,电台播出了所收到的相关评论。这些评论似乎表明,在电台演播中,这部悲喜剧中的喜剧元素不如悲剧元素那样明显;评论家们觉得,他们所听到只是存在主义和虚无主义的作品,甚至觉得这是一部寓言。不过,在剧院上演后的情形胜过了电台广播后的情形。1953年下半年伊始,人们"已经到处都在谈论《等待戈多》了"[1]。大众对第一次演出的反应褒贬不一,观众的数量在首演之后有所下降,又随着该剧重新升温并迅速走红而增加。多数剧评都赞许有加,而多数的负面评论来自基督徒的评论家。最终,这些不同的意见反而有利于贝克特,因为"该剧让很多寻常的看戏人惊讶甚至震惊,于是产生了争议。这种争议保证了该剧的成功"[2]。在一次场间休息的时候,《等待戈多》的支持派和抗议派竟然争论到动起手来,直到当第二场开始,戏中人物弗拉季米尔和爱斯特拉冈仍然在那里等待,于是那些不高兴的观众就轰然离场了。

除了争论之外,拜尔(Deirdre Bair)认为《等待戈多》在法国的成功在很大程度上与贝克特使用法语写作有关:"归根到底,这出戏最动人的地方是它的语言,这也是最吸引第一批法国观众的地方。贝克特是战后第一位用日常法语口语来写戏剧对话的剧作家。"[3]科恩(Ruby Cohn)则提出了更进一步的观点;他认为观众之所以对戏中的语言做出反应,是因为这语言照亮了贝克特想要传递的思想:"贝克特在《等待戈多》中打乱了法语,以便能传达存在的混乱。"[4]无论如何,这与先前的情况形成了鲜明对照,它"不但是戏剧形式的革命,也是语言的革命"[5]。因为典型的法国戏剧用的都是高跷式的高调语言,所以贝克特的简化语言就好像清风拂面一般。事实上,贝克特努力地回避了他在用英语写作时也会采用的风格。如拜尔所说:"在《等待戈多》中,法语口语的言谈方式和力量赋予贝克特的人物一种法国舞台前所未见的惊人活力。"[6]

凭着语言、内容和戏剧形式的大胆革新,《等待戈多》成为巴黎独一无二的必看戏。观众对该戏的接受程度越来越高,它也因此日益成功,甚至

---

[1] Shane Weller, "Beckett's Reception in France", in Mar Nixon and Matthew Feldman eds., *The International Reception of Samuel Beckett*, New York: Continuum, 2009, p. 24.

[2] James Knowlson, *Damned to Fame: The Life of Samuel Beckett*, New York: Simon and Schuster, 2006, p. 350.

[3] Deirdre Bair, *Samuel Beckett: A Biography*, New York: Harcourt Brace, 1978, p. 388.

[4] Rubin Cohn, *Back to Beckett*, New Jersey: Princeton University Press, 1973, p. 4.

[5] Deirdre Bair, *Samuel Beckett: A Biography*, New York: Harcourt Brace, 1978, p. 388.

[6] Ibid.

到了一票难求的程度,创下了剧院的票房纪录。贝克特很快出了名,《等待戈多》在巴黎上演几个月之后便传到了德国。在法国,最重要的早期评论家有纳迪乌、巴塔耶和布朗肖(Maurice Nadeau, Georges Bataille, and Maurice Blanchot),他们大都喜欢采用哲学的视角来从事分析。① 自1952 年的电台首演以降,"法国的贝克特评论从未减退"②,而且很多评论家都以驳斥那些称该剧为"虚无主义"的批评为己任。到了 20 世纪 90 年代后期和本世纪初,巴迪奥(Alain Badiou)也许在这方面最为成功。③尽管有些早期评论家在戏中看到了虚无主义,他们的观点并非主流。不过,从 50 年代到 90 年代,许多法国的大评论家都"反对那些认为贝克特只会描写绝望、无聊和崩溃的观点"。④换言之,攻击贝克特的人实际上就像在攻击一个稻草人。在维勒看来,真正主宰贝克特及其《等待戈多》的接受情况的,是哲学、心理分析和语言学—文体学—修辞学方面的研究。而文学—史学研究与手稿—档案研究只占很小一部分。许多评论者还对《等待戈多》的戏剧特征感兴趣,而且就以下问题各执一端:它究竟是反戏剧的完美典范呢,还是一部纯粹、完全的戏剧作品？依笔者之见,贝克特学生时代的一位好友给出了最好的回答:尽管《等待戈多》似乎"打破了戏剧表现形式的一切基本规则",却采用了"严格意义上的古典戏剧形式"。⑤

在整个 50 年代和 60 年代,《等待戈多》评论中的哲学评论占了大多数,对存在主义的兴趣(以及贝克特与存在主义的联系和差异)尤为突出。70 年代中期,心理分析逐渐占了上风；当时,克里斯蒂娃发表了一篇论文,把《等待戈多》阐释为一部为"父纲难及"(inaccessible paternal function)而伤感的作品,并勾勒出她心目中这部作品的优点(即贝克特对基督教和父权的看法)和缺点(女性或母性缺失或遭受排除),进而从这两个方面对其进行了重新思考。⑥ 此后,心理分析和性别研究的方法继续在贝克特批评中保持主导地位。2004 年,昂修(Didier Anzieu)的评论将贝克特的写作看作自我心理分析。尽管在 80 年代后期和 90 年代,解构主义在英美贝克特批评中逐渐显山露水,法国却明显缺乏对贝克特作品的解构式阅读,显示

---

① Shane Weller, "Beckett's Reception in France", in Mar Nixon and Matthew Feldman eds., *The International Reception of Samuel Beckett*, New York: Continuum, 2009, p. 24.
② Ibid.
③ Ibid., p. 34.
④ Ibid., p. 36.
⑤ Ibid., pp. 27−28.
⑥ Ibid., p. 38.

出与英美的不同。① 有趣的是,德里达本人并未去碰贝克特的东西,他说自己觉得这些文本"对我来说太近又太远,我甚至无法对它们作出'反应'"②。维勒据此推论,德里达的上述观点表明他认为贝克特的作品自身即具有解构力;"可以说,贝克特自己的文本质疑了文本内外界限分明的可能性。"③

贝克特研究者经常遇到一个有趣的现象:有时候,研究距离似乎全然消失了,对文本的评论进入了文本内部。这似乎是由于贝克特的作品"既是一系列的小说,又是关于这些小说的一种话语——也就是说,它对自己会受到的批评预作了准备,将对自己的评论纳入了自身"④。维勒的这番话描述了贝克特对评论家的一种诱惑。他实际上是借用了布鲁诺·克雷芒特的话将这种"诱惑"作了有趣的描述。克雷芒特在20世纪90年代中期分析贝克特作品的修辞时说:"的确,此处'永恒的诱惑'就是完全引用贝克特作品里的言语,来生产对贝克特作品的批评话语。"⑤

(三)《等待戈多》在爱尔兰

按照塞昂·肯尼迪的说法,在《等待戈多》之前,"贝克特在他的祖国几乎无声无息"⑥,而《等待戈多》的成功使他与爱尔兰的关系变得更加复杂。《等待戈多》在爱尔兰大获成功,创下了连演六个月的记录,由于剧场爆满,很多来看戏的人都吃了闭门羹。甚至在都柏林之外的地方,演出也很成功。⑦ 人们也许会问:一个红遍欧洲的爱尔兰人在爱尔兰本土走红,这有什么稀奇?我们要回答:贝克特与祖国之间的关系并不好。例如,爱尔兰审查官当年以《出版物审查法》查禁了《多刺少踢》,而贝克特则故意去招惹审查机构。肯尼迪发现,贝克特"很高兴自己的书被禁了,而且在随后的作品中插入一些材料,希望能继续遭到查禁"⑧。因此,贝克特在20年代和30年代在爱尔兰并未受到善待。到了1941年,他几乎已经从

---

① Shane Weller, "Beckett's Reception in France", in Mark Nixon and Matthew Feldman eds., *The International Reception of Samuel Beckett*, New York: Continuum, 2009, pp. 30—33.
② Ibid., p. 31.
③ Ibid., p. 33.
④ Ibid.
⑤ Ibid.
⑥ Seán Kennedy, "Samuel Beckett's Reception in Ireland", in Mark Nixon and Matthew Feldman eds., *The International Reception of Samuel Beckett*, New York: Continuum, 2009, p. 60.
⑦ Ibid.
⑧ Ibid.

爱尔兰的文学中销声匿迹了。而爱尔兰在第二次世界大战期间保持中立的做法，加深了贝克特与爱尔兰的隔阂。他回到法国，参加了抵抗组织。① 不过，尽管关系不佳，他依然终生保留着自己的爱尔兰公民身份。

1955 年，《等待戈多》变得大红大紫，上述情形也随之改观。阿兰·辛普森将这部戏剧推上了都柏林帕克剧院(the Pike)的舞台，这可是一家有名的私立剧院，连让·保罗·萨特、尤金·尤尼斯库和田纳西·威廉斯的剧作都在那里首演过。《等待戈多》还一度四处巡演，历经科克(Cork)、登多尔克(Dundalk)、纳凡(Navan)、德罗格西达(Drogheda)、克隆麦尔(Clonmel)、沃特福德(Waterford)、卡楼(Carlow)和登劳葛海尔(Dun Laoghaire)等地。辛普森觉得，这出剧在爱尔兰应该更能得到评论界的同情和理解。② 当辛普森被控在帕克剧场上演有淫秽内容的田纳西·威廉斯戏剧《玫瑰纹身》(The Rose Tatoo)而被捕时，贝克特马上就不许《等待戈多》在爱尔兰继续演出。③ 虽然他在 1961 年撤销了这道禁令，但此前强烈地表达了他对戏剧审查制度的意见。戏剧审查制度同样影响了他对爱尔兰文化氛围的态度。辛普森在第一次读到《等待戈多》的时候，觉得弗拉季米尔和爱斯特拉冈这两个人物可以看作都柏林的流浪汉，而波卓就是一个英爱绅士或英国绅士。该剧最早的爱尔兰监制人看法与此相符，认为《等待戈多》接近于一个历史与政治的寓言，而幸运儿干脆就穿了褪色的仆人号衣。④ 贝克特自己显然并没有在剧中看出任何特别具有爱尔兰色彩的东西，但由于他自己操笔翻译，因此爱尔兰土话偶尔会在对话中蹦出来，比如"瞎掰"(blathered)。⑤ 尽管有些学者提出在剧中有一种爱尔兰的感觉，其他人则认为，这是一部关乎人类普遍精神状况的杰作，并无具体的民族语境。然而，《等待戈多》改变了贝克特的一切。在爱尔兰和其他任何地方，贝克特几十年来都是爱尔兰戏剧的主打产品。在整个六七十年

---

① James Knowlson, *Damned to Fame: The Life of Samuel Beckett*, New York: Simon and Schuster, 2006, pp. 278—279.

② Seán Kennedy, "Samuel Beckett's Reception in Ireland", in Mark Nixon and Matthew Feldman eds., *The International Reception of Samuel Beckett*, New York: Continuum, 2009, p. 60.

③ Ibid., p. 61.

④ Alan Simpson, *Beckett and Behan and a Theatre in Dublin*, London: Routledge and Kegan Paul, 1962, p. 126.

⑤ Seán Kennedy, "Samuel Beckett's Reception in Ireland", in Mark Nixon and Matthew Feldman eds., *The International Reception of Samuel Beckett*, New York: Continuum, 2009, p. 61.

代,爱尔兰的剧院里一直演出他的各种剧目,"接受面之广,令人吃惊"①。

简而言之,《等待戈多》在爱尔兰广受欢迎,使贝克特与祖国重归于好。他此后的作品,如《剧终》和《克拉普最后的录音带》都在家乡引起了热烈的反响。不过,尽管贝克特获得了一些殊荣,如三一学院的荣誉博士学位,但是他却花了更长的时间才"在爱尔兰学术圈里取得与乔伊斯和叶芝平起平坐的地位"②。其原因之一是爱尔兰政治持续动荡。肯尼迪的结论是:"有一点很清楚:贝克特在爱尔兰的接受情况总能让我们更了解爱尔兰在大世界中的自我认识,亦即寻找爱尔兰的最好象征。"③当时发生了一个有趣的事件,很好地象征了爱尔兰、贝克特和《等待戈多》之间的关系。2006年,为纪念贝克特诞辰100周年,爱尔兰限量发行了一套金银收藏币。这些钱币用《等待戈多》中的一个场景来表现贝克特的形象。钱币由2005年全国钱币大赛的获奖者穆林斯(Emmet Mullins)设计,由爱尔兰中央银行在2006年5月发行,面值20镑的金币发行了2万枚,10镑的银币发行了3万5千枚。当时的央行总裁赫利(John Hurley)说,这些钱币是为了纪念"爱尔兰的一位文学主将"(这是爱尔兰首次为一位作家发行欧元金币)。从这个例子可以看出,尽管贝克特与爱尔兰的关系波动曲折,尽管他始终觉得未能摆脱乔伊斯这位同胞的阴影,但是他和《等待戈多》都得到了祖国的拥抱。

(四)《等待戈多》在中国大陆

就中国大陆对贝克特的早期接受而言,有两个特点值得注意:其一,尽管他的作品早已发表,但直到60年代中期才引入中国;其二,虽然他出道时是小说家,却是以剧作家的身份进入中国的,并作为西方颓废剧作家这样一个反面代表而受到抨击和排斥。④ 从20世纪30年代到60年代,中国的文学界尚未闻贝克特之名。在很大程度上,这是因为他作为小说家和散文作家还不很成功,尽管他于1965年已经完成了他的主要戏剧和小说作品。二三十年代涌现了大量英国及爱尔兰的现代主义作家,如

---

① Seán Kennedy, "Samuel Beckett's Reception in Ireland", in Mark Nixon and Matthew Feldman eds., *The International Reception of Samuel Beckett*, New York: Continuum, 2009, p. 61.
② Ibid., p. 62.
③ Ibid., p. 70.
④ 关于中国对贝克特戏剧和小说接受情况的论文,见 Lidan Lin and Helong Zhang, "The Chinese Response to Samuel Beckett", *Irish Studies Review*, 2011, 19(4): 413—425。

弗吉尼亚·伍尔夫、詹姆斯·乔伊斯、叶芝、艾略特和乔治·萧伯纳,他们的作品都译成了中文。由于缺少国际声誉,贝克特并不在其中。1953年,《等待戈多》在巴黎的出版和首演使贝克特蜚声全球,该剧作随即被翻译成多种语言,并立即在很多国家的舞台上演。

1965年,《等待戈多》由著名的学者兼翻译家施咸荣(1927—1993)第一次译入中国(1965)。具有讽刺意味的是,它因为"内容危险"而被印上"内部刊物"的标志,只用简单的黄色封皮,俗称"黄皮书",专供文艺界专业人士和权威人物阅读,普通读者不得一见。一直要等到1987年,《等待戈多》才由上海戏剧学院学生在长江剧场演出,首次公开亮相于中国。关于这场演出的记录已很难查找。这出戏后来多次上演。1998年,北京人艺的资深导演林兆华将契诃夫的戏剧《三姐妹》和《等待戈多》结合起来,写了一出极富创意的新剧《等待戈多的三姐妹》,在北京首都剧场上演。1998年,北京人艺的任鸣导演的《等待戈多》在上海的真汉咖啡剧场上演,由女演员扮演弗拉季米尔和爱斯特拉冈。①

在很长时期内,国内学界对荒诞派戏剧——尤其是《等待戈多》——的评价带有"左"倾色彩。例如,董衡巽在《戏剧艺术的堕落——谈法国"反戏剧派"》一文中对法国反戏剧派作了辛辣的抨击,总结出它的三个特征:1)偏离现实主义的戏剧传统;2)主题与艺术荒诞;3)对生活充满悲观情绪。他进而给荒诞派贴上了"当代资本主义世界最走红运的一个颓废文学流派"的标签,指出它代表的不仅是一种悲观态度,更是"对今天世界上的进步势力的一种恶毒污蔑";而作为"反戏剧派的经典作品",《等待戈多》就"像谜语一样,有的连他(笔者按:指贝克特)自己也莫名其妙"。②丁耀瓒在《西方世界的"先锋派"文艺》一文里也称贝克特为荒诞派戏剧的代表。他在阅读《等待戈多》时发现:"整个剧本的主题就是,人永远找不到他活在世上的真正意义。人生不过是一场不断盼望、不断失望、最后只有等待死亡的悲剧",丁文最后还认为贝克特所写的其他戏剧也多是表现这一主题。③以上两位批评家对贝克特的负面评价,在很大程度上成为60

---

① Jianxi Lie and Mike Ingham, "The Reception of Samule Beckett in China", in Mark Nixon and Matthew Feldman eds., *The International Reception of Samuel Beckett*, New York: Continuum, 2009, pp.133—137.

② 董衡巽:《戏剧艺术的堕落——谈法国"反戏剧派"》,《前线》,1963年第8期,第10—11页。这是国内介绍贝克特戏剧的第一篇文章,时间上要早于《等待戈多》的中译本。

③ 丁耀瓒:《西方世界的"先锋派"文艺》,《世界知识》,1964年第9期,第23页。

年代的主流态度。由于当时保守的政治文化氛围,这种态度不幸导致了对贝克特和整个荒诞派戏剧的误解。从这个意义上说,贝克特在中国可谓出师不利。好在后来,这种误解和抵触逐渐消散了。

和许多其他外国作家一样,贝克特在中国的接受进程被"文化大革命"打断,直到1976年之后才得以恢复。如果说在60年代贝克特遭遇的只有误解和拒绝,那么到了70年代中期和80年代,整个画面就变得多姿多彩起来。有些学者开始对贝克特流露出真切的兴趣。这个时期,尽管"左"倾的教条和对贝克特作品的否定基调都还在,中国学界却开始想要读懂他了。到了70年代末期,因为"文革"而中断已久的外国文学翻译重现生机。在此背景下,曾经被贴上"反动"标签的西方现代主义文学获准大量介绍给中国读者。一些重要刊物,包括《中国戏剧》《戏剧文学》《外国戏剧》《当代外国戏剧》《外国文学研究》和《法国研究》等,开始发表外国文学的译文和评论。同时,施咸荣翻译的《等待戈多》先后发表在《荒诞派戏剧集》(1981)、《荒诞派戏剧选》(1983)和《外国现代派作品选》(1984)上。1981年,《当代外国文学》上发表了夏莲、江帆译的《啊,美好的日子》和冯汉津译的《剧终》。这里有两件事值得一提:第一,这些杂志不再有"内部发行"的标记;第二,贝克特不再被严格定性为需要摒弃的资产阶级颓废文学的反面典型。相反,这个时期贝克特译介的目的是理解和研究,而贝克特也首次出现在普通读者面前。这种情况标志着中国开始了贝克特研究的新阶段,其突出特征是荒诞派戏剧翻译和批评的繁荣,而贝克特完全被当作荒诞派的中心人物。研究表明,在1977至1990年间,有50多篇荒诞派戏剧的翻译和评论发表,其中20多篇是关于贝克特戏剧的。这些翻译和评论构成了这个时期贝克特研究的大势。同时,荒诞派戏剧和贝克特的剧作成了中国学者介绍西方现代派文学艺术的焦点所在。《西方现代派研究》(1981,陈焜主编)、《西方现代派文学简论》(1986,陈慧主编)和《西方现代派文学评述》(1987,林骧华编著)等论文集都很能说明问题。《等待戈多》固然是评论界最关注的,《剧终》和《啊,美好的日子》也是当时不少评论的关注对象。

这个时期另一个值得注意的特征,是中国学界对贝克特的研究方式。一方面,人们似乎想要肯定贝克特的实验手法,认为这些"反戏剧"的手法通过破坏强调目的和逻辑的情节发展,有效地拆解了现实主义的戏剧技巧。另一方面,对于贝克特戏剧的主题及其与实验手法之间的联系,人们仍然缺乏理解。这个阶段倾向于批评贝克特戏剧中的绝望基调,并强调剧中表达的人类的可悲状况只存在于西方世界。在许多中国学者看来，贝克特的实验性技巧尽管引领风骚，却必须受到严格审查。例如，陈嘉就说："《等待戈多》之所以在西方文学界得到很高评价，无非是由于作者在表现手法上标新立异，更因为他在剧中把受苦受难的流浪汉与奴隶描写为愚蠢低能而又驯服的人物形象，这些正好符合了西方资产阶级的要求。我们在研究、评论介绍这类作品时绝不能跟着国外评论家的调门吹嘘，把这样一部有着明显消极倾向的作品看成是伟大的艺术珍品。"①尹岳斌的观点与陈嘉如出一辙："《等待戈多》的艺术手法，用来表现当今荒诞的西方资本主义社会现实，是比较成功的。在'荒诞'二字上，形式与内容达到了统一。但它是以现代资产阶级哲学为基础的唯心论和神秘主义创作思想的产物，描写的是非理性和反逻辑的形象，歌颂的是'无意识的本能'，以及由此造成的晦涩难懂和作品总倾向有害于人民群众认识和改造世界。"②别的评论者将注意力更多地投向贝克特戏剧的主题，但是同样暴露出对贝克特的普世人文主题缺乏理解。

1978年，朱虹发表了"文革"后的第一篇贝克特批评论文。她指出："与资产阶级传统文学把人置于宇宙中心的情况相反，贝克特强调人在荒诞世界面前的微不足道……在这短短的两幕剧中，体现了荒诞派戏剧的一般事项特点：世界的不可知、命运的无常、人的低贱状态、行为的无意义、对死的偏执等。"③袁可嘉和罗经国也作出了类似的评价。这些评价说明，评论者们尽管注意到了剧中一些显而易见的要素，却忽视了其中细微却积极的暗示，正是这些暗示体现出一种新型的普世人文关怀，使人难以将人物和场景作简单的分类。我们不妨说，贝克特在剧中展现的人类状况主要还是寓言式的，而非具体的生活现实；而揭示这种悲剧性的普遍状况，不只是为了嘲笑荒诞世界中人的脆弱，而是为了迫使读者和观众自省，并思考改善这种状况的办法。若是将剧中人物当作西方文化的代表，无视贝克特的人文主义，看不到他是在邀请读者和观众内省，发现自己就是悲剧的源头，那就丢掉了本剧的重要含义。

90年代的贝克特戏剧研究在相当程度上继续沿着两个方向发展：有些评论家继续沿用七八十年代盛行的思路来阐释贝克特，认为他在主题上关注荒诞、希望和追寻，在技巧上强调反戏剧、反传统和反艺术。与此

---

① 陈嘉：《谈谈荒诞派剧本〈等待戈多〉》，《当代外国文学》，1984年第1期，第5页。
② 尹岳斌：《略论〈等待戈多〉及其它》，《湖南城市学院学报》，1983年第1期，第34页。
③ 朱虹：《荒诞派戏剧述评》，《世界文学》，1978年第2期，第219—220页。

同时，少数评论家尝试着超越这些定式，拓展批评视野，采用新的批评方法。他们将讨论的焦点转移到语言、结构、叙事和对话上来，似乎更能深入贝克特的艺术设计，从而揭示其审美价值。洪增流在1990年的一篇论文中提出，贝克特在《等待戈多》中设计了一个独特的循环戏剧形式，使语言能够超越外部指涉。① 这个观点与西方后现代主义早期对该剧的阅读比较接近。舒笑梅关注贝克特戏剧中的时空结构，她认为这些戏剧突破了传统的时空设计，将时间变得晦涩不清，循环往复，打乱了常规顺序，又将地点变得模糊抽象，因而更有象征性。② 她在另一篇论文中论述了贝克特戏剧语言的诗性和对称，以及荒诞倾向。③ 贝克特曾从乔伊斯那里获得灵感，从最初写小说开始，就努力将形式与内容统一起来，而这一点起先并未引起评论界的重视，只是随着后结构主义的流行，情形才有了改变——这跟后结构主义坚持文学中语言的不稳定性有关。这个时期的一个特征，是论文和长篇论著数量的显著增加。90年代发表的论文是80年代的好几倍。尽管此时依然没有贝克特研究的专著问世，但是他已经在一些英、法文学和世界文学研究著作中占据了一定的篇幅。

随着新世纪的到来，贝克特研究也进入了一个新的阶段。这次繁荣在很大程度上与中国大学在本科、硕士和博士各个层次上的英语专业扩张有关。由于英语专业一般都是外语系的首要专业，招生规模大，国家投入多，因此对英语师资的产生成了迫切需求，这又促使英语教师追求更高的学位，发表更多的论文，造成了前所未有的学位课程规模和学术产量的"大繁荣"。一个学术出版的黄金时代似乎就此到来。不但第一流的外国作家成为研究重点，二流甚至三流作家也成了论文写作的对象。在此背景下，贝克特作为荒诞派戏剧的代表人物，又是诺贝尔获奖作家，自然成为大学教师和研究生的一个抢手货。据不完全调查，2000年迄今，专门研究贝克特的论文总数已超过200篇，其中100多篇是关于《等待戈多》的。不得不承认，这些论文质量良莠不齐。其中不乏有洞见者，但是很多因袭国外评论，观点大同小异，无非荒诞、反戏剧、反小说，等等。

---

① 洪增流：《二十世纪的席西佛斯神话——简论贝克特〈等待戈多〉》，《安徽大学学报》（哲学社会科学版），1990年第1期，第87—92页；《〈等待戈多〉——语言形式和内容的高度统一》，《外国语》，1996年第3期，第30—33页。

② 舒笑梅：《试论贝克特戏剧作品中的时空结构》，《外国文学研究》，1997年第2期，第103—104页。

③ 舒笑梅：《诗化·对称·荒诞——贝克特〈等待戈多〉戏剧语言的主要特征》，《外国文学研究》，1998年第1期，第57页。

在一片热闹之中,也有若干论著奋力开辟了新的研究领域,找到了新的批评视野和主题。例如,何成洲有一篇题为《贝克特的元戏剧研究》(2004)的论文,用"元戏剧"的概念分析了《等待戈多》《剧终》和《克拉普最后的录音带》等剧,突出了贝克特对"戏中戏""自我意识"和"戏剧的评论"的使用。他在另一篇论文《贝克特戏剧对小说的改写》中探讨了贝克特小说与戏剧的关系。他指出,贝克特在戏剧中使用的语言、人物形象和象征都可以追溯到他的《三部曲》等小说中。在这个意义上,贝克特的戏剧可以看作他小说的复写。这两篇论文以崭新的视角代表了中国贝克特批评的突破。冉东平的论文《突破现代戏剧的艺术界限——评萨缪·贝克特的静止戏剧》(2003)同样表现出新意。他使用"静止戏剧"的概念,分析贝克特戏剧中的行动、情节、环境,并提出中心和主体的阙如是后现代审美的症候。① 此外,刘爱英的博士论文《塞缪尔·贝克特:见证身体之在》(2007)用身体理论来分析贝克特戏剧,同样很有创意。

在此期间,评论家们开始关注《等待戈多》之外的贝克特戏剧。沈雁的两篇论文《贝克特戏剧的男女声二重唱:论〈克拉普的最后一盘录音〉和〈快乐的日子〉》(2006)、《诗意的叙事:论〈克拉普的最后一盘录音〉和〈动物园的故事〉中的嵌入式叙事模式》(2006)也很有见地。前者讨论了两出剧之间在主题、叙事和语言上的互文关系;后者探析了贝克特所做的闪回式戏剧叙事的实验方式。舒笑梅的论文《电影语言在贝克特剧作中的运用——从〈最后一盘录音带〉谈起》分析了贝克特如何使用平行、交叉和复现三种蒙太奇手法来实践"纯戏剧"和"反戏剧"的主旨。

2006年,中国学界热烈庆祝了贝克特的百年诞辰。湖南文艺出版社雄心勃勃地推出了一套五卷本《塞缪尔·贝克特选集》,由郭昌京和余中先翻译。这是贝克特的法文著作第一次被完整地译成中文,其中包括《剧终》《初恋》《三部曲》《等待戈多》《脚步》《是如何》等主要作品。此外,中国学术界还发表了许多关于国外举行的各种纪念活动的报道,以及各种纪念文章。盛宁在《贝克特之后的贝克特》一文中介绍了欧美贝克特研究的新视角和新成果。法国文学研究学者吴岳添在法国杂志上发表了题为《贝克特——一个矛盾的作家》一文;他指出,尽管贝克特的作品因为挑战了传统审美而艰涩甚至荒诞,却在很多方面其实是古典的,受到了普鲁斯

---

① 冉东平:《突破现代派戏剧的艺术界限——评萨缪尔·贝克特的静止戏剧》,《外国文学评论》,2003年第2期,第60页。

特和但丁这样的古典作家的影响。刘爱英的论文《贝克特英语批评的建构与发展》考察了英美学界的贝克特批评史,发现存在着哲学批评和现代主义/后现代主义批评这两大发展趋势。她认为哲学批评虽然很有影响,却往往因为聚焦于贝克特所受的哲学影响而"使评论者分心","不复关注贝克特文本的古怪之处"。① 她还发现,现代主义和后现代主义的批评方法使贝克特评论更趋"多样",因而可以看作对哲学批评的一种补充。

  总而言之,贝克特的中国之行不仅姗姗来迟,而且从早期吃闭门羹,到后来被逐渐理解和接受,经历了不同的阶段。我们注意到,贝克特在中国的接受情况跟他在日本等其他亚洲国家的接受情况有相似之处,也有差异。贝克特往往只被看作一个戏剧家。在日本,尽管随着他的《普鲁斯特》和其他散文作品的出版,他早在30年代就被文坛简单地提及,但是对他的认真研究要等到1956年《等待戈多》的第一个日文译本问世之后,这比中国只早了十年。就贝克特翻译而言,日本跟中国的情况也相差无几。不过,在中国,贝克特的英文小说尚无译本,因此对读不了英文的读者来说,自然就难以接近。而日本不但在1967年就翻译出版了《贝克特戏剧全集》,而且在1978年翻译了《墨菲》和《刺多于踢》。② 随着中国的迅速发展,中国的文化和政治氛围大为宽松。外国文学一般不再被看作资产阶级自由意识形态的化身。另外,近年来已经有些贝克特学者获得国家或地方的基金项目,使他们有机会去美、英、加等英语国家深造,获得国外出版的贝克特资料。调查显示,90年代以来出版的贝克特批评从这些学者对国外资料的接触中获益良多。这一趋势还会持续,因为政府对海外进修的投入还在稳定增长。因此,我们不妨乐观地估计,中国的贝克特研究将逐渐有能力与国外学者发生富有创见的对话。更多的中国学者将可能有机会参加贝克特研究的国际活动和国际项目。中国学者可以考虑采取的另一个办法,是仿效国内同行对加里·斯奈德、艾米丽·狄金森和罗伯特·弗罗斯特的研究方法,以中国视野去探索贝克特。

---

  ① 刘爱英:《贝克特英语批评的建构与发展》,《外国文学评论》,2006年第1期,第141—142页。
  ② Yoshiki Tajiri and Mariko H. Tanaka, "The Reception of Samuel Beckett in Japan", in Mark Nixon and Matthew Feldman eds., *The International Reception of Samuel Beckett*, New York: Continuum, 2009, p.150.

不过，中国的贝克特研究面临着几个制约。其一，缺乏第一手和第二手资料。如前所述，多数贝克特英文小说尚未翻译。结果，学者们在用到这些小说的时候不得不自行提供译文，于是产生了权威性和一致性的问题。第二手资料也存在同样的问题：这些资料多用的是其他语言，而且数量匮乏。尽管网络资源有时候可以解燃眉之急，但是大多数资料仍然远在天边。由于馆际互借在中国还不太有效，学者们不容易从本地图书馆获取资料。北京大学图书馆和中国国家图书馆固然藏书丰富，但是多数资料需要读者亲自到场才能获取。其二，中国的贝克特研究和国外的贝克特研究之间存在较大差距。一般而言，国内的贝克特研究严重依赖于国外研究，不少中国学者只是亦步亦趋，结果就缺乏新鲜的视角和方法。最后，贝克特小说研究与戏剧研究之间不够平衡。作为戏剧家的贝克特，人们已经耳熟能详，而作为小说家的他却只有一个很小的读者圈子，往往局限于学者和批评家而已。事实上，贝克特作为 20 世纪爱尔兰小说的一个重要作家，这一点在中国还远未被人所知，尽管他作为小说家的经典地位在西方早已确立。

（五）大语境中的《等待戈多》

贝克特当然不是在一夜之间摇身一变，就成为戏剧家的。当他决定写剧本的时候，其实"对表演艺术的兴趣由来已久"[①]。刚进入这个新的文学形式的时候，他也有过一些磕磕碰碰，但和写小说时遭遇的挫折和辛劳相比，贝克特"把舞台写作看作'奇妙的、令人如释重负的散心活动'"[②]。拜尔认为，贝克特"转向戏剧，为的是逃脱因为写小说而陷入自我矛盾和自我暴露的困境"，也是为了"写写'等待'这个抽象的概念，以便打发时间"。[③] 科恩（Cohn）和皮林（Pilling）都把戏剧的即时性当作贝克特转向戏剧写作的动机。也许，贝克特是要为他通过人物所描绘的那种笛卡尔式的、与世界分离的意识寻找一种更直接、更由衷的受众反应："舞台表演比书面文字引发出更直接的反应"，因此戏剧的媒介更适合表达他所要说的话。[④] 此外，如前文所示，他把法语拆解得支离破碎，来传达存在的混乱，而戏剧则能强化这种效果，使贝克特能够同时用视觉和语言来

---

① Rubin Cohn, *Back to Beckett*, New Jersey: Princeton University Press, 1973, p. 122.
② Deirdre Bair, *Samuel Beckett: A Biography*, New York: Harcourt Brace, 1978, p. 381.
③ Ibid.
④ Rubin Cohn, *Back to Beckett*, New Jersey: Princeton University Press, 1973, p. 122.

描绘存在的问题:"贝克特用行为来帮他破坏语言——这种破坏在舞台上比在书本上更加不动声色"。①贝克特本人曾经透露,他采用戏剧形式的一个重要因素,就是他看到了戏剧更有创造力,可以让他更加收放自如,这在科恩那里有所记录:

> 贝克特转向戏剧形式,也许是因为他在寻找一种他未能诚实地在他的小说中得以实现的秩序。后来他告诉麦克·哈德特(Michael Haerdter):"对我来说,那就是戏剧的价值。你在舞台上布置的是一个有自己法则的小世界。"②

的确,在舞台上,戏剧可以毫无阻隔地呈现一个视觉场景,而不在作者和观众之间留下太大的自由发挥的空隙。除此之外,难道还有更好的办法可以传达作者的艺术想象,同时又把观众限制在他所呈现的世界里吗?

一般人认为,贝克特长期以来对戏剧艺术的兴趣形成于他对英美戏剧家的富有创见的反应。"等待到来""等待发生"以带来改变,这样的主题经常出现在斯特林堡的《一出梦的戏剧》、叶芝的《在鹰的井旁》,以及梅特林克的《群盲》中,而这些都是贝克特所熟知的。③虽然他自称没有受过斯特林堡的《一出梦的戏剧》或叶芝的《猫与月光》的影响④,但是其中的相似之处显而易见。克诺尔森认为,贝克特所受的影响更多是直觉的,而非刻意的:"《等待戈多》的独特性在于其中的沉默,这种沉默是非常具体的现实,但你又不得不填一点儿什么进去……这种对沉默的使用,其灵感可能来自对斯特林堡或契诃夫戏剧的直觉回应。"⑤而贝克特与这些剧作家的差异在《等待戈多》剧结尾处十分明显:一般来说,在一部戏剧的末尾,总会有人出来,或发生一些事情,以改变现状,尽管往往并非如剧中人所想的那样;然而,用贝克特自己的话来说,他呈现了"戏剧全是等待"这样一个根本的事实,以此来制造一个中心情景。在这一情境中,倦怠和倦怠的规避是两大关键元素,维系着一种非同寻常的戏剧张力。

法国在接受贝克特的早期阶段,不太将他与卡夫卡、加缪或米肖相提

---

① Rubin Cohn, *Samuel Beckett*:*The Comic Gamut*, New Jersey:Rutgers University Press, 1962. p. 208.
② Rubin Cohn, *Back to Beckett*, New Jersey:Princeton University Press, 1973, p. 129.
③ James Knowlson, *Damned to Fame*:*The Life of Samuel Beckett*, New York:Simon and Schuster, 2006, p. 343.
④ Deirdre Bair, *Samuel Beckett*:*A Biography*, New York:Harcourt Brace, 1978, p. 383.
⑤ James Knowlson, *Damned to Fame*:*The Life of Samuel Becket*, New York:Simon and Schuster, 2006, p. 343.

并论,而更多地将他与尤涅斯库、皮兰德娄或阿达莫夫相比。① 具体地说,贝克特和尤涅斯库都用闹剧,特别是"缺少与自然主义的联系,缺少人物的'深度'刻画",以便"强调人在一个无意义的宇宙中的无奈和异化"②。贝克特和哈罗德·品特是同时代的人,两人都对人际关系中的权力变化感兴趣。不过,在更关心政治的品特看来,"当权者与受害者从一开始就可以确认,他们的角色是无法颠倒的,他们象征着一个更大的图景,即国家对人民的压迫以及对权力的滥用"③。贝克特的人物在权力关系中则更加灵活。尽管在《等待戈多》第一场中,波卓与幸运儿似乎更符合品特的模式,他们的角色却因波卓的盲目而有点儿颠倒过来。尤其让品特感兴趣的是权力政治、暴力和残酷的统治。他关注恐怖分子和酷刑折磨,使他有了自己的"与现代世界的局部共振"。④ 他和贝克特都与现代读者有着强烈的共鸣。

贝克特在《等待戈多》中表现的思想蕴含了好几种哲学理念的渊源。其中的主—奴关系思想多少与黑格尔有关;⑤笛卡尔的影响则"从一开始就主导了贝克特的作品"。⑥ 众所周知,贝克特花大力气研读过笛卡尔,而笛卡尔的心物二元论在贝克特的许多作品中出现过。从贝克特的作品中,还可以看得到笛卡尔的弟子格林克斯(Arnold Geulinex,1625—1669)的影子,尤其是后者的如下思想痕迹:奋斗是无益的,人在物质世界中是无能的,对宇宙是无知的,对生活是无奈的。康德、叔本华、海德格尔也在贝克特所受的影响之列。贝克特还对圣奥古斯丁很有感觉,后者关于十字架上两个小偷——一个得到了赦免,而另一个遭了天罚——的评述在《等待戈多》中占了中心位置。那两个小偷的故事,甚至让我们看清了剧中人物爱斯特拉冈的"靴子困境"的含义。贝克特自己就给过这样的解释:爱斯特拉冈有一只脚受到了赐福,而另一只脚却受到了诅咒。靴子套不上那只受了诅咒的脚,却套得上没受诅咒的那只脚。在戏中的另外场

---

① Shane Weller, "Beckett's Reception in France", in Mark Nixon and Matthew Feldman eds., *The International Reception of Samuel Beckett*, New York: Continuum, 2009, p.27.
② Mary Luckhurst, *A Companion to Modern British and Irish Drama, 1880—2005*, Malden: Blackwell Publishing, 2006, p.261.
③ Ibid., p.359.
④ Ibid.
⑤ Rubin Cohn, *Back to Beckett*, New Jersey: Princeton University Press, 1973, p.127.
⑥ James Knowlson, *Damned to Fame: The Life of Samuel Beckett*, New York: Simon and Schuster, 2006, p.343.

合,也经常能听到类似思想的回声。例如,那个男孩儿受戈多善待,而他的兄弟却遭到戈多的痛打。有人认为,荣格的心理学和创造力理论都影响了贝克特的戏剧风格。贝克特曾在伦敦听过荣格的演讲,和荣格在同一本杂志上发过文章,并与荣格同属于一个"松散的知识分子群体"。①两人都将艺术家的创造性活动视为灵感对艺术家的凭附,艺术家更像管道而非源泉。卡夫卡是另一位用小说影响贝克特的当代作家:"贝克特从卡夫卡处学到了一种本事,能将愚蠢的圣诞童话剧不断演下去,却还能保持读者的喜剧精神,更能保持他们对主角的同情。"②两人的笔下,都出现过人物与全世界对峙的情景。这种情形在《等待戈多》中的表现,就是爱斯特拉冈在两场戏的中间挨了一次打,却得不到解释,也没人看到。卡夫卡和贝克特都相信,"主角最终必须达不到他们的目标——并永远不能理解他们失败的原因,甚至不能理解他们所追求的目标的性质,尽管他们的追求势在必行。"③

《等待戈多》缺少救赎的维度,这可以在贝克特与但丁的关系中找到痕迹:"贝克特的作品中,有许多与但丁作品相似的地方,以及直接承认受但丁影响的地方。有时候,但丁不只是弥漫在贝克特的字里行间,而是浸泡了贝克特的文字。"④虽然较为人知的是贝克特善用对仗,可是他像但丁那样,喜好三位一体的排比形式。事实上,但丁对贝克特作品的影响还不止这些。在好几部作品中,贝克特用典时都带有但丁元素,甚至他的整个文学生涯都是如此。他的写作都"打着炼狱的烙印,炼狱的声音总是在但丁式的环境中回响"。⑤两者最有意思的相似之处,在于贝克特采用了上述炼狱观,作为形而上的背景,让他的人物在其中等待。但丁的炼狱前厅(Ante-Purgatory)与贝克特笔下的情景最为贴近:"那里住着尚半系于尘世生命的灵魂。尚等待在这一连结处……"⑥然而,贝克特最终还是与但丁分道扬镳了。因为在但丁的炼狱里,人物是有机会完成惩罚以及最终的恢复或救赎的,也有机会获得随之而来的神恩,而贝克特炼狱里的人

---

① John Pilling, *The Cambridge Companion to Beckett*, New York: Simon and Schuster, 2006, p. 44.
② Gary Adelman, "Beckett and Kafka", *TriQuarterly*, 2003, 117: 77—106, p. 84.
③ Ibid., p. 81.
④ Mary Bryden, "No Stars Without Stripes: Beckett and Dante", *Romantic Review*, 1996, 87(4), p. 554.
⑤ Ibid., p. 557.
⑥ Ibid., p. 554.

物甚至对"要不要有这样一个目标"也心存疑虑。① 不过,但丁的炼狱是隐含在贝克特作品中的一个重大的存在主题。在他自己事业的所有阶段,贝克特似乎都在实施着,完善着"但丁式算账日"这一思想。② 当他笔下的人物——还有观众——始终等待着戈多时,那个应允已久,却从未到来的算账日在他们的心中赫然耸现。

在这耐人寻味的等待之中,是否也延续着《等待戈多》的经典性?

第二节 价值语境下的认知与情感:
谢默斯·希尼诗歌的经典性

当今世界诗坛上,谢默斯·希尼几乎是独一无二的现象级人物。如奥多诺霍所说,自1982年以来,"其他任何诗人即便再受欢迎,也未能像希尼那样,获得评论界那样多的关注","光是以《谢默斯·希尼》为标题的专著就至少有十六本",而且"专论希尼的书籍之多,已经到了无法统计的程度,因为任何统计数字刚一发表,就有可能过时了"。③ 另一个很能说明问题的例子是,在如今(全世界范围内)所有还活着的诗人中,唯独希尼被《剑桥指南》(The Cambridge Companion)选中,出了研究专辑。④ 也就是说,希尼的作品已经获得了经典的地位。更确切地说,希尼及其作品的经典化达到了登峰造极的地步。

至于希尼登堂入室的缘由,却仁者见仁,智者见智。国内外流行着这样一种说法:让希尼饱受青睐的,与其说是他诗作的内在品质,毋宁说是一些外在因素——例如,他所关注的文化身份话题,刚好跟国际学术潮流契合,跟评论界的主流话语契合。这一说法的依据,又刚好跟最近几十年流行的"去经典化"潮流契合。我们知道,"去经典化"潮流最热衷于揭示的,是文学经典背后的权力关系、既得利益和意识形态。简·汤普金斯的下列观点是这方面的典型代表:"经典作家的声誉并非来自他/她作品内

---

① Mary Bryden, "No Stars Without Stripes: Beckett and Dante", *Romantic Review*, 1996, 87 (4), p. 554.
② Ibid., p. 559.
③ Bernard O'Donoghue, "Introduction", in Bernard O'Donoghue ed., *The Cambridge Companion to Seamus Heaney*, Cambridge: Cambridge University Press, 2009, p. 2.
④ Patrick Crotty, "The Context of Heaney's Reception", in Bernard O'Donoghue ed., *The Cambridge Companion to Seamus Heaney*, Cambridge: Cambridge University Press, 2009, p. 38.

在的优点,而是来自复杂的外部环境。在环境复合体的作用下,一些文本得以进入人们的视野,进而维持自己的优越地位。"①言下之意,是外部利益集团(如把持话语权或所谓"文化资本"的学术界权威、出版商、新闻媒体等)及其意识形态,才使某些文学作品进入了经典的殿堂。

情形果真如此吗?持上述观点者,大都是从社会学的角度切入文学艺术问题的,其中的代表人物除前文提到的汤普金斯以外,还有菲德勒(Leslie Fiedler)、劳特(Paul Lauter)、吉约里(John Guillory)和布厄迪(Pierre Bourdieu)等。美国学者科尔巴斯曾经把他们都归类在"文学社会学"(Literary Sociology)的旗号下,并指出了他们的一个共同问题,即未能区分经典化(canonization)和经典性(canonicity)这两个概念——前者指"与社会现状沆瀣一气的机构化过程",而后者则指"对一部作品的认知内容的审美判断"。②科尔巴斯的这一诊断可谓切中肯綮,而且正好有助于我们对希尼诗作的认识。希尼蜚声文坛,或许种种外在因素,或许得益于经典化过程中的诸多环节和机缘,但是归根结底,是诗作本身的经典性使然,是作品内在的审美维度使然。没有经典性,经典化纵然能使一个作家声名显赫,也最多只能昙花一现。希尼诗作的艺术生命力已经持续几十年,并且与日俱增,这无法仅仅从经典化的角度来解释,而必须从经典性的角度作深层次的探讨。有鉴于此,本章拟从认知内容和情感元素这两个方面来审视希尼诗作的经典性。

(一) 价值语境下的认知

凡是伟大的诗人,必然知识渊博。希尼就是一位通今博古的伟大诗人。

只要打开他的诗卷,就能感受到诗人在文、史、哲方面的涵养,更能感受到他对神话故事的通晓程度。无论是古希腊、古罗马神话,还是北欧萨迦(Norse Sagas),或是爱尔兰本土神话,他都能信手拈来,使之成为自己诗歌的有机组成部分,幻化出无穷的意蕴。当然,光是知识的渊博(如对各路神话的融会贯通),并不能让人登上诗艺的高峰。希尼的可贵之处,在于他能坚持在价值语境下应用知识,或者说始终在价值语境中认知。

---

① Jane Tompkins, *Sensational Designs: The Cultural Work of American Fiction 1790—1860*, Oxford: Oxford University Press, 1985, p.39.
② E. Dean Kolbas, *Critical Theory and the Literary Canon*, Boulder: Westview Press, 2001, pp.106—111.

早在 20 世纪中叶，英国的优秀学者戴希斯（David Daiches）就强调过知识与价值语境之间的关系，并指出了现代文学艺术家的一个通病："现代文学艺术家的问题，与其说是找不到可用的神话，不如说是找不到在语境下处理知识的方法。"①这一通病仍然存在于当今文坛。不过，希尼正好相反，他在诗作中频频用典，不是为了建立一般意义上的互文关系，更不是为了炫耀知识，而是为了设立价值观的参照系。他用得最多的典故分别来自萨福克勒斯的悲剧、荷马史诗、维吉尔的史诗、贺拉斯的诗歌和莎士比亚的诗剧。美国学者布兰德斯曾经指出，这些典故给希尼的许多作品都注入了悲情，"甚至在他最日常的诗歌题材中，都存在着通常只弥漫于盎格鲁-撒克逊传说中的厄运感，以及古希腊悲剧中的灾难感，交织着失望和幻灭的情绪"。②依笔者之见，布兰德斯只说对了一半。诚然，古典悲剧/神话等让希尼的诗歌染上了浓浓的悲剧色彩，然而，有关典故还有另一半重要的功能，即营造价值氛围，隐含价值判断。

仅以名篇《北方》（*North*，1975）为例。该诗先后撷取了斯堪的纳维亚古神话、莎士比亚的《汉姆莱特》，以及古希腊神话中的许多故事和人物形象，这些典故交相辉映，形成了一个道德伦理的参照体系。其中以希腊神话人物安泰（Antaeus）和赫克里斯（Hercules）之间的故事最为典型。作为组诗的《北方》中先后有两首诗以他们命名，一首叫作《安泰》，另一首叫作《赫克里斯与安泰》，后者中这样写道：

> 赫克里斯高举双臂，
> 摆出冷酷的"V"形。
> 他撼动了敌对力量，
> 使之无力阻止自己的胜利。
>
> 把安泰侧着身举起，
> 高得就像清晰的山脊。
> 沉睡的巨人惨遭剥夺，

---

① David Daches, "Theodicy, Poetry and Tradition", in Stanley Romaine Hopper ed., *Spiritual Problems in Contemporary Literature*, New York: Harper Torchbooks, 1957, p. 92.

② Rand Brandes, "Seamus Heaney's Working Titles: From 'Advancements of Learning' to 'Midnight Anvil'", in Bernard O'Donoghue ed., *The Cambridge Companion to Seamus Heaney*, Cambridge: Cambridge University Press, 2009, p. 31.

没了来自大地母亲的力气。①

乍一看去,诗人此处只是重述了一个古老的神话故事,但是它一旦置身于《北方》的框架里,就起到了价值判断的参照作用:安泰是大地之子(此处象征爱尔兰的国土),他被赫克里斯举起,被剥夺了跟大地母亲的联系,因而失去了抵抗力量,这暗示着英国殖民者对爱尔兰的入侵和霸占。《北方》的主旨是叙述爱尔兰和北欧从古到今的历史,一部充满侵略、暴力和血腥的历史,自然包括了爱尔兰遭受英国人入侵、北爱尔兰冲突的现当代历史。对英国人的侵占,尤其是英军在20世纪60年代血腥镇压北爱尔兰人的暴行,希尼实际上是持反对立场的。然而,作为诗人,他在文学艺术的创作中不便像政治家那样,直白简单地表明自己的立场,为此他频遭诟病,甚至被指责为"冷漠地躲在象牙塔里"。②这种指责是很不公平的。希尼关于安泰和赫克里斯的叙述或重述貌似客观超脱,却暗含着对英国殖民统治者的强烈谴责:光是上引"赫里克斯高举双臂/摆出冷酷的'V'形"那一句,就生动地点出了英国统治者的狂妄、自大和残酷。此外,安泰这一形象意味着与大地/国土/乡土的纽带,意味着与大地持续不断的接触。如爱尔兰学者兼诗人奎因所说,"这种接触还贯穿于希尼的其他诗歌,并始终被视为纯真的善"③。更透彻地说,安泰这一神话形象的运用,意味着善与恶这一价值语境的确立。

也就是说,希尼凭借独特的风格,巧妙地应用文学/神话知识,对历史和社会现实做了审美判断,后者虽然不同于非黑即白的政治判断,但是包含了政治判断和道德方面的价值判断。这种审美判断往往采用迂回曲折的方式。如奥德里斯科尔所说,希尼善于"用古典文本对北爱尔兰种族/政治冲突作间接的、却又不容误解的评论"④。那么,为什么不用直截了当的方式呢?我们不妨借用阿多诺的一句话来回答:"在艺术中就事论

---

① Seamus Heaney, *Selected Poems 1966—1987*, New York: Farrar, Straus and Giroux, 1990, p. 90.
② Frank Ormsby, *A Rage for Order: Poetry of the Northern Ireland Troubles*, Belfast: Blackstaff Press, 1992, p. xvii.
③ Justin Quinn, "Heaney and Eastern Europe", in Bernard O'Donoghue ed., *The Cambridge Companion to Seamus Heaney*, Cambridge: Cambridge University Press, 2009, p. 98.
④ Dennis O'Driscoll, "Heaney in Public", in Bernard O'Donoghue ed., *The Cambridge Companion to Seamus Heaney*, Cambridge: Cambridge University Press, 2009, p. 62.

事,无异于野蛮。"①阿多诺在另一处说得更为明白:"'致力于社会'的艺术中任何直露的政治内容,或者任何直接应用于政治的艺术,尽管它宣称要改变社会现状,到头来仍然服务于那种现状。"②希尼或许因为看到了这一点,所以才采用了委婉、曲折、类比、含蓄和无声的形象等具有审美特征的方式。反过来说,这种方式要求诗人娴熟地驾驭文学、历史、神话和传说等多种知识,而希尼做到了。让我们再以《北方》举例。诗篇中除了希腊神话之外,还频频出现北欧神话的典故,其中比较典型的是贡纳(Gunnar)这一形象的借用——在《安葬仪式》一诗里,诗人把在北爱尔兰冲突中惨遭屠杀的人比作贡纳:

> (惨遭屠杀者)
> 像贡纳那样被安放,
> 墓冢里的他呀,
> 英俊又安详,
> 尽管他为暴力所戕——
>
> 甚至仇人仍在嚣张。
> 人们说他正在吟唱
> 关于荣誉的诗章……③

贡纳是古挪威神话中主神奥丁的女婿,在诗中作为一名英雄,是勇敢这一价值的化身——"英俊又安详"和"……吟唱/关于荣誉的诗章"等可以作为明证。诗人虽然没有直接赞扬那些在北爱尔兰冲突中捐躯的勇士,但是通过贡纳这一形象的描述,其价值判断就不言自喻了。

希尼诗歌的经典性,还突出地表现为他对语言知识的驾驭,尤其是对隐喻的认知、审视和使用。著名英国学者吉福德曾经指出,任何想要自如地驾驭诗艺的现代诗人,都必须对语言的特性有如下认知:"语言的根本性质似乎是先前遗传下来的一大堆偏见和假设,后者成了压迫人的心智的负担;它既可能敏感地对人类的冲动作出回应,也可能惰性十足,不为

---

① Theodor Adorno, *Aesthetic Theory*, trans. Robert Hullot-Kentor, London: Athlone Press, 1997, p. 61.
② 转引自 E. Dean Kolbas, *Critical Theory and the Literary Canon*, Boulder: Westview Press, 2001, p. 84.
③ Seamus Heaney, *Selected Poems 1966—1987*, New York: Farrar, Straus and Giroux, 1990, pp. 67—68.

所动,还可能因其未加审视的隐喻而相当野蛮……"①确实,对隐喻是否加以足够的审视,在很大程度上决定了一首诗歌是否具有经典性。希尼是一位语不惊人死不休的诗人,在审视并处理隐喻方面尤其如此。在他众多的原创性隐喻中,恐怕要数"泥炭沼"及其相关喻象的复现率最高了,其喻义最深的使用出现于《泥沼女王》《挖掘》《托伦人》和《泥炭沼地》等诗。对此,学术界已经有不少关注,不过他们大都只强调作为爱尔兰民族意识象征的泥炭沼。例如,戴从容曾经把沼泽视为"象征爱尔兰民族特性的意象",并强调沼泽"无底""潮湿的中心没有底",以及"它的根基/不可变"。②又如,傅浩作了这样的评论:"泥炭沼把过去与现在、神话与现实联系了起来,成为爱尔兰民族意识的象征。希尼的诗也和泥炭沼一样,成为贮存爱尔兰苦难历史的'记忆库'。"③应该说,这些阐释都不无道理。不过,以笔者之见,"泥炭沼"隐喻的意思远远超过了爱尔兰民族意识,有着对善恶、真假、美丑作深度甄别的价值意义。"泥炭沼地"可作明证:

我们没有草原
可在黄昏时切割一轮大太阳——
……

一百多年前
沉入泥下的奶油
挖出来依然又咸又白。
这土地自身就是柔软、黑色的奶油……④

在常人眼中,"泥炭沼"往往引起丑陋、险恶的联想,至少是贫瘠、软弱和无用的联想。借用吉福德的话说,作为隐喻的"泥炭沼"若未加审视,就很可能带着偏见和假设的负担。不过,希尼没有未加审视地使用这一隐喻,而是一反常人的偏见和假定,让"泥炭沼"焕发出了真善美的含义。"我们没有草原/可在黄昏时切割一轮大太阳"这一句可谓壮美至极:虽然没有草原,但是爱尔兰的土地美得独特,美得壮观。"一百多年前……这

---

① Henry Gifford, *Poetry in a Divided World*, Cambridge: Cambridge University Press, 1986, pp. 88—89.
② 戴从容:《"什么是我的民族"——谢默斯·希尼诗歌中的爱尔兰身份》,《外国文学评论》,2011年第2期,第73页。
③ 傅浩:《他从泥土中走来》,《外国文学动态》,1995年第6期,第76页。
④ 谢默斯·希尼:《泥炭沼地》,傅浩译,《诗刊》,1996年第2期,第26页。

土地自身就是柔软、黑色的奶油"这一诗节则是柔美至极:表面贫瘠丑陋的泥沼竟是又咸又白的奶油,而且一百年之后依然如故,可谓软而弥坚,隐含着一股坚韧的力量。加上"切割太阳"那一句,全诗美和力的结合到了无以复加的地步。如果我们把这泥沼地跟前文提到的安泰神话联系起来,就不难看出另一层意思:美丽的爱尔兰国土虽然像安泰那样,暂时失去了抵抗侵略者的力量,但是"沉睡的巨人"终有苏醒之日,奶油般的土地百年后仍然带着韧劲,保持着纯真的本色,甚至有"切割太阳"的力量——一种保家卫国的力量,一种善的力量;相形之下,那个"高举双臂/摆出冷酷的'V'形"的赫克里斯虽然不可一世,却显得那样丑恶,那样虚假。

换言之,"泥炭沼"和希腊神话合力支撑起了一个价值场域,真与假、善与恶、美与丑都在其间得到了评判。正是这种价值评判,为希尼诗歌的经典性提供了源泉。

(二) 价值语境下的情感

认知的价值,以及价值的认知,都是和情感交织在一起的。本文把认知和情感分开来聚焦,只是为了分析的方便。事实上,希尼还是在价值语境下审视并处理情感的高手。他诗作的经典性同时来自情感世界中的价值判断。

关于情感,希尼有过不少论述。他在名篇《进入文字的情感》[①]里,主张把"诗歌作为被埋葬了的情感生活的入口,或者作为它的出口"。[②]希尼此处其实指出了诗歌的经典性使命:挖掘被埋葬了的情感生活;虽然已经遭到掩埋,但是仍然需要挖掘;若没有价值,何必费此心血? 在他为自己的一本诗集所作的序里,希尼把诗歌的价值说得更为具体——针对奥登的"诗歌不使任何事情发生"(poetry makes nothing happen)一说,他发表了如下见解:

> ……我不同意"诗歌不使任何事情发生"这样的说法。诗歌最终能使新的情感发生,或使关于情感的情感发生。任何人都能看到,在今后很长一段时间内,这个国家更急需的是情感的冶炼,而不是政策

[①] 原文为"Feeling into Words",通常译为"进入文字的情感",其实这题目还有"钻到文字里去感受"和"通过文字来感受"等多重意思。

[②] Seamus Heaney,"Feeling into Words", in David Damrosch ed., *The Longman Anthology of British Literature*, Vol. 2C, New York: Longman, 1999, p. 2851.

和机构的调整。①

一个国家对情感冶炼的需求,胜过对政策/机构更新的需求,而离开了诗歌,就远远满足不了这样的需求。希尼此处表达的是一种深刻的文化思想。更确切地说,他赋予了诗歌以重大的文化使命,同时也点出了诗歌的重大文化价值。当然,希尼更大的贡献在于他的诗歌创作实践,在于他坚持把情感的提炼和处理置于价值语境之中。本章上一小节中的许多例子都涉及了情感。例如,在关于"切割太阳"和奶油般的"泥炭沼"这样的诗行里,饱蘸着对国土/乡土的依恋和热爱,同时暗含着对侵占这片土地的殖民统治者的憎恶。这里的爱与恨自然带有道德立场和价值取向,不过希尼审视并传达的道德情感远远没有那样简单。他在谴责入侵者的暴行的同时,还把自己曾经有过的困惑、彷徨、矛盾和痛苦一并置于价值语境中来审视,这也是他把"泥炭沼"作为许多诗歌的中心意象的原因之一。泥炭沼具有含混、模糊和陷阱般的自然属性,所以用它来比喻陷入道德困境时的艰难和痛苦,是非常贴切的。至于希尼本人在北爱尔兰冲突中所面临的困境,尤其是困扰他的"文化身份分裂症"②,中外学界已有不少评述,此处不再赘述。我们所要强调的是,希尼不光在审视一般道德情感时目光犀利,而且在审视自己和同胞们的道德情感时也十分苛刻。《惩罚》一诗就是一例:该诗最初描述从泥炭沼里挖掘出来的一具古代女尸,后者因通奸罪而被惩罚致死,此前曾被削发、蒙眼、套上了绞索,还遭受乱石投掷,这一惨状让诗人联想起自己生活中的现实——北爱尔兰共和军(通常被作为反抗侵略的正义代表)曾经在他的眼皮底下惩罚过同族中那些与英军士兵有染的年轻女子,惩治方式颇为相似,如往她们的脑袋上浇柏油,拖着她们游街示众,等等。希尼在诗中先是对那位古代女尸发话:"我几乎爱你/却清楚自己也会默默地/把石头投向你。"③然后又把那些遭受暴力的同族女子称为"你的姐妹":"当你的背叛族人的姐妹们/头上涂着柏油,/在栏杆边哭泣的时候,/我只是默默地旁观……"④此处希尼表达的是非常复杂的情感:一方面他很清楚那些女子犯了族规,对她们的

---

① 转引自 Bernard O'Donoghue, "Introduction", in Bernard O'Donoghue ed., *The Cambridge Companion to Seamus Heaney*, Cambridge: Cambridge University Press, 2009, p. 6.
② 希尼出生于北爱尔兰天主教家庭,受的却是英国文化教育,故有"分裂症"一说。
③ Seamus Heaney, *Selected Poems 1966—1987*, New York: Farrar, Straus and Giroux, 1990, p. 85.
④ Ibid.

惩罚是以"道德""正义"的名义进行的,而且那些施暴者反对的确实是非正义的外族侵略和殖民统治;另一方面,他又敏锐地觉察到,用暴力方式来侮辱犯了错的、已经毫无还手之力的女子,似乎也是不道德的;更让他难受的是,他从中还发现了自己道德上的缺陷——他虽然对自己的同胞姐妹有着爱心("我几乎爱你"一句表面上是针对古代女尸的,其实是对当代同胞姐妹发出的心声),但是他也会落井下石("也会默默地/把石头投向你")。关于落井下石或冷漠旁观的深层次原因,诗中没有挑明,但是已有暗示:那些是"背叛族人的姐妹"(betraying sisters)。在那种复杂的形势下,简单地站在"道德"或"正义"一方,其实非常容易,说不定越表现得义愤填膺,就越能给自己带来好处。换言之,希尼探究了这样一种可能性:那些"道德"和"正义"之举,包括他自己的行为,是否掺杂着私心呢(至少能获得一个好名声)?这样的拷问,交织着细腻微妙的情感,如愧疚、自责和悲痛,同时也是对道德价值的深度甄别,而用(千年之后还保存着女尸的)"泥炭沼"这一具象来映衬、折射这类情感和价值甄别,可谓贴切之至,余味无穷。

希尼有一句广为流传的名言,即写诗是为了"寻找足以表达我们困境的意象和象征"。①从上文所举例证来看,他确实找到了表达自己和爱尔兰民族的困境——尤其是道德困境——的意象和象征。这方面的例子很多,不过很少有比"泥炭沼"意象更为出色的例子。因此,我们不妨再回到"泥炭沼地"那首诗歌,看一看它的最后两行诗句:"沼眼或许是大西洋的渗漏处。/那潮湿的中心深不见底。"②前文提到,该诗抒发了对国土/乡土的依恋和热爱,同时也表达了对侵占这片土地的殖民主义者的憎恶和批判,但是又为何偏偏用上述两句来结尾呢?那"深不见底"的泥炭沼跟诗歌上文里的意蕴情感有何关系?似乎有些矛盾?难道希尼突然变得悲观绝望了?确实有不少学者这样认为,如下面这个结论:"'潮湿的中心没有底'……暗示了希尼自身的寻根之旅所面临的无奈的失败结局。"③假如这一结论属实,那么我们前面的分析就在基调上出现了问题:既然是无奈和失败,那么对故乡的爱,以及对侵略者的恨,又有何意义?笔者以为,

---

① Seamus Heaney, "Feeling into Words", in David Damrosch ed., *The Longman Anthology of British Literature*, Vol. 2C, New York: Longman, 1999, p. 2854.
② 谢默斯·希尼:《泥炭沼地》,傅浩译,《诗刊》,1996年第2期,第26页。
③ 戴从容:《"什么是我的民族"——谢默斯·希尼诗歌中的爱尔兰身份》,《外国文学评论》,2011年第2期,第73页。

如果把那"深不见底的中心"解读为深不见底的力量,那就跟前面的基调完全吻合了。当然,象征不可避免地带有多义性和歧义性,因此说泥炭沼暗示无奈的情绪亦无不可,只是我们不能把它作为结局性的情绪——希尼的诗歌往往是百感交集的产物;无奈、失望、怯懦、彷徨、恐惧、愧疚等情感都会出现,但是更多的是热爱、勇气、想象、向往和憧憬,而且都要放在一个大的价值语境中来审视。这一语境还意味着不同诗歌文本的交互参照:如果我们把《泥炭沼地》和《惩罚》参照着阅读,就会发现"泥炭沼"意象有着催人反思、自我质疑(也就是深层次的价值甄别)的功能。由此,我们就有了对"深不见底的中心"更深刻的领悟:希尼的爱与憎,是在民族、文化和道德困境中展开的;对这一困境的思考和感受是无尽的,因而也是无底的。

事实上,希尼曾因其价值取向遭到过攻讦。由于希尼的大量题材跟暴力有关,而且他又不在诗歌中直接点名抨击英国/北爱尔兰统治者的暴行,因此有人指责他"逃避大屠杀",如卡森(Ciaran Carson)称他为"暴力的讴歌者"(the laureate of violence)[1],又如莫里森的如下观点:"(希尼的)诗歌为北爱尔兰派系间的互相杀戮蒙上了体面的色彩,这在日常新闻报道里可是不常见的。"[2]鉴于这些攻击大都以《北方》里的暴力描写为依据,我们不妨再来分析一下这本诗集。确如批评家们指出的那样,《北方》里的绝大多数诗篇都带有暴力意象。除了最开头的两首诗歌以外,其余诗歌都直接或间接地跟北爱尔兰冲突题材有关,尤其出色的要数那些影射北爱尔兰冲突——讲的是古代的暴力,实则为当代北爱尔兰经受的暴力——的诗歌,包括被称为"沼泽诗"(Bog Poems)的《托伦人》《惩罚》《奇怪的果实》和《沼泽女王》等。这些"沼泽诗"可以再分为两类,一类专写维京人对爱尔兰的影响(题材取自都柏林周围的考古发现),因而又称"维京诗"(Viking Poems),其中包括上一小节分析过的《安葬仪式》;另一类主要来自希尼阅读一本书时获得的灵感,该书由格劳伯(P. V. Glob)所著,题目为《沼泽人》(The Bog People)。希尼自己有这样的说明:"那些象征有的是我从一本书中找来的……内容主要是关于在夏特兰泥炭沼中发现的男人或女人的保存完好的尸体——裸体的,窒息而死的,或被割断了喉咙的,从铁器时代初期就被埋葬在泥炭下面。作者格劳伯令人信服地论

---

[1] Elmer Andrews ed., *The Poetry of Seamus Heaney*, Cambridge: Icon, 1998, p.84.
[2] Blake Morrison, *Seamus Heaney*, London: Methuen, 1982, p.68.

述说,有许多这样的人,特别是托伦人,他们的头颅如今保存在阿尔胡斯附近希尔克伯格的一个博物馆里,他们是祭祀母神的牺牲品。"① 这些惨死的"牺牲品"以不同形象重现于《北方》诗集,但是这些形象所唤起的情感,跟"讴歌暴力"或"为杀戮蒙上体面的色彩"一说实在很难吻合。让我们再以《惩罚》为例。前文引用过的"我几乎爱你"那一句之前,诗人这样描写那具女尸:"你那浅黄的头发/营养不良,你那/柏油色的脸庞焕发出美丽容光。/我可怜的替罪羊。"② 此处,诗人对受难者的同情、爱怜,对施暴者的痛恨,以及随之而来的愧疚(见前文的分析),都已汇聚成了对暴力的控诉。如果一定要用"讴歌"一词,那分明是对暴力摧残对象的讴歌,怎么能跟"讴歌暴力"混为一谈呢?

要充分理解希尼笔下"暴力"意象及其唤起的情感,还必须将其置于一个更大的价值语境。在《北方》中,这个语境的确立主要得益于诗集的序篇,即《阳光》和《割秧者》。③ 许多评论《北方》的文章都对这两首诗忽略不计,然而就情感价值语境而言,它们恰恰是至关重要的——它们跟全集的其余诗歌构成了鲜明对照:它们通篇洋溢着祥和,唤起的情感是幸福、温暖;而其余诗歌则充斥着暴力,唤起的情感是悲伤和痛苦(当然也夹杂着前文提到的许多其他情感)。这种对照是有深刻意义的。

《阳光》可以分为两个部分,分别描写了两个场景。第一个场景是希尼姑妈家的院子,第二个是在她家的屋内。诗歌第一句就定下了基调:院子里,"无人处,阳光照安宁。"④ 接着,阳光洒向"院子里带着头盔的水泵""吊桶里/蜂蜜似的水波",然后"如冷却中的錾子般/依靠在墙上"。⑤ 当场景转入屋内后,实际意义上的阳光变成了隐喻意义上的阳光:就像阳光在屋外主持着整个安宁的气氛一样,屋内的主持人是玛丽姑妈——她正在烤制司康饼,所以炉子里发出了光和热,犹如屋外的太阳发出光和热一般。诗中这样的类比还有好几处,仅再举一例:炉子的火光映射在玛丽姑妈的身上,使"她的胫部斑驳灿烂",这跟屋外让水波漾成蜂蜜状的阳光相

---

① 谢默斯·希尼:《进入文字的感情》,傅浩、柯彦玢译,《诗探索》,1996年第1期,第183页。
② Seamus Heaney, *Selected Poems 1966—1987*, New York: Farrar, Straus and Giroux, 1990, p. 85.
③ 希尼还在这两首诗名上叠加了一个共同的题目,叫作《摩斯巴恩》(Mossbawn,希尼故乡的名称),并带有一个副标题,即"献给玛丽·希尼"——玛丽是希尼的姑妈。
④ Seamus Heaney, *Selected Poems 1966—1987*, New York: Farrar, Straus and Giroux, 1990, p. 63.
⑤ Ibid.

映成趣,令人回味。诗歌在爱的亮光中结束:

> 爱就在这里,
> 就像带着亮光
> 的一把锡制勺子,
> 沉入烤饼的小箱。①

把爱比作不起眼的、却又耐久而温馨的家常用具(锡制勺子),可谓匠心独运。事实上,这爱贯穿了全诗的始终,体现于阳光、炉火,体现于水泵、鳌子、吊桶和锡勺等日常用品,体现于普通人的生活方式和劳作方式,更体现于笼罩一切的祥和与安宁(这难道不是对和平的礼赞?);其间的深情,其间的价值取向,表现得淋漓尽致!

《割秧者》跟《阳光》有异曲同工之妙。它讴歌的对象是在田野里切割土豆秧的劳动者,它展现的画面也是一片宁静。最引人注目的是那些割秧者劳动时的悠闲神态:

> ……有的是时间,
> 他们从容不迫,把根切成两半,
> 刀刀利刃,刀刀悠闲。
> 手掌中,一束奶色亮光,
> 黝黑的水印呈现在中间。②

诗人欣赏劳动者自食其力,同时欣赏他们从容不迫的劳动方式——只有在和平环境下,人们才可能"悠闲"地劳动。"一束奶色亮光"是全诗的诗眼:这里不仅有土豆的色彩和光亮,而且有劳动者的尊严、骄傲,以及对土地及其作物的依恋和热爱,更有人与自然融汇成的和谐。还须一提的是,这首诗里的"亮光"(gleam)跟《阳光》中用来形容那锡制勺子的是同一个词语,因而十分自然地让这两首诗歌形成了互动。

也就是说,《阳光》和《割秧者》从一开始就为《北方》全集设立了一个价值语境,支撑起了一个价值参照体系:诗人抒发了对同胞和家园的深情厚谊,同时又赞美和平,呼唤和谐,这一基调为解读《北方》的其余诗歌提供了参照。诚然,《北方》的大多数篇幅充斥着血腥和暴力,但是只要有

---

① Seamus Heaney, *Selected Poems 1966—1987*, New York: Farrar, Straus and Giroux, 1990, p.64.
② Ibid., p.64.

《阳光》和《割秧者》在,价值的甄别就有了基石,不容误读。

"希尼现象"已经成为传奇。这传奇背后的原因,在于希尼诗作的经典性。而这经典性,归根结底,在于价值语境下知识的妙用,在于价值语境中情感的处理。认知和情感固然重要,但是如果离开了价值语境,任何文学的经典性都无从谈起。希尼的诗作也不能例外。

第五章
垮掉派诗歌经典的生成与传播

就文化层面而言,"垮掉的一代"(The Beat Generation)指第二次世界大战后在美国兴起的一场青年"反文化"运动。就文学领域而言,它指美国第二次世界大战后的第一个后现代主义文学派别。其主要成员有艾伦·金斯堡(Allen Ginsberg,1926—1997)、杰克·凯鲁亚克(Jack Kerouac,1922—1969)、威廉·巴勒斯(William S. Burroughs,1914—1997)、格雷戈里·柯索(Gregory Corso,1930—2001)、加里·斯奈德(Gary Snyder,1930—)和劳伦斯·菲尔林希提(Lawrence Ferlinghetti,1919—)。尼尔·卡萨蒂(Neal Cassady,1926—1968)、迈克尔·麦克卢尔(Michael Mcclure,1932—)、彼得·奥尔洛夫斯基(Peter Orlovsky,1933—2010)、菲利普·惠伦(Philip Whalen,1923—2002)和戴安妮·迪普瑞玛(Diane Diprima,1934—)等人也常被视作重要的垮掉派外围成员。

我们对这个流派做以上界定,仅仅是为了研究方便。事实上,垮掉派的界限是十分模糊的,它的范围时大时小。有时候,人们甚至把肯·克西(Ken Kesey,1935—2001)、塞林格(Jerome David Salinger,1919—2010)、鲍勃·迪伦(Bob Dylan,1941—)等人也都囊括进垮掉派中,而那些被公认为垮掉派成员的作家又往往反对给自己贴上"垮掉派"标签。这个概念的提出者和践行者凯鲁亚克认为垮掉派是一个很短暂的现象,仅仅是20世纪40年代早期几个人的青春期骚动。被公认为最具垮掉派特征的柯索则说:"我不觉得它是什么东西,我认为它不存在,没有一种叫作'垮掉的一代'的东西存在。"①他们当中的一些诗人,如斯奈德和菲尔林希提,却似乎从来没有垮掉过。

莫名的历史机缘把这些作家归入了同一个名号下。他们没有发表过共同遵守的美学宣言,他们生活中的相关性大于文学上的相似性。正因为如此,人们感到从美学角度给垮掉派下定义是困难的。为垮掉派做过四十多年资料整理工作的比尔·摩根(Bill Morgan)曾说:"只有如下一种定义经得起仔细推敲:'垮掉的一代'以本质上来说是一群聚集在艾伦·金斯堡周围的互相配合的朋友。"②把一个文学流派界定为一群朋友,在无奈中有几分真实。这种真实性跟垮掉派文学在特定历史条件下特殊的文学生产方式和文学传播方式相关。下文将试图对垮掉派诗歌的共性、生产方式和传播方式作出分析。

第一节 "垮掉的一代"诗歌经典的生成与回归自然

文学总是以否定之否定的逻辑往前发展着,后起的文学流派往往借助祖辈的力量来反对它的父辈。③ 垮掉派文学为了反对自现实主义到现代主义文学的冷静文风,在很多方面回到了19世纪初期的浪漫主义诗歌中去。人们把金斯堡比作惠特曼,把斯奈德比作梭罗,把柯索比作雪莱并非偶然。垮掉派和浪漫主义最大的共同诉求是"回归自然"(Return to Nature)。浪漫主义时期回归自然的诉求源于工业革命对大自然的破坏,以及机器生产对纯朴的农耕生活和宗法社会的侵蚀。垮掉派"回归自然"的渴望则源于第二次世界大战后美国社会的三个主要特征:政治上的高压、文化上的保守和社会的全面异化。

第二次世界大战时期,法西斯集中营的噩梦和广岛原子弹给人们带来了前所未有的恐慌,而战争的结束并没有消除这种不安全感。由于对共产主义力量的恐慌,战后美国在政治上进入了冷战阶段。美苏军备竞

---

① Gregory Corso, "Variations on a Generation", quoted in Ann Charters ed., *The Portable Beat Reader*, New York: Penguin Books, 1992, p.184.

② Bill Morgan, "Introduction", *The Typewriter is Holy: The Complete, Uncensored History of the Beat Generation*, New York: Free Press, 2010, p. xix.

③ 如文艺复兴文学借助古希腊、古罗马文学来反对中世纪,浪漫主义文学借助中世纪来反对古典主义。

赛、1950年的朝鲜战争、1962年的古巴导弹危机和1964年的越南战争都是"冷战思维"在国际事务中的表现。在国内,美国社会被一种反共偏执狂紧紧抓住。麦卡锡主义像肿瘤一样扩散开来,渗入社会的每个层面。联邦调查局对普通公民的生活进行监视,要求公民做忠诚宣誓。一时间,在这个以自由和民主立国的国度里,个人尊严和自由遭到了全面侵犯。与高度管制的政治氛围相并行的是物质上的极度繁荣,工业在不断延伸的郊区飞速发展,以往被当作奢侈品的东西此时变得司空见惯,每个家庭都拥有了洗衣机、空调和汽车。政治高压下谨小慎微的人们,把所有热情都转移到了物质消费当中,一个无个性、无信仰的消沉时代就这样产生了。诺曼·梅勒(Norman Mailer)在《白种黑人》(*The White Negro*,1957)中说:"人们几乎丧失了保持自我个性的勇气,也不敢再用自己的声音说话。……一股恐惧的臭气从美国生活的每一个毛孔冒出来,我们遭受了一种集体性的失败和焦虑。"① 正是在这极度压抑的时代背景下,垮掉派运动诞生了。回到大自然中去,自由自在地生活和呼吸,这成了他们最深的渴求。

(一) 对大自然的深情

一般而言,"自然"一词包括以下两层基本含义:一是外部自然,即相对于文化(culture)而言的大自然(nature),包括自然界的花草虫鱼和时令转换;二是内部自然,即人的自然状态:对个人而言,指纯真的童年,对社会而言,指淳朴的初民生活。垮掉派诗歌"回归自然"的主题首先体现在他们对外部自然的赞美和关怀之中。

垮掉派诗人无法认同压抑的社会,已然在社会中垮掉的他们总是试图到大自然中去寻求安慰和精神寄托。他们常在公路行走,户外露宿,跟大自然有着广泛接触。众所周知,凯鲁亚克的《在路上》(*On the Road*)就是以作者本人和好友尼尔·卡萨蒂的五次环美旅行为素材写就的。然而,书中所述仅仅是垮掉派成员大地行走历程的冰山一角。事实上,垮掉派的每个成员都曾在海洋、陆地和森林中行走或独居。凯鲁亚克和卡尔·所罗门(Carl Solomon,1928—1993)当过海员,曾航行至无数国家;斯奈德和巴勒斯修过人类学专业,有田野考察的浓厚兴趣;凯鲁亚克和斯奈德还先后做过国家森林公园防火瞭望员的工作。更有甚者,卢·韦尔

---

① Noman Mailer, *The White Negro*, San Francisco: City Lights Books, 1957, p. 2.

奇(Lew Welch,1926—1971)①于 1971 年五月带着一支来复枪从斯奈德家中出走,走进加州的一片苍茫森林后绝迹人世。垮掉派诗人对大自然和行走如此痴迷,以至于人们今天研究他们时需要用到地图。

在跟大自然的亲近中,这些以"嚎叫"闻名的诗人变得格外安宁,写下了无数细腻动人的诗篇。柯索《忙碌的夜》一诗向我们展示了诗人对自然的细致观察,诗歌捕捉了雨后夜晚小动物们忙碌生活的景象:"蛾子,才几秒钟大,从蕨上摔下来/ 蝙蝠正饮着花蜜/ 孤独的貘走入河底/ 美人鱼浮出水面,鼻子上有/ 一只海葵。"②这样的描写在斯奈德的诗中更为常见。他这样写暴雨:"雨抽打着伞/ 河流煮沸了两岸的树。"③"煮沸"一词最为巧妙,既写出了暴雨中河水的奔腾,也写出了狂风中树的摇摆。他这样写细雨:"浸透的竹林弯着腰,沉甸甸摇摆在细雨中。田里一行行笔直的水稻,在如镜的水面整齐地闪耀。"④细雨霏霏的乡村风光跃然纸上。就连以小说留名的凯鲁亚克也写下了众多自然题材的诗句,如"鸟儿在黑暗中/ 歌唱/ 落雨的清晨"⑤,"对着墙/ 点着头/ 花儿打喷嚏呢"⑥,"一滴雨/ 从屋檐/ 落进我的啤酒"⑦。这些描写都源于诗人对自然的丰富感受。讴歌自然景致的诗人通常不会赞美动物园,然而,垮掉派诗人对动物园里的动物也倍加爱惜。在《台风过后》(*After the Typhoon*)中,斯奈德描写了动物园一景:"三只猴子在岩石顶上/ 为新生的猴宝宝建房,/ 老鹰正啄食一条湿漉漉的鱼——/ 而熊沉睡:它棕色的鼻口/ 深埋在潮湿的水泥山洞。"⑧在《动物园的差异》里,柯索生动地传达了动物园的魅力。由于人类发明了狼人、人头马、人头羊、吐火兽、滴水兽等怪物,因此当诗人来到动物园时,动物的正常形态让他倍感清新。诗中写道:"我来到动物园/ 哦,感谢上帝还有简单的大象。"⑨所有那些活跃在书本中、画册里和电视

---

① 卢·韦尔奇是斯奈德和惠伦的好友,旧金山文艺复兴的主要成员,被归入广义的垮掉派中。
② 格雷戈里·柯索:《格雷戈里·柯索诗选》,罗池译,石家庄:河北教育出版社,2003 年版,第 261 页。
③ Gary Snyder, "After the Typhoon", *Left Out in the Rain: New Poems 1947—1985*, San Francisco: North Point Press, 1986, p.90.
④ Gary Snyder, "Delicate Criss-Crossing Beetle Trails Left in the Snad", *Axe Handles: Poems by Gary Snyder*, San Francisco: North Point Press, 1983, p.32.
⑤ Jack Kerouac, *Books of Haikus*, London: Enitharmon Press, 2004, p.9.
⑥ Ibid., p.10.
⑦ Ibid., p.33.
⑧ Gary Snyder, "After the Typhoon", *Left Out in the Rain: New Poems 1947—1985*, San Francisco: North Point Press, 1986, p.90.
⑨ 格雷戈里·柯索:《格雷戈里·柯索诗选》,罗池译,石家庄:河北教育出版社,2003 年版,第 256 页。

上的怪物是人类想象力、创造力的结晶,但同时也是文化改写自然、侵蚀自然的表征。因而,诗人对那只大象的赞美正是垮掉派想要冲破文化牢笼、回归自然这一愿望的象征性表达。

　　人与自然之间的同情关系就是人们常说的生态关怀。第二次世界大战以后,消费主义盛行,因而生态关怀显得越来越有必要。如斯奈德所说,"冷战把现代社会变成了邪恶力量,扭曲人的真正潜能。他们催生出了佛教中的'饿鬼道'(preta)。这些饿鬼胃口很大,喉咙却像针尖一样小。土地、森林和所有动物正在被这些无可救药的人消费着,这个星球的空气和水正在被人们弄得污秽不堪。"[1]金斯堡也屡屡在其诗歌和演讲中表达对这种行为的愤怒。他的诗歌不以细腻见长,往往直陈其事地对环境污染进行谴责,《弗利幸恩海岸浮物即景》便是一例。该诗使用了六十三个意象,罗列了海面上漂浮的物体:"塑料和玻璃纸,牛奶箱和酸奶盒,蓝色和橘黄色的购物网袋……"[2]诗人没有抒情,也没有做任何评价,但他的批判立场已蕴含在诗歌的气势之中。正是在这种生态意识的指导下,垮掉派诗人频频表达对受到人类侵害的动植物的同情。在众多诗篇中,动植物都是以受害者形象出现的。柯索的《疯牦牛》(The Mad Yak)堪称这方面的代表作。这首诗以一头即将死亡的牦牛为第一人称,对人类的贪婪进行了谴责。忧郁的奶牛被挤走了最后的奶,他的哥哥、姐姐和叔叔都受到人类虐待。他们活着负重受累,死后成了人类的围巾、纽扣和皮鞋。全诗笔触细腻,感情悲愤。麦克卢尔的《为一百头鲸鱼之死》(For the Death of 100 Whales)有着相同情怀,也是一篇写给动物的哀婉悼词。其创作灵感来自 1954 年四月《时代》(Time)杂志上的一篇报道。该报道称,冰岛周围海域受到鲸鱼骚扰,冰岛渔民深受其害。在冰岛政府的请求下,驻扎在那里的美国空军派出 79 名士兵支援捕鲸行动。一天清晨,这些士兵带着来复枪和机枪,驾着四艘小船,洗劫了一百头鲸鱼凯旋。那一百头鲸鱼激发了诗人深深的同情和悲悯,并由此创作了垮掉派历史上第一首直接表达环保主题的诗歌。[3]他在诗中把鲸鱼写得既悲壮又可亲。

---

[1] Gary Snyder, "Buddhism and the Coming Revolution", quoted in Carole Tonkinson ed., *Big Sky Mind: Buddhism and the Beat Generation*, New York: The Berkley Publishing Group, 1995, pp.177-178.

[2] 艾伦·金斯伯格:《嚎叫——金斯伯格诗选》,文楚安译,成都:四川文艺出版社,2001年版,第170页。

[3] 《为一百头鲸鱼之死》是麦克卢尔在"六画廊"朗诵的另一首诗。

在描写外形时,诗人说鲸鱼"脑袋似足球,嘴巴有门大"。① 作者用的这两个隐喻"足球"和"门"既状貌,又传神。不仅如此,在接下来的诗句中,诗人还进一步把鲸鱼比作"绵羊和孩子"。②这四个隐喻,层层推进,写出了作者对被杀害的鲸鱼真挚的疼惜之情。多年后,斯奈德以同一题材,为在斯德哥尔摩举行的联合国环境大会写作了长诗《大地母亲:她的鲸鱼们》(*Mother Earth: Her Whales*, 1972)。该诗气势磅礴,对垮掉派诗歌早期的环保主题作了回应,显示了垮掉派一以贯之的生态关怀。

一以贯之,但并非一成不变。垮掉派后期自然诗的生态关怀更为务实和开放。这一点在斯奈德的创作中得到了一枝独秀的绽放。他不仅书写,而且亲身实践。1967年,他在加州内华达海拔一千米的山脊买了一块地,建起了家园,取名"奇奇地斯"(Kitkitdizze)。③ 该社区居住人口约两千人,大多为自食其力的体力劳动者,其中有伐木工、锯木工、拖拉机运木工等。1969年,斯奈德全家迁居这里,开始了刀耕火种的朴素生活。劳动之余,斯奈德以这个地区的生态和生活为素材,写了大量诗歌和散文。这些作品后来收集在《龟岛》(*Turtle Island*, 1974)里,从中我们可以看到更广阔的生态视野和更深层次的生态观。斯奈德从词源学上对"自然"一词作了考证,指出"自然"一词源自拉丁文"natura",含有"出生、构成、特性和过程(process)"等意④,从而倡导把自然作为完整的生态过程来理解。在《非自然写作》(*Unnatural Writing*)中,他说"人在自然之中不只是吃浆果和晒太阳,我想要设想一种深层生态学(depth ecology),从而让我们同时看到自然的黑暗面。"⑤森林里有动物的尸骸,雪地里飞鸟的落羽,它们是生生不息的自然循环系统不可或缺的组成部分,诗人不应为了美化自然而忽视这些现象。斯奈德不仅从事物由生到灭的纵向发展过程来审视自然的完整性,还把人的因素放入其中,横向考察了作为动态过程的自然。他认为自然界的生态系统是一张广袤的珠宝网(jewelled net):每个人,地球上的每一物种,每一条河流,每一条山脊,每一种能量

---

① Michael McClure, "For the Death of 100 Whales", in Ann Charters ed., *The Portable Beat Reader*, New York: Penguin Books, 1992, p.285.
② Ibid., p.286.
③ 音译,为当地特有的植物。
④ Gary Snyder, "The Words, Nature, Wild and Wilderness", *The Gary Snyder Reader: Prose, Poetry, and Translations, 1952—1998*, New York: Counterpoint, 1999, p.170.
⑤ Gary Snyder, "Unnatural Writing", *The Gary Snyder Reader: Prose, Poetry, and Translations, 1952—1998*, New York: Counterpoint, 1999, p.260.

都是通过这张网互相依存的。基于以上认识,斯奈德不再简单地反对杀生和砍伐树木。他认为在健康的生态系统中,人对动植物的合理使用是美好的。在《烧荒》(*Control Burn*)一诗中,他赞美了印第安人对待土地的方式。印第安人每年冬天会把森林和田野里的灌木烧光,只留下高大的橡树、松树,以及树下无法燃烧的小草和奇奇地斯。这看起来是一种破坏生态的行为,似乎应该遭到批判,但是这种做法恰恰是有益于土地和植被再生的。一方面,灌木燃烧后的灰烬给土地施了一层肥。另一方面,土地在大火中得到了温暖,有利于来年的种子发芽。① 斯奈德效仿印第安人的做法,在自己的土地上也进行烧荒,把这视作"对自然法则的敬意"。② 在《人类植物学》(*Ethnobotany*)中,他描写了人们锯开橡树时闻到的芳香。在《哈德逊鹬》(*The Hudsonian Curlew*)中,他描写了人类杀鸟、吃鸟的过程,一一展示了拔毛、剖鸟和炖鸟的细节。斯奈德并不是要倡导杀戮,当他展现这些细节时,对树、鸟以及整个食物链充满了敬畏之心。在诗歌形式上,他也力求勾画人与万物和谐共处的生态理想。在他的诗歌中,"我"常以小写形式"i"出现,以反对人类中心主义。同时,他也从不刻意给予动植物优先地位。有时候整首诗没有一个标点,也不使用一个大写字母,以展示万物间不受阻碍的气息和能量流动。

  如果说卢梭渴望的是一处文明无法存于其中的绝对荒野,那么斯奈德追求的是能与荒野共存的人类文明。跟浪漫主义诗歌相比,垮掉派的自然诗显得更为理智,更注重整体性和实践性。众多因素导致这种转变的发生:在美学渊源上跟现代主义的洗礼有关;在社会层面上则与20世纪以来生态的恶化,人们环境意识的觉醒相关。1970年前后,美国政府相继颁布多部环境法:1970年颁布了《洁净空气法令》(*The Clean Air Act*),同年确立了第一个地球日(Earth Day),1973年又颁布了《濒危物种法令》(*The Endangered Species Act*)。初看之下,斯奈德的诗歌是对这一系列政府举措的积极回应。当斯奈德的《龟岛》在1975年获得普利策诗歌奖时,有批评家指责其为生态政治(ecopolitical)的传声筒。③ 这显然

---

  ① 在中国古代,烧荒也是很常见的农耕行为,当时称为"烧畲"。许多诗人都描写过这一农事场景,如陆游写有"山高正对烧畲火,溪近时闻戽水声",刘禹锡写有"银钏金钗来负水,长刀短笠去烧畲"。

  ② Gary Snyder, "Control Burn", *Turtle Island*, NewYork: New Directions Book, 1974, p.19.

  ③ George Hart, "Gary Snyder, Turtle Island (1974)", in George Hart and Scott Slovic ed., *Literature and the Environment*, Westport: Greenwood Press, 2004, p.261.

是极不公允的,斯奈德乃至整个垮掉派的诗歌自始至终都有强烈的生态关怀。金斯堡曾试图用一系列术语去概括垮掉派艺术运动的特点,其中第五点便是"生态意识的传播……一个'新鲜的星球'(fresh planet)的理念"①。垮掉派这种回归自然的诉求一开始源于对社会压抑氛围的反抗,而后得到了官方的接纳和欢迎。这并不是因为垮掉派被政府收编了,而是社会和政府后知后觉的环境意识跟上了垮掉派的节奏,从而为垮掉派诗歌的经典化提供了契机。

(二) 自由的生活方式

如上文所说,"回归自然"的第二层含义是追求人和社会的天真状态,这一点在垮掉派作家中以极为激烈的方式得到体现。第二次世界大战后的美国,人的行为受到越来越多的规约,思想越来越模式化。垮掉派作家厌恶这种窒息生命力和创造力的生活,又恰逢法国存在主义思想传播到美国,主张人有自由选择的权利,因而一些垮掉派青年对自己的人生作出了有别于常人的选择,甚至是自杀式的选择。正因为如此,常有人把垮掉派作家称为美国存在主义者(American existentialists)。② 跟欧洲存在主义者一样,垮掉派青年对社会的异化和人生的荒诞有深刻的体会,把个体的自由行动视为人生第一要义。他们脱离社会准则,把犯罪、安全、健康、幸福等概念置之脑后,开启了一段没有地图和导游的反抗之旅。

垮掉派诗人大多居无定所,无固定职业,不愿与主流社会融合。卡尔·所罗门幼年丧父,生活坎坷,大学期间辍学加入海军。卡萨蒂的父亲是兼职理发师和全职酒鬼,母亲在他十岁时去世。卡萨蒂曾做过铁路扳道工和轮胎翻修工,一生偷车数百辆,最后赤身裸体死在铁轨旁。斯奈德童年遭遇家庭破产,很早便开始农田生活。凯鲁亚克从事过海员、铁路工人、森林公园的防火瞭望员等工作,但都是临时工,常被解雇,需要母亲照顾才能生活和写作。柯索一出生就遭到遗弃,孤儿院、收容所成了他的家。从十三岁起,他开始街头流浪生活,靠小偷小摸度日。屋顶房檐、地铁通道都是他的栖身之所。柯索曾在诗中感叹双亲"没有足够时间教你

---

① Allen Ginsberg, "Prologue", in Lisa Phillips ed., *Beat Culture and the New America 1950—1965*, New York: Whitney Museum of American Art in association with Flammarion, 1995, p.19.

② Noman Mailer, *The White Negro*, San Francisco: City Lights Books, 1957, p.2.

太阳,教你雨,教你风"①。十七岁那年,柯索被送进纽约的一间监狱,成为狱中最年幼的罪犯。从监狱出来后,柯索在《洛杉矶检查报》的讣告部短暂工作,后长期依靠朋友资助生活。

这些诗人从生活中尝尽了地狱般的滋味,但他们凭着自身的天赋从地狱中汲取了作诗的养料。柯索第一本诗集中最好的诗篇都刻着母爱缺失所留下的伤痕。《布拉托的贞洁妇》(*The Vestal Lady on Brattle*)中的老妇人每天创造出一个孩子。早晨她把孩子淹死在酒缸里,趴在酒缸上喝孩子。喝着孩子喝着酒,她就醉了。另一首诗《海的船歌》(*Sea Chanty*)也跟母亲相关。男孩劝告他的母亲不要憎恨海,而母亲对他的话并不在意。一天,男孩在海岸边发现一种不寻常的食物,他问大海这是何物,大海说那是他母亲的脚。在这两首超现实主义风格的诗歌中,母亲或是吃人,或是被吃,不难看出诗人对母亲的恐惧。不过,更可贵的是诗歌所表现出来的对母亲的爱和宽容。诗人希望妈妈不要憎恨海,在这里,"海"是波涛汹涌的生活的象征,因而诗人是在希望妈妈能跟生活和解。当诗人想象自己的母亲因为无法跟生活和解而被大海吞噬,只剩下一只脚在岸上时,我们从中看到的不是谴责,而是诗人对母亲的人生际遇的悲悯。苦难如利刃,在庸常的生活中划开一道道罅隙,让垮掉派诗人窥见了真理和真情的结合点。凯鲁亚克在《圣歌》(*Hymn*)中也表达了同样的悲悯情怀。

在凯鲁亚克看来,只有当他为底层百姓在人世所受的困苦而流下眼泪时,他才跟上帝相认。这种相认既关乎真理,也关乎真情。金斯堡则把对困苦和失败的赞颂上升到了美学和哲学层面。在《失败颂》(*Ode to Failure*)中,金斯堡从自己崇敬的诗人惠特曼写起,历数了马雅可夫斯基、普洛斯彼罗②、亚历山大大帝等人的失败,进而喊出了如下心声:"失败,我歌唱你可怕的名字。"③人生是荒诞的,是由一连串失败组成的,有意义的是我面对失败时的姿态。金斯堡所表达的正是存在主义所信奉的哲学。垮掉派诗人认为,诗人只有完全垮掉,赤裸裸地去理解人生,才能从人生的苦酒中参出一些真意来。凯鲁亚克曾说:"因为我穷,所以一切

---

① Gregory Corso, "You, Whose mother's Lover was Grass", *The Vestal Lady on Brattle and Other Poems*, San Francisco: City Lights Book, 1969, p. 27.

② 莎士比亚戏剧《暴风雨》中的人物。

③ Allen Ginsberg, "Ode to Failure", in Allen Ginsberg, *Collected Poems 1947—1997*, New York: Haper Collins Publishers, 2006, p. 745.

都属于我。"①这个悖论极好地诠释了垮掉派通过"垮掉"(beat)来达到真理的主张。

垮掉派作家不接受传统的婚姻和性爱关系,他们通过婚外性、同性恋、群居、混交等生活方式来挑战美国社会拘谨的性传统。柯索的《婚姻》(*Marriage*)一诗是这方面的代表作,它把普通市民谈婚论嫁过程中见父母、举办婚礼、度蜜月等各个环节都嘲笑了一番:

  当她要带我去见她父母
  背挺直,头发再梳梳,领带往死里勒,
  我应该双膝并拢坐在她家的三等席(3rd degree sofa)②
  一直不问洗手间在哪里吗?
  这跟我的老样子相差多远啊,
  ……

  哦上帝,还有婚礼! 她的亲朋好友全来
  而我仅有的几个全都衣衫褴褛胡子拉碴
  只知道去等吃等喝——
  还有那牧师! 他正打量着我好像我在手淫
  他问我你愿意娶这位女士做你的合法妻子吗?
  而我发抖着不知说什么就说就说黏黏饼(Pie Glue)!
  我吻新娘,那群土老帽儿在我身后猛推
  伙计们,她是你们大家的! 哈哈,哈哈!
  在他们眼里你会看到一个淫荡的蜜月即将上演——③
  ——《婚姻》节译

柯索常在各种垮掉派诗歌朗诵会上宣读该诗,以代表他们的共同主张。在实际生活中,垮掉派诗人们也试图打破婚姻神话。凯鲁亚克曾两度和卡萨蒂夫妇共居一室,并在得到卡萨蒂允许的情况下与卡萨蒂的妻子发生性关系。柯索曾一度追求凯鲁亚克的女友艾琳,凯鲁亚克在小说《地下人》(*The Subterraneans*)中表达了痛苦和不满,而柯索则向凯鲁亚

---

 ① Allen Ginsberg, "Prologue", in Lisa Phillips ed., *Beat Culture and the New America 1950—1965*, New York: Whitney Museum of American Art in association with Flammarion, 1995, p.19.
 ② 三等席指一圈沙发中的末席。
 ③ Gregory Corso, "Marriage", in David Kherdian ed., *Beat Voice: An Anthology of Beat Poetry*, New York: Henry Holt Books for Young Readers, 1995, pp.17—18.

克解释:自己并没有错;即便有错,也只能归于人性本身,就好比某天晚上梦见去上厕所,醒来后发现床被尿湿了,其实是无辜的。①巴勒斯的感情生活也十分怪异,他爱他的妻子琼,但一直有同性恋伙伴,且终其一生对金斯堡怀有强烈的欲望,最后更以玩游戏的方式枪杀了琼。金斯堡则钟情于异性恋男子。他早年把卡萨蒂当作他的安东尼斯,并在《绿色汽车》(The Green Automobile)中露骨地描写了他俩的同性关系:"他(卡萨蒂)的妻子和孩子/ 赤身裸体躺在/ 起居室的地板上。……尼尔,在一场阳具与时间的角逐中/ 我们要成为真正的英雄:/让我们成为人世欲望的天使,/ 在我们死之前把这个世界拥抱在床上。"②然而,金斯堡的男伴不只卡萨蒂一人,凯鲁亚克、柯索和卡尔·所罗门都一度是他心仪的对象。金斯堡晚年想象自己的葬礼时,深情地回忆了半个世纪来的性伴侣。他这样写道:

  然后,最重要的是半个世纪来我爱过的人
  数十个,上百个,也许更多,老家伙们头发光秃
  而满头浓发的年轻男孩儿不久前还在床上赤裸相遇,这么多人相聚
  真是惊讶,大家口若悬河,亲密无间,交谈着往事③

  这种混乱的情感纠葛和性关系是垮掉派挑战社会权威,打破伦理禁忌,构建自身身份的途径之一。

  垮掉派成员不仅生活异常,其中多人还精神异常。金斯堡的母亲内奥米(Naomi Ginsberg)为美国共产党工作,患有严重的精神分裂症,常怀疑有人在她脑子里安装了窃听器,因此狂躁不安,无法正常生活。后经金斯堡签字同意,医生给她动了脑前额叶切除手术。内奥米的疾病给金斯堡的少年生活带去恐惧和阴霾,也给他后来的诗歌创作以很大的影响。他的诗歌名篇《卡第绪》(Kaddish)就是献给他母亲的,但其中表达的孤独和悲怆超越了个人情怀。金斯堡的伴侣奥尔洛夫斯基也有家族精神病史,其母亲和兄弟姐妹全都被送进精神病院。金斯堡本人也曾入住精神

---

  ① Bill Morgan ed., *An Accidental Autobiography*: *The Selected Letters of Gregory Corso*, New York: New Directions, 2003, p.126.
  ② Allen Ginsberg, "Green Automobile", in Allen Ginsberg, *Collected Poems 1947—1997*, New York: Haper Collins Publishers, 2006, pp.91—94.
  ③ Ibid., p.1130.

病院接受治疗。正是在精神病院里,他遇见了卡尔·所罗门,并为他的代表作《嚎叫》(Howl)收集了素材。所罗门在大学辍学后参加了海军,到过希腊、波兰、意大利、法国等地。他在法国时产生一种幻觉,认为自己就是卡夫卡笔下的主人公 K。在意识到自己精神失常后,年仅二十岁的所罗门回到纽约,把自己送进了精神病研究所,主动要求接受电击治疗。作为病友的金斯堡记录下了所罗门接受电击后的叙述,其中很多片段后来写进了《嚎叫》里,这首诗也因此题献给了所罗门。垮掉派常把精神病人奉为缪斯,因为在他们看来,精神失常能使人发现隐蔽的真理,电击治疗则在某些情况下可唤醒身体深处那座埋藏着诗情的休眠火山。

垮掉派挑战美国社会禁忌的另一个手段是吸毒。他们提倡毒品,就像提倡福音教那样。柯索一生都没能戒除毒瘾。在创作力最旺盛的时候,他关心得最多的不是下一首诗,而是下一次注射。巴勒斯是垮掉派中与毒品交往历史最长,毒瘾最重的,他曾搬到纽约、墨西哥、丹吉尔、巴黎等地居住,每一次搬家都是为了更方便地得到毒品。就连信仰佛教,倡导简朴生活的斯奈德,也有很长的吸毒史。当被问到使用毒品的感受时,他说"我只想神智清醒地感谢麦斯卡林、裸头草碱、迷幻药等致幻剂,它们的力量给我留下了深刻印象。它们有时让我感到害怕。我从中学到了很多"①。垮掉派成员吸毒往往是集体行动。1959 年,斯坦福大学测试迷幻药 LSD-25 的作用,金斯堡报名参加测试,自愿服用了迷幻药,并把这个机会介绍给其他垮掉派成员。② 1960 年末,金斯堡到哈佛大学拜访心理学教授蒂莫西·利里。利里正在研究迷幻药对人类大脑治疗的益处,需要实验对象。金斯堡又把包括凯鲁亚克在内的垮掉派诗人们介绍给了利里,从而得到大量迷幻剂。为了更自由地吸毒,垮掉派甚至在巴黎的"垮掉酒店"集体居住了多年。③ 1958—1963 年间,垮掉酒店成了他们的主要活动中心。在这里,一个名叫斯特恩的富家子弟无限量地给诗人们供应可卡因,垮掉派主要成员相继陷入毒瘾之中。

垮掉派之所以吸毒,一方面是精神上的沉沦,另一方面是为了在沉沦

---

① Gary Snyder, *The Gary Snyder Reader: Prose, Poetry, and Translations, 1952—1998*. New York: Counterpoint, 1999, p.327.
② 以这次迷幻药测试为素材,肯·克西创作了《飞越疯人院》(1960)。他当时在测试机构担任临床护理员,正是在他工作的地方,金斯堡服用了第一剂 LSD-25。
③ 50 年代的巴黎对毒品所知甚少。当时法国政府忙于对付阿尔及利亚恐怖袭击,无暇顾及来自英国和美国的少数游客。

中寻求超越。巴勒斯说:"毒品是关键,是生活的原型(prototype)。如果一个人充分了解毒品,他就能知道生命的奥秘和人生的最终答案。"① 为了超越庸常生活,与更多维的世界产生联系,巴勒斯甚至走遍巴拿马、哥伦比亚、秘鲁的丛林,去寻找传说中的"灵魂之藤"(Yage)。② 他把这些经历和感受都用文字记录了下来,并以书信形式寄给了金斯堡。七年后,金斯堡也尝试了灵魂藤,并把自己的感受和幻视图寄给了巴勒斯。这些关于灵魂藤的通信后来收在《麻药书简》(The Yage Letters)一书中。这些信件表明,他们不只是用吸毒来逃避人生,而是想竭力去打开另一扇门,渴望看到世界的另一面,激发出灵光一现的启示。凯鲁亚克曾具体描写过毒品带来的神奇体验:"第一天,我僵硬得像块木板似地躺在床上,既不能动,也说不出话,我只能睁大眼睛盯着天花板。我脑袋里嗡嗡作响,眼前出现种种美妙的彩色幻象。第二天,各种各样的事情纷至沓来,凡是我生平做过的、知道的、看过的、听过的,或者猜测过的都回忆起来,在我心中以崭新的、合乎逻辑的形式重新组合,由于我在内心惊异和感激之余想不出别的话,我不断地说:'是啊,是啊,是啊。'"③ 毒品给了他完整的心灵,让他看见了心底最原始的意识。垮掉派诗人珍视这种精神状态,因而常在吸食毒品后进行创作。《嚎叫》的第二部分即是在大麻刺激下写成的。金斯堡曾就迷幻药的作用跟美国中央情报局局长理查德·赫尔姆斯(Richard Helms)进行过争论。金斯堡认为,迷幻剂可抑制人的条件反射,因而是一种很有效的反洗脑药片(anti-brainwashing pill)。他说:"在一定程度上,我们的知觉、感情、思想、想象和视觉化过程是一套持续不断地重复着的、陈旧的、条件反射式的、习惯化了的电影,而迷幻药能够把那些统统擦去,让你多年来第一次用敞开的大脑去看。这样你就能得到一个视角去审视从前那条件反射式的结构。你把你目前无条件目光中开阔的、无法命名的意识和从前那些过度命名、过度使用、过度分类的意识做个对比,就会感到犹如洗了一个很有用的无条件之澡。"④ 可见,金斯堡想要从毒品中释放出来的不仅是写作灵感,还有对固有思维模式的反抗。

---

① Williams S. Burroughs, *Lee's Journal*, *Interzone*, New York: Viking Penguin, 1989, p. 71.
② 也叫作"死亡之藤",传说喝下这种药水后会产生灵视,可与更多维的世界建立联系。
③ 杰克·凯鲁亚克:《在路上》,王永年译,上海:上海译文出版社,2006年版,第236页。
④ Allen Ginsberg, *Allen Verbatim: Lectures on Poetry, Politics, Consciousness*, Gordon Ball ed., New York: McGraw-Hill, 1974, p. 118.

垮掉派诗人们用自己的身体去实践，去堕落，去垮掉。身体是一个磁场、一个反应堆、一个导体，他们在其中做着实验，试图打通肉身跟宇宙间的障碍，最终从肉身里释放出一个崭新的灵魂来。古代的预言家们为了寻找真言，常常献祭般地把自己的身体摆上祭坛。垮掉派也渴望"用自己的身体来建造一座纪念馆。"①他们离经叛道的行为对战后美国保守文化形成了极大的冲击，备受非议。1960年，美国联邦调查局局长埃德加·胡佛(Edgar Hoover)甚至把垮掉派列为美国危害社会安全的三大灾难之一。②但是，这种带有一定破坏性的文化现象却是历史发展的必然。霍华德·穆迪(Howard Moody)曾这样问道："在'孤独的人群''组织化的人'和'隐蔽的奉劝者'盛行的时代，产生出这么一代人或者至少是这么一部分人，他们由于看到人类的生存被挤压进正统的模子里而内在得病，外在反抗，我们难道应该为此感到奇怪吗？"③内在得病，外在反抗，这是对垮掉派叛逆生活的绝佳解释。垮掉派的诗歌经典既是病患的症候，也是他们反抗的呼声。

（三）自发式写作

对大自然的关爱之情和生活上的放浪形骸都诠释了垮掉派"回归自然"的激情和热望。须特别一提的是，垮掉派不仅在作品内容和主题上，还在文学形式和诗歌的生产方式上提倡"回归自然"，其主要表现为"自发式写作"(spontaneous writing)。

近代以来，随着学科专门化的深入，文学逐渐成为一门自足的学科。在艾略特、乔伊斯、卡夫卡、普鲁斯特等现代主义文学大师们精心编织的诗章中，文学已然成为一篇篇精美密码和符咒。若没有专门的文学知识和长篇注释，没有人能读懂《荒原》，没有人能读完《尤利西斯》和《追忆逝水年华》，更遑论《芬尼根守灵夜》。在文学批评领域，新批评、俄罗斯形式主义和结构主义也都主张把文学作品当作自足的客体进行分析、研究。

---

① Allen Ginsberg, "Green Automobile", *Collected Poems 1947—1997*, New York: Haper Collins Publishers, 2006, p.94.

② 1960年，美国联邦调查局局长埃德加·胡佛在共和党全国大会上宣称垮掉派是危害美国社会安全的三大威胁之一，另外两个分别是共产主义者和书呆子。Bill Morgan, *The Typewriter is Holy: The Complete, Uncensored History of the Beat Generation*, New York: Free Press, 2010, p.159.

③ Lisa Phillips ed., *Beat Culture and the New America 1950—1965*, New York: Whitney Museum of American Art in association with Flammarion, 1995, p.29.

作品跟作者、读者、社会生活之间的联系日渐疏远。垮掉派试图打破这种象牙塔式的写作模式,把文学从课堂引向街头,使之贴近读者和生活。"自发式写作"是他们拉近文学与生活之间距离的手法之一。

"自发式写作"这一概念是凯鲁亚克提出的。1950年12月,他从卡萨蒂的一封来信中得到启发,认识到只有抛弃作家口吻,用平常说话的方式,像给朋友写信那样进行写作,才能写出好作品。① 为倡导这一写作理念,凯鲁亚克列出了写作的三十条原则,其中有:

"没有时间去进行诗化,准确说出你的想法。"
"去除文学、语法和章法的限制。"
"当你提笔时不要去想措辞,而是把图景想得更完善。"
"狂乱无章地、纯粹发自内心地写,越疯狂越好。"
"你时刻都是天才。"②

而他的成名作《在路上》是一次典型的"自发式写作"实践。1951年四月,凭借灵感、咖啡和苯丙胺,凯鲁亚克在三周内完成了这部二十多万字的小说,记录了他和卡萨帝等人五次穿越美洲大陆的经历。由于不愿被换纸的琐屑打断灵感的激流,凯鲁亚克把一百二十英尺长的电传纸粘在一起,做成一个卷筒放进打字机里备用。他以每分钟打一百字的"闪电速度"完成了这部作品。整部小说一行紧挨一行,没有空格,没有页眉,标点符号也只是偶尔出现。这种写作手法在当时遭到很多非议,就连垮掉派同行们也看得目瞪口呆,不知如何接受这部旷世新作。金斯堡写信给凯鲁亚克,谈了他的感受:"我看不出这样的作品该怎么出版。它是多么个人化,满是性语言,我不知道有没有出版商能看明白。"③ 果然,这部小说被多家出版社拒绝,五年后才得以出版。维京出版社曾要求凯鲁亚克稍作修改,但是他拒绝了这一要求。凯鲁亚克宁为玉碎,不为瓦全,这表明他不仅希望写作过程是自发的,还希望作品出版后依然能保持自发创作的美学效果。一卷一百二十英尺的纸从打字机里源源不断地跑出来,在地板上铺成一条长长的路,这其实是在用写作过程模拟旅程,而不用标

---

① 卡萨蒂写给凯鲁亚克的这封信后来被称为"伟大的萨克斯之信"("Great Sax Letter")。
② Jack Kerouac, "Belief and Technique for Modern Prose", quoted in Ann Charters ed., *The Portable Jack Kerouac*, New York: Penguin Books, 1995, p. 483.
③ 金斯堡、卡尔·所罗门和霍尔姆斯都读了《在路上》的手稿,由金斯堡写信表达了他们共同的看法。Bill Morgan and David Stanford ed., *Jack Kerouac and Allen Ginsberg: The Letters*, New York: Penguin, 2010, p. 176.

点、不分页的版面布局设计则再现了驾车旅行的速度。他曾向卡萨蒂这样解释:"行文快是因为路走得快。"①凯鲁亚克后来的一些作品如《地下人》《达摩流浪者》等也都是以这种方式写成的。

诗歌领域的自发式写作在金斯堡身上表现得最为突出。他最初受到了威廉斯(William Carlos Williams)的影响:威廉斯告诫他要坚持记录事物的本来面貌,不要给事物披上"象征性的衣着(symbolic dressing)",②这跟他后来践行的自发式写作有一定的联系。不过,是凯鲁亚克的影响使金斯堡最终走上了自发式写作的道路。他曾说:"我自己的诗歌是以凯鲁亚克的写作实践为榜样的,追踪脑子里的思想和声音,直接写到纸上。"③在1952年3月写给凯鲁亚克的信里,金斯堡还拿凯鲁亚克和威廉斯两人做了比较:"你(凯鲁亚克)是唯一真正懂得诗歌的人,威廉斯知道得很多,但还没有像你这样把握住月光下赤裸裸的垃圾场。"④金斯堡大量实践自发式写作理念,其代表作《嚎叫》就是一个例子。该诗的语言直截了当,毫无忌讳,充满了性用语和街头巷尾的黑话。句式上运用了惠特曼式澎湃起伏的长句,气息自然连贯。诗人还常把名词当形容词使用,使得一行诗中出现名词连续排列的情形。这些特点都表明他是在即兴记录满腔愤怒和涌动的激情,而没有过多地对诗歌的章法和语法进行考究。这种写作方式跟诗歌所表达的突破束缚、反抗压制的主题是一致的。在创作《卡第绪》期间,金斯堡也使用了自发式写作方法。为了不中断灵感,他曾把自己关在房里三天,由奥尔洛夫斯基时而给他送去一杯咖啡或土司,以维持体力。这首诗一唱三叹,表达了对辞世多年的母亲的追思之情。显然,这种激情迸发式的写作手法和T. S. 艾略特等前辈诗人所推崇的寻求客观对应物的写法已有很大差别。曾经有人问及金斯堡对艾略特"诗歌是对个性的逃避"这一写作观的看法,他这么回答:"我开始写作是为了向一位亲爱的朋友说出我的喜欢之情和秘密感受,我想要从我心里掏出最原始的东西,取出真正的情感,心的撞击。我不关心是否创造了一件艺术品(a work of art),那只是一个三个字母的单词(art),再加上一个

---

① Ann Charters ed., *The Portable Jack Kerouac*, New York: Penguin Books, 1995, p. 605.
② Edwad Halsey Foster, *Understanding the Beats*, Columbia: University of South Carolina Press, 1992, p. 96.
③ Carole Tonkinson ed., *Big Sky Mind: Buddhism and the Beat Generation*, New York: The Berkley Publishing Group, 1995, p. 131.
④ Bill Morgan and David Stanford ed., *Jack Kerouac and Allen Ginsberg: The Letters*, New York: Penguin, 2010, p. 150.

四个字母的单词(work)。我不想提前定义它,我的意思是如果你遵循一套准则或别的什么去写作,你怎么可能创造出艺术品来呢?"①可见,在垮掉派诗人这里,写作主要是为了与人交流,而不是着意去创造一件艺术品。

自发式写作在巴勒斯那里表现为"切割法"(cut-up method)。20 世纪50年代末,巴勒斯开始把报纸、电话簿、政论、书信、手稿等文本进行裁剪、切割,再把切割下来的片段打乱,随意拼接(random juxtaposition)为新的文本。巴勒斯对此十分痴迷,还带领其他垮掉派作家进行合作,共同切割出一本题为《还剩下分秒》(*Minutes to Go*)的书。巴勒斯认为这种写作手法具有极大的自由度和随意性,能打破语言的僵化秩序,揭露语言所玩弄的花招,从而突破语言的牢笼。我们无法否认,心理语言的突发性和随意性与文本语言的逻辑性的确不相符,而巴勒斯切割出来的文本能在一定程度上表现内心语言跳跃、纷繁、凌乱无序的自然过程。金斯堡早年曾写诗赞赏巴勒斯的写作手法:"那方法必定是最纯粹的肉,而且没有象征的衣着。"②不过,当走火入魔的巴勒斯最后抛出"任何一个拥有一把剪刀的人都可以成为诗人"③这一观点时,金斯堡变得忧虑和怀疑,对他的赞美也就有所保留了。

并不是所有的垮掉派诗人都践行自发式写作原则。评论界认为柯索的写作有爱伦·坡的风范,他总是精心安排作品结构和意象,反复修改词句。柯索自己也说:"我无法让作品不经修改就拿出去,修改使你发现自己是多么富有技巧,你必须像魔术师那样写作。"④不过,柯索早年受法国超现实主义文学启蒙,跟自发式写作也有一定的渊源。在创作实践中,他也曾尝试创作一些自发诗,如《太阳(自动诗)》《致亚美利加印第安人的自发安魂曲》等作品在标题上就注明是自发式诗歌。在柯索看来,自发写作和精心修改并不矛盾,因为所谓自发式诗歌并不是不做任何修改,而是诗

---

① Allen Ginsberg, *Allen Verbatim: Lectures on Poetry, Politics, Consciousness*, New York: McGraw-Hill, 1974, p.107.
② Allen Ginsberg, On Burrough's Work, in Ann Charters ed., *The Portable Beat Reader*, New York: Penguin Books, 1992, p.101.
③ Bill Morgan, *The Typewriter is Holy: The Complete, Uncensored History of the Beat Generation*, New York: Free Press, 2010, p.189.
④ Edward Halsey Foster, *Understanding the Beats*, Columbia: University of South Carolina Press, 1992, p.129.

人"在自发写作的同时完成了自发的修改"①。柯索的这一观点符合文学创作的基本原理:经过长久的生活和情感积累,诗人完全可能在灵感爆发的瞬间一蹴而就,快速完成写作和修改。批评家也已指出,在写《嚎叫》之前,金斯堡已为该诗做了多年笔记。② 同理,《在路上》之所以能够一气呵成,也是因为凯鲁亚克之前为这部小说做了两年半的准备工作。

总之,自发式写作是一种方法,但更是一种态度。垮掉派诗人之所以倡导自发式写作,是为了超越文学和人生的二元分立。他们通过注重诗歌表达的直接性和当下性,来把文学还给生活。热爱自然、追求自由、倡导自发式写作是垮掉派"回归自然"这一主张的一体三面,它们从不同角度表达了同样的渴望,即用诗歌去疗救西方文化的"神经官能症"——主客体之间的二元对立。

第二节 对异质文化的推崇与"垮掉派"诗歌经典的生成

垮掉派诗歌不仅在"回归自然"方面与 19 世纪浪漫主义文学相似,在"回到过去"和"痴迷异国情调"方面也不无浪漫主义的影子。浪漫主义文学为了反抗资本主义生产的一体化,倡导回到中世纪去寻找宗教信仰和民族文化之根。同时,为了取得强烈的艺术效果,浪漫主义文学热衷于描写东方和美洲的异国图景。鉴于美国作为一个移民国家的文化特殊性,垮掉派一方面回到印第安文化中去寻根,另一方面,又将异国情调和宗教寄托融合在一起,到东方文化中去寻找信仰。

(一)"垮掉派"诗歌与东方文化

在令人窒息的文化氛围中,垮掉派努力打破各种边界以释放压力,找回创造力。除了文化对身体上的囚禁、人与自然的对立、文学与生活的疏离外,东西方文化之间的壁垒也是他们着力要打破的一道界限。垮掉派成员积极探索东方文化,这不仅改变了他们的精神生活,给他们的创作提供了灵感,还促进了东方文化在美国的传播。

垮掉派作家对东方文化的学习集中在对佛教禅宗的领受中。禅宗于

---

① Edward Halsey Foster, *Understanding the Beats*, Columbia: University of South Carolina Press, 1992, p. 129.
② Ann Charters ed., *The Portable Jack Kerouac*, New York: Penguin Books, 1995, p. 61.

公元前 6 世纪起源于印度，后传入中国和日本。20 世纪二三十年代，铃木大拙（D. T. Suzuki）翻译、出版了一系列佛教著作，促进了佛教在欧美国家的传播。五六十年代，禅宗渗透进美国社会的各个领域，美国学者亚米斯的《禅与美国思想》、卡普洛的《禅门三柱》和弗洛姆的《心理分析与佛教禅宗》都是这股"禅宗热"的反映。就垮掉派而言，除上述读本外，庞德（Ezra Pound）的《华夏集》（Cathay）也有重要影响。《华夏集》出版后，不断再版，其中寒山和王维等人充满佛理禅机的诗歌受到垮掉派诗人的极力推崇，引导他们走上禅修之路。《美国文学思想背景》一书中说："早在五十年代，许多年轻人便对佛教禅宗的态度和思想发生了兴趣。"[1] 这里说的主要是垮掉派。在后者看来，佛教禅宗、充满禅意的中国古典诗歌和日本俳句中包含着他们在本民族文化中无法找到的思想资源，是物质化、机械化的资本主义文化的反面。垮掉派代表作家凯鲁亚克、金斯堡和斯奈德均受到了禅宗思想的影响。

在垮掉派登上历史舞台之前，"旧金山文艺复兴"（San Francisco Renaissance）诗人韦尔奇、菲利普·惠伦、斯奈德、雷克斯罗斯（Kenneth Rexroth）早已亲近东方宗教。[2] 其中菲利普·惠伦或许是第一个学习佛法的人。十多岁时，他在波特兰公共图书馆读到佛经，自此走上信仰佛教的道路，矢志不渝。

凯鲁亚克也许是垮掉派作家中研究禅宗最刻苦，写下最多修佛心得的人。1953 年，他在读梭罗（Henry David Thoreau）的《瓦尔登湖》（Walden）时，被其中关于印度哲学的讨论所吸引，进而开始研读佛经。当时他个人情感受挫，作品又得不到发表，处于人生低谷，因而对佛教基本要义"人生即苦"产生了强烈共鸣。此后一段时间，他停止了一切社交和工作，全心阅读《金刚经》《心经》，又自学了《道德经》《易经》。在没有正规老师指引的情况下，他打坐参禅，练习瑜伽，试图过一种"改良版的禁欲生活"。他为自己未来十五年的修行制定了规划："不再追女人。不再喝醉。不再喝小酒儿。不再食用昂贵食物，只简单吃一点咸肉、豆角、面包、绿叶蔬菜、花生、无花果和咖啡。逐渐过渡到由自己种出所有食物，捡橡果和仙人掌果……最后，不写作，不再有'艺术自我'或其他'自我'。无

---

[1] 罗德·霍顿、赫伯特·爱德华兹：《美国文学思想背景》，房炜、孟昭庆译，北京：人民文学出版社，1991 年版，第 575 页。

[2] "旧金山文艺复兴"诗人与垮掉派过从甚密，后与垮掉派合并。

我,无名。"①他的终极目标是超越文字达到无我之境。他全身心沉醉于佛教典籍的研读之中,天天写阅读心得、禅定报告、祷告词和佛理感悟诗,并把这些私人笔记分成两册,分别命名为《佛告诉我们》(*Budha Tells Us*)和《一些教规》(*Some of the Dharma*)。虽然凯鲁亚克熟读佛经,而且有出世隐修之志,但由于他患有血栓性静脉炎,打坐对他来说极为困难。而且,他跟母亲居住在一起,母亲是虔诚的天主教徒,要在她眼皮下打坐或冥想尤为不易。无法很好地实践佛家教义,令凯鲁亚克倍觉苦恼。1956 年,他第二次跟卡萨蒂夫妇住在一起,拥有了一段在孤独中冥想、修行和写作的时光。1955—1958 年是凯鲁亚克创作力最旺盛的时期,共完成了七部书,其中《觉醒:佛的一生》(*Wake Up:A Life of the Buddha*)、《墨西哥城蓝调》(*Mexico City Blues*)、《金色永恒铭文》(*The Scripture of the Golden Eternity*)、《荒凉天使》(*Desolate Angels*)和《达摩流浪者》(*The Dharma Bums*)等五部作品均跟佛学直接相关。对于多数西方读者来说,读这样的作品必定会有云山雾罩之感。在《墨西哥城蓝调》里,凯鲁亚克写过这样一首诗:

> 要理解我所说的
> 你得读经
> 古老的经书,很久以前的
> 印度,当夜晚的篝火
> 环绕着河
>
> 佛是他们的首领
> 坐当中
> 如莲花
> 手掌向着天空
> 解释着佛经
> 这么高
> ——《墨西哥城蓝调第 65 首》②

考虑到读者接受因素,出版社不敢贸然出版这些大谈禅宗佛理的书籍。一直到作者逝世二十五年后,《觉醒:佛的一生》和《金色永恒铭文》这

---

① Ann Charters ed., *The Portable Jack Kerouac*, New York: Penguin Books, 1995, p.581.
② Jack Kerouac, *Mexico City Blues*, New York: Grove Press, 1959, p.65.

两部重要作品才得以问世。所幸,写于1958年的《达摩流浪者》当年就出版了,小说记录了作者和金斯堡、斯奈德以及其他"禅狂人"在西海岸的冒险故事,有助于读者了解他们在精神求索道路上的虔敬之心。小说中的贾菲(Japhy)以斯奈德为原型,雷·史密斯(Ray Smith)则以凯鲁亚克本人为原型。他们的佛教信仰略有不同,贾菲倾向于禅宗,而雷倾向于印度教,但这群年轻人都渴望过孤独而纯粹的生活。在题献里,凯鲁亚克写道:谨以此书献给寒山。寒山和拾得是中国唐代两位著名的诗僧,垮掉派视他们为精神偶像,表明了其精神旨趣。

凯鲁亚克苦读佛教典籍,对佛教四圣谛"苦集灭道"和般若智慧都有深刻的认知。他的俳句"无佛/因为/无我"[①]体现了其对"空无之境"的领悟,而"我闭上双眼——/我听见,看见/经坛(Mandala)"[②]则是他对《心经》中"无眼耳鼻舌身意"的感悟。但是,凯鲁亚克的佛教信仰有其先天困境:由于天主教家庭环境和教育背景,他总是在不知不觉间把佛教放进基督教话语系统中去理解。在《觉醒:佛的一生》中,他用朴素干练的语言描写了释迦牟尼的一生,足见其当时对佛教的笃爱之情。然而,即便是在这部作品中,我们也可以看到他是把佛当作另一个基督来接受的。在这本书的开头,他说佛"不是一个胖乎乎、乐呵呵的俗人,而是一个严肃而悲剧性的布道者,是印度乃至整个亚洲的耶稣基督"[③]。他不仅把佛称作耶稣,还认为佛像耶稣一样是个悲剧形象。事实上,佛没有像耶稣那样被钉上十字架,佛家也不着意强调佛的悲剧性。正因为这些认识上的偏差,凯鲁亚克无法坚持佛教信仰。20世纪50年代末,他写信给斯奈德说他的佛已经死了。[④] 他最终回到了自己熟悉的天主教信仰中去。他对佛教的痴迷,以及随后跟佛教的分离,体现了东西方文化碰撞中人们的热情和困境。

金斯堡比凯鲁亚克更早认识佛法。他把写于1947—1952年间的第一本诗集命名为《空洞之镜,愤怒之门》(*Empty Mirror: Gates of Wrath*),已隐约表达了人生空幻的佛教情怀。不过,他一开始并没有像凯鲁亚克那样认真地自学佛教典籍。1952年,铃木大拙任哥伦比亚大学

---

① Jack Kerouac, *Books of Haikus*, edited and introduced by Regina Weinreich, London: Enitharmon Press, 2004, p.75.

② Ibid., p.85.

③ Jack Kerouac, *Wake Up: A Life of the Buddha*, New York: Viking Penguin, 2008, p.7.

④ Carole Tonkinson ed., *Big Sky Mind: Buddhism and the Beat Generation*, New York: The Berkley Publishing Group, 1995, p.27.

客座教授,先后讲授了"华严哲学"和"禅的哲学与宗教",再度激发了金斯堡对佛教的兴趣。他读了铃木大拙的《禅宗佛教介绍》一书后十分激动,渴望"跟铃木大拙做一次有趣的交谈"①。正当兴趣浓烈时,他在图书馆看到了南朝画家梁开的作品"释迦牟尼从山上下来",有感而发,谱下了一首同名诗。诗的结尾写道:"谦卑是垮掉一代的特征(humility is a beatness)。"②此处,诗人有意把"垮掉"(beat)和释迦牟尼联系在了一起。1955年7月,凯鲁亚克曾写信勉励金斯堡研读佛学。他说:"不要在伯克利学习希腊和韵律学,远离这些庞德式的兴趣,庞德是一个傲慢的诗人。我要告诉你多少次,未来是一个佛教的、东方的世界,希腊人和希腊诗风只是孩子们玩玩的把戏。即便是尼尔③也知道这点(他没有受过大学教育)。在伯克利学习梵语,着手翻译还没有人翻过的经书,写作以佛学为根基的诗歌。……艾伦,醒醒吧。"④从中可以读出凯鲁亚克的切切之心、殷殷之情。为帮助金斯堡学习佛法,凯鲁亚克还从图书馆复印了一些经书供金斯堡使用,而他写作《一些教规》的最初动机也是为了给金斯堡提供一本佛学入门书。⑤ 不过,金斯堡并没有亦步亦趋地跟随凯鲁亚克走苦修之路,他不放弃欲望,不追求隐居,而是聚众吸食大麻,到处演讲,积极干涉时政。在《我为什么冥想》(Why I Meditate)中,他曾写下这样的诗句:"我坐禅是为了世界革命。"⑥跟凯鲁亚克的自学不同,金斯堡在佛学道路上寻求高僧指引。20世纪60年代初,金斯堡曾在印度得到西藏喇嘛敦珠仁波切(Dudjon Rinpoche)的指导。敦珠仁波切教导他不要执迷于大麻带来的幻觉,这一忠告使金斯堡从对"布莱克幻觉"⑦的多年追求中解脱出来。1971年,金斯堡结识了把藏传佛教传到西方的先驱者邱阳创巴仁波切(Chogyam Trungpa Rinpoche),并受封为"佛狮"(Lion of

---

① 在1953年5月14日写给卡萨蒂的信中,金斯堡谈到了他的心情。参见 Carole Tonkinson ed., *Big Sky Mind: Buddhism and the Beat Generation*, New York: Riverhead Books, 1995, p.93。

② Allen Ginsberg, "Sakyamuni Coming Out from the Mountain", *Collected Poems 1947—1997*, New York: Haper Collins Publishers, 2006, p.99.

③ 指尼尔·卡萨蒂。

④ Bill Morgan and David Stanford eds., *Jack Kerouac and Allen Ginsberg: The Letters*, New York: Viking Penguin, 2010, p.306.

⑤ William T. Tawlor ed., *Beat Culture*, Santa Babara: ABC-CLIO, 2005, p.95.

⑥ Allen Ginsberg, "Why I Meditate", *Collected Poems 1947—1997*, New York: Haper Collins Publishers, 2006, p.851.

⑦ 1948年某天,金斯堡出现幻觉,好似布莱克从永恒深处对他朗诵诗歌。这一幻觉如此逼真、震撼,使得金斯堡此后十五年不断吸食毒品,希望能在毒品刺激下再次进入幻境。

Dhama)。邱阳提倡的"疯智"(crazy wisdom)和金斯堡的"狂禅"一拍即合,而邱阳"第一念乃最佳念头"的佛学理念和凯鲁亚克"念头成形则艺术成形"①的创作思想也不谋而合。基于这种观念上的契合,金斯堡和邱阳在那诺巴佛学院合作建立了凯鲁亚克诗歌学院(Jack Kerouac School of Disembodied Poetics),试图把佛教和垮掉派诗歌更紧密地结合在一起。

相较于凯鲁亚克的苦修和金斯堡的疯狂,斯奈德的修佛道路是温和而持久的。在里德学院(Read College in Portland)求学期间,斯奈德就已对佛教产生兴趣。他的老师戴维·弗兰契曾说:"我不知道加里是什么时候正式成为佛教徒的,但我知道他在里德学院求学期间,肯定已对佛教很感兴趣。"②1952—1953年,斯奈德两度在贝克山国家森林公园担任防火瞭望员,其间开始坐禅。他把这个阶段的修行心得记录在散文集《大地家园》(Earth House Hold)中。在《瞭望日记》(Lookout's Journal)中,他这样写道:"观月,听虫,读慧能的佛经。不需要大学与图书馆……"③慧能曾言:"何期自性,本性具足。"④不需要读书识字,人也可以明心见性,自修自悟,斯奈德正是表达了《六祖大师法宝坛经》中的这一禅宗意蕴。1953年,斯奈德来到旧金山,读了铃木大拙的著作,习佛兴趣更为浓厚。为更深入地研读禅宗和东方文化,他在加州大学伯克利分校学习了中文和日语。在选修陈世骧教授的中国古典诗歌课程时,斯奈德接触了寒山的诗,使他体悟到了佛教与诗歌之间的联系。在伯克利期间,斯奈德和金斯堡、凯鲁亚克等人一起坐禅,并且加入了当地的佛教净土宗学习小组,开始了他虔诚的修行生涯。在《达摩流浪者》中,凯鲁亚克记录了斯奈德当时的生活。斯奈德的房间里"没有椅子,就连一张多愁善感的摇椅也没有,只有几个蒲团。……有很多用东方语言书写的书:所有伟大的佛经、多种佛经注疏、铃木大拙作品全集和一本日本俳句"⑤。斯奈德生活朴素,修行刻苦,以至于凯鲁亚克和金斯堡等人把他奉为"伟大的美国文化新英雄"⑥。后来,他还前往日本的美国第一禅学院学习禅宗。1956—

---

① William T. Tawlor ed., *Beat Culture*, Santa Babara: ABC-CLIO, 2005, p. 98.
② John Halpper, Gary Snyder, *Dimensions of a Life*, San Francisco: Sierra Club, 1991, p. 21.
③ Gary Snyder, "Lookout's Journal", The *Gary Snyder Reader: Prose, Poetry, and Translations, 1952—1998*. New York: Counterpoint, 1999, p. 6.
④ 语出《六祖坛经》,为惠能悟道时所说的偈语。全句为:"何期自性,本自清净;何期自性,本不生灭;何期自性,本自具足;何期自性,本无动摇;何期自性,能生万法。"
⑤ Jack Kerouac, *The Dharma Bums*, New York: Buccaneer Books, 1958, pp. 16—17.
⑥ Ibid., p. 27.

1968年间,他在京都跟随大师学习,度过了十二年禅修生活。①

斯奈德修习佛法的经历在他后来的每一部作品中都留下了印记。艾利克斯·贝特曼(Alex Batman)曾说:"不管斯奈德的诗歌多么牢固地根植于美国文学传统之中,不考虑禅宗哲学是无法完全理解其诗歌的。"②我们不妨以《道非道》("The Trail Is Not a Trail")一诗为例:

> 我从高速路下来
> 在一个出口转出
> 沿着一条公路
> 开进一条辅道(sideroad)
> 顺着辅道
> 开进一条泥路
> 到处是土堆,我停车
> 在泥路上走
> 但路崎岖不平
> 且渐渐消逝——
> 来到旷野,
> 处处可行。③

诗中的"我"沿着既定的道路走,从高速路到公路再到辅道最后到泥路,越走路越窄,越行越难,直至无路可走。正当他无路可走时,却豁然开朗,发现脚下到处都是路。诗歌标题加了双引号,是对《道德经》"道可道,非常道"的引用,但是诗歌的蕴涵主要取自佛教。佛法认为,法无定法,人修行的方式可以是多样的,修行者不可执着于法而忘记目标。如《楞严经》有言:"如人以手,指月示人。彼人因指,当应看月。"用手指月亮,手指只是途径,应当看的是月亮而不是手指。《金刚经》中佛也教导过:"知我说法如筏喻者。法尚应舍,何况非法。"即便是佛所说的法,也只是一张把人渡到彼岸的筏,而不是岸本身,不可执着于筏而忘记了岸。佛理禅趣在斯奈德的诗中随处闪现,给他的诗歌注入了智慧和东方神韵。斯奈德自

---

① 其间曾几次返回美国短暂居住。
② Alex Batman, "Gary Snyder", in Donald J. Greiner ed., *Dictionary of Literary Biography*, Farmington Hills: Gale Group, 1980, p.275.
③ Gary Snyder, "The Trail Is Not a Trail", *Left out in the Rain: New Poems 1947—1985*, San Francisco: North Point, 1986, p.127.

己也认识到了参禅打坐给写作带来的好处。他说:"毫无疑问,(参禅能使你)跟自己的意识同在,会加强直觉,可以从中学到很多。由此,你能看到什么东西正在经过脑际,你能意识到自己有强大的视觉想象力,能完整地进入视觉王国中。"①不过,斯奈德从不把佛教对写作的好处看作是参禅打坐的终极意义,在信仰的道路上他比其他垮掉派诗人走得更远。斯奈德认为宗教远远高于艺术。他说:"我不认为艺术是一种宗教,我认为它无法帮助你教导你的孩子如何对食物说感谢,如何去区分真理和错误,或者是如何不伤害他人和造成痛苦。……艺术跟佛教是很相近的,也可以称之为佛教练习的一个部分,但是有些领域是必须由佛教和哲学去探索的,艺术若是涉足那些领域就会变得不明智了。"②

除受佛教影响外,垮掉派也深受东方文学的影响。斯奈德在日本居住十多年,日本文学对他有一定的影响,但对他影响更深的还是中国文学。他曾说:"我也喜欢日本文学和日本诗歌,但在中国诗歌中我感受到更强烈的共鸣。"③他的诗歌在思想上和表达手法上都跟中国山水诗和禅诗有着不可分割的联系,而且他常在写作中引用中国古典文学名句。如在《光的用途》(*The Use of Light*)一诗中,最后一节他这样写道:

> 一座高塔
> 在平原上
> 如果你再往上
> 登一层
> 将能看远一千多英里④

显而易见,诗歌最后一句是对"欲穷千里目,更上一层楼"的移用,而把这句诗放在"光的用途"这一主题下,又赋予了它西方语境,从而拓宽了诗句的想象空间。在《高质量的信息》(*High Quality Information*)一诗中,斯奈德引用了老子的思想,也同样赋予了原句以更多的想象空间。甚

---

① Gary Snyder, "The Art of Poetry", *The Gary Snyder Reader*: *Prose, Poetry, and Translations, 1952—1998*, New York: Counterpoint, 1999. p. 328.
② Ibid., p. 330.
③ Ibid., p. 328.
④ Gary Snyder, "The Use of Light", *Turtle Island*, New York: New Directions Book, 1974, p. 39.

至在《斯奈德读本》的扉页上,他也引用了孔子的"学而时习之,不亦说乎"①来统领自己的全部作品。斯奈德不仅学习并引用中国文学,还在陈世骧教授的帮助下,翻译了大量中国诗歌,对东西方文化交流做出了贡献。他翻译的二十四首寒山诗在美国乃至整个西方世界都引起了反响。此外,他还翻译过王维的《鹿柴》和《竹里馆》、王之涣的《登鹳雀楼》、杜甫的《春望》,以及白居易的《长恨歌》和《琵琶行》等作品。

金斯堡的诗歌以评论美国时政为主,但在他的作品中,我们也能看到一些中国文学的影子。金斯堡写有长诗《读白居易》(*Reading Bai Juyi*),该诗共分七部分,最后一部分模仿白居易的《宿荥阳》写了一首感怀诗。对照二诗,除地名、人名的变动,几乎是逐行翻译,足可见金斯堡对白居易的激赏之情。凯鲁亚克的东方文学情结主要表现为他对俳句的热爱。凯鲁亚克虽以小说家著称,但他一生创作的俳句数量惊人。1956—1966年间,他在笔记本上共写下了七百多首俳句。在此之前,庞德、威廉斯、斯蒂文斯(Wallace Stevens)等人都写过一些俳句,但是凯鲁亚克重新定义了"美国俳句"(American Haiku),使得这种外来的文学形式能适应英语语言写作。在具体创作中,他把俳句应用于描写时令变化,勾勒动植物形态,记录瞬间禅悟,表达机智、凝练的反讽,不一而足,灵活趣致。下面这首诗就是一例:"我的药橱里/一只冬天的苍蝇/死于年老。"②该诗虽然用了传统的俳句形式,在内容上也写了动物和时令,但情感上少了几分日本俳句的孤独和哀伤,多了英语文学中常有的机智。"死亡"和"药橱"两个意象的并置加强了诗歌的内部张力和戏剧性。许多垮掉派诗人都尝试过俳句写作,而凯鲁亚克是其中写得最好的。金斯堡曾说:"凯鲁亚克是俳句大师,是美国唯一知道如何写俳句的人。"③这一说法不无夸张的成分,却反映了凯鲁亚克俳句的魅力。

垮掉派对东方文化的兴趣一方面源于美国国内的政治高压和保守文化。当西方文明陷入困境时,一代年轻人试图从东方文明中寻找偏方来疗救自身的疾患。其实,庞德、艾略特等现代主义作家早已这么做过。④

---

① Gary Snyder, *The Gary Snyder Reader: Prose, Poetry, and Translations, 1952—1998*, New York: Counterpoint, 1999.

② Jack Kerouac, *Books of Haikus*, edited and introduced by Regina Weinreich, London: Enitharmon Press, 2004, p. 12.

③ Allen Ginsberg, "Paris Review Interview", in George Plimpton ed., *Beat Writers at Work*, New York: Modern Library, 1999, pp. 66—67.

④ 垮掉派对庞德、艾略特的态度是矛盾的,他们也在多种场合表达过对前辈诗人的敬意。

另一方面,垮掉派的东方情怀也跟第三世界的崛起相关。第二次世界大战后,随着中华人民共和国的成立和众多前殖民地国家获得独立,西方世界不得不以新的眼光来看待东方文明。在世界历史和美国国内政治的转型时刻,垮掉派诗人努力介绍东方文化,使之与美国主流文化形成抗衡,这对美国文化的健康发展是有益的,而东方元素恰恰是垮掉派诗歌得以成为经典的一个重要原因。

(二)"垮掉派"诗歌与印第安文化

在横向的文化交流中,垮掉派向东方求索;在纵向的文化反思中,他们到印第安文明中去寻根。美国虽是一个多民族共存的移民国家,但其文化主流一直是西方白人文化。严格来说,印第安文明不是美国文化之根,只是美洲这片土地的文化之根,因而我们也应把它纳入异质文化中来考察。

在美洲历史上,印第安人经过两万多年的分化,先后建立过四个帝国,其中最重要的是北美洲的阿兹特克帝国和南美洲的印加帝国。印第安人具有高度文明,他们为世界提供了玉米、番薯、西红柿、烟草、可可等农作物,玛雅文字和他们的天文学成就也令后人赞叹。近代以来,由于殖民者的入侵、杀戮和迫害,印第安文明逐渐被毁灭。又由于大量材料被毁,过往的众多辉煌如今成了谜。在文明遇到困境的时候,现代人总是频频回望,试图从最初的根源中找到答案和原动力。

美国文化的"无根性"(rootless)是垮掉派渴慕印第安文化的最大原因。柯索在《悲情亚美利加》("Elegiac Feelings American")中悲愤交加地描画了美国的精神现状,说"难怪我们发现自己是无根的"。[①]斯奈德则用举例的方式来说明美国文化的无根性。他说世界上除了加拿大人、澳大利亚人和美国人,其他人都知道自己来自哪里,都有地方可回去,他们对回答"你从哪里来"这样的问题没有困难。所谓"有地方可去",指的是你知道那个地方意味着什么;如果有人问你那个地方有什么民歌,你就有一首可以唱给别人听。但是美国人没有这样一首民歌。[②]如果说斯奈德是以歌曲为例来谈文化之根的,那么金斯堡则是从视觉角度来谈论的。

---

① Gregory Corso, "Elegiac Feelings American", *Mindfield: New and Selected Poems*, New York: Thunder's Mouth Press, 1989, p. 126.

② Gary Snyder, "The Paris Review Interview", *The Gary Snyder Reader: Prose, Poetry, and Translations, 1952—1998*, New York: Counterpoint, 1999, p. 331.

他说:"除当前的美国文化外,所有文化都在探寻神示方面提供了练习的方法。"①金斯堡以印第安人为例描述了获得神启的练习过程。平原地区的印第安人会让处于青春期的年轻人爬到高山上去绝食,等待大自然赐给他一个名字。他静坐在那里,直到听见一只鸟在树上歌唱,或者看见一条鱼游出来,在小溪的水面吹出一个泡泡,然后,他回到自己的村庄,说:"我的名字叫'泡泡来自鱼嘴'。"这个地方的长者会说:"啊,看来你是真的独自去了那里,把村庄忘去,亲眼看见了东西,因此从现在开始你的名字就是'泡泡来自鱼嘴'了。"②学会用自己的眼睛去看,用自己的心灵去体悟,一个人才拥有自己的名字。金斯堡认为,在印第安某些部落流行的这种成人仪式正是美国文化所缺乏的。

垮掉派诗人早期对印第安文化的热情,主要体现为对印第安神话的搜集和引用。柯索在《乌鸦王》(*King Crow*)一诗中写到了印第安人信仰中的万物之灵"瓦孔达"(Wakonda)和印第安神话中的神鹰"塔拉廓"(Talako)。标题中的"Crow"一词是一语双关,表层意思是指丰收时节来收获粮食的乌鸦,深层意思则指印第安人的一支"克朗人"。诗中写道:"老乌鸦是乌鸦王/他知道该知道的一切/比如玉米何时成熟或什么时候下雪。"③人跟土地和四季如此亲近、熟稔,而且动物名即是人名,这种人与自己栖居的环境间的和谐是垮掉派所向往的。柯索的另一首诗《致亚美利加印第安人的自发安魂曲》气势磅礴,引用了更多印第安神话,赞美了印第安人充满力量的体格和原始而神秘的生活,控诉了殖民者对印第安人的屠杀行为,满纸悲凉,是诗人献给印第安文化的一曲挽歌。斯奈德一开始虽然没有写感情澎湃的凭吊之作,但他从人类学角度做了大量丰厚、扎实的印第安神话搜集工作,为后来的创作积累了素材。1951年,斯奈德尚在里德学院求学,就根据一位名叫瓦尔特·麦克格里格尔(Walter McGregor)的印第安人的口述写作了一篇印第安人海达族的神话故事。在这篇题为《他在父亲的村子捕鸟》(*He Who Hunted Birds in His Father's Village*)的故事后面,斯奈德还附上了他的论文《神话的作用》(*Function of the Myth*),以阐述神话与文化之间的关系。他说:"对19

---

① Allen Ginsberg, in Gordon Ball ed., *Allen Verbatim: Lectures on Poetry, Politics, Consciousness*, New York: McGraw-Hill, 1974, p.119.
② Ibid.
③ Gregory Corso, "King Crow", *The Vestal Lady on Brattle and Other Poems*, San Francisco: City Lights Book, 1969, p.14.

世纪那些以'进步'观念考察一切问题的人类学家来说,神话意味着好奇心、无理性和错误。"①斯奈德对这种观点很不以为然,他认为神话中储藏着"人类共有的、最深处的需要(inmost needs)"②,是人类文化的根基。他搜集的印第安神话常在他的诗作中出现。例如,他在"六画廊"诗歌朗诵会上宣读的《浆果盛宴》(A Berry Feast)一诗就参考了有关土狼、熊和喜鹊等动物的印第安神话。在《神话与文本》(Myths and Texts)中,他引用了更多的印第安神话。

在斯奈德的后期创作中,他把印第安文化和生态保护的主题联系在了一起。在诗集《龟岛》中,他把现代美国人和印第安人的生活方式作了比较,认为前者过的是一种铺张浪费的、极具破坏性的、无法持续发展的生活,而后者的生活则与野生动物和自然环境相融合、是有效和可持续发展的。这本诗集的标题"龟岛"取自印第安神话,也蕴含着作者的生态关怀。在温达特(Wendat)和夏延人(Cheyenne)的创世神话中,大地的形成都跟乌龟有关。传说即将分娩的大地母亲不慎从天上落下时,一只乌龟从大海深处浮出来,稳稳地托住了她。大地母亲在龟背上生下两个孩子,从此人类在龟背上繁衍、劳作,生生不息。正因为这样,北美洲的土地是一只乌龟的形状。在这则神话故事中,人类与大地之间有一种相互救助、相互信任的美好关系。然而,这种关系在物质主义和消费主义盛行的时代早已不复存在。斯奈德希望现代人向印第安人学习,恢复这种和谐的关系。他甚至呼吁,为实现物种间的平等,我们应当像印第安人中的苏族人(Sioux Indians)那样,把各种动物也邀请到国会和政府中来。苏族人把动物叫作人,按其行动方式的不同,分别称为"爬行人""立人""飞人"和"游人",而且在做重大决策时,会安排人站在它们的立场,作为它们的代表发言。③斯奈德本人身体力行,在写作中和生活方式上都向印第安人学习,并把后者称作自己的老师。④他还常常自称印第安人,以至于在接受《巴黎评论》采访时有读者以此调侃他。诚然,从基因上来说,斯奈德并非印第安人,但是从他刀耕火种的生活与生产实践上来说,他称得上是一

---

① Gary Snyde, "Function of the Myth", *The Gary Snyder Reader*, *Prose*, *Poetry*, *and Translations*, 1952—1998, New York: Counterpoint, 1999, p.76.
② Ibid., p.76.
③ Gary Snyder, "The Wilderness", *Turtle Island*, New York: New Directions Book, 1974, pp.108—109.
④ Ibid., p.106.

个合格的原住民。

垮掉派跟印第安文化的密切关系，还集中表现为他们在墨西哥城的活动。1937年7月，长达775英里的公路开通运行，使得从德克萨斯州到墨西哥城的交通变得十分方便。墨西哥这座以开采银矿为主要产业的城市一夜之间成了旅游城市。美国的报纸杂志给了这个南方近邻许多溢美之词，把它描绘成一座奇异之城。1949—1968年间，金斯堡、卡萨蒂、柯索等垮掉派诗人都或先后拜访过墨西哥城，而巴勒斯和凯鲁亚克曾在那里长期居住，并写下了重要作品。

巴勒斯是第一个在墨西哥定居的垮掉派作家，他的整个墨西哥之行带有浓重的梦幻色彩。1946年，他应朋友之邀，前往美国和墨西哥边境的山谷，和朋友共同经营果园。① 三年后，庄园经营不善，他还涉入了一起毒品案件。为逃避警方抓捕，他跨越国境线，来到了心目中的"自由王国"墨西哥，开启了他的第二个梦想。到墨西哥城后，他感到犹如进入了上帝应许之地般的自由和欢欣。在他眼里，墨西哥到处都是斯宾格勒（Oswald Spengler）在《西方的没落》（*The Decline of the West*）中所说的那种"高贵的底层人"（noble fellaheen）。他给垮掉派所有成员写信，扩散斯宾格勒的这一概念，邀请他们前来墨西哥城相聚。正是他这些火热的信件把整个垮掉派都吸引到了墨西哥。在《酷儿》（*Queer*）②一书的前言中，巴勒斯勾勒了这样一个墨西哥城：食物便宜，租金便宜，妓院好得惊人，男孩儿和毒品都很充足，警察的权力跟公交车售票员的权力相当。城里住着一百万人口，整座城被蓝得刺眼的天空覆盖着。③事实上，当时的墨西哥城人口是三百万。为了赞美心中的天堂，巴勒斯足足把人口减少了三分之二。两年后，他的第二个梦又破灭了。1951年九月，他在一次聚会游戏中不慎枪杀了妻子，受到法院追究，墨西哥城瞬间从自由王国变成了骚乱的异邦。不过，这种骚乱也对巴勒斯的创作产生着影响。正因为其乱，一切故事都会像梦一样发生。在他以后的所有作品中，墨西哥城都是重要的文化背景。

另一位受到墨西哥文化影响的作家是凯鲁亚克。在巴勒斯的召唤下，垮掉派所有成员都对墨西哥和整个拉美充满向往。《在路上》对这种热切心情做了生动的描述，迪安（Dean）对萨尔（Sal）这样说："想想吧，如

---

① 当时巴勒斯因藏匿毒品被捕，保释后赋闲在圣路易斯的家中。
② 《同性恋》写作于1952年，但直到1985年才得以出版。
③ William T. Tawlor ed., *Beat Culture*, Santa Babara: ABC-CLIO, 2005, p.234.

果你和我有一辆这样的车,我们能做什么?你是否知道有一条路从墨西哥往下,一直到达巴拿马?你是否知道可能它会一直延伸至南美洲的最底端,那里印第安人七英尺(210cm)高,在山下吃着可卡因?是的,萨尔,你和我,我们将用一辆这样的汽车挖出整个世界,因为,朋友,这条路最终一定能通向整个世界的。"① 1950 年 4 月,他们有了一辆车,开始了第一次墨西哥之旅。这次旅程后来记录在《在路上》第四部分里。凯鲁亚克对墨西哥城的描写跟巴勒斯的信件相似,都把它美化成了自由的天堂。凯鲁亚克对墨西哥城产生了强烈的认同感,感到它跟自己出生的城市洛厄尔一样亲切,以致他宣称自己在某种意义上就是墨西哥人。② 在 1952 年的第二次墨西哥之旅中,凯鲁亚克写作了《萨克斯医生》(Doctor Sax)。他把这种认同感写进了作品中。小说写的是凯鲁亚克在洛厄尔的童年生活,但墨西哥城的历史和文化在其中若隐若现。在小说结尾处,一只天堂鸟飞来,叼走了一条蛇。这一情节取自印第安神话中的如下描写:阿兹塔克人在墨西哥城看到一只鹰抓住一条蛇飞走,因而选择在这里定居。1955 年凯鲁亚克第三次访问墨西哥城,逗留了两个月,写下了《荒凉天使》(Lonesome Traveler)和《特丽斯特莎》(Tristessa)的部分章节。不过,《特丽斯特莎》中的墨西哥城令人沮丧,跟《在路上》里的那座城已相去甚远。不过,他依然完成了他最好的诗歌集《墨西哥城蓝调》。在这本诗集中,佛教、蓝调、印第安神话和墨西哥街头景象交融在了一起。

柯索也曾到墨西哥城短暂居住,并在这里创作了享誉文坛的诗集《汽油》(Gasoline)。他没有像巴勒斯和凯鲁亚克那样在墨西哥城经历梦想的幻灭,而是一开始就没有去美化这座城市。在他眼里,墨西哥城既衰败又压抑。他曾写下《墨西哥印象》(Mexican Impression)来表达他的观感:"我告诉你,墨西哥——/我想起一里又一里路上头尾完整的死马——/纯种马和役马,双腿伸直,没有嘴唇/直挺挺侧躺在路旁。/噢,墨西哥,你是那条僵硬的腿,是那口龅牙,/毁了我噩梦中策马前行的梦。"③

噩梦中的诗人想要策马疾驰,远离恐怖场景,可沿途看到的全是让人毛骨悚然的死马,没有一匹活马可供他骑。这便是柯索初到墨西哥城时的心情写照。由于巴勒斯的来信,柯索原本对墨西哥城有很高期望,可是他只看到了破败和贫穷。在失望的同时,他表达了对失落的印第安文化

---

① Jack Kerouac, *On the Road*, New York: New American Library, 1957, p. 231.
② 凯鲁亚克是法裔美国人,但祖上有印第安血统。
③ Gregory Corso, "Mexican Impression", *Gasoline*, San Francisco: City Lights Books, 1958, p. 24.

的哀思。诗歌的最后一节最为独特:墨西哥动物园里展览着普通的美国奶牛。这一景象一方面表明墨西哥城一无所有,另一方面揭示了垮掉派作家对墨西哥城的文化误读。柯索想要说明,墨西哥城并不那么神奇,美国诗人在墨西哥看到的最大神奇其实源于他们自身。

东方文化和印第安文明仅仅是垮掉派所追寻的异质文明中的两个特例,其实垮掉派诗歌中展现的异质文明远不止这些。巴勒斯在其作品中赞叹过摩洛哥文明。柯索早年对古希腊古罗马文明怀有深情,曾长期流连于希腊的博物馆和考古遗址,把它们当作自己的课堂,后期则推崇埃及文明,认为只有古代埃及"最高最纯粹的几何文明"才能拯救现世。[①]诚然,在垮掉派对异质文明的激烈赞美中多少带有主观情绪,是不可能完全符合实际的。但重要的是,它符合了当时人们的文化心理现实,反映了一代年轻人想要寻找新文化元素以矫正主流文化的渴望。正如丹尼尔·贝尔所说,"到远离资产阶级老家的地方朝圣,已经成为获得独特眼光的必由之路。"[②]垮掉派对文化多样性的发掘和尊重是其诗歌生命力的重要来源,同时也催生了六七十年代思想领域对主流社会价值的解构狂潮。萨义德等人的后殖民主义理论是在垮掉派盛世后出现的,他们对"东方主义"的反思跟"垮掉派"所带来的文化革新思想不无联系。

第三节 "垮掉派"诗歌的传播方式

作为极富颠覆性的反学院派诗歌潮流,垮掉派的作品显然很难迅速在大学课堂里得到认可,也很难在杂志上得到发表。凯鲁亚克的《在路上》等待了五年才得以出版,巴勒斯的《同性恋》《瘾君子》(*Junky*)在作品完成三十多年后才出版,一些及时得到发表的作品如《裸露的午餐》和《嚎叫》则都引发了官司。这并不奇怪,在以往文学史上的多数时期,揭露隐私、攻击政府、充满性语言的作品往往也只能作为地下文学流传。我们应该感到奇怪的是,垮掉派诗歌对20世纪后半叶的美国造成了有目共睹的影响,它不仅带来文学上的革新,还催生了众多文化运动。它究竟是以怎

---

① Edwad Halsey Foster, *Understanding the Beats*, Columbia: University of South Carolina Press, 1992, p.142.

② 丹尼尔·贝尔:《资本主义文化矛盾》,赵一凡等译,北京:生活·读书·新知三联书店,1989年版,第180—181页。

样的方式得到传播的呢？

(一)"垮掉派"的自我促销

垮掉派作家用尽各种方法来自我促销。这个过程一方面是不自觉的，如他们作品中的自传性和他们到处朗诵诗歌的习惯。另一方面是自觉的，这主要体现在金斯堡身上。当其他诗人纷纷否认自己的垮掉派身份时，金斯堡从不回避，而且竭尽全力帮助垮掉派成员出书，为形成一个派别而努力。有学者曾这么说："事实表明，除他的诗歌外，金斯堡的才华对文学史的重要贡献还表现为他是第一个掌握文学推销术的人。"[①]金斯堡曾做过市场调研员的工作，他的热心和他在那份工作中积累的经验使他成为垮掉派的活动家和调度员。

"垮掉派"文学的自我推销术首先表现在其作品的自传性中。由于垮掉派主张文学与生活之间的无界限，他们的大部分作品都是自传或半自传性的。金斯堡写过缅怀双亲的长诗，其中回顾了少年时代众多不堪回首之事。他从不避讳在作品中谈自己的隐私，比如在《绿色汽车》中写了跟卡萨蒂之间的同性恋激情。在《给》这首诗中，他又向凯鲁亚克倾诉了初次遇见同性伴侣彼得·奥洛夫斯基时的狂喜。诗歌一开头就道出了彼此的真名实姓："我很快乐，凯鲁亚克，你的狂人艾伦……"随后又请求凯鲁亚克不要因为他有了新伙伴而生气："因为一旦他们对我垂青，我就如同置身天庭。"[②]用这种直白的方式来抒发最隐秘的情感，是艾略特等现代主义诗人最为不齿的。众所周知，为了避免赤裸裸的抒情，艾略特在把《荒原》(The Wasteland)题献给庞德时，仅用了短短六个单词，其中包含了一个典故，并使用了两种语言。[③]然而，金斯堡和他的朋友们没有这么含蓄。在《嚎叫注释》(Footnote to Howl)这首诗中，金斯堡几乎把垮掉派每个成员的名字都写了进去，说凯鲁亚克、卡萨蒂、彼得等人都是神圣的。[④]在《嚎叫》中，他描写了卡尔·所罗门的疾病，在《柯索的故事》(Gregory Corso's Story)中捕捉了柯索的恋情，在《关于巴勒斯的作品》

---

① Mel Van Elteren, "The Subculture of the Beats: A Sociological Revisit", *The Journal of American Culture*, 1999, 22(3), p. 74.
② 艾伦·金斯伯格：《嚎叫——金斯伯格诗选》，文楚安译，成都：四川文艺出版社，2001年版，第38页。
③ 艾略特的献词为"For Ezra Pound, il Miglior fabro"。"il Miglior fabro"意为"卓越的匠人"，引自《神曲·炼狱篇》。
④ Allen Ginsberg, "Footnote to Howl", *Collected Poems 1947—1997*, New York: Haper Collins Publishers, 2006, p. 142.

中勾勒了巴勒斯的写作手法。更有甚者,在卡萨蒂去世时,金斯堡连写了十七首诗来纪念他。垮掉派其他诗人也常互相题献诗歌,凯鲁亚克写有《给金斯堡的白日梦》,柯索的《悲情亚美利加》则为凯鲁亚克而写。他们还常在诗中注明写作时间,如在《美国》(America)一诗中,金斯堡把时间记得很准确:"美国,我已给了你一切而我却一无所有。/ 美国,今天是1956年1月17日……"①这种写法加强了诗歌的写实性和可信性,使读者能直观地了解诗人的日常生活和精神风貌,从而有助于诗人形象的塑造和作品的传播。

　　从这个意义上说,垮掉派作家的叙事作品对其诗歌传播所起的作用也许更大。他们的小说大量披露诗人们的生活细节,这一点在凯鲁亚克的作品中表现得最为突出。在1950—1960年间,凯鲁亚克共发表了9部小说,每部小说都记录了垮掉派成员的生活。《镇与城》(Town and City)虽然是对凯鲁亚克早年生活的回忆,但是当主人公从马萨诸塞州来到曼哈顿后,他的朋友们就陆续出现了。《在路上》以作者本人和卡萨蒂为原型,讲述了他们穿越美洲的旅行故事。卡萨蒂的形象如此神奇,令无数年轻人向往,就连阿兰·比斯博特(Alan Bisbort)在为卡萨蒂写简介时,也如此开局:"尼尔·卡萨蒂是一个具有传奇色彩的人物形象(a larger-than-life figure),他是凯鲁亚克的缪斯。"②卡萨蒂的意义不在其本人,而在于他是一个人物形象。其实这句话适用于垮掉派所有诗人。凯鲁亚克在《达摩流浪者》中写了斯奈德的修行故事,在《荒凉天使》里写了柯索的墨西哥生活,在《大瑟尔》(Big Sur)中写了作者和韦尔奇同住在菲尔林希提的小屋"大瑟尔"期间的故事。垮掉派其他成员的叙事作品也书写了垮掉派的传奇故事。霍尔姆斯(John Clellon Holmes)的《走》(Go)全面描写了垮掉派成员的早期生活。小说中的凯鲁亚克是一个创造力旺盛的小说家,金斯堡则是一个追求幻觉的诗人,而卡萨蒂则卷入了情感纠葛。柯索的唯一一部小说《美国快车》(American Express,1961)也不例外,其主人公D先生是以巴勒斯为原型的。垮掉派诗人既写别人,又是彼此作品中的人物形象,这也许能够解释他们为什么互称"天使"。由于他们真实披露自己的隐私,因此连警察也通过阅读他们的作品来搜集办案线索。虽

---

　　① Allen Ginsberg, "America", *Collected Poems 1947—1997*, New York: Haper Collins Publishers, 2006, p.154.
　　② Alan Bisbort, *Beatniks: A Guide to An American Subculture*, Santa Barbara: Greenwood Press, 2010, p.68.

然他们在大多数作品中用了化名,读者还是可以辨认出人物原型,因为垮掉派作品中人物的个性如同中世纪小说中的骑士一样特征鲜明。这些鲜明的个性一方面来自生活,另一方面是从文本的不断叠加中繁衍出来的。在某种程度上,垮掉派的叙事作品是这个团队的宣传手册,也在不经意间成为诗人们的行动指南。他们书写自己的生活,而后者又模仿了自己的想象。文学与生活互相模仿,不断趋向一致。这些抒情和叙事作品塑造并传播了垮掉派的形象,从而促进了其诗歌的传播。

公开朗诵也是垮掉派诗歌传播的独特方式。由于电子技术的发达,众多以口语为交流方式的媒介如电视、电话、收音机进入了每个人的生活,电子时代具备成为人类历史上第二个口说文化时代的技术条件。顺应这一形势,垮掉派诗人常在公众中朗诵自己的作品,很多时候甚至是即兴朗诵。垮掉派步入文坛的标志性事件就是 1955 年 10 月 13 日晚在旧金山"六画廊"举行的一次诗歌朗诵。当时他们仅仅发出去两百多份传单,朗诵的反响却很大。麦克卢尔后来回忆说:"当金斯堡读到诗歌的最后时,我们站着,目瞪口呆,深知一道藩篱已被打破,一个人的声音和他的身体在反对美国这面粗糙的墙以及支持它的军队、学院、研究所……"①这种诗人与读者间无分界的沟通是垮掉派诗歌经典的生成方式,同时也是其传播方式。垮掉派诗人到各种场合朗诵,使他们的诗歌被更多的人听到。1957 年 12 月,在爵士乐的伴奏下,凯鲁亚克在前卫村做了为期一周的朗诵。虽然凯鲁亚克生性腼腆,表演效果不尽如人意,但还是引来了众多崇拜者。电视节目主持人和作曲家史蒂夫·艾伦也前去观看,并随后邀请凯鲁亚克参与他的专辑录制。1958 年,金斯堡、柯索等人在哥伦比亚大学举行了一次读诗会,戴安娜·特里林(Diana Trilling)②前往观看。作为众多自由事业的支持者,特里林夫人却随后在《党派评论》(*Partisan Review*)上发表了不利于垮掉派的言论:"当我到达剧院并看了一眼观众席后,我就知道这将是一场糟糕的演出。"③虽然金斯堡一直尊敬特里林夫妇,他还是愤怒还击了特里林夫人对垮掉派的诋毁。尽管特里林夫人发表的是负面评论,她的文章还是促进了垮掉派诗歌的传播。

---

① Michael McClure, "Scratching the Beat Surface", in Ann Charters ed., *The Portable Beat Reader*, New York: Penguin Books, 1992, p.275.
② 莱昂内尔·特里林(Lionel Trilling)的夫人。
③ Bill Morgan, *The Typewriter is Holy: The Complete, Uncensored History of the Beat Generation*, New York: Free Press, 2010, p.160.

垮掉派的演出十分频繁,街头、酒店、咖啡馆、大学,甚至监狱都是他们朗诵自己诗作的舞台。1957年年底,他们曾在一大群哈佛大学和华盛顿大学的学生面前朗读。1959年5月,金斯堡曾到圣昆廷监狱给犯人们朗诵,囚犯们很喜欢金斯堡的作品,为他疯狂欢呼。在朗诵中,垮掉派不断探索新的表演形式,常常把诗歌和爵士乐结合在一起。在某些场合,垮掉派也会有过激表现,如边朗诵边脱光衣服。布鲁斯·博尔在《艾伦·金斯堡现象》一文中批评了这种伤风败俗的行为:"金斯堡在各种场合脱衣露体的故事可以构成一个长长的章节。"[1]不管怎样,诗人们通过朗诵,成功地把诗歌传播到了社会生活的各个角落。

写自传性诗歌,并公开朗诵,这两种实践与其说是诗歌的传播方式,不如说是垮掉派的创作方式。它们只是恰好在客观上促进了作品的传播而已。不过,垮掉派诗人也的确一直在自觉寻找传播诗歌的途径。他们或是自己创办杂志和出版社,或与出版机构的朋友们积极联络,以发表他们那些离经叛道的作品。"城市之光书店"在垮掉派诗歌的传播中居功至伟,金斯堡的《嚎叫》和柯索的《汽油》等诗集都是在这里出版的,而书店负责人菲尔林希提本人就是垮掉派诗人。《黑山评论》(*Black Mountain Review*)也是垮掉派诗人发表作品的重要途径,曾发表过金斯堡的《美国》和凯鲁亚克的《在十月的铁轨上》等诗作。金斯堡的崇拜者、纽约的年轻编辑利来·琼斯(Leroi Jones)也曾帮助推广垮掉派诗人的作品。《芝加哥评论》(*Chicago Review*)也有所贡献,于1958年发表了凯鲁亚克、金斯堡、柯索等人的诗歌,但是同年冬天迫于压力,不得不把原准备刊发在冬季刊的垮掉派作品全部撤下。由于这一事件,四位《芝加哥评论》的编辑辞职,创办了另一家杂志《大桌》(*Big Table*)。[2] 金斯堡率柯索、菲尔林希提等人来到芝加哥朗诵,为开办新杂志募捐。一时间,《大桌》杂志成了垮掉派的发表阵地。在垮掉派的无数危急关头,金斯堡都挺身而出,在他的书信集里,可以看出他自始至终都在为出版凯鲁亚克、柯索、巴勒斯等人的作品而奔走。他像20世纪20年代西方文坛的庞德一样,是垮掉派时代伟大的诗歌推广者。

(二)媒体在垮掉派诗歌传播中的作用

在垮掉派诗歌的传播过程中,媒体的作用也不可小觑。传统意义上

---

[1] 布鲁斯·博尔:《艾伦·金斯堡现象》,蒋显译,《国外文学》,1998年第2期,第31页。
[2] Alan Bisbort, *Beatniks: A Guide to An American Subculture*, Santa Barbara: Greenwood Press, 2010, p.117.

的文学家往往隐居书斋,只有在他们的作品即将出版或者其作品引起道德恐慌时才会与媒体相遇。然而,垮掉派的形成、发展和变迁与媒体及文化工业有着丝丝入扣的联系。

在垮掉派的盛世1957—1964年间,他们受到了媒体的广泛关注。这种持续的关注是以两个事件为起点的:一是对《嚎叫》的审判,二是《在路上》的出版。1957年6月,旧金山警察局以传播淫秽书刊为名逮捕了菲儿林希提,原因是他出版并销售金斯堡的诗集《嚎叫和其他诗歌》。菲儿林希提在法庭上替《嚎叫》辩护,最终霍恩法官裁定《嚎叫》并不淫秽,菲儿林希提被准许自由出版并编辑诗集。所有新闻机构都对该事件进行了报道,甚至像《时代》(*Time*)、《生活》(*Life*)、《瞭望》(*Look*)这样的杂志也都做了大篇幅的跟踪采访。大多数媒体支持菲儿林希提,嘲笑旧金山当局,认为他们对《嚎叫》的审查是愚蠢的。媒体的这些报道不仅提高了《嚎叫》在全美的销量,还让整个垮掉派一夜成名。当时金斯堡正在欧洲旅行,众多报社派出记者,前往欧洲采访金斯堡。其他垮掉派作家也得到了媒体和出版社的青睐。当时,颠沛流离的柯索正因为使用空头支票而被迫从巴黎逃到阿姆斯特丹。在荷兰,他遇见了一群欧洲的媒体朋友,他们对美国正在发生的这场文学运动很有兴趣,提前付给柯索稿酬,希望他写一篇有关垮掉派的文章。不管是恶名还是美名,上述事件实际上成了垮掉派成员加快出版作品的东风。

凯鲁亚克的《在路上》写成以后,足足有五年得不到出版商的青睐,甚至连菲儿林希提也拒之于门外。在审判获胜的形势下,维京出版社意识到了《在路上》的商业潜力,给予它出版机会。为引起媒体关注,出版社希望凯鲁亚克能对"垮掉的一代"这个名称做出完整的定义。[①]事实上,《在路上》完全不需要定义助阵,它一出版就引发了媒体的广泛讨论。《纽约时报》(*New York Times*)的编辑吉尔伯特·米尔斯坦(Gilbert Millstein)撰文高度评价了这部小说:"正如《太阳照常升起》被认为是'迷惘的一代'的宣言书,《在路上》将会以'垮掉的一代'的宣言书知名于世。"[②]不过,并不是所有的媒体都给这部小说以礼遇。事实上,《在路上》的出版引发了极大的道德恐慌。小说出版不到三个月,它已不再是讨论焦点,媒体关注

[①] 凯鲁亚克写了《余波:垮掉的一代的哲学》(*Aftermath*:*The Philosophy of the Beat Generation*)来定义"垮掉的一代"。

[②] Gilbert Millstein, "Review of On the Road", in Fred W. McDarrah ed., *Kerouac and Friends*:*A Beat Generation Album*, New York: William Morrow and Company, 1985, p.48.

更多的是垮掉派的生活方式和他们的性伴侣。一时间垮掉派的负面新闻占据了所有报章杂志的显著位置，除《生活》《时代》和《新闻周刊》外，众多通俗小报也以此为热门话题。凯鲁亚克的自发式写作也招来了嘲笑和恶评，杜鲁门·卡波特（Trumen Capote）在脱口秀上讽刺凯鲁亚克不是在写作，而是在打字。①

媒体的广泛关注对垮掉派和他们的追随者而言是极大的伤害。然而，从垮掉派作品的传播角度来说，似乎又阴差阳错地成了好事。由于无法赞同通俗小报编造的离奇故事，许多青少年崇拜垮掉派，这构成了垮掉派合法化和权威化过程的重要一步。"垮掉的一代"这个称谓的含义也正是在跟媒体的较量中变得越来越丰富的。"Beat"一词最初是马戏团里的行话，指巡回演出中承受的困苦；在毒品交易中，它意为"被抢劫""被欺骗"。垮掉派外围成员赫伯特·汉克（Herbert Huncke）从朋友那里取来该词，在1945年秋又把它介绍给了凯鲁亚克、巴勒斯和金斯堡。汉克认为，这个词的意思仅仅是"被打垮，全世界都反对我"②。1948年11月，凯鲁亚克跟霍尔姆斯聊天时第一次使用了这个称谓。1952年11月，霍尔姆斯在《纽约时报》上发了一篇题为《这是垮掉的一代》（*This is the Beat Generation*）的文章，把该词介绍给了主流媒体。《在路上》出版后，垮掉派作家赋予了这个称谓更多宗教和精神上的意义。当时的美国刚刚进入媒体调停的时代，对"垮掉派"和批评家们来说，给这群人贴上一个内含丰富的标签都显得至关重要。媒体形象和真正的垮掉派之间的纠葛已经很难厘清，但这种广泛的媒体覆盖率拓宽了垮掉派诗歌的接受面。

电影作为新兴媒体也对垮掉派诗歌的传播起到了辅助作用。垮掉派文学由于其天生的地下文学特性，一开始就和纽约独立电影运动有亲缘关系。纽约独立电影兴起于20世纪30年代，50年代至60年代达到兴盛。这些电影以"新颖"和"原创"为最高标准，他们既在形式上革新，也不害怕表现有争议的题材，跟垮掉派意趣相投，有多次合作。1959年，独立电影人罗伯特·弗兰克以凯鲁亚克未发表的三幕剧为蓝本，制作了电影《拔出雏菊》（*Pull the Daisy*）。整部电影由凯鲁亚克叙述，金斯堡、柯索等人都在其中扮演了角色。《拔出雏菊》原本是凯鲁亚克、金斯堡和卡萨

---

① Bill Morgan, *The Typewriter Is Holy: The Complete, Uncensored History of the Beat Generation*, New York: Free Press, 2010, p.139.

② Steven Watson, *The Birth of the Beat Generation: Vivionaries, Rebels, and Hipsters, 1944—1960*, New York: Petheon Books, 1995, p.3.

蒂三人在五十年代初期合作完成的一首诗。另外,在独立电影《树之枪》(Guns of the Trees)中,金斯堡写作并朗诵了诗歌。该片在1962年的第二届"国际自由电影节"上获得一等奖。这些成功合作都拓宽了垮掉派诗歌的传播渠道。

随着电影工业的发展和垮掉派的文学成就逐步得到承认,电影艺术在垮掉派文学的传播中发挥了更重要的作用。一方面是大量垮掉派作家的传记影片发行,为推介和研究垮掉派提供了背景资料。另一方面,一些垮掉派经典著作如《在路上》《地下人》先后被搬上银幕,增加了作品的受众。这当中,最引人注目的是杰弗里·弗瑞德曼(Jeffrey Friedman)和罗伯·艾普斯坦(Rob Epstein)对《嚎叫》的改编。通常,电影改编以叙事作品为主,这是因为对诗歌进行改编有较大的难度,但是《嚎叫》的改编取得了很好的效果。影片本应在2007年完成,以纪念《嚎叫》发表五十周年,但为了与金斯堡的艺术成就相匹配,两位导演精耕细作,把原本应拍摄为纪录片的作品拍成了艺术片,直到2010年才得以发行。影片由四部分内容组成。第一部分由金斯堡谈论《嚎叫》的创作过程,回忆了跟创作该诗相关的重要事件,如他在精神病院遇见卡尔·所罗门的经历,以及他和尼尔·卡萨蒂之间的恋情,等等。第二部分描述了法院对菲尔林希提的审判,其辩论过程再现了激进文化和保守文化之间的交锋场面,同时辩论双方也对相关诗句作了细读分析。第三部分是金斯堡在"六画廊"公开朗诵《嚎叫》的场面,表现出了诗歌的豪情和气势。第四部分最具实验性,影片用埃里克·德鲁克(Eric Drooker)创作的精美动画来阐释《嚎叫》的主要内容。金斯堡本人一定会很赞赏这一安排,因为影片中使用的画作是他生前请埃里克·德鲁克画的。这些动画作品使诗歌的意思更为明白,有助于把诗歌转换成电影,但是这些动画作品的存在也冲淡了原诗的愤怒。令人惊喜的是,以拍摄同性恋题材著称的两位导演没有强调《嚎叫》为同性恋辩护的主题,也没有过多地表现金斯堡的传奇人生,而是紧紧围绕着诗歌的生成、出版和传播过程来展现其人其作。该片获2010年柏林国际电影节金熊奖提名,使垮掉派再次受到关注。

物质至上和消费主义是垮掉派的敌人。很多时候,垮掉派作家甚至隐居起来,想要摆脱尘嚣。然而,悖谬的是,垮掉派文化事实上在很多方面与消费主义或市场化和商品化如出一辙。垮掉派诗人们探寻的是精神出路,而依靠的却是他们所鄙夷的资本主义经济体系和经济运作模式。汽车、收音机、唱片、杂志、电影乃至衣服都是他们表达自己身份和美学的载体。

　　本章开头提及,垮掉派的界限是模糊的,评论家们很难从美学角度为其下一个定义,垮掉派内部也各执己见。然而,或许这种"难以概括"正是垮掉派的最大特点。之所以不容易概括,是因为垮掉派诗人们打破了众多框架和界限:人与自然的界限、伦理禁忌的界限、国境线、文化与宗教上的界限、作品与生活之间的界限、作者与读者的界限、文学与其他媒介之间的界限,都或多或少地被打破了。这其实是让文学摆脱日渐专门化的窘境,是让诗歌重新行走于大地的努力,但同时它也造成了作品良莠不齐的局面,使得一些作品呈现出去深度化、平面化甚至粗鄙化的特点。正因为这样,直到今天,垮掉派作家还会被称作"地球上最易怒的不明飞行物"[①],他们的作品会被判定为"一份不值得赞颂的遗产"[②]。关于垮掉派文学成就的争议必然还会持续下去,但从文化转型的角度来看,他们的意义无法抹杀:垮掉派打破边界的实践为阐释20世纪后半叶文学经典生成和传播的主要特点提供了完整案例。

---

　　① 阿尔弗雷德·吉拉尔德语。见 Bill Morgan, "Introduction", *The Typewriter is Holy: The Complete, Uncensored History of the Beat Generation*, New York: Free Press, 2010, p. xiv.
　　② 布鲁斯·博尔:《艾伦·金斯堡现象》,蒋显译,《国外文学》,1998年第2期,第42页。

第六章
自白派诗歌经典的生成与传播

布鲁姆在《西方正典》的序言里引用了英国批评家克莫德关于"经典"的论述:"经典,它不但取消了知识和意见的界限,而且成了永久的传承工具……"①诚如克莫德所言,经典之所以是经典,在于其文化传承作用。无论是自白派的领军人物罗伯特·洛威尔(Robert Lowell, 1917—1977),还是将这一流派带入巅峰的西尔维娅·普拉斯(Sylvia Plath, 1932—1963)和安妮·塞克斯顿(Anne Sexton, 1928—1974),都对文化传承作出了杰出的贡献。不过,诗人的创作绝不仅仅是对原有传统的简单重复,它同时也将浪漫主义、垮掉派、意象派的诗学主张融入了自己的诗歌血脉之中,形成了独具特色的风格。后现代主义诗歌对自白派的关注,更加证实了自白派诗歌的价值。可以说,自白派诗歌的生成与传播的过程,与整个美国文学史的发展脉络紧密关联。从某种意义上来说,它的发展历程是对文学经典流传与演变过程的一个投射。

第一节 自白派诗歌的源起及其对宗教忏悔意识的扬弃

从词源学上的考证可以看出,自白派诗歌是宗教忏悔意识土壤上开出的花朵。在许多自白派诗人的笔下,都存在对宗教原型的大量挪用现象。无论这些原型意象的挪用是出于诗人对宗教的虔诚,还是出于对宗教的反叛,都无疑昭示了一点,即诗人对经典的继承。

---

① 哈罗德·布鲁姆:《西方正典:伟大作家和不朽作品》,江宁康译,南京:译林出版社,2012年版,第3页。

（一）自白派诗歌的源起

西方自白文学可溯源至公元397年。圣·奥古斯丁少年时期沉沦于异教，且贪图享乐，浑浑噩噩，直至皈依上帝，才觅得生命真谛。奥古斯丁的言说者"我"在唯一的听众"上帝"面前忏悔，在他眼中上帝是"快乐、荣耀、信心的源泉"。① 如果说奥古斯丁的忏悔旨在灵魂的净化与救赎，那么18世纪哲学家、思想家让·雅克·卢梭则把忏悔当作哲学事业不可或缺的一部分。卢梭揭露表层事物之下掩盖的事实真相，反映人类存在与人性的冲突，他将人性当中最阴暗的一面毫无保留地展露在众人面前，通过忏悔自己的所作所为，以达到改善令"性本善"的群体变质的社会环境的目的。从那以后，西方"自白体文学"浪潮此起彼伏，绵延不断。

虽然"自白文体"在西方的文学著作中频现，并对欧美文学产生过一定的影响，但"自白诗"这一文学概念则是由纽约大学教授M. L.罗森塔尔（M. L. Rosenthal）在《作为自白的诗》（"Poetry as Confession"，1959）一文中提出的。1959年，罗伯特·洛威尔出版的诗集《生活研究》（*Life study*，1959）以极端个人化的姿态冲破了诗坛的禁忌，袒露其个人经验和生活，使文坛掀起了一场新的革命，标志着美国"自白诗"（Confessional Poetry）的诞生。

论及美国自白诗产生的根源，首先应该从促使自白诗产生的思想源头谈起。20世纪50年代末和60年代初，很多诗人已经对诗歌技巧的桎梏表示强烈不满，自由体诗歌获得极大发展。这些诗旨在直接表达诗人内心深处的情感，罗伯特·飞利浦斯认为自白诗人是一群"决定不再以诗的形式说谎"②的诗人。由此，传统学院式韵律诗谨小慎微、精致内敛的诗风在很大程度上渐渐被自由诗风所取代。在此背景下，自白派诗歌运动在20世纪60年代中期发展成为一场影响深远的诗歌运动，并成为继新批评之后美国重要的诗歌流派之一，其成就引起了英美等国学者的极大关注。自白派诗风的核心在于凸显强烈的自我意识，采用一种"自白"形式，大胆地暴露个人私密性的空间和生活经验内的领域，向人们展示疯狂、恐惧、死亡和精神疾病的折磨。自白派诗歌的语言直接、大胆、赤裸，

---

① S. Augustine, *Confessions*, Trans. by Henry Chadwick, Oxford and New York: Oxford University Press, 1991, p. 23.

② Robert Philips, *The Confessional Poets*, Carbondale: Southern Illinois University Press, 1973, p. 1.

并且富有内心剖析气息,贴近读者的心灵世界。诗歌的发展和创新需要一群具有开拓精神、敢于标新立异的诗人们的勇敢探索。

《生活研究》的问世将占据美国诗坛多年的重视诗歌技巧的创作旨趣转向了对自然和真实的追求。关于洛威尔的诗歌风格,有论者认为它是"奥登文雅流畅乃至灵巧风格的对立面,他的风格是造新词、英国习语以及对普通用法的巧妙而抒情的扭曲……诗中的学术情趣只是为了轻松愉快"①。著名的诗人兼诗歌评论家约翰·克罗·兰色姆(John Crowe Ransom)就曾直言:"无名……是诗歌的一个条件。"②师从兰色姆的洛威尔对自己诗风的转变有一套很好的说辞:"我跟艾伦·金斯堡有相同的阅读体验,这使我放弃韵律,增加额外的韵律音节,使之更接近口语的随意性。"③虽然以口语为基础的诗学并非产生于1959年,但是它作为一种理论原则贯穿一部诗集《生活研究》,使这一年成了诗学史上的里程碑。

普拉斯曾是洛威尔诗歌讲习班的成员。在一次采访时,她公开承认洛威尔对她的影响,声称《生活研究》的新颖性让她异常兴奋,增添了她自白的勇气和信心。普拉斯把洛威尔当作榜样,有意地模仿他的自白诗风,延续并扩展了他所提出的自白领域和逻辑思维,在自白诗的道路上迈出了更远的脚步,并不断作出自我探索直至生命的尽头。自白派诗人的写作风格各具千秋:洛威尔诗中蕴含暗示性话语,贝里曼擅长凌乱中彰显诗美,塞克斯顿大胆赤裸,而普拉斯则成为集大成者,兼有各家所长,又不失个性,代表了自白派诗歌的精髓。

自白派诗歌的影响是巨大的,很多不属于该派的诗人也在使用被自白诗歌恢复元气的风格传统和题材进行创作。自白诗人对信念极端地怀疑,认为诗的深度不是靠哲学概念或宗教教义,或在想象中出现的某些特殊而重大的时刻来抵达的。在题材方面,洛威尔、贝里曼、罗特克、普拉斯和斯诺德格拉斯都转向自传,或被认为是自传的素材。他们作诗的经验表明:一个人了解最深刻的事情来自于他的过去。过去在出生之日就伴随着一个人的一生,因此同父母的关系让他们投入了较多的目光。他们自身的性格似乎是由家庭的遗传历史以及父母的失职和犯罪后的负罪感集体组成的。

---

① 萨克文·伯科维奇主编:《剑桥美国文学史》(第八卷),杨仁敬等译,北京:中央编译出版社,2008年版,第13—14页。
② 同上书,第116页。
③ Hamilton Ian, *Robert Lowell: A Biography*, London: Faber and Faber, 1982, p.20.

20世纪40年代的诗歌理念是一种狭隘的传统权威规范,直接导致了现代主义诗歌道路几近枯竭的命运,这是催生自白派诗歌诞生的内部原因。其外部原因则来自后工业社会以及后现代美国社会。美国五六十年代的政治经济和社会形势的变化给人们带来了新的审美维度。当时美国社会经济高速发展,人民的物质生活得到了很大的提高,同时,政权的高度集中以及从精神上对民众的控制产生了深刻的社会问题,并由此衍生一系列个人悲剧,而这一切带给诗人的是自我表达和自我实现的失败。美国人的思想被丰富的物质享受所束缚,而经济萧条和第二次世界大战的阴影还时时像梦魇一样出现在他们的记忆中。这种特殊的社会背景使得美国民众轻易地成为美国政客种种政治手段的俘虏,也使得这一时期的文学不可避免地成为政治和政客的工具和牺牲品。同时,弗洛伊德精神分析的兴起和存在主义的流行,在一定程度上扩展了人们的思维和视野,人们的观念、情绪和价值观等发生巨变,在后现代主义运动大形势的推动下,自白派应运而生。

自白派诗歌将个人的私密情感和体验推向诗歌神坛,以极端自主的姿态开拓出新的诗歌审美范式。自白派诗人相信自己的坦率方式合乎当时的社会需求,更为重要的一点是自白诗的创作能够起到"自我治疗"的作用。十分巧合的是自白派诗人都不同程度地患有精神疾病,为了解除心理压力和负担,治疗病苦,他们都走上了诗歌创作的道路。在诗歌的探索道路中需要诗人们贡献出自己的经验和隐私作为诗歌创作的主题。另外,平庸的题材不具备个性和吸引力,很难俘获读者的心,因此将前人不曾涉猎或较少关注的题材纳入诗歌创作的主题,才能满足人们猎奇的心理。可以说,自白诗的诞生迎合了人们的心理需求。

自白派诗人们抛弃了保守封闭型的艺术形式,超越了"为艺术而艺术"的学院派诗学理念,主张建立富有弹性的开放型艺术形式,追求个人的视角,毫无保留地揭示人的内心世界和体验。作为后现代主义诗歌的一支流派,自白诗跟垮掉派、黑山派、纽约派和新超现实主义等流派形成了互动,使当代世界诗坛焕发出勃勃生机。

(二)自白诗对宗教忏悔意识的接受

"自白"一词,对应的英文是 confession。后者来源于 14 世纪古法语 confesser,而 confesser 又来自拉丁语的 confiteri 的过去分词 confessus,意即"承认",其构成是 com(together)+fatus(这是 fateri 的过去分词),

意思是 to admit 或 to speak,二者合起来意指"共同承认/言说"。最初,该词指信教者在不殉道的前提下,不顾迫害或危险公开宣称自己的信仰。因此,从词源学上看,它带有浓厚的宗教色彩。除了"坦白""自白"等意思外,它还有"忏悔"的意思。因此,严格来说将 the confessional poets 译为"自白诗人",是一种不全面的翻译,至少在汉语文化语境中其"忏悔"的宗教内涵被无端地遮蔽了。

"上帝"和"忏悔"对于英语诗人来讲,是最基本和日常的文化符码。我们在考察自白诗的时候,必须认识到其背后深刻的宗教和文化传统。尽管有研究者认为,美国自白诗不肩负任何宗教、社会或政治义务,而是出于自我疗伤的需要。但是,在洛威尔、普拉斯、塞克斯顿和贝里曼的作品中,存在着大量对宗教元素的挪用以及对宗教信仰的沉思或质疑。例如:"这已经吊死的救世主房。……/耶稣在黑水上行走。在黑色污泥/翠鸟奔突。/在基督圣体上,心啊/在圣·斯蒂方唱诗班的鼓声上响过。"①(洛威尔《黑岩中的对话》)又如,贝里曼的《上帝赐福与亨利》以及《给上帝的十封信》,其标题本身就是对宗教题材的挪用。

洛威尔于 1941 年春皈依天主教,并与妻子再一次在天主教教堂举行婚礼,彻底与第一次举行婚礼的圣马克教堂脱离关系,更重要的是预示了他成为天主教徒后对战争看法的转变。此前,他曾著有《战争:一种正义》一文,认为战争的利大于弊,是保持生命最高形式的关键。皈依天主教之后,由于受到该教派"仁爱、博爱"思想的影响,开始怀疑战争的正义性,反对入伍去杀戮生命,反对轰炸罗马,反对一切名义的战争,这成了他创作思想的底色之一。

早在圣马可学写诗的时候,洛威尔就读过圣经,认为其中某些部分可以与荷马和莎士比亚相提并论。入教之前,他读过很多神学书籍,尤其是法国神学家吉尔森(Etienne Gilson)的作品。诗歌评论家尼姆斯(John Frederick Nims)认为洛威尔是天主教诗人,这是有一定依据的。第一部诗集《不同的国度》(*Land of Unlikeness*,1944)反映了他的天主教思想:"所有世俗的历史不过是徒然的重复,只有天主教能提供自由,脱离既不像上帝又不像人类高尚精神的世俗世界。"②获得普利策诗歌奖的诗集《威利勋爵的城堡》(*Lord Weary's Castle*,1946)表现了他的人文精神,试

---

① 罗伯特·洛威尔等著:《美国自白派诗选》,赵琼、岛子译,桂林:漓江出版社,1987 年版,第 5—6 页。
② 张子清:《二十世纪美国诗歌史》,长春:吉林教育出版社,1995 年版,第 614—615 页。

图发挥基督教的威力来拯救现代战争和生活在罪恶环境里的人类。

鉴于宗教主题对自白派诗歌的经典性起到了很大作用,我们不妨分别对洛威尔的几首诗歌略作分析,以窥见其中的关系。先以《圣洁的天使》为例:在该诗中,天使直到惨遭屠杀之后,才被人们当作圣童供奉在基督教堂里,因为人们觉得应该珍惜生命。由此我们不难想到:第二次世界大战中大批的平民被屠杀,"圣洁"还会存在吗?在诗歌的上半节,现代文明对原始纯真的无情摧残激起了诗人的愤怒;而到了诗歌的下半节,这种愤怒情绪突然转为温和的陈述——"牧羊人的小羊羔们,孩子们,你们睡得那么安详。"①似乎只有进行宗教的沉思,才能得到天使们的原谅,才能超度天使们的亡灵,才能洗刷战争的罪恶,从而最终趋于圣洁。

另一首诗歌《瓦尔森哈姆的圣母玛利亚》叙述了圣经《旧约》中关于圣母玛利亚的故事。在英国瓦尔森哈姆的圣母玛利亚教堂,许多想赎罪的人在离教堂一英里的地方脱下鞋子,赤脚走到教堂,在那里求得净化,祈求圣母减轻自己的痛苦。然而,圣母并未对忏悔者做出回答。下半节描写圣母不再有美丽的容貌,不再有生动的表情,眼皮沉重,因为她知道罪恶在继续,现实世界还有很多人罪孽深重。不过,圣母知道上帝不需要"十字架",因而在最后一行诗中有这样的愿望:"现在,希望整个世界都来瓦尔森哈姆朝拜吧。"②显然,圣母仍然希望世界上的罪恶可以得到宽恕。这首诗用生动的宗教故事发出诗人的心声,反映诗人的现世关怀。

《楠塔基特的贵格会教徒墓地》③为纪念表兄弟沃伦·温斯洛而作,后者于第二次世界大战期间随同美国的一艘军舰沉没海中而遇难。温斯洛是贵格会教徒,贵格会又称友谊会,是历史上三大和平教会之一,其教义规定:耶稣基督是宣传并实践和平理念的和平主义者,其信徒必须履行和平使命,即便是代表国家或政府利益的暴力活动也是绝对不允许的,故一旦违犯了和平,就只有死亡。温斯洛的命运恰恰是对此最好的证明。战争的残酷激怒了上帝,激怒了海神,把温斯洛所在的舰队吞没,正如诗人似乎听到贵格们的挣扎声:"如果上帝不站在我们这一边/如果上帝不站在我们这一边/当大西洋向我们扑来时,啊/大海接着瞬间吞没了我们。"诗的最后一节谈到了上帝的无奈:上帝用粘土和自己的气息造人,希

---

① Jonathan Raban, *Robert Lowell's Poems: A Selection*, London: Faber and Faber, 1974, p. 35.
② Ibid., p. 40.
③ Ibid., p. 30.

望人类和平共处,可是"蓝色呼吸的卷浪呼啸着扑向死者/上帝在一厢情愿的幻觉中苟活。"诗人在宗教情感中抒发了对战争的深恶痛绝,对具有像表兄一样命运的人表达了悲悯。

《醉酒的渔夫》一诗中多次出现"blood"一词,以此渲染人类嗜血成性的本质。"难道没有办法把我的鱼钩/从这条被炸药炸得遍体鳞伤的河里移走?/我要用光滑的鱼饵钓到耶稣/当黑色王子暗中跟踪/我的血流到地界时……/钓鱼的渔夫在水上行走。"[1]钓到耶稣的结果是人类的堕落与多难,滥杀生命与上帝的仁爱宽恕不符,只能导致人类自身的灭亡。诗人借助上帝对人类的惩罚,来表达对地球生命形式的关切。

《爱德华先生和蜘蛛》[2]一诗开篇便丢出疑问:"在上帝庇护下的我们是怎样的呢?"接着质问:为什么我们面对战火却如此脆弱,如此不堪一击?蜘蛛是战火的挑起者,尽管它能杀死老虎,但诗人仍希望上帝强大起来把如同蜘蛛一样的灵魂发配到地狱去。最后蜘蛛自取灭亡:"……这就是黑寡妇,死亡。"该诗似乎在告诫那些战争狂人,不要玩火,玩火必自焚。

不光洛威尔的诗歌离不开宗教土壤,其他自白派诗人的作品也是如此。例如,基督教神话原型频频出现于普拉斯的诗歌,其中以《拉撒路夫人》最为典型——从灰烬中重生的女巫是圣经中一位身患麻风病的乞丐。普拉斯希望自己也可以通过火祭的仪式来涤荡灵魂与身体的罪恶,在烈火中重生。类似的情形在塞克斯顿的笔下也常常出现。例如,诗集《死亡笔记》(*The Death Notebooks*)和组诗"死亡宝贝"("The Death Baby")等都是对人与上帝关系的探讨,包含了诗人对宗教、死亡、神性等微暗洞穴的玄妙表达。塞克斯顿创作的一个显要趋向是对宗教的质询,她偏爱耶稣基督的意象,且一直纠缠于上帝与自我的关系。

总之,自白派诗人扎根于宗教的土壤,以找寻创作的根据,这一行动本身就体现了对经典的继承。在宗教这一宏大叙事背景下,自白诗人以自我揭露的方式完成了宗教忏悔的仪式,并通过这一仪式,对人与上帝的关系进行了探讨,同时也借忏悔之机,对人类的生存现状进行了反思。在继承传统的同时,自白诗人融入了自己的思考,这也是对经典的一种传播。

---

[1] Jonathan. Raban, *Robert Lowell's Poems: A Selection*, London: Faber and Faber, 1974, p. 24.
[2] Ibid., p. 75.

第二节　自白派对意象派的继承与发展

学界曾流行着一种看法,即"自白派诗歌的出现就是对庞德、艾略特、斯蒂文斯的诗歌体系的背弃"①。这一观点基于如下理由:意象派诗歌强调"直接处理无论主观还是客观的事物",并且强调"绝不使用无益于表达的词语",从而将"主观性"排斥在意象派的大门之外,而自白派诗歌恰恰是将"主观性"放在了极为重要的位置,崇尚自我揭露和自我亵渎。诚然,从上述角度看,自白派诗歌是对意象派的反叛。然而,自白派诗人对诗歌意象的把握,以及对诗歌形式的处理,与意象派诗歌有着一脉相承的联系。以下将从诗歌形式和诗歌意象两个方面讨论自白派诗歌对意象派诗歌的继承和发展。

在诗歌格律上,意象派强调"诗的内在节奏,主张按语言的音乐性写诗,反对按照固定音步写诗,尤其反对英诗传统的抑扬格五音步"②。因此,意象派诗歌大多长短不一,不太规则,追求日常语言的句法和韵律,接近于自由诗的形式,就像飞白先生所指出的那样:"意象派在英语国家中起到了推广自由诗的作用。"③休姆的《桅顶瞭望员》就是一例:"我听着真奇怪/那吹过桅杆的风声/也许是海在吹口哨——假装高兴/来掩饰它的恐惧/就像村里的孩子/哆哆嗦嗦地走过教堂的墓地。"④形式上的自由灵活,使这首诗歌显得生动活泼,彰显了自由诗的意蕴。此外,人格化的海风声,跟心中充满恐惧地走过墓地的孩子意象并置,表现出诗歌精巧独特的内在节奏。

意象派致力于用节奏挑战韵律,通过形式上、格式上的改变与突破,对同一种情绪做出不同阐释,从而凝练出一种新的内在体验。意象派诗歌的节奏性十分强烈,而弱化了格律诗的平仄与韵律之感。正是在这方面,自白派诗歌与意象派诗歌一脉相承。20世纪50年代中期的洛威尔认识到了口语节奏的作用,发展了一种新的风格,使得诗歌显得"亲切",

---

① Jay Parini ed., *The Columbia History of American Poetry*, New York: Columbia University Press, 1989, p.652.
② 飞白著:《诗海——世界诗歌史纲》(现代卷),桂林:漓江出版社,1989年版,第1133页。
③ 同上。
④ 同上书,第1139页。

"听起来像说话";这种"诗行长短不一、音步不规则、押韵随便而自然"更适合表现"个人的生活经历、家庭和朋友"。①《出售》一诗中的"自白"节奏就充分体现了这种风格:

> 可怜的羞怯的玩物,
> 由过多的仇恨组成,
> 我父亲在比弗利农场的小屋
> 只住了一个年头
> 他死的那个月就拍卖
> 空荡,宽敞,亲切,
> 那些城里式样的家具
> 那神情就像翘首盼望
> 殡仪馆老板后面
> 跟来搬家的人。
> 母亲早做好准备,但害怕
> 孤零零活到八十
> 她在窗口呆呆地看着
> 好像是坐在火车里
> 已经过了一站。②

诗人用强烈的叙述性与节奏感描绘了父亲去世,母亲准备变卖家产的过程。生活场景的点滴通过断句停顿的形式,催生了悲凉孤独之感。

自白派的另一员大将普拉斯在诗歌形式方面的探索比她的老师洛威尔走得更远。罗森布拉特认为:"普拉斯终其一生都在以惊人的速度展示着她不断转变艺术风格和美学态度的能力,甚至于整个50年代对她来说都是消化和吸收现代主义作家艺术风格的时期。"③她的作品"在格律上发扬这一流派诗行并列、节奏构造、押韵方式自由而散漫、即兴随意的特征,如闲云野鹤,任意无忌。"④同时,"在韵律方面,她惯常用音乐性的语言,却不受节拍的束缚;常常采用内韵、头韵以取得音乐效应;以跳跃明快

---

① 彭予:《二十世纪美国诗歌——从庞德到罗伯特·布莱》,开封:河南大学出版社,1995年版,第364页。
② 赵毅衡编译:《美国现代诗选》(下),北京:外国文学出版社,1985年版,第575页。
③ Jon Rosenblatt, *Sylvia Plath: The Poetry of Initiation*, Chapel Hill: University of North Carolina Press, 1979, p.21.
④ 赵毅衡编译:《美国现代诗选》(下),北京:外国文学出版社,1985年版,第571页。

的节奏应对疯狂矛盾的情感;强调音韵应该符合诗歌重创的经验,而不强求符合某种韵律格式。"①

自白派诗歌对意象派诗歌的承袭和发展还体现为对"意象"内涵的不断发掘。意象派的创始人休姆主张"诗人的任务就是不断地创造意象","散文是表现理智的工具,诗是表现直观的工具"②,旗帜鲜明地表达了意象主义诗歌流派的诗学宗旨。诗人的见解、直觉和炽热情感融合为一,淬炼成意象,是诗人的重要书写策略。在这种诗学主张下,以休姆为代表的意象派初期诗人创作了一批最早的意象主义诗歌。他们通过种种鲜明而独特的意象直接传达出诗歌的审美意蕴,而且善于将不同的意象叠加,构成巧妙的意象并置。这种并置使诗歌获得了有别于单个意象所表述的审美特征。女诗人艾米·洛威尔的《幻象》是这方面的典范:

> 漫步在芍药树旁
> 我瞧见一只甲虫,
> 漆黑的翅膀上,
> 有着奶白色的斑点,
> 我本想抓住它,
> 但它从我手边飞快地抛开了,
> 藏身在拖着佛像的
> 石荷花下。③

此处呈现的是动态的意象:诗人的捕捉视角由大到小,从芍药到甲虫再到翅膀;视觉的缩小,是精神的凝练,是内心的沉浮。意象的转移由大到小,诗歌的态势也是从静到动,尤其是那动态的佛像,象征着东方佛学的哲学思考。最初的叙事性语言,在意象的纯粹转移之下,幻化成"佛像荷花",亦即触及了全诗的灵魂。换言之,该诗意象的转移是叠加式的,从中可看到对生活点滴的提炼,对生活方式的探索,以及对人生理想的追求。

洛威尔于 1917 年出生,1918 年英美意象主义诗歌运动解体,但是意象派诗歌的余韵仍在英语诗歌世界回响。洛威尔擅长于捕捉各种意象,

---

① 汪玉枝:《论普拉斯对自白派诗歌风格的继承与创新》,《外语研究》,2010 年第 5 期。
② 飞白著:《诗海——世界诗歌史纲》(现代卷),桂林:漓江出版社,1989 年版,第 1127 页。
③ 刘人云:《中国朦胧诗与美国意象派诗歌比较》,豆瓣读书,2011 年 10 月 30 日(http://www.douban.com/note/181105756/,访问日期:2014 年 5 月 1 日)。

来传达自己内心世界和外在世界的紧张关系和矛盾冲突。诗歌《福光的孩子》就是一例：

> 父辈们从蛮荒之地夺取面包，
> 用红种人的骨头做院子的围篱，
> 他们从荷兰抵地登上海船，
> 夜里在日内瓦朝香者无处归宿。
> 他们在此地种下福光的蛇籽。
> 旋转的探照灯在搜索，想震撼
> 建在岩石上狂暴的玻璃房间，
> 在空无一物的祭坛旁，蜡炬流淌，
> 该隐的无家可归的鲜血在燃烧，
> 烧着了没掩盖的种子，那里才有福光。①

在这首诗歌中，纷繁复杂的意象构造了一个奇特的世界，深化了意象派诗歌的意象并置的写作技巧。在意象并置的基础之上，洛威尔把各种具有内在矛盾冲突的意象堆砌在一起，建筑了一个意象空间。比如，"建在岩石上狂暴的玻璃房间"中岩石和玻璃屋这两个意象一起出现，显示出内在的张力。整首诗歌氤氲着一种神秘主义的气息，给人带来不同的阅读体验。

普拉斯对意象的运用更加超然。她将"超乎寻常的纷繁复杂、诡异荒诞的意象频频融入诗中，借以更好地表述主题"②，而这跟庞德在《诗刊》上发表的意象派宣言十分契合。后者提倡诗歌应该捕捉"意象"："意象在任何情况下都不只是一个思想，它是一团、或一堆相交融的思想，具有活力。"③普拉斯对此似乎心领神会，并在实践中颇有心得。且看如下诗行中意象的运用：

> 浆果红了。一具苍白的尸体腐烂，
> 墓碑下透出腐烂的气味，
> 即使他离开时身着亚麻布服。
> 我在这嗅到苍白的味道，在墓碑底下，

---

① 赵毅衡编译：《美国现代诗选》（下），北京：外国文学出版社，1985年版，第571页。
② 汪玉枝：《论普拉斯对自白派诗歌风格的继承与创新》，《外语研究》，2010年第5期，第98页。
③ 伍蠡甫主编：《现代西方文论选》，上海：上海译文出版社，1983年版，第251页。

那里小蚂蚁成群,蛆倒养肥了。
死亡在阳光之下或者没有阳光时,可能会变得苍白。①

这首诗围绕着腐烂的尸体展开,不单是隐含普拉斯对死亡的向往,腐尸、墓碑、亚麻布服、苍白的味道(此处用了联觉/通感意象)、成群的小蚂蚁和养肥了的蛆虫,叠加成一堆意象,分明交融成了庞德所说的"具有活力"的"一团思想"!

在另一首诗中,叠加式意象交融成思想的情形更加明显:

一只蜗牛在一片花叶上细语?
它不属于我,不能接受
酸性的物质封闭在锡箔里?
不能接受,那不是真的。
一个金戒指在锡箔上反射阳光?
谎言,谎言和一场灾难。②

这首诗歌将不同维度的意象杂糅在一起,先是一封快邮,然后词语变成了蜗牛,接着信封成了树叶的盘。诗人转而联想到酸醋,难道信里所承载的信息是情感的纠结?意象的蕴涵可谓层层推进,最终点出爱情之所以痛苦的根由:谎言是扼杀爱情的灾难。

自白派诗人带着原始的生命激情,用种种意象建构了诗人眼中的世界。在这个世界里,诗人们表达了对生活和社会的私人体验,其精确性和具体性通过意象呈现出来,成为想象世界的外现。意象世界和自白之风巧妙地结合在一起,力求抵达生命和事物的本源之所在。在对诗歌世界求道般的虔诚追寻中,诗人的生命激情和生命体验随着诗歌一起成为永恒。

第三节　诗歌形式的拓展与创新

在很大程度上,自白派诗歌的经典性在于它对英语诗歌形式的拓展与创新,主要体现在三个方面。

---

① Sylvia Plath, *The Collected Poems*, New York: Harper, 1981, p.98.
② 罗伯特·洛威尔等著:《美国自白派诗选》,赵琼、岛子译,桂林:漓江出版社,1987年版,第87页。

首先,传统诗学所认为的那些非艺术性、不可表述的东西在自白派诗中正大光明地坦然出现。在自白派诗歌中,极端私密性的个人体验得到了正式表述的机会,如疯癫、躁狂、伤害、瘫痪、手淫、乱伦等一系列非常态主题的书写,展示了诗人自己内心最深处的情绪感受和主观感知,充满了非理性和直觉的反思。这种直觉的反思,为第二次世界大战后急于摆脱国家意识形态主流话语钳制的诗人们找到了触发点,为英语世界诗歌思想的源流提供了养分。例如,普拉斯的《挫伤》("Contusion")一诗以凝炼的句法以及内在节奏的讲究,在思想内涵和表现形式上都拓展了英语诗歌世界的表现领域:

> Color floods to the spot, dull purple.
> The rest of the body is all washed out,
> The color of pearl.
>
> In a pit of rock
> The sea sucks obsessively,
> One hollow the whole sea's pivot.
>
> The size of a fly,
> The doom mark
> Crawls down the wall.
>
> The heart shuts,
> The sea slides back,
> The mirrors are sheeted. [1]

(色彩涌向一点,暗紫色。
身体的其余部分都变得苍白,
珍珠的色彩。

在岩石的深渊里,
海洋着魔似地吮吸,
整片海洋的中心,一个空洞。

一个苍蝇的体积,
毁灭的标志

---

[1] Sylvia Plath, *The Collected Poems*, New York: Harper, 1981, p. 271.

从墙上爬下，

心关闭了，

海潮退了，

镜子裹上了尸布。）

诗歌中"spot""out"以及"mark"和"back"使用的是耳韵，这种韵律要求词与词之间在听觉上押韵，而眼韵却恰恰与此相反，它强调的是词与词之间形式上的对等，譬如"rock"和"suck"，"shut"和"sheet"等词。美国著名诗歌评论家海伦·文德勒曾经撰文指出，普拉斯诗歌中的耳韵以及眼韵技巧的运用对她的诗歌起到了约束作用[1]，即避免了情感的恣意铺陈；这种有节制的叙述非但没有削弱诗歌的表达，反而产生了一种强烈而有序的节奏感。与此同时，"苍蝇、尸布"等意象的出现，使整首诗在冷静的叙述中显出一丝诡异色彩。普拉斯眷恋于幽暗的意象体系，以裹尸布为代表的死亡意象的频现，预示着诗人最后的宿命。她对受创伤的内心深处的凝视，总能让人产生贴心贴肺的共鸣。

其次，自白派诗歌中独特的女性主体体验，跟20世纪轰轰烈烈的女权主义运动互相呼应，为全世界女性主义文学的发展做出了示范。普拉斯等人的诗歌对女性的身体进行了深入的剖析，书写女性身体、隐私、性、死亡等的意象，揭开了遮蔽在美丽面纱下的女性作为第二性的生存状况和生命体验，质疑并反叛传统诗歌中男权文化霸权中的一些传统价值理念和价值判断，增添了英语诗歌世界的审美范式和性别视角。以普拉斯的《申请人》一诗为例：诗中分开的身体器官是女性身体的具体化意象，恰好折射出女性在婚姻中的碎裂感和破碎感。"黑色礼服"是婚姻的象征，高档的礼服表面遮蔽了男人的丑陋和绝情。在男权禁锢中艰难生存的女人碎裂的不仅是肉体，更有心灵的支离破碎。在普拉斯的笔下，这类体验都是通过别出心裁的意象来传达的，如《爱丽儿》中"上帝的母狮"、《爸爸》中想毁灭父亲的"女儿"、"蜜蜂组诗"中飞出蜂箱的"蜜蜂"、《拉撒路夫人》中复活的"红发女尸"、《高烧103度》中的"老妓女"，以及《边缘》中挣扎在死亡边缘的女人，等等。尤其是在《拉撒路夫人》一诗中，诗人把死亡提升到艺术审美的层次："死亡 /是一门艺术/和其他事情一样/我尤善此道……我披着红发/从灰烬中升起/噬人如呼吸空气……像猫一样可死九

---

[1] Helen Vendler, *The Music of What Happens: Poems, Poets, Critics*, Cambridge: Harvard University Press, 1998, p.276.

次……我又尝试了一次/每十年/我就干一次……"①绝望的普拉斯企图和男性一起全部毁灭,迸发出强烈的愤怒感和复仇的强大力量。

最后,自白派诗歌为后现代主义诗歌流派的创作提供了很好的铺垫。自白派诗人大力倡导的自传性和主体性在后来的一些诗歌流派中得到广泛推崇和利用,特别是得到了"后自白派"诗人查尔斯·赖特、菲利普·莱文和斯坦利·库尼茨等人的推崇。后者一方面大力肯定自白派诗歌中着力展现的自我,另一方面又赋予这种自我以多重性,进而努力寻求自我的解放,让自我与社会对话。

---

① Sylvia Plath, *The Collected Poems*, New York: Harper, 1981, p.244.

第七章
当代美国小说经典的生成与传播

与其他国家的文学相比,当代美国小说经典化浪潮背后的推手可能是最强大的,其因素也可能是最复杂的。就外国文学对中国的影响而论,恐怕没有哪个国家的当代小说能在整体上超过美国。因此,我们专辟一章来讨论当代美国小说经典的生成与传播,尤其是在中国的传播与变形,此举应是合情合理的。本章以塞林格、艾里森的作品为例,分析当代美国小说的经典化历程。这些分析旨在表明:把相关作品推向经典地位的外部因素虽然都很重要,但并不是最主要的;最主要的因素是这些作品的经典性,即作品内在的艺术品格。

第一节 《麦田里的守望者》在中国的传播与变形

《麦田里的守望者》在中国的影响之广,从2010年作者塞林格去世所引起的反响可见一斑。中新社和北京电视台第一时间作了报道,国内许多报纸以《麦田痛失守望者》等标题发文悼念,表现出对小说作者的无限怀念。北京则有百余名读者在一家书店7小时接力朗诵这部小说,以示追思。学术界立刻掀起了《麦田里的守望者》的研究高潮。检索中国知网可见,2010年一年内发表的研究性论文在标题中包含"麦田里的守望者"字样的就达到34篇。

从1963年被译成中文至今,《麦田里的守望者》已有至少11种译本,其中仅译林出版社就出版了施咸荣和孙仲旭的两个译本,此外还有若干少儿版改写本等,甚至有网友翻译的"林琴南文言版"。2013年初,译林出版社在该社出版《麦田里的守望者》十五周年之际宣布,从1997年2月首版以来,累计销量已超过150万册。①

这部小说在中国的影响大大超出了文学范畴。它渗透到中国人的生活,成为一种理想或品位的象征:音乐界有著名的"麦田守望者"乐队,酒吧中有"麦田吧",房产公司则有"麦田房产"。"塞林格"和"麦田"也随时可以借来谈论时事,如"塞林格写的正是富二代"。②

小说标题中的"麦田"和"守望者"两个词,由于在社会生活中被大量借用,均超越了其汉语常用的本意,具有了独特的隐喻意义。随便浏览一下报纸新闻标题可见,被"守望"的不但有"文学麦田""语言教学的麦田""传统文化的麦田",也有"药酒的麦田""逐渐金黄的基金麦田",连别墅房产也来凑热闹。究其意,"麦田里的守望者"被普遍简化理解为"麦田守望者",而"守望麦田"就是"坚持梦想"的一个比较有诗意的说法了。至于梦想是什么,似乎什么都可以。

一言以蔽之,《麦田里的守望者》已经完全融入了中国人的生活,成为有文化的中国人可以随意调动的一种资源。

针对由塞林格的逝世可能引发的新一轮阅读热,当代先锋派文学专家陈晓明指出,《麦田里的守望者》感召的是行动上对社会的反抗和愤怒,但是他提倡将小说"作为一种文学作品来领略即可……但不值得仿效里面主人公霍尔顿与社会疏离的所作所为"③。这番话说明,《麦田里的守望者》在中国的传播中已经吸引了众多效仿霍尔顿的行为;而且"疏离社会"已经成为人们对小说主题的一致认识。

这一点在对该作品的研究中表现明显。检索中国知网数据库可见,截至2012年底,仅标题中包含"麦田里的守望者"的学术论文就达到290篇,但不管它们谈的是"反叛""追寻""异化""解构",还是"生态""东方""禅宗",或是"口语""象征""叙事",往往都围绕着"疏离社会"的主题。这从一个侧面反映了中国读者接受《麦田里的守望者》的普遍视角。

"疏离社会"意味着对他人和规范表现出普遍的不信任,而喜欢特立独行。2007年的一个版本④的封面形象地反映了国人对霍尔顿的这一感知:一个冷峻少年的肖像旁,写着"这世界!"三个小字,然后是"他妈的"三

---

① 参考《北京日报》,2013年1月15日。
② 叶匡政:《塞林格写的正是"富二代"》,《观察与思考》,2010年第3期。
③ 邱琪:《北大教授陈晓明:霍尔顿不值得青年人仿效》,新浪读书频道,2010年1月29日(http://book.sina.com.cn/news/a/2010-01-29/1844265856.shtml,访问日期:2013年1月5日)。
④ 沙林杰:《麦田捕手》,施咸荣、祁怡玮译,台北:麦田出版社,2007年版。

个放肆的大字。也许用"'他妈的'经典"来称呼这部小说不失为多数中国读者对它的理解与尊敬。

可是,这是真实的霍尔顿吗?

本节试图说明,半个世纪以来霍尔顿在中国逐渐形成的叛逆形象,实际上是追求个性解放的现代欲望在 20 世纪后半叶中国语境中的一个缩影。霍尔顿的真实形象要更加丰富:他在愤世嫉俗的同时,也为怀疑自己留下了空间;随着他的成长,他的自我反省也越来越深刻,对生活的理解也越来越全面。上述对《麦田里的守望者》的选择性解读倾向,使我们丧失了原作可能提供的一种营养。

(一) 从黄皮书到手抄本

《麦田里的守望者》在 20 世纪后半叶能够在中国迅速成为经典,与中国的现代性大潮中人们的期待视野有关。在这样的语境中,它顺理成章地被当作批判社会庸俗虚伪,批判压抑个性的教育制度,为自由的青春呐喊的一面旗帜。

这部小说与"自由派"的相遇,早在 20 世纪 60 年代就发生了。

《麦田里的守望者》1951 年在美国出版,仅隔 12 年译入了中国。60 年代初,为了准备中苏大论战,需要"探讨反修、批判资产阶级文艺中的人道主义、人性论等问题",为此中宣部组织编译出版了大量资料,供高层参考。其中的文学作品主要是苏联文学界的争议之作,也选译了一批相关的西方作品,尤其是反映这些国家中的青年人对社会颇为不满的情绪的代表性作品,由人民文学出版社负责出版。[①]

由于当时对西方文坛所知极少,除了最初由罗大冈、杨宪益和曹靖华开会确定翻译的《愤怒的回顾》《往上爬》《等待戈多》《在路上》等几部作品外,翻译人员有一定的选择推荐的权利。因此,时任人民文学出版社外文编辑施咸荣通过在北京图书馆的研究,自己确定了《麦田里的守望者》。他认为,对美国的认识,不能老停留在"纸老虎"这种印象上,有必要让领导和更多的人了解更加真实的美国。而《麦田里的守望者》,正是当时美国社会思潮的一种反映。[②] 不过,选择翻译它,应该还有一个施咸荣没有谈及的原因,即这部小说直接影响并催生了当时在苏联文艺界最有争议的小说之一

---

① 孙绳武:《关于"内部书":杂忆与随感》,《中华读书报》,2006 年 9 月 6 日。
② 李景端:《如沐清风——与名家面对面》,天津:百花文艺出版社,2006 年版,第 14 页。

《带星星的火车票》。因此,翻译此书也有为中苏大辩论提供参考的目的。

也许正是出于这些目的,译本附有一个"译后记",其中除了介绍作者及这部小说在美国的巨大成功之外,还引用了若干"资产阶级评论界中比较进步的文艺批评家"的意见,批评它不够革命:"他反抗的并不是'制度'或成年人的社会秩序,只是看不惯目前的世道,因现实世界中没有足够的爱而感到痛苦……是个特别敏感的、在现实世界中找不到出路的人物";"塞林格笔下的年轻人被腐朽的现象所包围,又只能从个人的立场去看待这现象,因此他们只是反对这种现象,要求证明个人的纯洁,却不去进一步研究事物的动因……"①译者还引用了苏联批评家的两种争议观点,一种观点认为这部小说"是真实的、现实主义的",而另一种则认为它"是一部现代派颓废主义的可怕作品"。②

这些观点虽然各执一端,但在"个人与社会疏离"这一点上是基本一致的,因而也成了此后中国读者对《麦田里的守望者》的基本理解。

1963 年,《麦田里的守望者》和其他译作陆续出版,但是由于"毒性强",因此传播范围受到严格限制。每种书一般只印 900 册,封面或封底都印有"内部发行"字样,用"作家出版社"(实际上是人民文学出版社的副牌)的名义出版。出版后严格按照由中宣部确定的名册(主要是司局级以上干部和著名作家)通知个人购买。有些单位还要求阅后锁进机密柜里。因为其封面多用比正文纸稍厚的黄色胶版纸,所以民间把这种神秘兮兮的图书通称为"黄皮书"。③

也许正是这种森严戒备才成全了《麦田里的守望者》,因为在那个很容易出政治问题的时代,译者施咸荣是在"上层参考""内部禁书"标签的保护下,得以忠实且热情地翻译这部他个人非常"偏爱"④的小说。不过,他受过的冲击也会使他谨言慎行,因为在肃反运动中他"很识相,在鸣放期间一声不吭",这才顺利过关。⑤ 此外,得益于他本人在教会中学和清华大学所受的良好教育,他一方面在译文中不断"他妈的",甚至敢把"洪水猛兽"般的"性这样东西"一提再提;另一方面又相当节制,如将原文中几处"sexual intercourse"改译为"暧昧关系",而且在译文中略去了不少

---

① 塞林格:《麦田里的守望者》,施咸荣译,北京:作家出版社,1963 年版,第 281—282 页。
② 同上书,第 284 页。
③ 何启治:《值得一记的内参"黄皮书"》,《出版科学》,2009 年第 3 期,第 101 页。
④ 施亮:《不要卷入争名夺利浊流中》,《深圳晚报》,2013 年 1 月 13 日。
⑤ 文洁若:《生机无限》,北京:北京十月文艺出版社,2003 年版,第 99 页。

粗口，使译文既忠实原文、又不会让读者太受冒犯。

同时，施咸荣还在书名的翻译中夹带了一点私货。最初他想取名为《麦田里的看守人》，但觉得不能体现出作者"救救孩子"的理想情怀。他恰好看到一本书，讲到海岛上灯塔的守望员，遂又改成《麦田里的守望员》；又嫌"守望员"过于职业化，于是有了目前的书名。① 但是，"守望"一词中还带有宗教意味儿。在《圣经·旧约》中，"守望"和"守望者"均多次出现，如"守望的圣者从天而降""人子啊，我要立你作以色列家守望的人。所以你要听我口中的话，替我警戒他们""守望者说，降罚的日子已经来到，他们必扰乱不安"。② 施咸荣毕业于上海教会学校圣方济学院，自然熟读《圣经》。他在《麦田里的守望者》中读出了宗教拯救的意味，因此在书名中把这层感受悄悄加了进去。③

在黄皮书出版的同时，袁可嘉、王佐良、卞之琳和董衡巽等学者还撰文对现代主义文学进行了广泛的评论。例如，董衡巽在1964年发表长文《文学艺术的堕落——评美国"垮掉的一代"》，其中以4页的篇幅评论了《麦田里的守望者》。董文明确指出这部小说是"垮掉的一代"的先声，"每一个'垮掉分子的书架上都有一本《麦田里的守望者》'。"④他一方面批评霍尔顿精神空虚，以及造成这种空虚的腐朽社会；另一方面却又肯定《麦田里的守望者》"似乎还有一点儿正面的理想"，但马上又指出这只是主人公"垮掉思想"和"垮掉行为"的遮羞布，因此"影响更大，也更有害"。⑤ 这方面的例子还有很多。限于篇幅，恕不赘言。

"文革"后期影响深远的白洋淀诗群中的重要人物多多说："1970年是北京青年精神上的一个早春。两本最时髦的书《麦田里的守望者》和《带星星的火车票》向北京青年吹来一股新风。"⑥当时多多和芒克一起在白洋淀插队，而北岛则常去白洋淀看芒克，由此结识了多多。⑦ 虽然不清

---

① 施亮：《不要卷入争名夺利浊流中》，《深圳晚报》，2013年1月13日。
② 以上引文分别见《圣经》但以理书：4：13；以西结书：3：17；弥迦书：7：4。采用的版本为《新旧约全书》，中国基督教协会、中国基督教三自爱国运动委员会印，1987年版。
③ 施亮：《不要卷入争名夺利浊流中》，《深圳晚报》，2013年1月13日。
④ 董衡巽：《文学艺术的堕落——评美国"垮掉的一代"》，文学研究集刊编辑委员会编，《文学研究集刊》（第1册），北京：人民文学出版社，1964年版，第224页。
⑤ 同上书，第226—227页。
⑥ 多多：《1972—1978：被埋葬的中国诗人》，《中国新诗年鉴1998》，杨克主编，广州：花城出版社，1999年版，第469页。
⑦ 同上。

楚多多读到的那本《麦田里的守望者》是否是北岛带到白洋淀的，但是《麦田里的守望者》里吹来的这股"新风"无疑就是为憋闷了许久的青年人找到了一种抒发怀疑、失望与愤怒的崭新语言，以至于一时洛阳纸贵。

北岛创作于1976年清明前后的诗歌《回答》较早用新学来的语言捕捉到了这种情绪。这首标志着"朦胧诗"开端的诗歌劈头就说："卑鄙是卑鄙者的通行证／高尚是高尚者的墓志铭。"① 从中我们似乎可以听到《麦田里的守望者》的回声：书中人物安多里尼先生曾经说过，"一个不成熟男子的标志是他愿意为某种事业英勇地死去，一个成熟男子的标志是他愿意为某种事业卑贱地活着"，这使得霍尔顿为自己"英勇地死去"（第205页）②而发出了愤懑的表白。《回答》中的说话者还大声宣告："告诉你吧，世界／我不相信！"③这也与霍尔顿对成人世界的质疑有异曲同工之妙。

（二）众星捧月的80年代

如一些回忆者所说，《麦田里的守望者》在"文革"期间的影响也许尚不如来自苏联的《带星星的火车票》。④ 考虑到历史文化背景，这并不难理解。不过，《带星星的火车票》在"文革"之后很快便销声匿迹了，而《麦田里的守望者》却随着80年代中国的改革开放风头日盛。

1982年，施咸荣在《当代外国文学》上发表的《当代美国小说概论》一文中说：反映／描绘战后美国青年一代反叛并挑战假道学的最优秀的作品，莫过于塞林格的长篇小说《麦田里的守望者》。⑤ 同一年，身在美国的董鼎山在影响更大的《读书》杂志上发表了一篇文章，专门介绍这部小说，称小说主角就像巴金《家》中的高觉慧，"引起对旧社会有反叛精神的青年的共鸣"，并表示自己不知国内是否已有译本。⑥ 漓江出版社很可能因此确定了出版计划。于是，1983年，在"诺贝尔"丛书出版的同时，《麦田里的守望者》也出版了，董鼎山的文章就作为附录放在书后。第一版就印了四万六千多册。施咸荣为这一版删除了1963年的"译后记"，增写了"前言"，告诫"生长在社会主义祖国"的青年读者，要把这本书当作反面教材。

---

① 北岛、舒婷等：《朦胧诗经典》，武汉：长江文艺出版社，2010年版，第4页。
② 本节内引用的小说原文均引自塞林格：《麦田里的守望者》（纪念版），施咸荣译，南京：译林出版社，2010年版。此后不复说明，只在括弧中标明页码。
③ 北岛、舒婷等：《朦胧诗经典》，武汉：长江文艺出版社，2010年版，第4页。
④ 施亮：《关于黄皮书》，《博览群书》，2006年第4期，第90页。
⑤ 施咸荣：《当代美国小说概论（一）》，《当代外国文学》，1982年第4期，第148页。
⑥ 董鼎山：《一部作品的出版史》，《读书》，1982年第3期，第142页。

"如果有个别青少年……盲目崇拜或模仿霍尔顿的思想、举止和言行,那自然是十分错误的了。对此我们也应该有所警惕。"①

果不其然,书出版之后,产生了巨大影响。崇拜模仿霍尔顿的青少年不但有,而且岂止"个别"。就文学而言,两年后就出现了一批深受西方现代主义文学影响的中国现代派小说,其中发表在《人民文学》上的两篇处女作——刘索拉的《你别无选择》和徐星的《无主题变奏》——都被视为中国现代文学的里程碑之作。陈传才当时就指出,这两部小说直接受到《麦田里的守望者》的影响,不仅在表现形式和结构形态上有较多的借鉴(如基本上按照一种主体情绪来建构作品),而且在表达的情绪内容上也有相通之处。②刘索拉承认自己在写作的时候,读的就是《第二十二条军规》和《麦田里的守望者》。③《你别无选择》中一群"神经混乱"的作曲系学生,与无聊而令人窒息的考试、循规蹈矩的道德风纪,以及以"和谐"为核心的古典音乐创作范式,展开了一场充满反讽意味的搏斗。用批评家李劼的话说,"不知是因为历史上的盲从曾经造成过巨大灾难还是因为他们过于自信,他们相信自己超过相信任何人。他们一心一意地寻找自己的旋律,寻找自己的风格,寻找自己的人生。"④如小说题目所示,除了自己,"你别无选择"。刘索拉在《人民文学》这样一个权威刊物上登高一呼,应者云集。

《无主题变奏》被认为更带有模仿《麦田里的守望者》的痕迹。据小说的编辑朱伟的回忆,作者徐星当时是北京烤鸭店一个好高骛远、吊儿郎当的服务员,他把自己的生活套在对虚伪愤慨的叙述中,在称呼上喜欢像《麦田里的守望者》里那样用"老"字,叙述上也用"他妈的""混账的"(小说中用了23个"他妈的",还有大量"老混蛋"和"假模假式")。朱伟断定塞林格在当时影响了千万个徐星,只不过《无主题变奏》的作者因模仿性创作而成了20世纪80年代文学史中漏不掉的一页。⑤

同样在1985年发表的《空中小姐》(由王朔发表在《当代》上),也被认为"照出了塞林格的影子"。⑥ 王朔自己对《当代》编辑说,他喜欢的就是

---

① 塞林格:《麦田里的守望者》,施咸荣译,桂林:漓江出版社,1983年版,第V—VI页。
② 陈传才:《中国国情与文艺变革——兼论当代中国文艺的变革与走向》,《文艺争鸣》,1988年第5期,第59页。
③ 朱伟:《作家笔记及其他》,南京:江苏人民出版社,2006年版,第17页。
④ 李劼:《刘索拉小说论》,《文学评论》,1986年第1期,第120页。
⑤ 朱伟:《有关品质》,北京:作家出版社,2005年版,第144页。
⑥ 施亮:《一本畅销书的翻译历程》,《海内与海外》,2010年第4期,第61页。

《麦田里的守望者》。① 三年后,王朔大红大紫。他的四部小说《橡皮人》《顽主》《一半是海水,一半是火焰》和《浮出海面》同时被拍成电影上映,以致这一年成为"王朔年"。当时的评论者指出,这些小说的主人公与《麦田里的守望者》都有联系,"都体现了对社会既定信仰的幻灭,对现有秩序、传统价值的叛逆,他们放浪形骸、愤世嫉俗,以先锋意识自诩,傲视世间的凡夫俗子,宣扬生活上的纵欲主义与政治上的无政府主义。"②

1986年3月,陈建功在《十月》上发表《鬈毛》,其主人公经常觉得自己"活得那叫窝囊",但又讨厌别人"装孙子",并相信"他有他的活法儿,我有我的活法儿",因而很快被评论家拿来跟霍尔顿相比:"二者从作品总体构思到具体思想题旨、人物形象内涵,以至文体形式、语言风格的特征等等,都大体相接近。"③

陈村的《少男少女,一共七个》也被当时的评论家认定受了《麦田里的守望者》的直接影响。④

在更年轻的作家中,苏童、麦家、马原和格非等都曾公开谈论过塞林格对自己的影响。苏童说:"也许是那种青春启迪和自由舒畅的语感深深地感染了我。我因此把《麦田里的守望者》作为一种文学精品的模式,它直接渗入我的心灵和精神……我珍惜塞林格给我的第一线光辉。"⑤苏童的小说中经常出现的成人世界的虚伪,以及少年的愤世嫉俗,都带着霍尔顿的眼光:偷情的父亲(《舒农或者南方生活》)和偷情的书记(《乘滑轮车远去》)都让少年人对道貌岸然的成人世界失望透顶。同样,《井中男孩》中的主人公用霍尔顿的声音大声呵斥:"真他妈恶心!全世界都在装假,我走来走去都碰到的黑白脸谱,没有人味儿,没有色彩。女的装天真,男的假深沉。都在装假。"⑥

第七届茅盾文学奖得主麦家对《麦田里的守望者》的痴迷丝毫不亚于苏童。他原名蒋本浒,迷上《麦田里的守望者》之后用了现在的笔名。他没想到原以为是写稻草人的这本书,居然让他看见了世界的另一端,有一

---

① 桂琳:《拧巴的一代——成长视野中的王朔》,北京:中国电影出版社,2009年版,第224页。
② 李兴叶:《病态社会病态精神的真实写照——王朔电影的价值与失误》,《文艺理论与批评》,1989年第4期,第32页。
③ 张兴劲:《"鬈毛"启示录——读陈建功中篇小说新作》,《文艺评论》,1986年第6期,第78页。
④ 季红真:《中国近年小说与西方现代主义文学》,《文艺报》,1988年1月2日。
⑤ 苏童:《寻找灯绳》,南京:江苏文艺出版社,1995年版,第144页。
⑥ 苏童:《井中男孩》,《花城》,1988年第5期,第160页。

个像他一样"孤独、压抑、充满愤怒和苦闷的少年",却又与他不同:"他满嘴脏话,敢说敢做,敢恨敢斗,像个大英雄;他逃学,打架,抽烟,酗酒,找妓女,像个小流氓:流氓也是英雄!笨蛋!你要反抗!要背叛!要宣战!霍尔顿对我大声说'不'。"①他大受鼓舞,用霍尔顿的口吻开始了他的第一部小说(1988年),并一发不可收拾:"我不懂得人这玩意儿该怎么做。不懂得。我懂得有些人做得很容易,有些人却做得很难。我思忖我做得有些困难。我不愿知道我为什么困难。但我知道。好像你母亲的秘史,你不想知道,却总是知道。"②

余华也不例外。他在塞林格去世后接受采访时说,自己是三十几岁的时候才读到《麦田里的守望者》的,并且宣称:"塞林格及其作品似乎并没有在文学上影响到我以及与我同时代的一批作家。"③然而,人们依然觉得他的第一部小说《十八岁出门远行》(《北京文学》1987年第1期)和后来的长篇小说《在细雨中呼喊》都受到了《麦田里的守望者》的强烈影响。事实上,这种直接影响是否存在并不重要,重要的是人们将对余华小说的理解叠加到了塞林格的小说上,强化了《麦田里的守望者》在中国读者心目中固有的"反抗社会"的印象。

总之,80年代众多耀眼的文学新星的升起,都与《麦田里的守望者》不无关系。无论他们认可还是否认其影响,他们的作品不但大大传播了它的名声,也把他们自己的反叛色彩染到了它的身上。这种色彩之所以很容易被接受,是80年代的"新启蒙"文化风气使然。这一点已经为许子东所道破:"读了《麦田里的守望者》后只觉得特别痛快,还不是因为霍尔顿把中国青年面对社会要放的屁要打的嗝儿都放出来打出来了吗?"④

(三) 合作营造的经典

20世纪80年代之后,霍尔顿的"叛逆"形象继续得到巩固。评论界在对朱文、韩东、邱华栋和毕飞宇等人小说的研究中发现,这些20世纪90年代开始活跃于文坛的"新生代"作家"从内容上可以找到两个比较明显的师承,一是来自塞林格的《麦田里的守望者》,一是来自凯鲁亚克的

---

① 徐星、苏童、马原、麦加:《我看塞林格》,《北京文学》(中篇小说月报),2010年第4期,第150页。
② 麦家:《私人笔记本》,《麦家自选集》,海口:海南出版社,2008年版,第3页。
③ 卜昌伟:《"麦田守望者"塞林格去世》,《京华时报》,2010年1月30日。
④ 许子东:《当代中国青年文学中的三个外来偶像》,《戏剧文学》,1988年10期,第60页。

《在路上》。两者杂糅在一起,小说的主人公就有了一个通用模式——现代都市的浪荡儿:玩世不恭,四处游荡,喜好泡妞儿,对一般社会道德作叛逆状,再加上对人物无意义行为的琐碎描写"①。

21世纪以来,何大草的《刀子与刀子》(2003年)在全国刮起所谓的"残酷青春物语"旋风,据其改编的《十三棵泡桐》获得东京电影节评委会大奖(尤为有趣的是,刘索拉为这部电影创作了主题音乐),小说和电影都被称作"中国版的《麦田里的守望者》"。事实上,近十年来戴上这一"桂冠"的作品名单有一大串,包括80后作家领军人物之一李傻傻的《红×》、树上男爵(欢乐宋,本名宋广辉)的《高考凶猛》、于睿昊懿的《顽主之后》、许佳的《我爱阳光》。这些作家和作品都是90后读者的追捧对象。它们都以各自的方式和水平继续加强人们对《麦田里的守望者》的一贯理解。

文学史与文学评论也在经营着霍尔顿的形象。1986年,代表官方文学权威的人民文学出版社出版了董衡巽等编著的上下两册《美国文学简史》,施咸荣也是编者之一。这是中国第一本比较全面的美国文学史。该书指出,小说主人公霍尔顿的性格具有明显的存在主义特征:精神上是"叛逆",行动上是"小丑"。② 董乐山同年在《读者》杂志上高度评价了这部《简史》,并补充说:"凯鲁亚克的垮掉一代如今似已销声匿迹,但是塞林格的《麦田里的守望者》却成了一部经典作品,霍尔顿·考菲尔德的形象就像马克·吐温笔下的汤姆·莎耶一样永远铭刻在美国青少年的心中。"③

90年代以来图书市场的快速发展无疑对《麦田里的守望者》接近中国读者有很大的功劳。大量文学快餐产品进一步简化并播散了霍尔顿的叛逆形象。检索"读秀"数据库可见,1990—1999年间,出版了36部包含了《麦田里的守望者》简介的《世界名著速读手册》等文学知识类书籍。令人称奇的是,这36部书中居然有7本制作比较粗糙的《中外禁毁小说一百部》等"禁书揭秘"类图书,似乎以解放个人欲望而谋利,是这个经济腾飞时代的一大特色。而《麦田里的守望者》在这些书中经常混杂于十足的色情小说之中,使霍尔顿的名字更容易与流氓联系起来。

1997年译林版的推出,大大巩固了这部小说在图书市场中的地位。

---

① 沙鲁里:《新生代小说的贫血症》,《重庆青年报》,2000年7月21日。
② 董衡巽等编著:《美国文学简史》,北京:人民文学出版社,1986年版,第368页。
③ 董乐山:《创唯陈言之务去的新风——读〈美国文学简史〉》,《读书》,1986年第10期,第68页。

译林社把《麦田里的守望者》纳入"名著产品线",又接连推出"名著译林""译林名著精选""经典译林"等多个品种,又有各种硬精装、软精装、平装、小字号、中英文对照等各种版本;2010年,塞林格辞世,译林社适时推出"纪念版";2013年初又高调纪念"译林版"推出15周年,更让《麦田里的守望者》声名远扬。

进入21世纪之后,《麦田里的守望者》大量进入为中小学生准备的各种读物中。据《读秀》数据库统计,从2000年到2012年间,"名著提要"类读物中至少有45种包含了关于《麦田里的守望者》的章节;其中的小说介绍与评论清一色地以积极的姿态展示一个少年叛逆形象。2010年,吉林出版集团搭上了塞林格驾鹤西去的顺风,以"教育部《全日制语文课程标准》推荐书目"的名义出版了"学生语文新课标必读丛书"《麦田里的守望者》。《麦田里的守望者》有了必读书的名声之后,各种"新概念写作""读后感写作范文"类图书也将它收入其中。杂志上也出现了许多针对中学生的《麦田里的守望者》介绍与评论。"中国知网"显示,从2000年到2012年,《中学生天地》《新作文》等中学生杂志上刊有34篇标题中包含"麦田里的守望者"字样的文章,也有少数出现在《学生天地》(小学中高年级)等小学生刊物上。

各种教育杂志上也出现了中小学教师推荐此书的论文,或认为"青少年阅读此书可以增加对生活的认识,使自己对丑恶的社会现实提高警惕,并使自己选择一条自爱之路";或认为教师阅读此书后可以更好地理解孩子的孤独并更好地与他们交流。

由此,翻译、创作、文学史、评论和图书期刊市场以及教育界共同筑造了《麦田里的守望者》在中国的经典地位。

(四)自我怀疑的霍尔顿

如果我们细读《麦田里的守望者》,就不难发现,小说在攻击"假模假式"的社会规范的同时,也对过度的自由放肆保持着警惕。韦恩·布斯曾经指出,很多读者完全认同霍尔顿,"看不到作者对这位有严重弱点的叙述者的反讽"[①]。这个观点也在国内学者的论文中得到引用,但未形成气候。

不过,笔者要强调的是,小说中不光有作者的反讽:叙述者本人在叙

[①] 申丹等:《英美小说叙事理论研究》,北京:北京大学出版社,2005年版,第226页。

事过程中就并非只怀疑别人,他也时常将怀疑的矛头指向自己,并不像他的中国形象那样自信满满。比如,霍尔顿在谈到自己讨厌别人的时候,就告诫自己不要妄下结论:"在这一点上,我得小心一些。我是说在说别人讨人厌这一点上。我不了解讨人厌的家伙。我真的不了解。"(第133页)他想起自己讨厌一个室友,只因为这个人"老是往壁橱里挂什么",但他承认"这个婊子养的吹起口哨来,可比谁都好","吹得那么好听,那么轻松愉快——就在他往壁橱里挂什么东西的时候——你听了都会灵魂儿出窍。"(第133页)由此他想到自己判断人的时候应该公平一些:"他们中间绝大多数并不害人,再说他们私下里也许都是了不得的口哨家什么的。他妈的谁知道?至少我不知道。"(第134页)又如,书中有一位怀旧的老校友,曾到霍尔顿的寝室来寻找自己当年在门上刻下的名字,并称自己最快乐的时光就是在这所学校度过的,还给了霍尔顿许多未来生活的忠告。霍尔顿讨厌学校规矩,讨厌社会规范,自然就讨厌这位"假模假式"的老先生。然而,他又承认:"我倒不是说他是个坏人——他不是坏人……说不定他要不是那么呼噜呼噜直喘气,情形也许会好些。"(第183页)不难看出,他也担心自己失去分寸。

霍尔顿在纽约流浪的三天期间,出于孤独与困惑,先后与萨丽、路斯和安多里尼先生约会。这三个人的思想水准逐次升高,因而透过霍尔顿与他们的交流,可以发现他的自我反省也越来越明显,越来越深入。

在霍尔顿的描述中,萨丽似乎完全是个爱慕虚荣的漂亮姑娘。他提议跟萨丽一起去流浪,却被后者断然拒绝。乍一看,萨丽似乎俗不可耐,但是我们对她的判断需要考虑小说的叙事模式。她跟霍尔顿的交往,是以后者的回忆形式呈现的。霍尔顿跟萨丽的对话发生在精神崩溃之时,而回忆式的叙述是在精神康复之后,两者之间因而有了反讽距离——在康复之后原原本本地复述康复之前的那段经历,其实带有反思的意味,而且意味深长。此时的他,其实已经意识到自己当初的计划十分幼稚:"等到钱用完了,我可以在哪儿找个工作做,咱们可以在溪边什么地方住着。过些日子咱们还可以结婚。到冬天我可以亲自出去打柴。老天爷,我们能过上多美好的生活!"(第142页)对此,萨丽的回答是站得住脚的:"第一,咱们两个简直还都是孩子。再说,你可曾想过,万一你把钱花光了,可又找不到工作,那时你怎么办?咱们都会活活饿死。这简直是异想天开。"(第143页)霍尔顿说萨丽不明白,而萨丽则气呼呼地回答:"也许你自己也不明白!"(第143页)从表面上看,关于这段对话的复述很客观,但是上述反讽距离时刻在提醒读者注意其间的深意：霍尔顿一边说萨丽"假模假式"，一边忠实地复述这段实际上对自己不利的对话，未尝不是在隐隐约约地反省自己的少不更事。事实上，这貌似可观的叙述最终导向了主观评论——霍尔顿在回忆中迸出一句心声，可谓画龙点睛："我真是一个疯子"（第144页）。

再看他回忆和从前的学长路斯交流的经历。霍尔顿在胡敦中学念书的时候，身为辅导员的路斯只做一件事，就是"在夜深人静的时候在他的房间里纠集一帮人大谈其性问题"，现在又进了哥伦比亚大学，霍尔顿就讨厌他，骂他是"胖屁股的伪君子"（第148页）。不过，他却承认路斯智商极高，"有时候极能启发人"（第147页），所以想跟他聊聊。见面之后。霍尔顿因为心里难受，想寻路斯开心，一上来就问他"性生活如何？"，又问他在大学里学的是不是"性变态"（第155页），但路斯始终耐着性子和他说话，只是问他"什么时候才能长大啊？"（第155页）当路斯说到自己的女朋友是中国人时，霍尔顿曾追问原因，得到了这样的解释："我只是偶然发现东方哲学比西方哲学更有道理。……他们只是把性关系看成是肉体和精神的双重关系。"（第158页）霍尔顿很受启发，大声嚷嚷起来，弄得路斯很尴尬，匆匆离开了。离开前，霍尔顿还追问他有没有接受过精神分析，而路斯也好好地回答了他（第161页）。霍尔顿在这一段回忆中，同样诚实地展现了路斯的思想水准、待人接物的涵养、对他人处境的理解（虽然路斯没有主动帮助他，但接了他的电话就匆匆赶来，并始终没有还击他的挑衅），也坦率地展示了自己的无礼行为，并不为自己狡辩。霍尔顿无声的反省，由此可见一斑。

霍尔顿回忆复述的那一刻，不仅时过境迁，而且思想见解也与当初迥异。当他忠实地复述那些明显暴露自己弱点的言行时，以及展现对方不无礼貌和道理/智慧的言行时，未尝不是在无声地反省自己，并重新评价对方。

安多里尼事件是整部小说中最重大的事件。安多里尼曾是霍尔顿唯一信任的成年人，当他无处可去的时候，安多里尼先生热情地接纳了他，并跟他谈了很多。可是半夜醒来，霍尔顿却发现他"在黑暗中抚摸着或者轻轻拍着我的混账脑袋"（第209页），于是落荒而逃。从表面上看，安多里尼有同性恋与乘人之危之嫌，是压垮霍尔顿对社会的信赖的最后一根稻草。然而，如果读者继续关注此后发生的事情，就会发现霍尔顿在惊魂初定之后，开始怀疑自己错把安东里尼的善意当作了恶意：

> 我在怀疑或许是我自己猜错了,他并不是在那儿跟我搞同性恋。我怀疑他或许有那么个癖好,爱在别人睡着的时候轻轻拍他的头。我是说这一类玩意儿你怎么能断定呢?你没法断定。(第 213 页)

他甚至想到,即便安多里尼先生是个搞同性恋的,他依然是个好人:

> 我想到我这么晚打电话给他,他却一点儿也不见怪,还叫我马上就去,要是我想去的话。我又想到他一点儿不怕麻烦,给了我忠告,要我找出头脑的尺寸什么的;还有那个我跟你讲起过的詹姆士·凯瑟尔,他死的时候就只有他一个人敢走近他。我心里想着这一切,越想越泄气。(第 213 页)

这是霍尔顿的一个重大进步。因为他不光能怀疑自己是否误解了别人,而且能因为别人的好处而忽略他们可能的坏处;这说明他已经开始放弃"愤世嫉俗"的套路。这是一个成熟的社会人的标志。尤其值得注意的是"越想越泄气"那一句,它意味着霍尔顿越来越深入的反省。

安多里尼这一人物的重要性还体现为他对霍尔顿的忠告。就在接纳霍尔顿的那个晚上,他先后两次把霍尔顿的情形比作骑在马上瞎跑,迟早会摔得很惨:"都感觉不到也听不见自己着地。只是一个劲儿往下摔。"(第 205 页)言下之意,霍尔顿会在愤世嫉俗中彻底垮掉。安多里尼想象霍尔顿到 30 岁时候的样子:

> 你坐在某个酒吧间里,痛恨每个看上去像是在大学里打过橄榄球的人进来。或者,或许你受到的教育只够你痛恨一些说"这是我与他之间的秘密"的人。或者,你最后可能坐在哪家商号的办公室里,把一些文件夹朝离你最近的速记员扔去。(第 204 页)

按照霍尔顿此前的行为,安多里尼先生的预见是合乎逻辑的。他进一步指出,愤世嫉俗者垮掉的原因,在于他们"寻找只是他们认为自己的环境无法提供的东西"。(第 205 页)也就是说,他们过于轻率地下了结论,认定社会虚伪腐败,无法为他们提供美好的东西,于是就疏离社会。结果,"他们停止寻找。他们甚至寻找之前就已停止寻找。"(第 205 页)霍尔顿的遁世思想被安多里尼先生一语点破:他还没有开始真正的探索,就以为看破了红尘。

虽然霍尔顿认定学校是压抑个性的地方,但是安多里尼先生为他指点的道路,依然是留在学校里用功。在安多里尼看来,接受学校教育的好处,除了可以受前人启发,更好地为世界作出贡献,清楚地了解自己之外,"最最重要的一点",是受过教育的人"十有九个要比那种没有学问的思想家谦恭得多。"(第207页)安多里尼先生的话点中了霍尔顿的要害。后者对世界的怀疑,很大程度上来自他有一种"举世皆浊我独清"式的孤傲,以致他经常误判,难以与人为善。霍尔顿只是复述了安多里尼先生的话,并未加以评论。尽管如此,他能原原本本地加以复述,这本身就说明他接受了安多里尼的观点,并开始重新审视自己过去的想法。

霍尔顿的反思至少有两大结果,其含义尤为深刻,却可惜未能得到评论界的足够重视。

其一,他从喜欢流浪,转变为拒绝流浪。这一变化最先表现为拒绝让心爱的妹妹跟着自己去流浪,而坚持要她留在学校读书。更耐人寻味的是,他在小说最后谈到了自己回学校读书的计划:"我倒是打算用功来着。"(第231页)可惜的是,这似乎从未引起过中国读者的注意。

其二,他对"玩儿旋转木马"式的生活有了警觉。前文提到,安多里尼先生曾经告诫他不要骑在马上瞎跑,可是他当初显然不以为然。不过,在故事接近尾声处,有一段关于他的妹妹骑旋转木马的场景;当她在木马上手舞足蹈时,在旁观看的霍尔顿很担心她会"从那只混账马上掉下来"(第229页),就像当初安多里尼担心他会从马上掉下来一样。不过,他"什么也没说,什么也没做",因为他已经明白了如下道理:"孩子们的问题是,如果他们想伸手去攥金圈儿,你就得让他们攥去,最好什么也别说。他们要是摔下来,就让他们摔下来好了,可别说什么话去拦阻他们,那是不好的。"(第229页)人生的真谛,一定要自己去体悟。由此看来,前文提及的那些自以为是的、把《麦田里的守望者》与"救救孩子"的呼声捆绑在一起的解读值得商榷。

小说的结尾其实呈现为一种顿悟——霍尔顿的顿悟。这顿悟要靠倾盆大雨来凑趣,颇有"浸礼"的意味儿:

> 我身上都湿透了……突然间我变得他妈的那么快乐,眼看着老菲苾那么一圈圈转个不停。我险些他妈的大叫大嚷起来,我心里实在快乐极了。(第230页)

这里,他分明经历了宗教般的喜悦。在危机的高潮中,霍尔顿突然理解了生活,小说在喜悦中结束。因此,《麦田里的守望者》是一部实实在在的成长小说。诚然,直至故事结束时,霍尔顿依旧在骂骂咧咧,他看不惯的事情依然很多,而且他对"假模假式"的攻击往往准确而生动。然而,他学会了用怀疑的眼光看自己,学会了欣赏别人的优点,学会了理解学校教育的意义,更意识到怎样成长。一言以蔽之,霍尔顿的形象须在动态中理解,在成长中体会。

综上所述,《麦田里的守望者》在中国的经典化进程是追求个性解放的现代启蒙运动在20世纪后半叶中国语境中的一个缩影。20世纪70年代以来,模仿创作、文学评论、文化市场、教育机制等多种因素共同将霍尔顿打造成一个青春叛逆的经典形象,而《麦田里的守望者》则成为可以随时服务于"我不相信"和"特立独行"这类价值观的文化资源。然而,这一经典化进程丢失了原作中包含的"自我怀疑"精神,未能给中国文化输入一种不比"自由"低价的"成长"素质。如果中国的"霍尔顿们"能够看到他们的偶像不仅有特立独行、骂得生猛的一面,而且还有不断成熟、越来越善于反省的一面,那么这"成长"正能量或许会产生更积极的影响,而《麦田里的守望者》在中国的经典地位也许会更加恒久。

第二节 《看不见的人》的经典化与经典性

1952年,即《麦田里的守望者》出版一年以后,又一部划时代的文学巨作[①]在美国问世,它就是艾里森(Ralph Ellison,1914—1994)的小说《看不见的人》(*Invisible Man*)。1955年,路易斯(W. R. B. Louis)在其名著《美国的亚当》(*The American Adam*)中,把该书作为描绘美国民族性格的典范之作,而与塞林格、贝娄的作品一起列为当代经典。[②]

与《麦田里的守望者》一样,《看不见的人》同样在出版之后即引起轰动,至今畅销不衰。《麦田里的守望者》隐隐约约以犹太经验代表当代人的经验,其预设的立场可以借用马拉默德的话来概括:"所有人都是犹太人,只是他们不知道罢了。"[③]与此不同,《看不见的人》大张旗鼓地以黑人

---

① 肯尼斯·柏克(Kenneth Burke)在小说发表时即称之为"划时代之作"(epoch-making work);1993年著文再次确定其为"严格意义上的划时代之作"。见 Kenneth Burke ed., "Ralph Ellison's Trueblooded Bildungsroman", *Speaking for You: The Vision of Ralph Ellison*, Washington, D. C.: Howard University Press, 1987, p. 350。

② Robert Butler ed., *The Critical Response to Ralph Ellison*, Westport: Greenwood, 2000, p. xxiii.

③ Bernard Malamud, *A Collection of Critical Essays*, Upper Saddle River, N. J.: Prentice-Hall, 1975, p. 11.

经验来探究自我与责任,其结尾处的反问指向了所有的读者:"谁能说我不是在替你说话?"①

(一) 经典地位

2012 年,为了庆祝《看不见的人》出版 60 周年,这部小说第一次被搬上了舞台。《看不见的人》是在 20 世纪 50 年代初讲述的,是关于 30 年代一个从南方来到纽约哈莱姆的黑人的故事。面对这个故事,21 世纪的观众依然反应热烈。2013 年初,该剧在波士顿大学的演出谢幕后,"观众全体起立,鼓了一千回的掌"——从第一句台词"我是一个看不见的人"开始,观众就被艾里森的语言深深吸引,"61 年前所说的话,如今依然那么贴切"。②

2004 年,哈罗德·布鲁姆专为纪念艾里森去世 10 周年而编纂《经典导读》的"艾里森分册"。他强调,《看不见的人》虽已问世半个世纪,如今读来依然新鲜强烈;20 世纪下半叶的大多数美国小说已然作古,而它却跻身于供奉着德雷塞、福克纳、海明威、菲兹杰拉德和凯瑟等大师之作的经典殿堂。③的确,这部小说在世纪之交几乎荣登了所有经典书籍的名单,如兰登书屋的现代图书馆在 1998 年评出的"20 世纪最好的一百本书"④、《时代》杂志在 2002 年评出的"史上最佳 100 本书"⑤,以及 2003 年《图书》杂志评选的"改变美国的 20 本书"⑥。

兰登书屋为这部小说的成功花足了功夫。1952 年春天第一版出炉的时候,就把它宣传为一部"里程碑式的小说,完全可以称为现代美国黑人生活的一部史诗"。⑦ 公司预计到可能引起的争议,于是先将预印本寄给一些精心挑选出来的高端评论家。《纽约时报》《纽约客》《时代》《新共

---

① 拉尔夫·艾里森:《看不见的人》,任绍曾等译,北京:外国文学出版社,1984 年版,第 592 页。以下同一文本的引文皆在其后用括弧方式注明页码(译文改动之处不复说明)。

② Shanice Maxwell, "*Invisible Man* celebrates its 61st birthday on stage", *The Boston Banner*, 2013-1-24(6).

③ Harold Bloom ed., Ralph's Invisible Man, New York: Infobase Publishing, 2008, p. 8.

④ Random House Modern Library's "100 Best Books of the 20th Century: Fiction (Board's List)", http://www.listsofbests.com/list/17-100-best-books-of-the-20th-century-fiction-board-s-list, 访问日期:2013 年 8 月 1 日。

⑤ All-TIME 100 Novels, http://entertainment.time.com/2005/10/16/all-time-100-novels/slide/all/, 访问日期:2013 年 8 月 1 日。

⑥ 王逢振:《美国文学大花园》,武汉:湖北教育出版社,2007 年版,第 216 页。

⑦ Robert G. O'Meally, *New Essays on Invisible Man*, Cambridge: Cambridge University Press, 1988, p. 3.

和》和《星期六评论》这些大牌刊物都很快作出了热情的回应。1952年的4月13日和4月16日,《纽约时报》罕见地在4天时间里连发两篇文章,盛赞《看不见的人》。先是莫里斯(Wright Morris)把它与但丁的《神曲》以及陀思妥耶夫斯基和维吉尔的作品相提并论,称它为"人类的经典成就,测绘并记录了从忘川之口直至源头的河道",并称赞作者在处理黑人经验方面的超现实主义手法,做到了收放自如;无论是表现恐怖,还是幽默,或是超然,他都张弛有度,虽愤怒而不失控制,尽显艺术家本色。另一篇文章署名普利斯科特,他把《看不见的人》跟赖特的《土生子》相比较,认为后者只靠纪录片式的细节来抓住读者,而前者却在情节剧中注入了强烈的诗意和叙事力量,因此是"最令人难忘的作品"。①

索尔·贝娄也在《评论杂志》(Commentary)中不吝赞美之词,说它是"一部绝对一流的作品,一本极好的书",以"罕见的勇气承担起道德和思想的责任",直面"最复杂、最难处理的经验",展示出"强大的创造力";他特别强调艾里森"没有采用少数族裔的语调",因而写出了"真正的'人人心中有'的意识"。②欧文·豪在《国家》(The Nation)杂志上说,《看不见的人》是他"多年来读到过的最不寻常的小说处女作",赞扬艾里森"很有天赋,创造力丰富而狂放,并有一双对黑人语言极为敏感的好耳朵"。③威廉·巴雷特(William Barrett)在《美国信使报》(American Mercury)上撰文,称该书标志着黑人文学举世瞩目地进入了高雅文学,并认为艾里森"抓住了'黑人是人'这样一个大问题",抓住了"'身份'这个可以囊括整个美国的大主题"。④理查德·蔡斯(Richard Chase)在《肯雍评论》(Kenyon Review)上撰文,称该书的主题是"经典的小说主题,即天真的主人公寻求了解现实、自我和社会",而小说意义的真正分量落在"'不可见'这个深沉而根本的隐喻上",于社会、哲学、心理和道德各个层面都极有价值。⑤在《党派评论》(Partisan Review)上,德莫尔·施瓦兹(Delmore Schwartz)也充分肯定了小说,称赞它把黑人主人公的困境看作人类的普

---

① Orville Prescott, "Books of the Times", in Robert Butler ed., *The Critical Response to Ralph Ellison*, Westport: Greenwood, 2000, p.19.

② Saul Bellow, "Man Underground", in John Hersey ed., *Ralph Ellison: A Collection of Critical Essays*, Englewood Cliffs, N.J.: Prentice-Hall, 1974, p.27.

③ Irving Howe, *Celebrations and Attacks*, New York: Horizon, 1979, p.29.

④ William Barrett, "Black and Blue: A Negro Céline", *The American Mercury*, June 1952, pp.100-104.

⑤ Richard Chase, "A Novel Is a Novel", *Kenyon Review*, 1952,14(4):678-684, p.679.

遍困境,并称"当人们要谈论《看不见的人》这样一部作品时,文学批评的语言似乎肤浅而浮夸……这部作品的评论应该由《八月之光》的福克纳来写"。① 这些最初的评论不但迅速将《看不见的人》送上了经典的位置,而且指出了它的核心价值所在。此后几十年里,学界研究这部小说的主要思路,在很大程度上受着这些评论的影响。

兰登书屋趁热打铁,迅速将上述大牌评论家的赞赏印上了小说的第二版、第三版以及随后的精装版上,后来又印上了兰斯顿·休斯和肯尼斯·柏克的美言,以及杜皮(F. W. Dupee)的赞语——他把《看不见的人》称为一部"关于种族危机的《白鲸》"。②仿佛是与此较劲,企鹅的图章经典版(Signet Classics)于 1953 年 6 月出了五角平装本,把《看不见的人》推销到全美国的书店、药店和书报摊,总数超过十万家。得益于现代图书馆版和企鹅版,该书在英语世界的各个地方畅销。1980 年,富兰克林铸币图书馆(The Franklin Mint Library)推出了皮封、烫金的插图限量版,艾里森为此签名并作序,介绍了该书的诞生过程。③

各种奖项也接踵而来。1953 年,它击败了海明威的《老人与海》和斯坦倍克的《伊甸之东》,赢得了国家图书奖(美国最重要的文学殊荣之一)。艾里森由此在美国文坛平步青云。④ 同年,小说因"象征了美国民主的最好的内涵"而获得"《芝加哥保卫者报》奖"(Chicago Defender Award)。1965 年,《图书周刊》评选战后 20 年来最优秀的美国小说,经 200 个作家和评论家投票,《看不见的人》赫然胜出。1969 年,艾里森获约翰逊总统颁发的自由勋章。此外,艾里森还获得哈佛大学等多家名校的荣誉学位和客座教授身份。1978 年,《威尔逊季刊》组织"战后最佳单行本小说"评选,《看不见的人》再次夺冠。⑤据哈罗德·布鲁姆的统计,截至 2004 年,这部小说已被译为 20 种语言;此前的 10 年间,单是各种外文版就售出 100 万册以上。⑥

---

① Kerry McSweeney, "Critical Reception", in *Invisible Man: Race and Identity*, Boston: Twayne Publishers, 1988, p. 18.
② Robert G. O'Meally, *New Essays on Invisible Man*, Cambridge: Cambridge University Press, 1988, p. 3.
③ Ibid.
④ Michael D Hill, *Ralph Ellison's "Invisible Man": A Reference Guide*, Westport: Greenwood Press, 2008, p. 10.
⑤ Mark Busby, *Ralph Ellison*, Boston: Twayne Publishers, 1991, p. 142.
⑥ Harold Bloom ed., *Ralph's Invisible Man*, New York: Infobase Publishing, 2008, p. 16.

在该书的经典化浪潮中，教育/学术机构也不甘寂寞。从60年代开始，《看不见的人》一直位居许多学校必读书目的前列。[①] 1989年，美国现代语言学会推出了"世界文学教学法丛书"（Approaches to Teaching World Literature）（共128本），涵盖从《贝奥武夫》到《红楼梦》的世界文学名著，其中当代的英语作品只选了品钦的《叫卖第49组》和艾里森的《看不见的人》。[②] 类似的情况还有很多，此处不再一一列举。

与此同时，评论界的热烈程度一直有增无减。一些评论家早年就热情赞扬过《看不见的人》，多年后重新评价时又加重了语气。例如，《美国的亚当》的作者R. W. B. 路易斯在1952年的评论中说："自从《八月之光》以来还没有一部作品能内容如此丰富，或者姿态如此优雅。"[③] 30年以后，他这样写道："今天如果还有话要说的话，那就是我当初的话说轻了。这部小说在我的心里不断成长着。"[④] 这一趋势在2005年达到了又一个高潮：剑桥文学指南丛书推出了《艾里森指南》，赞扬艾里森在所有美国作家中"最有力地迎接了挑战，将思考超越了简单化的种族问题，并将大都市的民主力量解放出来"。[⑤] 在一部作品问世半个多世纪之后，评论界仍然好评如潮，这一现象本身就是一种经典。

《看不见的人》的经典地位还得益于文学研究学者们的不断阐释及其阐释角度、形式和方法的不断变换。70年代初，短短3年内就出版了至少4部关于这部小说的研究文集。[⑥] 检索Proquest学位论文数据库可见，自1973年以来，研究它的博士论文已经发表了25篇。检索"谷歌图书"网站可见，到2012年小说出版60周年为止，以它为题的各种研究专

---

① Harold Bloom ed., *Ralph's Invisible Man*, New York: Infobase Publishing, 2008, p. 16.
② 见美国现代语言协会书店网站（http://www.mla.org/store/CID39）。
③ Hilton Als, "In the Territory—A look at the life of Ralph Ellison", in *New Yorker*, 2007-5-7, http://www.newyorker.com/arts/critics/atlarge/2007/05/07/070507crat_atlarge_als, 访问日期：2013年8月1日。
④ Ibid.
⑤ Ross Posnock ed., *The Cambridge Companion to Ralph Ellison*, Cambridge: Cambridge University Press, 2005, p. 1.
⑥ 《〈看不见的人〉二十世纪阐释集》(John M. Reilly ed., *Twentieth Century Interpretations of "Invisible Man"*, Englewood Cliffs, N. J.: Prentice-Hall, 1970)、《梅里尔项目〈看不见的人〉研究集》(Ronald Gottesman, *The Merrill Studies in "Invisible Man"*, Columbus, Ohio: C. E. Merrill Books, 1971)、《拉尔夫·艾里森的〈看不见的人〉资料汇编》(Joseph F. Trimmer ed., *A Casebook on Ralph Ellison's Invisible Man*, New York: T. Y. Crowell, 1972)和《拉尔夫·艾里森：评论文集》(John Hersey ed. *Ralph Ellison: A Collection of Critical Essays*, Englewood Cliffs, N. J.: Prentice-Hall, 1974)。

著、论文集、专题导读已经超过 30 部。由美国现代语言协会的文献目录检索可见,到 2012 年年底,光是以《看不见的人》为题被收入数据库的论文已达 274 篇。除了研究及其成果的形式多种多样以外,研究的角度也呈多样化趋势,这将是下一小节的话题。

(二) 经典之辩

一部作品要荣登"封神榜",谁来做封神的姜子牙自然是一个问题。对质疑《看不见的人》的经典地位的批评者来说,这个"姜子牙"肯定是一个处在西方个人主义传统中的白人男子。然而,这部小说六十多年来依然活力旺盛。如布鲁姆所说,多数同时代的图书早已作古,而这部小说仍然拥有那么广泛的读者,其原因必然跟超越时间的内在力量有关。

这种内在的力量,来自作品自身的艺术价值。如艾里森自己所说,他"写这部小说时怀着一个信念",即"相信艺术品是因为其自身而有价值,艺术品自身就是一种社会行为"①。他曾经针对欧文·豪的指责②,主张把思想和情感转化为艺术:"如果说《看不见的人》'显然'脱离了'这个国家的黑人在思想上和情感上所遭受的折磨',那是因为我尽了最大的努力来将这些因素转化为艺术。我并没有刻意逃避或隐瞒,而是要穿越,要超越,就像布鲁斯音乐超越了它们所面对的那些痛苦的境遇……"③在另一次访谈中,他提出了相似的观点,强调"超越文学创作"的做法会严重破坏他作为社会人士的真正责任:"我以为我能为人民和国家服务的最好方式,就是尽可能写好我的书!"④

艾里森突出强调黑人文学的艺术性,这似乎背离了《汤姆叔叔的小屋》以来黑人文学的"抗议传统"。《看不见的人》问世时,林肯的《解放黑奴宣言》(1861)已经过去了 90 年,但是要到小说出版两年之后,美国最高法院才禁止公立学校中的种族分离制度;十年以后,马丁·路德·金依然

---

① John F. Callahan ed., *Ralph Ellison's Invisible Man: A Case Book*, Oxford: Oxford University Press, 2004, p.49.
② 欧文·豪曾经撰文,指责艾里森"完全逃离了这个国家的黑人所遭受的意识形态和情感心灵上的苦难"。详见 Irving Howe, *A World More Attractive*, New York: Horizon, 1963, p.100.
③ John F. Callahan ed., *Ralph Ellison's Invisible Man: A Case Book*, Oxford: Oxford University Press, 2004, p.49.
④ C. W. E. Bigsby ed., "Interview with Allen Geller", reprinted in *The Black American Writer*, Deland: Fla., 1969, p.165.

在呼吁让黑人解脱"种族隔离的镣铐和种族歧视的枷锁"①。在这样一个严峻的现实面前,许多黑人作家担心20年代掀起的"哈莱姆文艺复兴运动"会使黑人文学过于关心艺术性,从而忽视改善黑人生存的现实任务,于是开始在写作中"旗帜鲜明地拥护进步事业"——这就是"抗议文学"的由来。② 理查德·赖特的《黑人写作的蓝图》("Blueprint for Negro Writing",1937)明确了"抗议"的指导思想,他的小说《土生子》(1940)强烈表现了美国黑人所受的非人待遇及其后果,成为"抗议文学"的典范,并在相当长的时间里成为黑人文学的评判标准。③

然而,艾里森却没有遵循赖特所绘制的蓝图。

按理说,艾里森算是赖特的学生。1936年,当艾里森还是一个未毕业的大学生,只身去纽约闯荡的时候,结识了当时已大名鼎鼎的赖特,并在他的鼓励下开始写作,甚至还在他的帮助下获得了联邦作家项目。④不过,艾里森并不认同赖特所代表的纯抗议文学。他在1953年国家图书奖的获奖词中,直截了当地指出,纯抗议文学是"狭隘的自然主义",其现实观是"僵硬的",因为他发现美国"真正的现实要远为神秘、含混、令人兴奋;而且,尽管原始残酷、变幻莫测,却比他们所展示的要更加前途光明"。⑤ 因此,他不得不构思一种"更宽广更深沉的小说","既要直面社会的不平与残忍,又要将它的希望、人类的博爱和个体的自我实现等形象都有力地展示出来"。⑥ 1945年,他在开始创作《看不见的人》时,就给赖特去信坦言:"我担心的是形式问题,也就是学会如何去组织我的材料,最大限度地调动这些奔涌于我内心的、也在读者心中奔流的、给文字赋予意义的心理和情感。"⑦

就内容来说,艾里森一开始就没打算将黑人的抗议当作终极目标,而是打算写出以黑人为代表的人类状况。1944年,艾里森获得了一份罗森

---

① 马丁·路德·金:《我有一个梦想》,赵一凡编,《美国的历史文献》,北京:生活·读书·新知三联书店,1989年版,第315页。
② Michael D. Hill, *Ralph Ellison's "Invisible Man": A Reference Guide*, Westport: Greenwood Press, 2008, p.136.
③ Ibid.
④ Ibid., p.7.
⑤ John F. Callahan ed., *Ralph Ellison's Invisible Man: A Case Book*, Oxford: Oxford University Press, 2004, p.36.
⑥ Ibid.
⑦ Michael D. Hill, *Ralph Ellison's "Invisible Man": A Reference Guide*, Westport: Greenwood Press, 2008, p.17.

菲尔德研究经费（Rosenfeld fellowship），并与出版商签下一份创作长篇小说的合同。当时第二次世界大战正酣，他本人参加了美国商船队（Merchant Marine）为战争服务。因此，他的本意是要以战争为背景来写作。他最初为小说设计的故事，是一个美军黑人飞行员被击落之后，关在一个纳粹战俘营里。因为他的军阶最高，按照惯例就被指定为战俘的发言人。因此，他的使命是以黑人之口，为处于困境中的全体美军战俘代言。艾里森在《看不见的人》30周年纪念版的前言中，介绍了这个最初的设想。① 这一设想其实反映了他的如下创作思想："黑人经验对小说家来说之所以重要，是因为正是在这个问题中，美国的人性冲突最强烈，也最有戏剧性。在社会学家看来是种族冲突的问题，对小说家来说就是人性戏剧的美国形式。"② 言下之意，黑人的经验能够很好地代表人类的经验，这实际上是艾里森一以贯之的创作原则。

虽然小说的整个语境后来改成了美国国内，故事内容也有较大的调整，但是上述创作思想仍然体现在最终的情节设计中。小说的叙事者无名无姓，隐居在一个地下室里，故事通过他的回忆与沉思而展开。他从小品学兼优，年轻时从南方来到纽约。作为黑人，他努力奋斗，一心想出人头地，却屡遭挫折。他在纽约打拼时，因为替遭白人警察驱逐的黑人房客鸣冤，所以受到兄弟会的赏识，成为其发言人。然而，由于他演讲时直抒胸臆，不照"科学计划"办事，因此在兄弟会内部遭到了压制和排挤；另一方面，主张暴力革命的黑人领袖拉斯又视他为黑人的叛徒。最后，他在哈莱姆区的黑人暴乱中被拉斯手下追杀，逃跑时跌入了一个煤窑，于是干脆在与煤窑相通的一个隐蔽的地下室里住了下来，并反思自己的人生。此时他如梦方醒：自己原来是"看不见的人"，即一个没有自我的人，不但要完全按照别人的设计来生活，而且在别人眼里毫无特征，无法识别。这一发现导致他达到了对生活本来应有的丰饶和多种可能的认识，从而让他获得勇气，重新走上地面，开始了真正的生活。

显然，故事讲的是黑人受压抑的生活，而讨论的却是"遗失的自我"这个重大的现代性命题，因此它不局限于黑人受难这一现象本身。然而，艾

---

① Herbert Mitgang, "'Invisible Man,' as Vivid Today as in 1952", *New York Times*, March 1, 1982, http://www.nytimes.com/books/99/06/20/specials/ellison-vivid.html, 访问日期：2013年8月1日。

② Maryemma Graham and Amritjit Singh eds., *Conversations with Ralph Ellison*, Jackson: University Press of Mississippi, 1995, p.5.

里森相信,只有很好地表现黑人的特殊经验,才能很好地表现一般的人性。因此,他择定了南方黑人文化作为他的形式基础。

在1953年国家图书奖的获奖感言中,他更具体地解释了对于小说形式的思考。他认为,现有的美国小说形式都过于狭窄,无法容纳他所了解的那种经验:

> 美国生活多姿多彩,既不稳定,又很开放,对亨利·詹姆斯那种紧凑精致的小说来说似乎太过生动活泼,只能捕捉其中一闪而过的某个瞬间,因为这种小说虽然在艺术上完美无缺,却太强调"品味"和稳定的世界;我也无法放手采用"冷峻"(hard-boiled)的小说那种好斗狠、愤世嫉俗、又轻描淡写的形式。轻描淡写毕竟要以普遍的假设为基础,而我的少数民族地位使得这种假定很成问题。①

正是这一形式理念,使他决定"将社会学留给科学家,而靠童话故事的生机勃勃的魔力去进入人类状况的真相"。② 也就是说,他认为不受现实逻辑束缚的、生动有趣乃至超现实的文学形式比严谨的科学能更好地把握美国生活的真实。另外,相对于当时流行的文学语言,艾里森发现自己民族的语言其实可以成为一种更好的文学语言:

> 那种冷峻的姿态和惜字如金的谈吐,固然是20世纪美国写作的精彩之笔,但与那些令我终日耳根不得清净的习语相比,与那种形象生动、手舞足蹈、妙语连珠的语言相比,未免严肃得令人尴尬,因为我们黑人的语言中回荡着300年来的美洲生活,融合了民间的、《圣经》的、科学的、政治的各种话语,亦庄亦谐,时而如诗歌般充满形象,时而赤条条像数学般硬朗。③

总之,艾里森坚信这种语言所承载的黑人文化具有他所说的那种"童话故事的生机勃勃的魔力",因而能够顺利抵达美国生活的现实。

更确切地说,艾里森从事的是审美判断。他巧用独特的黑人文化语言,叙事不拘泥于日常经验。同样是面对美国的现实,却得出了比此前黑人小说的"抗议"更为复杂、深刻、恒久的结论。正是靠着这一点,艾里森

---

① John F. Callahan ed., *Ralph Ellison's Invisible Man: A Case Book*, Oxford: Oxford University Press, 2004, p.36.
② Ibid.
③ Ibid.

的小说得以登堂入室,跻身于经典之林。

(三)"看不见"的经典性

《看不见的人》的主题是"看不见"。白人歧视黑人,对黑人视而不见,这当然是"看不见"的一个重要意思。不过,艾里森没有就此止步,而是继续发掘。小说中逐步展开的"看不见"主题至少涉及三个层次:1)种族歧视造成的"看不见";2)主动"隐身",在唯唯诺诺的面具下暗中得利;3)以及放弃追求有形的社会身份,在"无影无形"中获得生活的无限可能性。而这些探索,都是通过小说的语言艺术来完成的。

1. 又黑又蓝的幻境

读者在小说开篇伊始就见识了在此前美国小说中所未见的"魔力"。

叙述者先描述了他的住所。他住在一个地洞里,可是他请读者不要一听到"地洞"二字,就联想到阴湿寒冷的坟墓,因为洞各有不同,而他的这个洞就是没有阴影、四季如春的。他在这个地下室里装了1369盏白炽灯,用的电是从"光明电力公司"偷来的,但因为他是看不见的人,电力公司怎么也查不出电的去处。他在地下的生活似乎也相当不错,吃冰激凌,听阿姆斯特朗的唱片。(第7页)就这样,叙述者用近乎童话般活泼与夸张的语言,描述了一个不同于文学传统中的"地下人",还颠覆了洞穴和地下世界的标准形象——洞穴和人一样各有特色,而地下未必是黑暗的。

接着,他讲述了一段奇怪的经历。有一次,他问人讨烟抽,结果有个促狭鬼给了他一支大麻烟。他回地洞里,边抽烟边听唱片,飘飘然感觉自己"像但丁一样"(第9页),不断往地底深处下降。他听的是阿姆斯特朗的爵士名曲"我造了什么孽,会这么黑又这么蓝"(What Did I Do, To Be So Black and So Blue),是他的最爱,但在大麻的作用下,他察觉阿姆斯特朗的歌声下面有一个洞穴,里面有一个黑人老妇在唱一首节奏更缓慢的黑人灵歌,为自己亲手毒死的奴隶主哀伤;她的歌"像弗拉明戈①一样充满了 Weltshmerz②"。老妇人对主人有着一种极其矛盾的情感:既恨又爱,因为他是她的儿子们的父亲。为了不让怒气冲冲的儿子们把他割成

---

① Flamenco,西班牙南部安达卢西亚地区的即兴歌舞形式,糅合了摩尔人、犹太人和吉普赛人的文化元素,包含了大量悲愤、抗争、希望、自豪的情绪宣泄。参见维基百科,"弗拉明戈",http://zh.wikipedia.org/wiki/%E5%BC%97%E6%8B%89%E6%98%8E%E6%88%88,访问日期:2013年8月1日。

② 德语,意思为"悲观厌世"。

碎片,她毒死了他。她这样做也是为了自由,因为她更爱自由,却又被"自由"搞糊涂了,说不清自由到底是什么。

在更下面一层,他看到一个标致的黑人姑娘。她赤身裸体,被放在市场上出售。尽管她苦苦哀求,却无人理睬,而她的声音很像他的母亲。

在最底层他听到一场古怪的布道:

"弟兄姊妹们,今天早晨我要宣讲的题目是圣经中的'黑中之黑'。"

一群人齐声应道:"那是黑透了,兄弟,黑极了⋯⋯"

"起先⋯⋯"

"最初的时候⋯⋯"他们大声呼喊。

"⋯⋯是一片漆黑⋯⋯"

⋯⋯

"这时黑成了⋯⋯"布道者高声讲道。

"血红的了⋯⋯"

⋯⋯

"⋯⋯它会把你送进,荣耀啊荣耀,主啊,送进鲸鱼之腹。"

"讲啊,亲爱的弟兄⋯⋯"

"黑会把你变得⋯⋯"

"很黑⋯⋯"

"⋯⋯黑也会把你还原。"

"可不是吗,主啊!"(第9—10页)

等他从幻觉深处苏醒过来的时候,听到阿姆斯特朗还在继续唱着:

我造了什么孽,

会这么黑啊这么蓝?(第13页)

在这一段超现实风格的梦境描写中,各种因素交织在一起,有欧洲经典文学传统中的地狱和惩罚,有各种边缘文化杂糅而成的西班牙弗拉明戈歌舞,更有它们所表达的悲哀与超越。"Weltshmerz"这个词既代表德国浪漫主义哲学的悲观态度,又代表《圣经·创世记》中所说的鸿蒙世界开辟之初的黑暗与光明。

特别值得注意的是那段布道中的"鲸鱼之腹"。此处不但用了圣经《约拿书》中的典故,也暗指19世纪美国小说家梅尔维尔的《白鲸》——该书人物梅普尔神父曾经作了"《约拿书》布道"。艾里森曾多次提到,梅尔维尔和马克·吐温所代表的19世纪美国文学对民主问题(尤其是种族关系中的民主)做过清晰有力的探讨,因而是美国文学最好的传统,但是它在马克·吐温之后就渐渐消失,美国的散文也随之失去了力量。① 艾里森的目标,就是要向上述19世纪的作家靠拢。② 在《白鲸》中,梅普尔神父的布道十分强调了这样一个原则:人即便被囚禁在黑暗中,对上帝产生了怀疑,也依然要承担上帝托付的、无可逃避的责任。这一要义显然构成了上述那段地底之梦的一个重要内涵。

换言之,那段地底之梦(尤其是那段布道)的意义十分丰富。牧师和会众一唱一和,音乐性强,节奏短促,有着浓郁的黑人教会教堂的布道风格。布道的主题是"黑",一开始就把黑与开辟之初的渊面黑暗联系起来,却接着说黑就是红,并在黑与红的关系上再三反复,并说到黑对人的两种截然不同的影响:使人变得更黑,或使人回归本色。这些话在道出了"黑"与世界最初的混沌相连的同时,显示了意义和语言的混沌。但是,与但丁的地狱不同,处于叙述者梦境最底层的,不是最深重的罪孽和最严厉的惩罚,而是关于"黑"的深沉而含混的启示:黑既然是初始混沌的颜色,那么它就可以代表没有秩序的世界所包含的无穷可能性;黑既是阴暗,也有可能是光明;黑的肤色既是白人眼中的另类,好像是一种诅咒,又能提醒黑人直面自己的个性特征,从而恢复自己的正常人生。所有这些意蕴,都会在后面的叙事和思索中逐渐展开,但是在梦幻般的"黑中之黑"的布道中,已经以浓烈的黑人文化风格得到了暗示。

对上述意蕴的理解,还须结合阿姆斯特朗的那两句歌词:"我作了什么孽,会这么黑又这么蓝。"(What did I do, to be so black and so blue)这歌词文思精巧,充分表现了黑人的语言天赋,因为"blue"一词既是"蓝色"的意思,也是"忧伤"的意思。至于"black",显然是指肤色。同时,"又黑又蓝"(black and blue)是一个英语成语,意为"鼻青脸肿,遍体鳞伤",说的是黑人遭的罪。读者不难从"蓝"一词联想到象征黑人文化的"蓝调音乐"(Blues,又音译为"布鲁斯")。蓝调是黑人在美国土地上创造的民间音乐,其主题经常与黑人的悲哀有关,但往往不乏自嘲的喜剧色彩,以及应对艰辛生活的机智、狡黠("蓝"还有一层意思,与"黄色"的笑话和故事有关)。路易斯·阿姆斯特朗这位伟大的黑人歌手所代表的爵士乐,是直

---

① John F. Callahan ed., *Ralph Ellison's Invisible Man: A Case Book*, Oxford: Oxford University Press, 2004, p.36.

② Ibid., p.161.

接在"蓝调"的基础上发展而成的。爵士乐比传统蓝调更突出了"即兴"风格,在一定的主旋律内,可以有很大的自由发挥空间,而且常常表现出更高的思想水平。① 叙述者认为,正是爵士乐不守规矩的即兴发挥,加上大麻的影响,打乱了时间的节奏,使他能趁机钻进原来似乎延绵不断的时间的空隙里去张望一番,看到了前面所描述的那个神奇的幽冥世界。(第 8 页)

这样,在短短的一个幻觉叙事中,各种西方文化元素与黑人文化元素巧妙地结合,两种传统互相接纳,甚至天衣无缝,为进一步探讨"看不见"这个涉及所有现代人的根本问题做了铺垫。

2. 看不见与睁眼瞎

在《看不见的人》中,"黑"与核心隐喻"看不见"(invisibility)几乎是相等的。艾里森曾说,黑人当中有一个嘲笑自己"黑得让人看不见"的老笑话。② "看不见"更指傲慢的白人用固定的眼光蔑视黑人,对他们的具体存在不屑一顾。19 世纪末一首著名的黑人歌曲"浣熊们看起来一个样"("All Coons Look Alike to Me")说的正是这个。③

小说第一句话就说:"我是一个看不见的人……看不见,只是因为他们不肯看见我……人们走近我,只能看到我的四周,看到他们自己,或者看到他们想象中的事物——说实在的,他们看到了一切的一切,唯独看不到我……你挥舞拳头,你咒呀骂呀就要他们认出你。可,唉,几乎都是白费力气。"(第 3 页)这一段清楚地表现了白人的藐视与黑人的愤怒。

小说中类似的叙述很多。实际上,叙述者在地面上的大部分历史,就是一段"看不见"与挣扎着想要让人"看得见"的历史。小说开始的时候,他作为优秀的中学毕业生,被叫到市政会上去作演讲。当他欢天喜地地前去,以为从此要"得到赏识"的时候,却先被逼着与另外几个黑人少年参加了一场蒙着眼的拳击赛,供本地白人的头面人物取乐。赛前先让他们穿着内裤看一个裸体的白人女孩跳舞;拳击混战之后,又诱惑他们围着一块湿地毯抢金币,结果地毯是通了电的,而"金币"只是铜制的汽车广告纪念品。叙述者后来在纽约加入了兄弟会,以为找到了"自己人",却发现自

---

① 参见 Steven C. Tracy, "The Blues Novel", in Maryemma Graham ed., *The Cambridge Companion to African American Novel*, Cambridge: Cambridge University Press, 2004, p. 127.
② John F. Callahan ed., *Ralph Ellison's Invisible Man: A Case Book*, Oxford: Oxford University Press, 2004, p. 11.
③ Ibid.

己依然是"看不见的人",只是一件看得见的工具。他第一次去参加"兄弟会"的聚会时,请开门的白人姑娘让一让,对方却一动不动,没有看见他似的,让他"一阵心悸","好像遇见了屡屡出现、但又隐藏得很深、难以回忆起来的梦境"。(第303页)进了房间之后,里面聚会的人同样"好像本来就没有看见我,仿佛我又在场,又不在场似的"。(第304页)当他被引见的时候,有人半开玩笑地说他的肤色"还应该再黑一点",这话让他"透不过气来":他们"指望的是什么呢?是黑脸小丑吗?也许,想看到我汗水淋漓,如同黑炭、油墨、鞋油、石墨一样黑里透亮吧。那我算什么呢?是人呢,还是什么自然资源?"(第306页)

小说在批判白人对黑人视而不见、表现出对人性的盲目的同时,也批评了黑人自己的盲目,因为他们"挥舞拳头,咒呀骂呀就要他们认出你"(第3页)的时候,也看不到真正的自己,只希望得到白人的承认,实际上也是要用白人世界的标准来衡量自己,尤其是以中产阶级的标准。

前文提到,小说第一章里有一群黑人少年被蒙上了眼睛互殴,供白人取乐。在短短4页中,出现了10次"蒙眼布"或"蒙着眼"(blindfold)之语,连人物的恐惧也是"盲目的"(blind terror)。(第21—24页)更糟糕的是心灵的盲目:盲斗者都盲从白人的安排,指望从后者那里获得奖赏。最可笑的是叙述者自己。他一边晕头转向地击打着同样盲目的对手,一边还在努力背诵那篇题为"进步的奥秘在于谦卑"的演讲词,并为演讲发愁:"我会讲得怎么样呢?他们会赏识我的才华吗?他们又会给我些什么呢?"(第24页)虽然拳头雨点般地落在他的身上,他还是"一心想着发表演说,别的都无关紧要。因为在我看来,只有这些人物才能真正判断我的才能,而现在这个蠢货却要断送我的机遇!"(第25—26页)他最终带着满口鲜血,在白人们的哄笑和捉弄之中完成了演讲。督学当众夸奖他,鼓励他"坚持正确的方向",有朝一日"领导他的人民走正确的道路",并奖给他一个装有州立黑人学院奖学金证书的皮包;他欣喜若狂,全家人为他骄傲,邻居也都来道喜。(第32—33页)当天夜里他做了一个梦,发现那皮包里的信笺上面写着:"敬启者:让这黑小子不停地跑。"(第34页)在这样一个预见未来的超自然梦境中,叙述者获悉了自己的命运,但并未真正看清楚:只要他遵循白人主流社会的成功标准,他的努力永远都是盲目的、受人控制的。

小说中很少有人是不盲目的,白人也不例外。他们不但看不见黑人,也看不见自己。例如,那个举止文雅的白人慈善家、校董诺顿,颇为得意地把学校里的黑孩子比作"齿轮"。(第45页)在他眼里,黑人都是一模一样的、没有生命的部件,而他对自己的认识,完全取决于他生产这些部件的成就。他把自己等同于一种外在的、可以测量的社会角色。因此,当他在金日酒家的黑人骚乱中被吓晕过去时,叙述者数次提到他"闭着的眼睛"(第85、86、87、88页),并说他"像无形的白色的幽灵,突然出现在我的眼前。这幽灵虽早已存在,只是在金日酒家的这片狂乱中才得以显现"。(第86页)也就是说,一直被叙述者仰视的这位白人也是盲目的;他缺乏真正的自我,因而同样不能被人看见。更有趣的是,当诺顿变成"无形的白色的幽灵"时,白色也与黑色一样看不见了。

那位坚定的兄弟会领袖杰克也同样盲目。他相信自己能用科学的理论把社会和历史看得一清二楚,可是他只抽象地谈论人民的事业,把有血有肉的人都当作工具,追求的实际上是个人的权力与影响。当他与叙述者争吵的时候,一不小心把一个假眼珠掉进了杯子里,居然浑然不觉。这个突然暴露的假眼珠,同样象征着他和整个兄弟会的盲目。

以上所有情形都带有悖论的意味:明明是要看得见,却偏偏看不见;不但无法让人看得见,而且自己也看不见。许多对这部小说中"看不见"的阐释停留在种族歧视这一层面,即仅仅强调白人不把黑人放在眼里,但是如以上分析所示,这"看不见"还有另一层深意,即白人和黑人都未看见,尤其是自以为是的白人。用小说叙述者的原话说,"生活中的某些现实看来是在白人的完全控制下,他们据我所知也是瞎子。他们都是睁眼瞎。"(第569页)事实上,睁眼瞎是人类的通病,而《看不见的人》揭示了它的病症。

3. 隐身与无形

不过,叙述者渐渐发现,"看不见"并非只是消极的。小说前言中,叙述者在回顾人生的时候说,"别人看不见你,有时也有它的好处",那就是可以"暗中和他们作对,而他们自己却蒙在鼓里"。(第3—5页)例如,他可以从照明电力公司偷电,点亮地洞里的一千多盏白炽灯,却不会被发现。主动做一个"隐身人"的想法最早是叙述者的爷爷提出来的。他一辈子安分守己,却在临终的时候告诉子孙:

> 我们的生活就是一场战争……要把脑袋搁在狮子口里过日子。要唯唯诺诺,叫他们忘乎所以;笑脸相迎,叫他们丧失警惕;百依百顺,叫他们彻底完蛋。让他们吞你,吞到他们吐为止,吞到他们胀破了肚子!(第16页)

爷爷的遗言让全家惊恐万状，被当作神志不清的疯话。叙述者却在以后的生活中不断回想起这些话，并一直想要理解。他逐渐明白爷爷大概是要他戴上一个"假面"，做一个白人眼中的标准黑人，逆来顺受，毫无个性，却反而能在暗中取胜。

布莱索校长就是一个例子。他继承了伟大的黑人领袖"奠基人"的事业，在白人校董们的赞助下经营着一所体面的黑人学院。他对白人校董奉若神明，但他却告诉叙述者，只要摸准白人的心理，合乎白人心目中的"黑鬼"形象，自己就能在无形中控制他们的思想，获得个人的成功：

> 白人没有控制这所学校。他们虽然出了钱，可是我在控制这所学校。如果需要，我可以和任何一个毛头黑鬼一样响亮地答应："是，老爷。"然而我仍然是这儿的君主……我假惺惺地讨好白人里的大人物。与其说他们控制了我，不如说我控制了他们……为取得今天的地位，我得有坚强的性格，明确的目标，我得耐心等待，进行策划，四处奔波。是啊，我还得像个黑鬼！可不是！……那些白人告诉大家该如何思考，但我告诉他们该如何思考。我告诉白人该如何看待我所了解的事情……让白人为面子和尊严去烦恼吧——我只要知道自己在哪儿，把权力和影响抓到手，和有权有势的人来往——然后就待在暗处使用权力！（第141—144页）

但布莱索校长又是极度自私的。他明确地告诉叙述者："为了保全我的地位，我不惜让国内所有的黑人一个早上都在树上吊死。"（第143页）而且，为了报复年轻的叙述者对他所说的气话和对他的经营造成的损害，他送给叙述者七封密封的推荐信，里面都要求读信的校董"帮助他像心怀憧憬的旅人那样朝着许诺的方向，朝着远方不断退却的、明亮的地平线，一直走下去"。（第189页）为了取得世人眼中的成功，布莱索的人格已经完全扭曲。他虽然表面上通过戴上面具成功地影响了白人，成了能与白人平起平坐的黑人，但他无疑也是盲目的。

然而，除了可以"隐身"而暗中获利之外，叙述者逐渐发现"看不见"还有一种更深层次的意义，那就是摆脱限制自我的固定社会身份，成为"无形"的人，从而为自己的存在获得更多的可能性。

在第二十三章，为了避开暴力派黑人领袖拉斯手下的骚扰，叙述者戴上了一副墨镜和一顶白草帽。结果，他一路上不断被人误认为某个叫"赖因哈特"的人，但每次被误认的身份却又各不相同，由此他知道这个赖因哈特同时扮演着多种角色,如鱼得水。此前叙述者也扮演过不同角色,但每一个角色都是别人指派给他的,每一次他都尽力演好角色,以为那是他自己的使命或身份。现在,他第一次真正主动地戴上了面具。他变成了赖因哈特。这个说不清身份的、因而是"无形"的人,让叙述者感到震惊:

> 我再也受不了了。我摘下眼镜把白草帽小心地夹在腋下走开了。这可能吗?我想,这真的可能吗?而我明知道这确确实实存在。
>
> 我过去就听过这类事,不过从来没有靠得这样近。他难道真的无所不是?卖彩票的赖因赌博的赖因行贿的赖因偷情的赖因牧师尊者赖因?难道他可以既是赖因又是哈特?① 究竟哪一半是真的?……这是一个辽阔的翻滚的炙热的流动的世界。无赖赖因就在这里浑水摸鱼。也许只有赖因这个无赖在这个世界混得开。这没法令人相信,可是也许只有无法相信的事才是可信的。可能真理一向就等于谎言。(第505—506页)

这是一段让哈罗德·布鲁姆陶醉的文字。在布鲁姆看来,这是"艾里森达成的复杂的文字爵士乐的一个范式,不合拍地演奏的,是一阕副歌的不同变奏:'他自己有可能同时是外皮和心脏吗'和'浪子赖因''坏蛋赖因'得意扬扬地重复。"② 布鲁姆认为赖因哈特是维庸、兰波、马洛这些集大诗人和杀人犯、间谍、走私分子、盗贼于一身的人物的同道,虽然叙述者把这个从未亮相的人物等同于混乱,但小说叙事却表明,读者从"赖因哈特伟大的音乐中"真正听到的是想象力。③

的确,叙述者看到赖因哈特如爵士乐般不守规矩,难以辨识,无迹可寻,使他象征着一种突破了狭隘的现实之后可能拥有的更丰富的现实。叙述者曾经"相信埋头工作,相信进步,相信行动",可是在许多经历之后,赖因哈特突然给了他启示:"除非有伙坏蛋要让世界穿上疯人院的紧身衣,世界的定义应该就是可能性。你只要走出一般人所谓的现实的狭隘地带,你就置身于混沌之中——只要问问赖因哈特就行了,他可是浑水摸鱼的好手——或是想象之内。"(第586页)于是他形成了如下信念:只要他不被别人界定的人生观所束缚,他的世界就充满了无限的可能性。因

---

① 赖因哈特的英文是 Rinehart,其谐音可以看作 rind(树皮)和 heart(心)两个单词的结合,因此这句话的意思是:"难道他可以既是树皮,又是树心?"
② 哈罗德·布鲁姆:《如何读,为什么读》,黄灿然译,南京:译林出版社,2011年版,第301页。
③ 同上书,第301—302页。

此,他决心"既不给自己定位,也不限制自己"。(第586页)

不过,"隐于无形"的自由也带来一个问题:不停变换的面具下面是否还会有一张真实的脸和一个真实的我?人真的能做到"既是树皮又是树心"吗?抑或终会成为空心的树,脸与面具最终融为一体,人真的成了幽灵?更大的问题是:这种自由不需要担负责任吗?

4. 自由与责任

自由与责任作为一对文化命题,一直隐伏于小说的情节之中。

起初,叙述者深信自己可以完全以赖因哈特为榜样。他以为自己猜透了爷爷临死时所说话语的玄机,可以带上唯唯诺诺的面具,暗中使自己处于更有利的位置。结果,他的行为导致了哈莱姆区的一场暴乱,他后来意识到这是一场兄弟会为了谋取政治利益而在暗中挑起的暴乱。在武器精良的警察面前,暴动的黑人陷入了一场被屠杀。叙述者痛苦地看到,"正在我自以为获得了自由的时候,我成了工具。我在假装同意的时候实际上确实同意了。因此我应该对街头蜷缩的那具尸体负责,也应该对那些在夜色下正走向死亡的人负责"。(第563页)对自由的诉求,导向了对责任的深思,这是小说最精彩的地方之一。

随着赖因哈特式的"隐身自由"的失败,叙述者反倒平静了,他"心中怀着一种对自己的新认识,以及一种几乎使我长叹一声的慰藉感"(第567页),因为他开始真正面对自己的存在状态:"哪怕尝尽自己生活的荒诞,也要比为别人的荒诞去死要好。"(第579页)这是他第一次真正有了自我意识。从此,他结束了盲目而"不停地跑"的生涯。当他落入煤窑之后,为了看清眼前的路,他不得不找一些可以照明的东西。于是,从高中毕业文凭开始,他先后烧掉了自己公文包里的所有纸片,包括杰克给他写的兄弟会内部的化名和一个滑稽的黑人纸偶。烧掉了这些世俗的身份,他才暂时看得见眼前的路。所以,当他在地洞里反思的时候,他终于明白了:"我的问题正是在于我一直试图走别人的路,却从不想走自己的路。同样,别人这样称呼我,后来又那样称呼我,却没有人认真想听一听我怎样称呼自己。因此,虽然多年来我很愿意把别人的意见当作自己的意见,现在我终于造反了。我就是一个看不见的人。"(第583—584页)这一转变其实隐含了一种悖论:当小说主人公决定"造反",即"走自己的路"时,他既获得了自由,又承诺了担当。

叙述者由于接受了"看不见",因此渐渐"看得见",庶几成了有智慧的人。然而,更为难的是下一步。叙述者说自己"虽然不可见,却不瞎"。

(第586页)言下之意,他看到了"生活的荒诞",可是下一步又该怎么办呢?他追问自己:"我究竟要什么?当然不是赖因哈特的自由或者杰克的权势,也不单是可以不再'不停地跑'"。(第585页)这一思考中,交织着另一个问题:一个超越了社会"形体"的人,在抛弃了束缚之后,是否依然有社会责任?

在小说开头的反思中,叙述者承认自己是人世间最不负责任的人,但又为自己辩护说:"缺乏责任感是我这个看不见的人的一个属性。"(第14页)据此他显得理直气壮:"我对谁负责呢?你既对我不屑一顾,我干嘛要对你负责?"(第15页)这是典型的抗议文学的态度。不过,叙述者的内心是有矛盾的:"看不见的人要对众人的命运负责。不过我不承担这个责任。这些相互矛盾的模糊观点缠结成了一团,在我脑子里直打转,把我完全搞昏了。"(第15页)类似的反思几乎贯穿了全书,可谓一路回想,一路沉思。这回想,这反思,分明是在邀请读者一起探讨自由与责任这一对文化命题,到了小说的尾声,叙述者的观点已经与先前有了不同。他发现"不可见"的很大一部分原因在于自己的"盲目":"我身上潜伏着病根,可是长期以来总是归咎于别人。"(第585页)这使他对世界的态度发生了变化:"我想把一切全写下来,写着写着却乱了套,发现原先的某些愤怒和怨恨并不在理。"(第590页)之所以说"乱了套",是先前说自己是"看不见的人"时所怀的种族仇恨,经过叙事中的分析和思考,在相当程度上变成了一个关乎全人类的"寻找自我"的问题,因此问题变得复杂起来,但也更接近了人性的真实。因此叙述者坦承自己处于一种矛盾状态:"我现在既指控又辩护。我既谴责又肯定,说了不之后又说是,才说完是却又说不。"(第590页)不过,他并不为此不安,反而认为这些自相矛盾的判断是正确的,因为"除非你的眼光里既有恨又有爱,生活的很大一部分你都无法把握,也抓不住它的意义。所以,我干脆以这样的分裂状态去接近我的生活。所以我指控我辩护我恨我爱。"(第590页)这样的判断,其实是一种审美判断,它也是小说的经典性要素之一。

《看不见的人》所呈现的是一个既混乱又充满可能性的美国现实,表达了小说主人公所采取的复杂态度。在他看来,人性也充满了矛盾,同时又富有诸多可能性,而这一特性恰好跟美国的立国原则(第591页)相吻合:"我们的命运是要融合在一起,却依然是各自独立的。"(第587页)由于人类所构想的现实因人而异,甚至互相矛盾,因此在一个人看来是现实的东西,在另一个人看来可能是混乱的。(第591页)不过,虽然人们常常囿于自己构建的"现实世界",而对许多真实的东西视而不见,尤其是意识不到自己与他人之间的真实关系,但是他们彼此之间实际上是唇齿相依的,就如叙述者在描述黑人与白人之间关系时所说的那样:"他们一死,我们也不得不死。"(第585页)正是因为这方面的反思,叙述者渐渐意识到自己蛰伏的时间太长了:"也许这是我对社会所犯的最严重的过失。因为有一种可能性是,即使一个看不见的人也要扮演一份需要担负责任的社会角色。"(第592页)这种对责任与隐身/自由之间关系的反省,已经超出了种族的层面,是对人类社会普遍生存状况的一种关照,因而也具有经典性。

叙述者责任感的觉醒正好呼应了小说开头的那一段梦境,及其所暗示的梅普尔神父的《约拿书》布道。就像约拿不再对上帝充满怨气,终于走出黑暗的鲸腹那样,叙述者不再满足于隐身于黑暗世界,而是心甘情愿地担当起对社会的责任。

2012年,《看不见的人》出版60年纪念之际,纽约客网站发表文章,称它为最伟大的美国书籍之一,并说这部既解除了束缚、又担负着责任的小说,直到今天读来依然让人有天翻地覆的感觉。[①] 之所以让人觉得天翻地覆,是因为尽管艾里森的小说始于概念[②],却继之以含混的诗化语言,突出了多方面、多层次的审美判断,打破了狭隘的常规观念,从而更好地把握并揭示了美国的宏大现实。我们不妨用艾里森的原话,来解释他作为一个小说家在现实面前所承担的责任:

> 在最深的层面上,美国的经验是一个整体,而多样和善变就是它的真相。通过锻造与之相称的小说形式,我们不仅直抵最理想的美国生活,也能为解决有关人性的那些全世界面临的问题未雨绸缪,而崇拜统计数据的人们目前对这些问题束手无策。[③]

相似的思想反映在1974年的一次访谈中,当时艾里森这样说道:"如果你运气好,如果你接通了生活的深层潜流,那你就有机会让自己的作品

[①] David Denby, "Justice for Ralph Ellison", *New Yorker* website, http://www.newyorker.com/online/blogs/books/2012/04/justice-for-ralph-ellison.html, 访问日期:2013年8月1日。

[②] 1945年8月,在写给赖特的信中,艾里森说道:"在这片变幻无常的汪洋大海上,唯一稳定的只有我身下这艘观念之筏,我要依赖它才能安全靠岸。" Michael D Hill, *Ralph Ellison's "Invisible Man": A Reference Guide*, Westport: Greenwood Press, 2008, p.39.

[③] John F. Callahan ed., *Ralph Ellison's Invisible Man: A Case Book*, Oxford: Oxford University Press, 2004, p.39.

略微持久一点。"①这番话不妨看作艾里森对自己小说命运的预言,以及对小说经典化内在原因的解释。

那次访谈以后,又是40个春秋过去了,《看不见的人》可谓经久不衰。它不是"略微持久了一点",而是显示了强大的生命力。这生命力来自本书第二章中所分析的"摆渡性",来自审美判断,来自生活的深层潜流。艾里森的预言应验了:他小说的耐久性果不其然,他小说的经典性依然而然。

---

① Michael D Hill, *Ralph Ellison's "Invisible Man": A Reference Guide*, Westport: Greenwood Press, 2008, p. 41.

第八章
当代日本文学经典的生成与传播

> 人类。无论战争以多么惨烈的破坏与宿命碾压过来，都无法撼动人类分毫。战争结束了。特攻队的勇士们不是已经做了黑市小贩，而战争遗孀也已在为新的身影而心旌摇荡么？
>
> 人类并未改变。不过是回到了人类本原。人类要堕落。义士与圣女也都要堕落。既无法阻止堕落，也不能通过阻止而得到救赎。
>
> 人类要生，便要堕落。欲拯救人类，除此以外别无近途。
>
> ——坂口安吾《堕落论》①

第二次世界大战结束后，在昭和天皇《终战诏书》的宣读声中，战败投降的日本于一片焦土残垣之中迎来了熹微曙光。1946年4月，著名作家坂口安吾在《新潮》杂志发表了革命性的名篇《堕落论》，宣称"堕落"才能回归人性的本真，对于战时标榜的绝对价值观提出冷彻而犀利的批判，鼓励人们从战后的混乱和迷惘中迈出各自的步伐。在"人类要生，便要堕落"这一句大胆肯定人性的呼声中，日本现代文学也走出了低迷期，掀开了文学史的崭新篇章。

从战后迄今70余年的岁月中，日本文坛陆续涌现了众多优秀作家与作品，取得了令人瞩目的成就，在世界文坛中占有重要的一席之地。本文拟对日本当代文学的历史语境与概况作一简要的梳理和介绍，并试对最具代表性的当代作家大江健三郎和村上春树及其代表作进行解读与分析，一探日本当代文学的独特魅力。

---

① 坂口安吾：《堕落论》，东京：角川书店，1987年版，第118页。

第一节　当代日本文学生成语境

根据社会状况与历史语境的特点,可以将日本当代文学①大致划分为战后十年(1945—1954)、高度经济增长期(1955—1974)和"团块世代"及昭和末期以降(1975—　)三个时期,依次介绍如下:

(一) 战后十年(1945—1954)

日本战后的前十年,可以说是从废墟与灰烬中重新启程的十年。"战后十年的历史,是日本现代史所遭遇的最大变革期。看起来一切封建性都被拂拭而去,军国主义、绝对主义根绝,所有的可能性都朝向民主的自由敞开……然而不可否认的是,处于占领下的日本社会基本结构与战后历史的步调,以种种形式极大地规制着战后文学。"②一方面,由于长年战火招致的原有秩序的崩塌瓦解和文化的压抑自闭,日本社会面临着百废待兴的混乱局面。人民从军国主义的长期束缚与摧残、法西斯文化专制主义中走向全面解放与希望。但另一方面,处于GHQ(驻日盟军总司令)占领下的日本,社会与文化都被置于严密的"审查"制度下,而非享有无限制的自由。在日本政治社会背景的这种双重性的大背景之下,此一时期的文学创作如同戴着镣铐的舞蹈,呈现其繁荣盛况。

1945年12月,原无产阶级文学流派的作家们创立"新日本文学会",承继了战前的左翼文学传统,掀起了战后新民主主义文学运动。同年起,新日本文学会发行机关杂志《新日本文学》,并以此为据点进行积极的文学创作活动。其后,该文学团体在关于政治与文学的关系、战争责任问题、国民文学论等方面发起了积极的探讨,并与相关文学团体开展了一系列论争。该流派同人的重要成果有宫本百合子的《播州平野》(1946)、《道标》(1947—1950)、德永直的《妻啊,安息吧》(1946)、《静静的山峦》(1952)、佐多稻子的《我的东京地图》(1949)等。这些作品多描绘了梦魇般的战争年代个人的苦痛经历,反映了军国主义所发动的罪恶战争同样给本民族带来的深重劫难和历史创伤,表现了强烈的反战思想。

---

① 在日文中,一般将第二次世界大战以后的文学称为"现代文学",与战前的"近代文学"相区分,特此说明。坂口安吾:《堕落论》,东京:角川书店,第118页。
② 平野谦一:《战后文学论》,《金泽美术工艺大学学报》,1956年。

与此同时，战时停刊的文艺杂志如《新潮》《早稻田文学》等纷纷复刊，大型综合杂志《中央公论》《改造》等也恢复发行，提供了大量文艺作品的发表阵地。1945 年由荒正人、本多秋五、小田切秀雄等七位文艺评论家联合创办的文艺杂志《近代文学》，是这一时期与《新日本文学》并重的文学舞台，形成了战后评论界的中心。该杂志所聚集的一批作家群体，遂成为战后文学界的主流，一般统称为"战后派"作家。根据"战后派"作家的出道时间，文学史上通常将 1946—1947 年前后登上文坛的新人作家归为"第一次战后派"，代表作家有野间宏、椎名麟三、梅崎春生、武田泰淳等；而将 1949—1950 年前后登场的作家称作"第二次战后派"，包括大冈升平、安部公房、井上光晴、三岛由纪夫等。战后派文学多基于作家本人的战时体验来反思战争，通过描写战争题材的作品，追溯战争年代民族与个人的悲剧命运，或者描绘战后初期日本社会的世态人生，探讨人的价值与存在本质等命题，均蕴藏着凝重的时代感和历史使命感。广义的"战后派"作家一般还包括出道时间上紧随其后的"第三新人"派，如远藤周作、小岛信夫、岛尾敏雄、庄野润三、安冈章太郎、吉行淳之介等。他们于 1953—1955 年左右登上文坛，与多以恢宏的长篇小说的形式、融入西方实验性手法的前两批"战后派"作家有所不同，"第三新人"派作家们的作品多为短篇小说，往往带有日本式私小说的风格，鲜有政治性倾向，更注重描写身边琐碎而细微的日常。

"战后派"代表作家野间宏，于 1946 年发表的自传性短篇小说《暗画》，描写战前大学生们参加左翼运动却惨遭镇压的事件经过，被称为"日本战后文学的启程之作"。① 此后出版的长篇小说《真空地带》(1952)，反映了日本军队内部灭绝人性的体制，对于其背后的日本天皇制统治结构进行了激烈控诉，成为"战后派"文学的代表作。评论家、作家大冈升平的小说《俘虏记》(1948)，从战时被美军俘虏的自身经历出发，从一名士兵的视角书写战场体验。另一代表作《野火》(1951)也以太平洋战争末期的菲律宾战场为舞台，探究极限状态下的人性和伦理主题。同属"战后派"作家群体、继承了日本浪漫派传统与希腊古典美学理念的作家三岛由纪夫，在这一时期陆续有《假面的告白》(1949)、《潮骚》(1954)等作品问世，以独特的美学开启了其绚烂的文学世界，后成为日本当代屈指可数的大家之一。

---

① 铃木贞美：《现代日本文学的思想》，东京：五月书房，1992 年版，第 191 页。

值得一提的是,战前的文坛泰斗以及成名作家纷纷复出,也为战时凋敝的文坛带来了生机。如新浪漫主义小说家永井荷风发表《舞女》(1946),"白桦派"代表作家志贺直哉写作《灰色的月》(1946),耽美派大师谷崎润一郎完成了战时一再被禁的巨作《细雪》(1948)。其后,川端康成发表了拟古典主义大作《千只鹤》(1949—1951)、《山音》(1949—1952),前者为1968年诺贝尔文学奖获奖作品。与这些具有高度艺术性的传统文学的复苏相对立,"无赖派"(又称为"新戏作派")的作家们则以反传统、反秩序的思想与笔触,对于战后的混乱状态、价值虚无以及人们精神上的苦闷颓废进行观察和描摹。代表作有前文提及的坂口安吾的《堕落论》(1946)、《白痴》(1946),太宰治的《斜阳》(1947)、《人间失格》(1948),以及织田左之助的《世相》(1946)等。这些作品在发表后都引起了强烈的共鸣和反响,由于篇幅所限,在此不作详述。

(二)经济高度增长期(1955—1974)

经历了战后复兴的十年,到20世纪50年代中期前后,日本社会逐渐走向稳定,迈入了经济上的高速增长乃至腾飞的阶段。随之而来的是人们对于社会重大问题的兴趣有所减退,尤其是许多年轻人在精神上产生倦怠空虚之感,沉溺于颓废享乐。1955年,尚在一桥大学就读的石原慎太郎发表了中篇小说《太阳的季节》,翌年获得芥川文学奖。由新潮社推出的单行本一举畅销30万部,还被迅速地改编成了电影。该作品由于表现了对于伦理道德的极度叛逆,描写了大量暴力情节与性爱内容,问世后饱受争议,并经大量的媒体发酵后引发了巨大的社会反响。由小说名衍生而来的"太阳族"(在与石原慎太郎的对谈文章中,大宅壮一最初使用该词)一词,也成为当时的流行语。

这一时期大众传媒相当发达。尤其自1955年左右伴随着消费社会的兴起,出现了文学的商品化现象。周刊杂志大举创办发行。由此,近代以来一直处于对立局面的纯文学和大众文学的界限变得模糊,所谓"中间小说"[①]连载于各大周刊杂志,获得了为数甚众的中产阶级读者群。尤其是社会派推理小说的开创者松本清张,凭借《点与线》(1958)、《零的焦点》(1959)、《砂之器》(1962)等作品,掀起了推理小说热潮。与传统的本格派

---

① "中间小说"最初是由久米正雄所提出的概念,意指位于"纯文学与大众文学中间"(基于1947年杂志《新风》的座谈会上,林房雄所倡导的日本文学发展道路)的小说,兼具艺术性和娱乐性,有广泛的读者层。

推理小说风格迥异,清张的推理小说兼具强烈的社会性,采用现实主义的表现手法,矛头直指向战后日本的政治、法律、教育、商业等社会各界的体制阴暗面,聚焦当时日本社会上存在的种种矛盾冲突,体现了深刻的批判意识。在历史题材小说方面,井上靖的一系列以中国为题材的小说《天平之甍》(1957)、《楼兰》(1958)、《敦煌》(1959)等蜚声文坛,发展出独树一帜的艺术风格。

受到同时期西方盛行的存在主义哲学思想的影响,现代主义文学取得了丰硕的成果。20世纪50年代初以短篇小说《墙》出道,一举获得芥川文学奖的作家安部公房,发表长篇小说(《砂女》(1962),讲述了一个到海边采集昆虫标本的男人被关入附近村里某寡妇孀居的砂洞,不断尝试逃脱的故事。小说借助这样一个荒诞的超现实主义设定,思考现代人的存在与自由,构建了一则关于现代社会的卡夫卡式寓言。继《砂女》之后,安部又创作了《他人之颜》(1964)和《燃尽的地图》(1967)。三部小说被合称为"失踪三部曲",探讨个人与社会、自我与他人的关系问题,均为现代主义文学的杰作。目前,安部的多部作品被翻译成多国语言,在海外也获得极高的赞誉。与安部公房同样享誉国际文坛、早期也深受存在主义影响的作家还有大江健三郎,这将在下面一章中单独讨论。

现实主义文学的杰出代表当首推女作家山崎丰子。她曾在大阪每日新闻社担任记者,以《花暖帘》(1958)获得第39届直木文学奖,以此为契机走上职业作家道路。于1965年起推出连载长篇巨作《白色巨塔》,以入木三分的犀利笔触刻画了医学界种种腐败现象和权力斗争的百态。其后她相继推出涉及金融界与政界的《华丽一族》(1970—1972)、引入若干时事政治和社会重大事件的《不毛地带》(1973—1978)等优秀长篇作品,透视日本社会百态,对于人心、人性与人的欲望有着细腻而深入的洞察。

(三)"团块世代"及昭和末期以降(1975—)

"团块世代"这一专有名词,最初出自堺屋太一的同名小说《团块世代》(1976),意指日本在1947—1949年前后出生于战后婴儿潮的一代人。他们出生于贫乏的战后,成长于日本战后复兴与高度经济增长期,经历50年代末的安保斗争、60年代后期高涨的学潮,以及此后80年代消费时代的降临与随之而来的宏大叙事的退潮……简而言之,这一世代的人生轨迹与日本战后史几乎是同步的。因此,他们不仅成为日本战后社会与文化建设的中坚层,也有着截然不同于以往的新的生活方式与价值观念。

这一代人也被称作"披头士世代",他们身上没有战争投下的阴影,青年时代多热衷于美国的摇滚歌曲、民谣及电影,精神与价值观都深受同时代美国文化影响。"团块世代"的作家们虽文学风格各异,但也不乏成长的共同背景所赋予的相似特质:他们往往立意打破日本文学的旧传统,在表现形式和方法上追求革新,蔑视道德与权威,质疑现存的秩序与社会体制,宣扬个性自由与解放。

"团块世代"的代表作家之一是中上健次。部落民出身的中上,早期受到大江健三郎等作家的影响,其后在美国作家威廉·福克纳的强烈影响下,形成了鲜明的个人风格。被称为"纪州三部曲"的长篇小说《岬》(1975)、《枯木滩》(1977)和《地之尽头、至上之时》(1983),以偏僻而民俗地域气息浓厚的故乡纪州为创作舞台,展现了居住在这片土地上的部落民青年人的生存实态——作为被歧视的日本社会边缘群体,因其生来便背负着的特殊身份所经受的种种困境和挣扎,以及群体内部地缘与血缘关系错综复杂的纠葛。中上凭借《岬》这部作品,成为首获芥川文学奖的战后出生的作家。而这位杰出作家的英年早逝,也成为日本文坛的一大遗憾。

"团块世代"另一位著名作家村上龙,于大学在读期间发表处女作《无限接近透明的蓝》(1976),一举斩获群像新人文学奖和芥川文学奖。这部作品描写了东京福生市美军基地附近生活着的一群年轻人颓废放浪的青春,他们无乡可归而终日沉溺于大麻、暴力与性爱。小说融合了美国式嬉皮士精神和清澈哀婉的诗意文体,加之有关毒品、暴力与滥交的激烈主题,一经问世就极大地震撼了日本文艺界。相似的青春主题也使这部作品常与石原慎太郎的《太阳的季节》相提并论。与"太阳族"一词的诞生相类似,根据这部小说衍生而来的"透明族"一词广为流传。其后,村上龙又发表了小说《储物柜婴儿》(1980)、自传体青春小说《69》(1987),均为日本当代文学的代表性杰作。同属于这一世代的作家村上春树,将于以下部分单独讨论,不在此述。

自20世纪80年代末期以降,日本文坛又涌现了许多新世代的作家。著名诗人、评论家吉本隆明之女吉本芭娜娜凭借短篇小说《厨房》一举成名。该作品以明朗轻快的文风探究死亡与孤独,一度在出版界掀起"芭娜娜"旋风。岛田雅彦以《献给温柔左翼的嬉游曲》(1983)、《彼岸先生》(1992)等作品,极力状写新时代的感受性,成为日本后现代主义文学的旗手。在大众文学方面,女性作家江国香织的《冷静与热情之间》(1999)、角田光代的《第八日的蝉》(2005—2006)最负盛名。而另一位杰出的女性作家桐野夏生,以恋爱小说与推理小说为创作起点,后期作品题材开始多样化,代表作有深入描摹不同年龄与阶层的女性心理的长篇小说《OUT》(1997)、《Grotesque》(2003)。此外还有将舞台背景设定于孤岛的乌托邦小说《东京岛》(2008)、取材于日本神话的《女神记》(2008)等佳作。随着其作品英译本的出版,她在海外也受到广泛的关注。另外,近年来活跃于文坛的推理小说作家东野圭吾、凑佳苗等,不仅在日本本土拥有大批读者,在以中国为首的亚洲地区也广受欢迎。

以下,本章选取两位享誉全球的日本当代作家大江健三郎和村上春树,分别从各自作品的解读分析入手,借以管窥当代日本文学多元的艺术风貌和审美取向。

第二节　大江健三郎《饲育》:"政治与性"主题的起点

大江健三郎(1935—　)出生于爱媛县喜多郡大濑村(现内子町)。在四国岛山谷森林中度过的幼年生涯,生发出一种浓厚的原乡情结,后成为大江众多作品的创作源泉。他1954年进入东京大学教养学部,后转入文学部法文科,在就读期间深受萨特的存在主义哲学的影响。在学时,他相继发表了《奇妙的工作》(1957)、《死者之奢》(1957)等短篇小说作品,博得文艺评论界的高度赞誉。1958年发表中短篇小说《饲育》,获得第39届芥川文学奖。1959年,大江从东大毕业,毕业论文题为《关于萨特小说中的意象》。同年出版长篇小说《我们的时代》(1959),转向"政治与性"主题的中期创作,包括小说《十七岁》(1961)、《政治少年之死——〈十七岁〉续》(1961)、《性的人》(1963)。1963年,大江的长子出生,因头盖骨异常导致智力残疾。这极大地影响了大江的生活与创作。长篇小说《个人的体验》(1964)便取材于长子出生后他的亲身体验与心境历程。怀着由个人的痛苦经验所引发的对于人类悲惨命运的关心,大江多次走访了广岛原子弹爆炸受害者,创作了《广岛札记》(1965)。1967年,大江再度将目光投向故乡四国山村的密林,发表了融合东西方文化、交织着历史现实与神话传说的长篇杰作《万延元年的足球》,获得谷崎润一郎文学奖。1970年,大江发表取材于太平洋战争末期冲绳集体自决事件的《冲绳札记》,后被日本右翼势力推上审判庭。在20世纪70年代,大江陆续发表了长篇小说

《洪水漫及我灵魂》(1973)、《摆脱危机者调查书》(1976)，又在文化人类学的影响下创作了《同时代游戏》(1979)，开启"村＝国家＝宇宙"系列的创作。此时大江明确地树立了"边缘文化"的写作立场，开始全面反思战争与日本天皇制的问题，反对核武器、原子能，批判权力与体制，关注社会现实与现代危机。

到20世纪80年代，继一系列短篇作品集之后，大江又将西方经典融入日本传统，创作了以但丁的《神曲》为基调的《致令人怀念的年代》(1986)，以及大量援引叶芝诗歌的《治疗塔》(1989)与续篇《治疗塔行星》(1990)。1993年9月至1995年，大江在杂志《新潮》连载超长篇三部曲《燃烧的绿树》，仍以四国的山村为舞台，探讨新兴宗教的主题。期间他获得1994年诺贝尔文学奖，成为继川端康成之后第二位荣膺该奖项的日本作家。获奖后，大江又相继出版了自称为"晚期作品"的《忧颜童子》(2002)、《再见了，我的书！》(2005)、《水死》(2009)等，依然笔耕不辍，显示了旺盛的文学生命力。

在大江健三郎迄今五十余年的写作生涯当中，诚如他在广为人知的诺贝尔奖的演讲词《暧昧的日本的我》中对于自己文学风格的总结"从个人的具体性出发，力图将它们与社会、国家和世界连接起来"所言，其创作往往具有强烈的政治批判意识、浓重的历史责任感与现实关切精神，以及可贵的人道主义情怀。大江文学巧妙融合了西方哲学、文学理念与东方神秘主义思想，既具有世界性，又富于民族性，承载了多彩的历史神话元素和丰富的想象力。在此，本文试以大江初期代表作《饲育》(1958)[①]为例，作一简单分析，着重讨论以下两大主题。

（一）政治/战争主题

短篇小说《饲育》的舞台是战争年代日本的某个偏僻山村。某个夏日，村里的大人们抓捕了一名坠机后跳伞逃生的黑人敌兵，将其"饲育"于村中地窖内，等待县里的处置决定。少年主人公"我"被指派给黑人士兵送餐，逐渐与黑人士兵亲近起来。后来，黑人士兵修好了野猪夹和常从镇上来村里传达通知的"书记"的假肢后，被以"我"为首的孩子们带出地窖，在村里人的默许下自由走动，仿佛成为村里生活的一部分。夏天过后，

---

① 《饲育》最早发表于《文学界》1958年1月号。本书采用的《饲育》日文版本为1996年由日本新潮社出版的《大江健三郎小说Ⅰ》中收录的「饲育」。引文均为笔者自译。

"书记"再次来到村里,通知将黑人士兵押往县上。黑人士兵把前往通风报信的"我"挟为人质,退守于地窖内。大人们不顾被挟持的"我",打碎木门冲进地窖。最终"我"的父亲砍杀了黑人士兵,同时也砍碎了"我"的左手掌。最终"我"感到对大人们的困惑与憎恶,并忽然意识到自己"已经不再是孩子了"。

作品的背景是第二次世界大战,而空间被设定为山谷里的村落。并且由于夏季来临前的梅雨期,通往镇上的栈桥被山洪冲走,村里人只在不得已的时候绕远道去镇上,村庄变得更加"与世隔绝"。于是,对于"我"和小伙伴们而言,战争仅仅是山外城市里"遥远的传说",至多是"村里年轻人的远征,邮差时而送来的阵亡通知书"。偶尔飞过村庄上空的敌机,也不过是一种"新奇的鸟儿"。但黑人士兵的到来,像忽然闯入这一封闭的同质空间的异物,打破了山村一直以来的宁静。

全篇贯穿着几组充满等级关系与矛盾对立的二元图式:村庄和城镇,孩子和成人,己方与敌方,尤其是人与被"动物化"的黑人。原本村里人一直被镇上人视作"肮脏的动物"。当黑人士兵到来时,这一图式又被挪用到村里人与黑人士兵之间。作品名"饲育"一词便明确地体现了这一显而易见的对立——黑人士兵被村里人关进地窖,作为动物"饲养"。

从一开始,"体臭"便成了黑人士兵鲜明的标识,将他与动物画上了等号。主人公的"父亲"形容道:"那家伙与动物没两样,浑身牛臊味儿"。文本中还多处通过"我"的感觉描写黑人士兵令人不快的"体臭"。如第一次在地窖面对黑人士兵时,"我"觉得他的体味"像猛一下涌上喉咙的呕吐感,执拗地充满了空间","如同有腐蚀性的毒物般地穿透一切扑面过来"。后来与黑人士兵同坐于地窖内,"我"闻到的是"令人眩晕的浓烈而油腻的臭气,像公共堆肥场腐烂的鼬肉所散发出的气味"。黑人士兵的体味,规定了其异质性与他者性,自始至终严格地将其与村庄的人们区隔开来。

随着时间的推进,"我"与黑人士兵之间的关系发生了微妙的转变。初次送餐时,"我"对黑人士兵的描述用了"猎物"一词,怀着强烈的好奇心、羞耻感和巨大的恐惧心理。这其实与作者大江本人的记忆是如出一辙的。大江曾自叙道,"我永远忘不了在孩童时代,初次见到战胜军的黑人士兵时的那种恐惧与嫌恶,以及敬畏之感"[①]。而再次去地窖时,"我"

---

① 《战后世代的印象》,《大江健三郎同时代论集 1 出发点》,东京:岩波书店,1980 年版,第 27 页。

描述时称呼其为"黑人士兵",面对眼前这头"柔顺老实的动物",感受到内心的喜悦胜过了惧怕。此后,送餐成了"我"的日常任务。在确认黑人士兵并无危险后,"我"解下了锁在他脚上的野猪夹。他也只是"像家畜一样温驯"。其他羡慕不已的孩子们也渐渐加入了送餐和倒粪桶的行列,"黑人士兵毫无保留地,像仅仅为了充实孩子们日常生活而生存于地窖里"。其后,在黑人士兵修理野猪夹的时候,"我"对于他脸上浮现的微笑,惊异地感到一种"近乎'人类间'的纽带"。而在黑人士兵修好"书记"的假肢之后,"我"和小伙伴们将其带出地窖,从此视为亲密玩儿伴。甚至于在"我"带黑人士兵观摩了父亲处理鼬皮的工作后,还对他产生了"家人"般的亲近感。最终,当"我"被挟持为人质时,黑人士兵便忽然成了带着"危险的毒性"的"黑色野兽"。

在村庄成人们的眼里,黑人士兵一直是非人(或言"动物性")的存在。孩子们簇拥着他在村里走动的时候,村里人"如同避让部落长家的种牛一般转过脸去"。然而与大人们几乎一成不变的拒斥心理有所不同,"我"眼中的黑人士兵形象经历了"来自外部世界的猎物→温顺的动物→驯服的家畜→(近乎)人→(近乎)朋友/家人"等一系列的变化。在此过程中,"我"充当了村落与黑人士兵间的媒介,在原本对立的二者间建立了亲密而对等的联系。但终究因战争敌对立场所导致的冲突,造成黑人士兵的死与"我"的受伤,使得这种联系(不妨注意"手指"的隐喻)被暴力割裂了。所以彼时黑人士兵重又变成了充满危险的动物性的存在。

战争无疑是笼罩全篇的背景。但文本中并未正面描写战争,而是以闭塞村落的一名孩童的视角间接描述了与战争的关联。"从天而降"的黑人士兵,象征了原本被认为"一定不会降临到村落的战争"。"我"与黑人士兵的交往过程和最终结局,反映了战争破坏了人类天然的联系,造成人为的敌对。"书记"感慨道"战争到这地步也太惨烈了,连孩子的手指都要打碎",那一刻"我"想起父亲狂热地挥舞着砍刀的情景,忽然觉得战争笼罩了村落。如此,小说以独特的角度传达了大江早期的反战思想。当然,从某种意义上来说,《饲育》也可以视为大江写作时所处的日本战后社会状况的隐喻,反映了日本本土性的民俗空间与外来文化的融合碰撞过程。这一点不在此展开讨论。

(二)成长/"性"主题

值得注意的是,《饲育》并非只是简单宣传反战思想的作品,而是一篇内容远更丰富的文本。除了战争以外,小说的另一主题是主人公"我"的成长历程。如前所述,这篇作品是以主人公"我"——一名孩子的视角来展开叙述的。如同村里其他孩子一样,"我"与弟弟在饥饿时偷马铃薯果腹、玩爬犁和捉野狗的幼犬、去村里临时火葬场拣骨头在泉水边沐浴嬉戏等等。但"我"并非天真无邪的儿童,而是充满着山间粗野的生命力,还带有自然界的好斗和残酷。小说中,村里的大人们被作为孩童世界的对立面来描写。然而最终黑人士兵与村里大人们的对峙,造成了"我"手掌的残损。这暴力与受伤的经历成为"我"成长的洗礼仪式。同时,作为连接黑人士兵与村里人媒介的"我",最后遭到双方的背叛。经历了身体与精神的双重阵痛后,"我"始从孩子进入到成人的世界。

而与"我"的成长相行相伴的,是懵懂却无处不在的性意识。众所周知,"性"也是大江文学的重要主题。有关其作品中频繁出现的性描写,评论界对此一直褒贬不一。有研究者认为大江试图将"性"视为人的本质[1],另有研究者认为大江一时期作品评价不高,很大程度是因为"过度滥用露骨的性用语而招来读者的反对,又被评论者批判说无法理解其'性相关事体'的描写意图"[2]。在大江初期作品《饲育》中,已经可以明显地看到这一倾向。

比如"我"观察黑人士兵时,看到"他撅着黑亮的屁股如同交配的狗一般骑在粪桶上""他的嘴唇缓缓地张开,如同受孕的河鱼的肚皮"。但"我"的目光并不带有情欲,而是充满了自然化的观察性质。小说中有一出令人深刻的狂欢式情景,描写孩子们和黑人士兵在泉水边裸浴嬉戏的场面,不妨试引如下:

> 忽然间,我们发现了黑人士兵那令人难以置信的、英雄一般硕大而美丽的阳具。我们围着黑人士兵,光着身子互相碰撞着叫嚷着。黑人士兵紧握住阳具,摆出如同公山羊决斗时一般的剽悍姿势,大声咆哮着。我们笑出了眼泪,用水泼向黑人的胯下。此时,兔唇儿裸奔开去,从杂货店的段子里牵来一头高大的母山羊。我们都为兔唇儿的主意拍手喝彩。黑人士兵张开桃红色的口腔叫喊着,从泉水里跳上岸,扑向受了惊吓而叫唤的山羊。我们发了疯似地大笑起来,兔唇儿用力按住山羊的头。看起来,黑人士兵虽挥舞着他黑色健美的阳

---

[1] 参见安藤始:《大江健三郎的文学》,东京:樱枫社,2006年版。
[2] 一条孝夫:《大江健三郎——其文学世界与背景》,大阪:和泉书院,1977年版,第26页。

具恶战苦斗着,却终究没能像公山羊那般顺利进行。

……那个遥远而光辉的夏日午后,湿漉漉的皮肤上闪耀的阳光,石板路上的浓荫,孩子们与黑人士兵的体味,因喜悦而嘶哑的声音,那一切满足与律动,我该如何才能传达呢?

以"我"为首的孩子们与黑人士兵在盛夏泉水里欢腾,他们的关系也在这一幕达到了顶点。很显然,这并非童话或田园牧歌式的抒情场景,而是一幅溢出主题的原始乌托邦画面(这一点还令人联想到大江健三郎在20世纪70年代后半期对于巴赫金理论的推崇和借鉴),充满粗鄙而生动的民俗色彩,亦不乏奇妙的诗意。叶渭渠曾指出:"大江关于性问题,是作为一个文学上的严肃问题来思考的,性的形象不是孤立的形象,而是由生理、心理、社会等多侧面统一起来的形象。他探求的性,不是性的自然属性,也不是分割了性与其他社会文化因素的联系,而是与人类社会和人类文明的复杂性相对应,与其他社会文化因素、也包括政治因素相统一的,反映了人的性被压抑和求解放的愿望。"①但在这个文本中,不难发现大江所写的"性",更有一种远离人类文明和道德伦常的自然性、本能性与动物性的独特视角。这一面向还有待研究者予以注意和发掘。

第三节 村上春树《舞·舞·舞》: "时·空·物"织网中的孤独舞蹈

村上春树(1949—)出生于京都,成长于兵库县。1968年就读于早稻田大学第一文学部戏剧专业。这期间恰逢60年代末的学生运动,这段经历一再成为他后来的书写主题。1971年,在学的村上与同年级的女友阳子登记结婚。此后他们打工攒钱,于1974年在东京开始经营一家爵士乐酒吧。1979年,时年30岁的村上利用每晚打烊后的空余时间写就的处女作《且听风吟》,获得当年度的群像新人文学奖。自此,村上正式登上文坛,陆续出版了长篇小说《1973年的弹子球》(1980)、《寻羊冒险记》(1982)、《世界尽头与冷酷仙境》(1985)、《挪威的森林》(1987)、《舞·舞·舞》(1988)、《国境以南、太阳以西》(1992)、《发条鸟编年史》(1994—

---

① 叶渭渠:《大江健三郎文学的独特魅力(代序)》,大江健三郎:《人的性世界》,郑民钦译,北京:作家出版社,1996年版,第9页。

1995)、《斯普托尼克的恋人》(1999)、《海边的卡夫卡》(2002)、《1Q84》(2009—2010)、《无色彩的多崎作和他的巡礼之年》(2013)等,短篇小说集《驶往中国的慢船》(1980)、《袋鼠佳日》(1983)、《再袭面包店》(1986)、《神的孩子们都跳舞》(1999)、《东京奇谭集》(2005)、《没有女人的男人们》(2014)等等。此外还有纪实文学《地下》(1997),以及《村上朝日堂》(1984)等多部随笔集。此外,村上还翻译了大量美国文学作品。时至今日,虽然村上在近四十年的多产创作生涯中尚未摘得诺贝尔奖桂冠,也一再受到来自日本文学评论界的质疑,然而像他这样在全球范围内具有如此高知名度和广泛影响力,以及拥有不计其数的拥趸的当代作家,恐怕是非常罕见的。

在当代日本作家中,村上可以说是"日本性"最为淡薄的代表。在写作中注重东西方文化融合的日本作家,如川端康成和大江健三郎,前者在创作实践中,逐渐形成了本土立场的强烈自觉,吸收西方文学技巧和艺术手法,致力于探究"日本美";后者的文学视界也深深扎根于日本传统与民俗之中。与他们相反,村上在迄今为止的所有创作中都在有意识地回避日本本土意识。他"被视为第一位真正意义上的'后战后作家',第一位弃绝战后时期'阴湿、沉重气氛',在文学中展现新型的美国式轻快精神的作家"。[①] 在这一点上,前面所讨论的大江健三郎常常被置于对比。如前所述,如果说大江的文学是从个人扩展到社会、国家乃至世界,那么村上便是从世界、国家、社会而缩小到个人。不同于成长于日本战时的大江,出生于美国占领期的村上,在其整个青少年时期都浸染于美国文化氛围。村上阅读了包括陀思妥耶夫斯基、狄更斯等大量西方经典著作,也极为倾心于20世纪美国文学。相较之下,日本文学则很少进入他的阅读视野。他曾声称在其整个成长期间,都未有过被任何日本作家所打动的经验。在创作以外,村上曾翻译过斯科特·菲茨杰拉德、雷蒙德·卡佛、约翰·欧文等多位美国作家的作品,并视他们为自己的写作良师。总而言之,无论是村上本人,还是村上研究者,无不极言其作品与西方文学的亲缘性。一方面,其小说的文体包括对白简洁干净,回避了传统日本文学以及日语本身所特有的黏稠暧昧,并充满新奇别致的比喻。另一方面,村上的作品中充斥着大量美国流行文化元素及现代物体系的符号。其中英美的作家、电影、古典乐、

[①] 杰·鲁宾:《洗耳倾听:村上春树的世界》,冯涛译,南京:南京大学出版社,2012年版,第5—6页。

爵士乐、摇滚乐占据着相当的比例。穿梭于其中的主人公们，仿佛永远徜徉于无国籍的现代都市，无论是饮食还是日常，都缺乏地域的特殊性。

在此，本书将通过长篇小说《舞·舞·舞》①的简短分析，一探村上文学的魅力。

（一）时间与空间的交互式拼图

《舞·舞·舞》是继《且听风吟》《1973年的弹子球》和《寻羊冒险记》三部以20世纪70年代为舞台的长篇小说之后，首次以20世纪80年代初期日本社会为背景的作品。从主人公的设定上来看，《舞·舞·舞》通常被视为前三部的续篇，但本身也可以看作是独立的作品。作品名来自于The Dells乐队的歌曲"Dance Dance Dance"——令人联想到此前一年出版的《挪威的森林》，作品名来自于The Beatles乐队的同名曲目。如前所述，村上小说的特征之一便是大量"引用"音乐。尤其是这部作品全篇穿插了200多曲古典、爵士、摇滚乐的唱片名、歌曲名以及演奏者、歌手名，还有数处直接引用了英文歌词。② 在村上的世界里，音乐成为烘托时代背景、环境气氛以及人物情绪的重要间性文本。

与《神的孩子们都跳舞》（2000）问世前的村上所有作品相同，《舞·舞·舞》也采用第一人称叙事视角。③ 小说的开始时间是1983年3月。主人公"我"是一名34岁的离异男性，曾与朋友合营翻译事务所，在友人"鼠"（前述三部作品的主人公之一）自杀后辞职，一度自闭半年。复出社会后，"我"从事自由写作，给广告杂志写填补空白的琐碎小文或者为妇女杂志写美食推荐文。"我"时时自嘲为"文化扫雪工"，否认这类写作的意义。小说开篇是"我"因为反复出现的梦境，决意去探访位于北海道札幌的"海豚宾馆"，寻找曾一同入住而如今下落不明的女友奇奇。可时隔四年，到达的"我"发现从前破旧的小旅馆已不复存在，原址上矗立着一幢同名的现代高层建筑。住宿在此的"我"某日走出电梯，忽然进入了某个异时空场所，再次邂逅了"羊男"（《寻羊冒险记》中的角色，身披羊皮，躲避一

---

① 本文所采用的《舞·舞·舞》日文版本为1991年讲谈社文库出版的上、下两册「ダンス·ダンス·ダンス」，引文均为笔者自译。

② 具体歌曲、唱片及歌手名可以参见《村上春树作品研究事典》（村上春树研究会编，2001年版，东京：鼎书房，第116—118页）所列。

③ 村上春树曾对第三人称叙事视点发表过自己的看法："以第三人称写作，实在很难为情。既要考虑主人公的名字，又要去想朋友、恋人的名字什么的，太麻烦了。以第一人称来写，或许容易被看成私小说，对我而言是只能如此。"(「にっぽん人'83」)然而，从以阪神大地震为主题的短篇小说集《神的孩子们都跳舞》起，村上已感到第一人称叙事的局限性，逐渐尝试第三人称叙事。

切文明和战争)。此后,"我"陆续遇见许多各具魅力与个性的人物:特立独行的天才女摄影师雨和她的女儿——一名具有超感应能力的13岁少女雪;曾与"我"中学同班,如今成为演技一流的电影明星五反田君;和奇奇同属一个高级俱乐部的应召女郎梅……并卷入了一连串的事件。

从时间上来看,《舞·舞·舞》的小说背景设定为1983年。但正如许多研究者都指出的那样,其实更多地对应了创作时的1988年,正值日本泡沫经济的巅峰期。[①] 借用文本中多次出现的名词而言,即"高度发达的资本主义社会"。其对应着20世纪80年代日本社会的真实状况:金融机构巨额资本被投入于大规模的都市再开发项目,城市地价上扬,不动产价格高涨,消费时代降临。《舞·舞·舞》多处体现了这一时代特征,如海豚宾馆的改建以及附近一带的都市改造工程,背后是大型不动产公司利用黑社会组织以不正当手段购买土地的内幕。这也是日本泡沫经济时期的真实背景。

时间的描写在作品中各处都显得极为具体而精确。如主人公"我"在开篇回忆"四年前,不,准确地说是四年半以前"入住过海豚宾馆。"我"声称自己"三十四岁零两个月",在友人去世后自闭的时间,是"从一九七九年的一月到六月"。通过这些具体的数字,密集的时间刻度一再试图指向明确的现在。相比之下,在提及事过境迁的往昔记忆时,"我"则声称是"遥远的过去,某个冰河期与某个冰河期之间"。如此,主人公消逝的记忆与眼前的现实,通过这些或具体或抽象的时间表述在文本中交错出现。从而,文本内部的时间维度得以纵向延展,重叠错落,显得层次更为丰富而复杂。

在《舞·舞·舞》中,时间维度往往又和空间维度构成几不可分的统一整体。文本内部时间与空间的参差对应以及时空的一体化构造,可以说也是村上文学的一个重要特征。[②] 文本中描写的许多意象,既表现时间又体现空间。如"我"形容建筑形态细长的海豚旅馆,如同"带顶檐的长

[①] 不过岛村辉指出,泡沫经济期的开发投资热潮,在1983年前后已显示出预兆(参见岛村辉:《高度发达的资本主义社会的现实性》,《AERA Mook 村上春树专号》,东京:朝日新闻社,2001年版,第37页)。

[②] 例如1987年初版至今最为畅销也最为读者熟知的村上代表作《挪威的森林》——尤其是在中国读者心目中,这部相对写实的早期作品仍是村上最鲜明的标签。男主人公"我"在青春阶段的两位重要女性:直子和绿,在某种意义上,分别代表了逝去且永不返回的"过去"与未来且无从抵达的"将来"。小说结尾,主人公在电话亭里的一幕,令人印象深刻:【"你,现在哪里呢?"她轻声问道。我现在哪里?我拿着电话听筒,抬起脸环顾电话亭四周。我究竟身在何处?这是哪里?我一无所知,也无从知晓。这究竟是哪里呢?】与其说主人公"我"迷失于无从得知的地点,不如说他是受困于无法确定又无法逃离的"现在"。时间与空间在此微妙地交错互喻。

桥","从太古一直延伸至宇宙的尽头"。尤其是作为时间背景的"高度发达的资本主义社会",同样也可以视为空间表征。"我"在一处将其比作铺天盖地、层层笼罩的巨网,又在另一处将其比喻成巨型蚁穴。都市青年"我"所生活的东京,便是坐落于这蚁穴中的现代化大都市之一。徒有地理坐标,却全无地方特色——借用川本三郎的概念而言,是具有一种都市的"无机性"(缺乏生活的实感和人的存在感)。①

空间上的另一显著特征,是日常和异界的并存——这是存在于村上多部作品中的"平行世界"结构。《舞·舞·舞》中主要描写了两个异界。一是位于北海道札幌的新海豚宾馆。"我"走出电梯(在村上的其他作品中,通往异界之路还有枯井、高架路的应急楼梯等),无意间走入了这一"时空扭曲"。驻守在此的"羊男"将其描述为"极暗极广"之处,但绝非"死之世界",而是与"彼处"共生的世界,强调其现实性。另一是"我"在度假胜地夏威夷无意间闯入的装有六具白骨的房间,这似乎成为身边人们陆续死亡的预兆。如此,村上的异界会在某个毫无征兆的日常时刻忽然降临。原本有条不紊地在日常秩序中生活的主人公一朝闯入,生活便从此改变了面目。关于这一点,《舞·舞·舞》中有个细节提到了《爱丽丝梦游仙境》和《爱丽丝镜中奇遇记》两部作品。在主人公从日常穿越到异界再回到日常的设置上,《舞·舞·舞》与两部经典作品构成了文本层面的互文性。

除此以外,《舞·舞·舞》中描写了大量与空间相关的意象。第一章中写道:"我的房间有两扇门。一为入口,一为出口。彼此不具有互换性。从入口不得出,从出口不得入。这是一定的。人们由入口进来,再从出口离去。有很多种进入的方式,也有很多种离去的方式。而不论哪种,所有人都会出去。"在此,避开与外界接触的"我",基于一组二元的意象:入口和出口,将自己的生活也比作房间。生命中遇见的人们来往不断,但无人驻足。然而,"他们说过的话语,他们的呼吸以及他们随口哼唱的歌曲,都飘散在房间各处角落,如尘埃般地漂浮着。"这种原风景似的生命意象,奠定了村上作品中主人公生活的基调。

(二) 失却与孤独

如上所述,在村上的作品中,时空如同无数细密的经纬线交集,散落

---

① 参见川本三郎:《都市的感受性》,东京:筑摩书房,1988年版。

其间的是不计其数的物。这些物多是日常而又具体的。尽管如此,《舞·舞·舞》中所呈现的各式各样的物品,与村上其他作品一样,几乎不具有地域特点或生活气息。例如作品中多处细致描写的主人公的饮食,饮料往往是深夜的威士忌、白兰地、鸡尾酒,清晨午后的咖啡;食物多为吐司、三明治、意大利面、面包圈、沙拉等等。此外便是来自于欧美的不胜枚举的音乐、电影、作品。主人公们被这些无表征的物(或者可以称为"符码")所环绕包围,如同孤独的都市漫游者。一个有趣的悖论在于,生活于充斥着大量物品的消费时代的这些主人公们,却总是消费时代的禁欲者、高度发达的资本主义社会的落伍者。

去往札幌的列车中,《舞·舞·舞》的主人公"我"与邻座的机械技师进行了一番交谈,暗示自己同样无法习惯或融入这个社会,只是有着清醒的把握和认知——这几乎是村上笔下大多主人公的写照。他们很少从事朝九晚五的工作,谙熟社会规则和人情世故,但与现实格格不入;对体制时时生发出批判性思考,又并无实际行动的对抗;与周遭保持分寸有度的人际关系,大多时候则退守并沉浸于自己的个人世界。作者村上本人在60年代末期的学潮中,曾与集体狂飙的学生运动保持审慎的距离。这一点在《挪威的森林》等作品中皆有所体现。

因为前妻某日的不告而别与友人"鼠"的离世,"我"背负着过去的阴影和伤痛。尽管如此,"我"依然不动声色地经营着日常琐事。但随着故事的推进,周围人们突如其来的失踪和死亡,不断地加深了"我"的孤独感和失落感。"死亡"无疑是村上小说的重要主题之一。在大江健三郎笔下,死亡往往是极其残酷和沉重的体验,伴随着具体的肉体的苦痛或者尸身的惨状(如《饲育》的开篇便状写村里临时火葬场的画面)。而村上所描写的死亡,至少表面看来仅仅是个轻微的形而上事件。然而友人或恋人的失踪、伤逝,会成为主人公过去永不磨灭的伤痕,给主人公带来永久的精神失落。《舞·舞·舞》中,失踪的女友奇奇、被不明杀害的应召女郎梅、驾车投海自杀的电影明星五反田君、遭遇意外车祸身亡的独臂诗人狄克·诺斯……"我"处于一个不断失却的世界。

"舞蹈吧。什么都别想,而是尽可能高超地舞蹈。"这是羊男对"我"的告诫,也是《舞·舞·舞》的点题之句。对于这句在读者看来突兀难解的话,"我"却心领神会,此后无意间卷入悬疑事件时一再提醒自己循着舞步,按部就班地舞蹈。"舞蹈"便成了全篇关键的隐喻,仿佛象征着日常世界中的冒险,生命中不可承受之轻的孤独感和疏离感。在"高度发达的资本主义社会",无论是走投无路自杀的电影明星五反田,还是因上级干涉导致警方调查不了了之的遇害应召女郎,都成为商业资本利益链条上的牺牲品,如同巨型蚁穴中被吞噬的渺小蚂蚁。比如《舞·舞·舞》中,"我"的内心独白以及与五反田等人的多处对话当中,都出现大段对身处的当代消费社会及其腐败体制的尖锐批判。然而这些批判大多止于牢骚或者抱怨。从这个意义上来看,自杀的五反田不仅仅是时代的牺牲品,换个角度也可以视为消极反抗者。但主人公"我"始终对于身处的巨网有着清醒的认识,无法认同却也只得认命。《舞·舞·舞》的结局中,"我"最终逃向了个人的情爱世界寻求安慰。

正如杰·鲁宾所指出的,"尽管村上春树的作品被评论家们指斥为缺乏政治关怀和漠视历史传统,实际上他的大部分小说都有一个精心界定的历史时期,总体看来,可以当做日本'后战后'时期的精神史来解读。"[①] 不过,无论背景或描写主题为何,村上的社会关怀依然是通过个人思考和体验来呈现的。在这个意义上,不妨认为村上的"舞蹈"是一种现代都市青年的生存状况与精神状态的指涉。

加藤典洋在《大江与村上——一九八七年之分水岭》中指出,日本现当代文学的地势图,以1987年前后(同年9月份村上的《挪威的森林》问世,而10月份大江的《致令人怀念的年代》出版)为分水岭,由大江健三郎过渡到村上春树。自此以后,文艺评论界对两位作家的整体评价体系,基本呈现出二者推举其一、并对另一者持批判态度的对立局面。[②]

换个角度来看,这其实也从一个侧面反映出,日本当代文学并非只存在单一价值取向和一元评判标准,而是呈现了极为纷繁复杂的景观。当代日本作家们不仅注重承续日本古典文学传统和东方美学,更有意识地将目光投向外部,学习与借鉴外国文学的技巧与风格,汲取世界文学资源的营养。其中,川端康成、安部公房、大江健三郎、村上春树等优秀作家,今天在世界范围内被广泛地翻译与阅读,具有不容忽视的文学影响力。如此,与世界文学的交流与对话,极大地拓展和丰富了日本当代文学的艺术性和审美层次,为未来文艺领域的创新提供了无限可能。

---

① 杰·鲁宾:《洗耳倾听:村上春树的世界》,冯涛译,南京大学出版社,2012年版,第6页。
② 参见加藤典洋:《文学地图——大江与村上与二十年》(『文学地図——大江と村上と二十年』),东京:朝日新闻出版社,2008年版,第207—241页。

第九章
当代非洲文学经典的生成与传播

当代非洲文学经典的生成,首先跟非洲的民族解放运动有着千丝万缕的关系。阿契贝(Chinua Achebe)、恩古吉(Ngugi wa Thiong'o)、阿尔马(Ayi Kwei Armah)和法拉赫(Nuruddin Farah)等既是有关国家的首位英语小说家,也是首位小说家,至今仍然代表了最高的成就。他们的创作改变了英语在非洲的性质,使非洲文学从口语时期进入书面时期,并且生成了经典文本。他们在清理历史和直面现实两方面的主题追求,以及带有强烈民族特色的语言风格,都构成了非洲文学经典的一些共同特点。

不过,从总体拼图来看,非洲文学经典还有一个不容忽视的板块,即以库切(Coetzee)为代表的后殖民时期的非洲白人作家留下的文学遗产。这些作家中的大部分人以英语、法语等欧洲语言为母语/写作语言,不但依赖欧洲帝国中心的语言表述与认知体系,同时也无法摆脱在殖民历史中的共谋身份所产生的罪恶感,因而与非洲本土作家有着本质的区别。然而,他们的一些作品从独特的角度对非洲殖民历史进行了反思,并已经在世界文坛中确立了经典地位。因此,把这一拼板从非洲文学经典总体拼图中排除出去的做法显然过于武断。有鉴于此,本章在给予非洲本土作家大部分篇幅的同时,力图给予以库切为代表的"白色写作"应有的篇幅和地位。

第一节 民族解放运动与非洲文学经典的生成

说到民族解放运动与非洲文学经典的生成,我们首先需要知道西非、东非和南部非洲英语区的一些差异。西非和东非在20世纪五六十年代就取得了独立,而南部非洲则迟至八九十年代。前者实现的是摆脱外国的殖民主义统治,后者实现的是摆脱国内白人的种族主义统治。语言方面,西非的语种最多,不得不靠英语充当通用语;东非的语种虽然也比较多,但是有斯瓦希里语作为通用语,降低了对英语的依赖;而在南部非洲最重要的国家南非,"南非荷兰语"长期与英语对峙。这种多重语言的格局,对于非洲文学经典的生成方式有着不可小觑的意义。

其次,需要了解文学的载体。我们现在所说的文学,通常指依据文本展开的活动。按照这一观点,在殖民时期之前,没有文字的非洲是没有文学的。而在殖民时期,非洲被切割为列强的藩属,基本没有民族国家,自然也就没有民族文学和民族文学经典。尽管有个别人拿起笔来写作,但是并没有创造民族文学的主观意图和实绩,因此不能承受民族文学之重。正如美国独立唤起了美国人独立的文学意识一样,非洲的独立也唤起了非洲人独立的文学意识,并且催生了经典。从"非洲是黑人的家园"这点出发,非洲(撒哈拉以南)文学创作和阅读的主体是黑人,研究的重点也在黑人。不幸的是,当解放了的西非人和东非人推出经典作品时,南部非洲的黑人正处于种族主义统治最黑暗的时期,不得不为了生存奋斗,因而没有机会创作垂之久远的作品。种族隔离也限制了白人英语文学的发展,使之因为被隔绝于大众之外,而不得不面向欧美写作,从而脱离了自己社会的现实。最后,由于社会历史的差异,西非文学和东非文学有较多的共同点,与南部非洲文学有较大不同。因此,本章此处将集中讨论非洲前两个地区的文学发展情况。

先说西非文学经典的生成。

与非洲其他地区相比,西非的语言分歧最为严重,长久以来缺乏通用语,因此,英语在这个地区较少受到排斥,推广起来较为顺利。另外,这是非洲人口最为密集的地区;冈比亚、塞拉利昂、利比里亚、加纳、尼日利亚和喀麦隆等6个英语国家的人口之和接近两亿①,因而有大量潜在的读者。其中,尼日利亚和加纳是英语创作最集中的地区,而在人口和语言较多的尼日利亚,英语文学出现尤早,发展也更好。尼日利亚对英语文学的需求率先体现在两个方面:第一,出现了奥尼查市场文学这样的创作和发行机制;第二,在高中和大学出现了文学社团与刊物。埃克文西的早期著

---

① 按2013年统计数据。

作是英语民间文学的代表作;图图奥拉虽然没有参与其间,但是受到了激励和影响,对民间传说进行了发掘;阿契贝在中学就开始从事文学活动,大学从医学系转到文学系,反映了时代的感召。

就英语文学来讲,图图奥拉(Amos Tutuola,1920—1997)的《棕榈酒鬼》(*The Palm-Wine Drinkard*,1952)、《我在鬼怪雨林中的生活》(*My Life in the Bush of Ghosts*,1954)、《辛比和黑丛林的神》(*Simbi and the Satyr of the Dark Jungle*,1955)、《勇敢的非洲女猎人》(*The Brave African Huntress*,1958)、《丛林中长羽毛的女人》(*Feather Woman of the Jungle*,1962)、《阿贾伊与他所继承的贫穷》(*Ajaiyi and His Inherited Poverty*,1967)等著作既反映了尼日利亚口头文学的面貌,又反映了尼日利亚人用英语创作的最初努力,是不可复制的经典。作为非洲原住民在本土用英文撰写的第一部长篇小说,《棕榈酒鬼》引发了经久不息的争论。伯恩斯·林弗斯(Bernth Lindfors)对此有过这样的总结:"批评界对图图奥拉的反应大致可以分为三个阶段:(1) 外国人士感到兴趣盎然,国内人士感到尴尬;(2) 外国人士兴趣索然,国内人士对之进行认真的研究和评估;(3) 国内和国外普遍而有保留地接受。"[1]值得注意的是,作为文学批评家和教育者的阿契贝陆续向人们揭示了图图奥拉创作的价值:称赞他有一种把有限的语言知识转化为强有力的武器的能力;指出其作品在貌似荒诞的外表下,对殖民主义者所做的揭露和批判;[2]还在正式场合全面阐释了《棕榈酒鬼》的教育意义。[3] 此外,他还把图图奥拉的创作比作"一颗悬挂有关口头文学讨论的钉子"[4],将其引进课堂。2000年,阿契贝更鲜明地指出:图图奥拉的成名为蓄势待发的西非英语文学打开了闸门。[5]

在阿契贝发表了最初的小说之后,很快就在尼日利亚知识分子中间

---

[1] Bernth Lindfors, "Introduction", *Critical Perspectives on Amos Tutuola*, Washington D. C.: Three Continents Press, 1975, p. viii.

[2] Chinua Achebe, *Morning Yet on Creation Day: Essays*, London: Heinemann, 1975, p. 61.

[3] Chinua Achebe, *Hopes and Impediments: Selected Essays*, New York: Anchor Books, Doubleday, 1989, pp. 100—102.

[4] Bernth Lindfors, *Conversations with Chinua Achebe*, Jackson: University Press of Mississippi, 1997, p. 154.

[5] Chinua Achebe, *Home and Exile*, New York: Anchor Books, 2000, pp. 44—45.

形成了一个以清理历史为己任的阿契贝派。① 在他们中间,诺肯·诺万科(Nkem Nwankwo,1936—2001)于1963年发表了《丹达》(Danda),从《瓦解》中奥康科的父亲这个角色借来了主人公和风格。阿契贝的学习者中,成就更大的是埃利奇·阿马迪(Elechi Amadi,1934—)。在六七十年代,他推出了三本发掘殖民时期之前传统生活的小说。其中的《神妃》(The Concubine,1966)被视为经典。小说糅乡村现实生活与神话传说为一体,将三个男人的命运置于一个貌似普通的贤德农妇,实为海神妃子转世的伊哈玛的摆布下。故事的魅力在于,伊哈玛自始至终对自己的前生和当下影响力毫不知情,没有任何逾矩的举动,但是由于其海神丈夫的嫉妒和遥控,于冥冥中注定了现世丈夫和追求者的厄运。就全书而言,对现实生活的描写是决定性的,可以说贯彻始终,神力的作用直到最后才被揭示,因而是现代小说,并非神话传说。虽然阿马迪学的是理科,后来在军队和政府机关工作,但是他不仅充分掌握了英语,而且能够将阿契贝尝试过的语言试验用于自己所使用的它种语言的族群,创造出既不同于英国人,也不同于其导师的话语。他把小说分为30个短小的章节,更拉近了与口传故事的距离。与此同时,尼日利亚还诞生了第一位女作家弗洛拉·恩瓦蓓(Flora Nwapa,1931—1993)。她虽然高举女性主义的大旗,可是在写作技法上也认真地向阿契贝学习。

可能由于人口较少,经济和教育发展更好的加纳在文学方面却落后于尼日利亚,迟至独立了10年以后,才产生经典作品。加纳英语小说是随着艾伊·奎·阿尔马(Ayi Kwei Armah,1939—)出现的。从加纳的高中毕业后,阿尔马到美国读了大学,回国后开始发表长篇作品。独特的经历和思想使他的创作与阿契贝的截然不同,表现为先向西方人学习,然后向本土回归。尽管他自己不承认,但是《美好的尚未诞生》(The Beautiful Ones Are Not Yet Born,1968)、《碎片》(Fragments,1970)和《我们为什么如此有福?》(Why Are We So Blest?,1972)是按照存在主义的方法写的,从对国家政治领袖的批判滑向对整个社会的否定,在得到西方普遍赞誉的同时,在非洲却受到了一分为二的评价:既肯定其超凡的想象力,又批评其脱离非洲实际的倾向。在愤然离开加纳和长期考察坦桑尼亚以后,阿尔马实现了创作从个人向集体、现实向历史、悲观向乐观的

---

① Bernth Lindfors, *Early Achebe*, Trenton, N.J. & Asmara, Eritrea: Africa World Press, 2009, pp.147−182.

转变:《两千季》(Two Thousand Seasons,1973)上溯千年,《医者》(The Healers,1978)着力于 19 世纪末的反殖民战争,《奥西里斯的复活》(Osiris Rising,1995)和《克麦特:在生命之屋》(KTM: In the House of Life,2002)力求为非洲的复兴和统一找到历史的根据。尽管题材各异,作品艺术上却力图使用非洲的传统手法。比如《两千季》分为七章,并且反复使用了"七"这个数字,对应加纳阿坎族人信奉的七星和最初的七个部落。因为家庭原因和对社会不满,阿尔马离开了加纳。他对故土和人民的热爱表现在他去国不弃非洲,辗转大陆考察、学习和工作。这样的思想和经历使之具有一种强烈的泛非主义情怀。与一般具有泛黑主义实质的泛非主义者不同,阿尔马追求的统一非洲是包括古埃及在内的。对他来说,这个重新整合的、大一统的非洲是整个大陆复兴的前提。为了实现这个目标,阿尔马花了很多时间学习古埃及的语言和历史,以及黑人的迁徙史。虽然不能实现,但是他将自己的理想体现在小说中。《奥西里斯的复活》就是这样的一个样板。作品的章目虽然有数,可是题目却既非英文,也没有加注,令常人不得其解。该书的初版依次使用了英语、罗马语和埃及语等三种文字,比如"Chapter VI: Jarw",2008 版删去了其中的罗马字,如果不是洛伦岑(Leif Lorentzon)的注释①,还真不知道怎么读。兹举数例,以现其真。第一章叫 Nwn,也可写作 Nun,指混沌状态的水,众神升起之处。在小说中,它代表主角阿丝特从美国回归非洲前的思想状况。第二章的 Nwt 可以写作 Nut,指天的女神,Osiris, Isis, Nephthys 和 Seth 之母;同时,在小说中又为阿丝特祖母的名字。以它为第二章的题目,是因为阿丝特继承祖母遗志,学了象形文字。第三章的 Rekhit 是鸟头麦鸡②,代表被征服后的埃及。第五章的 Asar 则是 Osiris 最初的名字,同时介绍阿萨这个重要的角色。最后一章 Dwat 指冥界,阿萨暂时的归宿。如此书写,显示了阿尔马以复兴的古埃及语为非洲合众国通用语的主张。

再说东非文学经典的生成。东非的经典首先是由它的第一个长篇小说家恩古吉·瓦·提昂戈(Ngugi wa Thiong'o, 1938—)创造的。恩古吉生于肯尼亚首都内罗毕附近,吉库尤人,破产农民之子。他在当地读了

---

① Leif Lorentzon, "An African Focus"—A Study of Ayi Kwei Armah's Narrative Africanization, Stockholm: Almqvist & Wiksell International, 1998, p.185.

② Lorentzon 书中拼为 Rhekyt,Iarw 作 Jarw,可能在第二版阿尔马自己对埃及语音译词的拼写做了修改。

中学,上了马凯雷雷大学英文系,最后到利兹大学研读加勒比文学。在马凯雷雷读书之余,他一方面搞创作,一方面为当地报纸写专栏文章,积极为独立呐喊。1967年成为内罗毕大学英文系第一个黑人教员;70年代一度主持系政,引领国内的文学和戏剧活动;1982年成为政治流亡者,任教于美国的大学。恩古吉是小说家、戏剧家和政论家,以思想激进著称,系非洲左派作家的代表人物。与阿契贝一样,他的主要作品也有一条清晰的历史轨迹:《一河中分》(*The River Between*,1965)针对殖民过程造成的文化冲突,《孩子,别哭!》(*Weep Not,Child*,1964)和《一粒麦种》(*A Grain of Wheat*,1967)针对殖民过程造成的政治冲突,《血染的花瓣》(*Petals of Blood*,1977)、《钉在十字架上的恶魔》(*Devil on the Cross*,1982)、《马蒂嘎里》(*Matigari*,1989)、《降乌之巫》(*Wizard of the Crow*,2006)则一方面继续清理历史,一方面针砭时弊。

恩古吉极具创造力,他在英语作家大会上被阿契贝发现,很快成为肯尼亚文坛领袖,在非洲黑人作家中的地位仅次于阿契贝。他先用英语写作,70年代后期转向母语,但是辅之以英译发表。恩古吉坚持认为,非洲文学应该是用非洲语言创作的、以非洲生活为题材的作品。他这样想是因为深受马列主义和毛泽东思想的影响,有为本国和本族群人民所创作、为他们所利用的价值取向。从1967年开始,他就不断声称要终止用英语写作,因为"写谁?"这个问题虽然解决了,但是"为谁写?"这个问题却没有解决。1975年,他明确表示要用吉库尤语创作。① 其次,语言问题是与新独立国家反击殖民主义的宏大战略目标——改变中心(moving the centre)——联系在一起的。怎么改变中心?就语言而论,非洲和其它各洲的语言在当地必须取代欧洲的语言。② 根据媒介的形式,恩古吉把非洲文学分为三类:口头文学、用欧洲文字创造的文学、用非洲文字创造的文学。第二种文学的问题不仅是黑皮肤戴上了欧洲语言的白面罩,而且在于它从非洲生活吸取了营养,但是没有反哺非洲,反倒去壮大了欧洲。第三种文学虽然弱小,创作和批评的力量都不强,但是它与人民生活血肉相连,有利于继承和弘扬传统,唤起民众,巩固并创造非洲各个民族的书

---

① P. A. Egejuru, *Towards African Literary Independence: A Dialogue with Contemporary African Writers*, Westport, Connecticut & London: Greenwood Press, 1980, pp. 51—54.
② Ngugi wa Thiong'o, "The Language of African Literature", in Lucy Burke, Tony Crowley and Alan Girvin et al., eds., *Language and Cultural Theory Reader*, London and New York: Routledge, 2000, pp. 9—10.

面语言。总之,这跟当地的语言和文化没有取予的矛盾。他对用非洲语言创造的文学寄予无限的希望,甚至预言:总有一天,用欧洲文字写成的非洲作品只会成为欧洲文学的附录和非洲文学的脚注。①恩古吉在肯尼亚的出现是与历史分不开的。生活在大裂谷地区的吉库尤人是肯尼亚的第一大民族。可是从1919年开始,通过一系列的法令,英国殖民当局从他们手里夺过一千多万公顷土地,用于安置退伍军人,出售或者出租给欧洲移民,使之形成一块"白人高地"。为了收复失地,人民开展了持续不断的斗争,直至1952年暴发了史称"茅茅运动"(Mau Mau Uprising)的游击战争。在这个过程中,恩古吉一家由富户沦落为赤贫,致使他对殖民主义者怀着刻骨仇恨。除了这一点,在创作上恩古吉还有个直接的对立面:丹麦殖民作家伊萨克·迪内森(Isak Dinesen,1885—1962)。迪内森在以农场主身份旅居肯尼亚17年后,写了《走出非洲》(*Out of Africa*,1937)和《草地恋影》(*Shadows on the Grass*,1960)两本书,怀想逝去的岁月,把自己与奴仆的生活写得其乐融融,使自负的海明威也自愧不如。在根据《走出非洲》改编的电影获得七项奥斯卡奖以后,这本书也传入了中国,并赢得了喝彩。② 然而,它却遭到恩古吉毫不留情的谴责:"似乎为了补偿没有得到满足的情欲,男爵夫人把肯尼亚变成了纵情声色的梦幻世界,她的几个白种情人在其中被比作朝气勃勃的神祇,而肯尼亚仆人则被比作杂种狗和别的动物。"③后来,在应邀访问丹麦时,他当着迪内森的众多崇拜者说:"因为有爱的包裹,这本书包藏的种族主义传染性极强。而这种所谓的爱不过是人对马或者宠物的那一种。"④

在恩古吉的著作中,最见阿契贝精神的是《一河中分》。在作品中,一条河把恪守传统的卡门诺村和改信基督教的马库尤村一分为二。河既是实体,是生命之源;又是象征,是联系/分隔两个村庄的界线。⑤主人公韦

---

① Ngugi wa Thiong'o, "The Language of African Literature", in Lucy Burke, Tony Crowley and Alan Girvin et al., eds., *Language and Cultural Theory Reader*, London and New York: Routledge, 2000, pp. 18—23.

② 万雪梅:《〈走出非洲〉的后殖民女性主义解读》,《四川外语学院学报》,2003年第5期,分别参考第80—86页和第116页。

③ Ngugi wa Thiong'o, *Detained: A Writer's Prison Diary*, London etc.: Heinemann, 1981, p. 35.

④ Ngugi wa Thiong'o, *Moving the Centre*, Nairobi: East African Educational Publishers, p. 133.

⑤ Ngugi wa Thiong'o, *Dreams in a Time of War: A Childhood Memoir*, New York: Pantheon Books, 2010, p. 12.

亚基（Waiyaki）既是卡门诺村氏族小学的校长，又是移风易俗的领头人。两个村庄围绕割礼爆发了冲突，又因为韦亚基与教会派领袖的女儿的恋情变得复杂起来。最终，主人公发现自己既不能说服传统派，又不能接近信教民众，而且与女友面对死亡。由此看来，文化冲突没有以西方人的胜利告终，却推动了氏族内部矛盾的发展。另外，在《一河中分》里，恩古吉把主要角色当作新社会潜在的领袖来塑造，可是后者都未能经受住考验，这无疑与阿契贝的《神箭》契合。

《孩子，别哭》有浓重的自传色彩，从第二次世界大战结束写到 50 年代的"茅茅运动"，围绕土地问题，反映了种族内外的矛盾和社会的分化，及其对儿童的心理影响。

《一粒麦种》则与《孩子，别哭》不同，不再以儿童的心理为焦点，而是深刻地探讨了"茅茅运动"对成人的心理影响。故事紧扣筹备独立日庆典的五天，围绕"谁背叛了基希卡？"这个疑问，对过去十年的斗争进行了检视。事实上，它是一部民族史诗，"试图重现从韦亚基 1893 年造反到独立的一个世纪里，肯尼亚或者吉库尤民族主义的全部历史。"[①]恩古吉认为，肯尼亚资产阶级出卖了人民，窃取了他们的斗争成果。围绕这个思想，从《一粒麦种》开始，他写了一系列的背叛小说。因为这样，《一粒麦种》的中心人物不是英雄基希卡，而是叛徒穆戈，创造了一种另类的写法。《一粒麦种》标志着恩古吉写作技巧的转变和提升。从表面上看，小说似乎分成四部分：肯尼亚人之间的关系、白人与黑人的关系、紧急状态的后果、独立日活动。然而，由于侦探小说技巧的运用，它有复杂的内嵌结构。人物性格和事实真相没有直接交代，而是通过间歇回忆点点滴滴地透露出来。比如，小说的第一句话是"穆戈感到紧张"，接下去并没有说他为什么紧张，却谈起日常生活来。围绕"是谁杀了基希卡？"这个悬念，作者前后调动了很多人破解，直到最后才给出答案。多人叙事、多角度凝视、内心独白等技巧的使用不仅说明恩古吉充分掌握了现代小说艺术，也说明他在建立历史与现实的联系时能够凸现反差。所以戈迪默（Nadine Gordimer）说：《一粒麦种》给非洲文学带来了一个新的主题，即为了独立而开展的浴血奋战给人们造成的心理影响。[②]

---

① Ebele Obumselu, "A Grain of Wheat: Ngugi's Debt to Conrad", in G. D. Killam ed., *Critical Perspectives on Ngugi wa Thiong'o*, Washington D. C.: Three Continents, 1984, p. 113.

② Nadine Gordimer, "A Review on A Grain of Wheat", *Michigan Quarterly Review*, Fall 1970, p. 226.

《血染的花瓣》则通过一个村子的工业化过程,揭示了肯尼亚独立后的社会矛盾。虽然有政治的主题,但是情节围绕一场纵火案展开,采用了扑朔迷离的惊险小说写法。

在发表《血染的花瓣》以后,恩古吉改用母语创作,辅之以英译发表。他这样做无疑是脱离时代来追求民族利益,结果把自己置于尴尬的境地。如果对非洲国家来说,选择用英语创作就意味着博采世界之长来写民族生活,那么,选择用民族语言创作就意味着回归民族传统。阿尔马流徙非洲各国,所以选择了泛非主义的题材,在艺术上则向古埃及靠拢;然而,没有泛非生活经历的恩古吉则聚神于吉库尤人喜闻乐见的形式。《钉在十字架上的恶魔》不但是用吉库尤语创作的,而且是模仿吉库尤人民喜闻乐见的吉康迪(gicaandi)形式创作的。在这种故事里,人间和仙境交织在一起,所以有了奢华洞窟里的群魔赛会。① 吉康迪作为一种糅谜语、俗话、轶事、史论为一体的艺术形式,是在广场上展现的有声音、有动作的戏剧性表演。②译成英文后,因为读者不同,原有的民族性和民间性变得模糊了。尽管这样,借助基提提(Gitahi Gititi)的提示,我们仍然可以一窥作者的苦心。首先,故事的叙述者变了,既非作者,也非无所不知的第三者,而假托一个专门讲故事的人和歌手。更为重要的是,吉康迪叙事要求歌舞为伴,所以小说有50余首歌谣。它们借各种各样的人物之口,表现其当时的情绪。

在《钉在十字架上的恶魔》之后,恩古吉又推出了《马蒂嘎里》。它像是民间传说,艺术上显得幼稚。可能是认识到了这一问题,恩古吉在随后的《降乌之巫》中除了吉康迪之外,还采用了拉美魔幻现实主义的手法。

在五种语言并用的索马里,也产生了一个英语大作家——纳努丁·法拉赫(Nuruddin Farah,1945—)。索马里这个词的意思是讲索马里语的人的土地(Somaliland)。可是在殖民时期,它却被分作五块:一块给了法国,一块给了意大利,一块给了英国,一块给了肯尼亚,一块给了埃塞俄比亚。这样的结果是,百余年来,索马里的内政和外交都致力于实现祖国的统一,因而必须面对由多个宗主国所造成的多种语言并存这一复杂

---

① Christine Loflin, "Ngugi wa Thiong'o's Visions of Africa", *Research in African Literatures*, 1995, 26(4), p.86.

② Gitahi Gititi, "Recuperating a 'Disappearing' Art Form: Resonance of 'Gicaandi' in Ngugi wa Thiong'o's Devil on the Cross", in C. Cantalupo Trenton ed., *The World of Ngugi wa Thiong'o*, N. J.: Africa World Press, 1995, p.122, p.124.

的格局。直到1972年,索马里语才有文字方案,文学史可想而知。法拉赫生于英占索马里,长在埃属索马里,后来去印度和英国完成了学业。回国后只工作了四年,就因为政治原因而流亡。此后辗转非洲各国,书写家园情怀。与阿契贝、阿尔马和恩古吉不同,法拉赫的思想主要表现为泛索马里主义,即如何把讲索马里语的地方统一起来,建立团结和富强的国家。法拉赫几乎专治小说,尤其以"非洲独裁变奏"(Variations on the Theme of An African Dictatorship,1979—1983)和"血红日头"(Blood in the Sun,1986—1998)两个三部曲著称。

恩古吉说:"纳努丁·法拉赫的故事是对后殖民非洲的寓言性表述。其中有三个主题:个人、族群和国家的身份问题,女性在非洲的地位问题,人权和自由与专制的斗争。令人感到惊叹的是,无论是写个人、族群、国家,还是国际问题,他都应付裕如,了无痕迹。"① 按时间顺序,可以把法拉赫的创作分为四部分:第一部分包括《来自弯曲的脊骨》(*From a Crooked Rib*,1970),主要探讨女性解放;第二部分揭露专制,由《裸针》(*A Naked Needle*,1976)、《既甜又酸的奶》(*Sweet and Sour Milk*,1979)、《沙丁鱼》(*Sardines*,1981)和《芝麻关门》(*Close Sesame*,1983)组成;第三部分探讨个人、族群与国家的关系,有《地图》(*Maps*,1986)、《馈赠》(*Gifts*,1992)和《秘密》(*Secrets*,1998);第四部分为1998年以后的三部曲《联系》(*Links*,2004)、《节》(*Knots*,2007)和《死亡骷髅》(*Crossbones*,2011),都把聚焦对准了内战。在法拉赫的身上,明显可见西方理想与东方传统的矛盾。

法拉赫是男性,但是《来自弯曲的脊骨》却是非洲第一部充满了斗争精神的、反映女性疾苦的作品,具有超越时代的意义。

法拉赫的代表作是"血红日头"三部曲的开篇《地图》。小说围绕20年间发生的三次奥加登战争(Ogaden War),通过一则动人心魄的亲情故事,将民族生活的重大主题浓缩在几个小人物身上。小说有两个关键人物:孤儿阿斯噶尔和养母米斯拉。前者的父亲是奥加登人,西索马里解放运动成员,牺牲在战场上;母亲随丈夫前往战地,不幸产后去世。米斯拉是埃塞俄比亚人,父亲是当地举足轻重的安哈拉族的显贵,母亲是被征服的奥罗莫族战俘。米斯拉成年后嫁给贵族,因为没有产子被遗弃,流落至

---

① Ngugi wa Thiong'o, "Nuruddin Farah: A Statement of Nomination to the 1998 Neustadt Jury", *World Literature Today*, 1998,72(4):716.

奥加登为仆。此后被主人占有,继而扶为妻室。由于没有生养,因此再度被遗弃并流落为仆。米斯拉和阿斯嘎尔没有血缘关系,却因命运被抛在一起,不是母子,胜似母子。然而战火再起,阿斯嘎尔被迫离开养母,被送到摩加迪沙,交给舅舅抚养。随着年龄和民族意识的增长,他有了打回奥加登的愿望,并且认识到自己与米斯拉的区别,似乎理解了她的临别赠言:"总有一天,你会认同你们的人,而把我剔除开来。谁知道呢,说不定为了实现你们的梦想,你还会杀了我。"①在经历了以"悲惨的周末"著称的1978年奥加登惨败之后,米斯拉的好友卡琳老大娘也流落到摩加迪沙,并且声称米斯拉成了叛徒。为此人们到处找她,要杀她为烈士祭灵。接着,乔装打扮的米斯拉也来到了摩加迪沙。阿斯嘎尔发现自己必须在两个"母亲"中做出选择:一边是恩重如山的养母,另一边是祖国母亲。他陷入了激烈的思想斗争:"不管怎么说,我晓得自己必须背叛他们中间的一个,要么是对我形同母亲的米斯拉,要么是我的祖国。"②须知曾几何时,他还念念不忘地说,米斯拉是他的天,是他的地。这是多么沉痛的一种感受!然而,当米斯拉力辩自己不是叛徒,只不过与埃军中的熟人同居,因而遭到忌恨后,阿斯嘎尔一家又对她同情起来,收留她治病。可惜她还是被人发现,从医院被骗出去杀了。阿斯嘎尔找回了她的遗体,为她举行了伊斯兰葬礼。

在小说里,阿斯嘎尔没有父母,始终处于被收养的地位;奥加登没有祖国,始终处于别国治下,这就是主题。一般人只注意到男主人公与地图的关系。相比之下,穆尔(Gerald Moore)的解读更有见地:"如果她(米斯拉)的身子是张地图,她就是遭受许多人的统治和肢解,最终被不明不白地扔到大洋中去的地图。"③这样一来,地图这个意象就超越了奥加登和索马里,获得了更为宽广的意义。更具有见地的解读来自赖特(Derek Wright),他抓住为人忽略的细节,分析了小说中五个有生理缺陷的人物:米斯拉代表埃塞俄比亚,阿斯嘎尔的舅舅和舅妈代表索马里共和国,厄-阿丹长老代表伊斯兰统一力量,伯父寇拉克斯代表奥加登索马里人的传统;结果,米斯拉的一个乳房被切除,希拉尔做了结扎,萨拉舅妈被切除了子宫,厄-阿丹缺了腿,寇拉克斯被放了血。前文提到,"五"对于索马里人

---

① Nuruddin Farah, *Maps*, New York: Penguin, 1999, p.99.
② Ibid., p.180.
③ Gerald Moore, "Maps and Mirrors", in Derek Wright ed., *Emerging Perspectives on Nuruddin Farah*, Trenton, N.J. & Asmara, Eritrea: Africa World Press, 2002, p.510.

民是个至痛的数字。由此可见,法拉赫利用切割与肢解,在这个数字上做了多么深刻的文章。不过,在对米斯拉做进一步分析时,赖特又指出:"的确,正如奥加登的索马里人地图一样,阿斯嘎尔、希拉尔和西索马里解放运动的爱国者们宣称的民族标准也是错误和令人难以琢磨的,因为双方均忽视了奥加登是讲不同语言的民族混居区,忽视了百分之五十讲安哈拉语的埃塞俄比亚人。"① 因此他认为,与之相比,不识字的米斯拉反倒高明得多,即使在交战状态下,她也把埃塞俄比亚人和索马里人都看作自己人,两边奔走,为前者找奶,为后者找钱。结果,在小说寓言性的结构中,阿斯嘎尔代表了具有沙文主义意味的索马里人的奥加登,而米斯拉则代表着广大的、多民族混居的奥加登。② 就形式而言,《地图》是阿斯噶尔自己讲的成长故事。小说叙事从他出生开始,以警察上门、带他去调查米斯拉的死因结束。从逻辑上看,全书是他在警察局的供词。然而,叙述过程缺乏固定的主位,人称游移于"你""我""他"之间,被卡赞(Francesca Kazan)称为人格分裂的"三个世界"。③ 关于这一点,法拉赫本人曾对阿契贝这样解释:"(我)希望用三个不同的代词将破碎的非洲整合起来,使阿斯嘎尔得有善果。"④

综上所述,民族解放运动改变了英语在非洲的性质,使非洲文学从口语时期进入书面时期,并且生成了经典文本。恩古吉、阿尔马和法拉赫等既是有关国家的首位英语小说家,也是有关国家的首位小说家,至今仍然代表了最高的成就。阿契贝更是如此——虽然有图图奥拉和埃克文西诸位在前,但是真正建立尼日利亚范式功绩的作家,非阿契贝莫属。非洲文学的经典作品虽然来自不同的国度,但是出于共同的历史和相同的现实,都具备了如下共同点:第一,有清理历史和面对现实两方面的主题追求;第二,把本国和非洲置于中心,而不是置于边缘;第三,把同胞当作主体,而不是客体,是自我,而不是他者;第四,作品的语言和风格都有强烈的民族特色。从这些共同的特点来看,非洲文学经典可以说是高度政治化的。

---

① Derek Wright, "Parenting the Nation: Some Observations on Nuruddin Farah's Maps", *Contemporary Literary Criticism*, 2001, 137: 95.

② Ibid.

③ Francesca Kazan, "Recalling the Other Third World: Nuruddin Farah's Maps", *Novel*, 1993, 26(2): 263.

④ Charles Sugnet, "Nuruddin Farah's Maps: Deterritorialization and 'The Postmodern'", *World Literature Today*, 1998, 72(4): 743.

第二节　阿契贝在非洲文学中的经典地位

要讨论阿契贝在非洲文学中的经典地位，还得从非洲文学的条件和任务说起。

非洲文学产生得很晚，而且几乎是非洲各国同时出现，直到独立时期才出现经典。要想知道原因，首先需要了解它的基本状况。

非洲这个词的意义在地理学上很明确，南至厄加勒斯角，北至本塞卡角，共有3020万平方千米，含56个国家。但是从人种和文化看，撒哈拉沙漠南北截然不同：北面是白人的世界，阿拉伯语和伊斯兰教处于统治地位，具有悠久的书写传统；南面是黑人的世界，语言和宗教繁多，但是缺乏文字，对其研究起步较晚。因此，最近一百年来，当人们谈论文化和文学问题时，所谓的非洲往往指撒哈拉以南地区，即人们俗称的黑非洲，这也是本章的重点。

由于缺乏文字，非洲不得不由西方的殖民过程唤醒。因为这样，原住民和外人就"非洲是否有历史"展开了旷日持久的争论，至今仍众说纷纭。我们不妨以英国在印度的所作所为作类比。马克思曾经揭示了殖民主义在东方"要完成的双重使命：一个是破坏性的使命，即消灭旧的亚洲式的社会；另一个是建设性的使命，即在亚洲为西方式的社会奠定物质基础。"①尽管非洲没有进入马克思和恩格斯的视野，事实证明"双重使命"说也适用于它。殖民主义者虽然未能消灭部落和酋长，却将自己的政权凌驾于他们之上，给予原始的、宗法的、封建的社会致命打击，然后按照自己的需要对其进行重组。结果，在帮助当地人创造文字的同时，他们把自己的语言也搭了进去，造成了双语现象。两种语言的功能不同：在家里和乡下，人们用世代相传的语言；在外面和城里，第二语言（英语、法语或葡萄牙语）的作用更大。由于新的民族国家秉承了殖民地时代留下的、比先前任何一个部落或者酋长国都要大得多的疆界，独立后西方语言不仅未能被废除，反而起了更大作用，变成了国家的黏合剂，还成了现代化建设的工具。由于国家凌驾于个人之上，现代化凌驾于传统农牧业之上，外来语言自然就凌驾于原初语言之上。于是，在非洲，形成了用外来语言创作

---

① 马克思、恩格斯：《马克思恩格斯全集》（第九卷），北京：人民出版社，1962年版，第247页。

和原初语言①创作的两支队伍。用外语创作的人文化程度更高,写作能力更强,作品传播更广,明显压倒后者。而在这个集群,由于英语国家人口多、力量强,英语文学创作又远较法语文学和葡萄牙语文学为盛。文字的缺失阻碍了非洲原初语言书面文学的形成。即便在形成之后,语言的繁多又使之难以得到发展,研究也难成阵势,以致在今天,海客谈非洲文学,总是首先指英语创作,或主要指英语创作。非洲英语文学诸体皆备,尤以小说为盛,研究成果也多。

  被强行纳入帝国的版图后,非洲殖民地的生产和生活都从属于英国等西方列强,偶然的创作也不例外。然而,独立给人们提出了建立民族文学的要求。那么,谁能够承担这个任务呢?

  在英语区,承担这个任务的是接受了西方教育的人。在19世纪和20世纪之交,教会学校只能给予当地人粗浅的识字教育,通常不能读书看报。两次世界大战加速了英国对殖民地的开发和掠夺,促使其创建国民教育体系。非洲的第一代文学作者和读者产生于此时。在当时隶属伦敦大学的几所设在殖民地的分校中间,伊巴丹和马凯雷雷分别为西非和东非培养了第一代作家。由于白人统治相对薄弱,民族主义在西非更早兴起,文学也早于东非发生。在接受西方教育的过程中,这些人不但学到了英语和英国文学,而且了解了亚洲和拉丁美洲的民族解放运动,了解了两次世界大战引发的一系列革命。② 由于时代风云涌动,每个知识分子都对现存的一切发出了疑问。③ 当英国教授把乔伊斯·卡里(Joyce Cary,1888—1957)的《约翰逊先生》(*Mister Johnson*,1939)推荐给班上时,出乎意料地受到众口一词的批判。卡里是爱尔兰人,曾经在尼日利亚北部屯驻7年,以写尼日利亚著称。主人公约翰逊先生是殖民当局的雇员。他对欧洲人竭尽卑屈,处处附庸风雅,但是在同胞面前却妄自尊大,招摇撞骗,最后因为盗窃杀了白人,被判处死刑。时至1952年10月20日,《时代》的头条仍然称之为"有关非洲的最好小说"。④ 这个事件给学生们的刺激是:"我们要讲的故事绝对不能为外人所道,即便他富于才能

---

  ① 此处避免使用带有歧视的"土著语言"和含有歧义的"本土语言"的说法。
  ② Ali A. Mazrui, "Academic Freedom in Africa: The Dual Tyranny", *African Affairs*, 1975, 72(297):293—294.
  ③ Bernth Lindfors, *Conversations with Chinua Achebe*, Jackson: University Press of Mississippi, 1997, p.191.
  ④ Chinua Achebe, *Home and Exile*, New York: Anchor Books, 2001, p.22.

和善意。"①

说这些话的阿契贝是什么人呢？

钦努阿·阿契贝（Chinua Achebe，1930—2012）生于尼日利亚东部，伊博（Igbo）族人。父亲是传教士，母亲也受过教会教育。他成了伊巴丹大学英文系的第一届毕业生，随后便进入尼日利亚广播公司工作。1966年政变后，被迫回到本族人聚居的东区，在尼日利亚大学恩苏卡分校工作，同时从事研究和创作。60岁以后，因为伤病移居美国。阿契贝著述甚丰，既是小说家，又是诗人和评论家。

严格地说，阿契贝并非尼日利亚第一个英语作家。早在1947年，在他家乡附近的奥尼查市就出现了写英语书的人。这些人写的东西虽然冠名为长篇小说，其实不过是以谈情说爱为题材的小册子，其形式花哨，句型简单，词汇有限，因而被史家统称为"奥尼查市场文学"（Onitsha Market Literature）。西普里安·埃克文西（Cyprian Ekwensi，1921—2007）就是其中一员，他的《爱情私语时》（*When Love Whispers*，1948）曾传诵一时。埃克文西的贡献在于1954年发表的《城里人》（*People of the City*），后者把民间文学提升到了通俗文学。此外，从1952年开始，只有小学文化程度的阿莫斯·图图奥拉接连发表了《棕榈酒鬼》《我在鬼怪雨林中的生活》《辛比和黑丛林的神》和《勇敢的非洲女猎手》等作品，谈奇说异，颇受西方人的好评和尼日利亚人的诟病（详见上一节"民族解放运动与非洲文学经典的生成"）。

还有一些作品甚至产生得更早，多由一些自认为创造了非洲文学的西方过客写成。其中的英文著作大致可分为三大类：第一是探险记，如利文斯通（David Livingstone）写南非的书籍，以及金斯利（Mary Kingsley）写西非的书籍；第二是狩猎记，如海明威的《乞力马扎罗的雪》（*The Snows of Kilimanjaro*，1936）；第三是亲历记，如卡里关于尼日利亚的作品，以及内森（Isak Dinesen）描写肯尼亚的著作。它们的作者都是自由主义者，对黑人不无同情，然而在他们的游记中，非洲人总是被扭曲了的，总给人这样一种印象：书中所描述的是野蛮人。由于总是以懒惰、怯懦、失信、残酷乃至堕落的面目出现，非洲人似乎集罪恶之大成。换言之，非洲似乎总是象征着混乱，而其对立面则是西欧文明社会；后者因而理所应当

---

① Chinua Achebe, *Morning Yet on Creation Day*, New York: Anchor Press, 1975, p.70.

地成了统治者。①

　　这就是阿契贝身处的环境和面对的问题。他必须进行"反写",即挣脱以白人为主体、以黑人为客体的殖民主义语境。

　　因此,阿契贝自然地排除了上述探险记的写法,规避了把非洲——他自己的家园——当作消遣场所的狩猎记样式。他抓住白人的亲历记,从内容和形式上加以了颠覆。

　　白人的非洲文本都是小说,阿契贝的颠覆也用小说的形式。因此,我们讲阿契贝在非洲文学的经典地位,不妨以康拉德和卡里的小说为参照。康拉德的《黑暗的心脏》是一则赤道旅行记,中心人物是欧洲人,通过描写自然的非洲来隐晦地揭露殖民主义者在非洲的罪行——除了沐猴而冠的锅炉手,黑人在其中只是魅影。然而,对于尼日利亚人来说,卡里的作品比康拉德的更加具体。与同胞们不同的是,在卡里的笔下,黑人的主体身份没有被客体化。然而,与所有殖民作家一样,他的三本书均对当地人带着轻视、误解和曲解。与《黑暗的心脏》不同,《约翰逊先生》里有名有姓的黑人角色很多,但总的说来,非洲人是感性的,仅仅有本能和直觉,不能控制自己的行为,而欧洲人是理性的,冷静而有思考能力。就连小说的尼日利亚主角约翰逊先生,也是个毫无道德和信用可言、骄矜可笑的人物。

　　阿契贝一反卡里和康拉德的写法,在《瓦解》(*Things Fall Apart*, 1958)浓墨重彩地刻画了一位名叫奥康科(Okonkwo)的部落英雄,与康拉德不落籍贯与姓氏的所谓非洲经典形成了对照。至于卡里,阿契贝的针对性则更强:卡里只提到约翰逊是南方人,而阿契贝对奥康科的上下左右都有交代;卡里着力讲述约翰逊的怪异,而阿契贝对奥康科正常和反常的行为均有描述;卡里触及了非洲人的家庭,而阿契贝却把好几个家庭都放到社会中去表现;在卡里笔下,身为买办的约翰逊对自己的同胞极为蔑视,而在阿契贝的笔下,长老们对族人均有关怀。这难道不是一种文明吗?那么,这样一个社会为什么会被征服呢?阿契贝没有回避传统社会的弱点,在书中对尼日利亚向西方俯首称臣的过程做出了艺术的阐释。

　　六年之后,阿契贝又以《神箭》(*Arrow of God*, 1964)继续对历史进行清理。关于该书的立意,阿契贝说:"第一,是对民族文明的再次巡礼;第二,是对一位与不可逆转的命运抗争、虽败犹荣的英雄的礼赞;第三,探

---

① Anne Hugon, *The Exploration of Africa from Cairo to the Cape*, New York: Harry N. Abrams, 1993, p. 126.

讨了领导人的责任问题。"①之所以需要再次检视民族的文明,是因为经过了殖民时期以后,太多的人丧失了自尊和自信。阿契贝所说的第二点,其实是一种历史唯物主义的观点。一方面,对于强大的西方,非洲人不得不承认自己的落后;另一方面,面对侵略和凌辱,被压迫者不得不反抗。这种反抗的精神最终将成为谋求民族解放的种子。相对而言,阿契贝所说的第三点可能更为重要。与其他国家一样,尼日利亚的形成不是历史演进的自然结果,而跟外部势力(英国)的强行介入有关。独立以后,由于失去了外部的强制,各个部落和民族的矛盾就凸现出来,甚至威胁到国家的生存和发展,具体表现为豪萨—富拉尼、约鲁巴、伊博三大民族鼎立和抗争的局面。如何解决这个问题?这是尼日利亚的领导人和文化人都必须考虑的。阿契贝通过自己的想象,把这个问题纳入了氏族社会时代的末期,在有殖民政权存在的背景下加以观照,并且作出了"鹬蚌相争,渔人得利"的艺术性解答。

《再也不得安宁》(*No Longer at Ease*,1960)虽然紧接《瓦解》之后发表,但是就故事发生的时间而言,则在《神箭》之后,与《人民公仆》(*A Man of the People*,1966)的事件背景更为接近。独立以后,民族矛盾突出地通过领导人表现出来。因此,阿契贝写下了政论文《尼日利亚的困境》,并开宗明义地指出:"简单而明确地说,尼日利亚的困境是由领导的失职所造成的。"②那么,应该由谁来领导尼日利亚呢?应该怎样领导?这是阿契贝从年轻时候就开始思考,并且贯穿其著述的问题。《瓦解》的主人公奥康科是部落的世俗领袖之一,《神箭》的主人公大祭司是部落的精神领袖。跟这两位不同,《再也不得安宁》的主角奥比是伊博族人寄予厚望的海归、新时代领导的后备人选;然而,在接受了西方的教育后,他却抛弃了族人,并且因为受贿而身败名裂。《人民公仆》在议会民主的背景下,对朝野的政治领袖进行了检视,揭露了他们都是只顾个人和小集团利益的伪君子,并且做出了政局将以军事政变收场的奇妙预测。在揭露领导人问题的同时,阿契贝也对人民大众的觉悟水平进行了含蓄的批评。时隔20年以后,《草原上的蚁山》(*Anthills of the Savannah*,1987)问世,该书继续探讨了上述问题。事实上,在长达30多年的时间里,阿契贝一直站在最前面,通过小说讨论社会的重大问题,引领尼日利亚在面对现实人生的

---

① Bernth Lindfors, *Conversations with Chinua Achebe*, Jackson: University Press of Mississippi, 1997, pp. 45—51.

② Chinua Achebe, *The Trouble with Nigeria*, Nairobi: Heinemann, 1983, p. 1.

道路上前进。

　　当然,阿契贝的经典地位不仅仅取决于他对社会重大问题的关注。他在解决语言问题方面的尝试,也是他名垂青史的重要原因之一。

　　英语是从西方移植的语言。非洲作家用英语写作,一开始就遭遇了如何使之为非洲生活服务的问题。因为叙述者通常是作家本人,所以语言和风格容易统一。然而,在现实生活中,有的人说英语,有的不说英语,有的说得好,有的说得不好。怎么反映这种差异呢?为此,阿契贝做了开拓性的探索。他的原则是,在不影响理解的前提下,努力吸收民族语言和口头文学的成分,使作品既能够承载非洲生活,又能够为大陆以外使用英语的人们所接受。① 在阿契贝的家乡,口语传统的特点是词汇有限,句型简单而短小,说话人往往有意识地重复某些细节,并在必要的地方插入歌谣。也许是为了补充词汇的不足,人们爱用成语和俗话,尤其见于有阅历的人。有鉴于此,阿契贝用简单的英语叙事,严格控制词汇量和句型变化,尽量避免描写景物,努力缩小现代小说叙事与传统讲述的距离,在现实和历史之间构建了一座桥梁。

　　更值得注意的是,他对人物语言的处理颇有独到之处。概括起来说,他主要用了三个办法。其一,对特有的名词概念采用音译。第一次使用的时候,通过上下文给予说明,比如 osu 一词,先指被社会排斥的人,然后通过某个知情人的嘴,解释为因祭过神而成为异类,连子孙也不例外。

　　其二,译借民族化的表达方式。其中用得较多,又引人注目的是隐喻和俗话。说到隐喻,喻体的本土化是普遍现象,不管哪个国家和民族都以自己周围的事物入喻,只需译出来就可以显现环境特点。俗话集中了语言的精华,作用相当于汉语的成语,在原本没有文字的非洲各国普遍使用。在《瓦解》的第一章,就有这样一些精巧的隐喻:"奥康科的名声传得像哈马丹风吹动的野火一样快。"②哈马丹是从撒哈拉沙漠吹来的季风,野火是当地一年一度特有的现象。伊博人的语言观念是"俗话是使说的话让人吞得下去的橄榄油"。③ 有人找奥康科的父亲讨债,寒暄之后接连用了好几句俗话,转弯抹角地进入正题。在笑言应对中,尤诺卡也用俗话回敬:"祖先们常说:太阳先照站着的,后照跪着的。我要先还大债。"④对

---

① Chinua Achebe, *Morning Yet on Creation Day*, New York: Anchor Press, 1975, p. 56.
② Chinua Achebe, *Things Fall Apart*, Oxford: Heinemann, 1958, p. 3.
③ Ibid., p. 5.
④ Ibid., p. 6.

付成功而傲慢的人,则有"瞧瞧大王的嘴,就像从来没有吃过奶似的";命生得不好的奥康科也成功了,因为"当人坚决地说行时,他的命神也跟着说行"。① 在视木薯为王的人们眼里,天才少年艾克米夫拉"长得像雨季的苕藤一样快,充满了活力"。②

其三,插接故事和歌谣。在小说中插接故事,既显示了故事在人物生活中的地位,也是作者推进叙事的手段。在第四章末尾,为了表明艾克米夫拉的多才多艺,阿契贝让他讲故事,还即兴创编歌谣:"又出太阳又落雨／纳迪个人做来个人吃。"③又如,艾克米夫拉在被杀之前,曾用歌谣形式询问母亲是否仍然活着,歌词是直接用伊博文写出的,给只懂英语的读者留下一道谜语。这种方法在《神箭》得到了进一步的发挥,并且引发了精深的研究。④ 也许正是这种简单而地道的叙事,使《瓦解》至今仍然作为非洲中小学的通用教材。

在多语的尼日利亚,英语与当地语言并用的一个结果是产生了尼日利亚英语变体和尼日利亚英语混合语⑤,成了在当地人中间真正使用的语言。早在阿契贝之前,埃克文西在作品中对此就有所反映,而阿契贝把它系统化,展开了层次。阿契贝为尼日利亚和非洲英语小说家树立了榜样。后殖民文学批评有一个重要的概念,叫作"帝国反写"(The Empire Writes Back)。它是由拉什迪(Salman Rushdie)提出的,指大英帝国的殖民地独立后的英文创作,但是怎么"反"并没有得到说明。澳大利亚的阿什克罗夫特(Bill Ashcroft)等人以他的概念为题,编撰了英语后殖民文学批评最有影响的一本书,但是因为铺排面太宽,仍然没有说清楚如何反写,而阿契贝的创作恰恰是反写的最好的佐证。

在发表创作的同时,阿契贝还发表了不少的批评言论,为尼日利亚文学指明了前进的方向。

1964年,他发表了演讲《新兴国家作家的职责》,指出在众多的任务中,首先必须明辨:

---

① Chinua Achebe, *Things Fall Apart*, Oxford: Heinemann, 1958, p.19.
② Ibid., p.37.
③ Bernth Lindfors, "The Palm-oil with Which Achebe's Words Are Eaten", *African Literature Today*, 1968, 1:3—18.
④ B. E. McCarthy, "Rhythm and Narrative Method in Achebe's Things Fall Apart", *Novel*, 1985, 18(3):243—256.
⑤ 笔者所说的混合语(pidgin and creole),相当于中国旧称的洋泾浜。

非洲各国人民并非从欧洲人那里才第一次听说文化;他们的社会并非没用头脑,而是具有深刻的哲理,懂得什么是价值和美,并创造了诗歌。最重要的是,他们有尊严,而现在必须恢复在殖民时期丧失的这种尊严。对于人民来说,最糟糕的就是丧失尊严和自尊。作家的责任就是以关怀的态度告诉他们过去发生了什么,他们失去了什么。①

因此,作家具有双重的使命:对外是民族主义者,竭尽全力展示其人民的文化;对内是导师,不遗余力地帮助人民恢复自尊。在完成了清理历史的任务之后,阿契贝又于1966年通过《黑人作家的职责》一文,及时地提出:对非洲作家来说,最重要的任务是揭露并抨击大陆内部发生的不公正现象。② 阿契贝赋予作家极其崇高的导师地位,可以和耶稣基督、穆罕默德、佛祖、柏拉图等人的地位媲美;他们既能引领人民,又能领导国家。③ 因此,是否具有教育功能,这既是阿契贝判断自己的标准,也是评价其他作家作品的标准。比如,他根据这一标准,认定图图奥拉创造的棕榈酒鬼的林中历险给人民传达了不能依赖魔法,而必须依靠农牧业的道理。④

除了引导人民走出殖民主义的阴影,阿契贝还提出了"文学来源于人民生活、又服务于人民生活"的观点。针对"为艺术而艺术"的创作观,他在1972年的一次演讲中,先以伊博人建造女神庙(mbari)和其后的开光仪式为例,证明在人民的观念中,艺术创作和社会是密不可分的,并且直截了当地说:"在文化的创造者和消费者之间没有不可逾越的障碍。艺术属于大家,是一种社会的'功能'。"⑤

结合文学为人民所用这个根本任务,阿契贝还力图建立相应的批评标准。在早期,由于图书在英国出版,评论从欧美开始,非洲英语文学一出生就遭遇了身份问题:是西方文学的附庸,还是非洲文学的有机组成部

---

① Chinua Achebe, "The Role of the Writer in a New Nation", *Nigeria Magazine*, 1964, 81: 157.

② Kolawole Ogungbesan, "Politics and the African Writer", in C. L. Innes and Bernth Lindfors eds., *Critical Perspectives on Chinua Achebe*, London, Ibadan, Nairobi: Heinemann, 1979, p.39.

③ Bernth Lindfors, *Conversations with Chinua Achebe*, Jackson: University Press of Mississippi, 1997, pp.141–142.

④ Chinua Achebe, *Hopes and Impediments*, New York: Doubleday, 1989, p.110.

⑤ Chinua Achebe, *Morning Yet on Creation Day*, New York: Anchor Press, 1975, p.22.

分?由于语境不同,西方评论家通常从对自己的适用性出发,不约而同地提出了相似的观点。由于本土批评的缺失,这种观点在非洲作家中造成了混乱,使有些人脱离非洲,径直投向西方。针对这种倾向,阿契贝于1962年在《尼日利亚杂志》上发表了《天使害怕涉足的地方》一文,批评了那种认为非洲作家过分关注社会,过少关注个人,因而在"纯粹"美学的追求方面有严重不足的说法;他告诫那些不了解非洲的人:不要以非洲文学的立法者自居。① 12年后,在马凯雷雷大学召开的英联邦文学与语言研究协会的大会上,他以《殖民主义者的批评》为题发言,对西方以普世性口号打压非洲文学的行为做了全面的批判。其要点为:非洲有非洲的问题,因而绝大多数非洲作家是从自己的经历和任务出发的,而不是为了表现所谓的普世主题和手法。② 那么,什么是非洲作家的经历和任务呢?所谓经历,指的是历史和现实中的矛盾。所谓任务,就是要纠正历史造成的伤害,帮助人民找到解决当前问题的出路。1969年,阿契贝对采访者说:"在非洲,写任何东西都不可能不承担社会道义责任,不可能不传递信息,不可能不表示抗议。"③1980年,在谈到肯尼亚作家恩古吉的入狱时,他直截了当地说,作家应当尽可能地参与政治。④ 即便在国家独立30年以后,阿契贝仍然坚持认为:"我们的创作必须是政治性的,必须承载基本的社会问题。非洲没有非政治的文学。"⑤

由于国情不同,对于是否应该使用英语,非洲作家从一开始就有不同的意见。在1962年的非洲英语作家大会以后,尼日利亚留美学生奥比·瓦利(Obiajunwa Wali)在很有影响的刊物《变迁》上发表了《非洲文学的绝路》一文,彻底否定了大会。作者依据两点立论:第一,法语和英语早已使用过滥,而非洲的语言嗷嗷待哺;第二,使用民族语言是民族文学的根本标志。⑥ 在后来的几年中,《变迁》就是否应该用英语创作接连发表论战文章。阿契贝当时已经是非洲大陆最重要的英语作家,瓦利虽然没有

---

① Chinua Achebe, *Morning Yet on Creation Day*, New York: Anchor Press, 1975, p. 47.
② Ibid., pp. 3—18.
③ Bernth Lindfors, *Conversations with Chinua Achebe*, Jackson: University Press of Mississippi, 1997, p. 29.
④ Ibid., p. 60.
⑤ Ibid., p. 161.
⑥ Obiajunwa Wali, "The Dead End of African Literature", in Tejumola Olaniyan and Ato Quayson eds., *African Literature: An Anthology of Criticism and Theory*, Malden, Oxford and Victoria: Blackwell Publishing, 2007, pp. 281—284.

点名,但是指涉却很明显。阿契贝静观事态的发展,直到两年后才在同一刊物上以《英语与非洲作家》为题,发表了两条针锋相对的意见:

第一,非洲国家的历史和现状决定了它不可避免地具有两种文学的属性:借用西方语言的全国文学(national literature)和利用当地语言的族群文学(ethnic literature)。以传播的地方和读者的接受面来衡量,在尼日利亚,只有英语作品才可能享有全国文学的地位,而用豪萨、伊博、约鲁巴、埃菲克语等写成的不过是族群文学。

第二,详细论述了非洲作家应该怎样使用英语。

在发表了轰动一时的言论后,瓦利即投身政治和经济,被证明是个空谈创作和批评的人。[①] 继承并发扬阿契贝的思想、并且始终引人注目的是肯尼亚作家恩古吉·瓦·提昂戈(详见上一节)。非洲文学的语言问题通过恩古吉和阿契贝反映出来,部分原因在于两人不同的背景。从阿契贝方面看,首先,英国殖民主义者对伊博地区实行的是间接统治,没有强行推广英语,因而他本人没有遭受被迫学习的痛苦;其次,伊博方言众多,难以统一,书面语言不成熟。恩古吉则不同,他生活在被强占的"白人高地",目睹了激烈的民族斗争。在"茅茅运动"期间,学校强行推广英语,鞭打并羞辱讲母语的学生。[②]此外,他属于在肯尼亚最有影响的吉库尤族,其语言较为成熟,孕育了一定的文献和文学。还有另一个原因:在吉库尤语旁边,有东非通用的斯瓦西里语及其文学。这些因素使恩古吉对英语心存芥蒂,对本土语言文学较有信心。事实上,他较为成功地实施了自己的思想,连续写了几本书,还办了一家名叫《支持者》(Mũtĩri)的吉库尤语综合性刊物,推动了民族语言文学的发展。[③]

然而,推广吉库尤语文学有一些不易克服的困难。首先,使用这种语言的只有五六百万人,还不到肯尼亚人口的五分之一。其次,政府支持斯瓦西里语文学,默认英语文学,但是不支持可能使族群差异永久化的本土语言文学——吉库尤语文学不幸就属于此类,所以恩古吉的母语著作是遭到禁止的。恩古吉对作为作家和恩师的阿契贝很尊重,但是在语言问

---

① Chinua Achebe, *The Education of a British-Protected Child*, New York: Alfred A. Knopf, 2009, p. 101.

② Ibid., pp. 434—443.

③ Ann Biersteker, "Gikuyu literature: development from early Christian writings to Ngugi's later novels", in F. A. Irele and S. Gikandi eds., *The Cambridge History of African and Caribbean Literature*, Cambridge: Cambridge University Press, 2004, pp. 306—328.

题上则不依不饶,经常指名道姓批评。相形之下,阿契贝显得很克制:他批评恩古吉的观点,但是避免点名。直到1989年,他才在国际现代语言文学联合会的会刊上发表《非洲文学语言的政治和政治家》,依据肯尼亚学者阿里·马瑞的思想和自己长期的经验,对恩古吉进行了全面的反驳。他指出,对恩古吉来说,在非洲,当地语言与欧洲语言是相互排斥的;而在他看来,两者都是非洲不可或缺的。接着又说,那些希望用非洲语言来搞文学创作的人心肠是好的,但是犯了主观主义的错误,因而于事无补。①几十年过去了,非洲文学并未出现当地语言文学遍地开花的局面,而是仍然以英语和法语创作为主,事实证明阿契贝是正确的。

阿契贝很少谈论文学的主义和流派,然而他切实地清理了历史的垃圾,抓住了社会生活的主要问题,实事求是地选择了文学语言,灵活机动地运用了英语,从而为尼日利亚和非洲文学开辟了现实主义的道路,同时也确立了自己的经典地位。

第三节 "白色写作"的困境:库切与经典重写

讨论非洲经典文学,约翰·麦克斯韦尔·库切(John Maxwell Coetzee,1940—)是一个绕不过去的人物。他的成就有目共睹,但是他跟上文中的阿契贝等人不同,常常被视为非洲经典作家中的另类,其主要原因是他身陷"白色写作"的困境。

早在1983年接受的一次访谈中,库切就曾表示,被贴上"南非小说家"的标签对他来说似乎是"命中注定的事";接着他还说:"有时我又怀疑,是否仅仅因为出版、书评、文学批评这些完全属于意识形态领域的上层建筑,将'南非小说家'的命运强加在了我的身上。"②怀着复杂的心情作此番剖析时,库切已经初有成就。在首部小说《幽暗之地》(*Dusklands*,1974)以及后来的《内陆深处》(*In the Heart of the Country*,1977)中,库切直接深入非洲被征服与被殖民的历史中寻找写作的灵感,很快便在南

---

① Chinua Achebe, *The Education of a British-Protected Child*, New York: Alfred A. Knopf, 2009, pp. 96—106.

② J. M. Coetzee and Tony Morphet, "Two interviews with J. M. Coetzee, 1983 and 1987", *Triquarterly*, 1987, 69:454—464. (First interview rpt. from Social Dynamics, 1984, 10(1):62—65.)

非文坛崭露头角。有学者认为,《幽暗之地》标志着非洲后现代文学的肇始。① 1980 年问世的小说《等待野蛮人》(Waiting for the Barbarians)虽未给出故事的具体历史情境,但不少研究者仍把它解读为对南非历史与现实境况的寓言性描述。这部小说还为库切赢得了"费伯纪念奖"和"布莱克纪念奖"等重要国际文学奖项。与此同时,库切作品的主要读者群逐渐扩展至欧美英语国家。1983 年的《迈克尔·K 的生活与时代》(Life and Times of Michael K)以想象中的南非战乱作为故事背景,讲述一个卑微的生命如何一次次企图逃离战争的梦魇。它表明了库切对南非未来命运的深切忧虑,即对后者因推行种族隔离制度而深陷孤立这一命运的忧虑。这部小说发表后使库切首次荣获"布克奖"。② 然而,当这些与南非历史背景密切相关的作品为他在世界文坛赢得日隆的声名时,与内丁·戈迪默(Nadine Gordimer)等人不同的是,库切显然对于"南非小说家"这一身份多少有些抗拒。库切始终坚守写作的道德伦理责任,他的这一姿态不免让人感到意外与不解。

库切出生于南非开普敦一个阿非利堪人家庭③,自幼以英语为母语,并在英语学校接受教育。1962 年在开普敦大学毕业以后,他来到作为帝国中心的英国伦敦,成为 IBM 公司的一名电脑程序员。他后来写的《青春》(Youth,2001)("自传三部曲"中的第二部)描述了这一时期的精神历程,其中透露:"他不需要想起南非。如果明天大西洋上发生海啸,将非洲大陆南端冲得无影无踪,他不会流一滴眼泪。"④ 可见他当时的离开是多么坚决。1965 年至 1969 年,库切赴美国德克萨斯大学,攻读英语语言文学博士学位,随后在纽约州立大学担任教职。他试图申请绿卡,却因参与反越战的抗议活动而遭拒,于 1972 年不得已回到南非。此后 30 年是库切创作的黄金时期,他在开普敦大学担任英语文学教授的同时,相继出版了十余部小说,逐渐成为当代英语世界最具影响力的作家之一。自 2002 年起,库切移民澳洲,后来还加入了澳大利亚籍。近年来他连续创作了《慢人》(Slow Man,2005)、《凶年纪事》(Diary of a Bad Year,2007)等数

---

① Dominic Head, J. M. Coetzee. Cambridge: Cambridge University Press, 2009, p.95.
② 1999 年库切凭借《耻》再次获得"布克奖"这一当今世界公认的英语文学最高奖项,并成为首位两次获得这一殊荣的作家。
③ 南非阿非利堪人,旧称布尔人,主要指居住于南非的荷兰以及德国白人移民后裔,他们所操的语言被称为阿非利堪语(Afrikaans)。
④ J.M.库切:《青春》,文敏译,杭州:浙江文艺出版社,2006 年版,第 69 页。

部以澳洲移民生活为题材的小说。然而,毋庸置疑的是,库切首先是作为南非小说家蜚声文坛的。对此最具有说服力的理由是,库切不但出生并成长于南非,而且迄今为止他半数以上的作品均与南非背景密不可分。如果说"澳洲"是库切晚年自主选择的居住地,那么"非洲"(具体说是南非)则是他生命中无从选择、也无法抹去的烙印。作为与戈迪默齐肩的南非白人作家,库切从后殖民与后现代的独特视角书写了非洲,并由于其作品"非常精准地刻画了众多假面具下的人性本质"①,于2003年成为南非第二位——也是非洲第五位——获得诺贝尔文学奖的作家。

迄今为止,库切已有15部小说与5部批评文集问世。由于其作品所呈现的深邃主题、丰富内涵以及多层次寓意,一直以来他在西方文学界广受关注。黑德(Dominic Head)指出,库切是目前西方被研究评论最多的当代作家之一,他的作品在当今英美国家常被作为大学本科与研究生的文学课程教材。②库切小说语言的寓言性和叙事风格的开放性,让研究者可以从各个角度,运用各种文学或文化批评理论加以解读与阐释。然而,与西方对库切的一致赞誉形成对比的是,他的作品在祖国南非却一直存在争议。究其原因,自然跟"白色写作"带来的表述困境有关。

众所周知,南非的种族隔离制度在20世纪中后期推行了近半个世纪之久,因此许多读者理所当然地希望在库切小说中找到直面历史现实的犀利和勇气,就像能在戈迪默作品中找到的那样。然而,库切小说叙事的寓言与含混风格,使他在作品中往往对历史和政治问题采取隐晦含蓄的表述方式,从而时常引起争议。

有批评者认为,作为在种族隔离背景之下写作的南非作家,库切在作品中未能采取鲜明的反种族隔离的政治立场,这是与权力共谋的软弱表现。库切生于1940年,其人生经历与第二次世界大战以来若干重要历史事件密切相关。这些事件既包括1948年至1994年的南非种族隔离与白人统治,20世纪六七十年代的美国反越战运动,也包括了1994年以后南非向黑人民主政权的过渡,以及种族隔离制度被废止后黑人与白人之间的相互宽恕与和解,等等。③尽管库切的写作从未脱离非洲的历史与现实,特别是在非虚构作品中(包括文集《白色写作:南非的文学》《违禁:论

---

① 此为2003年库切荣获诺贝尔文学奖时的授奖词。
② Dominic Head, *J. M. Coetzee*, Cambridge: Cambridge University Press, 2009, p.95.
③ 1995年在图图大主教倡议下,南非成立了"真相与和解委员会"(Truth and Reconciliation Commission)。一直到1998年10月,该委员会才递交了一份最终报告,宣告其职责的终结。

审查制度》和《双重视点：文章与访谈》等），他对非洲殖民主义历史、南非的白人文学乃至文学审查制度等问题都曾做过深刻的剖析，但是部分研究者对他的小说创作仍存在质疑。他们认为，库切的创作既未直接介入反种族隔离斗争，也没有对当时南非执政党采取清晰的反对立场。此类批评的声音首先来自他的同胞，如戈迪默和南非著名剧作家弗加德（Athol Fugard）等，他们都曾对库切的某些作品（尤其是早期作品）提出批评。戈迪默在关于小说《迈克尔·K的生活与时代》的书评中指出，"库切作品的主人公们往往是一些对历史漠不关心的人，而非历史的创造者。……小说中没有一个人有意识地参与到决定历史进程的活动中去；显然也没有人相信自己知道该如何去行动。"[①]言下之意，库切所采取的寓言式写作方法并不适用于他所想要完成的任务。戈迪默这篇被广泛引用的书评，其实反映了当时人们的普遍期望，即南非作家——包括库切——应以现实主义创作方式介入政治。在南非民主政治正式开启之后，批评者们又进一步质疑库切后期小说（特别是《耻》中）所表现出来的对南非后种族隔离状态的悲观和忧虑，认为这种态度只会削弱南非正在展开的宽恕与和解的民主进程。在小说《耻》（Disgrace，1999）中，卢里教授与女学生的性丑闻曝光，受到所在大学调查委员会的公开质询，这一情节被认为是对"真相与和解委员会"的影射，当时的南非总统姆贝基曾公开批评该小说丑化了后种族隔离时代的新南非形象。

另外，还有学者对库切小说的写作策略提出了批评。佩里（Benita Parry）和诺克肖（Peter Knox-Shaw）等人认为，库切作品体现了对现实的悲观宿命之感和对历史责任的逃避，他的小说叙事既致力于对帝国力量的解构，又拒绝为被殖民化与边缘化的群体代言。他们认为，这种叙事策略存在不足：库切小说也许成功解构了殖民主义模式，但是"这些小说的修辞所依赖的社会权威及实施基础却恰恰根植于西方的认知体系"[②]。佩里指出，库切反而又以抗拒的方式，再次实施了对他者的压制。在佩里等人看来，为非洲代言，为殖民地沉默的被压制者代言，应该是非洲作家（包括白人和黑人作家）不可推卸的历史责任。

---

① Nadine Gordimer, "The Idea of Gardening", *New York Review of Books*, 1984—2—2, pp. 3—6.

② Benita Parry, "Speech and Silence in the Fictions of J. M. Coetzee", pp. 37—65; Peter Knox-Shaw, "Dusklands: A Metaphysics of Violence", pp. 107—119, in Graham Huggan & Stephen Watson eds., *Critical Perspectives on J. M. Coetzee*, London: Macmillan, 1996.

然而，上述学者的论点忽略了一个重要事实，即作为非洲殖民者的后裔，库切及其所代表的后殖民时期的非洲白人作家，与非洲本土作家有着本质的区别。他们中大部分以英语、法语等欧洲语言为母语/写作语言，不但依赖欧洲帝国中心的认知和语言表述体系，同时也无法摆脱在殖民历史中的共谋身份所产生的罪恶感。因此，他们的写作注定具有不同于非洲本土作家的特点。

在第一部批评文集《白色写作：南非的文学》(*White Writing：On the Culture of Letters in South Africa*，1988)中，库切曾反复论及非洲白人作家的两难处境。他作了这样的概括："白人的写作之所以是白色的，是因为它既不再属于欧洲、又还未属于非洲的这些人所写就。"[①]这种既非此、亦非彼的境况，构成了非洲白人作家的表述困境。

与他的小说在南非曾遭遇的争议类似，《白色写作》一书在20世纪中后期的南非也属于异类。当时，推行种族隔离制度的南非执政党国民党已日薄西山，无论在国内，还是在国际上，都已非常不得人心。1976年爆发的黑人抵抗运动更加速了它走向末路。在这样的社会背景下，南非的正统文学当然非"抵抗文学"莫属。跟黑人作家一样，白人作家也站在正义的立场，谴责种族隔离的种种罪恶，并且由于意识到自己在殖民历史中的共谋身份，他们的作品表述往往弥漫着深刻的负罪感。

《白色写作》这部由7篇文章组成的文集，恰恰超越了当时南非乃至整个非洲的政治背景对于文学表述的迫切诉求。从殖民主义上升时期的17世纪非洲旅行文学，一直到20世纪中期的南非农庄小说，库切像末日贵族一般追寻着殖民者昔日的足迹，回顾伴随着南非殖民历史的白人写作，因而看似远离了周遭迫在眉睫的政治与社会冲突。"慵懒的南非""风景画、艺术的升华与南非的风景""农庄小说与农场小说""西佛的农庄小说""直白的语言、简单的人：史密斯、佩顿与米克罗""血脉、玷污、瑕疵与堕落：萨拉·格特鲁德·米林的小说"以及"解读南非的景观"，这些文章具有典型库切式的内敛与节制，主题也看似互不关联。然而，通过对三百年来南非白人写作的反思，库切的论述所聚焦的，却是渊源于欧洲帝国中心的殖民地作家在面对非洲陌生的风物景观时，所不经意流露出来的不安与困惑。

[①] J. M. Coetzee, *White Writing: On the Culture of Letters in South Africa*, New Haven: Yale University Press, 1988, p.11.

通过对威廉·伯切尔（William Burchell）、奥莉薇·施赖纳（Olive Schreiner）、波林·史密斯（Pauline Smith）、萨拉·格特鲁德·米林（Sarah Gertrude Millin）和凡·登·希弗（C. M. van den Heever）等人作品的解读，库切分析了殖民地白人作家将欧洲文学传统转换到南非场景时所经历的表述困境。他目光犀利地看到，在非洲的文化语境中，欧洲殖民者的文学表述充满了不知所措与自相矛盾的无力感。他写道："我们如何才能读懂非洲的景观？……是否只有透过非洲人的眼睛它才能被读懂？是否必须以一种非洲的语言它才能被书写？是否正是这些写作者面对周遭环境时典型的欧洲姿态，才使解读南非风景成为一种徒劳的尝试？诸如此类的问题从一开始就表明，那些继承欧洲传统的艺术家面对自身历史处境时心存不安，而这种不安感也并非全无来由。"[①]透过库切冷静细致的分析梳理，我们看到，尽管欧洲殖民者在征服非洲时洋洋自得，但是其背后隐藏着心虚和不安。他们的怀疑、担忧和焦虑以种种矛盾的艺术形式被表现出来，从而使那种对于非洲景观的诗性表达更强烈地烘托出一种疏离感与隔阂感，即殖民者自我主体与被征服的殖民地之间的疏离感。

作为一位学者型小说家，库切的创作无疑具有高度的自觉性。因此，《白色写作》可以帮助我们更完整地了解库切的小说创作，从而更深入地理解后殖民时期非洲白人作家群体的写作困境：一方面，当他们的殖民者先辈将生存环境从欧洲转换到非洲时，非洲便成为他们生于斯、长于斯的地方，他们对于这块广袤黑土地的热爱并不亚于任何土著非洲人，所以他们试图以诗歌、小说等艺术形式走进非洲，解读非洲的景观；而另一方面，作为殖民者后裔，他们不可避免地依赖于作为殖民中心的欧洲文学传统和话语体系，因而他们意识到，这种发生在非洲黑色土地上的白色书写与话语表述永远都无法逃脱与其殖民者先辈的共谋关系。他们对于非洲的爱，注定只能是一种充满矛盾的"失败的爱"（failure of love）。

不管怎么说，"失败的爱"也是一种爱，而这种爱跟经典文学该使用什么样的语言这一经典话题紧紧地联系在一起。肯尼亚本土作家恩古吉·瓦·提昂戈在《非洲文学的语言》一文中曾提出，应以非洲本土语言向非

---

① J. M. Coetzee, *White Writing*: *On the Culture of Letters in South Africa*, New Haven: Yale University Press, 1988, p. 64.

洲孩子教授非洲文学,以保存殖民化过程所意欲摧毁的非洲人的文化认同。① 作为非洲本土作家,恩古吉深刻体会到殖民主义侵蚀之下非洲人的文化身份困境。而对于殖民地白人作家而言,文化身份的认同感同样是矛盾重重的问题。库切的自传体小说三部曲《男孩》(*Boyhood*, 1997)、《青春》(*Youth*, 2001)和《夏日》(*Summertime*, 2009)耐人寻味地以"外省生活场景"(Scenes from Provincial Life)作为副标题,说明库切深刻意识到自己的身份悖论。在《何为经典》一文中,库切指出,"外省民众的命运实际就是一种殖民地民众的命运,这些殖民地民众在通常所谓的母国文化中成长起来,这种文化在此特定语境中实际上应该称为父国文化。"② 库切及其所代表的殖民地白人作家多以英语等欧洲语言为母语,从小浸染在欧洲文化传统之中。然而他们同时身处殖民地的非洲,从而又属于地域意义上的他者。因此,不难理解库切对于非洲有着类似于庞德与艾略特之于美洲大陆的那种复杂情结。他曾用"不合时宜""生不逢时""捉襟见肘"等词来形容这两位横跨大西洋来到欧洲寻根问祖的诗人的早期诗作。③ 而库切与上述两位现代诗人的差别在于,他同时又以其后现代与后殖民的视角,看到了这种文化意义上"认祖归宗"行为的荒谬性。

非洲殖民者能否找到一种恰当的语言,来言说非洲并被非洲所言说呢? 对于这个问题,库切给出的是保罗·里科(Paul Ricoeur)所谓的"怀疑的阐释"(hermeneutics of suspicion)。在《白色写作》中,他一直试图在那些殖民地作家文本中寻找被压抑的声音:"我们全部的阅读技巧都在于读出那个他者:那些处于缝隙、对立面以及底层的东西;被遮蔽的、被掩盖的、被埋葬的以及那些女性的声音;所有具有他性的东西。"④ 这种"怀疑的阐释"同样被库切用来解读欧洲帝国的经典作品,并在他的小说《福》(*Foe*, 1986)中得到了最集中、最浓缩的体现。

从表面看来,这部小说是以英国作家丹尼尔·笛福(Daniel Defoe, 1660—1731)的《鲁滨逊漂流记》(*Robinson Crusoe*, 1719)为主要蓝本创作的,似乎跟非洲毫无关系。无论从故事情节还是主要人物来看,《福》都构

---

① Ngugi wa Thiong'o, Decolonising the Mind: The Politics of Language in African Literature, London: James Currey, 1992, pp. 4—34.
② J.M.库切:《异乡人的国度》,汪洪章译,杭州:浙江文艺出版社,2010年版,第8页。
③ 同上。
④ J. M. Coetzee, *White Writing: On the Culture of Letters in South Africa*, New Haven: Yale University Press, 1988, p.81.

成了笛福几部小说(包括《鲁滨逊漂流记》《罗克珊娜》《摩尔·弗兰德斯》和《威尔太太显灵记》等)的前文本。然而,它叙述的却是一个不同的故事框架:一个叫苏珊·巴顿(Susan Barton)的女人前往巴西附近岛屿巴伊亚寻找失踪的女儿未果,之后登上一艘开往里斯本的船打算返回欧洲。不料航海途中,水手哗变,杀死船长,并将已做了船长情妇的苏珊一起扔下了大海。苏珊拼尽全力游到一个荒岛,遇到了因海难流落岛上的克鲁叟(Cruso)①和星期五(Friday)。与笛福笔下故事不同的是,《福》中星期五的舌头已经被割去(至于到底是谁割掉了星期五的舌头,小说中未明确交代)。最后,岛上三人被一艘路过的商船所救,但是克鲁叟在归途中死于船上,只剩下苏珊和星期五返回了英国。回到伦敦以后,苏珊开始起草荒岛生活的回忆录《海难幸存女子》,并找到了作家福(Foe,即笛福原来的姓氏②),想请他帮忙将自己的故事讲述出来。

小说分为四部分:第一部分为苏珊自己所写的回忆录片段;第二部分是她写给作家福的数封书信,可是这些信始终未能抵达福的手中,因为当时的福正四处躲避债权人的追债;第三部分,写苏珊如何与福争夺自己故事的掌控权;最后一部分是一位神秘人的叙述。特别值得注意的是,小说前两个章节都被置于贯穿始终的引号之内。对此,艾娜·格拉布(Ina Gräbe)认为:"相对于故事本身而言,小说的独特之处在于,它更关注的是故事被讲述的方式,因而显然与其他后现代文本一样关注的是能指,而非所指。"③

事实上,库切选择笛福小说作为颠覆与重写的底本,是极富深意的。传统上,笛福向来被尊为英国乃至西方小说的鼻祖,出版于1719年的《鲁滨逊漂流记》是他最为经典的作品,其中"包含了西方帝国主义殖民扩张的全部神话"。④ 这一神话可以追溯到1652年——该年荷兰东印度公司在开普敦建立了它的首个定居点,从此开启了欧洲殖民者在南部非洲的

---

① 《福》中男主人公名字Cruso与笛福小说中的"克鲁索"(Crusoe)有一个字母之差,浙江文艺出版社2007年版《福》中译本未译出这一差异。本文借用张德明的文章《从〈福〉看后殖民文学的表述困境》中的译名"克鲁叟"。张德明认为,字母e的缺失"折射出了库切的表述策略中隐含的德里达式的机智和反模仿中的差异,差异中的模仿"。

② 丹尼尔·笛福(Daniel Defoe)原来姓氏是"福"(Foe),学界普遍认为,将姓氏改为更具有贵族色彩的"笛福"(Defoe)是他让自己的作品跻身经典行列的重要一步。

③ Ina Gräbe, "Postmodern Narrative Strategies in Foe", *Journal of Literary Studies*, 1989, 5(2): 147-148.

④ Dominic Head, *J. M. Coetzee*, Cambridge: Cambridge University Press, 2009, p.62.

殖民活动。在英国小说的起源与欧洲在南非殖民活动的兴起之间,似乎有着某种关联:两者都标志着欧洲帝国殖民扩张的展开,只不过前者属于文化与文本意义上的,而后者则是政治和地理意义上的殖民征服。它们有一个共同点,即帝国对于其疆域之外的他者,在意识形态上拥有一种优越感。

当然,库切对于笛福的态度远非这么简单。库切曾在访谈中承认,《福》"是对18世纪英国小说的某种致敬"①。如果说伊恩·瓦特(Ian Watt)的专著《小说的兴起》(*The Rise of the Novel*: *Studies in Defoe, Richardson and Fielding*, 1957)正式奠定了笛福在小说发展史中的重要地位,那么,《福》则显示了库切对帝国经典话语权威及其形成方式的质疑与解构,并以这种解构完成了对殖民者自我意识主体的颠覆与重新建构。可以说,《福》是库切以殖民地作家的身份重新审视欧洲文学传统及经典性等问题的结果。

《福》中最重要的部分无疑是对克鲁索形象的重塑。张德明认为,《福》中的克鲁叟(Cruso)名字中缺失的那个字母 e,可以被理解为"主人公情感(emotion)的缺失、生命活力(energy)的缺失和人格魅力(enchantment)的缺失"。②的确,将笛福笔下的克鲁索与《福》中的克鲁叟进行粗略对比,即可发现两者之间的巨大差异。克鲁索是位冒险英雄,流落荒岛后,他利用从沉船打捞上来的工具,有条不紊地开荒辟土、种地养殖,甚至严格遵守现代人的钟表时间观念,在岛上理性地生活了26年之后重返文明世界,并以确凿的口吻栩栩如生地描绘自己劫后余生的传奇经历。他一直被视为现代英雄的原型,虽远离文明社会,却一直在孤独的劳作中寻求对自身处境的超越。他同时也代表了帝国经典所塑造的殖民者形象:怀揣文明世界的理想,前往未知的蛮荒世界,征服并教化野蛮的土著人。

与此形成鲜明对比的是,库切的"反英雄"克鲁叟生活在历史和形而上的虚无之中。如果说"殖民话语自我表述的首要伎俩之一,是要寻找某些方式,使殖民者与新占领土及其原住民的关系显得既和谐,又自然",③

---

① J. M. Coetzee, *Doubling the Point*: *Essays and Interviews*, Cambridge, Mass.: Harvard University Press, 1992, p.146.
② 张德明:《从〈福〉看后殖民文学的表述困境》,《当代外国文学》,2010年第4期,第68页。
③ J. M. Coetzee, *White Writing*: *On the Culture of Letters in South Africa*, New Haven: Yale University Press, 1988, p.8.

那么克鲁叟则以消极颓废的姿态放弃了这种尝试。《福》中的克鲁叟没有工具,也不记日记,不计时间,整日无所事事,或者在海边发呆。他还花费大量时间,和星期五一起在岛上开垦梯田,不过就如苏珊后来发现的那样,这完全是无益的徒劳,因为他们根本没有任何种子可以播种。克鲁叟漫无目标的遐想,以及劳而无功的造梯田举动,无疑是对读者耳熟能详的那个海难幸存者,及其在荒岛上通过劳作征服自然这一"壮举"的戏仿与颠覆。阿特维尔(David Attwell)认为,所有这些对于克鲁索形象的细节改写,更印证了库切在耶路撒冷文学奖授奖演说中所提到的"失败的爱"(failure of love)。在南非的历史语境下,这种"失败的爱"恰如其分地喻指了南非的典型矛盾,即白人对征服地的热爱与其推行的种族隔离制度之间的矛盾。①

在《福》中,故事展开三分之一篇幅的时候克鲁叟就已死去。在之后的文本中,他犹如幽灵般出没在苏珊·巴顿所讲述的荒岛经历中。那么,作为女性的苏珊是否就掌控了这个荒岛故事的表述权呢?是否像简·里斯的《藻海无边》对于《简·爱》的女性主义改写一样,库切通过苏珊这个人物同时完成了对鲁滨逊故事的女性主义改写呢?《福》除了最后一章由一位神秘人物用第一人称聚焦叙述之外,其他三章皆以苏珊的口吻展开叙述。众所周知,笛福的鲁滨逊故事中是没有女性人物位置的。他后来的《摩尔·弗兰德斯》(*Moll Flanders*,1722)和《罗克珊娜》(*Roxana: The Fortunate Mistress*,1724)等作品虽以女性为主人公,描述的却分别是女窃贼和高级妓女的坎坷遭遇。正如阿特里奇(Derek Attridge)所指出的那样,在笛福眼中,女性根本不适合出现在驯化自然、征服野蛮这样的人类壮举中,因此笛福版荒岛故事缺失女性的声音就不足为奇了。② 与此形成对照的是,库切将荒岛故事的表述权转移到了苏珊手中,因此不少研究者对《福》作出了女性主义的解读。

事实上,苏珊并非是作为荒岛故事的女性代言人而出现的,库切的用意显然不止于此。如果说克鲁索形象的改写是库切对笛福小说"去经典化"的第一步,那么苏珊无疑是《福》中"去经典化"的第二步。

首先,苏珊从一开始就对自己能否表述荒岛故事缺乏自信。她希望

---

① David Attwell, *J. M. Coetzee: South Africa and the Politics of Writing*, Berkeley: University of California Press,1993, p.108.

② Derek Attridge, *J. M. Coetzee & the Ethics of Reading: Literature in the Event*, Chicago: University of Chicago Press, 2004, p.78.

赋予荒岛经历以恰当的权威,然而其女性身份、社会地位和经济状况都使她感到没有把握,因此她求助于作家福。福因躲债而失踪以后,她急切地等待他归来,告诉他"你不把故事写完,我的身份就只能这样被悬空着"①。荒岛故事的书写,成了苏珊确认自己身份的前提,可是她既无法像克鲁唆那样完全放弃自身的表述权力,又无法像福那样以编故事为生,随心所欲地行使话语权,这使她充满了焦虑和困惑。苏珊要求福将叙事限定在荒岛上,以她因海难流落荒岛开始,最终以克鲁索之死,以及她与星期五回归文明世界而结束。然而,福非但无意按照苏珊的愿望将荒岛故事书写出来,而且对苏珊寻找失踪女儿的故事更感兴趣,认为丢失女儿、巴西寻女、荒岛历险、女儿寻母、母女团圆,这才是苏珊故事的全部,荒岛经历至多只是其中一个小插曲而已。如小说题目所暗示的那样,苏珊与福之间为了对话语的掌控权而形成了一种"敌对关系"("foe"一词本意即为"敌人、对手")。在苏珊眼中,福不止一次被想象成了黑蜘蛛②,等待着吞噬送上门来的猎物。苏珊本来希望借助福的生花妙笔,"恢复失落的实质"③,而福却只想将她的经历纳入流行的追寻—历险故事的框架中。如张德明所说:"苏珊和福之间就小说叙事框架的争执,决不仅仅是形式之争、技巧之争,而是话语权之争,阐释权之争,最终涉及意识形态之争。"④

阿特维尔认为,库切将《福》置于后殖民主义的话语场中,是出于南非特殊历史语境的需要。具体地说,是"对帝国中心、殖民地的殖民者以及土著人之间权力关系的一种细致分析。"⑤因此,苏珊对于福既依赖又抗拒的矛盾心理,在某种程度上反映了殖民地作家与欧洲帝国中心的话语权威之间的对立和共谋关系。

《福》对帝国书写"去经典化"最关键的一步乃是星期五的沉默。在笛福笔下,星期五是一个英俊的加勒比青年,用库切的话说,"几乎带有某种欧洲的气质"⑥,他心甘情愿成为克鲁索的奴隶,在后者调教下学会英语,

---

① J. M. Coetzee, *Foe*, London: Secker & Warburg, 1986, p. 63.
② Ibid., p. 120.
③ Ibid., p. 51.
④ 张德明:《从〈福〉看后殖民文学的表述困境》,《当代外国文学》,2010 年第 4 期,第 70 页。
⑤ David Attwell, *J. M. Coetzee: South Africa and the Politics of Writing*, p. 104.
⑥ J. M. Coetzee and Tony Morphet, "Two Interviews with J. M. Coetzee, 1983 and 1987", *Triquarterly*, 1987, 69: 454—464. (First interview rpt. from Social Dynamics, 1984, 10(1): 62—65.)

并随时听从主人的调遣。而在《福》中,他是一个非洲黑人:"他的皮肤黝黑;一个满头鬈发的黑人,上身赤裸,仅穿着一条粗糙的衬裤。"①更重要的是,他"被割断了舌头,成为一个只有沉默,没有言语;只有所指,没有能指;只有故事,没有表述的'他者',被放逐到了深不见底的黑洞中"②。

正是这样的改写,使《福》成为"鲁滨逊式小说"(Robinsonades)中最具独特性的一部。这一改写的重要意义在于,既然星期五成了沉默的非洲人,那么荒岛无疑就是整个非洲的隐喻。星期五是苏珊荒岛故事中无法解释的"缺失""裂缝"和"黑洞"。因为他的沉默,苏珊的荒岛叙事无以完成,就好像"一本留有空白书页的书","然而唯一能够讲述这个秘密的却只有星期五失去的舌头!"③由星期五那不可企及的沉默,苏珊还联想到荒岛上种种让她无法理解的情形:克鲁叟和星期五为何要古怪地造梯田?星期五如何失去了他的舌头?他又为何甘愿听命于克鲁叟?为什么克鲁叟和星期五都对她没有性欲望?星期五往沉船水域的水面撒花瓣儿有什么含义?然而,所有这些问题都没有答案,并且最后都归结于星期五失去舌头这一秘密。

因此,有学者认为,《福》中的"星期五毫无疑问属于非洲殖民历史的一部分"④。在小说后半部分,苏珊和福想尽了办法,都无法教会星期五写字,也无法走进星期五沉默的世界。同样,在非洲被征服的历史中,自以为是的欧洲人始终无法真正走进非洲,解读真正的非洲景观。通过星期五的沉默,库切以艺术家的敏锐,形象地传达了他所认识到的南非乃至整个非洲的殖民主义与种族主义的历史现实。星期五的沉默具有不可化解的双重性:一方面,它是殖民主导话语本身的产物;另一方面,它又显示了对于殖民主导话语的对抗。

阿特维尔不无道理地指出,《福》中的男女主人公共同构成了"对南非后殖民模糊状态的鲜明表述"⑤。事实上,离开南非(以及非洲)语境谈论《福》这部小说,无论如何都是不全面的。苏珊的表述困境同样正是非洲白人作家的困境。她海难后流落的荒岛,则象征着欧洲人眼中的非洲。

---

① J. M. Coetzee, *Foe*, London: Secker & Warburg, 1986, pp.5—6.
② 张德明:《从〈福〉看后殖民文学的表述困境》,《当代外国文学》,2010年第4期,第71页。
③ J. M. Coetzee, *Foe*, London: Secker & Warburg, 1986, p.67.
④ Neville Alexander, "A Plea for a New World (Review of Foe)", *Die Suid-Afrikaan*, 1987, 10:39.
⑤ David Attwell, *J. M. Coetzee: South Africa and the Politics of Writing*, Berkeley: University of California Press, 1993, p.108.

当她从荒岛回到帝国中心伦敦,与作家福就叙事的话语权进行商讨、博弈与争夺,象征着后殖民作家的书写与前帝国经典之间"既敌对(foe),又反敌对(de-foe)"①的关系。当苏珊面对星期五的沉默时,她的无奈与困惑,又与库切在《白色写作》中所分析的殖民地作家在面对陌生的非洲景观时,内心夹杂的希望与痛苦、骄傲与挫败的感情如出一辙。

同时,通过《福》与笛福小说的种种对应与差异,库切也提醒读者思考鲁滨逊故事等西方经典生成的前提:在这些最后得以流传下来的文本中,哪些是被省略、被遮蔽或被埋葬的,而哪些又是被重新建构的。我们必须承认,经典化亦即对某一文本实施的合法化过程。在后现代与后殖民的语境中,这种合法化的片面性与功利性已被突显出来。英国小说发端于笛福,《鲁滨逊漂流记》一直被视作英国的第一部经典。因此,众多的后来者对它进行重读、改写和颠覆,真可谓"去经典化"举措不一而足。《福》正是通过其独特的改写,将经典被合法化过程中错综复杂的层层关系凸显了出来。

1969 年,库切在德克萨斯大学完成题为《贝克特英文小说的文体分析》的博士论文时,曾以下面这段话结束他的课题研究:

> 我们如果要真正清楚地解释小说《瓦特》的特点,就应考虑到一个事实:《瓦特》的写作始于 1941 年,完稿于 1944 年。当时,剑桥的一位书记员正往卡片上一字一句地抄写《模仿基督》,另一位书记员在挪威战俘营中千万次地扔硬币并以 H、I 等字母标注,因而同样不足为奇的是,同时在法国一个爱尔兰人正为后人留下诸如门、窗、火、床等名词的不同排列方式。②

库切在此提醒我们,第二次世界大战时贝克特在法国像战争囚犯一样以文字游戏的方式打发时间,而这样的生存方式其实是渺小的个人在历史的激流漩涡中的一种无奈挣扎。这种以文字方式记录下来的个人自我意识的挣扎,同样构成了库切创作的特点。"我叫尤金·唐恩。我也没办法。开始吧。"③从处女作《幽暗之地》的开场白开始,库切的小说创作基本上都围绕着被历史所挟裹、所压抑的个体存在和主体意识展开,揭示

---

① 张德明:《从〈福〉看后殖民文学的表述困境》,《当代外国文学》,2010 年第 4 期,第 71 页。
② J. M. Coetzee, *The English Fiction of Samuel Beckett: An Essay in Stylistic Analysis*, Diss., University of Texas at Austin, January 1969, p.164.
③ J. M. 库切:《幽暗之地》,郑云译,杭州:浙江文艺出版社,2007 年版,第 2 页。

其间的挣扎。长期生活在南非种族隔离制度之下的库切对于第二次世界大战时期的贝克特会有如此惺惺相惜的感觉,这是不难理解的。

罗斯玛丽·乔利(Rosemary Jolly)认为,库切与另一位南非作家内加布罗·内德贝雷(Njabulo Ndebele)一样,非常坚决地反对将"反种族隔离"作为一种为己所用的文化资本,认为这样只会减损艺术的力量与价值。"因为要创造一种将种族隔离定义为反人道主义罪恶的艺术并非难事,作家更为艰巨的任务在于如何创造一种文学形式,以揭示个人何以被践踏的权力结构,以及如何才能避免这种状况。"①

这也说明了库切作为南非白人作家,何以从不试图为殖民地被压迫者代言。在他的作品中,既有对沉默的被压迫者的同情,又有对非洲白人作家表述困境的关注。

《福》既表现了与既定的西方文学话语体系的一致性,又以沉默的方式(包括性别与种族意义上他者的沉默)削弱了这种关联,而西方文学经典的神话正是在这种沉默之上建构起来的。张德明曾经指出,通过对笛福的《鲁滨逊漂流记》等经典的改写,库切揭示了后殖民文学面临的表述困境:

> 后殖民作家与前帝国作家之间始终存在一种既互相敌对,又合作共谋的关系;能指与所指,表述者与被表述者,声音与沉默之间的空隙和裂缝永远存在;失落的话语无法恢复、历史的真相不可复原,但沉默也并非"失声"的他者的出路。后殖民作家在经典文本这张写满字迹的羊皮纸上,不断刮擦、涂抹、改写或重述,既是陷入表述困境的无奈之举,又是摆脱这种困境的突围之举。②

这段话非常精辟地概括了库切和其他非洲后殖民作家的困境与出路。

可以说,《福》既是库切在后殖民语境下对欧洲经典的挑战、解构与重写,同时又是他作为与欧洲文学传统有着千丝万缕联系的后来者对经典的继承、扩展与延伸。这种两面性同时构成了经典本质意义上的矛盾与悖论。以"质疑经典化过程本身"为己任的库切本人如今也已成为经典作家(获得诺贝尔文学奖可以算是库切作品正式进入经典行列的有力证明),这意味着经典赖以生成的意识形态体系正在逐渐改变。这种改变使我们不但可以倾听彼此的声音,同时也能"聆听"到彼此的沉默。

---

① Rosemary Jolly, "Exploding the Rules of the Game: J. M. Coetzee Writing South Africa", *Queen's Quarterly* 111/3, Fall 2004, pp.462—465.
② 张德明:《从〈福〉看后殖民文学的表述困境》,《当代外国文学》,2010年第4期,第73页。

第十章
当代拉美文学经典的生成与传播

20世纪中后期西语拉丁美洲文学成就卓著,赢得国际文坛的广泛关注和译介。在半个多世纪内,拉美共有6位作家获得诺贝尔文学奖,他们分别是1945年获奖的智利女诗人米斯特拉尔(Gabriela Mistral,1889—1957)、1967年获奖的危地马拉小说家阿斯图里亚斯(ángel Asturias,1899—1974)、1971年获奖的智利诗人聂鲁达(Pablo Neruda,1904—1973)、1982年获奖的哥伦比亚小说家加西亚·马尔克斯(García Márquez,1927—2014)、1990年获奖的墨西哥诗人帕斯(Octavio Paz,1914—1998)、2010年获奖的秘鲁小说家巴尔加斯·略萨(Mario Vargas Llosa,1936—)。另有众多诗人、作家和剧作家获得过包括塞万提斯奖在内的各项国际文学大奖。未能获得诺贝尔奖的作家,如墨西哥的胡安·鲁尔福(Juan Rulfo,1918—1986)、阿根廷的博尔赫斯(Jorge Luis Borges,1899—1986)、古巴的阿莱霍·卡彭铁尔(Alejo Carpentier,1904—1980)、墨西哥的卡洛斯·富恩特斯(Carlos Fuentes,1928—2012)、阿根廷的胡里奥·科塔萨尔(Julio Cortázar,1914—1984)、智利的罗贝托·波拉尼奥(Roberto Bolaño,1953—2003)等,所取得的成就不亚于获得诺贝尔奖的作家,在欧美和亚非各地拥有庞大的读者群。这些拉美作家的影响力贯穿20世纪后半期,他们不是区域性的,而是世界性的。

也就是说,当代拉美文学不但已跻身于世界经典之林,而且产生了巨大的影响。要弄清经典作品何以在当代拉美文坛层出不穷,还得从拉美文学整体的兴起与传播说起。本章将在第一节围绕这一话题展开讨论,并在第二节和第三节分别以《百年孤独》和博尔赫斯的作品为例,进一步透视当代拉美文学经典及其生成与传播的根基。无论是马尔克斯,还是博尔赫斯,都不愧为20世纪拉美文学界的杰出代表,但是他们的发展轨迹却有很大的差别。分别为他俩专辟一节,旨在昭示他俩经典之路的共性,同时也意在凸显他们的独特性,两者之间的对比不无趣味。

第一节 当代拉美文学的兴起与传播

拉丁美洲经历"古印第安文学"和"征服时期文学"两个阶段后[①],于19世纪初形成较成熟的文学创作。此后,拉美文学经历了从浪漫主义到现实主义的过渡,在19世纪最后20年又产生了现代主义(modernismo)思潮。以尼加拉瓜诗人鲁文·达里奥(Rubén Darío,1867—1916)为代表的作家,掀起诗歌革新运动,宣扬欧洲高蹈派(Parnassianism)和象征主义的美学,变革拉丁美洲文学观念,也使拉美小说家开始重视文学形式。拉美文学进入20世纪以后,形成了两种对立倾向:一种是欧化的形式主义文学,强调主观性和创造性;另一种是源自西班牙的现实主义,重视对本土社会现实的观察和再现。20世纪上半叶的拉美文学,主要是由这两种倾向所衍生的四个流派构成,即现代主义文学、墨西哥革命小说、地域主义(regionalismo,criollismo)小说和土著主义(indigenismo)小说。[②]

拉美现代主义文学试图摆脱对古典主义和浪漫主义的模仿,融入现代潮流,革新文学语言和表现手法,对后来的先锋派和"新小说"产生深刻影响。地域主义和土著主义文学的兴起,标志着拉美小说开始反映本大陆现实,使现实主义创作在拉美文坛得到长足发展,涌现出一批杰出作品,其中较有代表性的是墨西哥作家马里亚诺·阿苏埃拉(Mariano Azuela,1873—1952)的《底层的人》(Los de abajo,1915),哥伦比亚作家何塞·里维拉(José Eustasio Rivera,1888—1928)的《漩涡》(La Vorágine,1924),委内瑞拉作家罗慕洛·加列戈斯(Rómulo Gallegos,1884—1969)的《堂娜芭芭拉》(Dona Barbara,1929)和秘鲁作家西罗·阿莱格里亚(Ciro Alegría,1909—1967)的《广漠的世界》(El Mundo es ancho y ajeno,1941)等。这些作品抨击社会不公,谴责独裁暴行和外国资本渗入,反映本大陆贫困落后的现状,其现实主义色彩对先锋派和魔幻

---

① 也有学者认为,在19世纪之前,还有"殖民统治时期的文学"这一阶段(见赵德民等编著:《拉丁美洲文学史》,北京:北京大学出版社,1989年版)。

② 朱景冬、孙成敖:《拉丁美洲小说史》,天津:百花文艺出版社,2004年版,第1页。

现实主义文学亦有较大影响。

当代拉美文学的兴起,尤其是拉美经典文学作品的生成,是现代主义和地域现实主义交叉影响的结果。

1964年,乌拉圭《前进》周刊发表题为《半个世纪的拉美文学》专号,介绍拉美有世界性影响的作家,其中有诗人聂鲁达、帕斯,小说家阿斯图里亚斯、罗亚·巴斯托斯(Augusto Roa Bastos,1917—2005)、卡洛斯·富恩特斯、何塞·多诺索(Jose Donoso,1924—1996)、巴尔加斯·略萨等。这期专号呈现了拉美当代文学的活力和风貌。正如乌拉圭批评家安赫尔·拉马(Angel Lama)所说:"1940年以来,西班牙美洲出现了一代新作家,他们在欧洲文学衰退、美国文学崛起之时迅速成长起来,近十年间如异军突起,极大地丰富了以往的文学结构和艺术概念,形成了被称为'拉丁美洲半个世纪一代'的作家群。面对这种形势,批评界欣喜若狂,欢呼'这一代作家以惊人的成就丰富了拉丁美洲乃至整个世界的文学'。"[1]也就是说,拉美文学对世界经典文学宝库的贡献,已经不再局限于个别的作品,而是一种蔚为壮观的现象。

在世界经典之林形成蔚为壮观的局面,这标志着拉美文学的整体繁荣,而后者则与拉丁美洲特定的历史条件相关。20世纪四五十年代以来,以古巴革命为标志,拉丁美洲民族、民主解放运动空前高涨,民族意识空前觉醒,在拉美各阶层形成了一种"拉丁美洲意识"。拉美各国虽在社会、政治和经济发展等方面存在差异,但是有着共同的殖民背景和历史文化影响。人们不再把自己仅仅看作一个墨西哥人或一个阿根廷人,而是把自己看作一个拉丁美洲人。这使得拉美作家在新的思想层面上探索种族结构和文化特质,深入表达拉丁美洲的社会现实和文化愿望,表达反帝反独裁的呼声。而小说作为重要的表现形式,无疑承载了更多的社会意识和批评职能。拉美当代文学的发展是拉丁美洲"寻找民族特性"运动的一个结果,促成了拉美文学的整体性繁荣。[2]

拉美文学的繁荣以"开创的一代"(又叫做"先锋派")和"拉丁美洲新小说"(又叫做"爆炸一代")作家为代表,前者主要有阿斯图里亚斯、阿莱霍·卡彭铁尔、胡安·奥内蒂(Juan Carlos Onetti,1909—1994)、埃内斯托·萨瓦托(Ernesto Sabato,1911—2011)、博尔赫斯、胡安·鲁尔福、罗

---

[1] 朱景冬、孙成敖:《拉丁美洲小说史》,天津:百花文艺出版社,2004年版,第297—298页。
[2] 柳鸣九主编:《未来主义/超现实主义/魔幻现实主义》,北京:中国社会科学出版社,1987年版,第373—374页。

亚·巴斯托斯等,后者主要有胡里奥·科塔萨尔、卡洛斯·富恩特斯、加西亚·马尔克斯、巴尔加斯·略萨等。他们写出了一批杰出的作品。这些作品反映 20 世纪 40 年代以来拉美小说的基本特点:题材新颖、情节奇特、手法多变、风格夺目。拉美小说到 60 年代呈现出空前繁荣和轰动世界的声势,因此被称为文学"爆炸"(the Boom),涌现出魔幻现实主义、结构现实主义、心理现实主义、神奇现实主义和幻想文学等不同的流派和倾向,其中以加西亚·马尔克斯为代表的魔幻现实主义文学最受世人瞩目。随着文学"爆炸"时代的到来,拉美文学在世界范围内迅速传播。换言之,这一时代"爆炸"出了许多经典作品,它们不但引领北美和欧洲文学风潮,而且对亚非地区的第三世界文学创作也产生了巨大影响。

从总体上看,当代拉美文学的繁荣,尤其是经典的魔幻现实主义文学的生成,离不开两大原则:一是继承传统;二是推陈出新。

魔幻现实主义文学的诞生,反映了拉美文学独特的历程。它既保留了地域主义和土著主义小说反映现实、批判现实的传统,又继承现代主义讲究形式、重视非理性的美学意识,而且吸收拉美独特的民间神话创作,用以反映拉美错综复杂的社会、政治和历史现象,是一种集大成的表现。其反传统现实主义的诗学主要有两个来源:一是古代印第安传统和黑人传统的神话传说和宗教故事(这些神话故事极大地丰富了魔幻现实主义的表现内涵),二是从本土早期文学创作中发展而来的"虚幻"元素,如博尔赫斯的"幻想文学"和胡安·鲁尔福的创作,把虚幻和现实融为一体,完善了相关创作手法,使之在超越本土的更大范围内得到传播,有力地推动了当代拉美文学走向世界。

20 世纪七八十年代,拉美文坛又涌现出一批被称为"小字辈"的作家,他们巩固已有的本土文学成就,继续文学实验和创新,不断奉献优秀之作,使拉美的当代文学再次出现举世瞩目的繁荣,被称为"后爆炸"一代,其中有路易斯·斯波塔(Luis Spota,1925—1985)、曼努埃尔·普伊格(Manuel Puig,1932—1990)、伊莎贝拉·阿连德(Isabel Allende,1942—)、塞尔吉奥·拉米雷斯(Sergio Ramírez,1942—)等,包括近年来风靡世界的智利作家罗贝托·波拉尼奥,他们在吸收前人成就的基础上推陈出新,在全球化时代的世界文坛占据了重要地位。

波拉尼奥出版于 2004 年的长篇小说《2666》[①]被视为超越《百年孤独》

[①] 中译本已由上海人民出版社于 2012 年 1 月出版,赵德明译。

的杰作,也就是世界级的经典:它不再局限于本土视野,而是以世界文化为关照对象,浓缩20世纪的政治、宗教和文化经历,进行全方位的构思和表现——这些都构成了《2666》这一文学里程碑的经典性,也解释了它强盛的生命力。离开了这些经典性要素,《2666》及其所代表的当代拉美文学就不可能在过去的半个世纪里产生那样巨大的影响,就不可能如此迅速而广泛地传播,也就不可能改变传统上以欧美为中心的世界文学格局,为全球化和后殖民的新时代提供文学表现的模式和动力。反过来说,正是因为有了上述经典性要素,当今欧美和亚非各国才争相译介当代拉美文学作品,才使后者成了各国高校文学课程不可或缺的内容,才使博尔赫斯、胡安·鲁尔福、加西亚·马尔克斯和胡里奥·科塔萨尔等作家不但跻身于世界文学之林,而且堪与任何国家的文学大师比肩。

第二节 当代拉美文学的生成探析

经典作品在当代拉美不断涌现,其根本原因还要从当代拉美文学的总体生成和传播过程中去找,而后者又有它自身的深层次原因。有鉴于此,我们有必要对整个当代拉美文学的来龙去脉作一探析。

20世纪中叶拉丁美洲"寻找民族特性"运动的发展,无疑为本土文学的整体繁荣起到了重要作用。拉美作家为"改变文化落后状态""创造独立的拉美文化"走过一段曲折的道路。拉美当代文学的繁荣和崛起,意味着跨国多元文化的转换造就了一批新型作家和群体,他们的活动缩小了地区间的文化差异,创造出令人瞩目的文学传奇。

阿莱霍·卡彭铁尔的《新世纪前夕的拉丁美洲小说》一文,从比较与回顾的角度阐述拉美文学的发展,指出拉美小说通往"爆炸"的过程是一个如何摆脱乡土化的过程:"1930年至1950年,我们的小说形式出现了某种停滞状态,其主要特征在于叙述的普遍乡土化",相比之下,"在1950年至1970年产生的小说中,有一种很明显的特征:努力放弃地区主义描写,肯定新技巧、探索新技巧","其结果是小说从农村题材转向城市题材";"这一时期最具代表性的小说,我敢肯定大家都知道……也即所谓的'爆炸文学'和许多'爆炸文学'之外的作品";"这一时期开创了拉丁美洲文化及其文学艺术的新气象";"如今,已有法国小说家开始模仿拉丁美洲小说,加夫列尔·加西亚·马尔克斯正在对欧洲产生至关重要的影响";

"这之所以成为可能,是因为拉丁美洲小说家的自身发展:获得更广泛、更普遍、更百科全书式的文化,总而言之,他们从地方走向了世界"。①

作为一种殖民地文化,拉美文学与欧洲文学有着密切的关系。20世纪前后两个时期的区分,形成拉美文学发展的分水岭。前一时期的文学具有"特殊的家庭气氛",呈现封闭的停滞状态,后一时期是所谓的"国际化"阶段,"拉丁美洲作家、艺术家大踏步地走向了世界文化中心",进而反哺欧洲文学。但是必须指出,所谓"乡土化"时期的拉美文学同样是欧洲文学影响下的产物,只不过与欧洲文学的发展相比,显得有些滞后而已。

戴布拉·卡斯蒂罗(Debra A. Castillo)在为《哥伦比亚美洲小说史》撰写《拉丁美洲小说》时谈到上述现象。在她看来,独立后拉美文学与欧洲文学的关系,大体处在"时代错置"(anachronism)这个词所描述的状况中;这个词既指"过时的事物",也含有"弄错年代"和"时代错误"的意思。戴布拉从评论《堂娜芭芭拉》入手,进而阐释"时代错置"如何成为拉美文学的一个主要特征:在现代主义改变欧美小说叙事形态的同时,地域主义作家却在拉丁美洲倡导现实主义叙事;在一个加快城市化发展的时期,这些作家却不知疲倦地做着乡土化工作;《堂娜芭芭拉》原本是揭示文明与野蛮冲突的寓言故事,然而主要的情节性冲突却不是发生在两个主要人物之间,而是在人力与自然之间,其实质是以一种落后的观念来反映现实。② 换言之,拉美文学从欧美文学中不断汲取主题学和形式结构的法则,但是观念上总显得慢一拍,难免给人以"过时的""弄错年代"的印象。

那么,"1950年至1970年产生的小说"究竟在何种意义上改变了上述状况呢?这是个值得探讨的问题。所谓的"时代错置"现象,是由文化影响和被影响双方的社会属性差异和发展速度不平衡造成的,未必一定需要"纠错"或倒转时差。如果拉美社会确实处在现实主义和自然主义文学阶段,那么,为什么一定要进入现代主义或后现代主义阶段呢?美洲的社会发展状况并不平衡,大陆众多小国和穷国都闭塞落后。用何塞·多诺索的话讲,当时智利还称不上是第三世界或发展中国家,只能说是"不

---

① 阿莱霍·卡彭铁尔:《小说是一种需要——〔古巴〕阿莱霍·卡彭铁尔谈创作》,陈众议译,昆明:云南人民出版社,1995年版,第28—32页。
② Emory Elliott, *The Columbia History of the American Novel*, Beijing: Foreign Language Teaching and Research Press, 2005, p.611.

发达世界"。① 那么,用地域主义方法来揭示一个不发达世界的状况,这也是构成文学"当代性"的要素,至少与"当代性"概念不排斥,有何特别理由要摆脱"乡土化"而走向"国际化"呢?

何塞·多诺索在《文学"爆炸"亲历记——〔智利〕何塞·多诺索谈创作》中指出,20世纪60年代以前拉美文学被传统地方主义牢牢禁锢;人们评价作品优劣的标准是能否用"照相式"的写实手法反映地区状况,创作上严格按照土著主义大师和"经典著作的尺度进行调节",避免"不良情趣的夸张"。②主流文学一味强调模仿性,形成一股不宽容的谨小慎微风气,要求文学必须服从于"民族性"和解决"重大社会问题"的限定,骨子里是以"排外主义和沙文主义"态度将此类原则奉为唯一标准。③ 例如,巴尔加斯·略萨的《城市与狗》(*La ciudad y los perros*,1962)就被认定为不真实,其理由是文学价值应该"从属于一种模仿性和地区性的标准"④,这成了一个牢不可破的原则。

新一代作家强调"西班牙语美洲当代小说"的概念,希望文学突破地区性僵化立场;并不是反对地域主义或土著主义创作,而是反对危害创作自由的紧箍咒:

> 任何带有一点可能被指控为"唯美主义"恶癖的姿态都会受到严厉的谴责。形式方面的探索被禁止。不论是小说的结构,还是小说的语言,都应当是简单、平铺直叙、平淡无味、节制而贫乏的。我们丰富的西班牙语美洲的语言天生就是巴洛克式的,多变的,丰富的——这个样子被诗歌所接受,大概因为公认诗歌属于少数精英的文学形式——可是,为大众的讲求实用的小说应当自觉地做到直截了当,明白易懂,具有立竿见影的功效。这样一来,西班牙语美洲小说的语言看上去就像被这种要求的熨斗熨平了一样。任何神奇的东西、个人的东西,任何标新立异的作家,文学主流之外的作家,"滥用"语言和形式的作家都被排除在外;由于这些多年来占上风的看法,小说的规模和能量令人遗憾地缩小了。⑤

这种民族主义的禁欲主义试图与外来美学思潮抗衡,是一种消极而

---

① 何塞·多诺索:《文学"爆炸"亲历记——〔智利〕何塞·多诺索谈创作》,段若川译,昆明:云南人民出版社,1993年版,第27页。
② 同上书,第23页。
③ 同上书,第14页。
④ 同上书,第13页。
⑤ 同上书,第13—14页。

封闭的立场,而新一代作家试图打破这种封闭的立场。加西亚·马尔克斯谈到哥伦比亚富于欧美现代派色彩的"石头与天空"派的文学实验对他起步阶段的影响,说:"他们是那个时代的造反派","如果没有'石头与天空'的帮助,我真不敢说我会成为作家"①。何塞·多诺索也说:"不论是达尔马还是巴里奥斯,不论是马列亚还是阿莱格里亚,他们对我的吸引力远不及劳伦斯、福克纳、帕韦泽、加谬、乔伊斯和卡夫卡。"②

作为存在主义文学的南美传人,巴尔加斯·略萨在《城市与狗》中强调个体存在的价值,摒弃"看客"的"客观性的幻影",深入揭示利马的当代生活。卡洛斯·富恩特斯的《最明净的地区》也反映一种相似的要求和特质。落后的第三世界试图与"当代的世界历史同步",这固然不能反映质朴的民族意识,但它本身是现代性的要求,代表着政治文化和美学思想的新诉求。《城市与狗》和《最明净的地区》中占据主导地位的思辨倾向,跳出"平铺直叙"的写故事框框,打破固有的美学准则和禁忌,体现何塞·多诺索所说的"西班牙语美洲当代小说"的一种新风貌。

从以上分析可以看到,拉美新一代作家既要寻找"拉丁美洲意识",摆脱原先殖民文化的束缚,又要反对本土保守封闭的倾向,寻找更富于创造性的美学原则和方法,使拉美当代文学与现代性思潮融合起来,创造一种新的拉美文学。

阿莱霍·卡彭铁尔认为,他们几乎用了30年才有了当代拉美文学的"爆炸",找到了"表现内容的最佳工具",这个最佳工具就是"巴洛克主义"。他说:"绝大多数小说家属于大陆的巴洛克主义家族(米格尔·安赫尔·阿斯图里亚斯是最典型的,还有加西亚·马尔克斯和我自己),是用巴洛克形式写作的作家。因为巴洛克是拉丁美洲人的敏感之所在。"③至于为什么拉丁美洲才是巴洛克主义的天然福地,他做了一个简洁的注解:"因为所有共生、所有混杂都将导致巴洛克主义。"④

《百年孤独》混合欧洲文化和本土文化精华,其不同文化元素的混杂正是巴洛克主义(Barroco de Indias)的标志。从《百年孤独》表现历史形

---

① 加西亚·马尔克斯、门多萨:《番石榴飘香》,北京:生活·读书·新知三联书店,1987年版,第54—55页。
② 何塞·多诺索:《文学"爆炸"亲历记——〔智利〕何塞·多诺索谈创作》,段若川译,昆明:云南人民出版社,1993年版,第11页。
③ 阿莱霍·卡彭铁尔:《小说是一种需要——〔古巴〕阿莱霍·卡彭铁尔谈创作》,陈众议译,昆明:云南人民出版社,1995年版,第15页。
④ 同上书,第18页。

态的方式看,对不同文明阶段的反映更多是依据"共生"的观念而不是线性发展的观念加以表现的;这种高度浓缩、以共时性方式表达时间流程的叙事造成人为扭曲和过于主观的印象,但对一个发展滞后的大陆,其原始和现代,先进和落后,"共生"于同一现实中,何尝不是现实的准确反映。正是这种文化的自我审视和觉悟才导致阿莱霍·卡彭铁尔所说的"美洲视角"①的发现,在阿莱霍·卡彭铁尔、卡洛斯·富恩特斯、加西亚·马尔克斯等人的创作中发挥了深刻的作用。

陈众议指出:"20世纪拉美文学(乃至整个世界文学)的主要品格之一是内倾,即文学描写由外部转向了内心,从而使许多作品不可避免地具有隐含、晦涩、曲折、无序的特点;但是,迄今为止还很少有人注意到20世纪拉美文学乃至世界文学的另一种内倾——文学的自省式回归,而它在小说、在拉美当代小说中体现得尤为明显。"②

这两点可以看作对阿莱霍·卡彭铁尔论述的补充。文学的"内倾"是由战后现代主义的广泛影响带来的。拉美小说叙事形态的改变,是现代主义深刻影响的产物,是新一代作家不同于前辈的起点,也是"爆炸文学"走向世界的一个历史机缘;而"文学的自省式回归"则是现代文学"内倾"的一种深度发展,在第三世界作家跨文化现象中尤为突出,从奥克塔维欧·帕斯的《太阳石》(*Piedra de Sol*,1957)、德里克·沃尔科特(Derek Walcott,1930—)的《奥梅罗斯》(*Omeros*,1990)、加西亚·马尔克斯的《百年孤独》等作品中,可以看到文学"对文学自身的史诗般的追溯"。③这种"文学自省式的回归"是缘于跨国文化的介入,并体现了这个转换过程中自我重构的必要性。

陈众议将"元文学"(meta-literature)这个概念用于当代拉美文学,将博尔赫斯的"幻想小说"、科塔萨尔的文本实验及奥克塔维欧·帕斯的"文论诗"纳入"文学自表"的种类,认为当代拉美文学是战后世界文学中自表、自省的典范。所谓"文学自表"是指文学叙述已经模糊了叙与论的分野;当代文学开始前所未有地自表与自省,传统体裁界限被一再突破。④《百年孤独》的叙述方式,它对传统真实和虚构概念所做的挑战,也属于这

---

① 阿莱霍·卡彭铁尔:《小说是一种需要——〔古巴〕阿莱霍·卡彭铁尔谈创作》,陈众议译,昆明:云南人民出版社,1995年版,第32页。
② 陈众议:《拉美当代小说流派》,北京:社会科学文献出版社,1995年版,第266—267页。
③ 同上书,第269页。
④ 同上书,第268页。

个范畴。

综上所述,经典文学作品在当代拉美层出不穷,得益于该地区整体文学的繁荣,而后者则首先是缘于拉美现代化的诉求,打破传统地域主义和土著主义的刻板标准,进行社会文化和审美原则的大胆革新,积极吸收外来思想和异国文化,主动融入文学的现代化潮流;其次是在这个跨国多元文化的转换过程中进行自我重构,不仅寻找标志民族独立和团结的"拉丁美洲意识",而且寻找具有深刻反思精神的"美洲视角",使文学摆脱狭隘的乡土性,真正走向世界舞台。摆脱乡土并不意味着抛弃乡土,强调民族性也并不意味着把"落后"当做自身特色加以兜售。拉美当代文学的变革与发展,与其说是在重拾"越是民族的就越是世界的"这一老调,不如说是体现跨国多元文化的转换和自我重构的必要性,是文化反省和精神启蒙的结果,是自我变革和自我表征的结果,为全球化时代的文学发展提供了新的创作模式和动力,因而造成广泛而深刻的世界性影响。这是拉美当代文学生成及传播的本质、价值和意义所在,也是拉美经典频频涌现的根本原因。

第三节　当代拉美文学在中国的译介和传播

中国对拉美文学的译介最早可追溯至1921年,作家茅盾在当年11月的《小说月报》上译载了尼加拉瓜大诗人鲁文·达里奥(当时译名为达里哇)的短篇小说《女王玛勃的面网》(译者署名冯虚),这是中国最早翻译的拉美文学作品。此后,茅盾在《小说月报》上陆续翻译了智利作家爱德华多·巴里奥斯(Eduard Barrios,1884—1963)等人的一些作品。由于20世纪50年代以前拉美文学并未真正引起世界文坛的注意,中国对拉美文学的译介也比较薄弱。直至六七十年代,拉美文学出现举世瞩目的"文学爆炸"现象,中国对拉美文学的介绍和传播才逐渐有了规模。

对聂鲁达的译介,可以说明新中国成立后介绍拉美文学的概况。50年代至60年代上半期,中国外国文学译介由社会主义阵营内部扩展到亚非拉世界,全国掀起对亚非拉国家文学译介热潮。50年代聂鲁达访华,这位"伟大的和平战士"和"杰出的革命诗人"受到中国的青睐。从诗人的创作历程看,聂鲁达首先是爱情诗人,然后才成为政治诗人。中国的译介刚好颠倒过来,五六十年代侧重介绍他的政治诗歌,八九十年代才介绍他的爱情诗歌。1951年,人民文学出版社出版了由诗人袁水拍由英文转译的《聂鲁达诗文集》,另有3本诗集和1本传记:《让那伐木者醒来》(袁水拍译,新群众出版社1951年)、《流亡者》(周绿芷译,文化工作社1951年)、《葡萄园和风》(邹绛据俄文本转译,上海文艺出版社1959年)、《巴勃鲁·聂鲁达传》(苏联学者库契布齐科娃和史坦恩合著,胡冰、李末青译,作家出版社1957年)。50年代的中文译作均是从英文和俄文转译的。

60年代出版了第一本由西班牙语翻译的聂鲁达作品,《英雄事业的赞歌》(王央乐译,作家出版社1961年)。后来由于中苏政治关系破裂,对聂鲁达的译介也中止了。改革开放后,译介热度再次回归。80年代出版了3本诗集和1本散文:《聂鲁达诗选》(邹绛、蔡其矫译,四川人民出版社1983年)、《诗歌总集》(王央乐译,上海文艺出版社1984年)、《聂鲁达诗选》(陈实译,湖南人民出版社1985年)、《聂鲁达散文选》(江志芳译,百花文艺出版社1987年)。90年代之后的译介更多,迄今已经出版7部诗集和6部传记:《聂鲁达爱情诗选》(程步奎译,四川文艺出版社1992年)、《情诗·哀诗·赞诗》(漓江出版社1992年)、《漫歌》(江之水、林之木译,云南人民出版社1995年)、《聂鲁达诗精选集》(陈紫、张芬龄译,桂冠图书出版公司1998年)、《二十首情诗与绝望的歌》(李宗荣译,中国社会科学出版社2003年)、《20世纪世界诗歌译丛·聂鲁达诗选》(黄灿然译,河北教育出版社2003年)、《聂鲁达(世界文学大师纪念文库)》(赵振江、藤威主编,花城出版社2008年)、《我曾历尽沧桑:聂鲁达回忆录》(刘京胜译,漓江出版社1992年)、《聂鲁达自传》(林光译,东方出版中心1993年)、《回首话沧桑:聂鲁达回忆录》(林光译,知识出版社1993年)、《聂鲁达:大海的儿子》(罗海燕著,长春出版社1996年)、《山岩上的肖像:聂鲁达的爱情·诗·革命》(赵振江著,上海人民出版社2004年)、《聂鲁达画传》(赵振江著,风云时代出版社2006年)。此外,聂鲁达的诗歌和散文还见诸多种书刊及多种中小学课本,如《世界文学名著选读(五)》(陶德臻主编,高等教育出版社1992年)、《拉丁美洲散文诗选》(陈实译,花城出版社2007年)等。①

据不完全统计,在1949—1978年间,全国出版的拉美国家文学作品约有300来部,主要以反帝反殖民的政治标准择取介绍,忽略了其他更具有文学价值的作品译介,像加西亚·马尔克斯的《百年孤独》、胡安·鲁尔

---

① 张晏青:《聂鲁达诗歌在中国的译介》,《安徽文学》,2010年第2期,第186—187页。

福的《佩德罗·巴拉莫》等作品,直至80年代后才真正予以重视。自1979年以来,我国加大了对拉丁美洲文学的译介力度,每年出版的拉美文学译介作品平均30余种,20世纪70年代末迄今约30年间,中国学者几乎译完了加西亚·马尔克斯、巴尔加斯·略萨、博尔赫斯、聂鲁达和胡安·鲁尔福的全部作品。拉丁美洲其他重要的当代作家也基本上得到全面的介绍和翻译,如卡洛斯·富恩特斯、胡利奥·科塔萨尔、何塞·多诺索、若热·亚马多等人的作品。①

这个译介规模跟世界文坛对拉美文学的重视和关注是一致的,主要取决于两个历史前提:一是60年代后拉美文学获得世界文坛的高度认可;二是改革开放后中国文学对世界文学的融入和关注。博尔赫斯的汉译便是这方面的典型例子。

60年代随着拉美文学的勃兴,博尔赫斯也受到欧美文坛高度重视,各种荣誉接踵而至,被英、美、法、德等国的大学授予名誉教授和名誉博士称号,并相继获得了各种文学奖项,1967年后更是连年被提名为诺贝尔文学奖候选人。事实上,他作为拉美文学一代宗师的地位是无可动摇的。

早在1961年,博尔赫斯获得第一个国际奖"福门托奖",国内《世界文学》就出现了对他作品的简短评介(当时用的是"波尔赫斯")。"文革"后期,《外国文学情况》(内刊)还两次偶然提及博尔赫斯。直到1979年,国内才开始陆续发表其作品的中译本。《外国文艺》1979年第1期首次介绍了由王央乐翻译的《南方》《交叉小径的花园》等四篇短篇小说。《世界文学》1981年第6期、《当代外国文学》1983年第1期、《外国文学报道》1983年第5期和《外国文学》1985年第5期分别发表了王永年、陈凯先等翻译的博尔赫斯小说和诗歌。《博尔赫斯短篇小说集》(王央乐译,上海译文出版社1983年)的出版,对80年代中国先锋作家的影响极大。90年代以后对博尔赫斯的译介热度不减。《外国文学》1992年第5期推出"博尔赫斯特辑"。还出版了数种博尔赫斯作品集及传记,如《巴比伦的抽签游戏》(陈凯先等译,花城出版社1992年)、《巴比伦彩票》(王永年译,云南人民出版社1993年)、《生活在迷宫——博尔赫斯传》(莫内加尔著,陈舒译,知识出版社1994年)、《陷阱里的先锋:博尔赫斯传》(冉云飞著,四川人民出版社1998年)、《博尔赫斯——书镜中人》(詹姆斯·伍德尔著,

---

① 曾利君:《魔幻现实主义在中国的影响与接受》,北京:中国社会科学出版社,2007年版,第53—56页。

王纯译,中央编译出版社1999年)等。须要指出,《博尔赫斯文集》(陈众议编,海南国际新闻出版中心1996年)是当时相对完备的博尔赫斯作品集,收入小说、诗歌、文论等作品,也是此前博尔赫斯译介的一次总结。《作家们的作家》(博尔赫斯著,倪华迪译,云南人民出版社1995年)则较全面地收录了博尔赫斯的文学论述,对我们阅读并研究博尔赫斯作品颇有助益。1999年博尔赫斯百年诞辰之际,由博尔赫斯夫人授权出版的五卷本《博尔赫斯全集》(浙江文艺出版社1999年)出版,这是第一个按照国际出版惯例成功引进的拉美作家全集版权。

经过一代西语学者的译介,博尔赫斯在中国获得了巨大反响,在中国当代文学的发展史上留下了深刻印记。博尔赫斯的诗歌对西川、王家新、唐晓渡、孙文波、张曙光等中国当代诗人产生了很大影响。博尔赫斯的创作对1985年以后的中国"先锋文学"作家产生了巨大影响,如马原的《虚构》和《冈底斯的诱惑》,格非的《褐色鸟群》《青黄》和《迷舟》,孙甘露的《信使之函》《访问梦境》和《请女人猜谜》,余华的《往事与刑罚》和《此文献给少女杨柳》,潘军的《流动的沙滩》,等等。这种影响表现为两个层面,即观念层面和技巧层面;亦即"元小说"的叙事观念和"迷宫结构""梦的隐喻"等形式技巧的影响。无论是80年代中期的先锋小说,还是80年代末90年代初的晚生代小说家,以及更年轻的作家,都在一定程度上借鉴并吸收了博尔赫斯小说的营养,形成了文化的交融和创新。

拉美文学在中国的译介和传播是广泛而深刻的,对中国当代文学的影响也是巨大的。以加西亚·马尔克斯为代表的魔幻现实主义文学,对中国当代文学的影响尤为突出,这一点在下卷有关章节中将有具体介绍和评述。

参考文献

艾里森,拉尔夫:《看不见的人》,任绍曾等译,北京:外国文学出版社,1984年版。
安藤始:《大江健三郎的文学》,东京:樱枫社,2006年版。
北岛、舒婷等:《朦胧诗经典》,武汉:长江文艺出版社,2010年版。
贝娄,索尔:《更多的人死于心碎》,姚暨荣译,宋兆霖主编:《索尔·贝娄全集》(十四卷),石家庄:河北教育出版社,2002年版。
伯科维奇,萨克文主编:《剑桥美国文学史》(第八卷),杨仁敬等译,北京:中央编译出版社,2008年版。
博尔赫斯,豪尔赫·路易斯:《博尔赫斯谈诗论艺》,陈重仁译,上海:上海译文出版社,2008年版。
布鲁克斯,克林斯:《精致的瓮:诗歌结构研究》,郭乙瑶等译,上海:上海人民出版社,2008年版。
布鲁姆,哈罗德:《西方正典:伟大作家和不朽作品》,江宁康译,南京:译林出版社,2005年版。
布鲁姆,哈罗德:《如何读,为什么读》,黄灿然译,南京:译林出版社,2011年版。
布斯,韦恩·C.:《修辞的复兴:韦恩·布斯精粹》,穆雷等译,南京:译林出版社,2009年版。
陈乐民主编:《战后英国外交史》,北京:世界知识出版社,1994年版。
陈林侠:《从小说到电影——影视改编的综合研究》,北京:中国社会科学出版社,2011年版。
陈众议:《拉美当代小说流派》,北京:社会科学文献出版社,1995年版。
川本三郎:《都市的感受性》,东京:筑摩书房,1988年版。
董衡巽等编著:《美国文学简史》(上册),北京:人民文学出版社,1978年版。
多诺索,何塞:《文学"爆炸"亲历记——〔智利〕何塞·多诺索谈创作》,段若川译,昆明:云南人民出版社,1993年版。
飞白著:《诗海——世界诗歌史纲》(现代卷),桂林:漓江出版社,1989年版。
菲德勒,莱斯利:《文学是什么?——高雅文化与大众社会》,陆扬译,南京:译林出版社,2011年版。

霍顿,罗德;爱德华兹,赫伯特:《美国文学思想背景》,房炜、孟昭庆译,北京:人民文学出版社,1991年版。
哈琴,琳达:《后现代主义诗学:历史·理论·小说》,李杨、李锋译,南京:南京大学出版社,2009年版。
黄忠廉:《变译理论》,北京:中国对外翻译出版公司,2002年版。
金斯伯格,艾伦:《嚎叫——金斯伯格诗选》,文楚安译,成都:四川文艺出版社,2001年版。
卡尔维诺,伊塔洛:《为什么读经典》,黄灿然、李桂密译,南京:译林出版社,2006年版。
卡彭铁尔,阿莱霍:《小说是一种需要——〔古巴〕阿莱霍·卡彭铁尔谈创作》,陈众议译,昆明:云南人民出版社,1995年。
凯鲁亚克,杰克:《在路上》,王永年译,上海:上海译文出版社,2006年版。
柯索,格雷戈里:《格雷戈里·柯索诗选》,罗池译,石家庄:河北教育出版社,2003年版。
克默德,弗兰克等:《愉悦与变革:经典的美学》,张广奎译,南京:译林出版社,2009年版。
库切,J. M.:《青春》,文敏译,杭州:浙江文艺出版社,2006年版。
库切,J. M.:《异乡人的国度》,汪洪章译,杭州:浙江文艺出版社,2010年版。
库切,J. M.:《幽暗之地》,郑云译,杭州:浙江文艺出版社,2007年版。
李公昭:《美国战争小说史论》,北京:北京大学出版社,2012年版。
林恩,詹姆斯·K.:《策兰与海德格尔》,李春译,北京:北京大学出版社,2010年。
铃木贞美:《现代日本文学的思想》,东京:五月书房,1992年版。
令狐若明:《埃及学研究——辉煌的古埃及文明》,长春:吉林大学出版社,2008年版。
柳鸣九主编:《未来主义/超现实主义/魔幻现实主义》,北京:中国社会科学出版社,1987年版。
鲁宾,杰:《洗耳倾听:村上春树的世界》,冯涛译,南京:南京大学出版社,2012年版。
陆建德主编:《现代主义之后:写实与实验》,北京:中国社会科学出版社,1997年版。
罗新璋编:《翻译论集》,北京:商务印书馆,1984年版。
洛威尔,罗伯特等:《美国自白派诗选》,赵琼、岛子译,桂林:漓江出版社,1987年版。
马尔克斯,加西亚·门多萨:《番石榴飘香》,北京:生活·读书·新知三联书店,1987年版。
马克思、恩格斯:《马克思恩格斯全集》(第九卷),北京:人民出版社,1962年版。
梅勒,诺曼:《夜幕下的大军》,任绍曾译,长沙:湖南文艺出版社,1990年版。
聂珍钊:《文学伦理学批评导论》,北京:北京大学出版社,2014年版。
彭予:《二十世纪美国诗歌——从庞德到罗伯特·布莱》,开封:河南大学出版社,1995年版。
塞林格:《麦田里的守望者》,施咸荣译,北京:作家出版社,1963年版。
申丹等:《英美小说叙事理论研究》,北京:北京大学出版社,2005年版。
苏童:《寻找灯绳》,南京:江苏文艺出版社,1995年版。
特兰斯特罗默:《特兰斯特罗默诗选》,董继平译,石家庄:河北教育出版社,2003年版。
文洁若:《生机无限》,北京:北京十月文艺出版社,2003年版。
文言主编:《文学传播学引论》,沈阳:辽宁人民出版社,2006年版。
吴冶平:《雷蒙德·威廉斯的文化理论研究》,兰州:甘肃人民出版社,2006年版。

伍蠡甫主编:《现代西方文论选》,上海:上海译文出版社,1983年版。
亚理斯多德、贺拉斯:《诗学·诗艺》,北京:人民文学出版社,1962年版。
阎景娟:《文学经典论争在美国》,北京:社会科学文献出版社,2010年版。
颜纯钧主编:《文化的交响:中国电影比较研究》,北京:中国电影出版社,2000年版。
一条孝夫:《大江健三郎——其文学世界与背景》,大阪:和泉书院,1977年版。
殷企平:《小说艺术管窥》,天津:百花文艺出版社,1995年版。
曾利君:《魔幻现实主义在中国的影响与接受》,北京:中国社会科学出版社,2007年版。
张子清:《二十世纪美国诗歌史》,长春:吉林教育出版社,1995年版。
赵毅衡编译:《美国现代诗选》,北京:外国文学出版社,1985年版。
朱光潜:《诗论》,北京:生活·读书·新知三联书店,1984年版。
朱景冬、孙成敖:《拉丁美洲小说史》,天津:百花文艺出版社,2004年版。

Achebe, Chinua. *Home and Exile*, New York: Anchor Books, 2000.

Achebe, Chinua. *Hopes and Impediments: Selected Essays*, New York: Anchor Books, Doubleday, 1989.

Achebe, Chinua. *Morning Yet on Creation Day: Essays*, London: Heinemann, 1975.

Achebe, Chinua. *The Education of a British-Protected Child*, New York: Alfred A. Knopf, 2009.

Adorno, Theodor. *Aesthetic Theory*, trans. Robert Hullot-Kentor, London: Athlone Press, 1997.

Ahmad, Aijaz. *In Theory: Class, Nations, Literatures*, London: Verso, 1992.

Alter, Robert. *Canon and Creativity: Modern Writing and the Authority of Scripture*, New Haven and London: Yale University Press, 2000.

Alvarez, Al. *The Shaping Spirit: Studies in Modern English and American Poets*, London: Chatto & Windus, 1967.

Amis, Martin. *The War Against Cliché: Essays and Reviews* 1971—2000, New York: Vintage, 2001.

Andrews, Elmer ed. *The Poetry of Seamus Heaney*, Cambridge: Icon, 1998.

Attridge, Derek. *J. M. Coetzee & the Ethics of Reading: Literature in the Event*, Chicago: University of Chicago Press, 2004.

Attwell, David. *J. M. Coetzee: South Africa and the Politics of Writing*, Berkeley: University of California Press, 1993.

Augustine, S. *Confessions*, Trans. by Henry Chadwick, Oxford and New York: Oxford University Press, 1991.

Bair, Deirdre. *Samuel Beckett: A Biography*, New York: Harcourt Brace, 1978.

Bentley, Nick ed. *British Fiction of the 1990s*, London and New York: Routledge, 2005.

Bentley, Nick. *Contemporary British Fiction*, Edinburgh: Edinburgh University Press, 2008.

Betjeman, John. *The English Town in the Last Hundred Years*, Cambridge: Cambridge University Press, 1956.

Bisbort, Alan. *Beatniks: A Guide to An American Subculture*, Santa Barbara: Greenwood Press, 2010.

Bloom, Harold ed. *Bloom's Modern Critical Views: Salman Rushdie*, Philadelphia: Chelsea House, 2003.

Bloom, Harold ed. *Ralph's Invisible Man*, New York: Infobase Publishing, 2008.

Bloom, Harold. *The Western Canon: The Books and School of the Ages*, New York: Harcourt Brace & Company, 1994.

Bradbury, Malcolm. *The Modern British Novel*. Beijing: Foreign Language Teaching and Research Press, 2005.

Brennan, Timothy. *Salman Rushdie and the Third Wolrd: Myths of the Nation*, London: Macmillan, 1989.

Brooke-Rose, Christine. *A Rhetoric of the Unreal*, Cambridge: Cambridge University Press, 1981.

Brown, Sarah Annes. *The Metamorphosis of Ovid: From Chaucer to Ted Hughes*, London: Gerald Duckworth, 1999.

Burroughs, Williams S. *Lee's Journal, Interzone*, New York: Viking Penguin, 1989.

Butler, Robert ed. *The Critical Response to Ralph Ellison*, Westport: Greenwood, 2000.

Byatt, A. S. *On Histories and Stories*, Massachusetts: Harvard University Press, 2002.

Callahan, John F. ed. ,*Ralph Ellison's Invisible Man: A Case Book*, Oxford: Oxford University Press, 2004.

Charters, Ann ed. *The Portable Beat Reader*, New York: Penguin Books, 1992.

Charters, Ann ed. *The Portable Jack Kerouac*, New York: Penguin Books, 1995.

Childs, Peter. *Contemporary Novelists: British Fiction since 1970*, New York: Palgrave Macmillan, 2005.

Clayton, John Jacob. *Saul Bellow: In Defense of Man*, Bloomington & London: Indiana University Press, 1979.

Coetzee, J. M. *Doubling the Point: Essays and Interviews*, Cambridge, Mass. : Harvard University Press, 1992.

Coetzee, J. M. *The English Fiction of Samuel Beckett: An Essay in Stylistic Analysis*, Diss. , University of Texas at Austin, January 1969.

Coetzee, J. M. *White Writing: On the Culture of Letters in South Africa*, New Haven: Yale University Press, 1988.

Cohn, Rubin. *Back to Beckett*, New Jersey: Princeton University Press, 1973.

Cohn, Rubin. *Samuel Beckett: The Comic Gamut*, New Jersey: Rutgers University Press, 1962.

Connor, Steven. *Postmodernist Culture*: *An Introduction to Theories of the Contemporary*, London: Blackwell, 1997.

Connor, Steven. *The English Novel in History* 1950—1995, London and New York: Routledge, 1996.

Davis, Robert Con and Schleifer, Ronald eds., *Literary Criticism*: *Literary and Cultural Studies*, New York: Addison Wesley Longman, Inc., 1998.

Dominic Head, *The Cambridge Introduction to Modern British Fiction*, London: Cambridge University Press, 2002.

Draper, R. P. *An Introduction to Twentieth-Century Poetry in English*, Palgrave: Macmillan, 1999.

Egejuru, P. A. *Towards African Literary Independence*: *A Dialogue with Contemporary African Writers*, Westport, Connecticut & London: Greenwood Press, 1980.

Eliot, T. S. *On Poetry and Poets*, London: Faber and Faber, 1951.

Faris, Wendy B. *Ordinary Enchantments*: *Magical Realism and the Remystification of Narrative*, London: Eurospan, 2004.

Foster, Edwad Halsey. *Understanding the Beats*, Columbia: University of South Carolina Press, 1992.

Frank, Soren. *Migration and Literature*, New York: Palgrave Macmillan, 2008.

Gifford, Henry. *Poetry in a Divided World*, Cambridge: Cambridge University Press, 1986.

Ginsberg, Allen. *Allen Verbatim*: *Lectures on Poetry*, *Politics*, *Consciousness*, Gordon Ball ed., New York: McGraw-Hill, 1974.

Gioia, Dana. *Can Poetry Matter? Essays on Poetry and American Culture*, Minneapolis: Graywolf Press, 2002.

Glazova, Anna. *Counter-Quotation*: *The Defiance of Poetic Tradition in Paul Celan and Osip Mandelstam*, Evanston: Northwestern University Press, 2008.

Goonetilleke, D. C. R. A. *Salman Rushdie*, London: Palgrave Macmillan, 2010.

Grazia, Edward de. *Censorship Landmarks*, New Providence: Bowker, 1969.

Gurnah, Abdulrazak ed. *The Cambridge Companion to Salman Rushdie*, London: Cambridge University Press, 2007.

Haffenden, John. *Novelists in Interview*, London and New York: Methuen, 1985.

Hamilton, Ian. *Robert Lowell*: *A Biography*, London: Faber and Faber, 1982.

Hart, George and Slovic, Scott ed. *Literature and the Environment*, Westport: Greenwood Press, 2004.

Head, Dominic. *J. M. Coetzee*, Cambridge: Cambridge University Press, 2009.

Heaney, Seamus. *Selected Poems* 1966—1987, New York: Farrar, Straus and Giroux, 1990.

Hopper, Stanley Romaine ed. *Spiritual Problems in Contemporary Literature*, New York: Harper Torchbooks, 1957.

Howe, Irving. *Celebrations and Attacks*, New York: Horizon, 1979.

Huggan, Graham. *Postcolonial Exotic: Marketing the Margins*, London: Routledge, 2001.

Hugon, Anne. *The Exploration of Africa from Cairo to the Cape*, New York: Harry N. Abrams, 1993.

Hutcheon, Linda. *A Poetics of Postmodernism: History, Theory, Fiction.* London: Routledge, 1988.

Jane Tompkins, *Sensational Designs: The Cultural Work of American Fiction 1790—1860*, Oxford: Oxford University Press, 1985.

Kamp, Peter van de ed. *Turning Tides: Modern Dutch and Flemish Verses, A Bilingual Anthology of Poetry*, Brownsville: Story Line Press, 1994.

Karr, Ruven. *Kommunikative Dunkelheit-Untersuchungen zur Poetik von Paul Celan*, Norderstedt: GRIN Verlag, 2009.

Kerouac, Jack. *Books of Haikus*, edited and introduced by Regina Weinreich, London: Enitharmon Press, 2004.

Kermode, Frank. *Pleasure and Change: The Aesthetics of Canon*, Oxford: Oxford University Press, 2004.

Kerouac, Jack. *On the Road*, New York: New American Library.

Kerouac, Jack. *Wake Up: A Life of the Buddha*, New York: Viking Penguin, 2008.

Knowlson, James. *Damned to Fame: The Life of Samuel Beckett*, New York: Simon and Schuster, 2006.

Kolbas, E. Dean. *Critical Theory and the Literary Canon*, Boulder: Westview Press, 2001.

Kramer, Hilton, and Kimball, Roger eds., *Against the Grain: The New Criterion on Art and Intellect at the End of the Twentieth Century*, Chicago: Ivan R. Dee, 1955.

Lane, Richard J.; Mengham, Rod; Tew, Philip eds. *Contemporary British Fiction*, Cambridge: Polity, 2003.

Leavis, F. R. *The Great Tradition*, New York: Doubleday & Company, 1955.

Levinas, Emmanuel. *Ethics and Infinity*. Trans. Richard A. Cohen. Pittsburgh: Duquesne University Press, 1985.

Lindfors, Bernth. *Conversations with Chinua Achebe*, Jackson: University Press of Mississippi, 1997.

Lindfors, Bernth. *Early Achebe*, Trenton, N. J. & Asmara, Eritrea: Africa World Press, 2009.

Lodge, David. *The Practice of Writing*, Harmondsworth: Penguin, 1996.

Longenbach, James. *Modern Poetry After Modernism*, Oxford: Oxford University Press, 1997.

Low, Gail and Wynne-Davies, Marion eds, *The Black British Canon*, New York: Palgrave Macmillan, 2006.

Luckhurst, Mary. *A Companion to Modern British and Irish Drama, 1880—2005*, Malden: Blackwell Publishing, 2006.

Lyon, James K. *Paul Celan and Martin Heidegger: An Unresolved Conversation, 1951—1970*, Baltimore: The Johns Hopkins University Press, 2006.

Mailer, Noman. *The White Negro*, San Francisco: City Lights Books, 1957.

Malamud, Bernard. *A Collection of Critical Essays*, Upper Saddle River, N. J.: Prentice-Hall, 1975.

Mandelstam, Osip. *The Collected Critical Prose and Letters*, London: Harvill Press, 1991.

Marwick, Arthur. *British Society Since 1945*, London: Penguin Books, 1990.

McMichael, George ed., *Anthology of American Literature*, Vol. II, New York: Macmillan, 1980.

Milner, Andrew. *Literature, Culture and Society*, London: UCLA Press, 1996.

Morgan, Bill ed. *An Accidental Autobiography: The Selected Letters of Gregory Corso*, New York: New Directions, 2003.

Morgan, Bill and Stanford, David ed. *Jack Kerouac and Allen Ginsberg: The Letters*, New York: Penguin, 2010.

Morgan, Bill. *The Typewriter is Holy: The Complete, Uncensored History of the Beat Generation*, New York: Free Press, 2010.

Morrison, Blake. *Seamus Heaney*, London: Methuen, 1982.

Morrison, Jago. *Contemporary Fiction*, London and New York: Routledge, 2003.

Newmark, P. *About Translation*. Clevedon: Multilingual Matters Ltd., 1991.

Nixon, Mar and Feldman, Matthew eds. *The International Reception of Samuel Beckett*, New York: Continuum, 2009.

O'Donoghue, Bernard ed. *The Cambridge Companion to Seamus Heaney*, Cambridge University Press, 2009.

O'Meally, Robert G. *New Essays on Invisible Man*, Cambridge: Cambridge University Press, 1988.

Ormsby, Frank. *A Rage for Order: Poetry of the Northern Ireland Troubles*, Belfast: Blackstaff Press, 1992.

Parini, Jay and Miller, Brett C. eds. *The Columbia History of American Poetry*, Beijing: Foreign Language Teaching and Research Press, 2005.

Phillips, Lisa ed. *Beat Culture and the New America 1950—1965*, New York: Whitney Museum of American Art in association with Flammarion, 1995.

Philips, Robert. *The Confessional Poets*, Carbondale: Southern Illinois University Press, 1973.

Pilling, John. *The Cambridge Companion to Beckett*, Cambridge: Cambridge University Press, 1994.

Plath, Sylvia. *The Collected Poems*, New York: Harper, 1981.

Pradyumna ed. S. Chauhan, *Salman Rushdie Interviews*, Connecticut: Greenwood Press, 2001.

Redpath, Philip and Golding, William. *A Structural Reading of His Fiction*, New York: Vision and Barnes and Noble, 1986.

Richter, David H. ed. *The Critical Tradition: Classic Texts and Contemporary Trends*, Boston: Bedford/St. Martin's, 2007.

Rilke, R. M. *Poems from the Book of Hours*, trans. B. Deutsch, New York: New Directions, 1941.

Rilke, R. M. *Rodin*, trans. J. Lemont and H. Trausil, New York: The Fine Editions Press, 1945.

Rushdie, Salman. *Imaginary Homelands: Essays and Criticism*, 1981—1991, London: Granta Books, 1992.

Rushdie, Salman and West, Elizabeth. *The Vintage of Book of Indian Writing*, 1947—1997, New York: Vintage, 1997.

Raban, Jonathan. *Robert Lowell's Poems: A Selection*, London: Faber and Faber, 1974.

Parini, Jay ed. *The Columbia History of American Poetry*, New York: Columbia University Press, 1989.

Rosenblatt, Jon. *Sylvia Plath: The Poetry of Initiation*, Chapel Hill: University of North Carolina Press, 1979.

Seamus Heaney, *Selected Poems* 1966—1987, New York: Farrar, Straus and Giroux, 1990.

Snyder, Gary. *The Gary Snyder Reader: Prose, Poetry, and Translations*, 1952—1998. New York: Counterpoint, 1999.

Stevens, Wallace. *Opus Posthumous: Poems, Plays, Prose*, New York: Vintage Books, 1990.

Suleri, Sara. *The Rhetoric of English India*, Chicago: University of Chicago Press, 1992.

Thiara, Nicole Weickgenannt. *Salman Rushdie and Indian Historiography: Writing the Nation into Being*, London: Palgrave Macmillan, 2009.

Todd, Richard. *Consuming Fiction: The Booker Prize and Fiction in Britain Today*, London: Bloomsbury Publishing Plc., 1996.

Tompkins, Jane. *Sensational Designs: The Cultural Work of American Fiction 1790—1860*, Oxford: Oxford University Press, 1985.

Tonkinson, Carole ed. *Big Sky Mind: Buddhism and the Beat Generation*, New York:

The Berkley Publishing Group, 1995.

Vendler, Helen. *The Music of What Happens: Poems, Poets, Critics*, Cambridge: Harvard University Press, 1998.

Vonnegut, Kurt. *Slaughterhouse Five*, New York: Dell Publishing, 1991.

Voros, Gyorgyi. *Notations of the Wild: Ecology in the Poetry of Wallace Stevens*, Iowa City: Iowa University Press, 1997.

Watson, Steven. *The Birth of the Beat Generation: Vivionaries, Rebels, and Hipsters, 1944—1960*, New York: Petheon Books, 1995.

Williams, William Carlos. *Pictures from Brueghel and Other Poems*, New York: New Directions Books, 1962.

索 引

A

阿契贝 10,24,29,241,243,244,246—248,
250,252,253,255—263
阿斯图里亚斯 277,279,284
阿瓦雷兹 53
艾里森 2,9,24,187,202—214,218,221,222,290
艾略特 4,53,55,58,61,62,109,145,147,
157,164,179,269
艾米斯,金斯利 74
奥登 5,38,40,41,43,44,55,56,58,65,125,174
奥维德 52,62

B

巴恩斯,朱利安 6,27,65,67,69
巴勒斯 30,132,134,142—144,148,161—
165,167,169
巴特尔,罗兰 68
"白桦派"226
"摆渡性"4,5,38,39,45,50,51,62,63,222
《百年孤独》11,29,82,277,280,284,285,287
贝克特 6,7,99—119,275,276
贝娄 24,26,66,202,204,290

毕加索 52,59
博尔赫斯 11,24,45,48,50,51,81,277,279
—281,285,288—290
布厄迪 13,120
布鲁姆,哈罗德 2,15,39,44,49,53,58,59,
172,203,205,207,218

C

策兰,保罗 3,5,24,29,30,38,39,41—43,
47,48,51—54,61
川端康成 9,226,230,235,240
村上春树 9,223,228,229,234—237,240,291

D

达里奥 278,286
大江健三郎 9,223,227—231,233—235,
239,240,290,291
但丁 52,114,118,119,204,211,213,230
德里达 68,106,270
德永直 224
《等待戈多》6,99,100,102—119,189
狄金森 114

迪伦,鲍勃 132
《东方主义》77,89,96
董衡巽 109,191,196

E

厄普代克 18—21
恩古吉 24,29,241,245—250,252,261—263,
268,269

F

菲尔丁 81
冯内古特 27
福柯 68,78
弗罗斯特 55,114

G

戈尔丁,威廉 22,74
格林,格雷厄姆 23
宫本百合子 224

H

海德格尔 7,29,39,41,42,46,52,53,117
海明威 203,205,247,255
《嚎叫》45,61,143,144,147,149,163,164,
167,168,170
荷马史诗 121
《华夏集》150
《荒原》145,164

J

金斯堡 30,40,45,61,132,133,136,139,
140,142—144,146—150,152—154,
157—159,161,164—171,174

K

卡尔维诺 39
卡夫卡 4,44,54,102,116,118,143,145,
227,235,284
卡彭铁尔 24,277,279,281,282,284,285
凯鲁亚克 30,46,132,134,135,139—144,
146,147,149—154,157,161—169,
195,196
《看不见的人》2,9,202—210,214,216,220
—222
康德 7,117
康拉德 34,256
柯索 132,133,135,136,139—143,148,
149,158,159,161—169
克雷默 14
库切 10,24,241,263—276
垮掉派诗歌 7,8,132—135,137,139,141,
143,145,147,149,151,153—155,157
—159,161,163,165—167,169—171
昆德拉 24,81,82

L

拉什迪 6,24,27,65,67,69,70,75,76,78—
98,259
莱辛,多丽丝 21,70
雷克斯罗斯 150
里尔克 60,61
利奥塔 68,77
利维斯 4,71
罗蒂 68
洛威尔,罗伯特 30,172,173,174,176—
180,183
略萨,巴尔加斯 24,277,279,280,283,
284,288

M

马尔克斯 24,29,81,82,92,277,280,281,284,285,287—289
麦家 194,195
麦克尤恩 6,27,66,68,69
《麦田里的守望者》8,9,187—197,201,202
曼德尔施塔姆 54
梅勒,诺曼 27,28,134
米斯特拉尔 277
魔幻现实主义 11,24,82,92,93,97,98,249,278—280,288,289

N

聂鲁达 24,58,59,277,279,286—288

P

帕斯 24,277,279
帕斯捷尔纳克 33
庞德 55,61,62,150,153,157,164,167,179,180,182,183,269
品钦,托马斯 27,206
坡,爱伦 148
普拉斯 172,174,176,178,180—186
普鲁斯特 73,113,114,145

Q

乔伊斯 4,20,35,57,73,99—102,108,109,112,145,254,284
"去经典化" 3,7,12—18,99,119,272,273,275

R

《日瓦戈医生》33

S

萨特 102,107,229
萨义德 89,95,96,163
塞林格 8,24,132,187,188,190,192—197,202
塞克斯顿 172,174,176,178
三岛由纪夫 225
莎士比亚 12,17,50,57,62,121,140,176
《神曲》204,230
《生活研究》173,174
施咸荣 109,110,187—193,196
史蒂文斯 55
斯奈德 114,132—139,143,150,152,154—160,165
斯特林堡 116
斯威夫特 6,27,65,67,68,69,81

T

《太阳石》285
《汤姆·琼斯》81
陀思妥耶夫斯基 204,235

W

王央乐 287,288
威廉斯 15,16,60,107,147,157
维特根斯坦 68
"为艺术而艺术" 8,175,260
"文本性" 17
"文化资本" 13,120
文艺复兴 51,60,133,135,150,208
沃伦 46,47,177
《舞·舞·舞》234,236—240
《午夜的孩子》6,27,75—98

X

希尼 6,7,24,43,45,99,119—129,131
象形文字 245
"新日本文学会" 224
休斯,特德 6,30,62,65
雪莱 58,133

Y

亚里士多德 59
野间宏 225
叶芝 99,108,109,116,230
《一千零一夜》78,92,93

意象派 8,60,172,179,181,182
《蝇王》22,23
《尤利西斯》35,101,145
尤尼斯库 107
余华 195,289
袁可嘉 111,191

Z

《在路上》134,144,146,149,161—163,
　　165,168—170,189,196
自白派 8,30,46,172—186
志贺直哉 226
朱虹 111

后 记

《外国文学经典生成与传播研究》(第七卷)从酝酿到完成,足足经历了6年。星移斗转,白驹过隙,一晃眼已经到了回顾与鸣谢的时刻。本册全书的统稿以及每章引言的撰写由殷企平负责,每个章节都经过了反复的推敲和修订,最后的统稿和校阅也反复了多次。参与全书修订和校阅的主要有陈礼珍、何畅和陈敏,特在此表示感谢。更要感谢的当然是参与本卷撰写的各位作者,他们自始至终表现出了巨大的工作热情和严谨的治学态度。

本卷撰写分工如下(按姓氏拼音字母排序):

陈　敏(杭州师范大学外国语学院):
　　第二章(第二节)"摆渡性"与经典生成

葛　闰(浙江传媒学院新闻学院):
　　第十章(第一节)当代拉美文学的兴起与传播
　　第十章(第二节)当代拉美文学的生成探析
　　第十章(第三节)当代拉美文学在中国的译介和传播

管南异(杭州师范大学外国语学院):
　　第七章(第一节)《麦田里的守望者》在中国的传播与变形
　　第七章(第二节)《看不见的人》的经典化与经典性

林力丹(美国普渡大学韦恩堡分校英语系)、管南异:
　　第四章(第一节)从无名到盛名:《等待戈多》的经典化与传播

苏　忱(浙江大学外国语学院):
　　第三章(第一节)经典的内在特质和建构氛围
　　第三章(第二节)《午夜的孩子》的生成与传播

王胜群(浙江大学人文学院)：
  第八章(第一节)当代日本文学生成语境
  第八章(第二节)大江健三郎《饲育》："政治与性"主题的起点
  第八章(第三节)村上春树《舞•舞•舞》："时•空•物"织网中的孤独舞蹈

魏丽娜(浙江财经大学外国语学院)：
  第六章(第一节)自白派诗歌的源起及其对宗教忏悔意识的扬弃
  第六章(第二节)自白派对意象派的继承与发展
  第六章(第三节)诗歌形式的拓展与创新

许淑芳(浙江传媒学院文学院)：
  第五章(第一节)"垮掉的一代"诗歌经典的生成与回归自然
  第五章(第二节)对异质文化的推崇与"垮掉派"诗歌经典的生成
  第五章(第三节)"垮掉派"诗歌的传播方式

颜志强(湖州师范学院外国语学院)：
  第九章(第一节)民族解放运动与非洲文学经典的生成
  第九章(第二节)阿契贝在非洲文学中的经典地位

杨世真(上海师范大学谢晋影视艺术学院)
  第一章(第三节)影视媒体的出现与文学经典传播途径的革新

殷企平(杭州师范大学外国语学院)：
  绪 论
  第一章(第一节)经典化与经典性
  第一章(第二节)第二次世界大战的反思与当代文学经典的生成
  第二章(第一节)经典即"摆渡"：当代诗歌的精神渊源
  第四章(第二节)价值语境下的认知与情感：谢默斯•希尼诗歌的经典性

庄华萍(加拿大滑铁卢大学瑞纳森学院文化与语言系)：
  第九章(第三节)"白色写作"的困境：库切与经典重写

  还要特别感谢的是国家社会科学基金重大招标项目"外国文学经典生成与传播研究"首席专家吴笛教授。没有他的辛勤付出，本课题的完成是不可想象的。最后，还要感谢张德明教授、蒋承勇教授、彭少键教授、傅守祥教授和范捷平教授,他们作为其他各子课题的负责人,为本课题的顺利完成作出了很大贡献。我本人从他们身上学到了许多东西,谨在此表示敬意。

殷企平
2018年6月
于杭州西溪河滨之城水澜轩